Norske Huldre-Eventyr Og Folkesagn

Peter Christen Asbjørnsen

Norske

Huldre-Eventyr

og

Folkesagn.

Norske

Huldre-Eventyr

og

Folkesagn

fortalte

af

P. Chr. Asbjørnsen.

Tredje Udgave.

Christiania.

I Kommission hos P. F. Steensballe.

1870.

Forfatterens Forlag.

Tryft hos Carl C. Werner & Comp.

Forord.

Da den første Samling af dette Skrift kom ud for femog-tyve Aar siden, var det nødvendigt at indføre det med et For-ord. Det samme gjaldt endda mere om den følgende Udgave af 1859 og 1866. Der maatte nemlig gjøres Rede for Ind-holdets Forhold til Titelen, for Forfatterens Forhold til Sam-lingerne, for den Maade, hvorpaa Sagnene vare benyttede og fortalte, og for de Bidrag og den Bistand, som Venner, Vel-yndere og Andre havde ydet; endvidere var det nødvendigt at belyse og berigtige enkelte kritiske Bemærkninger og Udsættelser fra Udlandet, og til disse Berigtigelser at knytte nogle Antyd-ninger til en mythologisk Undersøgelse.

I denne tredje Udgave, hvori begge tidligere Samlinger udgaa i eet Bind, er det anseet overflødigt at gjentage disse tildels vidtløftige Forord. For de literaturhistoriske Oplysnin-gers Vedkommende maa der saaledes henvises til anden Udgave.

Ligeledes er her udeladt „Julebesøget i Præstegaar-den," som mere indeholder Betragtninger over Sagn og Even-tyr, end det egentlig fremstiller dem. Det har nemlig været og er fremdeles en af Forfatterens Yndlingsplaner i Sammen-hæng og større Udførlighed at behandle Emnet om Sagnenes Forekomst, Udbredning, Oprindelse, Tydning o. s. v., og han har derfor holdt det for rigtigst at lade det ovennævnte Stykke udgaa her, saameget mere som heller ikke Fremstillingen deri syntes tilfredsstillende.

Forøvrigt er den hele Samling paa ny omhyggelig gjennemseet, og i det Enkelte rettet og forbedret, uden nogen gjennemgribende Forandring i Sprogformen og Fremstillingens oprindelige Karakter. Skriftet fremtræder saaledes ogsaa nu i alt Væsentligt i den samme Skikkelse, hvori det første Gang udkom, og hvori Publikum har faaet det kjært.

Denne Yndest, disse Skildringer af norsk Natur, Folkeliv og Folketro have vundet overalt, hvor de ere kjendte, gjør det ogsaa til en kjær Pligt for Forfatteren ved denne Leilighed atter at bringe de tidligere „nævnte og unævnte Venner og Velyndere, som have bidraget til at fremme dette Arbeide — og uden hvis velvillige Bistand det aldrig vilde blevet, hvad det nu er — sin oprigtigste og erkjendtligste Tak for trofast Medvirken og Samarbeide.‟

Da man ikke alene uden Forespørgsel i Sverige har oversat andre af Forf.s Skrifter, men en Forlægger eller Oversætter i England endog har forbeholdt sig Ret til at oversætte sin Oversættelse i fremmede Sprog, saa tør det maaske ikke ansees ubilligt, naar nærværende Forf, for det Tilfælde at man skulde ville lade ogsaa dette Skrift oversætte, forbeholder sig idetmindste at blive underrettet om et saadant Foretagende.

Christiania i Oktober 1870.

P. Chr. Asbjørnsen.

Indhold.

Første Samling.

Anden Samling.

Lyssna til den granens susning,
Vid hvars rot ditt bo er fästat.

Finsk Ordsprog.

Bättre uti hemmet smakar
Vatten ur en sko af näfver,
Än i obekanta neider
Honing, drucken ur en guldskål.

Kalevala.

Første Samling.

Kværnsagn.

(1843.)

Naar Verden gaar mig imod, og det undlader den sjælden
at gjøre, naar dertil gives nogen Leilighed, har jeg stedse fun-
det mig vel ved at anvende Friluftsvandringer som Dæmper
for min Smule Bekymring og Uro. Hvad der denne Gang
havde været i Veien, husker jeg nu ikke mere; men hvad der
staar klart for min Erindring det er, at jeg en Sommerefter-
middag for nogle Aar siden med Fiskestangen i Haanden van-
drede op over Engene paa Østsiden af Akerselven forbi Thors-
haug og Sandaker gjennem Lillohagen til Oset ved Mari-
dalsvandet.

Den klare Luft, Hølugten, Blomsterduften, Vandringen,
Fuglekviddret og de friske Luftninger ved Elven virkede i høi
Grad oplivende paa mit Sind. Da jeg kom over Broen
ved Oset, begyndte Solen at hælde mod Aasranden; snart
laante den Aftenstjerne sin bedste Glans, for at de en stak-
ket Tid kunde fryde sig ved den fremmede Pragt og speile sig
i de klare Bølger; snart brød den igjennem Skyen og sendte
ud en Lysstrime, som dannede gyldne Stier i de mørke Bar-
skove hinsides Vandet. Aftenvinden førte efter den hede Dag
med sig en forfriskende Duft fra Granerne, og de fjernt gjen-
klingende, hendøende Toner af Gjøgens Aftensang stemte Sin-
det til Vemod. Mekanisk fulgte mit Øie de udkastede Fluer,
som førtes af Strømmen i Elven. Se, der sprang en gyl-
den Fisk; Snøret for surrende af Snælden, og da jeg holdt
den fast, stod Stangen bøiet som et Tønnebaand; det maatte
være en Ørret paa tre Mærker. Nu var det ikke Tid at falde
i Staver over Granduft og Gjøgegal, man kunde behøve sin

Norske Huldre-Eventyr.   1

Smule Aandsnærværelse for at bringe Fisken i Land; thi Strømmen var strid og Fisken spræk, og jeg havde ingen Haav, saa jeg maatte give Snøre ud af Snælden og vinde ind igjen en to tre Gange, før den lod sig tvinge til at gaa med Strømmen ind i en liden Vig, hvor den heldig blev bragt i Land og funden at være en smuk purpurplettet Fisk af den formodede Størrelse.

Jeg blev ved at fiske paa Vestkanten nedefter Elven, men kun Smaaørreter snappede efter mine Fluer, og et Snes Stykker var det hele Udbytte. — Da jeg kom til Brækkesagen, var Himlen overskyet; det var allerede temmelig mørkt, kun ved Synskredsens nordvestlige Rand stod en æblegrøn Strime, som kastede et dæmpet Lys paa Sagdammens stille Flade. Jeg gik ud paa Lænsen og gjorde nogle Kast, men mit Held var ringe. Der rørte sig ikke et Luftpust; Vindene syntes gangne til Hvile, og kun mine Fluer bragte det blanke Vand til at skjælve.

En halvvoxen Gut, som stod bag mig oppe i Bakken, raabede til at „harve med Fløt" — en hel Klase Medemark, som paa Angelen stødvis drages hen over Vandfladen, — og tilbød sig at skaffe Agn. Jeg fulgte hans Raad, og Forsøget lykkedes over Forventning; thi en Ørret paa et Par Mærker bed strax paa Krogen og blev ikke uden Vanskelighed bragt op paa det ubekvemme Landingssted. Men dermed var det ogsaa forbi; ikke et Bid var mere at mærke, ingen Fisk krusede Vandet i den stille Dam; kun Flaggermusene, som for vimsende omkring i Luften, frembragte undertiden naar de skjød ned efter Insekterne, sittrende Ringe der bredte sig ud over den blanke Flade.

Foran mig laa Sagens Indre, klart oplyst af en luende Storstensild. Den var i fuld Gang; men dens Hjul, dens Blade og Vægtstænger syntes ikke nu at styres eller ledes ved nogen menneskelig Vilje og Haand, men ene at gaa som et Legetøi for Kværnknurrens eller Fossegrimmens Lune og usyn-

lige Tag. Dog jo, tilsidst viste der sig ogsaa menneskelige
Skikkelser. En for med en vældig Fork ud paa Tømmeret i
Dammen for at bringe en Stok i Tømmer=Renden, og satte
den hele Flade i en bølgende Bevægelse; en Anden kom skynd=
somt frem med en Øxe i Haanden for at bænke Tømmerstok=
ken og kaste ud Baghunen, som bragende styrtede ned i Dybet.
Det suste og bruste, hvinede og klang derindenfra, og stundom
sattes, lig et Jøtunsværd — man skulde tro i Fægtning med
Rattens Aander — et blinkende Sagblad i Bevægelse ud i
Luften for at sage af Knubberne eller de ujævne Ender paa
Stokkene.

Nordenfra kom der ned efter Elvedraget nogle kolde Gufs,
som lod mig føle at jeg var vaad og træt, og jeg besluttede
derfor at gaa ind og hvile mig lidt ved Ilden over i Sag=
stuen. Jeg raabte paa Gutten, som endnu stod nede ved Bred=
den, bad ham tage Fiskekurven, som jeg havde sat igien, og
følge efter over Lænsen, hvis glatte Stokke gyngede paa Van=
det og overskvulpedes for hvert Skridt jeg tog.

Ved den ene Skorsten i Sagen sad en gammel graaskjæg=
get Arbeidsmand med en rød Hue ned over Ørene. Skyggen
af Skorstenen havde skjult ham for mig før. Da han hørte,
jeg ønskede at hvile og varme mig en Smule, lavede han mig
strax af en Stokkeknub et Sæde ved Ilden.

„Det var en lækker Fisk,“ sagde den Gamle, idet han
tog den sidste Ørret jeg havde faaet, i Haanden, „og det en
Hakefisk; den veier mest tre Mærker; den har I sikkert faaet i
Dammen her?“

Paa mit bekræftende Svar fortalte Manden, som lod til
at være en ivrig Fisker, om hvilke store Ørreter han havde faaet
paa dette Strøg for en tredive Aar siden, da han kom herud
fra Gudbrandsdalen, og anstillede derhos saa hjerterørende Kla=
ger over Fiskens Aftagen og Sagflisens Tiltagen, ganske som
Sir Humphry Davy i sin Salmonia.

„Fisken den tar af,“ sagde han, med en Stemme der

1*

trængte igjennem Saglarmen, „for saadan en Guldhake, ikke større end den der, er det rart at faa nu, men Sagflisen den tar til Aar for Aar, og En kan ikke undres over at Fisken ikke gaar ud i Elven, for lukker den paa Kjæften og skal have en Svælg rent Vand, saa faar den hele Kroen fuld af Sagflis og Mukker. Den forbandede Sagflisen! — Gud forlade mig min Synd ligevel — det er Sagen som gir os Brød, baade mig og Mine; men jeg blir saa arg, naar jeg tænker paa de svære Kolver, jeg har draget her i gamle Dage."

Gutten var imidlertid kommen efter med Fiskekurven, men syntes at være ilde til Mode ved al den Larm og Uro, som herskede i Sagen. Forsigtigt traadte han paa Gulvbræderne, og i hans Ansigt malede sig Frygt og Ængstelse for Vandets Brusen mellem Hjulene nedenunder hans Fødder og Gulvet.

„Her er det fælt at være, gid jeg var vel hjemme," sagde han.

„Hører du ikke hjemme her?" spurgte jeg.

„Hvad er du for En, hvor er du fra?" spurgte den Gamle.

„Aa, jeg er fra Gamlebyen, og saa har jeg været hos Fuldmægtigen paa Brække med et Brev for Lensmanden; men jeg er saa ræd for at gaa alene i Mørke," svarede Gutten, som den hele Tid havde holdt sig i Nærheden af mig.

„Skam dig saa lang en Gut du er, at syte for sligt," sagde den Gamle, men føiede trøstende til: „ret nu kommer Maanen op, og du faar nok Følge med den Karlen her."

Jeg lovede den Mørkrædde Følgeskab lige til Beierbroen, og dette syntes at berolige ham noget. Imidlertid standsed Sagen, og to af Karlene gav sig i Færd med at file og skjærpe Sagbladene, hvilket frembragte en hvinende, til Marv og Ben gaaende Lyd, der er saa gjennemtrængende, at den om Natten, gjennem Fossens Sus, ikke sjælden klinger ned til Byen fra de fjerne Sage. Den syntes at virke meget ubehageligt paa den mørkrædde Guts Nerver.

„Huf, her torde jeg ikke være en Nat for meget godt,“ sagde han og stirrede omkring sig, som om han ventede at se en Rot stige op af Gulvet eller en Nisse i hver Krog.

„Ja, da har jeg været her mangen Nat,“ sagde den Gamle, „og ikke har jeg haft stort for det heller.“

„Jeg har hørt af Mor, at der skal være saa meget Troldskab og Fanteri i slige Sage og Kværnhuse,“ yttrede Gutten ængstelig.

„Jeg har ikke fornummet noget, jeg kan ikke sige det,“ sagde den Gamle. „Vandet er nok bleven slaaet af og sat paa for mig imellem, naar jeg har dormet lidt paa Sagen om Natten, og imellem har jeg hørt det har tuslet i Baghunen, men jeg har aldrig seet noget. Folk tror ikke paa sligt mere heller nu,“ vedblev han med et spørgende Blik til mig, „og derfor tør det ikke vove sig frem; Folk er for kloge og belæste nu til Dags.“

„Det kan du have Ret i,“ sagde jeg, thi jeg mærkede godt, at der laa noget skjult bag det Blik han sendte mig, og vilde hellere have ham til at fortælle gamle Historier end indlade mig paa at drøfte hans Tvivl, og den Paastand at Oplysningen skulde være en Skræmsel for Nisser og Underjordiske. „Det kan du have Ret i paa en Maade. I gamle Dage var Folk stærkere i Troen paa al Slags Troldskab; nu lader de som de ikke tror paa det, for at synes kloge og oplyste, som du siger. I Fjeldbygderne hører man dog endnu, at de Underjordiske viser sig, tar Folk ind til sig, og sligt. Nu skal du,“ føiede jeg til for ret at faa ham paa Glid, „nu skal du bare høre en Historie, som skal være hændt ensteds, men hvor og naar det er hændt kan jeg ikke ret erindre.“

„Der var en Mand, som havde en Kværn ved en Fos, og der var ogsaa en Kværnknur. Om Manden, som Skik er paa nogle Steder, gav ham Lefsekling og Juleøl for at øge Melet, har jeg ikke hørt, men det er ikke rimeligt; for hver Gang han skulde male, tog Kværnknurren fat i Kværnkallen og stanfede Kværnen, saa han ikke kunde faa malet. Manden vibste godt, at det var Kværnknurren, og en Aften han skulde paa Møllen, tog han med sig en Gryde fuld med Beg og Tjære og gjorde Ild under den. Da han slap Vandet paa Kallen, gik den en Stund, men saa blev den stanset, som han ventede. Han stak og slog efter Kværnknurren nede i Renden og omkring Kværnkallen, men det hjalp ikke. Tilsidst aabnede han Døren, som gik ud til Kværnkallen og Renden, men da stod Kværnknurren midt i Døren og gabede, og Gabet var saa stort, at Underkjæften var ved Træstelen og Overkjæften ved Dørbjælken.

„Har du seet saa stort Gabende?“ sagde han.

Manden for efter Beggryden, som stod og kogte, slog den i Gabet paa ham og sagde: „Har du kjendt saa hedt Kogende?“ Da slap Kværnknurren Kallen og slog op et forfærdeligt Brøl. Siden har han hverken været seet eller hørt der, og heller ikke har han hindret Folk i at male.“ —

„Ja,“ sagde Gutten, som med en Blanding af Frygt og Nysgjerrighed havde fulgt min Fortælling, „dette har jeg rigtig hørt af Bedstemor min, og hun fortalte ogsaa en anden Historie om en Kværn. Det var oppe paa Landet, og ingen kunde faa malet der, for der var saa fuldt af Troldskab. Men saa var der en Fattigkjærring, som var saa nødig om at faa malet lidt en Kveld, og hun bad om hun kunde faa Lov til at male der om Natten.

„Nei, Gud bevares,“ sagde Manden som eiede Kværnen, „det gaar ikke an, at du maler der i Nat; det kommer nok til at spøge baade for dig og Kværnen da,“ sagde han. Men Kjærringen sagde, hun var saa nødig om at faa malet, for hun havde ikke et Gran Vellingmel og ingen Mad at give Børnene sine. Ja, tilsidst saa fik hun Lov at gaa paa Kværnen og male om Natten. Da hun kom did, gjorde hun Varme paa under en stor Tjæregryde, som stod der, og fik Kværnen i Gang og satte sig til at binde paa en Hose i Storstenen. Om

en Stund kom der ind et Kvindfolk og hilste paa hende. „God
Kveld du," sagde hun til Kjærringen.

„God Kveld," sagde Kjærringen, og hun blev siddende og
binde.

Men ret som det var, begyndte den som var kommen ind,
at kare Varmen ud over Storstenen. Kjærringen karede den
sammen igjen hun.

„Hvad heder du?" sagde den Underjordiske til Kjærringen.

„Aa, jeg heder Sjøl jeg," sagde Kjærringen.

Det syntes hun var et rart Navn, og saa begyndte hun
at kare Varmen ud over Storstenen igjen. Og Kjærringen blev
sint og begyndte at skjænde og kare den sammen igjen. Dette
holdt de paa med en lang Stund; men bedst det var, fik Kjær-
ringen væltet Tjæregryden ned over den Underjordiske. Hun
til at huje og skrige, og saa rendte hun ud og raabte:

„Far, Far, Sjøl har brændt mig!"

„Aa, har du sjøl gjort det, saa faar du sjøl ha' det,"
sagde det borte i Berget. —

„Det var godt, det ikke gik galt med den Kjærringen,"
sagde den gamle Graaskjæggen. „Hun kunde gjerne have brændt
op baade sig selv og Kværnen, for da jeg var hjemme, hørte
jeg tale om noget sligt, som skulde hændt der i gamle Dage.
Der var en Gaardmand der, som havde en Kværn, og den
brandt for ham to Pinsekvelde efter hverandre. Da det led
til Pinstid det tredie Aar, var der Stræbber hos ham og syede
Helgedagsklæder.

„Skal tro hvorledes det gaar med Kværnen denne Gangen,
tro det skal brænde i Nat og?" sagde Manden.

„Det skal ikke have nogen Nød," sagde Stræbberen, „giv
mig Nøglen, saa skal jeg nok passe Kværnen."

Det syntes Manden var baade vel og bra'; og da det
led paa Kvelden, fik Stræbberen Nøglen og gik ned i Kvær-
nen — den var tom endda, for den var ganske nybygget, —
og saa satte han sig midt paa Gulvet, tog Kridtet sit og krid-

tebe en stor Ring rundt omkring sig, og rundt udenomkring den Ringen skrev han Fadervor, og saa var han ikke ræd, om selve Fanden skulde komme. Da det var høgst Nattes, fløi Døren op med Et, og der kom ind saa tykt med svarte Katte, at det yrede. De var ikke sene, før de fik en Gryde paa Skorstenen, og til at lægge paa under den, saa det tog til at brase og frase i Gryden, som om den var fuld af kogende Beg og Tjære.

"Haa, haa," tænkte Skrædderen, "er det saaledes fat," og ikke før havde han sagt det, før en af Kattene skjød Labben bag Gryden og vilde til at vælte den.

"Scht Katte, du brænder dig!" raabte Skrædderen.

"Scht Katte, du brænder dig! siger Skrædderen til mig," sagde Katten til de andre Kattene, og alle sammen bort fra Skorstenen til at hoppe og danse rundt om Ringen; men ret som det var, luskede Katten bort til Skorstenen igjen og vilde skyde Gryden over Ende.

"Scht Katte, du brænder dig!" skreg Skrædderen og skræmte den fra Skorstenen.

"Scht Katte, du brænder dig! siger Skrædderen til mig," sagde Katten til de andre Kattene, og allesammen til at danse og hoppe, og ret som det var, var de borte igjen og prøvede at faa væltet Gryden.

"Scht, Katte, du brænder dig!" skreg Skrædderen og tog saa i og skræmte dem, at de for den ene over den anden bort efter Gulvet, og til at springe og danse som før.

Saa slog de Krins udenom Ringen og begyndte at danse rundt omkring den, fortere og fortere, og tilsidst gik det saa fort, at Skrædderen syntes det begyndte at gaa rundt for ham; og de gloede paa ham med slige store fæle Øine, som om de vilde æde ham.

Men bedst det var, stak den Katten, som havde været i Færd med at vælte Gryden, Labben sin indenfor Ringen, just som den havde Lyst til at faa Tag i Skrædderen. Men da

Stræbderen saa det, løste han paa Tælgekniven og holdt den færdig. Ret som det var, slog Katten Labben indenfor Ringen igjen, men svint hakkede Stræbderen Labben af, og alle Kattene til Bens det forteste de vandt, med Skraal og med Skrig, ud igjennem Døren.

Men Stræbderen lagde sig i Ringen, og sov til Solen stod langt ind paa Gulvet til ham. Saa stod han op, læste igjen Kværnen og gik op paa Gaarden.

Da han kom ind i Stuen, laa baade Manden og Konen endda, for det var Pinsemorgnen.

„God Morgen," sagde Stræbderen og gav Manden Haanden.

„God Morgen," sagde Manden, og han blev baade glad og forundret, da han fik se Stræbderen igjen, det kan En nok vide.

„God Morgen, Mor," sagde Stræbderen og bød Kjærringen Haanden.

„God Morgen," sagde Kjærringen; men hun var saa bleg, og saa saa rar og forstyrret ud, og Haanden sin gjemte hun under Felden; men tilsidst bød hun ham den venstre. Da skjønte Stræbderen hvorledes det hang sammen, men hvad han sagde til Manden og hvorledes det gik Kjærringen siden, det har jeg aldrig fornummet." —

„Møllerkjærringen var en Troldkjærring selv da?" spurgte Gutten, som havde lyttet til med spændt Opmærksomhed.

„Du kan vide det," sagde den Gamle.

Det var næsten ikke muligt at høre et Ord længer; thi Sagen gik atter med Sus og med Brus. Maanen var oppe og Trætheden forbi efter den korte Hvile. Jeg sagde derfor Farvel til den Gamle og gik i Følge med den mørkræbde Gut. Vi fulgte Stien under Gretsenaasen ned over Høiderne mod Gretsen. Hvidlige Taager svævede over Elvedraget og Myrerne nede i Dalen. Op over Byens Røgslør hævede sig Akershus med sine Taarne, der traadte klart frem mod Fjordens

Speil, hvori Næsodden kastede sig langt ud som en mægtig Slagskygge. Himlen var ikke ganske ren, og der var lidt Drag i Skyer og Luft; Maanens Lys blandede sig med Sommer=, nattens Dæmring og dæmpede Omridsene i Forgrunden af det Landskab, som udstrakte sig for vore Fødder. Men over Fjor= den laa Maanelyset blankt og straalende, medens Asker= og Bærumsaaserne, fortonende i sortblaa Skygninger, hævede sig over hverandre høit op i Luften og dannede Landskabets fjerne Ramme.

Kvægede af Nattebuggens kjølige Bad udsendte Fioler og andre natlige Blomster en lislig Duft over Engene, men fra Myrerne og Bækkedragene kom der af og til klamme gjennem= trængende Luftninger, der isnende berørte mig.

„Huf, det grøsser i mig," raabte min Ledsager ved saa= danne Leiligheder. Han troede, at disse Luftninger var Pustet af natlige Aander, og mente at se en Troldkjærring eller en Kat med gloende Øine i hver Busk, som rørtes af Vinden.

Egebergkongen.

(1838.)

I min Barndom var det blevet mig og nogle Kammerater en Sædvane om Søndagseftermiddagene at gjøre Udfarter til Egeberg. Hele den lange Uge glædede vi os til denne Eftermiddag vi skulde tilbringe i det Fri, til de duftende Hægkviste vi skulde bryde, de Siljefløiter vi skulde vride, de funklende Bjergkrystaller vi skulde finde, og de søde Jordbær vi skulde sanke. Da vi blev ældre, lode vi vel Siljen staa i Fred og røvede ikke Hæggen dens Pryd; men af og til gjentog vi dog vore Udflugter, og paa Egeberggaardens Marker kunde Jagten gaa helt muntert efter den skjønvingede Apollo, eller vi tumlede os i den øde Egn om den faldefærdige Varde lystigt med Insekthaaven for at fange den ridderlige Machaon, som ved sin lette Flugt mere end een Gang satte vor Taalmodighed stærkt paa Prøve. Det der især gjorde disse Egne saa tiltrækkende for mig, var imidlertid hverken den duftende Hæg eller den melankolske Siljefløite, hverken den purpurplettede Apollo eller den svovlgule Machaon, men den romantiske Hemmelighedsfuldhed, der gjennem de første Barndomserindringer dæmrede mig i Møde fra disse Steder, Ønsket om at opleve noget Eventyrligt, Tanken om al den Herlighed, der indesluttedes af de raa Stene, og om de mystiske Væsener, — hvis Tilværelse eller Ikketilværelse endnu var mig uklar, — som Sagnet hensatte i Bjergets Dyb.

Sagnene om Egebergkongen, de Underjordiske og deres Bjergslot have mere og mere forstummet, men af hvad jeg hørte i min Barndom, lever endnu Et og Andet i min Erindring. Dette har jeg søgt at opfriske i de følgende Træk.

For en halvhundrede Aar tilbage i Tiden var Egeberg ikke saa oprybbet og beboet som nu; det var overgroet med Stok og Krat, og fra Byen saa man ikke andre Menneskeboliger der end Egeberggaardens gamle Huse oppe paa Høiden, og en liden rød Hytte nede i Bakken paa den venstre Side af Veien, hvor den svinger opad til høire mod Egeberggaarden. Den kaldtes Svingen. Paa dette Sted ser man nu en anseligere Bygning, hvor der er Sommerdans og Forfriskningslokale for de spadserelystne „unge Herskaber," som i de første Sommernætter drage ud „for at høre Gjøgen".

Her i Svingen i den lille røde Hytte boede i hin gamle Tid jeg taler om, en fattig Kurvekone, som kummerligt nok slog sig igjennem Verden. En Gang hun havde været borte for at hente en Bøtting Vand, sad der en stor tyk Padde i Stien foran hende.

„Gaa af Veien for mig, saa skal jeg være Gjordemo'r for dig, naar du kommer i Barselseng," sagde hun for Spøg til Padden, som strax begyndte at drage sig af Veien saa rast det vilde gaa.

Nogen Tid efter, da Kurvekonen en Høstaften var kommen hjem fra Byen og sad foran Skorstenen og spandt, kom der en fremmed Mand ind til hende.

„Hør du," sagde han, „Kjærringen min skal snart ligge, hun har ikke længe igjen. Vil du hjælpe hende, naar hun gjør Barsel, saa som du har lovet, saa skal du ikke angre det."

„Aa Gud hjælpe mig saa sandt," sagde Konen, „det kan nok ikke jeg, for jeg forstaar mig ikke noget paa det."

„Jo, du faar nok gjøre det, for du har lovet hende det," sagde Manden.

Konen kunde slet ikke mindes, at hun havde lovet nogen at være Gjordemo'r, og det sagde hun til ham; men Manden svarede:

„Jo, lovet det har du, for den Padden, som sad i Veien for dig da du gik efter Vand, det var Kjærringen min. Vil du hjælpe hende," vedblev Manden, som hun nu mærkede ikke kunde være nogen anden end Egebergkongen, "saa skal du aldrig angre det, jeg skal forskylde dig vel for det, men du maa ikke ødsle med Pengene jeg giver dig, ikke maa du give dem bort, om nogen beder dig, og ikke maa du tale om det, ja du maa ikke saa meget som klunke paa det til noget Menneske engang."

"Nei kors!" sagde hun, "jeg kan nok tie; og sig mig bare til, naar Konen faar ondt, saa faar jeg hjælpe saa godt jeg kan."

Der gik nogen Tid, til den samme Mand en Nat kom ind til Kurvekonen og bad hende følge med. Hun stod op og tog paa sig; han gik fore og hun efter, og før hun vidste hvor de var eller hvorledes det gik til, var hun inde i Berget, hvor Dronningen laa i Sengen og var i Barnsnød. Det var en Stue, som var stadselig, mest som en Slotssal, og Kurvekonen syntes hun aldrig havde været noget Sted, hvor det var saa gildt.

Men da de vel vare komne ind, satte Manden sig paa en Stol og kneb Hænderne sammen om Knæerne sine, og naar Mandfolk sidde saaledes, kan en Barselkone ikke blive forløst; det vidste Kurvekonen meget godt. Derfor prøvede baade hun og Dronningen at give ham mange Ærender og bad ham snart at gaa efter Et, snart efter et Andet; men der han sad der sad han, og han rørte sig ikke af Flækken. Tilsidst fik Gjordemo'ren et Indfald.

"Nu er hun forløst," sagde hun til Manden. "Hosdan gik det til?" skreg han, og blev saa forundret, at han slap Taget. I Dieblikket lagde den kristne Kone Haanden paa Dronningen, og med det samme var hun forløst.

Mens Manden var ude for at faa varmt Vaskevand til Barnet, sagde Barselkonen til Kurvekonen:

"Manden min liker dig nok du, men naar du skal gaa, saa skyder han efter dig ligevel, for han kan ikke bryde Arten;

derfor maa du skynde dig at smætte bag Døren i det samme du gaar, saa træffer han dig ikke."

Da Barnet var tvættet, pyntet og klædt, sendte Dronningen hende ud i Kjøkkenet for at hente en Salvekrukke til at smøre Øinene paa det. Men et saadant Kjøkken og saadant Kjøkkentøi havde hun aldrig seet Mage til. I Rækkerne var opstillet de prægtigste Fade og Tallerkener, og under Taget hang Pander, Kjedler og Kjørrel, alt af rent Sølv og saa blankt, at det skinnede rundt alle Væggene.

Men der kan ingen tænke hvor forundret hun blev, da hun fik se sin egen Tjenestepige stod der og malte Gryn paa en Haandkværn. Hun tog en Sax og klippede et Spuns ud af Skjørtet hendes, uden at hun mærkede det, og det gjemte hun.

Da hun var færdig og skulde gaa, kom hun vel i Hu hvad Barselkonen havde sagt, og smat bag Døren. I det samme skjød Kongen en gloende Sopelime efter hende, saa Ilben frasede af den.

„Traf jeg dig?" skreg han.

„Aa nei," svarede Konen.

„Det var bra'!" raabte han.

Solen stod langt ind paa Gulvet, da Kurvekonen kom hjem, men Pigen, som altid klagede over at hun var mat og havde ondt over Korsryggen, laa og stønnede og sov endda. Hun vækkede hende og spurgte:

„Hvor har du været henne i Nat?"

„Jeg Mor?" sagde Pigen, „jeg har ingensteds været det jeg ved, uden her i Sengen."

„Ja, da ved jeg det bedre," sagde Konen, „dette Spunset har jeg klippet ud af Skjørtet dit i Berget i Nat; du ser det passer? Men saaledes er Ungdommen nu til Dags; i forrige Tider læste Folk sin Aftenbøn og sang en Salme, før de gik til Sengs, at sligt Troldskab ikke skulde have nogen Magt, og jeg skal ogsaa lære dig at tage Vorherre for Øine; for du kan vel begribe, at du maa blive mat og klein og saa ondt over Ryggen, og at jeg heller ikke faar stor Nytte af dig, naar du skal tjene dem om Natten og mig om Dagen."

Fra den Tid Sælgekonen havde været Gjordemor for Dronningen, fandt hun hver Morgen en Hob Sølvpenge udenfor Døren sin, og hendes Omstændigheder forbedredes, saa hun snart var en holden Kone. Men saa hændte det en Gang, at en meget fattig Kone bar sig ilde og klagede sin Nød for hende.

„Aa pyt!", sagde hun, „det kan vel ikke være saa farligt; naar jeg bare vilde, var det ingen Sag for mig at hjælpe dig, for den som noget faar, han noget faar, og jeg har nok hjulpet den, som drager til mig." Men efter den Dag fandt hun ikke en Skilling udenfor sin Dør; de Penge, hun havde faaet, var som blæst bort, og hun maatte atter til at tage Kurven paa Armen og vandre til Byen i Solskin og Regn. —

Egebergkongen gik dog ikke altid sin Kones Ærender; undertiden var han ogsaa ude i sine egne og friede til Pigerne fra Byen, som paa Søn- og Helligdagene vankede om i Bjergets Krat og Kløfter eller gik i Skoven for at sanke Bær. Oftest var han at se til som en styg indskrumpet Mand med røde Øine; men naar han vilde gjøre Lykke, tog han paa sig Bernt Ankers Skikkelse og viste sig som en vakker, lidt gammelagtig Mand med Stjerne paa Brystet. Men dette var bare Synkverving; han var og blev det gamle fæle rødøiede Trold, og det kunde nok mærkes paa Afkommet; for hans Kone fik altid de argeste og fæleste Byttinger, forslugne Skrighalse med store Hoveder og røde Øine, som Forældrene søgte at blive kvit saa snart de kunde, og derfor blev de Underjordiske, det værdige Kongepars lydige Tjenere og Undersaatter, udsendte.

I hin Tid var nemlig de Underjordiske i Egeberg i slemt Ord for at de stjal vakkre og snilde Menneskebørn paa Grønland, Enerhaugen og især i Gamlebyen, og lagde slige Byttinger isteden; og dette Barnetyveri og Barnebytteri gik saa vidt, at de ikke engang kunde komme over at amme dem op selv; de stjal derfor ogsaa Ammer til dem, og dem beholdt de ofte for bestandig. Men der var en Jente fra Gamlebyen som de havde taget ind, hun var heldigere. Hun havde været i Berget et Aars Tid og været Amme for saadant et vakkert Menneskebarn, de Underjordiske havde stjaalet, men saa slap hun ud. Om det var fordi der blev ringet efter hende, eller hun satte sine Sko bagvendt, eller hun forsnakkede sig, eller hun fandt en Synaal i Særken sin, det kan jeg ikke mindes; nok var det, hun slap ud, og siden fortalte hun baade vidt og bredt om hvor stadseligt og grumt det var inde i Egeberg, hvor snilde Folkene der havde været med hende, hvor vel de havde snakket med hende for at faa hende til at blive, og hvilken søb Unge det var hun havde ammet. Hver Morgen sagde de Underjordiske, hun skulde smøre Barnets Øine med en Salve, som hun skulde tage af en Krukke som hang i Kjøkkenet; men det lagde de til, hun maatte agte sig vel for at komme nær sine egne dermed. Hun kunde nu ikke skjønne hvad det skulde være til, for Barnet havde de deiligste Øine nogen vilde se, og en Gang da Kjærringen ikke var i Kjøkkenet, tog hun og strøg lidt af Salven over det høire Øiet sit.

Et halvt Aars Tid efter at hun var kommen fra de Underjordiske, skulde hun ind og kjøbe noget i Bjerkenbusch's Krambod paa Hjørnet af Storgaden og Torvet. Og der stod Bergkjærringen, hun havde været Amme hos, ved Disken og stjal Risengryn af Stuffen, og det lod ikke til at nogen mærkede det eller saa hende.

„God Dag, Mor, skal jeg træffe Jer her?" sagde Jenten, og hilste paa hende; hvorledes staar det til med Barnet?"

„Kan du se mig?" spurgte Konen, meget forundret.

„Ja, skulde jeg ikke kunne se Jer da?" sagde Jenten.

„Hvad er det for et Øie du ser mig med?" spurgte den Underjordiske.

„Bi lidt, det er med det høire," svarede Jenten, og klippede med Øinene.

Saa spyttede den Underjordiske i Øiet paa hende, og fra den Tid saa Jenten hverken hende eller nogen anden med det; for hun var og blev blind paa det høire Øie.

Skjønt der fremdeles vist ikke er Mangel paa tykhovede Unger baade paa Grønland og i Gamlebyen, tilskrives dette dog ikke længer de Underjordiske i Egeberg. For det første er nemlig Oplysningen stegen saa høit, at istedenfor at riskye Byttinger tre Torsdagskvelde paa Søpledyngen eller knibe dem i Næsen med en gloende Ildtang, som Skik var i hine Dage, saa lader de nu Mor Torgersen eller en anden Signekjærring støbe over Barnet for Svek, Troldskab og Fanteri, eller de sender en af Barnets Bleer til Stine Bredvolden, som er saa klog, at hun paa den læser Barnets Sygdom og Skjæbne, og der= efter afgjør over Liv og Død. Og for det andet saa har baade Egebergkongen og de Underjordiske flyttet; thi den evin= delige Trommen og Skrælskyden af Militæret i den sidste Krig, Rammelen af de svære Rust= og Bagagevogne, som dundrende for hen ad Veien over Egebergkongens Tag og rystede hans Hus, saa Sølvtøiet dirrede paa Væggene, gjorde ham kjed af Livet der. En Mand mødte ham en Nat i 1814 med mangfoldige Læs Flytningsgods og en stor Bøling af kollede og brandede Kjør.

„Kors, hvor skal I hen saa sent i denne farlige Tiden med saa meget Flytningsgods og saa stor en Bøling da?" sagde Manden.

„Jeg vil flytte til Bror min paa Kongsberg, for jeg kan ikke holde ud denne Skydningen og Dommeneringen" svarede Egebergkongen, og siden den Tid har han hverken været hørt eller spurgt.

Matthias Skytters Historier.

(1838.)

En vakker Lørdag i November 1836 kom jeg til min gode
Ven Proprietæren i Nittedalen. Det var temmelig længe siden
jeg havde været der, og da han ikke er den Mand, som mod=
tager en gammel Ven med et nyt Ansigt, saa maatte jeg blive
at spise Middag og drikke Kaffe, hvilket kom mig helt vel til
Pas efter den to Mil lange Vandring fra Byen. Kaffebor=
det var næppe sat hen, før der kom flere Bekjendte til fra Præ=
stegaarden. Efter Husets Skik blev der bragt ind Punsch,
Passiaren blev livlig, og vi saa saa flittigt til Glassene, og
jeg saa tidt i den vakkre Datters klare Blaaøine, at jeg næsten
glemte den til Søndagen aftalte Jagttur i Gjerdrum. Solen
stod allerede i Aaskanten, og hvis jeg vilde naa frem, mens
Folk var oppe, var det ikke at tænke paa at gaa den lange Vei
først om Dals Kirke op til Midtskov, og derfra igjennem den
største Del af Gjerdrum den daarlige Veien over Myrersletten,
som nu maatte være dobbelt slem og kronglet efter den friske
Novemberkulde, vi havde havt. Jeg gik da op til Nybraaten,
den nærmeste Stue under Aasen, et Stykke ovenfor Kirken, og
fik fat paa gamle Matthias Skytter, som strax var særdig til
at følge og vise mig Benveien over Aasen, naar han „først
havde faaet sig et Stykke Tobak i Kjæften."

Det var en deilig Aftenstund; paa den vestlige Himmel
glødede endnu det vinterlige Aftenskjær. En let Kulde gav
Luften hin Friskhed, der undertiden gjør vore Novemberdage
saa herlige. Fra Bækken steg Dunster op og rimede Træerne,
saa at deres Grene lignede Sølvkrystaller.

Vi gik rafît afîteð, og den Gamle fik efter en Sup af Jagtflaften înart Munden paa Gang.

Han pratede om allehaande Ting, om Jagt og Jagt= væfen, om hvor urimeligt det var, at Ole Gjørtler, fom var en Gjerdrumfogning, ffulde fætte fine Fugleftoffe op i Sol= bergmarfen; dertil fif jeg Hiftorien om de ni Bjørne, fom Matthias ffulde have ffudt, hans Reiſe til Hallingdal da Præ= ſten flyttede, og en Mængde fun altfor fande Bemærkninger om hvor ilde og ufornuftigt Gjerdrumfogningerne for med fin Almenning, og meget mere fom jeg nu iffe fan erindre. Da vi kom paa Aftvangen, var forlængft hvert Spor af Dagen forbi; alene Maanen, der netop hævede fig over Synskredfen, faftede fit ufikkre Skin mellem Trætoppene. Som vi ſkred forbi den forladte Sæterhytte, kom vi formodentlig over et friſkt Ha= refpor, thi Hundene begyndte at blive urolige i Koblet.

„Nu gjælder det, om Koblet er ſtærkt,“ ſagde Matthias, fom holdt igjen det bedſte han kunde; „for det er iffe rigtigt her.“

„Deri kan du have Ret,“ ſagde jeg, „thi det er iffe ſkyde= lyſt; var faa ſandt Maanen oppe over Trætoppene, ſkulde du ſnart faa høre en rigtig Los.“

„Ja, det kan nok være,“ vedblev han, idet han forſigtig faa fig tilbage til Sæteren, „men de ſiger, at Huldren ſfal holde til her paa diffe Tider.“

„Ja faa, har du kanſke ſelv ſeet hende?“

„Nei, her har jeg aldrig fornummet hende,“ ſagde han.

„Men hvor har du ſeet hende da, Matthias?“ ſpurgte jeg nysgjerrig. „Du tror da ſikkert, at der er faadanne Under= jordiſke til, kan jeg høre?“

„Ja, ſkulde jeg iffe tro det, fom ſtaar at læſe om i Skrif= ten?“ ſvarede han. „Da Vorherre nedſtøbte de faldne Engle, faa faldt nogle til Helvede; men de fom iffe havde forſyndet fig faa grovt, de er jo i Luften og under Jorden og i Havet, ved jeg. Og ellers har jeg ſelv ofte baade hørt og ſeet faa= dant i Skov og Mark.“

2*

„Derom maa du fortælle mig noget, Matthias," sagde jeg, „vi har sligt Slag at gjøre, mens vi gaar."

„Ja, har I Lyst at høre, saa kan jeg nok tale om det," svarede han og begyndte.

„Ja, den første Gang jeg fornam Huldren, da kunde jeg vel være saa en otte ni Aar gammel, og det var oppe paa Storveien mellem Bjerke og Mo. Jeg kom gaaende efter Veien, for jeg havde været borte et Ærende for Far min, saa kom der et stort vakkert Kvindfolk midt efter Myren, paa den høire Side af Veien; der er det endda fuldt af Blødhuller og Vidjekjær; jeg mindes det saa grant, som om jeg saa hende for Øinene mine, for det kunde vel være saa lyst som nu; brun Stak havde hun paa og et lyst Hueklæde og i den venstre Haand en Bunding, og vakker var hun; men hun gik midt efter Myren, og Vidjekjærrene og Myrpytterne brydde hun sig ikke det mindste om; hun gik som om de aldrig skulde været der. Jeg saa paa hende, mens jeg gik bort over Veien, men da jeg var kommen et Stykke længer frem, og der var kommet en Bergrabbe imellem, saa jeg ikke kunde se hende længer, saa tænkte jeg: det er da galt, at Mennesket skal gaa der og vasse i Myren, du skal gaa op paa Rabben og sige til hende, at hun er gaaet af Veien. Jeg gik op, men der var ikke andet at se end Maanen, som skinnede paa Vandpytterne i Myren, og saa kunde jeg nok skjønne, at det havde været Huldren."

Skjønt det forekom mig, at der skulde mere til at skjønne at det var Huldren, beholdt jeg dog min Tvivl for mig selv; da jeg forudsaa, at mine Indvendinger ikke vilde rokke hans Tro, men kun bringe ham til Taushed; jeg spurgte derfor kun, om han ikke oftere havde seet saadant.

„Jo, det har jeg nok; jeg har seet mangt og meget, og hørt mange underlige Lyd i Skov og Mark," sagde Matthias. „Jeg har ofte hørt det har bandet, pratet og sunget; til andre Tider har jeg fornummet saa deilig Musik, at jeg aldrig kan snakke om hvor deilig den var. Men saa var det en Gang

jeg var ude paa Fuglelok — det kunde vel være mod Enden,
saa i Slutningen af Augusti Maaned, for Blaabæren var gjord
og Tyttebæren begyndte at blive rød — jeg sad udmed en Stig
paa en Tue nede mellem nogle Busker, saaledes at jeg saa
ned over Stigen og en liden Dal, hvor det var fuldt med
Lyng og Tuer; nedenfor var der nogle mørke Berghuller. Jeg
hørte Hønen kaglede og kaglede nede i Lyngen, jeg lokkede og
tænkte: faar jeg se dig nu, skal du have kaglet for sidste Gang;
men saa fik jeg høre der kom noget tuslendes bag mig paa
Gangstigen. Jeg saa mig om, og det var en gammel Mand,
men det underligste var, at han havde ligesom tre Ben, og det
ene hang og dinglede mellem de to andre, mens han gik ned
over Stigen; ja, han gik ikke rigtig heller, men det var lige-
som han gled, og borte blev han i et af de mørkeste Afhul-
lerne nede i Dalen. Jeg skjønte det, at jeg ikke havde været
alene om at se ham, for strax efter kom Aarhønen hukende
frem ved en Tue, skakkede paa Ho'det og gjorde lang Hals og
saa forsigtig nedover, der hvor Manden blev borte; men da
kan det vel hænde jeg fik Bøssen til Øiet, og knald! der laa
hun og flagsede i Vingerne."

„Det var nu det; men saa var det en Gang hjemme i
Lakkerud — det var ikke længe efter den Gang jeg saa Huldren
oppe paa Storveien — en Julekveld var det, at jeg og Brø-
brene mine for og agede paa Slodde og gjorde Snemand borte
ved en liden Bergknat; og der er det ikke rigtig frit for Un-
derjordiske, skal jeg sige. Ja, vi legede og styrede vi, som I
ved Børn gjør, og det led alt noget ud paa Kvelden; den
yngste Bror min var ikke mere end fire fem Aar gammel og
skreg og hujede og var glad; men ret som det var, saa sagde det
i Berget: „Gaa hjem nu!" — Aa nei, vi blev vi, for vi
syntes det var for tidlig endda. Men det varede ikke længe,
saa sagde det igjen: „Gaa hjem strax nu!" — „Nei hør nu,"
sagde Veslebror min, for han havde ikke bedre Vet end at
snakke om det han, „nu siger de borte i Berget, vi skal gaa

hjem!" Vi gav os ikke, men blev ved at styre; men saa skreg det rigtigt saa i med Et, at der sløi Dot i Øret paa os: „Gaar I ikke hjem strax paa Timen, saa skal jeg —." Mere hørte ikke vi, for vi fik slige Fødder under os, at vi ikke standsede, før vi kom udenfor Døren hjemme."

„Saa var det en Gang — men det var længe efter dette, vi var vogne alle sammen den Gang — det var en Søndagsmorgen, jeg og Bror min kom hjem, vi havde været ude og fisket om Natten, saa fik vi høre saadan frisk Los i Solbergmarken, der var saa mange Hunde, og den laat saa vakkert. Jeg var træt og gik ind og lagde mig; men Bror min sagde, han syntes det var saadant blankt Veir, han havde Lyst til at høre paa Losen. Ret som det var, saa var det tabt. Han gik da der bort, for han tænkte han kanske kunde faa se Haren eller faa skræmt den op igjen. Men da han kom bort imod en Stubbe, saa stod der en rødmalet Bygning midt for ham, saa stor og prægtig, men alle Vinduerne stod paa skakke og Dørene ogsaa. Han undredes nok paa, hvad det kunde være for en Bygning som laa der, hvor han syntes han skulde være saa godt kjendt; den havde han aldrig seet før. Foran Bygningen var der en stor Myr; der vilde han gaa over og se lidt nærmere paa Huset. Folk var der ikke at se. Saa tænkte han ved sig selv, at han skulde gaa hjem og snakke til mig og saa mig med der bort."

„Aa, det var Skade," sagde jeg „at han ikke kastede Staal eller fyrede over den, for Gevær havde han sagtens med, og før I kom tilbage, var vel det Hele borte?"

„Ja, det kan I sige," sagde Matthias; „havde det været mig, saa havde jeg skudt midt ind i den; men han blev rent forfjamset han. Men nu skal I høre, det gik værre endda: da han var kommen midt ud paa Myren, var det saa fuldt af Folk, at han ordentlig maatte albue sig frem, men alle var de trøieløse, og alle gik de nordefter. Han kom ikke længer end bort i Bakken, saa slog de ham over Ende, og der blev

han liggende, til Søstrene mine skulde have Koen ind om Kvel=
den; da laa han der og holdt begge Næverne knyttede for An=
sigtet, og det var ganske blaasort, og store Frohatten stod for
Munden paa ham. De blev nu fælt forskrækkede, kan En nok
vide, de drog ham med sig ind og lagde ham paa Bænken,
og saa hentede de mig. Da jeg fik se ham, kunde jeg skjønne
der var galt paa Færde, og jeg vidste ikke mere end een Raad:
jeg tog Bøssen ned af Væggen, den var skarpladt, og saa
skjød jeg langs efter ham, men ikke rørte han sig mere end
den Stokken, Gjerdrumsogningerne har lagt midt over Beien
der. Han laa saa død som en Sten han."

„Ja saa," tænkte jeg, og saa lagde jeg i paa nyt Lag.
„Kom og tag i med mig, Jenter," sagde jeg, „vi faar lægge
ham der hvor vi tog ham, for det nytter nok ikke her." Vi
gjorde saa, vi lagde ham i Bakken, og saa skjød jeg igjen;
men da kan det vel hænde han vaagnede. Skvat han ikke lige
op under Bøssepiben, saa lad mig aldrig komme levende her=
fra! Og han gloede og stirrede om sig saa fælt, at vi næsten
blev rædde for ham. Saa fik vi ham da hjem, men han var
klein, og saa styg og fæl blev han efter, at I aldrig det kan
tro; der han stod der stod han, og stirrede frem for sig, som
om Øinene vilde springe ud af Hovedet paa ham; ikke vilde
han tage sig noget til og aldrig snakkede han til nogen, naar
de ikke snakkede til ham først; han var hulbrin han. Men saa
gik det af ham lidt efter lidt, og da var det først han for=
talte os, hvorledes han var bleven slig."

„Det er de Gange jeg har seet sligt," sagde Matthias. —
„Har du aldrig seet Nissen?" spurgte jeg.

„Jøsses jo, det har jeg," svarede Matthias med den
fuldeste Overbevisning; „det var mens jeg var hjemme hos
Forældrene mine i Lafterud, for der var han. Jeg saa ham
ikke mere end een Gang. Vi unge havde lagt os, men Kallen
skulde ud paa Gaarden først, og det var vakkert blankt Maa=
nelys, saa sad der en liden Gut paa Laavebroen og slængte

Benene hid og did og saa op paa Maanen, saa han ikke mærkede Kallen.

„Gaa ind og læg dig nu, Matthis," sagde Kallen, for han troede det var mig, „og sid ikke der og glo efter Maanen, nu det er saa sent." Men med det samme blev Gutten borte, og da Kallen kom ind og spurgte efter mig, saa laa jeg alt borte i Sengen og snorkede jeg.

„Men saa var det den Gangen jeg vilde tale om, som jeg saa ham. Jeg var netop voxen, for det var Aaret efter jeg havde gaaet for Præsten; det var en Lørdags Eftermiddag, jeg havde været til Byen med Planker og været paa en liden Kant om Dagen. Strax jeg kom hjem, gik jeg bort og lagde mig. Da det led ud paa Kvelden, stod jeg op, og da jeg havde faaet lidt Mad i mig — meget var det ikke, for jeg var ør og lei i Hovedet endda — saa sagde han Far til mig: „Før du gaar bort og lægger dig igjen, saa faar du give Blakken Nattefo'ret du, for de andre er vel ude og render ef= ter Jenterne igjen."

Jeg saa da ind i Stalden til Blakken først, og den stod der og knæggede, og saa gik jeg ind paa Staldtrevet og skulde tage et Fange med Hø; men saa fik jeg fat paa to lodne Ører ligesom paa en Hund, og strax efter fik jeg se to Øine saa røde som Gløder, som gloede og stirrede paa mig. Jeg tænkte ikke andet end at det var en Hund, og kastede den ind i Underlaaven, saa det sakk i den. Da jeg saa havde været inde og lagt i Hækken, gik jeg ind i Laavegulvet og tog med mig et gammelt Riveskaft, som jeg vilde skyde den ud med, og jeg ledte og skydsede, og ikke var der et Hul saa stort, at en Røskat kunde kommet ud; men borte var den og borte blev den. Og i det samme jeg da skulde gaa ud, saa var det rig= tigt, som En skulde slaaet Benene bort under mig, og jeg rullede saa frisk over Ende, at jeg aldrig har rullet saa frisk; og da jeg kom paa Benene igjen, saa stod han i Stalddøren og skraslede og lo, saa den røde Topluen nikkede." —

Saaledes blev Matthias ved at fortælle fort væk om Pus=
linger, Huldrer og Nisser, til vi kom ud paa Kulsrudsaasen,
hvorfra man ser ud over Ovre=Romerikes store Flade, der nu
laa for os i det klare Maaneskin; mod Nord hævede Mist=
bjerget sig blaanende, med enkelte Snepletter; lige ned for mig
havde jeg Heni og Gjerdrums Kirker; efter disse kunde jeg
bestemme min Kaas, og da jeg desuden fra tidligere Jagter
var vel kjendt i Egnen, sagde jeg min Veiviser Farvel, og
var heldig nok til at naa mit Bestemmelsessted uden at blive
drillet af Nissen eller fristet af Huldren.

Berthe Tuppenhaugs Fortællinger.

(1843.)

Mikkel Ræv var ringet og skudt; hans Gravøl blev drukket
hos Lensmanden og feiret med en Polskpas om Aftenen. I
Betragtning af Dagens Møie, den høstede Hæder og de tre
Fjerdinger jeg havde hjem, fik vi Orlov at drage hver til Sit
Klokken lidt over elleve, og Lensmanden tilbød mig ovenikjøbet
Hest. Det var et Tilbud al Ære værd, men da Kjøreveien
var dobbelt saa lang, foretrak jeg at gaa som jeg var kom=
men, lige til og paa Ski. Med Rævebælgen og Bøssen paa
Nakken og Skistaven i Haanden gled jeg afsted. Skiføret var
ypperligt: det havde været Solskin om Dagen, og Aftenkulden
havde lagt en let Skare paa den dybe Sne; Maanen stod
blank paa Himmelen, og Stjernerne tindrede. Hvad kunde jeg
forlange mere? Det gik strygende ud over Bakkerne, hen over
Sletterne og gjennem Lundene med de søileranke Birke, hvis
Kroner dannede luftige, tindrende Sølvmorskupler, under hvilke
Uglerne sad og fortalte ræbsomme Historier ud i den stille Nat.
Haren skreg Hutetutuhu over Februarkulden og den søle Ugle=
snak; Ræven var ude paa forlibte Eventyr, skjændtes med sine
Rivaler og udstødte haanende Skrig.

Jeg maatte holde mig paa Siden af Bygdeveien et Stykke;
her kom en Finmutkarl i Smalslæde efter mig. Da han af
Bøssen og Jagtbyttet jeg bar, kunde se jeg var Jæger, gav
han sig i Tale med mig, og sagde at naar jeg skyndte mig
ned over til Elven, vilde jeg vist kunne træffe en Graabenflok;
for just som han kom op paa Bakkerne ved Sundet, strøg den
op efter Isen. Med Tak for Underretningen satte jeg afsted

og kom frem paa en Pynt. Et Granholt strakte sig herfra lige ned til Elven og hindrede den frie Udsigt til denne. Ulvene saa jeg ikke. Jeg lod det imidlertid staa til udover; det gik susende i Skyggen af Granholtet, og Drekrattet baskede mig om Drene; men under den pilsnare Fart var det ikke muligt at skjelne nogen Gjenstand, og før jeg vidste Ordet af det, tørnede jeg voldsomt mod en Stubbe, brækkede den ene Ski og laa paa Hovedet begravet i Sneen. Da jeg skulde reise mig, gjorde det saa ondt i min ene Fod, at jeg næsten ikke kunde træde paa den; jeg maatte kravle om paa Knæerne en Stund og fandt endelig Bøssen igjen under Sneen med begge Piberne fuldstoppede. Næppe havde jeg lagt mig i Baghold nede ved Bredden af Elven, før Ulveflokken kom luntende op ad den; det var fem i alt. Jeg ventede dem med Jægerens Utaalmodighed; paa fyrretyve Skridt lagde jeg til Diet og trykkede løs, først det ene Løb, det klikkede, saa det andet, det brændte for; og da Skuddet langt om længe gik af, slog Rendekuglerne i Grantoppene paa den anden Side af Elven, og Ulvene strøg afsted i fuldt Firsprang med Halen lige ud.

Ærgerlig reiste jeg mig, i Foden smertede det endnu heftigere, og med Bøssen som Støttestav slæbte jeg mig ud paa Elven for at se, hvor jeg egentlig var. Til min Glæde steg en Røgsøile op over Trætoppene paa den anden Side, og jeg saa et Tag mellem Granerne; jeg kjendte mig igjen: det var Tuppenhaug, en Plads under Gaarden hvor jeg hørte hjemme. Med megen Møie kravlede jeg op den bratte, over et Par hundrede Skridt lange Bakke, men havde ogsaa den Tilfredsstillelse at se Skinnet af et dygtigt Baal fra Storstenen lyse ud gjennem Vinduet. Jeg hinkede frem til Døren, lettede paa Klinken og gik ind som jeg var, aldeles overpuddret af Sne.

„Kors i Jesu Christi Ravn, hvem er det da?" sagde gamle Berthe forskrækket og slap et Spegelaar, hun sad paa Peiskrakken og snittede i.

„God Kveld, bliv ikke bange; du kjender vel mig, Berthe?“ sagde jeg.

„Aa, er det Studenten, som er saa sent ude; jeg blev rigtig ganske fælen; han er saa hvid af Sne, og det er høgst Nattes,“ svarede gamle Berthe Tuppenhaug og reiste sig. Jeg fortalte mit Uheld og bad hende vække en af Gutungerne og sende ham op til Gaarden efter Hest og Slæde.

„Ja, er det ikke som jeg siger, at Graaben hævner,“ mum= lede hun ved sig selv. „De vilde ikke tro det, da de gjorde Mandgard efter den, og han Per brød Benet forrige Aaret; nu kan han se, jogu' den hævner da!“

„Aa, ja,“ sagde hun og gik hen til Sengen i Krogen, hvor Familien laa og snorkede i Kor, „de har nu kjørt Tøm= mer fra Elven i disse Dage de Nordigaarden, saa det er frem= kommeligt over Engene. Vesle=Ola, staa op, du skal efter Hest til Studenten! Vesle=Ola da!“

„Haa?“ sagde Vesle=Ola gjennem Næsen, og kastede paa sig. Han havde et alt for godt Sovehjerte til at lade sig an= fægte af saa lidet, og der hengik en hel Evighed med Øien= gnidning og Gisp og Gab og forkjerte Spørgsmaal, forinden han fik viklet sig ud af de sammenflokede Masser i Sengen, kom i Buxer og Trøie og ret begreb, hvad det egentlig var han skulde gjøre. Løftet om en Drikkeskilling syntes imidlertid at fremme hans Begrebers Opklaring, og bortmanede selv Fryg= ten for at gaa forbi Birken, som Ole Asterudsbraaten havde hængt sig i. Under Forhandlingerne mellem den hvidhaarede Vesle=Ola og Gamle=Berthe gjorde jeg mig bekjendt med Stu= ens Inventarium af Væve, Rokke, Kubbestole, Limer, Bøtter og halvfærdige Øxeskaft, med Hønsene paa Vaglen bag Døren, den gamle Musket under Taget, og Slinderne der sukkede under en Byrde af dampende Strømper, foruden tusende andre Ting, som jeg ikke skal trætte Læseren med at opregne.

Da Gutten endelig var kommen afsted, satte Berthe sig hen paa Skorstenskanten. Hun var helligdagspyntet, det vil fige, hun var iført den Dragt; som var brugelig blandt gamle Folk i hendes Hjembygd Hadeland, hvorfra hun var kommen over, da hun flyttede ind paa Romerike: en blaa Trøie, kantet med vævede Baand, sort foldet Stak, Hue med Skrub og Nak= tetuffe. Skarpe bevægelige Øine i Forbindelse med skjæve Øien= spalter, fremstaaende Kindben, en bred Næse og gulbrun Hud= farve gav Berthes Ansigt et fremmed, østerlandsk, næsten hexe= agtigt Udtryk, og det var da heller ikke at undres over; thi hun var den største Signekjærring paa lang Led.

Jeg undrede mig over at hun endnu var oppe, og spurgte om hun ventede Fremmede, siden hun havde Kisteklæderne paa.

„Nei, det gjør jeg nok ikke," svarede hun, „men jeg skal sige Studenten det, at jeg har været oppe i Ullensogn og maalt en Kjærring for Mosot; og derfra blev jeg hentet til en Unge som havde Svek, og den Ungen maatte jeg støbe over først; og ret nu for lidt siden kom jeg hjem, endda de kjørte mig lige til Gjæstgiveren."

„Men naar jeg ret betænker det, saa kan du vist ogsaa gjøre aat for Bred, Berthe?" sagde jeg saa alvorlig som muligt.

„Aa ja, jeg kan nok gjøre aat for Bred; for Siri Nordi= gaarden hun blev da ikke bra' før jeg kom, endda baade Dok= teren og Mor Nedigaarden fuskede med Benet hendes," sagde hun med et fult Træk om Munden; „og hvis Studenten tror paa det," vedblev hun med et tvivlende Blik, „saa kunde det nok ikke skade at læse i en Taar Brændevin og have paa."

„Læs du over Brændevinet og kom med det, det vil sik= kert gjøre godt," sagde jeg, for muligens at blive indviet i en eller anden af Signekunstens Hemmeligheder. Berthe hentede en undersætsig blaa Lærke og et Brændevinsglas med Træfod henne i det blommede Skab, skjænkede i Akevitten, satte Glas= set ved Siden af sig paa Skorstenen, knappede Snesokken op og hjalp af mig Skoen. Saa begyndte hun at korse og hviske ned i Brændevinet; men da hun selv var temmelig døv, lem=

pede hun ikke sin Stemme efter min Høreevne, og følgelig hørte jeg den hele Formular:

„Jeg red mig en Gang igjennem et Led,
saa fik min sorte Fole Bred;
saa satte jeg Kjød mod Kjød og Blod mod Blod,
saa blev min sorte Fole god.“

Nu tabte hendes Stemme sig i en utydelig Hvisken. Enden paa Visen var et gjentaget „tvi!“ som udsendtes mod alle Verdens fire Hjørner.

Under Besværgelsens Hede havde hun reist sig; nu satte hun sig igjen paa Skorstenskanten. Den kolde fordampende Spiritus, som hun hældte ud over min hede ophovnede Fod, bragte en behagelig Kjøling.

„Jeg synes alt det hjælper Berthe,“ sagde jeg; „men sig mig, hvad var det dog egentlig for noget du læste i Brændevinet?“

„Nei, om jeg det tør sige, for han kunde gjerne slabbre paa mig baade til Præsten og til Dokteren,“ sagde hun med et polisk Grin, som skulde antyde, at hun ikke brydde sig stort om nogen af dem; „og den som lærte mig det,“ blev hun ved, „ham maatte jeg love jeg aldrig skulde lære det til noget kristent Menneske uden mit eget Blod, og det har jeg svoret paa saa stygt, at Gud lade mig aldrig komme til at sværge saa stygt.“

„Saa kan det jo ikke nytte at spørge om det, Berthe,“ sagde jeg; „men det er vel ingen Hemmelighed hvem du har lært den Kunst af, det var vel en dygtig Signekall?“

„Ja, det kan han tro; det var rigtig Signekall det: det var han Morbror Mads i Hurdalen,“ svarede hun. „Han kunde baade signe og maale og gjøre aat for Vred og Verk, og stemme Blod og støbe og vise igjen, og det var ikke frit for, at han kunde trolde lidt og gjøre ondt ogsaa. Han har lært mig op. Men saa klog han var, saa kunde han ikke hytte sig selv for Troldskab ligevel."

"Hvorledes det? Blev der troldet paa ham da? blev han forgjort?" spurgte jeg.

"Nei, det blev han nok ikke," svarede Berthe. "Men det hændte ham noget, og siden var han rigtig som spyttet paa; ja, han var huldrin i lange Tider. Studenten tror nu vel ikke det er sandt," sagde hun med et forskende Øiekast; "men det var Morbror min, og jeg har hørt han har fortalt det og svoret paa det var sandt, over hundrede Gange."

"Morbror Mads han boede paa Knae i Hurdalen. Han var ofte ude i Fjeldet og hug Ved og Tømmer, og naar han var ude, saa havde han altid for Skik at ligge der ogsaa; han byggede sig en Barhytte, gjorde op en Nying fremmenfor, og der laa han og sov om Natten. En Gang var han saaledes ude i Skoven han og to til: ret som han havde hugget ned en svær Stok og sad og hvilte sig lidt, saa kom der et Garnnøste trillende ned over en flad Berghelle lige frem til Føbderne hans. Han syntes det var underligt det; ikke torde han tage det op, og det havde nok været godt for ham, om han aldrig havde gjort det heller. Men dermed saa han op, for han vilde se hvor det kom fra. Jo, oppe paa Berget sad en Jomfru og syede, og hun var saa deilig og saa fin, at det skinnede af hende.

"Tag hid det Garnnøstet du," sagde hun. Ja, han gjorde saa, og han blev staaende der længe og saa paa hende, og han kunde slet ikke blive kjed af at se, saa lækker syntes han hun var. Tilsidst maatte han tage Øxen og til at hugge igjen; og da han havde hugget en Stund og han saa skottede op, var hun borte. Han tænkte paa dette hele Dagen; han syntes det var rart, og han viste ikke hvad han skulde mene om det. Men saa om Kvelden da de skulde lægge sig han og Kammeraterne, vilde han endelig ligge imellem; men det hjalp ikke stort, skal jeg tro; for da det led paa Natten, kom hun og tog ham, og han maatte følge med, enten han vilde eller ikke. Saa kom de ind i Fjeldet, og der var alting saa gildt, at han aldrig havde seet saa gildt før, og han kunde aldrig fuldt saa sagt hvor gildt det var. Der var han hos hende i tre Døgn. Da det led tidt ud paa den tredje Natten, vaagnede han, og da laa han mellem Kammeraterne sine igjen. De troede han var gaaet hjem efter mere Niste, og det sagde han til dem han havde gjort ogsaa. Men han var ikke rigtig siden; ret som han sad, saa gjorde han nogle Sprang og fløi afsted; han var huldrin, skal jeg sige."

„Men saa var det en god Stund bagefter, han holdt paa at kløve Gjærdefang oppe i Marken. Just som han stod og havde drevet en Blei ind i en Stok, saa der var en Spræk langs efter den, saa kom Kjærringen hans med Middagsmaden til ham, syntes han; det var Rømmegrød, og den som sed var, og den havde hun i et Spand saa blankt, at det skinnede som Sølv. Hun satte sig ned paa Stokken, mens han lagde fra sig Øxen og satte sig paa en Stubbe tæt ved; men i det samme saa han, at hun puttede en lang Korumpe ned i Sprækken. Nu kan En nok vide det, at han ikke rørte Maden; men han sad og lirkede og leede til han fik Bleien ud, saa Stokken kneb til og Rumpen sad i Klemmen, og saa skrev han Jesu Navn paa Spandet. Men da kan det vel hænde hun fik Føbber: hun for op saa braadt, at Rumpen røg tvert af og blev siddende igjen i Stokken, og borte var hun; han saa ikke hvor det blev af hende. Spandet og Maden det var ikke andet end en Barkestrukke med noget Komøg i. Siden torde han næsten aldrig gaa ud i Skoven, for han var ræd hun skulde hævne sig."

„Men en fire fem Aar derefter saa var der blevet en Hest borte for ham, og han maatte selv ud at lede. Ret som han gik i Skoven, saa var han inde i en Hytte hos nogle Folk; men han havde ingen Grete paa hvorledes han kom der; paa Gulvet gik en styg Kjærring og stellede, og borte i en Krog fad en Unge, som vel kunbe være saa en fire Aar. Kjærringen tog Ølkanden og gik hen til Ungen med: „Gaa nu bort,“ sagde hun, „og byd Far din en Drik Øl.“ Han blev saa forfærdet, at han tog til Benene, og siden har han hverken hørt eller spurgt hende eller Ungen; men rar og fuset var han altid.“ —

„Ja, han maa jo have været en Tulling den Mads Knae, Berthe,“ sagde jeg, „og nogen duelig Signekall kan han ikke have været, siden han ikke kunde hytte sig bedre. For Resten var det artigt nok med det graa Garnnøstet.“ Det mente Berthe ogsaa, men slig Signekall som Mads Knae fandtes ikke paa lang Lei. Mens vi sad og pratede om dette, bad jeg Berthe bringe mig Jagttasken, og da jeg havde stoppet mig en Pibe, rakte hun mig en brændende Stikke og begyndte paa en ny Fortælling, som jeg havde hørt hun skulde kjende.

„Det var en Sommer for lang, lang Tid siden, de laa til Sæters med Kreaturene fra Melbustad oppe paa Halland*). Men de havde ikke længe ligget der, før Kreaturene tog til at blive saa urolige, at det var rent umuligt at styre dem. Der var mange Jenter, som prøvede at gjæte, men det blev ikke bedre, før der kom en Fæstepige, og hendes Fæsterøl havde de nylig drukket. Da blev de rolige med Et, og det var ingen Sag at gjæte længer. Hun blev deroppe alene og havde ikke noget andet Liv hos sig end en Hund. Som hun sad i Sæteren en Eftermiddag, tykte hun, at Kjæresten hendes kom og satte sig hos hende og begyndte at tale om, at nu skulde de til at holde Bryllup. Men hun sad ganske stille og svarede Ingenting; for hun syntes hun blev saa rar af sig. Lidt om lidt kom der flere og flere Folk ind, og de begyndte at dække op Borde med Sølvtøi og Mad, og Brudepiger bar ind Krone og Stads og en gild Brudekjole, som de klædte paa hende, og Kronen satte de paa Hovedet, som de brugte den Gang, og Ringe fik hun paa Fingrene.

*) Hadeland.

Norske Huldre-Eventyr.   3

Alle de Folkene som var der, syntes hun ogsaa hun kjendte; det var Gaardkjærringer og det var Jenter, som var Jævningerne hendes. Men Hunden havde nok mærket der var noget galt paa Færde. Den satte afsted ned til Melbustad, og der knistrede og gjøede den og lod dem ikke have Fred, før de fulgte den tilbage igjen.

~~Gutten, som var Kjærresten hendes~~, tog da Riflen sin og gik op over til Sæteren; da han kom paa Volden, saa stod der fuldt af opsadlede Heste rundt omkring. Han listede sig bort og skottede gjennem en Gløtte paa Døren, og saa de sad derinde allesammen. Det var greit at skjønne, at det var Troldskab og Underjordiske, og saa fyrede han af Bøssen over Taget. I det samme fløi Døren op, og det ene graa Garnnøstet større end det andre kom farende ud og surrede om Benene paa ham. Da han kom ind, sad hun der i fuld Brudepynt, og saa nær var det, at der bare manglede en Ring paa Lillefingeren, før hun havde været fuldfærdig.

„Men i Jesu Navn, hvad er her paa Færde?" spurgte han, da han saa sig om. Alt Sølvtøiet stod paa Bordet endda; men al den deilige Maden var bleven til Mose og Sop og Komøg og Padder og Loppetudser og andet sligt.

„Hvad betyder alt dette?" sagde han, „du sidder jo pyntet her som en Brud?"

„Kan du spørge om det?" sagde Jenten. „Du har jo siddet her og talt til mig om Bryllup i hele Eftermiddag."

„Nei, nu kom jeg," sagde han; „men det maa vel have været nogen, som har taget paa sig min Lignelse."

Da begyndte hun ogsaa at komme til sig selv igjen; men hun blev ikke ganske rigtig før lang Tid efter, og hun fortalte at hun syntes grangivelig, at baade han og hele Skyldskabet og Granneskabet havde været der. Han tog hende strax med ned til Bygden, og for at der ikke skulde komme mere Fanteri til hende, holdt de Bryllup med det samme, og mens hun endnu havde paa Brudestadsen til de Underjordiske. Kronen og hele Stadsen blev hængt op paa Melbustad, og den skal være der den Dag i Dag er." —

„Dette har jeg hørt skal være hændt i Valders, Berthe," sagde jeg.

„Nei, dette er hændt saaledes som jeg siger paa Halland," sagde hun, „men da jeg var hjemme, hørte jeg en Valders fortalte noget, som var hændt der, og det var saa som jeg nu skal fortælle.

„Der var en Jente fra en Gaard oppe i Valders ensteds, som hedte Barbro, og hun laa til Sæters i Fjeldet. En Dag hun sad og stellede, saa hørte hun med Et det raabte borte i en Haug:

„Kong Haaken, Kong Haaken! —"

„Ja," skreg Kong Haaken, saa det ljomede i alle Hau= gene.

„Kong Haaken, min Søn, vil du gifte dig?" raabte det langt borte i en Haug.

„Ja, det vil jeg," sagde Kong Haaken „naar jeg kan faa hende Barbro, som gaar og steller borte i Sæte= ren, saa —"

Aa ja, det skal nok gaa an, hørte Barbro det sagde, og hun blev saa fælen, at hun ikke vidste hvad hun skulde gjøre af sig.

Ret som det var, saa kom der ind den ene efter den an= den med Mad og Drikke paa Sølvfade og i Sølvkruse, og med Kjole og Brudestads, med Krone og Søljer, og de gav sig til at dække Bordene, pynte hende til Brud, og hun syn= tes hun ikke kunde sætte sig imod det heller.

Denne Jenten havde ogsaa en Kjæreste, og han var paa Skytteri i Fjeldet. Men der kom saadan en Angst paa ham, at han syntes han maatte og han skulde til Sæteren igjen. Da han kom frem imod den, stod der saa fuldt af sorte Heste med gammeldags Sadler og Ridegreier, saa han strax kunde skjønne hvad der var paa Færde. Han listede sig bort til en

3*

Glugge og slottede ind; der saa han hele Brudefølget: Kong Haaken var Brudgom, og Bruden var pyntet.

„Ja, nu ved jeg ikke der er andet igjen end at vrænge Øinene paa hende," sagde en af Brudepigerne.

Da syntes Gutten det kunde være paa Tide at lægge sig imellem, saa tog han en Arvesølvknap og lagde i Riflen og skjød Kong Haaken, saa han faldt. Med det samme for alle Brudefolkene ud og tog Kong Haaken og bar ham mellem sig. Maden blev til Troldkjærringspy og til Orme og Padder, som hoppede bort over og gjemte sig i Hullerne. Det eneste som blev igjen, det var Brudestadsen og et Sølvfad, og det skal fin-des paa Gaarden den Dag i Dag." —

Berthe fortalte endnu mange Historier. Omsider knirkede Sneen under Slæden, og Hesten prustede for Døren. Jeg stak Berthe nogle Skillinger i Haanden for Kur og Pleie, og in-den et Kvarters Tid var jeg hjemme. Eddike-Omslag og koldt Vand gjorde Foden snart god; men da Berthe kom op i Kjøk-kenet paa Gaarden, og pukkende paa sine Kunster vilde tilegne sig Æren for min hurtige Helbredelse, kunde Børnene ikke holde sig; de straalede hende i Øret hendes Signevers, som jeg havde lært dem, og spurgte om hun syntes en Taar Brændevin og sligt Sludder kunde hjælpe for Vred. Dette gjorde hende mis-troisk; skjønt hun fortalte mig mangen vidunderlig Historie efter den Tid, og uagtet jeg hverken sparede List eller Overtalelser, saa lykkedes det mig aldrig siden at faa Berthe Tuppenhaug til at lette paa Fligen af det Isflør, hvormed hun tilhyllede Maalingens, Støbningens, Aatgjøringens og Signekunstens Dunkelheder.

En Aftenstund i et Proprietærkjøkken.

(1845.)

Det var ret en trist Aften: ude føg det og sneede; inde hos
Proprietæren brændte Lyset saa døsigt, at man næsten ikke skim-
tede andre Gjenstande end en Klokkekasse med kinesisk Krims-
krams, et stort Speil i en gammeldags forgyldt Ramme, og et
arvet Sølvkrus. I Stuen var der ikke andre end Proprietæ-
ren og mig. Jeg sad i det ene Hjørne af Sofaen med en Bog
i Haanden, medens Proprietæren selv havde taget Plads i det
andet Hjørne, fordybet i Funderinger over en Pakke af „de baade
sure og søde Statsborgere," som han kalder dem i sin Afhand-
ling, betitlet „Forsøg med nogle velmente patriotiske Yttringer
for Fædrelandets Vel. For Beskedenheds Skyld af en Anonym."

Af det grundige Studium i denne Guldgrube for hans
Ideer udklækkedes der, som man nok kan vide, mangehaande kløg-
tige Formeninger; at han selv i det mindste var overbevist om
deres Fortræffelighed, syntes det stikkige Blik at antyde, som han
tilkastede mig fra sine graa klippende Øine; der var heller in-
gen Mangel paa „velmente patriotiske Yttringer," om hvis Ge-
halt den bedst kan dømme, som har havt Anledning til at kige
i det ovenfor anførte Skrift eller hans store Afhandling i Ma-
nuskript om Tienden. Men al denne Visdom var spildt paa
mig; jeg kunde den paa mine Fingre, thi jeg hørte den nu
for tre og tyvende Gang. Jeg er ikke udrustet med nogen
Engletaalmodighed; men hvad skulde jeg vel gjøre? Tilbage-
toget til mit Værelse var mig afskaaret; der var skuret til Hel-
gen; det stod i en Damp. Efter at have gjort nogle forgjæ-

ves Forsøg paa at fordybe mig i min Bog, maatte jeg saaledes lade mig føre af de bevægede Vande i Proprietærens Veltalenheds Strøm. Proprietæren var nu paa sin hvide Hest, som man siger; den gamle rødsliđte Skindlue havde han lagt ved Siden af sig i Sofaen, og bar sin skaldede Pande og sine graa Haars Værdighed aabent til Skue. Han blev ivrigere og ivrigere; han reiste sig og fægtede med Hænderne; han gik op og ned ad Gulvet med hastige Skridt, saa Flammen i Lyset viftede hid og did, og den graa, fodside Vadmelskjoles feiende Flag beskrev store Kredse, hver Gang han svingede rundt og hævede sig paa sit lange Ben; thi som Tyrtæus og Per Solvold var han lavhalt. Hans bevingede Ord summede om mine Øren som Oldenborrer i en Lindetop. Det gik løs om Processer og Høiesteretspræjudikater, om Kranglerier med Overformynderiet, om Tømmerbrøtning og Luxus, om Magthavernes Regjereri og Mørkfossens Udminering, om Korntolden og Jæderens Opdyrkning, om Industri og Centralisation, om Cirkulationsmidlets Utilstrækkelighed, om Bureaukrati og Embedsaristokrati, og om alle de Kratier, Arkier og Rier, som har existeret lige fra Kong Nebukadnezar til Per Solvolds Statsborgeri.

Det var ikke til at holde ud længer med Proprietærens Knot og affekterede Pathos. Fra Kjøkkenet skraldede den ene Lattersalve efter den anden; Christen Smed førte Ordet der ude; han havde just holdt op, og der løb paa ny en hjertelig Latter.

„Nei," sagde jeg og brød over tvert, „nu vil jeg rigtig ud og høre Smedens Historier," løb ud og lod Proprietæren tilbage i Stuen med den matlysende Praas og sin egen forstyrrede Tankegang.

„Barnevæv og løgnagtige Rægler!" brummede han, idet jeg lukkede Døren efter mig; „det er Skam for lærte Folk; men velmente patriotiske Yttringer —," mere hørte jeg ikke.

Lys og Liv og Munterhed straalede ud i den høie, luftige Hal. Et Baal, der lyste op selv i de fjerneste Kroge, flam-

mede paa Skorstenen. I denne, ved Siden af Skorstensstøt-
ten, tronede Proprietærens Madame med sin Rok. Stjønt hun
i mange Aar havde ligget til Felts mod Gigten og forskanset
sig mod dens Anfald i en Mangfoldighed af Stakker og Trøier,
og som Udenværker udenom alle de øvrige anlagt et Uhyre af
en graa Vadmelskofte, skinnede dog hendes Ansigt under Skautet
som den fulde Maane. Paa Peiskanten sad Børnene og lo
og knækkede Nødder. Rundt om sad en Kreds af Piger og
Husmandskoner; „de traadte Rokken med flittige Fødder eller
brugte de skrabende Karder.” I Svalen trampede Træskerne
Sneen af, kom ind med Avner i Haaret og satte sig ved Lang-
bordet, hvor Rokken bar frem Natverden for dem, en Mælke-
ringe og et Traug haardstampet Grød. Op til Skorstensmuren
lænede Smeden sig; han røgte Tobak af en liden Snabbe, og
over hans Ansigt, der bar sodede Spor fra Smidje-Essen, laa
en tør alvorlig Mine, som vidnede om at han havde fortalt,
og fortalt godt.

„God Aften, Smed,” sagde jeg, „hvad er det du fortæl-
ler, som vækker saadan Latter?”

„Hi, hi, hi,” lo Smaagutterne med Sjæleglæde i sine
Ansigter, „Christen fortalte om Fanden og Smeden, og saa om
Gutten som fik ham ind i Nødden, og nu har han sagt han
skal fortælle om Per Sannum, som de Underjordiske holdt He-
sten for i Asmyr-Bakken.”

„Ja,” begyndte Smeden, „den Per Sannum var fra en
af Sannumgaardene nordenfor Kirken. Han var en Signekall,
og han blev ofte hentet baade med Hest og Slæbe for at gjøre
aat Folk og Fæ, ligesom gamle Berthe Tuppenhaug her nede
i Braaten. Men hvordan det var eller ikke, saa var han nok
ikke klog nok, for en Gang havde de Underjordiske bundet ham,
saa han maatte staa en hel Nat i Hjembagen sin med Kjæften
paa skakke, og det gik ikke rigtig vel til den Gangen, jeg nu
vil fortælle om heller. Denne Peren kunde aldrig forliges med
Folk, akkurat ligesom — hm hm — nu ja, han var en Krang-

lefant, som havde Sag med alle. Saa var det en Gang han
havde en Sag i Stiftsretten i Christian, og derinde skulde han
være til Klokken ti om Morgenen. Han tænkte han havde god
Tid, naar han red hjemmefra Kvelden i Forveien, og det gjorde
han ogsaa; men da han kom i Asmyr-Bakken, blev Hesten
holdt for ham. Det er ikke rigtig der heller; for lange Tider
siden har En hængt sig oppe i Haugen, og der er mange som
har hørt Musik der, baade af Feler og Klarinetter og Fløiter
og andre Blaasegreier. Ja, gamle Berthe ved nok at tale om
det; hun har hørt det, og hun siger hun aldrig har hørt
saa vakkert, det var akkurat som da den store Musikken var
hos Lensmanden i 1814. Var det ikke saa, Berthe?" spurgte
Smeden.

„Jo, det er sandt, det er Gudsens Sandhed og det, Far,"
svarede Husmandskjærringen, som sad ved Skorstenen og far-
bede.

„Nu, Hesten blev da holdt for ham," fortsatte Smeden,
„og den vilde ikke røre sig af Flækken. Alt det han slog paa
og alt det han hujede og skreg, saa dansede den bare i Ring,
og han kunde hverken faa den frem eller tilbage. Det led med
det skred, men det blev ikke anderledes. Saaledes gik det hele
Natten, og det var tydeligt at se, at der stod En og holdt den,
for alt det Sannumen bandte og huserte, saa kom han ikke
videre. Men da det led ud paa Morgenen i Graalysingen,
saa stod han af og gik op til Ingebret Asmyr=Haugen, og fik
ham til at tage med sig en Varmebrand, og da han var kom-
men i Sadlen igjen, saa bad han ham fyre over Hesten med
den. Da kan det vel hænde det gik af Gaarde i fuldt Fir-
sprang, og Per havde nok med at hænge paa, og ikke stansede
det, før han kom til Byen; men da var Hesten sprængt."

„Dette har jeg hørt før," sagde gamle Berthe og holdt op
at farbe, „men jeg har aldrig villet tro, at Per Sannum ikke
var klogere; men siden du siger det, Christen, saa maa jeg vel
tro det."

„Ja, det kan du," svarede Smeden, „for jeg har hørt det af Ingebret Asmyr-Haugen selv, som bar Branden og fyrede over Hesten for ham."

„Han skulde vel have seet gjennem Hulaget, Berthe, skulde han ikke?" spurgte en af Smaagutterne.

„Jo, det skulde han," svarede gamle Berthe, „for da havde han faaet se, hvem det var som holdt Hesten, og da havde han maattet slippe. Det har jeg hørt af En, som vidste om sligt bedre end nogen, det var En, som de kaldte Hans Fri-modig hjemme paa Halland. I andre Bygdelag kaldte de ham Hans med Stikkelighed, for han havde nu det til Mundheld: „Alting med Stikkelighed." Han blev indtagen af de Under-jordiske og havde været hos dem i mange Aar, og de vilde endelig have ham til at tage Datter deres, som hang efter ham støbt. Men det vilde han ikke, og da der blev ringet efter ham fra mange Kirker, saa tog de ham tilsidst og kastede ham ud fra en høi Kolle langt ude i Bygderne, som jeg tror de kaldte Horte-Kollen, og da syntes han han for lige til Fjords. Fra den Tid var han en Jaaling. Saa kom han i Lægd og gik fra Gaard til Gaard og fortalte mange underlige Historier, men bedst han sad, saa lo han:

„Hi, hi, hi, Kari Karina, jeg ser dig nok!" sagde han, for Huldrejenten var bestandig efter ham.

Mens han var hos de Underjordiske, fortalte han, saa maatte han bestandig være med dem, naar de var ude og for-synte sig med Mad og Mælk, for det som var korset over og signet med Jesu Navn, havde de ikke Magt til at tage, og saa sagde de til han Hans: „Du faar tage i her, for dette er der „krikkla paa," og han lagde nu saadanne Børder i Mei-serne til dem, at det var fæle Ting; men naar der kom Tor-denslag, satte de afsted saa fort, at han ikke kunde følge dem. Hans var bestandig i Lag med en af dem, som hedte Vaatt, og han var saa stærk, at han tog og bar baade Hans og Bør-den, naar der kom sligt Braaveir paa dem. En Gang mødte

oe Futen fra Ringerike i en dyb Dal oppe paa Halland, saa
gik Baatt bort og holdt Hesten for ham, og Futen skreg og
slog paa og for saa ilde med Hesten, at det var Synd at se.
Men saa gik Skydsgutten frem af Meierne og saa gjennem
Hulaget; saa maatte Baatt slippe, „og da kan det vel hænde
det gik," sagde Hans, „Skydsgutten var nær ikke kommen paa
Meierne igjen, og vi slog op en Skraskel, saa at Futen vendte
sig i Slæden og saa tilbage." —

„Ja," sagde en af Husmændene, som var en Udbygding,
„det har jeg hørt om en Præst i Lier ogsaa. Han skulde reise
i Sognebud til en gammel Kjærring, som havde været et ugu-
deligt Menneske, mens hun levede. Da han kom paa Skoven,
blev Hesten holdt for ham; men han vidste Raad, for det var
en rask Karl den Lierpræsten; i eet Sprang var han fra Slæ-
den oppe paa Hesteryggen og skottede ned gjennem Hulaget, og
der saa han det var en styg gammel Mand, som holdt i Tøm-
men — de siger, det var Fanden selv.

„Slip kuns, du faar hende ikke," sagde Præsten.

Han maatte slippe, men med det samme gav han Hesten
et Rap, saa den satte afsted saaledes, at det gnistrede under
Hoverne og lyste i alle Skovtoppene, og det var ikke mere end
Skydsgutten kunde holde sig bagpaa. Den Gang kom Præsten
ridende i Sognebud." —

„Nei, om jeg skjønner hvorledes det skal gaa med Koen
ligevel, Mor," sagde Mari Budeie, som kom staakende ind med
et Mælkespand, „jeg tror den sulter rent ihjel, her kan Mor
se hvor lidet Mælk vi faar."

„Du faar brage Hø fra Staldgulvet, Mari," sagde Gam-
lemor.

„Ja, det var sandt!" svarede Mari; „kommer jeg did,
saa er Karlmændene og Kallen saa forstinte som vilde Gasser."

„Jeg skal give dig et Raad, Mari," sagde en af Smaa-
gutterne med en polisk Mine. „Du skal koge Rømmegrød og

sætte ud paa Staldlaaven om Torsdagskvelden, saa hjælper nok Nissen dig at drage Hø til Fjøset, mens Gutterne sover."

„Ja, bare der var nogen Nisse her, saa skulde jeg nok gjøre det," svarede den gamle Budeie trostydig; „men det er Fanken ingen Nisse her i Gaarden, for de tror ikke paa sligt Sjelvfolkene; nei, paa Næs hos Kapteinen, den Tid jeg tjente der, der var Nissen."

„Hvorledes kan du vide det, Mari?" spurgte Gamlemor. „Har du seet ham?"

„Seet ham? Ja det har jeg rigtig ogsaa det," svarede Mari, „det er sikkert nok."

„Aa, fortæl os det, fortæl os det!" raabte Smaagutterne.

„Ja det kan jeg nok," sagde Budeien og begyndte.

„Det var nu den Tid jeg tjente hos Kapteinen, saa sagde Gaardsgutten til mig en Lørdagskveld:

„Du er nok saa snild, at du gir Hestene for mig i Kveld du Mari, saa skal jeg altid gjøre dig et Puds igjen."

„Aa ja," sagde jeg „jeg kan nok det," for han skulde gaa til Jenten sin.

Da det led mod Tiden, at Hestene skulde have Kveldsfodret, saa gav jeg først de to, og saa tog jeg et Høfange og skulde give Hesten til Kapteinen, og den var altid saa fed og blank, at En gjerne kunde speile sig i den; men i det samme jeg skulde gaa ind i Spiltauget, saa kom han faldende lige ned over Armene paa mig —"

„Hvem, hvem? Hesten?" spurgte Smaagutterne.

„Aa nei vist, det var Nissen; og jeg blev saa forfærdet, at jeg slap Høet der jeg stod, og skyndte mig ud igjen det forteste jeg vandt. Og da Per kom hjem, saa sagde jeg: „jeg har givet Hestene for dig een Gang, min kjære Per, men nei Gu' blir det ikke oftere da, og Brunen til Kapteinen den fik ikke Høstraaet heller," sagde jeg, og saa fortalte jeg ham det.

„Aa ja, det har ingen Nød med Brunen," sagde Per, „han har nok den som passer sig han."

„Hvorledes saa Nissen ud da, Mari?" spurgte en af Smaagutterne.

„Ja, mener du jeg kunde se det?" svarede hun; „det var saa mørkt, at jeg ikke kunde se Hænderne mine, men jeg kjendte ham saa tydelig, som jeg tar i dig; han var lodden, og det lyste i Øinene paa ham."

„Aa, det var vist bare en Katte," indvendte en af dem.

„Katte?" sagde hun med den dybeste Foragt. „Jeg kjendte hver Finger paa ham; han havde ikke mere end fire, og de var lodne, og var det ikke Nissen, saa lad mig ikke komme levende af Flækken."

„Jo, det var Nissen, det er vist," sagde Smeden, „for Tommelfinger har han ikke, og lodden skal han være paa Næ= verne; jeg har aldrig handtagets med ham; men saa skal det være, det har jeg hørt; og at han passer Hestene og er den bedste Husbondskarl nogen kan have, det ved vi alle det. Der er mange, som har stor Nytte af ham; men det er da ikke ham alene de har Nytte af, for oppe i Ullensaker," begyndte han igjen at fortælle, „var der en Mand, som en Gang havde ligesaa megen Nytte af de Underjordiske, som andre har af Nis= sen; han boede paa Røgli. De vidste nu vel det, at Huldren var der og holdt til der, for det var en Gang han reiste til Byen saa i Flækfneen om Vaaren, og da han kom ind til Skjællebæk og havde vandet Hestene sine, kommer der ud over Bakken en Buskap med brandede Kjør, saa store og sede at det var Moro at se dem, og nogle af dem som var med, kjørte med alle Slags Butjørrel og Greier paa Kjærrer med vakkre sede Heste for; men foran gik der en svær Jente, som havde en drivende hvid Mælkekolle i Haanden.

„Men hvor skal I hen paa denne Aarsens Tid da?" spurgte Røgli=Manden forundret.

„Aa," svarede hun, som gik foran, „vi skal til Sæters i Røgli=Hagen i Ullensaker; det er Havn nok der."

Dette syntes han var rart, at de skulde havne i Hagen

hans; og ingen anden end han hverken saa eller hørte noget, og alle dem han mødte paa Veien indover, spurgte han; men ingen havde seet en saadan Buskap.

Hjemme paa Gaarden hos den Røgli-Manden gik det ogsaa underligt til iblandt, for naar han havde gjort noget Arbeide efter Soleglads Leite, saa blev det altid ødelagt om Natten, og tilsidst maatte han rent holde op at arbeide, naar Solen var gaaet ned. Men saa var det den Gangen jeg vilde tale om, det var en Høst, han gik ned og kjendte paa Byg-Loen om den var tør — det var sent ud paa Høsten — og han syntes den ikke var rigtig tør nok endda, men saa hørte han saa tjellig det sagde borte i en Haug:

„Kjør ind Loen din du, i Morgen snøger det.“

Han til at kjøre det bedste han kunde; han kjørte til langt over Midnat, og han fik ind Loen; men Morgenen efter laa der over en Sko dyb Sne.“ —

„Ja, men det er ikke altid, de Underjordiske er saa snilde, Smed,“ sagde en af Smaagutterne; „hvorledes var det med hende, som stjal Bryllupskosten paa Eldstad og glemte igjen Luen sin?“

„Jo, det skal jeg sige dig,“ sagde Smeden, som med Begjærlighed greb dette Vink til at begynde en ny Fortælling.

„Paa Eldstad i Ullensaker var der en Gang et Bryllup; men paa Bryllupsgaarden havde de ikke nogen Bagerovn, og derfor maatte de sende Stegene bort til Nabogaarden, hvor de havde Bagerovn, og stege dem der. Om Kvelden skulde Gutten i Bryllupsgaarden kjøre hjem med dem. Da han kom over en af Moerne der, hørte han ganske tjellig at det raabte:

„Hør du, kjører du til Eldstad fram,
   saa sig til hende Deld,
   At Dild dat i Eld!“

Gutten slog paa og kjørte, saa det hvinede om Næsen paa ham, for det var koldt i Veiret og gildt Slædeføre. Og det samme raabte det efter ham flere Gange, saa han mindtes det vel. Han kom vel hjem med Føringen sin, og gik saa frem for Bordenden, hvor Tjenerne gik fra og til, som de havde Tid til, og fik sig noget at leve af.

„Naa da Gut, har Fanden selv skydset dig, eller har du ikke reist efter Stegen endnu?" sagde en af Husens Folk.

„Jo, det har jeg," sagde han, „der ser du den kommer ind gjennem Døren, men jeg slog paa og lod det gaa, alt det Mærren orkede at spænde i, for da jeg kom paa Moen, saa raabte det:

„Kjører du til Eldstad fram,
 saa sig til hende Deld,
 at Dild dat i Eld."

„Aa, det var Barnet mit det," raabte det i Gjæstebuds= stuen, og saa for der En afsted, som om hun var galen, hun rendte paa den ene efter den anden og slog dem paa Stallen allesammen; men tilsidst faldt Hatten af hende, og saa fik de se, at det var en Hulder, som havde været der; for hun havde rapset med sig baade Kjød og Flesk og Smør og Kage og Øl og Brændevin og alt det som godt var; men hun var saa forfjamset over Ungen, at hun glemte igjen en Sølvkaupe i Ølkarret og ikke sansede, at Hatten faldt af hende. De tog baade Sølvkaupen og Hatten og gjemte paa Eldstad; og Hatten den var slig, at den som havde den paa, han kunde ikke sees af noget dødeligt Menneske, uden han kanske var synen; men om den er der endnu, skal jeg ikke kunne sige for vist; for jeg har ikke seet den, og ikke har jeg haft den paa heller." —

„Ja, de Underjordiske er slemme til at stjæle, det har jeg altid hørt," sagde gamle Berthe Tuppenhaug, men værst skal de være i Sætertiden; det er ligesom en lang Høitid baade for Huldrer og Underjordiske; for mens Sæterjenterne gaar og tæn= ker paa Gutterne sine, glemmer de at korse over Mælk og Fløde og anden Bumad, og da tager Huldrefolk alt det de vil. Det er ikke ofte, at Folk faar se dem, men det hænder da iblandt, og det hændte en Gang paa Neberg-Sæteren oppe i Almenningen her.

Der var nogle Tømmerhuggere eller Vedhuggere oppi der og huggede. Da de saa skulde gaa frem til Neberg-Vangen til Kvelds, saa raabte det til dem borte i Skoven:

„Hils hende Kilde, at begge hendes Sønner for ilde; de brændte op sig i Soddkitiln."

Da Huggerne kom frem til Sæteren, saa fortalte de Jenterne dette og sagde: „den Tid vi skulde gaa hjem til Kvelds og vi havde faaet Øxen paa Nakken, saa sagde det borte i Skoven:

„Hils hende Kilde, at begge hendes Sønner for ilde; de brændte op sig i Soddkitiln."

„Aa, det var Barna mine det," skreg det inde i Mælkeboden, og saa kom der farende ud en Hulder med en Kolle i Næven, og den kastede hun, saa at Mælken skvat om dem." —

„Folk fortæller nu saa meget," sagde Smeden med en noget spodsk Mine, ret som om han nærede Tvivl om denne Fortællings Troværdighed. Imidlertid var der næppe andet, som talte af ham, end Ærgrelse over at være bleven afbrudt, da han havde faaet Munden saa godt paa Glid. Der fandtes næppe nogen i hele Bygden, som var rigere paa de vidunderligste Fortællinger om Huldren og de Underjordiske end han; og i Troen paa disse Væsener hamlede han op med de stærkest troende. „Folk fortæller saa meget," sagde han, „En kan ikke tro det alt. Men naar det er hændt i Ens egen Slægt, saa faar En tro det. Og nu skal jeg fortælle noget, som har hændt Værfar min; det var en alvorlig og troværdig Mand, saa det nok var sandt hvad han sagde. Han boede paa Stroperud paa Lodding-Eierne i Ullensaker; han hedte Jo. Han havde bygget sig en ny Stue, han havde en to tre Kjør, fede og i god Stand, og en Hest som var udmærket fremfor alle andre. Med denne Hesten for han ofte i Skyds fra Mo til

Irøgstad, og naar det faldt sig saa, derifra til Skrimstad og tilbage til Mo igjen; og han brydde sig ikke om, hvordan han for med Hesten, for den var og blev lige sed. Skytter var han ogsaa, og Spillemand med. Ofte var han ude og spillede, men hjemme kunde de aldrig faa ham til at røre Felen; om saa hele Stuen var fuld af Ungdom, nægtede han lige fuldt at spille. Men en Gang var der kommet nogle Gutter til ham med Lommeflasker og Brændevin. Da de havde faaet Kallen paa en Pisk, kom der flere til, og endda han sagde nei i Begyndelsen, saa fik han dog Felen fat tilsidst. Men da han havde spillet en Stund, lagde han den bort, for han vidste, at de Underjordiske ikke var langt borte, og at de ikke syntes om saadant Spektakel; men Gutterne fik ham til at spille igjen, og saaledes gik det en to tre Gange; han lagde Felen bort, og de fik ham til at tage den fat igjen. Tilsidst hængte han den op paa Væggen og svor paa, at han ikke vilde gjøre et Strøg med Buen mere den Kveld, og saa jagede han dem ud allesammen baade Gutter og Jenter. Da han havde begyndt at klæde af sig og stod i Skjortærmerne borte i Skorstenen og skulde tænde Kveldspiben sin med en Brand, saa kom der ind et Følge af Store og Smaa, saa det vrede i Stuen.

„Nu," sagde Jo, „kommer I nu igjen?" Han troede det var dem, som havde været inde og danset; men da han fik se, at det ikke var dem, blev han ræd, tog Døttrene sine, som alt laa i Sengen, og slængte dem op paa Gulvet — han var en stor stærk Mand — og spurgte: „hvad er dette for Folk? kjender I dem?"

Jenterne var søvntunge og sanfede ikke. Saa tog han Geværet ned af Væggen og vendte sig mod det Følget, som var kommet ind, og hyttede til dem med Trompen. „Dersom I nu ikke pakker jer, saa skal jeg" — bandte han — „føise jer saaledes ud, at I ikke skal vide, om I staar paa Hovedet eller Benene." De satte ud gjennem Døren og hujstreg, saa den ene for hovedstupes over den anden, og han syntes det

ikke saa anderledes ud, end som en Hob graa Garnnøster tril-
lede ud igjennem Døren. Men da Jo havde sat fra sig Ge-
været og kom bort til Skorstenen igjen og skulde tænde paa
Piben sin, som havde slukket, saa sad der en gammel Mand
paa Peiskrakken med et Skjæg saa langt, at det rak helt ned
til Bænken, ja det var over en Alen langt; han havde ogsaa
en Pibe, og for frem og tilbage med en Brand ligesom Jo
selv og skulde tænde paa den: ret som det var, saa slukkede
den, saa tændte han paa igjen, og det blev ikke anderledes.

„End du,“ sagde Jo, „hører du til samme Fantefølget
du med? hvor er du fra?“

„Jeg bor ikke langt borte jeg, du,“ svarede Manden, „og
jeg raa'r dig til, at du passer dig og ikke holder slig Styr og
Larm herefter, ellers gjør jeg dig til en arm Mand.“

„Naa, hvor bor du da?“ spurgte Jo.

„Jeg bor her borte under Kjonen, og havde ikke vi væ-
ret der, saa havde den nok strøget med for længe siden, for
du har lagt svært paa Varmen iblandt; det har været hedt
der, og den er ikke frakere, end at den falder over Ende, der-
som jeg sætter Fingeren min bort paa den. Nu ved du det,“
sagde han, „og pas dig efter denne Dag.“

Aldrig blev der spillet til Dans mere; Jo skilte sig ved
Felen sin, og aldrig fik de ham til at røre nogen anden efter
den Tid.“ —

Under den sidste Del af denne Fortælling havde Proprie-
tæren holdt en svare Rumstering inde i Stuen; Skabdøre bleve
lukkede op og igjen; der rasledes med Sølvtøi og Nøgleknip-
per; man kunde høre og vide, han var beskjæftiget med at læse
igjen for al rørlig Eiendom lige fra Sølvkrusset til Blytobaks-
daasen. Retop som Smeden havde endt, glottede han paa
Døren, stak Hovedet ud med Luen paa det ene Øre og sagde:

„Er du nu ude med Ræglerne dine og lyver igjen, Smed?“

„Lyver?“ sagde Smeden meget stødt; „det har jeg aldrig
gjort, for dette er sandt; jeg er jo gift med den ene af de

Jenterne, og Kjærringen min, Dorthe, hun laa selv i Sengen og saa den gamle Skjæggekallen; rigtignok var de Jenterne rare og ligesom halvfjollede, men det kom af, at de havde seet de Underjordiske," tilføiede han med et harmfuldt Blik paa Proprietæren.

„Fjollede?" sagde Proprietæren, „ja, det tror jeg nok; det er jo du ogsaa, naar du ikke er paa en Kant, for da er du rent bindegal. Kom, Smaagutter, og gaa op og læg jer, og sid ikke her og hør paa hans Røreri."

„Det maa jeg sige er daarligt sagt af Jer, Far," yttrede Smeden med Overlegenhed. „Sidst jeg hørte der blev snakket Fjolleri og Rør, var da I prækede paa Neberg-Haugen den syttende Mai," føiede han til i samme Tone.

„Forbandede Sludder!" brummede Proprietæren og kom stampende gjennem Kjøkkenet med Lyset i den ene Haand og en Pakke Akter og nogle Aviser under Armen.

„Aa, bi lidt Far," sagde Smeden drillende, „og lad Smaagutterne faa Lov at være her, saa skal I ogsaa faa høre en liden Stub; I har ikke godt af at læse i Lovbogen støt I heller.

Jeg skal fortælle Jer om en Dragon, som blev gift med en Hulder. Det ved jeg er sandt, for jeg har hørt det af Gamle-Berthe, og hun er selv fra den Bygden, hvor det hændte."

Proprietæren slog bister Døren til, og man hørte ham trampe op ad Trappen.

„Ja ja, siden Kallen ikke vil høre, saa faar jeg fortælle jer den da," sagde Smeden til Smaagutterne, over hvem den bedstefaderlige Myndighed ikke længer udøvede nogen Magt, naar Smeden lovede at fortælle Eventyr.

„For mange Aar siden," begyndte han, „boede der et Par gamle velstaaende Folk paa en Gaard oppe paa Halland. De havde en Søn og han var Dragon, og en stor, vakker Karl var han. Paa Fjeldet havde de en Sæter, og den var ikke som Sæterstuerne pleier være, men den var pen og godt opbygget, og der var baade Storstensmur og Tag og Vinduer i den. Her laa de hele Sommeren, men naar de reiste hjem om Høsten, havde Tømmerhuggere og Skyttere og Fiskere og saadanne, som færdes i Skoven ved de Tider, lagt Mærke til at Huldrefolk flyttede ind der med Buskapen sin. Og med dem var der en Jente, som var saa nauvakker, at de aldrig havde seet hendes Mage.

Dette havde Sønnen ofte hørt tale om, og en Høst de reiste hjem fra Sæteren, klædte han sig i fuld Mundering, lagde Dragonsadlen paa Dragonhesten baade med Pistolhylstrene og Pistolerne, og saa red han derop. Da han kom i Vangbredden, var der saadan Varme paa i Sæteren, at det lyste ud igjennem alle Mosefarene, og da kunde han skjønne, at Huldrefolket alt var der. Saa bandt han Hesten sin ved en Granlægg, tog den ene Pistolen ud af Hylstret og listede sig sagte op til Vinduet og stottede, og derinde i Sæteren saa han en gammel Mand og en Kjærring, som var krogede og rent strutkede af Alderdom og saa urimelig stygge, at han aldrig havde seet noget saa stygt i sit Liv; men saa var der en Jente der, og hun var saa deilig, at han syntes han ikke kunde leve, hvis han ikke kunde faa hende. Alle havde de Korumper, og det havde den vakkre Jenten ogsaa. Han kunde se, at de nylig var komne, for det var netop ryddet op der. Jenten holdt paa at vaske Gamlestyggen, men Kjærringen gjorde Varme under den store Primkjedlen paa Peisen.

Ret som det var, stødte Dragonen op Døren og skjød af Pistolen lige over Hovedet paa Jenten, saa at hun tullede bort over Gulvet. Men i det samme blev hun lige saa fæl, som som hun før havde været vakker, og en Næse fik hun saa lang som Pistolhylstret.

„Nu kan du tage hende; nu er hun din," sagde den gamle Manden. Men Dragonen var ligesom fjættret; der han stod der stod han, og han kunde ikke flytte sig et Skridt hverken frem eller tilbage. Den Gamle begyndte da at vaske Jen

4*

ten; saa blev hun noget ligere: Næsen minkede sagtens til det halve, og den stygge Korumpen blev opbunden, men vakker var hun ikke, det var Synd at sige.

„Nu er hun din, min staute Dragon, sæt hende nu paa Sadelknappen og rid til Bygden og hold Bryllup med hende. Men til os kan du lage til i det vesle Kammerset i Størhuset; for vi vil ikke være sammen med de øvrige Brudefolkene," sagde den gamle Stygfanten, som var Far hendes; „men naar Skaalen gaar om, saa kan du se ud til os."

Han torde ikke gjøre andet; han tog hende med paa Sadelknappen og lavede til Bryllup. Men før de gik til Kirken, bad Bruden en af Brudepigerne at staa vel bag hende, forat ikke nogen skulde se, at Rumpen faldt af, naar Præsten lagde Haanden paa hende.

Saa drak de Bryllup, og da Skaalen gik om, gik den unge Manden ud i Kammeret, hvor der var laget til for de gamle Huldrefolkene. Den Gang saa han ingen Ting der, men da Bryllupsfolkene var reist, laa der igjen saa meget Guld og Sølv og saa mange Penge, at han aldrig havde seet saa megen Rigdom før.

Det gik nu baade godt og vel i lang Tid; hver Gang der var Fremmedlag, lagede Konen til for de Gamle ude i Kammeret, og altid laa der efter dem saa mange Penge, at de tilsidst næsten ikke vidste, hvad de skulde gjøre af dem. Men styg var hun og styg blev hun, og kjed var han af hende, og det var ikke frit for, at han var lidt slem iblandt, saa at han bød til at slaa og bænge hende.

En Gang skulde han til Byen; det var paa Barfrosten om Høsten, og saa skulde han lægge Sko under Hesten. Han gik da til Smidjen, for han var en dygtig Smed selv; men hvorledes han lagede det, saa blev Skoen enten for stor eller ogsaa blev den for liden, og aldrig vilde den passe. Han havde ikke flere Heste hjemme, og det led med det skred, saa det blev Middag og det blev Eftasverdstid.

„Kan du da aldrig faa lagt under den Skoen?" sagde
Konen; „ikke er du rar Mand, men du er nok endda klei=
nere Smed. Der blir ikke anden Raad, end at jeg faar gaa
i Smidjen og sko; er den for stor, kan du jo gjøre den min=
dre, og er den for liden, kan du jo gjøre den større."

Hun gik til Smidjen, og det første hun gjorde, var at
tage Skoen med begge Næver og rette den ud.

„Se her," sagde hun, „saa skal du gjøre." Saa bøiede
hun den sammen, som om den havde været af Bly. „Hold
nu op Benet," sagde hun, og Skoen passede saa akkurat, at
den bedste Smed ikke kunde gjort den bedre.

„Du er nok stiv i Fingrene du," sagde Manden og saa
paa hende.

„Synes du det?" sagde hun. „Hvordan mener du det
var gaaet med mig, dersom du havde været saa stiv i Fing=
rene? Men jeg holder for meget af dig, til at jeg skulde
bruge Kræfterne mine paa dig," sagde hun.

Fra den Dag var han en aparte Mand imod hende." —

„Nu synes jeg, vi kan have hørt nok for i Aften," sagde
Gamlemor, da Fortællingen var til Ende, og reiste sig.

„Ja, vi faar vel til at rusle paa os, siden Kallen har
turret sig," sagde Smeden og bad Godnat, men han lovede
Smaagutterne at fortælle mere næste Aften, og knyttede en Un=
derhandling med dem om en Kvart Tobak.

Om Eftermiddagen da jeg var ude i Smidjen hos Sme=
den, straaede han stærkt, hvilket altid var et Mærke paa, at
han havde drukket Brændevin; om Aftenen var han gaaet paa
Bygden for at faa mere. Da jeg flere Dage efter saa ham
igjen, var han mørk og ordknap. Han vilde intet fortælle,
uagtet Smaagutterne lovede ham baade Tobak og Brændevin.
Men Pigerne mumlede om, at de Underjordiske havde haft fat
paa ham og slaaet ham over Ende i Asmyrbakken. Der havde
en Kjører fundet ham liggende paa Morgensiden, og da talte
han over sig.

Huldreæt.

(1843.)

Vi havde været i Besøg paa Bjerke. Proprietæren og Gam-
lemor roede hjem Søndag Aften; men Jomfru Marie og Smaa-
gutterne havde tigget og tryglet saa længe, til de fik Lov at
blive over til Mandagen for at tage Veien hjem over Aasen
„og se Udsigten," hed det; og jeg, Læreren, gjorde af mange
Grunde Følge med dem. Den Mandag Morgen kom os alt
for snart. Ledsagede af vor Vertinde, den gode Mor Bjerke,
og hendes Søn, vandrede vi op gjennem Bjerke-Hagens løv-
rige Lunde, hvor Rødstjerten og Bogfinken i Oretoppene feirede
Dagen med raske, velklingende Slag; Fluesnapperne vimsede
om mellem Grenene og gav sit Ord med i Laget, medens Ha-
vesangeren, bestedent skjult bag Løvet, lod sin muntre Sang
strømme ud fra de tætte, dunkle Kroner. Morgenen var saa
stille og lun; Birkens Blade rørte sig næppe, og da vi kom
op af Stien gjennem Engene, saa vi, naar der faldt et Sol-
streif i det Grønne, endnu Dugperlerne funkle paa Kløveren
og i Maristakkens foldede Blade. Svalerne strøg lavt efter de
fine Libeller; Buskstvætten sad gyngende paa en Tistel og kvid-
drede i Ageren. Her havde vi Lærkesang fra den blaa Him-
mel, der paa alle Kanter omgjærdedes af lyse Sommerskyer,
som skjærmede os mod den hede Sol.

Da vi vare paa hin Side Kongeveien, havde vi en an-
den Region. Det gik opad Aasen; Furen og Granen hvæl-
vede os svale Haller. Endnu lød Lærkernes Triller over til
os; men de Toner, som havde hjemme her, var kun de travle
Meisers skjærende Piben, Gjertrudsfuglens regnvarslende Skrig,

og Beirstillernes Glam under Skyen. Trætte efter Stigningen hvilede vi .et Dieblik paa de flade mosbækkede Klipper ved Præstemyren, drak en Afstedsskaal med vort Følge, og kvægede os ved Synet af Dierens blanke Flade, som vi skimtede mellem Furetoppene.

Smaagutterne vare alt ude paa Myren for at sanke Multer, og jublede hver Gang de saa en rødmende Kart. Jomfruen og jeg fulgte efter. Kranset med Fure og Gran strakte Mosen sig fjerdinglangt ud mod Best; Ensformigheden i den store Flade afbrødes kun ved enkelte Grupper af ranke Siv eller Tuer af den lysegrønne Calmus; af og til sprang en Odde frem, og ude paa Pynten saaes her og der en gulnet Barhytte, der stod igjen som et Minde fra Aarfugl-Legen om Baaren. Mod Nord, hvor vor Bei gik, var der knapt et tusend Skridt over. Rundt Bredden stod Lyngen i Blomster; men ude paa Myren vinkede os Mosliljens gule prægtige Bæger, den skjæggede Bukkebladblomst og den stirlige Calla. Pyntet med nikkende Myrdun, Multeblomster og fint Stargræs spillede Mosteppet i de forskjelligste Overgange og gyngede under vore Fødder, som om det hvilede paa et bølgende Hav. Bi gjorde ogsaa en liden Afstikker for at sanke Multer. Da vi igjen kom frem mod Pynten af en af disse furekronede Odder, svingede Dunhammerne sine store valseformige Ax frem og tilbage over vore Hoveder; en skjærende Bind peb os i Ansigtet, og lige over os stod mørke Skymasser med graalige, udvaskede Rande. Det bryggede til en Regnskur; vi kjendte alt enkelte Draaber. Jeg trøstede min forskrækkede Ledsagerinde med det Ly, vi skulde finde i den gamle Barbehytte, en Levning fra Krigens Tid, som knapt laa et Par Bøsseskud borte, ret op for den ludende Fure ved Myren. Da vi naaede Bredden, skylregnede det; men nu havde det ingen Nød, vi kjendte fast Grund under vore Fødder, Skoven bækkede os, og i et Par Minutter vare vi oppe af Bakken og vel forvarede i Barbehytten. I Grunden vare vi paa ingen Maade vel forvarede. Laget var styrtet ned; kun en liden Snip var igjen deraf i det ene Hjørne, saa vi frit kunde se Himmelens Fugle flyve over os. Men i dette ene Hjørne, under denne lille Snip havde en menneskevenlig Skytter eller Vedhugger anbragt en Bænk af et Par Birkestammer mellem Tømmerstokkene, saa lang, at der med Nød og Næppe var Rum til to. Her maatte vi altsaa tage Plads, og jeg syntes det var et herligt Sæde. Smaagutterne klattrede med Fare for Liv og Lemmer op paa Levningerne af den gamle Skorsten i det andet Hjørne og stod der mod den graa Himmel og trættede, om de kunde se ni eller elleve Kirker, til de ikke saa de nærmeste Træer for Regn.

Man skulde vel tro, at vor Stilling i Krogen medførte Fortrolighed og gjensidig Meddelelse. Men det var ikke saa; jeg sad og stirrede i Taushed paa Dierens Flade, som gjennem Døraabningen viste sig matskimtende i Regnfloret; jeg saa efter Smaagutterne paa Skorstensruinen, og paa mine egne Ben. Stjal Blikket sig over til min skjønne Nabo, var det kun for at vende tilbage med dobbelt Fart. Situationen var erotisk og komisk tillige; det var Kjærlighed i Huslærerkategorien. Vi sad der som et Par Høns paa en Pinde. Grib Leiligheden! hviskede jeg til mig selv. Mens jeg gik og vadede i Myren, havde jeg i Stilhed øvet mig paa den Tale, jeg havde tænkt at anbringe ved ti lignende Leiligheder. Hvorledes den løb, erindrer jeg ikke nu; men det ved jeg, at den stedse blev siddende mig i Halsen, naar den skulde bruges. Nu var det skjæbnesvangre Øieblik der igjen. Smaagutterne vare nede af Piben og tumlede sig udenfor i Blaabærlyngen. Jeg holdt det for nødvendigt at begynde min Erklæring med en vis Kjækhed, og jeg vovede virkelig at lægge min Arm om hendes Liv; men det viste sig snart, at Jomfruen var meget kjækkere end jeg. Hun sprang op og stod truende og lattermild for mig.

„Hvad vil De mig? Min Gud! ved De hvad De vover?" sagde hun. „De kjender jo min Slægt! De ved vel, at jeg stammer fra Huldrefolk, og at der rinder Troldblod i mine Aarer?"

"Min bedste Jomfru," sagde jeg Stakkel, som imidlertid var kommen en Smule til Sans og Samling igjen; "jeg fatter Dem ikke, jeg ved ikke," tilføiede jeg for dog at sige noget, "om en saa fordægtig Herkomst."

"Nu, det var da rart at Mor, som har fortalt Dem saa mange Eventyr og Historier, ikke har fortalt Dem det. Min Oldemoder eller Tipoldemoder var jo en virkelig Hulder. Nu skal De høre; men hvis De ikke vil, at jeg skal blive gjennemvaad, maa De forunde mig at sidde i Fred paa Pinden ved Deres Side. Nu da, mine Tipoldeforældre eller Tiptipoldeforælbre (det ved jeg ikke rigtigt) laa til Sæters en Sommer. De havde en Søn, og han var med dem. Da det led paa Høstsiden og de skulde reise hjem fra Sæteren, sagde Gutten, at han vilde blive igjen der, for han havde Lyst til at se, om det var sandt hvad de sagde, at Huldren kom did med Bølingen sin, naar Folket reiste hjem. Forældrene syntes ikke noget om dette, og sagde at det kunde han nok tro, det var baade vist og sandt, hvad saa mange vidste at fortælle om. Sønnen gav sig ikke; han vilde blive der alligevel, og tilsidst fik han Lov; til Niste gav de ham et Fad Fløbegrød, og saa reiste Forældrene. Ret som han laa i sine egne Tanker, begyndte det at blive levende ude paa Sætervolden. Han hørte Bjælderne klinge, Kjøerne brølede og Sauerne brægede, og der var en Snakken og en Styr og en Studsen og en Stellen, akkurat som naar Bølingen kommer til Sæters. Om lidt blev det stilt, og en Stund efter kom to Fruentimmer ind. Den yngste af dem var saa vakker, at der ikke var nogen Maade paa. De gav sig til at rydde og stelle derinde, og begyndte at koge Mælkegrød. Imens lod Gutten, som han sov. Huldren havde ikke lagt Mærke til ham i Begyndelsen; men med Et begyndte den yngste at græde.

"Nu, hvad feiler dig? hvad græder du for?" sagde den anden.

„Aa, jeg synes den Gutten er saa vakker jeg, Mor, at jeg ikke kan være til, hvis jeg ikke faar ham; men det gaar vel ikke an," sagde den yngste.

„Hys, hys, vi skal snakke med ham," sagde Moderen og søgte at stagge hende. Saa satte de sig til at spise, og nu lod Gutten, som om han vaagnede, og hilste paa dem. De bød ham at spise, men han takkede for sig og spurgte, om de ikke heller vilde smage paa den Fløbegrøden, han havde til Niste.

Jo, det vilde de gjerne, for Fløbegrød skal jeg sige Dem, er det bedste Huldren kan faa. De spiste da sammen og snakkede baade om Et og Andet, og hvorledes det nu var, saa sagde Moderen til ham:

„Du er en vakker Gut, og Datter min synes godt om dig; liker du hende, og du vil love mig at gaa til Præsten og faa hende døbt, saa kan du tage hende. Men snild maa du være mod hende, saa skal det ikke mangle jer paa Hjemmegifte. I skal faa alt det I behøver til Gaardsens Brug og Drift, og mere til.

Aa ja, Gutten syntes nok han kunde like hende, og saadant et Tilbud var ikke at vrage. Saa lovede han, at han skulde gaa til Præsten og faa hende døbt, og snild skulde han ogsaa være. De reiste da hjem og hun blev døbt, og de holdt Bryllup og levede baade godt og vel, som man siger.

En Gang han havde været lidt slem og gjort hende imod om Dagen, hørte han saadan Larm og Styr paa Gaarden om Natten. Men da han kom ud i Svalen om Morgenen, var hele Gaarden fuld af alt det som kunde behøves baade til Gaardsdrift og Husholdning. Der var baade Kjør og Heste, og Plove og Høslæber, og Ringer og Bøtter, og alle mulige Ting.

Da det led til Høsten igjen og Kaalen blev stor, og Konen skulde til at hakke og stelle til Slagtingen, saa havde hun ikke noget Hakkebræt og ikke heller noget Hakketraug. Hun bad da Manden tage Oxen og gaa op i Fjeldet og hugge ned den store Furuen, som stod ved Myren paa Sæterveien; hun skulde have den til et Hakketraug.

„Jeg mener du er styren, Kjærring," sagde Manden. „Skulde jeg hugge ned det bedste Træ i Tømmerskoven til at gjøre Hakketraug af? Og hvorledes skulde jeg faa den hjem fra Fjeldet paa denne Tid, den er jo saa diger, at ingen Hest orker at drage den?"

Hun bad Manden ligevel; men da han slet ikke vilde gaa, saa tog hun Oxen, gik op i Skoven, huggede Furuen ned og kom hjem med den paa Ryggen. Da Manden saa det, blev han saa forskrækket, at han aldrig siden torde sige hende imod, eller gjøre andet end hun bad om, og fra den Tid var der aldrig Uenighed mellem dem. Det var Historien. Hvilken stærk og slem Mand min Bedstefar var, har De vist hørt; min Far, Proprietæren, kjender De," sagde hun halvt truende, halvt skjæmtende; „De kan altsaa slutte Dem til hvad De kan vente, hvis De for Alvor gjør mig vred."

„Du vil nok blive her med det samme du, Marie," sagde Smaagutterne, som aldeles blaasorte om Munden viste sig ved Døren med et umaadeligt Knippe Blaabærlyng. Det er forbi med Regnet for længe siden," sagde de; kom nu og lad os gaa."

Vi reiste os; det rige Løvværk af Moser og Lavarter, som dækkede de fugtige Stokkevægge, spillede, forfriskede ved Regnet, i det glimrende Sollys. Udenfor, i Skoven, var der en Glæde over alle Planter og Fugle. Pyroler og Linneer udsendte Strømme af Vellugt, og Granen dryssede sin Duft over os. Skoven var fuld af Fuglesang og Jubel; i hver Top sad der en Maaltrost og spottede min Kjærlighed; Gjærdesmutter og Fuglekonger sang omkap og frydede sig over sin Lykke; kun en enlig Rødkjælke klagede mellem de tætteste Grene.

Medens vi vandrede ned ad Skraaningen gjennem Skoven, laa Øvre-Romerike for os i Solskinnet; over de vestlige Aaser hang Regnet endnu som et graat Slør; men mod Nord var det saa blankt og klart; Mistbjerget, disse Egnes Øientrøst, hvælvede sig der som en blaalig Kuppel, og vi saa Bakkerne og Skovene og Kirkerne og Gaardene, og Smaagutterne kjendte grant den røde Staldbygning hjemme paa Gaarden. Det gik raskt nedover; Marie løb omkap med Smaagutterne; jeg slentrede efter, stirrede melankolsk ud i det vandløse Landskab og slukkede min Tørst med saftige Blaabær. Vi vare ikke længe om det sidste Stykke; men da vi kom i Hjemhagen, stak Middagssolen saa brændende hedt, at det ikke var til at holde ud. Marie satte sig i Græsset under den gamle Eeg, og vi fulgte Exemplet. Da bølgede der pludselig en Tonestrøm hen over os. Forundret lyttede Marie og stirrede op i Hvælvet af den mørke styggerige Krone, som om hun ventede at faa Øie paa alle Skovens vingede Sangere. Jeg kjendte Tonerne; det var en sjelden Gjæst i Egnen; det var den gulbrystede Sanger, som gav os denne Koncert. Den var i sit bedste Lune; den skreg som Falken og smaanynnede som Siskien. Den gav os Lærketriller og Stærresang og Svalekvidder; den kjendte Maaltrostens og alle Løvsangeres Toner. Det var et sandt Potpurri af Fuglesang med Jubel og Smerte.

„Hører De denne?" raabte Marie, idet hun sprang op og dandsede rundt under Træet: „ved disse Toner kjender jeg min Huldrenatur; jeg føler, at jeg hører hjemme her, lige saa vist som De tilhører Byen og Bøgerne og Komediespillet og Lirekasserne!"

En Halling med Kvannerod.

(1845.)

En Dag efter Markedet i Vinter sad jeg med min Pibe og
læste i en Bog foran den aabne Ovnsdør, kvægende mig ved
Varmen, som strømmede ud i Værelset fra det friske Baal i
den gamle Kakse. Veiret var nemlig saa koldt, at man kunde
have Lyst til at krybe ind i Ovnen, og i mit Værelse havde
Solen knapt formaaet at fordrive Februarfloraens Isblomster
fra Vinduesruderne. Det bankede paa Døren, men det var
ingen almindelig Banken; ikke nogen enkelt bøiet Kno frem-
bragte denne Lyd; det var et gjentaget Slag af en knyttet
Næve med Lovvante paa. Jeg gjættede forgjæves paa hvem
det kunde være, som meldte sig paa en saa eiendommelig Maade.
Før jeg havde sagt „Kom ind,“ blev Døren aabnet, og ind
gjennem den steg en gammel Bonde i Hallingdragt, med faste
sikkre Skridt. Den klingende Kulde havde rimet hans graa,
tottede, lange Haar og børstede Skjæg; men Kulden syntes
ikke at være ham til Plage, thi en sid sort Kofte, og Vesten,
som bar Spor af at den en Gang, da den endnu eiede Farve,
havde været blaa, stod aabne og viste den bare, haarrige Bringe.
Hans muskelfulde, men temmelig krumbeiede Underlemmer vare
dækkede med sorte Knæbuxer og graa Snesokker. Paa Fød-
derne havde han Sko af uberedt Koskind. En rød Halsklud,
et Par store Lovvanter og en Faareskinds Hue fuldendte Klæ-
debragten, der bar lige saa kjendelige Spor af Veirets og
Tidens Virkninger som hans Ansigt, der havde et læderag-
tigt Udseende. I Haanden bar han et stort Knippe Ange-
likarod.

„Gu Dag, Tak for sist; no ha me et finnt Vær," sagde han, idet han tog Huen og Vanterne af.

„Det var Pokker, kalder du dette fint Veir?" sagde jeg.

„Ja misant æ dæ ej forstrekkjilé Kjøld, me hava no um Dagaðn," svarede han, idet han lagde sine Sager fra sig paa en Stol og varmede sine store Næver ved Ilden.

„Saa du synes dog det er koldt? Men det er sandt, du er kanske fra Hallingdal?" sagde jeg, idet jeg erindrede, at hans Udtryk om det fine Veir var en Talemaade, som Vel-anstændighed byder at begynde enhver Samtale med i flere af Fjeldbygderne.

„E æ so ja, rettigt nok du! e æ or Aalsgjæld i Hal-lingdal; — du kan væl intji ha sett me forr kanskji? — e ha no faké mykjy ut paa Bygdo — ja men ha e so, ja! aa fær no stundo enno, saa gamal e æ — ja misant! — Du ska 'kje handle taa me noko Kvannerot i Dag — rettigt tta den beste?" sagde han, idet han brugte den overvættes fuld-stændige Udtryksmaade, der synes at være eiendommelig for mange i det Dalstrøg, han var fra.

„Jeg har ikke Brug for den; den bruges jo til at sætte paa Brændevin, og det drikker jeg sjælden."

„Drikk du 'kji Brænevin? no daa! E tikji no dæ æ Kar saa se em Dram fastanð, naar dæ æ kalt i Væré. Dæ ska være mange, ha e høyrt gjeté, som ha tikji se te drikke bærre Vatn: aa ja, dæ kann so være — dæ æ no intji meir paakosta dæ, dei kunne daa bærre gaa burti Grové, so hava dei sitt Fornø'n; men dæ bli Troll i turre Sumra. Elleft kan du nokk kjøpe taa me noko Rot lill, for o æ velbehagelig aa tyggjy aa overmaatelé bra for Magarev aa atskjilige Sjuk-domma."

Jeg kjøbte nogle Kranse af ham for at faa ham til at opholde sig en Stund, bad ham sidde ned og varme sig lidt ved Ovnen, og anmodede ham uden Omsvøb om at fortælle mig nogle Eventyr.

„Om Haugatroll ell' so, meine du?" spurgte han. „Hatt' du Moro te høyre om sligt? E tru 'kji e æ go te minnas noko no; elleft kunna e væl ha høyrt enkort for lang Ti sea. Ein bli so stutthugsén, naar Ein bli gamal, ja men bli Ein so, ja! Men e kunna væl sea de taa, kos dæ bar te, daa 'n Haakun Haukeli smorde aav elleve Eikerværinga i Branes-Vegjt ei Gaang."

„Det kunde være morsomt nok; men kan du ikke heller se til at komme i Hu og fortælle mig noget om Huldren og de Underjordiste?"

„Ja, dæ va no dæ; la me sjaa," sagde han eftertænksom — „jau, no kjem e i Hug noko, som e ha høyrt taa'n Mosyst mina om slikt, som du meina. Dæ va paa Nysæt-stølé, ja du veit væl inkji, kor Nysætstølen æ du?"

„Det ved jeg, den ligger jo i Nærheden af Nysætknippen. Da*jeg for en ti Aar siden besøgte Hallingdal, var jeg oppe der ogsaa."

„Nei ha du vaaré dær?" sagde den Gamle, fornøiet over at jeg var kjendt i hans hjemlige Egne. „Ja so daa! du va væl paa Nysætknippé mæ daa? Der saag du vitt du! Ein sér væl burt paa Hallingskarvé, Skogshodn, aa mang-foldige Fjell imot Valdres. Kanskji du gjikk etté Rjupu? Veia du mykjy?"

„Jeg var paa Rypejagt, som du siger; jeg fik ogsaa nogle ved Nysætknippen, og fra Toppen af den saa jeg vidt ud over alle Fjeldene der oppe; men glem nu ikke det som du kom i Hu, det som du hørte af Moster din paa Nysætstølen."

„Ja, dæ va so dæ ja — rettigt nokk du," tog han til Orde. „Dæ va ho gamle Birgit Sandehufe, Mosyste mi, ho laag paa Nysætstølé ei Gaang, mæ ho va Jente. Dæ va langt paa Hausté, men dei totte dæ kunna væra bra aa sita paa Stølé enno eitt Vel, forr dæ va finnt Vær og gjillt Beite enddaa i Fjellé. So va dæ ein Kvelld daa, som ho va eis-mal paa Sætern; ho tvelte se daa att dæ kunna koma enkort

te'n, aa forr aa væra hugheil meinte 'o, so tok 'o ein Rabb
aa slo affor Doré, forr 'o la se. Daa 'o habbe ligji ei Stund,
sprang Doré upp. Detta syntes 'o no var artigt, laut daa
upp or Sengen aa sætte Rabben atti, maaveta; men bæ vara
'kji lengji, so dat Rabben ut att. No tok 'o te undras kos
detta kunna ha se, aa meinte bæ, ho skulde no væl sagte faa
Rabben te sita; dreiv 'n saa inn me ein Dyrehamar so halt,
at bæ va sjaaand te bæ kunna væra Uraa aa faa'n ut att.
Aa jau, be vart nokk endbaa Raa te faa'n ut, sta e tru!
Dæ va 'kji meir ell' so ho Mosyste va ve skull sobbne atte,
aa bæ æ no 'kji so lengji forr Gjentudn sobbne, naar bei
inkji hava Guta hjaa se, saa slaug Rabben or, aa Doré upp
so bæ skrala; aa so høyrde 'o kos bæ tuste kring alle Røna
i Buen mæ atskjilig Læte, so bæ va reine spøkjilé. Ho kunna
ingjin Ting sjaa, aa Værmen va no mest slokt paa Aarén
mæ; men daa vart 'o so reine forfæld, so 'o mest va ve uveta,
forr 'o skjønte bæ maatt' væra Haugafolke, ja mi sant va bæ
bei, som voro ute, bæ va bæ!

„So va bæ ein Dag trast etté, 'o Birgit gjætte Kjybn
burtundé Ryfætknippé. Rett so bæ va, fekk 'o høyre Gampa
som kneggja, Kiy som rauta, Bjelleskrammel aa Gjentu, som
svalla aa leto paa Lu aa Prillahodn, plent som naar bei
bufore. Ho styrde kringum se paa alle Kanta, men saag korkji
Folk ell' Krytyr, aa so kunna 'o nokk veta, att bæ maatt'
væra Haugafolke, som komm me Bølingen sin te Stolé. No
skunda 'o se drive Krytyré heim alt, aa sa' taa ve hine ko ho
habbe fornaamé. So snugga bei se te bufore paa Heimsæ-
teren daa, for dei taalde no 'kji drygjy lenger paa Langstølé;
bei voro rædde, at Haugafolkji skull' bli ille, naar dei soto
over Tié, sér du."

Jeg vogtede mig vel for at forstyrre den Gamle i hans
Tro ved en meget naturlig Forklaring af den Historie, han
slost havde fortalt. Efter mit Kjendskab til Egnens Dale,
Dækter og steile Høider var det mig klart, at en hjemvendende

Bufærd var dragen gjennem en af de fjernere Smaadale, saa‑
ledes at Lydbølgerne af Hestenes Knæggen, Kjørenes Brølen
og Bjælder, og Pigernes Tale, Lok og Lur, formedelst de mel‑
lemliggende Høider og Bakker ikke umiddelbart havde naaet Bir‑
gits Øre, men først efter at være kastede tilbage fra Nysæt‑
knippens steile Sider, og at hun, da hun intet kunde opdage,
havde troet, at det var Huldren. Jeg opfordrede ham til at
fortælle flere Historier fra Stølen.

„No høyré Ein mest alder at nokon fornæm dei Under‑
jordiste,“ begyndte han igjen; „dæ maa væra forrdi Folke intji
trur viar paa dei lenger; aa ja, dæ kan so væra! Men forr
i Tié va dæ ’tji so sjelda, att dei baade høyrde og sogo dei;
jamen sogo dei dei daa, dæ va enddaa likt te dæ. E sta for‑
tælja dæ to som hænde Gomo henna Birgit ei Gaang, ho
stull’ buføre heim om Hausten; dæ va snodigt nokk dæ mæ.
Daa ho hadde tokt Bufargrauten om Morgon den Dagen
dei stull’ reise, sætte ’o ’n uppaa Buatakji, att ’n stull’ kaal‑
ne; men daa dei stull’ snugge se te aa dei la Kløvjadn paa
Gampadn, va ’o no so annsam daa, maaveta, at ’o gløymde
Grauten aa komm ’n ’tji i Hug, forr dei voro komne eit
Stykji paa Heimvegji; daa snudde ’o att forr aa taka ’n mæ
se; men som ’o komm att=ende, va Grauten burte. Ho leitte
aa leitte baade høgt og laagt; men dæ va ingjin Graut. Daa
’o so va ve vende att, vart ’o varé ein graa Sau, som sigla
framm aa att=ende paa Vollé.’ Dæ va ein Fremmansau som
’o intji kjende, stor aa ven, mæ Ull so lang att ’o helt ratt
ne aat Marken, ja dæ gjole ’o, aa ho totte ’o havde alder
sett so gjild Sau forr. ’Kanstji dena Sauen høyre te hjaa
Haugafolkji’, tænkte ’o, ’aa dei ha tikji Grauten, aa vilja
gjeva me Sauen att istan.’ — „Takk forr Byté,“ sa ’o, aa
tok Sauen mæ se. — „Sjøl Takk forr Byté,“ svara dæ burti
Hallé.“

Den Gamle sad endnu en Stund og fortalte om Fjel‑
dene i Hallingdalstrakten, om Ryper, om Gauper, om Fjeldfras

Norste Huldre-Eventyr.   5

og Bjørne; thi i sine yngre Dage havde han været Skytter. Men om Huldren og Haugefolket vidste han ikke mere. Alderdommen havde gjort ham „saa stutthugsén," sagde han.

Anmærkning. Det **l**, som her er brugt, skal betegne den eiendommelige tykke L-Lyd, der forekommer i de fleste akershusiske Dialekter, og som dels træder istedenfor l, dels for rð i det gamle Norske.

Lundeætten.

(1845.)

For en Del Aar tilbage reiste jeg nordefter til Gubbrandsda=
len, over Hadeland og Toten, paa Vestsiden af Mjøsen. Paa
Sveen, et Skifte i Biri, fik jeg en doven Hest og en noget
gammelagtig, snakkesyg Mand til Skydskarl. Ingen af De=
lene gik mig nær til Hjerte. Det havde ingen Hast; Svennæs,
hvor jeg som sædvanlig agtede at prøve Gjæstfriheden og tage
Nattekvarter, kunde jeg naa i god Betids, og Mandens sjældne
Livlighed og træffende Bemærkninger om flere af Bygdens Folk,
som jeg kjendte, forsonede mig let med hans ualmindelige Snak=
kelyst. Dertil kom, at det var en deilig vaarlig Aften. Sol=
straalerne brød sig glinsende og tindrende i Mjøsens Flade, far=
vede Skyerne og spillede mellem det unge Løv. Aaserne i Faa=
berg, som begrænsede Landskabet fjernt i Nord, blev mørkere og
tabte sig i dybe blaa og violette Fortoninger, medens Aftensolen
lagde sin gyldne Glans over den rige Ringsakerbygd paa Fjor=
dens Østside.

Da vi vare komne et Stykke forbi „Odden," fik Hesten
det Indfald at stanse i en Bakke. Næsten ret for os laa
Biri Kirke i nogen Afstand, og til venstre længere bort paa
en Høide laa en Gaard med en mørk Aas i Baggrunden.
Jeg erindrede ikke dens Navn og spurgte derom.

„Det er Lunde," sagde Manden. „Det er rart I ikke
ved det, som er saa kjendt her. I har da vist hørt tale om
„Lundeblod" og „Lundetull"; det er velkjendte Ord i Biri det,
ved jeg."

Nei, det kjendte jeg ikke til og bad ham om en Forkla=
ring, som han var saare villig til at meddele.

5 *

„Paa det Lunde," begyndte han, „har der altid været rare Folk; de siger, der har været Huldrefolk, og rent anderledes har de ogsaa været end alle andre Mennesker; derfor er „Lundeblod og Lundetull" kommet for Orde her i Biri. En Gang var en Kjærring paa Lunde, som hedte Aase. Hun blev borte i Barnseng, og der laa en Olderkubbe i Sengen istedenfor hende. Siden den Tid er det blevet Skik her at sætte Kniver over alle Dørene, naar en Barsengkone faar de første Rier, forat der ikke skal komme Troldskab til hende. Det var de Underjordiske som tog hende, og de havde været efter hende længe før ogsaa, for da der var Fæsterøl for hende paa Lier, tog de hende og satte hende paa Hovedet i et Vandkar, men da var der saa mange Folk, som stod ude paa Traakken, at hun ikke kom til Skade; og saa sagde det borte i Bakken ved Staburet, at det kom af hun ikke havde Fæstering. Men siden den Tid gaar hver Skarvejente, som har sig en Fant, med Fæstering.

Søn efter denne Aase hedte Dagfin, og det var en Karl for sig selv det ogsaa. Saa knap og gjerrig var han, at der ikke var noget Lag paa det: naar han skulde hugge Ved, satte han Stabben udenfor Kjøkkendøren og sagde til Fattigfolk: „Gaa ikke ind, for Kjærringen er saa knap og saa gjerrig, du faar ikke noget af hende ligevel." Men det var ikke sandt; Eli var en snild Kone, og en bedrøvelig Ende tog det med ham, for han hængte sig i en Birk udenfor Stuevæggen. Stubben af den staar der endnu.

Denne Dagfin havde tre Børn, og de hedte Aase, Per og Amund, og Amund lever den Dag i Dag, men værre Folk har der vel aldrig været til. Aase hun var saa mager og saa fæl og styg, at hun gjerne kunde have skræmt Blodet af Fanden. Hun laa næsten bestandig i en stor Kiste med Laag paa, ja Ritmesteren ved det nok han, for han kom en Gang til at lukke paa Laaget, og saa stak hun ud den tørre Kloen sin, rigtig som en Høgeklo, og slog igjen Laaget midt

for Ræsen paa ham. Per han var rent hulbrin, han gik og
stampede Smaaveie i alle Jorderne sine med et Grev, og rev
op Bringebærbusker og Jordbærblomster, forat der ikke skulde
komme Folk og Unger did og sanke Bær. Om Sommeren gik
han meget og dred om paa Aaserne og i Fjeldet og saa paa
Hestene, for han kjendte alle de Heste som fandtes i Bygden,
og mange fra andre Bygdelag og. Selv havde han ogsaa
altid staute og gjæve Heste, men han tæmmede dem aldrig, før
de blev sex, syv Aar gamle; da tog han dem med til Sko-
ven og hug ned en stor Gran, spændte dem for den og lod
dem drage den hjem, saa blev de spage, maa vide; og naar
han skulde sælge Heste eller Kjør, havde han ogsaa en rar
Stik: han borede et Hul i Stalbvæggen og tog en Dot af
Rumpen og slog fast i Hullet med en Plug, og lod saa Dyret
gaa, saa Dotten blev siddende igjen; det gjorde han, forat
de ikke skulde drage Lykken fra Gaarden, og hele Sørvæggen
sidder fuld af Plugger og Tagldotter den Dag i Dag er.

Per Lunde gik ofte til Kirken, men han gik aldrig ind,
uden han var til Alters. Mens Almuen hørte Gudsord, gik
han om paa Hestegaarden og snakkede med Hestene. Og naar
der var Altergang, smøg han ned i Ligkjælderen og sad der,
til de andre kom frem til Alteret, saa kom han frem, og naar
han havde nydt Sakramentet, gik han til Kjælders igjen, til
Almuen var gaaet ud af Kirken. Per Lunde var meget for
at tjærebrede alting med; han tjærebredte sig selv imellem, og
han tjærebredte Staburskesset sit og slog det fuldt med Sko-
magerpinder. Da han var død, var der et helt Stabur efter
ham fuldt af Uld og uheglet Lin, og Flesk og Smør, som
var mange Aar gammelt, og saa harskt og beskt som Galde;
men Staburet det havde han spigret til og lukket med Plog-
lænker paa alle Kanter. Ja, han var rigtig en rar Karl den
Peren, for en Gang mens Gamle-Lensmanden levede, kom
han til ham og gav ham en Hestesko til Ferskmad. Han døde
da, men han døde ikke nogen Udød, som Folk troede. Efter

ham fik Amund Gaarden, og han lever endnu. Han er den ligeste af dem, for han har været ude blandt Folk og tjent som Dragon for Bratter. Det er en stor, svær, fed Mand, men han er saa blas i Ansigtet som et Lig. Han er nu lidt rar han ogsaa, for en Gang Ritmesteren kom paa Visitering, paraderede Amund paa Gaarden med en Fo'rtap under Armen istedenfor Furager=Lue, og saa var han saa slem efter Brændevin, han drak et Par Potter om Dagen, sagde de. Her et Aar begyndte han at drikke Rødvin, men det holdt han snart op med, for han syntes den var for sur. Nu drikker han fire Potter Kaffe om Dagen, og desimellem ligger han paa Badstuen og heder den og tuller sig ind i Skindfelder. Om Sommeren klæder han Varmen ude, for jo varmere det er, des flere Trøier tar han paa.

Men saa var det gamle Aase Lunde. Lang Tid efter at hun var bleven borte, gik Hans Sigstad og ledte efter Hestene sine paa Sigstadmoerne; men før han vidste hvorledes det var, saa kom han ved Domstenene, og der var han inde ensteds som han aldrig havde seet før, og det var saa gildt der ligesom paa et Slot. Der gik en Kjærring og stelte, og hende syntes han at han skulde kjende, men han kunde ikke huske, hvor han havde seet hende.

„Kjender du ikke mig du?" sagde hun.

„Jo, jeg synes not jeg skal kjende dig," svarede han.

„Ja, jeg er Aase Lunde, som blev borte i Barnseng," sagde hun. „Jeg kjendte dig vel, da du var en Smaagut, og her har jeg været siden den Tid. Havde de bare ringet lidt til med Kirkeklokkerne den Gangen jeg blev borte, saa havde jeg sluppet herfra; for jeg havde alt det ene Benet over Hafellet, men saa holdt de op, og jeg maatte tilbage igjen. Du gaar og leder efter Hestene dine du," sagde hun, „men jeg skal sige dig det, at Manden min og Grannerne hans de kjører med dem hvert Øieblik, og det kommer af, at Gutterne dine slaar efter Hestene med Bidslet, naar de slipper dem.

Men nu kommer Manden min snart hjem, og træffer han dig her, saa farer du ilde."

Sigstaden gik og fandt Hestene sine strax efter. Siden har ikke nogen hverken hørt eller spurgt Aase Lunde; men er hun ikke død, saa lever hun vel endnu og bor i Huldreslottet ved Domstenene paa Sigstadmoen." —

Skyggerne steg længere og længere frem over Birisiden og Mjøsen; Aftenens Svalhed hvilede over Egnen. Vinden kom og susede og hvislede i Træernes Kroner og bar med sig Bud og Hilsen fra den blomstrende Hæg og alle Markens og Skovens duftende Blommer til Fuglene, som nys vare komne hjem fra Syden, og nu sad bag Løvet og drømte om de deilige Eventyr, de havde oplevet paa sine Reiser i Grækenland og Marokko.

Det sidste Stykke af Veien gik hurtigt. Paa Svennæs fik jeg Bekræftelse paa Rigtigheden af, at Per Lunde havde givet Gamle-Lensmanden en Hestesko til Ferskmad, plugget sine Heste fast ved Halen i Stalvæggen, naar han skulde sælge dem, og i det Hele paa Troværdigheden af min Skydsguts Fortællinger.

En gammeldags Juleaften.

(1843.)

Vinden peb i de gamle Lønner og Linde lige over for mine
Vinduer; Sneen føg ned igjennem Gaden, og Himlen var saa
mørklalen som en Decemberhimmel kan være her i Christiania.
Mit Humør var lige saa mørkt. Det var Juleaften, den
første jeg ikke skulde tilbringe ved den hjemlige Arne. For
nogen Tid siden var jeg bleven Officer og havde haabet at
glæde mine gamle Forældre ved min Nærværelse, havde haa-
bet at vise mig for Hjembygdens Damer i Glans og Her-
lighed. Men en Nervefeber bragte mig paa Hospitalet, hvor-
fra jeg først var kommet ud for en Uges Tid siden, og jeg be-
fandt mig nu i den saa meget prisede Rekonvalescenttilstand.
Jeg havde skrevet hjem efter Storeborken og min Faders Fin-
mut, men Brevet kunde næppe naa frem til Dalen før an-
den Juledag, og først under Nytaar kunde Hesten ventes hertil.
Mine Kammerater vare reiste fra Byen, og jeg havde ikke en
Familie, jeg kunde hygge mig ved. De to gamle Jomfruer,
som jeg logerede hos, vare vistnok godslige og snille Men-
nesker, og de havde med megen Omhu taget sig af mig i Be-
gyndelsen af min Sygdom. Men disse Damers hele Maade at
være paa var alt for meget af den gamle Verden til rigtig at
kunne falde i Ungdommens Smag. Deres Tanker dvælede
helst ved Fortiden, og naar de, som ofte kunde hænde, fortalte
mig Historier om Byen og dens Forholde, mindede det saa-
vel ved sit Indhold som ved den naive Opfatningsmaade om
en forsvunden Tid. Med dette mine Damers gammeldagse
Væsen stod ogsaa det Hus, som de beboede, i god Overensstem-

melfe. Det var en af disse gamle Gaarde i Toldbodgaden
med dybe Vinduer, lange stumle Gange og Trapper, mørke
Rum og Lofter, hvor man uvilkaarlig maatte tænke paa Nisser
og Spøgeri, kort netop en saadan Gaard, maaste det endog
var den samme, som Mauritz Hansen har stildret i sin For-
tælling: „Den Gamle med Kysen." Hertil kom, at deres
Bekjendtskabskreds var meget indskrænket; thi foruden en gift
Søster kom der aldrig andre end et Par kjedelige Madamer.
Det eneste Oplivende var en smuk Søsterdatter og nogle mun-
tre, livlige Broderbørn, som jeg altid maatte fortælle Eventyr
og Nissehistorier.

Jeg søgte at adsprede mig i min Ensomhed og min mis-
modige Stemning ved at se paa alle de mange Mennesker, som
færdedes op og ned ad Gaden i Snefog og Vind med rød-
blaa Næser og halvlukkede Øine. Det begyndte at more mig
at iagttage det Liv og den Travlhed, som herskede over i Apo-
theket: Døren stod ikke et Øieblik, Tjenestefolk og Bønder strøm-
mede ind og ud og gav sig til at studere Signaturerne, naar
de kom paa Gaden igjen. Tydningen syntes at lykkes for
nogle; men undertiden tilkjendegav langvarig Grunden og en
betænkelig Rysten paa Hovedet, at Opgaven var for svær. Det
skumrede; jeg kunde ikke skjelne Ansigterne længer, men stirrede
over paa den gamle Bygning. Saaledes som Apotheket da
var, stod det med sine mørke rødbrune Vægge, spidse Gavle
og Taarne med Veirhaner og Blyvinduer som et Minde af
Bygningskunsten i Fjerde Christians Tider. Kun Svanen var
da som nu meget adstadig, med Guldring om Halsen, Ride-
støvler paa Fødderne og Vingerne udspændte til Flugt. Jeg
var just i Færd med at fordybe mig i Betragtninger over fæng-
slede Fugle, da jeg blev afbrudt af Støi og Barnelatter i Si-
deværelset og en svag, jomfrunalst Banken paa Døren.

Paa mit „Kom ind," tren den ældste af mine Vertinder,
Jomfru Mette, ind med et gammeldags Knix, spurgte til mit
Befindende, og bad mig under mange Omsvøb at tage til

Takke hos dem om Aftenen. „De har ikke godt af at sidde saa alene her i Mørket, snille Hr. Løitnant," tilføiede hun, „vil De ikke komme ind til os med det samme. Gamle Mor Skau og min Broders Smaapiger ere komne; det vil maaske adsprede Dem lidt; De holder jo saa meget af de glade Børn?"

Jeg fulgte den venlige Indbydelse. Da jeg traadte ind, spredte et Baal, der blussede i en stor firkantet Kasse af en Kakkelovn, igjennem den vidtaabnede Ovnsdør et rødt ustadigt Lys ud i Værelset, som var meget dybt, og møbleret i gammel Stil med høiryggede Ryslæders=Stole og en af disse Kanapeer, beregnede paa Fiskebensskjørter og Storksnabelstilling. Væggene vare prydede med Oljemalerier, Portræter af stive Damer med puddrede Koiffurer, af Oldenborgere og andre berømmelige Personer i Panser og Plade eller røde Kjøler.

„De maa sandelig undskylde, Hr. Løitnant, at vi ikke har tændt Lys endnu," sagde Jomfru Cecilie, den yngre Søster, som i Dagliglaget almindelig kaldtes Sillemor, og kom mig i Møde med et Knix, Mage til Søsterens; „men Børnene tumle sig saa gjerne ved Ilden i Skumringen, og Mor Skau hygger sig ogsaa ved en liden Passiar i Ovnskrogen."

„Passiar mig hid, Passiar mig did, du koser dig selv ved en Fabbersladder i Skræddertimen, Sillemor, og saa skal vi have Skylden," svarede den gamle, trangbrystede Dame, der tituleredes Mor Skau.

„Nu se, god Aften, Far, kom og sæt Dem her og for= tæl mig hvorledes det er med Dem; De er min Sandten ble= ven dygtig afpillet," sagde hun til mig og kneisede over sin egen svampede Trivelighed.

Jeg maatte berette mine Fata, og bøiede til Gjengjæld en meget lang og omstændelig Beretning om hendes Gigt og astmatiske Plager, som til al Lykke blev afbrudt ved Bør= nenes larmende Ankomst fra Kjøkkenet, hvor de havde aflagt et Besøg hos det gamle Husinventarium Stine.

„Faster, ved du hvad Stine siger du?" raabte en liden

væver, brunøiet Tingest. Hun siger, at jeg skal være med paa Høloftet i Aften og give Nissen Julegrød. Men jeg vil ikke, jeg er ræd for Nissen!"

„Aa, det siger Stine bare for at blive jer kvit; hun tør ikke gaa paa Høloftet i Mørket selv den Tosse, for hun ved nok hun en Gang er bleven skræmt af Nissen," sagde Jomfru Mette. Men vil I ikke hilse paa Løitnanten da, Børn?"

„Aa nei, er det dig, Løitnant, jeg kjendte dig ikke, hvor bleg du er, det er saa længe siden jeg saa dig," raabte Børnene i Munden paa hverandre og flokkede sig om mig. „Nu maa du fortælle os noget morsomt, det er saa længe siden du fortalte, aa fortæl om Smørbuk, snille dig, fortæl om Smørbuk og Guldtand!" Jeg maatte fortælle om Smørbuk og Hunden Guldtand og endda give til bedste et Par Nissehistorier om Bagernissen og Burenissen, som drog Hø fra hverandre, og mødtes med hver sin Høbørd paa Nakken, og sloges saa de blev borte i en Høsky. Jeg maatte fortælle om Nissen paa Hesselberg, som tirrede Gaardshunden, til Manden kastede ham ud over Laavebroen. Børnene klappede i Hænderne og lo. „Det var tilpas til ham det, stygge Nissen," sagde de, og forbrede mere.

„Nei, nu plager I Løitnanten for meget Børn," sagde Jomfru Cecilie; „nu fortæller nok Faster Mette en Historie."

„Ja, fortæl, Faster Mette!" var det almindelige Raab.

„Jeg ved ret ikke hvad jeg skal fortælle," svarede Faster Mette; „men siden vi er komne til at tale om Nissen, saa skal jeg ogsaa fortælle lidt om ham. I huster vel gamle Kari Gusdal, Børn, som var her og bagede Fladbrød og Lefse, og som altid havde saa mange Eventyr og Historier at fortælle. — „Aa ja," raabte Børnene. — „Nu, gamle Kari fortalte, at hun tjente paa Vaisenhuset her for mange Aar siden. Den Gang var det endda mere ensomt og trist, end det nu er paa den Kant af Byen, og det er en mørk og skummel Bygning det Vaisenhus. Nu, da Kari var kommen did, skulde

hun være Kokke, og hun var en meget flink og fix Pige. En
Nat skulde hun staa op og brygge, saa sagde de andre Tje-
nerne til hende: „Du maa agte dig, at du ikke staar for tidlig
op; før Klokken to maa du ikke lægge paa Rosten.“ — „Hvor-
for det?“ spurgte hun.

„Du ved da vel det, at der er en Nisse her, og du kan
nok vide, at han ikke vil uroes saa tidlig, og før Klokken to
maa du slet ikke have paa Rosten,“ sagde de.

„Pyt, ikke værre,“ sagde Kari, hun var meget frisk paa
Leveren, som de siger, „jeg har ikke noget at skaffe med Nissen,
og kommer han til mig, skal jeg, den og den tage mig, nok
følse ham paa Døren.“

De andre formanede hende, men hun blev ved sit, og da
Klokken vel kunde være lidt over et, stod hun op og lagde
under Bryggekjeblen og havde paa Rosten. Men hvert Øie-
blik slukkedes Ilden under Kjeblen, og det var ligesom En ka-
stede Brandene ud over Skorstenen, men hvem det var, kunde
hun ikke se. Hun tog og samlede Brandene den ene Gang
efter den anden, men det gik ikke bedre, og Rosten vilde heller
ikke gaa. Tilsidst blev hun kjed af dette, tog en Brand og
løb med baade høit og lavt, svingede den og raabte:

„Pak dig did du er kommen fra. Tror du, du skal skræmme
mig, tar du feil.“

„Tvi vorde dig da!“ svarede det fra en af de mørkeste
Kroge; „jeg har faaet sju Sjæler her i Gaarden; jeg tænkte
jeg skulde have faaet den ottende med.“ Siden den Tid var
der ingen, som saa eller hørte til Nissen paa Vaisenhuset, sagde
Kari Gusdal.“ —

„Jeg blir ræd, nei du skal fortælle Løitnant; naar du
fortæller, saa blir jeg aldrig ræd, for du fortæller saa morsomt,“
sagde en af de Smaa. En anden foreslog, at jeg skulde for-
tælle om Nissen, som dansede Halling med Jenten. Det var
noget, jeg meget nødig indlod mig paa, da der hørte Sang
til. Men de vilde paa ingen Maade lade mig slippe, og jeg

begyndte allerede at rømme mig for at forberede min overmaade uharmoniske Stemme til at synge Hallingdansen, som hørte til, da den omtalte smukke Søsterdatter, til Børnenes Glæde og min Frelse, traadte ind.

„Ja nu Børn, nu skal jeg fortælle, hvis I kan faa Kusine Lise til at synge Hallingen for jer," sagde jeg, idet hun tog Plads; „og saa danser I selv, ikke sandt?" Kusinen bestormedes af de Smaa, lovede at udføre Dansemusikken og jeg begyndte min Fortælling.

„Der var ensteds, jeg tror næsten det var i Hallingdal, en Jente som skulde gaa med Fløtegrød til Nissen; om det var en Torsdagskveld eller en Julekveld, det kan jeg ikke huske, men jeg tror vist det var en Julekveld. Nu syntes hun det var Synd at give Nissen den gode Maden, spiste saa selv Fløtegrøden, drak Fedtet paa Kjøbet og gik paa Laaven med Havremelsgrød og sur Mælk i et Grisetraug. „Der har du Trauget dit, Styggen!" sagde hun. Men hun havde ikke sagt det, før Nissen kom farende og tog hende og begyndte en Dans med hende; det holdt han paa med, til hun laa og gispede, og da der kom Folk paa Laaven om Morgenen, var hun mere død end levende. Men saalænge som han dansede, sang han" — her overtog Jomfru Lise Nissens Parti og sang i Hallingtakt:

„Aa du har iti op Grauten for Tomten du,
Aa du skal faa danse med Tomten du!

Aa har du iti op Grauten for Tomten du,
Saa skal du faa danse med Tomten du!"

Under dette hjalp jeg til ved at trampe Takten med begge Fødder, medens Børnene støiende og jublende tumlede sig mellem hverandre paa Gulvet.

„Jeg tror I sætter Stuen paa Taget med det samme, Børn; I støier, saa det værker i mit Hoved," sagde gamle

Mor Skau. „Vær nu rolige lidt, saa skal jeg fortælle jer nogle Historier." Det blev stille i Stuen og Madammen tog til Orde:

„Folk de fortæller nu saa meget om Nisser og Hulbrer og sligt, men jeg tror ikke stort af det. Jeg har hverken seet den ene eller den anden — jeg har nu ikke været vidt i mit Liv heller, — og jeg tror det er Snak; men gamle Stine ude, hun siger hun har seet Nissen. Da jeg gik til Præsten, tjente hun hos mine Forældre, og til dem kom hun fra en gammel Skipper, som havde holdt op at fare. Der var det saa stilt og roligt; de kom aldrig til nogen, og ikke kom der nogen til dem, og Skipperen var aldrig længer end nede paa Bryggen. Altid gik de tidlig til Sengs, og der var en Nisse der, sagde de. Men saa var det en Gang, sagde Stine, som Kokken og jeg vi sad oppe en Aften i Pigekammeret og skulde stelle og sy for os selv, og det led til Sengetid, for Vægteren havde alt raabt ti. Det vilde ikke gaa med Syingen og Stoppingen, for hvert Øieblik kom Jon Blund, og ret som det var, saa nikkede jeg, og ret som det var, saa nikkede hun, for vi havde været tidlig oppe og vasket om Morgenen. Men som vi sad saaledes, saa hørte vi et forfærdeligt Rabalder ude i Kjøkkenet, sagde hun, det var ligesom En slog alle Tallerkenerne sammen og kastede dem paa Gulvet. Vi for op i Forstrækkelse, sagde hun, og jeg skreg: „Gud trøste og hjælpe os, det er Nissen," og jeg var saa ræd, at jeg ikke torde sætte en Fod i Kjøkkenet. Kokken var nok fælen hun ogsaa; men hun skjød Hjertet op i Livet, og da hun kom ud i Kjøkkenet, laa alle Tallerkenerne paa Gulvet, men ikke een af dem var itu, og Nissen stod i Døren med rød Lue paa og lo saa inderlig godt. Men nu havde hun hørt, at Nissen iblandt skulde lade sig narre til at flytte, naar En bad ham om det og sagde, det var roligere for ham paa et andet Sted, og saa havde hun længe spekuleret paa at gjøre ham et Puds, sagde hun, og saa sagde hun til ham det, — hun stalv lidt i Mælet — at han skulde flytte over til Kobberslagerens tvers over Gaden, der var det mere stilt og roligt, for der gik de til Sengs Klokken ni hver Aften. Det var sandt nok ogsaa, sagde hun til mig, men du ved nok, sagde hun, at Mesteren arbeidede og var oppe med alle, baade Svende og Drenge, og hamrede og støiede fra Klokken tre om Morgenen hele Dagen. Siden den Dag, sagde hun, saa vi ikke mere til Nissen over hos Skipperen. Men hos Kobberslageren likte han sig nok godt, endda de hamrede og bankede hele Dagen, for Folk sagde, at Konen der satte Grød paa Loftet til ham hver Torsdagsaften, og da kan En ikke undres over at de blev rige heller, for Nissen gik vel og drog til dem, sagde Stine, og det er sandt, de tog sig op og blev rige Folk, men om det var Nissen som hjalp dem, skal jeg ikke kunne sige," tilføiede Mor Skau, og hostede og rømmede sig efter Anstrængelsen med denne for hende usædvanlig lange Fortælling.

Da hun havde taget sig en Pris Tobak, kviknede hun og begyndte paa en frisk:

„Min Mor det var en sanddru Kone; hun fortalte en Historie, som har hændt her i Byen, og det paa en Juledagsnat, og den ved jeg er sand, for der kom aldrig et usandt Ord i hendes Mund."

„Lad os dog faa høre den, Madam Skau," sagde jeg. „Fortæl, fortæl, Mor Skau," raabte Børnene.

Madammen hostede lidt, tog sig atter en Pris og begyndte: „Da min Mor endnu var Pige, kom hun undertiden til en Enke, som hun kjendte, som hedte — ja hvad var det nu hun hedte da? Madam — nei jeg kan ikke komme paa det, men det kan være det samme ogsaa, hun boede oppe i Møllergaden og var en Kone noget over sin bedste Alder. Saa var det en Juleaften ligesom nu; saa tænkte hun ved sig selv, at hun skulde gaa i Fropræken om Julemorgnen, for hun var flittig til at gaa i Kirken, og saa satte hun ud Kaffe, forat hun kunde faa sig lidt varmt Drikke, saa hun ikke skulde være fastende. Da hun vaagnede, skinnede Maanen ind paa Gulvet, men da hun stod op og skulde se paa Klokken, havde den standset, og Viseren stod paa halv tolv. Hun vidste ikke, hvad Tid det var paa Natten, men saa gik hun hen til Vinduet og saa over til Kirken. Det lyste ud igjennem alle Kirkevinduerne. Hun vækkede Pigen og lod hende koge Kaffe, mens hun klædte paa sig, og tog Salmebogen og gik i Kirken. Det var saa stilt paa Gaden, og hun saa ikke et Menneske paa Veien. Da hun kom i Kirken, satte hun sig i Stolen, hvor hun pleiede sidde, men da hun saa sig om, syntes hun Folkene saa saa blege og underlige ud, akkurat som de kunde være døde alle sammen. Der var ingen hun kjendte, men der var mange hun syntes hun skulde have seet før, men hun kunde ikke mindes, hvor hun havde seet dem. Da Præsten kom paa Prækestolen, var det ikke nogen af Byens Præster, men en høi bleg Mand, hun ogsaa syntes hun skulde kjende. Han prækede nok saa vakkert, og der var ikke saadan Støi og Hosting og Harking, som det pleier være ved Fropræken om Julemorgnen, men det var saa stille, at hun kunde hørt en Naal falde paa Gulvet, ja det var saa stille, at hun blev ganske angest og bange.

Da de begyndte at synge igjen, bøiede en Kone, som sad ved Siden af hende, sig hen til hende og hviskede hende i Øret: „Kast Kaaben løst om dig og gaa, for bier du til det er forbi her, saa gjør de Ende paa dig. Det er de Døde, som holder Gudstjeneste.“

„Uf, jeg blir ræd, jeg blir ræd, Mor Skau,“ suttrede en af de Smaa, og krøb op paa en Stol.

„Hys, Hys Barn, hun slipper godt fra det; nu skal du bare høre,“ sagde Mor Skau. „Men Enken blev ogsaa ræd, for da hun hørte Stemmen og saa paa Konen, kjendte hun hende; det var Nabokonen hendes, som var død for mange Aar siden, og da hun nu saa sig om i Kirken, huskede hun godt, at hun havde seet baade Præsten og mange af Menig-

heden, og at de vare døde for lange Tider siden. Det isnede
i hende, saa ræd blev hun. Hun kastede Kaaben løst om sig,
som Konen havde sagt, og gik sin Vei; men da syntes hun
de vendte sig og greb efter hende allesammen, og Benene skjalv
under hende, saa hun nær havde segnet ned paa Kirkegulvet.
Da hun kom ud paa Kirketrappen, kjendte hun de tog hende
i Kaaben; hun slap Taget og lod dem beholde den, og skyndte
sig hjem saa fort hun kunde. Da hun var ved Stuedøren
sin, slog Klokken et, og da hun kom ind, var hun næsten
halvdød, saa angest var hun. Om Morgenen da Folk kom
til Kirken, laa Kaaben paa Trappen, men den var reven i tu-
sende Stykker. Min Moder hun havde seet den mange Gange
før, og jeg tror hun havde seet et af Stykkerne ogsaa; men
det er nu det samme, det var en kort lyserød Stoffes Kaabe
med Hareskinds Fo'r og Kanter, slig en som var i Brug i
min Barndom endda. Nu er det rart at se en saaban, men
der er nogle gamle Koner her i Byen og paa Stiftelsen i
Gamlebyen, som jeg ser i Kirken med saadanne Kaaber i Ju-
lehelgen." —

Børnene, som under den sidste Del af Fortællingen havde
yttret megen Frygt og Ængstelse, erklærede at de ikke vilde høre
flere slige fæle Historier. De havde krøbet op i Kanapeen og
paa Stolene, og sagde at de syntes der sad nogen og tog
efter dem under Bordet. I det samme kom der ind Lys i
gamle Armstager, og man opdagede med Latter, at de sad med
Benene paa Bordet. Lysene og Julekagen, Syltetøi, Bakkelse
og Vin forjagede snart Spøgelsehistorier og Frygt, oplivede Ge-
mytterne og førte Samtalen over til Næsten og Dagens Em-
ner. Endelig gav Risengrøden og Ribbenstegen Tankerne en Ret-
ning mod det Solide, og man skiltes tidlig fra hverandre med
Ønsker om en glædelig Jul. Men jeg havde en meget urolig
Nat. Jeg ved ikke om det var Fortællingerne, den nydte Kost,
min Svaghedstilstand, eller alt dette tilsammen, som voldte

det; jeg laa og kastede mig hid og did og var midt inde i Nisse=, Huldre= og Spøgelsehistorier den hele Nat. Tilsidst for jeg til Kirken med Dombjælder gjennem Luften. Kirken var oplyst, og da jeg kom ind, var det Kirken hjemme i Da= len. Der var ikke andre at se der end Døler med røde Luer, Soldater i fuld Puds og Bondejenter med Skaut og røde Kinder. Præsten stod paa Prækestolen; det var min Bedste= fader, som var død, da jeg var en liden Gut. Men som han var bedst inde i sin Præken, gjorde han et Rundkast — han var bekjendt som en rask Fyr — midt ned i Kirken, saa at Samarien for paa en Kant og Kraven paa en anden. „Der ligger Præsten, og her er jeg," sagde han med et bekjendt Udtryk af ham, „og lad os nu faa en Springdans."

Dieblikkelig tumlede hele Menigheden sig i den vildeste Dans, og en stor lang Døl kom hen og tog mig i Skulderen og sagde: „Du lyt være med, Kar."

Jeg vidste ikke hvad jeg skulde tro, da jeg i det samme vaagnede og følte Taget i min Skulder, og saa den samme jeg havde seet i Drømme, lude sig over min Seng med Dø= ·leluen ned over Ørene, en Finmut paa Armen, og et Par store Øine stift hefted paa mig.

„Du drømmer vist, Kar," sagde han, „Sveden staar paa Panden din, og du sover tungere end en Bjørn i Hi. Guds Fred og glædelig Jul siger jeg fra Far din og dem i Dalen. Her er Brev fra Skriveren og Finmut til dig, og Storborken staar i Gaarden."

„Men i Guds Navn, er det dig, Thor?" Det var min Faders Husbondskarl, en prægtig Døl. „Hvorledes i al Ver= den er du kommen hid nu?" raabte jeg glad.

„Jo, det skal jeg sige dig," svarede Thor; „jeg kom med Borken, men ellers saa var jeg med Skriveren ude paa Næs, og saa sagde han: Thor, sagde han, nu er det ikke langt til Byen, du faar tage Borken og reise ind og se til Løtnan, og er han rast og han kan være med, saa skal du tage ham med, sagde han."

Da vi for fra Byen, var det klart igjen, og vi havde det prægtigste Føre. Borken langede ud med sine gamle raske Ben, og en saadan Jul som jeg turede den Gang, har jeg aldrig turet hverken før eller siden.

En Nat i Nordmarken.

(1845.)

En Julidag saa gjennemsigtig klar som en Dag i September, et Solstreif over Bærumsaaserne, en tilfældig Duft af Gran vakte midt i den hede Sommertid i denne kvalme By min Vandrelyst og al min Længsel efter Skov og Land. Jeg maatte og vilde ud at indaande den friske Luftning fra Elven og Granerne. Men kun et Par Dage stode til min Raadighed. Nogen lang Vandring var der saaledes ikke Leilighed til; det maatte i det høieste blive en Fisketur i Nordmarken. Forberedelserne hertil vare snart trufne; thi Fluer og øvrige Fiskeredskaber vare i Orden, og efter nogle Timers Vandring var jeg forbi Hammeren og gik paa Skraaningen af Aasen hen imod Kamphaug og forbi denne Gaard ned imod Bjørnsjø-Elven. Dybt nede tindrede Skjærsjøen af og til mellem Træernes Stammer og Aabningerne i Skoven. Fuglene sang af fuldt Bryst, og det var saa let og frit at aande og at vandre i den sødt duftende Skovluft. Fossens Sus kaldte mig, og jeg var snart ved Elvens Udløb i Søen. Her strømmede den klar, men strid over Kiselbunden; thi den er sluppen ud af den vilde Kløft, der lige fra dens Udløb af Bjørnsjøen, i en Strækning af en fjerdedel Mil, danner dens dybe Leie, og iler nu som bevinget i Skjærsjøens Favn. Saalænge som den klemmes inde mellem Fjeldvægge og Urer af optaarnede Klippeblokke, tumler den sig voldsomt dybt nede i det mørke Svælg. Snart fosser den hvid med Larm og Brus, snart styrter den sig i Vildhed høit ud over sorte Klippesider og løser sig op i Damp; snart danner den — man kunde tro i Anger over sin Vildhed og Ubesindighed — dybe,

stille, mørke, eftertænksomme Kulper. Men det er kun en stakket
Hvile den søger, for med friske Kræfter atter at tage fat paa den
vildre Leg. Og dog har al dens Larm og Vildhed paa denne Tid
af Aaret intet at betyde i Sammenligning med den, der væk=
kes i Tømmerfløbningens Tid. Naar Dæmningen aabnes, naar
Bjørnsjøens vide Vande lades ud og Tømmeret slippes i El=
ven, overgaar dens Larmen og Brusen al Forestilling: Fos=
sens Drøn er som Tordenbrag; Træer og Klippeblokke river
den med, og Tømmerstokke knækkes som Pibestilke.

Aaserne paa Elvens Sider stige brat op med sine Urer,
sine uendelige Vindfald og mørke Graner, som alvorlige skue
ned paa den vilde Leg i Dybet og forfriske sig ved de Damp=
skyer, Fossen idelig kaster op i deres graa, ærværdige Lavskjæg.
Og mellem Rognene og Birkene, der nede ved Bredden lude sig
ud over Elven, ser Fiskeren, som færdes i dette Dyb, kun en smal
Stribe af den blaa Himmel, som oftest fordunklet ved Dun=
ster, der stige op fra Fossen og svæve langs Aaserne. Den
som vil færdes her, maa ei kjende Frygt for Vand eller Fjeld;
thi ofte er Kløften saa trang, at Bredderne blive borte og man
maa vade gjennem Elven; undertiden sænker Bunden sig, og der
dannes en dyb, sortladen Kulp med steile Vægge, hvor Elven i
en skummende Fos styrter Fiskeren i Møde. Da maa han stige
op ad de bratte Vægge og klattre frem mellem Urerne og Ste=
nene, som ofte rape ud under hans Fødder, saa han, om han
ikke styrter ned, hænger svævende mellem Himmel og Vand,
og maa klynge sig fast med sine Hænder, saa der staar blo=
dige Striber efter Taget. Og kjender han ikke hver Sten og
Stubbe her, saa finder han sig snart i den fortvivlede Stilling,
at han hverken kan komme op eller ned, „at han er gaaet i
Berg," som det heder i Jægersproget.

Jeg sprang fra Sten til Sten med Fiskestangen som Ba=
lancerstok og Støttestav, jeg vadede og klattrede og var ret hel=
dig. I de klare Hvirvler og under de glasgrønne Kupler, Elven
dannede hvor den gik med mindre Voldsomhed, sprang Smaa=

forellerne livligt; under Fossene i de dybe Kulper skjød større Fiske frem som guldblanke Lyn, snappede Fluerne under Vandet, rev Snøret susende af Snælden og for ned i Dybet, hvorfra de dog snart bragtes op og i Land.

Da jeg kom ud af Kløften op til Elvens Udspring af Bjørnsjøen, hvilte jeg en Stund paa Dammen; Solen stod i Nedgangen og dens Lys spillede mellem Skovtoppene, medens Himlens dybe Blaa, Aftenskyernes Pragt og de mørke Graner, som overalt indfattede Søen, speilede sig i dens blanke Flade. Insekterne summede i Luften og opførte sine alfelette Danse over Vandet, hvorfra stundom prægtige Fiske med Plask og Skvulp skjød op efter dem. Over Skoven langt imod Nord stod der en blyfarvet Skybanke med gulbrune Rande. Lummerhede Luftninger slog mig i Møde og gjorde Brystet beklemt i denne Skovensomhed: fjernt borte klang en Lur, eller maaske det kun var Gjenlyden af dens Toner, som i Aftenens Stilhed naaede mit Øre, svævende, hendøende, paa een Gang lokkende og klagende.

Jeg gik igjennem Østskoven langs op ved Vandet, for fra en eller anden af de fremstydende Odder, om der endnu var Folk oppe, at raabe efter Baad over til Bonna, det eneste Sted hvor Mennesker bo ved denne Indsø.

Ved Skydsskaffer-Odden kom to gamle Mænd ud af Skoven.

Den ene havde et patriarkalsk Tiggerudseende, og var en aldeles kjæmpemæssig Figur med markeret Ansigt, buskede Bryn og et langt ærværdigt Graaskjæg. Paa Hovedet havde han en Toplue af blaat Uldgarn, og over den gamle Graatrøie hang en Lammeskinds Pose i et rødt Uldbaand. Den anden var en Fisker, som jeg oftere havde truffet paa mine Vandringer i disse Ødemarker. Hans Slægt havde boet og færdets her, saa længe nogen kunde mindes, og havde i ældre Tider ligget i evindelige Klammerier med „Skovfinnerne,“ som efter Sagn i forskjellige Bygdelag lige til Midten af forrige Aarhundrede spredt beboede Nordmarken og de store Skovvidder, som i Flugt med denne strække sig fra Lier og Holtsfjorden lige ind i Gudbrandsdalen og Valders.

Men gamle Elias har ikke altid været Fisker alene. I sin Ungdom har han været en kjæk Sømand, der lige saa lidet frygtede Stormen som Kartovernes Drøn. Han var med for Gøteborg 1788, han var Baadsmandsmat paa Prøvesten den 2den April 1801. Han har indaandet Duften af Middelhavs=landenes Orangelunde, og har seet Indiens Palmer. I Nord=marken heder han Elias Fisker eller Elias Svenske fra sit første Tog. Nu er han Krøbling og har Understøttelse af Fattig=kassen. Men de brede Skuldre og de kraftige Arme vidne endnu om, hvad han en Gang var for en Karl, og naar Ordet løser sig fra Læberne og han taler om Kommandørkaptein Lassen, om Havet, om anden April og om sine Fisketure i Nordmarken, kommer der Liv i disse Øine og i det ellers slappe og skjæggede Ansigt. Gamle og Unge lytte gjerne til hans Fortællinger, og Elias er overalt en velkommen Gjæst, selv hos de smaa Sjæle, der med Misundelse betragte hans Held i Fiskeri. Thi Fisker er han fremdeles med Liv og Sjæl, og hans Færdighed, hans mangeaarige Kjendskab til Fiskens Gang og Levemaade i disse Elve og Vande lader i Almindelighed hans Efterstræbelser krones med en sjælden Lykke. I den bedste Fisketid ser man, selv nu i hans fire og ottiende Aar, Elias Fisker hver Uge drage til Byen med en uhyre Vidjestræppe fuld af Fisk paa Ryggen. Men en Svaghed har han. Han søger alt for meget at udfylde Kløf=ten mellem før og nu ved den nordiske Lethe. Naar han ven=der hjem fra Byen ere hans Skridt vaklende og hans Hoved tungt, og skjønt han ikke har langt til sit Hjem, — den lille Hytte, som ligger paa en Bakke til venstre for Veien, strax før man kommer til Skjærvenbroen i Maridalen — skal han dog undertiden overnatte ved Siden af Veien.

„Vel mødt, Fiskere," sagde jeg.

„God Kveld," sagde de begge og lettede paa Luerne.

„God Aften, Elias, skal vi nu mødes her igjen?"

„Ja, jeg er som Styfloken jeg," sagde Elias, „den er der, naar de mindst venter den."

„Agte I at fiske her til Natten?" spurgte jeg.

„Vi har nok tænkt at friste den lidt i Nat," sagde Elias; „det er tidlig paa Aaret endnu, men kommer der Vind og Regn, saa tør den nok slaa efter."

„Ja, det tror jeg ogsaa, Elias."

„I har vel taget den slemt i Elven?" spurgte Elias med et nysgjerrigt Blik til min Fiskekurv.

„Jeg har jo faaet en Del, men der er ikke mange, som er over to Mærker," sagde jeg, og aabnede Laaget.

„Det er over halvandet Pund, . . . se der er en lækker Fisk, og der er flere ogsaa; . . . . jamen var det lækkert Fiske," sagde Elias.

„Han fisker vel med Fly han?" spurgte den Anden.

„Du kan vide det," sagde Elias, idet han forgjæves gjorde nogle Kast ud paa Vandet med sin Stang; „du kan vide det; jeg stod ved Siden af ham og medede i Hakflo-Oset ifjor, og jeg fik ikke Biddet engang, mens han tog Halvpundet, og det radt ogsaa."

Jeg spurgte, hvor hans Kammerat var fra, og fik den Underretning, at han om Sommeren holdt til paa Hadelands-aaserne. Nu skulde han til Byen at kjøbe Salt; men han vilde gjerne med det samme have lidt Brændevin og Tobak, og dertil agtede han at skaffe sig Midler ved Fiskeri.

Ved Nattens Begyndelse brød Uveiret løs: det tordnede og lynede i det Fjerne; de mørke Masser bredte sig ud; Skyernes Omrids blev mere og mere ubestemte og udvaskede, og tilslidst hang Regnet og Skyerne som et graat Teppe nedover Aaserne. Foran Veiret og Regnet strøg en frisk Vind hen over Vandet. Nu var Tiden der til Fiskeriet. Enkelte større Fiske slog efter og blev af og til fangede, men oftest slog de feil.

„Den er ikke rigtig hjertet paa at bide endnu, derfor tar

den saa ofte imist," sagde Elias, som holdt paa at bringe en Fisk i Land.

Med de første Regndraaber sprang Fisken Plask i Plask efter Medemark og Fluer; men da Skuren ret brød løs og det begyndte at hagle og skylregne, var det aldeles forbi.

„Paa Morgensiden tør den nok faa bedre Hjertelag," sagde Hallændingen.

„Hvad mener du om Veiret?" spurgte jeg efter nogen Tids Forløb. Det klarner jo op over Aasen?"

„Østa Glætte gir vaad Hætte. Der kommer mere Regn, men der tør nok blive lidt Ophold iblandt," svarede Hallændingen. „Der kan I høre; den Karlen spaar ogsaa om Regn," vedblev han, da der langt ude fra Landet løb et vedholdende frygteligt Skrig, ret som om et Menneske var i Livsnød.

„Er det Røkken?" spurgte jeg.

„Jesu Navn, sig ikke det da; det var Lommen," sagde Elias.

Vi opgav Fiskeriet indtil videre og besluttede at tænde et Baal, thi vi vare gjennemvaade. De Gamle drog Kvist og Stokke sammen; jeg skaffede Ild, og snart flammede paa Pynten af Odden et Baal, som i Forening med min Niste ikke undlod at yttre sin oplivende Indflydelse paa mine Stalbrødre i en livlig Samtale om Fiskeri, om Ørretens Gang og Levemaade i Nordmarken og Røiens i Vandene paa Hadelandsaaserne. Elias dvælede med Forkjærlighed ved de Fiske- ture, han havde gjort til Nordmarken i yngre Dage, naar han var kommen hjem af Reis.

„Da var her Fisk at faa," sagde han, idet han tændte sin korte Snabbe; „men der var ikke slig Sjau med Vandene heller, og ikke saa farligt, om der kom op et Par Stokker i Dammen om Natten, saa Fisken kunde gaa ud i Elven. Ja, ja, ved Sandungdammen var det godt at fiske den Tid; for da stod den udenfor de to Bergene og den dybe Kulpen, hvor I ved den staar nu. Jeg tog otte Pund der en Nat, og der var ingen under tre Mærker. Men nu ved Fisken mest ikke, hvorledes det er stelt med den, for den faar aldrig have sin rigtige Gang."

"Det maa have været morsomt at fiske her i de Tider, Elias," sagde jeg, "men det hændte vel den Tid ogsaa, at Fiskeriet slog feil for dig en Gang imellem?"

"Det var rart, om det skulde slaa rent feil; noget fik jeg altid," svarede han. "Jo, en Gang havde jeg saa nær ikke faaet noget, men jeg fik endda. Det gik saa forunderligt til, at jeg ikke har kunnet skjønne det. Sligt har jeg aldrig været ude for hverken før eller siden."

"Hvorledes gik det da?" spurgte jeg.

"Du faar fortælle os det, Elias," sagde Hallændingen; "vi har sligt Slag at bestille nu."

"Jeg tænkte saa," sagde Elias.

"Det var i 1806. Jeg laa i Byen i den Tid, men det var saa strengt, at ingen Matros maatte være længere borte end een Dag og ikke over en halv Mil fra Christian, med mindre han meldte det for Kommandørkaptein Lassen. Jeg havde Lyst til at gaa i Nordmarken og fiske; saa meldte jeg mig og skar ud med lidt Niste og en Buttel Brændevin i hver Lomme. Det gik kleint med Fiskeriet. I Bjørnsjøelven fik jeg ikke et Nap. Da jeg kom til Dammen, laa Baaden der; den tog jeg og roede over til Smalstrøm; men der var ikke Fisk at fornemme, hverken paa Vandet eller der. Saa strøg jeg nordester til Hakkloen. Paa Veien mødte jeg Per Piber, som var en af de bedste Fiskere, som gik her i Marken den Tid. "Det er ikke værdt du gaar længer, Elias," sagde han; "jeg har været nord i Katnosen, men jeg har mest ikke faaet Benet. Se her," sagde han og tog frem Skræppen sin, og alt det han havde, var vel en Snes smaa Pinder saa lange som Fingeren min.

"Har jeg trøitet Alnen, saa trøiter jeg vel Kvarten ogsaa, min kjære Per," sagde jeg og skjænkede ham en Dram eller to. Ja Gud bevares, jeg tog en selv ogsaa. „Det torde vel hænde den bider for mig, om den ikke biber for dig," sagde jeg.

„Jo vist!" sagde Piberen. Dermed skiltes vi.

Jeg gik lige til Storløken i Katnosen, for biber det ikke der, saa biber det ingensteds. Nei, der var ikke Bid at faa der heller. Saa gjorde jeg op en Nying og fik mig en Dram til og varmede mig libt, og saa sov jeg til langt ud paa Dagen. Jeg fristede libt i Katnoselven igjen, men der var ikke Fisk at kjende, og saa gav jeg mig paa Hjemveien. Men da jeg kom til Skydsskafferodden i Sandungen, saa er der et libet Tjærn der, som de kalder Skydsskaffertjærnet. Der havde jeg hørt der aldrig skulde være Fisk at faa, endda de sagde der gik Kulter ubi der som Tømmerstokker. Men det var et Huldretjærn, og ingen torde fiske der den Tiden. „Du faar friste, Elias," tænkte jeg, „kanske Huldrefisken gaar paa Beite, naar den anden ikke er hjemme," og dermed skar jeg ud paa Flyde-torven og kastede ud lige ved det vesle Bækkeoset, for der er en liden Bæk der, som silrer ned til Sandungen gjennem My-rerne; men naar Dammen er stængt og Vandet stort, stuer det op i Tjærnet gjennem Myrerne og under Flydetorven. Med det samme nappede en Fisk i og for under Flydetorven; men den laa paa Bunden saa tung som en Rever=Unge; jeg kunde nok mærke, det ikke var nogen Ørret. Da jeg fik den op, var det en Abbor paa otte Mærker. Libt udpaa saa jeg det gjorde en Hvælv op i Vandet, saa det ringede sig. Der kastede jeg ud. Ikke var Marken i Vandet, før Fisken hug i; men det blev baade Slag og Plask, og jeg basede med den en lang Stund, før jeg fik den op; men da var det en Ørret mellem syv otte Mærker, af den vakre Fisken som er i Sandungen, feb og bred, med libet Hoved og saa gul som Vox, men mør-kere over Ryggen end Sandungsfisken. Ja, jeg blev staaende der og kastede op den ene efter den anden, paa fire, fem, sex Mærker og saa. Men saa kom jeg til at se ned bag mig;

der laa der to vakkre Fiske og den tredje i Kors over dem. Jeg undredes nu paa hvad dette skulde betyde, om der var nogen Fisker som havde lagt dem igjen, eller hvor de var komne fra; men jeg saa ingen. Saa gik jeg et Stykke længer bort-paa, og der hvor jeg saa en Hvælv, kastede jeg ud. Fisken beed, og det varede ikke længe, før jeg havde faaet vel to Pund. Som jeg da kom til at se bag mig, saa laa der fem store vakkre Fiske der igjen. Ja, jeg undredes paa hvem det kunde være, som havde lagt dem der, men jeg tog dem da op og lagde dem ned i Fiskesnikken, baade disse og de tre jeg først blev var. Men da blev der sligt et Veir og saadant et Gny og Brag i Skoven, at jeg troede den skulde ryge ned paa mig med det samme. „Nei, dette kan aldrig være rigtigt," tænkte jeg, „her er det nok ikke godt at være," og dermed tog jeg de otte Fiskene jeg havde fundet, og lagde dem paa en Stok efter hverandre, saa at den kunde tage dem som eiede dem, eller Fugl og Dyr kunde æde dem op; jeg vilde ikke have dem. Dermed lagde jeg ned til Sandungen, og det er ikke saa mange Skridt det. Men da jeg kom did, var det ganske stilt, og Vandet var saa blankt, at baade Aaserne og Skyerne stod i det. Da skjønte jeg det var Huldren, som havde været ude." —

Til denne Fortælling knyttede nu Hallændingen forskjellige Historier om Huldretjærn og Vande med dobbelt Bund, hvor Fisken hører Huldren til og bare faar Lov at komme op hver St. Hans-Dag, men med Et afbrød han sig selv midt i sin Fortælling med et Udraab:

„Kors i Jesu Navn, hvad er det for et Lys der borte? Det er blaat!"

Elias mente, det var ikke langt fra Smalstrøm. Mig fore-kom Lyset mere rødt end blaat, og jeg formodede, som det senere viste sig, at det var et Par Fiskere, som havde leiret sig der og gjort op en Ild. Talen gik ved denne Leilighed over paa Skattegravere og Skatte og om blaa Lys, som brænde derover. Elias fortalte saaledes, at hans Bedstefader eller Oldefader —

jeg mindes ikke mere, hvem af disse troværdige Personer det
var, men antager den første — havde seet en Sølvaare paa
Bunden af Blankvandet saa tyk som en Tømmerstok, og deraf
udspandt sig flere Fortællinger, som jeg her vil søge at gjen-
give saa godt jeg kan erindre dem.

„Han Bedstefar," fortalte Elias, „kjørte Tømmer fra Nord-
marken til Sørkedalen. Det var ud paa Vaarsiden, saa Sneen
og Haalken var borte. Men han havde med sig en liden Jent-
unge; og da de kom mellem Vindern-Sæteren og Blankvands-
braaten, saa gled hun. „Nei Far, jamen er det Haalke endnu
da," sagde hun. Han saa der hvor hun havde glebet, men
han saa strax, at det var Sølv og ikke Haalke. Saa hug han
Øxen i det.

„Ja, du har Ret, Barn, det er rart at Haalken kan holde
sig saa længe," sagde han, og lod sig ikke mærke med noget.
Fra den Tid kjørte han tidt og ofte til Byen og tog mange
Penge ind. Men naar han reiste, saa reiste han hverken Veien
om Maridalshammeren eller om Sørkedalen; men han havde
en Vei for sig selv gjennem Skov og Mark, som gik bort
over alle Aaserne og kom ned mellem Frognersæteren og Riis.
En Gang var han i Byen og havde drukket lidt, saa han var
paa en Kant — det var i gamle Ramstadgaarden i Grænsen,
— saa sad han og kytede og var Karl:

„Vilde jeg bare, skulde jeg gjerne sko Hestene mine med
Sølv," sagde han.

Der sad mange der, og nogle som var der, tog Vidner
paa det, og skrev det op. Men før han Farfar kom hjem,
var han død, og siden den Tid har ingen seet noget til Sølvet,
endda de baade have skjærpet og gravet borte i Marken der."

„Jeg har hørt sige, at han har været haard til at leve
efter Skatte alle sine Dage den Karlen," bemærkede Hallæn-
dingen, og lagde en tør Thyrirod paa Baalet.

„Du kunde vist fortælle mere om ham du, Elias, naar
du bare vilde," tilføiede jeg.

„Der er nu ingen, som tror rigtig paa sligt i vore Dage," svarede Elias; „men jeg kan nok fortælle ligevel jeg.

Den Tid han Farfar var Unggut, var han og en anden Karl ude og grov en Gang, de havde vel seet blaa Lys, kan jeg tænke, eller kanske de vidste hvor Pengene laa. De grov i to Torsdagsnætter, og der kom til dem saa mange Julebukker og underlige Skikkelser, at de aldrig havde troet der sandtes saa meget stygt. Der kom baade Bjørne og Udyr og Stude med store Horn og alt det Fæle som til var, og vel saa det. De var rædde og tænkte hvert Dieblik at tage Benene fat; men de holdt ud og tiede stille. Saa var det den tredje Torsdagskvelden, da blev det meget værre end begge de forrige Gangene; men de grov og tiede stille, og det varede ikke længe, før Spaden skrabede ned paa Kobberkjedlen. Ret som det var, saa kom der kjørende en Vogn forbi med sex svarte Heste for, og det gik som en Vind. Om en liden Stund kom der en gammel Kjærring efter, som agede sig frem i et Traug, men Kjæften hendes gik som en Peberkværn. „Jeg ta'r dem nok att, jeg ta'r dem nok att, jeg ta'r dem nok att," sagde hun i Et væk og gnubbe sig frem i Trauget. „Aa i Helvede ta'r du dem att!" sagde han Farfar, men med det samme var Kjærringen borte, og Pengekjedlen sakt Ende ned."

„En anden Gang skal du tie stille," tænkte han Farfar, og det varede ikke længe, skal jeg tro, før han var ude igjen. Den Gangen var det en gammel Kjærring, som havde seet en stor Kobberkjedel fuld med Penge, just som hun gik ned over Jorderne ved Greffen i Akerssogn. Tre Dage før St. Hanstid staar Pengene oppe, maa vide; men for hendes Dine saa det ud, som der laa en stor diger Orm oppe i Kjedlen og væltede sig ovenpaa Pengene. Saa var der to Stykker fra Christian, den ene var endda en Høker, som eiede baade Gaard og Grund, og den anden var en Underofficer; og de slog sig sammen med han Farfar om at grave op Kjedlen. Ja, de grov i tre Torsdagskvelder, og den tredje Kvelden skrabede de

ned paa Hankerne, saa det straalede i Pengene, og de tænkte
de snart skulde have den. Men nu skal I vel høre Spil!
Saa syntes Høkeren, at Gaarden hans nede i Byen stod i
lys Laage, og endda det var saa langt — En ved det er vel
en halv Mil fra Greffen — saa syntes han at han skjellig
saa, at Kjærringen hans stod midt inde i Laagen med en Unge
paa Armen. „Det er nok ikke Tid for mig at være her nu,“
sagde han, og kastede Spaden og vilde afsted; men med det
samme var det forbi med Varmen; og det var det da med
Pengene ogsaa, for Kjedlen den sakk.

Men saa var det det jeg vilde fortalt først. Det var
Karl til Mand det; han var ikke sælen han. Tilsidst saa lagde
han i Veien ganske alene en Torsdagskveld, og begyndte at
grave paa et andet Sted, som han vidste der laa Penge. Og
det gjorde han den næste Torsdagskvelden ogsaa, men han saa
saa urimelig meget stygt, at de aldrig kunde faa ham til at
tale om det. Men da det var høgst Nattes den tredje Tors=
dagen, saa kom der en olm Oxe frem fra Bunden af Gropen,
som havde store lange Horn, og dem vilde den stange tvert
igiennem ham, syntes han. Men han tog Oxen i Hornene,
og saaledes blev han staaende, til Solen randt. Da var Oxen
bleven til en stor Kobberkjedel fuld med Penge, og Hornene
som han holdt den i, det var Hankerne paa Kjedlen.“

„Det er mest stygt at høre sligt,“ sagde Hallændingen,
„helst naar det er saa ondt for at tjene en Skilling, som
det er nu for Tiden. For det tror jeg, at den som ikke
har løst sig fra Katkismen og sin Frelser, aldrig finder nogen
Skat.“

„Efter det du har fortalt om din Bedstefader, Elias, skulde
En ikke tro, at du behøvede at gaa til Byen hver Uge for at
sælge Fisk,“ sagde jeg.

„Aa, Gud hjælpe mig saa sandt,“ svarede Elias. „Far
min arvede ikke andet end Armoden efter sin Far, enten nu
han Farfar havde brugt op det han havde fundet, eller de som

havde givet ham det, havde taget det tilbage igjen. Og jeg arvede akkurat en Graatrøie og en Træ-Ske efter min Far."

„Det er som jeg siger," sagde Hallændingen, „der er ingen Lykke ved slige Penge, de gaar saa fort som Vandet i Fossen."

Søvnen vilde nu gjøre sin Ret gjældende, og Samtalen begyndte at gaa i Staa. Men i den Tilstand vi vare, tørre paa den ene Side, som vendte mod Ilden, og vaade paa den anden, holdt jeg det for mindre raadeligt at overgive sig til en Slummer, hvoraf man ufeilbarlig skulde vaagne med hakkende Tænder og stive Lemmer. Jeg skjænkede derfor mine Fæller en Dram, tændte min Pibe og opfordrede dem til at holde sig vaagne ved at fortælle noget. Elias fortalte mange Historier, om hvorledes Nissen havde huseret i Sandungen i gamle Dage, og paastod at der endnu var Blodflækker i Stalden der, efter at den en Nat havde slaaet ihjel den hvide Hesten til Paal Sandungen; om hvorledes de stod i Vinduerne og saa, at han skrabede Saltet paa Hellen fra de andre Hestene til Kjæledyret sit, om gamle Jo Hakkloen, som havde Tjenestejente sammen med Huldren; om Lukas Finne, som havde boet i Fortjærnbraaten, og kunde saa meget at han frelste Jorden sin for alle Slags Udyr, saa aldrig noget Kreatur blev slaaet eller revet for ham, — og meget mere, som havde tildraget sig i Nordmarken i gamle Dage.

Tilsidst begyndte Hallændingen ogsaa at fortælle om, hvad der var hændt hans Frænder og Venner. Der var en egen Pathos i hele hans Maade at fortælle paa, som det skulde være forgjæves her at ville gjengive. Det var hans egen faste Tro paa Tilstedeværelsen af disse Naturmagter, hvorom han talte, der gav hans Fortællinger dette eiendommelige Indtryk, som forøgedes derved, at han talte i en dyb Bas og i et langsomt, men vel ordnet Foredrag.

„Den Tid da Krigsfolkene laa ude i Holsten," begyndte han, — „ja du mindes nok den Tiden du, Elias? — var

Farbror min, som boede paa Ringerike, oppaa Krogskoven med
nogle andre. De laa ved Flakscetrene søndenfor Veien og hug
Kulleved. Ved Kveldstid gjorde de op en Nying i en Hæld-
bakke og roede sig der, men de havde ikke sovet længe, før de
hørte Ungeskrig og Tralling. Han Farbror saa op, og paa
en Bergpynt bent imod dem fik han se der sad en Hulder med
en skrigende Unge; den sang hun for og prøvede at stagge det
bedste hun kunde. „Hvad sidder du der for, du?" spurgte han
Farbror. „Aa, Manden min er borte," svarede hun, „og saa
tykte jeg, jeg lige saa godt kunde gaa herned og hygge mig
til jer."

„Hvor er Manden din da?" spurgte han Farbror.

„Han er ude i Krigen han, der hvor de andre Krigs-
folkene er," svarede Hulderen.

Men Ungen blev mere og mere grætten, og skreg og bar
sig og holdt et sligt Hus, at det var rent umuligt at faa Søvn
paa Øinene. Dette syntes han Farbror var for galt, han
blev harm og sint og tog den ene Varmebranden efter den
anden og kastede op imod hende. Og saa blev hun borte,
men omkring i alle Aaserne og Haugene skrattede og lo det.

„Det var Hygge du fik af de Karlene, Gyri Haugen!"
raabte det. —

„Men nu skal jeg fortælle noget, som hændte en af Skyld-
folkene mine paa Ringerike," vedblev han.

„Han var Møller paa Viul og hedte Per Paalsen; siden
kom han endda til Kværnebruget paa Hems-Eierne i Rasdra-
get Væla yderst i Aadalen. Han gik meget oppaa Aaserne
og fiskede, og saa var han en Gang oppe ved Buttentjærnet,
som ligger i Kanten af Høssæter-Aasen mellem Marigaards-
skoven og Bergermoen. Der gjorde han sig op en Nying og
lagde sig til at sove Natten over. Halvandet Aars Tid efter
var han oppe og fiskede igjen. Om Natten kom der en Kjær-
ring til ham med en liden Unge paa Armen.

„Der ser du Ungen din, Per," sagde hun.

Norske Huldre-Eventyr.   **7**

„Ungen min? Det var artige Ting det! Hvorledes skulde jeg faaet den Ungen da?" spurgte Per Paalsen.

„Du husker nok den Gangen du var oppaa her sidst, for halvandet Aar siden," sagde Huldren.

Den Gangen talte han nok ikke om det til nogen, men senere hen i Aarene — for han gik altid oppaa Aaserne der og fiskede om Sommeren, og altid hang den samme Huldren efter ham — siden talte han til mange om, at han havde en Datter med Huldren, som vel kunde være saa gammel som Børnene pleier være, naar de gaar til Præsten. Mig fortalte han det aldrig, endda jeg kjendte ham vel; men jeg har hørt det af En, han selv havde fortalt det til. En Gang var hun kommen til ham, og havde spurgt om han vilde se Datter sin. Saa havde hun lukket op en Dør ind til Berget, og der var alting af Sølv. Ja, iblandt tog Per Paalsen andre med sig op paa Aasen at fiske ogsaa, og da saa de to Huldrer, som stod paa den anden Side af Buttentjærnet og fiskede Abbor. Ellers var det i Stortjærnet Per Paalsen fik den meste Fisken, men der var ingen anden, som fik Fisk der. Men en Gang han gik op over Aasen, raabte det: „Du faar vende att naa, Per, vi behøver Fisken vor sjøl, for der er Barsel hos dem i Lien." En Gang var der en Mand, som hedte Halvor fra Marigaard, med ham. Ham havde han lovet, at han skulde faa se Huldren. Da denne Halvor Marigaarden fik høre hun kom drivende med Buskapen sin, blev han saa ræd, at han vilde affted. Men Per Paalsen bad ham stane og bare staa stille, saa havde det ingen Nød. Og da saa de hun kom drivende med hele Bølingen. Dette saa de grangivelig begge to." —

Elias hørte ikke mere af Fortællingerne; han sov en velsignet Søvn paa den haarde Klippe, og snorkede saa det gav Gjenlyd i Skoven.

„Han sover han," sagde Hallænbingen, „men endnu skal jeg fortælle en Historie, som jeg synes er underlig; men saa faar vi kurre os lidt vi ogsaa, ellers blir vi for tunge til Morgnen."

„Der var en Bonde, som boede i Thelemarken, hvor Far min er kommen fra," begyndte han sin Fortælling, „og han eiede en stor Gaard, men han vidste ikke af andet end Uaar og Skade paa Kreaturene sine, og tilsidst maatte han gaa fra baade Gaard og Grund. Lidt havde han igjen, og for det kjøbte han sig en liden Plads, som laa for sig selv, langt borte fra Bygden, i vild Skov og Mark. En Dag han gik paa Gaardstunet, mødte han en Mand.

„God Dag Granne," sagde Manden.

„God Dag," sagde Bonden; „er du Grannen min? Jeg troede jeg var alene her."

„Der ser du Gaarden min," sagde Manden, „den er ikke langt fra din." Og der laa der en Gaard ogsaa, som han aldrig havde seet før, stor og gild og i fuld Stand. Da kunde han skjønne, at det var en Underjordisk, men han blev ikke ræd for det; han bad Grannen ind at smage paa Ølet sit, og Grannen drak baade godt og vel.

„Hør nu," sagde Grannen, „een Ting skal du lyde mig i."

„Lad mig faa høre paa det først," sagde Bonden.

„Du maa flytte Fæhuset dit, for det staar i Veien for mig," svarede Grannen.

„Nei, det gjør jeg ikke," sagde Bonden. „Jeg har bygget det op nyt i Sommer, og nu lider det til Vinters. Hvor skulde jeg gjøre af Buskapen min da?"

„Ja, ja, du gjør som du vil, men river du det ikke ned, er jeg ræd du kommer til at angre det," sagde Grannen. Og dermed gik han.

Manden gik og undredes paa dette, og vidste ikke hvad han skulde gjøre. At give sig til at rive ned et nyt Fæhus mod Vinternats Leite syntes han var rent uligt, og liden Hjælp havde han ogsaa.

7*

Ret som han stod i Fjøset sit en Dag, sank han Ende ned igjennem Gulvet. Der hvor han kom ned, var det saa urimelig gildt. Alting var af Guld og Sølv. Med det samme kom den Manden, som sagde at han var Grannen hans, og bad ham sidde ned. Om en Stund blev der baaret ind Mad paa Sølvfad og Øl i Sølvkrus, og Grannen bad ham sætte sig ind til Bordet og æde. Bonden torde ikke andet og flyttede sig ind til Bordet, men ret som han vilde tage op i Fadet med Skeen, faldt der noget ned i Maden fra Loftet, saa han mistede Madlysten med det samme.

„Ja," sagde Huldrekallen, „der kan du se, hvad Kjørene dine giver os. Madro faar vi aldrig, for hver Gang vi sætter os til Bords, er det Uraad strax, og om vi er aldrig saa sultne, saa mister vi Madlysten og kan ikke æde. Men vil du nu lyde mig og flytte Fjøset, saa skal du ikke mangle Fo'r og Grøde, om du blir aldrig saa gammel. Men vil du ikke, saa skal du ikke vide af andet end Uaar, saa længe du lever."

Da Manden hørte det, gav han sig strax i Færd med at rive ned Fjøset og tog til at sætte det op paa et andet Sted. Men han byggede ikke alene, for om Natten mens alle sov, var der lagt lige saa mange Stokkehvarv som om Dagen, og det kunde han nok skjønne, at det var Grannen som hjalp ham.

Han angrede heller ikke paa det siden, for han havde Fo'r og Korn nok, og Fæet trivedes vel. Saa blev der en Gang et haardt Aar, og det var saa knapt for Fo'r, at han gik og tænkte paa han skulde sælge og slagte halve Buskapen sin. Men en Morgen Budeien skulde i Fjøset, var Buhunden borte og alle Kjørene og alt Ungfæet med den. Hun til at graate og sige det til Husbonden, maa tænke. Men han tænkte ved sig selv, at det var Grannen, som havde taget dem paa Fo'r. Og det var det ogsaa, for da Vaaren kom og det blev grønt i Skoven, saa hørte de en Dag Fæhunden kom gjøende og springende i Skovkanten, og efter den kom alle Kvigerne og alt

Ungfæet frem, og det var saa blankt, at det var en Lyst
at se."

I Læ af Ilden lagde vi os til Hvile og nød et Par
Timers Tid en kvægende Søvn paa den nøgne Klippe. Da
Dagskjæret lyste over Aasen, vare vi ude paa Søen; thi Hal=
lændingen, som for sit eget usikkre Fiskeri havde foretrukket at
være min Følgesvend og bære Fiskekurv og Haav, havde hen=
tet gamle Christen Bonna med Baaden. Jeg roede op over
Bjørnsjøen og fiskede i Smalstrøm og Hakkloen. Veiret be=
gunstigede mit Fiskeri, thi det vexlede med Solskin og Regn=
byger den hele Dag. Først silde om Aftenen kom jeg tilbage
til Byen, med min Fiskekurv fuld af Ørret og Hovedet fuldt
af Historier.

En Aften ved Andelven.

(1845.)

„Dud og Pine, det er den beau Ideal af en skotske Urret-
elv,“ sagde en ung Britte, en Bekjendt jeg havde truffet i
Eidsvoldsbakken, og som jeg derfra fulgte ned til Andelven i
Baarli-Dalen, hvor han vilde siske. „Her maa vi faa Urret,“
fortsatte han, „men Elven er ikke saa klar, som den skubb’
være; den skubb’ være saa klar som Kristal; og ser De hvilket
Sjeneri det er her, for naar jeg fisk’, jeg ser ikke efter Fisk
alene, men paa hvert maleriske Træ der speile sig i Elven, paa
hver Flye der slive, jeg hør’ efter hver Fugl der singe.“

Medens han i et saadant Sprog vedblev at tolke sin Be-
geistring for Naturen og satte Stangen sammen, kastede jeg
mig ned i det duftende Græs med min Cigar. Rundt om
mig i Bakken blomstrede Spiræer, Skabioser, Blaaklokker, Nar-
dus og den røde, yppige Gjederams. Over mig vaiede Birke-
nes svævende Grene; nede ved Elven tittede Glemmigeier frem
mellem frodigt voxende Stargræs, som ogsaa i yppigste Fylde
dækkede en Hob Stene ude i Elven. Her strømmer den strid
mellem Stene og Klipper, men vender sig ogsaa forbauset over
sin egen Vilterhed om i en Bagevje for at betragte sit foran-
drede Fysiognomi — den ellers saa stille og venlige Andelv.

Paa den anden Side hæver sig en Høide dækket med Or,
med hvidstammede Birke og mørke Graner, hvorunder der er
styggefulde mosdækte Hvilesteder, hvis Svalhed, Fred og Ro
kun den kan fatte, som en hed Sommerdag i Læ af disse
Træer har lyttet til Fuglenes søde Kvidder, kvæget sig ved de

tjølende, duftsvangre Luftninger fra Elven, eller den, der gjen=
nem en anonym Forfatterindes fine Skildringer af disse Egne
har fornummet den „alfeagtige, drømmeriske Duft, som hviler
derover."

Nedenfor, paa Broen, stod et Par Jenter og betragtede
med en Blanding af Nysgjerrighed og Forundring Fiskerens
sælsomme Personlighed og de kunstige Svingninger af Stan=
gen. Og der ligger en ubeskrivelig Ynde i disse Svingnin=
ger af en fin og vel proportioneret Stang i en øvet Fluefiskers
Haand. Som et Blink farer Snøret gjennem Luften og ud=
sender glimrende Vandstøv i sit Tilbagesving, bugter sig igjen
som en Slange eller ruller ud som et Hjul hen over Elven;
Stangen bøier sig som et Siv i sirlige Buer, medens Fiskeren,
halvt skjulende sig mellem Stenene, behændigt svinger den i
sin fremstrakte Høire.

Medens han Skridt for Skridt flyttede sig ned ad Elven,
laa jeg og blæste Tobaksskyer mod den blaa Himmel op i
Myggesværmenes Aftendans, og lyttede til Ljaaens Klang, til
Fossens Sus og Fuglekvidret, som tiltog i Styrke med Af=
tenens Svalhed. Af den halv drømmende Tilstand, hvori
dette havde hensat mig, blev jeg vækket ved et klart „God
Aften."

En middelaldrende Bondekone stod med en Bunding i Haan=
den nede paa Stien og saa med Forundring paa Fiskeren og
de raske Bevægelser af hans Stang.

Paa mit Svar sagde hun halvt spørgende: „Han fisker
nok med Fly han der? tro jeg tør gaa forbi?"

„Det tør du nok; naar du gaar nær ind til Fiskeren,
saa er det ikke farligt. Men sig mig, hvor er du fra?" spurgte
jeg; thi i hendes Væsen og Tale var der noget usædvanligt
for hendes Stand.

„Jeg bor i en Hytte oppaa Aashøiden, østenfor Vormen,"
svarede hun.

„Saa heder du sikkert Anne Marie og har været Barne=

pige i Præstegaarden, ikke sandt? Jeg har hørt tale om dine Eventyr og Historier."

"Ja saa, har han det, saa er han vel kjendt med nogen fra Præstegaarden da? Hvem er han da, med Forlov at spørge?" sagde hun.

Da jeg havde gjort Rede for dette, anmodede jeg Anne Marie om at fortælle mig noget, "helst noget om Huldren;" thi jeg vidste hun var vant ved saadanne Anmodninger, saa at man ikke behøvede at gaa de sædvanlige Omveie eller frygte for noget Afslag ved en ligefrem Anmodning.

"Det turde være farligt at tale om Huldren saa sent," sagde hun leende, "for hun er gjerne ude i Kveldingen og i Solrendingens Tid, men dersom han ikke blir ræd, saa skal jeg nok fortælle."

"Fortæl, fortæl," sagde jeg, jeg er ikke ræd for det som værre er, langt mindre for Huldren eller de Usynlige."

"Der var et stort Bryllup i en Gaard ensteds," begyndte hun "og til det Brylluppet skulde en Husmand. Ret som han gik over en Ager, saa fandt han en Mælkesil, slig en som de gjør af Korumper. Den saa ikke ud anderledes end som en brun Tue. Han tog den op, for han tænkte den kunde være slaaet ud, og vilde give Kjærringen sin den til at vaske Kjørrel med. Men da han kom frem i Bryllupsgaarden, var det som om ingen saa ham. Alle de andre hilste Brud og Brudgom paa, snakkede med dem og skjænkede dem ogsaa, men han fik hverken Skjænk eller Hilsen. Saa kom Kjøgemesteren og bad de andre gaa til Bords, men ham bad han ikke, og han fik ingenting; for selv vilde han ikke sætte sig ind til Bordet, naar ikke nogen bad ham. Saa blev han arg og tænkte: "jeg kan gaa hjem igjen jeg, siden der ikke er nogen som bryr sig om mig."

Da han kom hjem, saa sagde han: "God Kveld, her er jeg igjen."

"Jesu Navn, kommer du igjen nu da?" sagde Kjærringen.

„Ja, der var ingen som brydde sig om mig eller vilde læst se mig," sagde Manden, „og naar de ikke agtede mig saa meget, saa synes jeg ikke jeg havde noget at gjøre der."

„Men hvor er du henne? jeg hører dig jo, men jeg kan ikke se dig," sagde Kjærringen.

Manden var bleven usynlig han, for det var en Huldrehat han havde fundet.

„Hvad er det for Snak, ser du mig ikke? Er du ogsaa bleven galen?" sagde han. „Der har du en gammel Haarsil, jeg fandt borte paa Jordet," sagde han, og kastede den paa Bænken. Da saa hun ham, men med det samme var Huldrehatten borte, for han skulde bare have laant den. Saa kunde han skjønne, hvorledes det hang sammen, og gik til Bryllups igjen. Da tog de gildt imod ham, og han fik baade Skjænk og Sæde ved Bordet." —

„Om jeg fandt en saadan Hat, Anne Marie," sagde jeg, „skulde jeg holde den mere i Ære; skjønt Vorherre har givet mig en temmelig tynd Figur, som du ser, skulde jeg nok undertiden ønske at gjøre den ganske usynlig."

„Ja, det var sandt," svarede Anne Marie og lo. „Det syntes Gutterne paa Nordstrand ogsaa; det var Sønnerne der, Christoffer og Thorvald, som fik begge Jenterne paa Raaholt siden. De havde slig Lyst at komme til Raaholt, saa ingen saa dem, og derfor vilde de gjerne laane sig en Huldrehat. Nu vidste de der var et stort Træ oppe i Strandsaasen, hvor der var Underjordiske; for Troldfolket havde laant baade Øl og andet, og da blev Spandet sat der til dem; og der stod det igjen, naar Ølet var drukket. Og saa havde de hørt, at de skulde have med sig et sort Lam eller en sort Katte og gaa did tre Torsdagskvelder i Rad og bede: „Kjære, lad mig faa laant den gamle Bedstefarshatten, saa skal du faa en svart Katte for Laanet." De fik sig da en svart Katte og gik did tre Torsdagskvelder og bad om den gamle Bedstefarshatten, men den tredje Kvelden kom der ud En saa stor og styg, at de tog

Benene fat: „Nei, nei, vi vil ikke have nogen Hat; der har du Katten ligevel," skreg de, kastede Katten og fløi hovedkupes ud over Berget." —

„Til Friere at være synes jeg ikke der var meget Hjertelag i de Karle, Anne Marie," sagde jeg; „for en saadan Hat var det dog værdt at vove lidt."

„Det kan I have Ret i," svarede Anne Marie; „men siden vi taler om Friere, saa skal jeg fortælle om en Underjordisk, som de sagde friede til en Jente her i Bygden. Det var paa Haverstad. Den Tid jeg var bleven gift, var der saadan en vakker Jente der, som hedte Mari, og hende var der en Usynlig som gik og friede til, han boede ved Kirken og havde seet hende en Gang hun spiste Bær af et Træ i Præstejordet; han kom bestandig om Natten, og hver Gang han var der, var hun saa usigelig bange. Dette fortalte hun Kjærringen der, som hedte Inger Margrete, og saa sagde hun, at han havde et Gulduhr han vilde give hende, men hun var saa usigelig bange. Kjærringen raabede hende at fyre over Sengen med Svovl. Da han kom, havde hun ikke faaet gjort det endda, men saa bad hun ham komme igjen næste Torsdagskveld og tage med sig en god Ven, om han havde en, saa skulde hun kanske blive med ham hjem," sagde hun, for at blive kvit ham.

Om Torsdagskvelden kom han til Sundet og raabte, at Sundmanden skulde komme og lukke op, for det var om Vinteren, saa der var Bro over Vormen. Sundmanden skyndte sig alt han kunde, men han kom ikke saa snart som Frieren syntes, og saa fik han en Drebast, saa han tullede bort over Marken, og da var han alt igjennem Bommen, og Sundmanden hørte det kjørte saa fygende nordefter, men han saa ingen.

Da han kom frem, havde Mari fyret over Sengen med Svovl, og saa maatte han sidde paa en Stol. Han bad hende følge med sig hjem og vilde give hende Gulduhret, men hun torde ikke tage imod det, for hun var saa usigelig bange.

„Ja, jeg ved nok hvem der er Skyld i, at jeg ikke kan komme til dig," sagde han tilsidst, „det er Inger Margrete; men det skal hun komme til at undgjælde dyrt."

Strax efter hængte Manden hendes sig, og der var mange som troede, at den Underjordiske havde hængt ham, eller at han var Skyld i det i det mindste. Og den samme Aften som dette skede, saa Ingebret Præstegaarden fem Ræve, som dansede om den Rabben, han hængte sig paa.

Vi boede paa Nøtterhaugen den Tid, og jeg og Manden min vi var ude og lyede den Kvelden, hun havde sagt han skulde komme og hente hende; for vi tænkte det skulde blive Musik, men vi hørte ingenting."

Under den sidste Del af denne Fortælling kom en Mand hen ad Stien, hvis raske Fodtrin forekom mig saa kjendt. Før jeg endnu kunde se hvem det var, raabte han:

„God Aften A—! Og Sir John — og Anne Marie! Nu, hun har vist fortalt Dem Eventyr. God Aften, mine Herrer. Men fisker De med Flue her, Sir John? Her er ikke andet end Gjedde."

„Det trudd' jeg strax," svarede Sir John meget selvklog; „den Elv saa mig saa suspicious ud, er det ikke sandt, A—? og naar her er Gjedde," vedblev han, „er her ikke Ørret, for den æder baade ham og Dit og Dat og den Andre."

Den Fremmede, en Bekjendt fra Hovedstaden, var vel indviet i Egnens Forhold. Han raadede mig til at besøge Anne Marie i hendes Hytte, som han viste mig imod den klare Himmelrand i en Udhugning af Barskoven oppe paa Høiden af den østlige Aas, for at høre flere af hendes Fortællinger. Den næste Dag udførte jeg dette og hørte mange Eventyr og Sagn. Og da Anne Maries eget Forraad var udtømt, henviste hun mig til Per Graver som et uudtømmeligt Skatkammer.

Graverens Fortællinger.

(1845.)

En Badegjæst i Eidsvold har ikke meget at varetage foruden at skaffe sig den tilbørlige Motion. Allerede den næste Dag søgte jeg derfor Per Graver paa Store Finstad, en god Fjerdingvei søndenfor Elven. I denne uordentlige Rede af sammenstuvede Ladebygninger og Vaaningshuse fandt jeg omsider Mandens Bopæl. I Stuen var der ingen, men i et skummelt Kammer sad en gammel Kjærring paa en Krak og spandt. Jeg gjorde hende nogle Spørgsmaal, hvoraf det første slet ikke besvaredes uden med et maalende Blik, det andet og tredje med et: „Hæ?“ Da jeg endelig for fjerde Gang spurgte, om hun kunde sige mig hvor Per Graver var, svarede hun: „Aa, det er vel en god Fjerding til Graven endnu.“ — „Nei, Per Graver,“ skreg jeg. „Ja, Graven ligger østover, han faar gaa Dalen frem, saa kommer han did. Siden fik jeg vide, at næste Gaard hedte Graven.

„Hu Bedstemor er tunghørt,“ sagde en Røst fra en dunkel Krog, hvori det nu begyndte at blive lyst. Det var en Jentunge med en ditto mindre paa Armen.

„Kan du sige mig, hvor jeg skal finde Per Graver?“ spurgte jeg hende.

„Han er inte hime,“ svarede hun.

„Ved du ikke hvor han er?“

„Han er vel paa Styri hos 'a Moster.“

„Hvor ligger Styri henne?“

„Paa Østsia.“

„Er det langt did?“ spurgte jeg.

„Je' veit inte."

„Er ingen anden hjemme?"

„Nei, dem er til Bryllups."

„End i næste Stue?"

„Je' veit inte."

I næste Stue fik jeg imidlertid den fornødne Oplysning. Der var intet andet for mig end at drage over til Styrk. Udenfor i Svalen fandt jeg hin Moster i Skikkelse af en lang, tør, midaldrende Kone med det graa Haar opstrøget under en sort Hue. Med en vis Venlighed kom hun mig i Møde og sagde: „Han faar være saa god at gaa ind."

Ganske forsagt over den Modgang jeg allerede havde haft, spurgte jeg, om ikke Per Graver skulde være her.

„Han skulde kanske bestille Grav for nogen?" spurgte hun.

„Nei, ikke det; jeg har hørt, at han skal kunne saa mange gamle Eventyr og Historier, og jeg havde Lyst til at høre nogle af dem," sagde jeg.

„Ja saa da! Ja, havde Gamle-Anders, Far hans Per, været her, saa —, det var Mand som kunde fortælle! Naar han begyndte, saa blev der mest aldrig Ende paa."

„Herre Gud, kan du da ikke skaffe mig fat paa Gamle-Anders?"

„Ja, det ved jeg vist! Gamle-Anders er død for to Aar siden! Han Per kan not nogle han og; men det er ikke saa godt at faa ham paa Travet; han er lidt vrang med det, maa vide! Nei Gamle-Anders, han kunde Historier! En behøvede ikke at bede ham desmer! Men nu er det just to Aar siden til Mikkelsmes.

„Det kan jo lidet hjælpe mig," afbrød jeg hende, ærgerlig over at den lovpriste Anders ikke levede. „Er ikke Per her?"

„Jagu' var han her ogsaa, det er sandt det, men han skulde frem til Klokkeren. Han træffer ham vist hos Klokkeren; og er han ikke der, saa er han vist i Bakken, eller i Præste=

gaarden, derfom han ikke er inde paa Kirkegaarden og graver en Grav, for Gamle=Mor Habberstad er død."

Nu var det næsten forbi med min Taalmodighed; men da alt syntes at antyde, at man maatte have mere end almindeligt af denne Gave lige over for Per Graver, saa besluttede jeg at spare den sidste Rest. Jeg prøvede at komme afsted. Men under den sidste Replik havde Konen taget frem af Skjænken et ikke meget gjennemsigtigt Glas, hvori hun skjænkede en Dram Finkel, som hun tilligemed et Stykke Kandissukker præsenterede mig paa en Tallerken, medens hun tabte sig i en Mangfoldighed af Udraab om hvor mageløs Gamle= Anders havde været til at fortælle.

„Han Per er ganske vist hos Klokkeren, og er han ikke der, saa er han i Bakken eller Præstegaarden, dersom han ikke er paa Kirkegaarden," raabte hun endnu efter mig, da jeg gik ud gjennem Grinden. Det lød som Spot; thi disse Steder var jeg netop gaaet fra eller forbi.

Jeg besluttede imidlertid at søge ham først paa det sidste Sted, som det mindst sandsynlige efter hendes Mening.

Det var en af disse kolde triste Sommerdage, da jeg gjennem Præstegaardshavens mørke Alleer gik hen imod Kirken. Regnet havde holdt op, men ved hvert Vindstød dryssede det raslende ned imellem Bladene fra Træernes Kroner. Taagen og Skyerne drev lavt mellem Toppene. Mat og graaligt faldt Lyset over Kirkegaardens Grave og simple Minder; Vindens Suk løb mellem Grenene, og ingen Fugl sang bag Løvet. En Forudanelse om Høsten syntes alt at gjennembæve denne stille ensomme Egn, hvor kun Kirken stod som en Trøster og pegede mod Himlen med Taarn og Spir.

Fra det fjerneste Hjørne paa Kirkegaarden hørte jeg Klangen af Spaden. Graveren stod og grov nede i en Grav. Paa en Tue tæt ved stod Klokkerens store prægtige Gjedebuk, som jeg vel kjendte fra tidligere Besøg, med Skjæg og Horn og spiste Græs. Jeg blev staaende en Stund og betragtede

Graveren. Han var en ældrende Mand, men man kunde ikke sige, at han var nogen smuk gammel Mand. Hans Kald syntes ikke at have haft nogen mildnende eller forsonende Indflydelse paa hans Sind; thi han saa ud i Verden med et bistert Blik og et hypokondrisk Ansigt. Dette Fysiognomi forekom mig bekjendt; jeg søgte efter det i min Erindring, og fandt det omsider igjen hos en stædig Hest, jeg en Gang havde været plaget med. Da han et Øieblik stansede i sit Arbeide for at hvile, saa han op, og hans Øie faldt paa mig, som hidtil havde været ubemærket.

„God Aften, Graver," sagde jeg.

Han maalte mig fra øverst til nederst, spyttede i Næverne, og tog igjen fat paa sit Arbeide.

„Det er tungt Arbeide du har i dette vaade Veir," fortsatte jeg ufortrøden.

„Det er ikke lettere i Solskin," svarede han med et ebbikesurt Grin, og blev ved at grave.

„For hvem graver du denne Grav?" spurgte jeg, i det Haab at der maaske af dette Spørgsmaal kunde udspinde sig en Samtale.

„For Fanden og Kirken," svarede Graveren. Over dette maatte jeg udbede mig en Forklaring.

„Fanden ta'r Sjælen og Kirken faar Pengene," svarede han.

„Ikke saaledes; jeg mente, hvem skal ligge i Graven?"

„Ei dau Kjærring," svarede Graveren.

Der var Broen afkastet. Dette indsaa jeg kunde ikke lede til noget ønskeligt Resultat. Utaalmodig over Regnet, som igjen begyndte at ruske, og ærgerlig over min efter al Sandsynlighed mislykkede Expedition fortalte jeg Graveren, hvorledes jeg havde søgt ham for at faa høre Eventyr og Historier fra gamle Tider; sagde at han sagtens ikke skulde fortælle mig dem for intet, at det endog maatte glæde ham at have en Person at fortælle dem for som mig, der troede paa sligt, hvad Folk i Almindelighed ikke gjorde i vore Dage, o. s. v.

Under denne Tiltale saa Graveren af og til paa mig med
sit stædige Hesteblik, der kuldkastede alle mine Forhaabninger.

"Enten Folk tror det jeg fortæller, eller de ikke tror det,
er jeg lige glad," sagde han. "Men det jeg har hørt og det
jeg ved, det ved jeg, og jeg vil ikke være Nar for nogen og
sidde og fortælle som en Rørkjærring. Om det saa var for
Kongen selv," tilføiede han til yderligere Bekræftelse.

Jeg var allerede i Færd med at gaa, da han igjen stan=
sede halvveis vendt fra mig. Efter at have skudt Hatten bort
paa det ene Øre, begyndte han at søge først i den ene, saa i
den anden Vestelomme; men han lod ikke til at finde hvad
han søgte; thi hans Ansigt blev synlig længere, især efterat
han havde anstillet en ny frugtesløs Ransagelse af begge de
angjældende Lommer.

Jeg mærkede strax, at hans Tobak var gaaet op, og
tænkte fornøiet: nu er Turen til mig. I min Botaniser=Kasse
havde jeg en af Tidemands saa meget efterspurgte Kvartruller,
og idet jeg lod, som jeg greb efter mit Lommetørklæde, lavede
jeg det ved et lidet Kneb saaledes, at bemeldte Kvartrul faldt
ned lige paa Randen af den Grav, hvori han stod. Ganske
rolig bukkede jeg mig ned efter den, men undlod ikke at be=
mærke det Solglimt, som gik over Graverens Ansigt ved dette
Syn. Ligesom i Tanker viklede jeg den op, lokkede paa min
hornede Ven, som stod paa Graven tæt ved, og lod den bide
et stort Stykke af Rullen.

"Hvor langt er det til Tønsager?" spurgte jeg.

Graveren mumlede noget om at misbruge Guds Gaver,
men svarede dog høfligere end tilforn, at det var som en
halv Fjerding paa den anden Side af Sundet.

"Og til Guldværket?" spurgte jeg.

"En Mil," sagde Graveren. "Men hvor kommer den
Karlen fra da, med Forlov om jeg tør spørge?" tilføiede han
med det løierligste Ansigt.

"Sidst kommer jeg fra Store Finstad, hvor jeg spurgte

efter Per Graver," svarede jeg, og lagde Rullen i min Kasse igjen, efter at have givet Gjedebukken endnu et Stykke. Herpaa fulgte intet Svar, men Per Graver gav sig med megen Iver til at grave. Med Spaden kastede han op foruden Jord og Stene halvraadne Træsplinter og smuldrede Ben. Blandt disse rullede hen til mine Fødder et kvindeligt Kranium af en saa skjøn og fuldendt Form, at Retzius vilde have anseet det for et Ideal af den skandinaviske Typus. Jeg tog det op og betragtede det opmærksomt.

„Det var ingen gammel Kjærring, som eiede den Skallen," begyndte Graveren igjen.

„Det ser jeg," løb mit Svar.

„Det var en Gaardmandskone her af Bygden, og hun var baade i Agt og Ære," bemærkede han videre.

„Ja saa."

Var Graveren bleven sig lig i sin Brantenhed, skulde han upaatvivlelig have tiet; men en Rul Tobak, om endog kun i Haabet, har en vidunderlig Indflydelse paa Gemyttet.

„Inden krank, uden blank," vedblev han ufortrøden.

Herpaa fulgte intet Svar.

„Men det var en deilig fin Tobak, den De har der i Blik-Æsken."

„Det synes denne Knægt her ogsaa," svarede jeg, idet jeg lokkede paa Bukken og gjorde Mine til at give den mere Tobak.

„Nei, havde han Gamle-Anders, Far min, levet," sagde Per Graver hurtigt, idet han med et oplastet Ben søgte at hindre sin lykkelige Medbeiler i at blive delagtig i de Goder jeg tiltænkte den, „han kunde Historier. Det jeg kan, er ikke stort."

„Nu, jeg skjønner jo nok, at du ogsaa vil have et Stykke Tobak, Per Graver. Se der har du alt det Bukken har levnet. Havde du været billigere før, saa havde du faaet hele Rullen. Men fortæl mig nu noget."

Norske Huldre-Eventyr.   8

„Jeg faar vel det da, for jeg kan stjønne J er en stik-
telig Fyr og ingen Abekant," svarede Graveren, idet han sam-
lede sine Redskaber og steg op af Graven. „Forbandede Udyr!"
raabte han harmfuld og slog efter Gjedebukken; „slige Bukke
er de største Skadedyr, som tænkes kan; de burde slaaes ihjæl,
saa mange som de er."

Efter disse lettende Hjerteudgydelser satte han sig paa en
Ligsten og begyndte at fortælle.

„J er ikke den første, som jeg fortæller det," tog han til
Orde. „Vil J tro det, saa kan J, og tror J det ikke, saa
kan det være for det som det er. Men der var en Bonde-
mand i Bygden her. Han havde hørt, at Troldkjærringerne
skulde holde slig Leg og sligt Spil i Kirken om Høittdskvel-
derne. Det troede han ikke, men han syntes han kunde have
Lyst til at se, om det var sandt, og saa havde han Moro af
at se, hvem der var Troldkjærringer i Bygden. Ja, om Paa-
skekvelden saa satte han sig ind paa Ligbaaren i Kirkesvalen,
og ret som det var, saa kom der et helt Følge, og foran dem
gik en stor svart Hund. Da de kom til Kirkedøren, satte Hun-
den sig paa Bagbenene og kraffede paa Døren, saa sprang
den op, endda den var læst.

„Saa du det?" sagde en Kjærring, som gik nærmest efter
Hunden, til en anden en, og det var hende her, tilføiede Gra-
veren, idet han viste paa Hjerneskallen.

„Nei, det havde jeg ikke troet, endda du sagde det," sva-
rede den anden, som gik ved Siden af hende, og det var ogsaa
en brav Kone af Bygden her. Efter dem kom der nu saa
mange, at han næsten ikke havde Tal paa dem. Men han
kjendte dem alle sammen, og han havde ikke troet, at der var
saa mange Troldkjærringer over hele Romerike, som han fik se
at der var i Eidsvold Præstegjæld alene. De hoppede og de
dansede, og de gjorde alle de bespottelige Ting, som nogen kunde
falde paa, baade paa Prækestol og paa Alter. Da de ikke
vidste noget andet at finde paa, saa troldede de en Ko op i

Taarnet og lod den age ud over Trapperne med alle fire Be-
nene i Veiret. Koen syntes han han skulde kjende, han troede
den hørte til i Præstebakken, og da Troldkjærringerne havde
gjort fra sig og alting var forbi i Kirken, saa gik han bort i
Præstebakken. Da han kom ind i Fjøset der, stod Koen og
stalv, og saa svedt var den, at Skummet dreb af den.

Men saa var det en Gang længe bagefter, der var et
Bryllup, og i det Brylluppet var han Kjøgemester den samme
Manden, som havde seet alt dette om Paaskevelden. Og der
var ogsaa den Kjærringen, som havde gaaet foran i Trold-
kjærringstimet. Da de skulde til Bords, vilde de have hende
til at sætte sig ind til Bordet først, for det var saadan en brav
Kone, maa vide. Men hun skulde nu være saa undselig og
gjorde sig saa kostbar, at det ikke var nogen Maade med det.
Kjøgemesteren bad og nødte hende til at sætte sig ind til Bor-
det, men tilsidst blev han kjed af dette og saa sagde han ganske
sagte til hende:

„Gaa du først du, du er vant til det, skal jeg tro. Sidst
jeg saa dig om Paaskevelden, var du ikke saa blyg, da var
du den første i Dansen med han Gamle-Erik baade paa Alter
og Prækestol.”

Da faldt hun i Svime, og siden den Tid havde hun
ikke en Helsedag.” —

Graveren tiede stille, og hans Ansigt antog igjen sit sure,
tvære Udtryk; men jeg blev ved at spørge og fritte ham om
Troldkjærringer, deres Reiser og Hændelser, saa længe til jeg
fik ham til at give det Løfte, at han skulde fortælle mig alt
det han vidste om sligt.

„Der var nogle Skyttere,” begyndte han igjen, „som
var paa Fugleleg en Paaskenat. Ret som de sad i Skytter-
hytten, saa i Graalysingen om Morgenen, fik de høre slig Sus
og Brus oppi Veiret, og de troede næsten det var en hel Stok
Storfugl, som kom og vilde slaa ned paa Myren. Men det
var Fanden til Fugle det. Da de kom frem over Stovtop-

8*

pene, saa var det en Flok Troldkjærringer, som havde været paa Paaskeleg. De kom ridende paa Limer og Skuffer og Møggreb, paa Bukker og Gjeder og de urimeligste Ting, som tænkes kunde. Da de var tæt ved, kjendte Skytterne en Kjærring, for hun var Grannekjærringen til den ene af dem.

„Maren Myra," skreg han. Saa faldt hun ned i en Furu og brød af det ene Laarbenet; for naar En kjender dem og raaber Navnet paa dem, saa maa de ned, om de er aldrig saa høit. De tog hende op og satte hende til Lensmanden, og tilsidst blev det saa, at hun skulde brændes levende. Men før de fik hende op paa Vedstablen, bad hun de vilde tage Tørklædet fra Øinene hendes lidt. Ja, det skulde de gjøre; men først vendte de hende saa, at hun ikke kunde se imod Ager og Eng, men langt bort i Aasen. Og der hvor hun havde seet med Øinene sine, blev Skoven svidd, saa den var ganske sort.

Men efter den Kjærringen var der en Datter, og hende satte de til en Præst oppi Gudbrandsdalen. Hun kunde vel være ni Aar gammel, men hun var slem og fuld af Troldkjærringnykker. En Gang sagde Præsten, at hun skulde tage nogle Fliser, som laa paa Gaarden, og bære dem ind i Kjøkkenet.

„Pyt, jeg kan nok faa dem ind, om jeg ikke skal bære dem," sagde hun.

„Ja saa," sagde Præsten, „lad mig se paa det."

Ja, strax saa gjorde hun Vind, saa Fliserne fløi lige ind i Kjøkkenet. Præsten spurgte, om hun kunde gjøre mere. Ja, det kunde hun. Hun kunde mælke, sagde hun, men hun vilde nødig gjøre det, for det var til Skade for Kreaturene. Præsten bad hende, men hun vilde nødig; tilsidst skulde hun til at gjøre det ligevel. Saa satte hun en Tælgekniv i Væggen og en Kolle under den, og strax hun rørte ved Kniven, spritede Mælken ned i Kollen. Da hun havde mælket en Stund, vilde hun holde op.

„Aa nei, mælk du, mit Barn," sagde Præsten.

Nei, hun vilde ikke; men Præsten snakkede saa længe for hende, til hun begyndte igjen.

„Nu maa jeg holde op," sagde hun lidt efter, „for ellers kommer der bare Blod."

„Aa mælk du, mit Barn," sagde Præsten, „og bry dig ikke om det." Hun vilde ikke, men tilsidst saa gav hun efter og blev ved at mælke.

Om en Stund saa sagde hun: „Ja, holder jeg ikke op nu, saa ligger den bedste Koen død paa Baasen."

„Mælk du, mit Barn, og bry dig ikke om det," sagde Præsten, for han vilde se hvad hun kunde.

Hun vilde nødig; men Præsten nødte hende, til hun gav sig og blev ved at mælke.

„Nu faldt Koen," sagde hun, og da de gik ud i Fjøset og saa efter, laa den bedste Koen som Præsten eiede, død paa Baasen. Saa brændte de hende ogsaa, ligesom de havde gjort med Moderen. —

„Ja, det var en forargelig Troldkjærring, den jeg fortalte om," fortsatte Graveren, „men der var en, som jeg synes var endda værre, for hun tog Manden sin op af Sengen en Paaskekveld, og red paa Ryggen hans lige fra Gudbrandsdalen og til Bergens Kirke, og mens hun var oppi Taarnet og holdt Paaskeleg med de andre Troldkjærringerne og Gamle-Erik, maatte Manden ligge splitternøgen udmed Kirkevæggen og fryse hele Natten; og der var sligt et Veir med Sno og med Snefog, og Manden blev saa rent udarmet, at han mest var fra sig selv. Da det led paa Morgensiden, reiste han paa sig lidt, men han frøs og hakkede Tænder. I det samme kom der gaaende En forbi.

„Men sig mig i Guds Navn, hvor er jeg?" sagde Manden.

„Nu er du ved Bergens Kirke," svarede han, og da han fik se Buggjorden, som Manden havde om Livet, saa kunde han skjønne, hvorledes det hang sammen — for Troldkjærringerne var der baade til Jul og til Paaste den Tid — og saa sagde han: „Naar hun kommer ud, hun som du er med, saa tag bare Buggjorden og giv hende et dygtigt Drag over Ryggen, saa rider du hjem igjen paa hende, ellers staar du det ikke ud."

Ja, da Kjærringen kom ud, gjorde Manden som han havde sagt; og saa red han hjem paa Ryggen hendes, og det rabt." —

„Havde hun ikke Smurningshornet med?" spurgte jeg.

„Hun agtede sig nok for at tage det med, for hun havde sagtens smurt Kroppen, før hun reiste hjemmefra," sagde Graveren. „Men siden I snakker om Smurningshorn, saa kommer jeg til at huske paa nogle Historier, som skal være hændt for lang Tid siden."

„Lad høre," sagde jeg.

„Paa en Gaard i Ringebu," fortalte han, „var der en Troldkjærring, som var saa fælt slem. Men der var En, som vidste om, at hun var Troldkjærring: han gik did og bad om Hus en Helgekveld, og det fik han ogsaa.

„Du faar ikke blive ræd, om du ser jeg sover med aabne Øine," sagde han; „jeg har den Vanen, men jeg kan ikke for det."

Aa nei, det skulde hun ikke blive ræd for, sagde hun.

Ret som det var, saa snorkede han og sov saa fælt med Øinene aabne, og bedst han laa saaledes, tog Kjærringen frem et stort Smørjehorn under en Sten i Peisen og smurte Sopelimen.

„Her op og her ned til Jønsaas," sagde hun og for afsted op igjennem Piben til Jønsaas, som er et stort Sæterfjeld.

Gutten syntes det skulde være løierligt at komme efter og se, hvad hun havde for sig der, for han syntes hun sagde: „Her op og her ned til Mønsaas." Saa tog han Hornet under Stenen i Skorstenen og smurte en Vedskikke. „Her op

og her ned til Mønsaas," sagde han, og saa for han op og
ned imellem Skorstenen og Møningen paa Huset hele Natten,
og slog meft ihjæl sig, fordi han havde mishørt. Siden fik
han Tjeneste der, og om Kvelden Aarsdagen efter sad han
og gjorde i Stand en Slæde. Men saa blev han kjed af det,
og gik bort og lagde sig til at sove paa Bænken, og saa fælt
frem for sig med aabne Øine. Ret som det var, tog Kjær=
ringen frem Hornet i Skorstenen og smurte Limen, og saa for
hun op igjennem Piben igjen. Gutten lagde Mærke til hvor
hun gjemte Hornet, og da hun vel var reift, saa tog han det
og smurte lidt paa Slæden; men han sagde ikke noget. Slæ=
den afsted, og de saa aldrig mere hverken til Gutten eller Slæ=
den. Den Gaarden, som dette var paa, den hedte Kjæstad,
og Kjæstadhornet er navngjetet den Dag i Dag er. —

„Men saa var der en Kjærring paa en Gaard paa Dovre,
som ogsaa var Troldkjærring. Det var en Juleqveld. Tjene=
stejenten hendes holdt paa at vaske et Bryggekar. Imens tog
Kjærringen frem et Horn og smurte Limen, og med det samme
for hun op igjennem Piben. Jenten syntes det var fælt til
Kunst, og tog og smurte lidt af Smurningen paa Karet. Saa
reiste hun ogsaa afsted og stansede ikke, før hun kom til Blaa=
kolls. Der mødte de en hel Smale med Troldkjærringer og
Gamle=Erik selv, og han prækede for dem, og da de havde
gjort fra sig, skulde han se dem over, om de havde mødt alle.
Saa fik han se denne Jenten, som sad i Bryggekaret; hende
kjendte han ikke, for hun havde ikke skrevet sig ind hos ham.
Og saa spurgte han Kjærringen, som hun var med, om hun
vilde skrive sig ind. Kjærringen mente det. Gamle=Erik gav
da Jenten Bogen og bad hende skrive i den; han mente, hun
skulde skrive Navnet sit. Men hun skrev det, som Skolebørnene
paa Landet pleier skrive, naar de prøver Penne: „Den som
mig føder, det er Gud, i Jesu Navn," derfor fik hun beholde
den, for Gamle=Erik var ikke Karl til at tage den igjen. Men
da blev der Larm og Styr paa Fjeldet, maa vide. Trold=

tjærringerne tog Pister og slog paa det, de havde at fare paa, og med det samme satte de afsted bort igjennem Veir og Vind. Jenten forsømte sig ikke, hun tog ogsaa en Pist, slog paa Brygge-karet og satte efter dem. Ensteds var de nede og hvilte paa et høit Fjeld. Nedenfor var der en bred Dal med et stort Vand, og paa den andre Siden af den var der et høit Fjeld igjen. Da Troldkjærringerne havde hvilt ud, slog de paa og for over. Jenten undredes paa, om hun ogsaa skulde komme over. Tilsidst slog hun paa og kom over til den andre Siden hun ogsaa, og det baade godt og vel.

„Det var Fanden til Sprang af et Bryggekar," sagde hun, men med det samme mistede hun Bogen, og saa faldt hun ned og kom ikke længer, fordi hun havde talt og kaldt paa ham, endda hun ikke var indskreven. Resten af Veien maatte hun gaa og vade i Sneen, for Friskyds fik hun ikke længer, og der var igjen mange Mil." —

„Det kan være løierligt nok at reise med Troldkjærrin-gerne paa Kosteskaft og Bryggekar," bemærkede jeg. „Men det maa være slemt iblandt, for Nordenvinden falder skarp til Veirs, og En kan knække Nakkebenet, før En ved af det. Da er det bedre ved Kirketaarnmøderne; der kan man jo faa se dem, naar man sætter sig paa en opskaaren Græstorv, er det ikke saa, Per Graver?"

„Nei, En skal ikke sidde paa en Græstorv," sagde Grave-ren belærende; „men En skal staa med en Græstorv i Veiret paa hver Haand, og den skal være opskaaren rangsøles, og Salmebogen skal De have paa Brystet og tre Bygkorn i Mun-den, og det ene Korn betyder Vor Herre, og det andet hans Søn, og det tredje den Helligaand. Og naar En laver sig til paa den Maaden, da tør hverken Gamle-Erik eller Trold-kjærringerne yppe sig. Havde han gjort det, en Mand jeg har hørt tale om, havde han kanske sluppet bedre fra det. Ja, han slap da fra det ligevel paa en Vis; men det var med Næsen og begge Ørene, som De siger.

Denne Manden havde faaet spurgt, at Troldkjærringerne holdt slig Leg og Styr og saadan Rumstering i Kirketaarnet om Helgekvældene. Der syntes han, han skulde have Lyst til at være med, og saa gik han op om Julekvelden og satte sig i en Krog. Han havde nok med sig noget Græstorv, men han har vel ikke gjort det rigtigt, kan jeg tro. Ret som det var, saa tog de til at komme: den ene Troldkjærringen søg ind igjennem Taarngluggerne efter den anden, nogle paa Limer og nogle paa Skuffer, nogle paa Gjeder og nogle paa Bukker og alle de underlige Ting, som til kunde være. Og imellem alle disse var en af Grannekjærringerne hans; men da hun fik se ham, for hun bort og stak Besleftingeren ind i Næsen hans og holdt ham slig, ligesom jeg holder en Ørret i Ganen, ud igjennem Gluggen.

„Vil du love, at du aldrig skal sige du har seet mig her, ellers slipper jeg dig," sagde hun.

„Nei, om jeg gjør," sagde han, for han var en Brangpeis; „kom og tag imod mig, Fanden!" skreg han i det samme hun slap, og saa kom Fanden kjørende i en Smalslæde og stod under og tog imod ham, saa han ikke skrubbede Knæskallen engang. Nu skulde Fanden skydse ham hjem ogsaa. Men Manden sad og slog paa og hujede og agjerede, saa Fanden havde ondt for at holde sig paa Meierne; og da de kom tæt ved Gaarden hans, saa kjørte han imod et Vastraug, saa Slæden væltede og Fanden blev liggende paa den ene Siden af Vastrauget og han paa den anden. Havde han ikke gjort det, saa havde han ikke sluppet ud af Fandens Klør, men nu havde Fanden ikke mere Magt over ham.

„Tvi vorde dig da!" sagde Fanden; „havde jeg tænkt du vilde snyde mig, skulde jeg ikke reist saa langt for Fillesjælen din. Da du raabte paa mig, var jeg tyve Mil nordenfor Trondhjem og holdt over Ryggen paa en Jente, som var i Færd med at vride om Halsen paa Ungen sin." —

Her sagde Graveren, at nu kunde han ikke mindes flere

Troldkjærringhistorier. Men da han var kommen saa godt paa Glid, troede jeg, at jeg burde nytte Leiligheden, og spurgte om han da ikke havde noget at fortælle om de Underjordiske.

„Hm," sagde han, „jeg kan nok have hørt noget af Moster min kanske. Da hun var Jente, var hun paa Modum og tjente hos Præsten der; Teilmann tror jeg hun kaldte ham.

Det var en Gang paa Vaarsiden, da Møgen skulde kjøres ud, saa gjorde den Præsten en stor Dovning, for han var en svare Mand til at drive Jorden, og til den bad han Folk baade vidt og bredt fra alle Bygdens Kanter. Saa var der en Gut hos en Mand, som ogsaa var bedt, og han var saa urimelig gjæstebudskjær. Da Husbonden hans sagde til ham om Kvelden, at han skulde lage sig til at kjøre til Dovnings, saa han kunde komme afsted i Otten, blev han saa glad, at han laa og væltede sig hele Natten og kunde ikke sove. Ingen Klokke var det der heller, saa han kunde vide hvad Tiden led, og saa stod han op ved Midnatstider og satte Hestene for og kjørte til Præstegaarden. Men der var det ikke oppe en levende Sjæl endda, og saa gik han omkring og vaxerte for Tidsfordriv. Bedst som han gik, kom han ind paa Kirkegaarden, og der vaskede han Søvnen og Vaagen af Øinene sine i en Grøft, hvor der stod noget Vand, for det havde nylig linnet, og fra den Tid var han synen; men han var halvfuset ogsaa, og de kaldte ham en Galning. Enten han gik af Tjenesten eller tjente ud Aaret sit, det skal jeg ikke kunne sige, men siden for han altid og svævede omkring i Bygden, hvor der var Gjæstebud eller noget paa Færde, og bød sig til at jage ud de Underjordiske.

En Gang skulde der være Bryllup paa en Gaard, som hedte Præsterud, og Barsel paa Komperud paa een Dag. Da var han rent opraadd, for han vidste ikke, hvor han skulde gaa hen, men tilsidst saa gik han til Bryllupsgaarden.

Da han havde været der og seet sig om en Stund, tog han fat paa Kjøgemesteren.

„Du paſſer godt paa det du har, du," ſagde han. „Ser du ikke, at de Underjordiſke drikker af Ølſpandet du har ſat i Krogen der, det minker jo hvert Øieblik, men faar jeg Lov at være her, mens Brylluppet varer, ſaa ſkal jeg nok jage dem ſin Kos."

„Ja, du kan nok faa være, men hvorledes vil du faa dem ud?" ſpurgte Kjøgemeſteren.

„Det ſkal du faa ſe," ſagde Gutten, tog Spandet, ſatte det midt paa Gulvet og kridtede en ſtor Ring rundt omkring det. „Nu tar du en ſtor Klubbe," ſagde han til Kjøgemeſteren, „og naar jeg vinker til dig, ſaa ſlaar du midt ind i Ringen; det er det ſamme, hvor jeg er henne, men naar jeg har faaet dem ind i Ringen alleſammen, ſaa ſlaar du til alt det du orker."

Da han havde ſagt det, ſaa tog han til at rende omkring; han for baade høit og lavt og ſtybſede og jagede ind imod Ringen. Kjøgemeſteren kunde næſten ikke ſtaa paa Benene, ſaa lo han af alle de gale Fagterne Gutten gjorde, og de troede meſt han var gal, alle ſom ſaa paa det. Men da fik de ſe, at han ikke var ſaa gal, ſom de troede, for da han vinkede til Kjøgemeſteren, og Kjøgemeſteren ſlog til, hørte de et Skrig og et Hvin igjennem hele Huſet; og nogle, ſom kom til Bryllupsgaarden fra Komperudkanten, fortalte, at de havde hørt en Sus og en Brus i Luften, og at det var ligeſom en hel Flok havde ſnakket i Munden paa hverandre: „Til Komperud, til Komperud til Barſels, til Komperud til Barſels!"

Her endte Per Graver ſine Fortællinger. Han erklærede, at han ikke vidſte mere i Kveld, og gav ſig til at jage Klokkerens Gjedebuk ud af Kirkegaarden.

Jutulen og Johannes Blessom.

(1844.)

Over Vaage Præstegaard hæver sig en furekronet Aas eller et
lidet Bjerg med Kløfter og steile Vægge. Det er Jutulsbjer=
get, som Storm har viet en Sang. Ved et Naturspil viser
der sig i en af dets glatte Vægge en Port. Staar man paa
Broen over den vilttre Finna eller hinsides paa Engene, og ser
denne Port over Hængebirkenes svævende Guirlander og yppige
Løvværk og tager Indbildningskraften en Smule til Hjælp,
former den sig til en Dobbeltport, oventil forenet ved en gotisk
Spidsbue. Gamle hvidstammede Birke staa som Søiler ved
dens Sider; men deres høie Toppe naa ikke til Buens Be=
gyndelse, og gik Porten kun en Kirkelængde ind, kunde Vaage
Kirke staa under Spidsbuen med Tag og Taarn. Det er ikke
nogen almindelig Dør eller Port. Det er Indgangen til Ju=
tulens Palads. Det er „Jutulsporten," et uhyre Portal, som
det største Trold med femten Hoveder mageligt kan gaa igjen=
nem uden at bøie sin Nakke. Naar nogen i gamle Dage, da
der var mere Samkvem mellem Mennesker og Trold, vilde laane
hos Jutulen, eller tale med ham i andre Forretninger, var
det Skik at kaste en Sten i Porten og sige: „Læt op, Jutul!"

For et Par Aar siden kom jeg en Eftermiddag til Præ=
stegaarden for at aflægge et Besøg. Familien var paa Sæte=
ren; der var ingen hjemme uden en gammel Døl, som paa
min Begjæring fulgte mig op til Jutulsporten. Vi bankede
paa, men der kom ingen og lukkede op. Det undrede mig
heller ikke, at Jutulen ikke vilde modtage os, eller at han nu
paa sine gamle Dage saa sjælden giver Audiens; thi tør man

oømme efter de mangfoldige Spor af Stenkaft i Porten, har han været overmaade besværet med Besøg.

„En af de sidste, som saa ham," fortalte min Ledsager, „det var Johannes Sørigaarden fra Blessom, Nabogaarden til Præstegaarden. Men han ønskede vist, han aldrig havde seet ham," føiede han til.

„Denne Johannes Blessom var nede i Kjøbenhavn og skulde have Ret paa en Proces, for her i Landet var der in= gen Ret at faa ved de Tider; og naar En vilde have Ret, var der ingen anden Raad end at reise derned. Det havde Blessommen gjort, og det gjorde Sønnen hans efter ham og= saa, før han havde og en Proces. Saa var det om Jule= eftan, Johannes havde snakket med Storkarlene og gjort fra sig, og han gik paa Gaden og var stur, for han var hoga him. Ret som han gik, strøg der forbi ham en Vaageværing i hvid Kufte med Tastelaag og Knapper som Sølvdalere. Det var en stor, svær Mand. Han syntes, han skulde kjende ham og, men han gik saa fort.

„Du gaar fort du," sagde Johannes.

„Ja, jeg faar nok skynde mig," svarede Manden, „for jeg skal til Vaage i Kveld."

„Ja, gi' jeg kunde komme did jeg ogsaa," sagde han Johannes.

„Du kan faa staa paa med mig," sagde Manden, „for jeg har en Hest, som træder tolv Trin i Milen."

De reiste, og Blessommen havde nok med at holde sig paa Meierne, for det gik gjennem Veir og Vind, saa han hverken kunde se Himmel eller Jord.

Ensteds var de nede og hvilte. Hvor det var, kunde han ikke skjønne, før med det samme de satte afsted igjen, og han syntes han saa et Døbninghoved paa en Stage der. Da de var komne et Stykke paa Veien, begyndte Johannes Blessom at fryse.

„Uf, jeg glemte igjen den ene Vaatten min, der vi hvilte; nu fryser jeg paa Næven," sagde han.

„Du lyt taale det, Blessommen," sagde Manden, „for nu er det ikke langt igjen til Baage, og der vi hvilte, var halvveis.

For de kom til Finnebroen, stansede Manden ved Sandbovolden og satte han Johannes af.

„Nu har du ikke langt hjem," sagde han, „og nu skal du love mig det, at du ikke ser dig tilbage, om du hører nogen Dur eller ser noget Lysskin."

Det lovede Johannes og takkede for Skydsen. Manden kjørte sin Vei over Finnebroen, og Johannes tog op over Bakten til Blessomgaardene. Men ret som det var, hørte han en Dur i Jutulsberget, og med Et blev det saa lyst paa Veien foran ham, at han syntes han kunde have seet at tage op en Naal. Han kom ikke i Hug det han havde lovet, men dreiede paa Hovedet og skulde se hvad det var. Da stod Jutulsporten paa vid Væg, og det skinnede og lyste ud gjennem den som af mange tusende Lys. Midt i Aabningen saa han Jutulen, og det var Manden, han havde staaet paa med. Men fra den Tid sad Hovedet paa Skakke paa Johannes Blessom, og saaledes var han, saa længe han levede."

Fra Fjeldet og Sæteren.

(1845.)

„Denne Gang slipper De mig ikke, Jomfru. De har saa længe lovet at fortælle mig Deres Sætertur, og De har nu saa meget mere Grund dertil, da vor egen lader til at blive til Vand. De er os denne Erstatning skyldig for vore saa bedrøvelig skuffede Planer."

Et Blik ud af Vinduet i Præstegaarden bekræftede desværre alt for meget denne Bemærkning. Himlen, der tidlig om Morgenen havde spaaet os det skjønneste Veir, bestyrkede min gamle Erfaring, at kun Aftenklarheden er at bygge paa. Den ene Skur stærkere end den anden slog brusende ned i de store Træer udenfor, og det tegnede ikke til noget Ophold den Dag, uagtet lille Trine, som fløi ud og ind, forsikkrede at det klarnede snart i Øst og snart i Vest, og at vi inden Middag kunde reise.

„Altsaa, bedste Jomfru, jeg er lutter Øre!"

„Tror De, jeg vil fortælle Dem noget, Hr. Asbjørnsen? Jeg er kommen efter, at De ikke som en anden lader dem nøie med at høre hvad man fortæller Dem, men skriver det ned og trykker det i Aviserne. Derfor gjælder mit Løfte ikke."

„Jeg sværger, at jeg ikke skal trykke, hvad De nu fortæller mig, i nogen Avis," svarede jeg.

„Desuden oplevede jeg intet videre paa den Tur. Den var smuk; den greb mig, det var det hele. Men nu beklager jeg, at jeg nogensinde har fortalt Dem derom."

„Deres Stilling er vistnok beklagelig; imidlertid da jeg har Deres Løfte —"

„Desuden," afbrød hun mig, „kan De tænke Dem noget flauere end midt i Haabet om en virkelig Tur at blive affpist med en mager Erindring? for den varme Birkelighed at tage et ufuldstændigt Billede? Det er, som om man istedenfor at gaa hen og høre en Koncert, satte sig til at læse en Musik-recension. Det vilde ikke undre mig, om jeg midt i Fortæl-lingen saa Nissen, der har spillet os denne Streg, stikke Ho-vedet ud af Madkurven og le os ud."

Jeg sukkede over Damernes Halsstarrighed, medens jeg hemmelig maatte beundre den Masse af Grunde, der staa til deres Raadighed, Grunde som, i det mindste saa længe man sidder lige overfor dem, ere slaaende nok.

„Slige Beretninger," vedblev hun, idet hun klappede Ma-rat, der ikke mindre slukøret og mismodig end vi havde leiret sig ved vore Fødder, „tilhøre desuden blot Kakkelovnskrogen og Binteren."

„Herregud, Jomfru, i Binter da jeg bad Dem, mente De netop, at de tilhørte Sommeren. Men lad os istedenfor at strides herom forene os mod de onde Magter, som drille os; lad os give dem en god Dag og opgive Turen, saa skal De se at Beiret klarner, inden vi ved deraf."

„Ja, og naar det saa er klarnet, reise lige fuldt, mener De?" vedblev hun leende. „Det var sandelig værdt at prøve Deres Raad. Nu vel! Det er tosset at lade sig nøde. Saa hør da selv, at det ikke var Møien værdt at bede mig saa meget om denne min Reisebeskrivelse.

En Dag i den Tid da jeg var paa Sæteren i Sommer, gik jeg og Trine med en af Sæterpigerne ind over Fjeldet for at sanke Multer. Det var en klar og stille Dag; thi nys før havde det regnet, og Luften var saa ren og let paa Fjel-vet. I Kløfterne og mellem Stenene stod der Planter med store, hvide, vellugtende Blomsterbuske. Ryper fløi op for vore Fødder og smuttede ængstelige for sine Unger omkring mel-lem Bidjerne og Birkerifet. Da vi kom til Multemyrerne, vare

be ganſke røde og gule af Multer, og ved Bredderne og paa
Tuerne ſtod der en Mængde Blomſter med rene, fine Farver,
jeg aldrig havde ſeet Mage til: de opfyldte Luften med den
lifligſte Duft. O, det var ſaa ſødt at aande i denne Luft,
og lille Trine var ſaa glad; hun fløi fra den ene Blomſt til
den anden og klappede i Hænderne, og hun blev ikke træt af
at plukke og beundre disſe Blomſter; og Brit fortalte os om
ſine Kjør og Gjeder, og om Rensdyrene hun havde ſeet, og
mange Eventyr og underlige Hændelſer fra Fjeldet og Sæte-
ren. Under hendes Fortællinger og venlige Snak fyldtes vore
Næverſkrukker ſnart med Multer og Blomſter, og vi gav os
paa Hjemveien. Vi ſatte os ned i det friſke Græs ved en
Varde, ſom ſtod paa en liden Høide, for at hvile. Til ven-
ſtre lidt bag os laa en Gruppe høie, ſpidſe Fjelde med hvide
ſkinnende Snepletter. Trine ſagde meget træffende, at de lig-
nede Sukkertoppe i blaat Karduspapir, ſom der var revet Hul-
ler i, ſaa at Sukkeret ſkinnede igjennem. Brit fortalte os det
var Ronderne, og da jeg foreſlog, at vi ſkulde gaa nærmere
hen til dem, ſagde hun de laa over en Mil borte; jeg ſyntes
det ikke kunde være en tuſend Alen derhen. Fjernt i Veſt og
Nord taarnede der ſig Fjelde over Fjelde, høiere og høiere, i
forunderlige Former, med blaalige og violette Kupler, Tinder
og Kamme. Brit vidſte Navnene paa dem alle og ſagde os,
at de laa i Valders, i Lom og henimod Sogn. Men foran
vore Fødder til det vide Fjerne udbredte der ſig et Landſkab
af anden Art, ſtore brune og graagrønne Strækninger, beklædte
med Lyng og Moſe, øde, ensformige, ikke afbrudte ved nogen
Høide, ikke oplivede ved nogen Gjenſtand. Det hele Land-
ſkab ſyntes mig var det meſt ſtorartede, det meſt ophøiede, jeg
havde ſeet. Men uagtet al ſin Storhed gjorde det dog paa
mig et triſt, næſten nedſlaaende Indtryk. En brunlig, ſpraglet
Fugl kom flyvende og ſatte ſig paa en Tue nær ved os og fløi-
tede. Men denne Lyd, o den var ſaa ſørgelig, ſaa melankolſt,
ſom om Fuglen vilde ſynge om, hvad jeg følte i dette Øieblik.

Brit og Trine havde snakket sammen den hele Tid. Jeg begyndte nu at lytte til deres Samtale.

„Hvad er det de kalder denne Varde, Brit?" spurgte Trine, som havde været her før, „er det ikke Thylevarden?"

„Jo, de kalder den saa," svarede Brit, „det var nogle Karle som reiste den, fordi de saa noget her, som var thyle. Thyle betyder tosset, underligt, som De kanske ved," afbrød Fortællersken sig.

„Det var Paal Brække, som var Husmand under Sell, og nogle andre Tjenestekarle. Budeierne var alt reist hjem fra Sæteren om Høsten; saa skulde disse Karlene tage Mose til Vinterfo'r, og mens de kastede Mose paa Bergflaben her, kom der svævende saa mange Jomfruer, at det saa ud som et helt Brudefølge, og de var saa vene, at det lyste og skinnede af dem. Kjolerne glinsede i Solen som Silke og slæbte langt efter dem, og paa Hovedet havde de Sølvkroner og Sølvstads. Saalænge Karlene stod og saa paa dem, stod de ogsaa stille eller svævede hid og did, men da de gav sig til at kaste Mose igjen, begyndte Følget at gjøre det samme. Karlene kastede Mose efter dem, men det brydde de sig ikke om. Naar de gik hen paa det Sted, hvor de saa dem, var der ikke nogen at se; men naar de gik der bort, hvor de selv tog Mose, saa var hine der igjen, og dette varede hele Dagen.

Før om Sommeren havde to af disse Karlene og en til været oppe for at hugge Gjærdefang strax nordenfor Valfjeldet. Ved de Tider de spiste til Middag, faldt de to i Søvn, og den tredje sad og spiste endda, men da hørte de „saa deilig en Leg paa Fele," at de aldrig havde hørt noget saa vakkert før, og de talte med hverandre om dette, syntes at de var vaagne og hørte Spillet mange Gange, og en af dem „hullede," som Brit forsikkrede, den Legen længe bagefter, saa at ingen kunde tvile om det var sandt." —

Brit vidste meget at fortælle om de Underjordiske eller Haugefolket og Huldren, men forsaavidt var hun greben af den saakaldte Oplysning, at hun ikke vilde vedkjende sig Troen paa disse Naturmagter. Naar en af os sagde hende imod, blev hun fortrydelig, pukkede paa hvad hun selv havde oplevet, fortalte det vel ogsaa undertiden, men tiede som oftest aldeles stille. Det var langtfra, at jeg vilde forbærve det gode Humør, som i Dag belivede hendes Fortællinger. Jeg blinkede derfor med Øinene til Trine og sagde: „Hvem tvivler vel om Sandheden af det? Nu skal jeg fortælle noget, som maa synes langt forunderligere. Du husker nok, at jeg for to Aar siden besøgte min Onkel i Hallingdal. Der saa jeg en gammel Mand, han var næsten hundrede Aar, som de fortalte havde været indtagen af Huldren. Han var svag for Brystet og i det hele ussel og skrøbelig. Hans Blik var stirrende og mat, og han syntes ikke at være ved Sans eller Samling. En Sommer mens han var ung, laa han paa Sæteren. Da der en Dag var ondt Veir, skulde han gaa ud paa Fjeldet og gjæte for Gjætergutten eller „Hjuringen," som de der kalde det. Om Aftenen kom Kreaturene hjem paa Sætervolden, men Ole var borte. De gjorde Mandgard efter ham; de ledte og søgte overalt; de skjød og de ringede med Kirkeklokkerne; men han kom ikke igjen. Han var hos Haugefolkene, og de vilde ikke slippe ham. Især var det en ung deilig Hulder, som hang ved ham med Kjærlighed. Hun talte godt for ham, var blid og venlig mod ham og lærte ham at spille paa Mundharpe. Saa lifligt har vist heller aldrig nogen spillet paa dette simple Instrument som gamle Ole. Det var fornemmelig med Munden at han frembragte disse Toner, ikke som almindelige Mundharpespillere med Fingrene. Jeg hørte ham en Gang. Det mindede mig paa engang om Fuglekvidder, om Heilovens klagende Fløiten og Lurtoner i en Sommerkveld, og jeg blev saa underlig bevæget derved, at Taarer kom mig i Øinene. Men Ole syntes, at Huldren havde en saadan hæslig Kohale, og han vilde ikke blive. En Gang kom han til at sige: „Naar i Jesu Navn skal jeg da komme hjem til kristne Folk igjen?"

Da begyndte Huldren at græde og sagde, at siden han havde nævnt hint Navn, som hun ikke kunde udtale, kunde de ikke længer holde paa ham. „Men hold dig til Siden af Døren, naar du gaar, ellers gjør Far dig Meen," føiede hun endnu til.

I Glæden over sin Befrielse glemte han dette, og idet han gik, blev der skudt ud efter ham et gloende Risknippe, som Ild og Gnister frasede af. Da blev han som sønderslagen i alle Lemmer. Fra den Dag fik han aldrig sin Helse igjen, og han var ikke rigtig ved sin Forstand mere. Men hvor han gik og hvor han stod, saa fulgte den smukke Hulder ham. Naar han om Aftenen sad alene ved Ilden, saa han hende ofte. „Gyri Ørnehovd, jeg ser dig nok," raabte han. „Der er hun; ser I hende ikke?" sagde han til Børnene. De kunde ikke se hende; men der for en Gysen igjennem dem, skjønt de intet saa." —

„Hvorledes var det med dig, Brit?" sagde Trine, som havde forstaaet mit Vink. „Du skal jo baade have hørt og seet Huldren. Fortæl os dog det."

„Ja, jeg har saa det," sagde Brit; „jeg taler nødig om det, men til jer kan jeg nok fortælle det. Den Tid jeg var hjemme hos Forældrene mine, laa Far en Gang ved Kværnen oppe i Aasen og malede," begyndte hun. „Jeg var en Framstænge den Gang og havde ikke gaaet og læst endnu. Saa sagde Mor, jeg skulde gaa til ham med Mad. Jeg var saa vilter som en Gjed, og naar jeg kunde komme paa Fjeldet eller paa Aasen, om det ikke var længer end ud i Skoven, saa var alting vel. Jeg satte afsted og løb over Engene og op igjennem Lien; det var rigtig varmt i Veiret, og da jeg kom op i Aasen et Stykke, blev jeg saa træt. Jeg kastede mig ned paa en grøn Flæk, hvor der var Svalskygge, og hvor jeg saa langt bort mellem Træerne. Det var ud paa Eftermiddagen, og Solen stod alt lavt nede mod Aasen. Med Et blev jeg saa søvnig, men jeg vilde ikke sove. Ret som det var, hørte jeg en Hund som gjøede, Kobjælder som klang saa klart, som om de var af Sølv, og langt borte blæste det paa Lur og lokkede, saa det ljomede i Skov og Aaser.

Om en Stund saa kom der ud over Rabben Kløvheste med Kjedler, Myseflasker, Smørbutter og alle Slags Bukjørrel, og en Buskap af graa Stude og store brandede Kjør, saa fede og vakkre, at jeg aldrig har seet Mage til dem hverken før eller siden. Og paa Hornene havde de Guldknapper og om Halsen Sølvbjælder; men foran gik der en stor Frigge, som havde en Lur i Haanden og en Mælkekolle med Sølvgjørder paa, og hun gik og snakkede med Kjøerne og nævnte dem ved Navn. Men saadanne Navne havde jeg aldrig hørt paa Kjør før. Saa begyndte hun at lokke:

Huldre-Lok.

Fra Foldalen.

Ikke for hurtigt.

Som - mer - løv og Sa - le og Bran - de - ryg og Sva - le og Lur - ve og Lar - ve og Li - ta - blaa. Rær - kje og Snæk - kje, Stau - te og Rau - te, Langt - fram, Skin - faɡ - e, Sju - li - bran. Lu - lo

(udholdende)

Lu . . . . . . lo . . . lo   Lu . . . . . lo

Lu . . . . . lo   Lu . . . . . lo   Lu . . . . lo

Lu . . . . . lo   Lu . . lo.

2.

Granehøi og Grave,
Og Binde-let og Lave,
Og Lurve og Larve
Og Spegelglat,
Rækkje og Snækkje
o. s. v.

Da Buskapen var forbi, reiste jeg mig og skulde se hvor det blev af den, men jeg saa ikke andet end Buhunden og en Jente, som just blev borte bag nogle smaa Granbuskker. Den Jenten havde blaa Stak, og under Stakken syntes jeg, jeg saa en Korumpe. Saa forstod jeg grant det var Huldren.

Den anden Gang jeg var ude for Huldren, var længe efter. Jeg var alt voxen, men jeg var ikke meget gammel. Jeg var lystig af mig, og der hvor der laat en Fele, der var jeg altid, og derfor kaldte de mig Spillevika. Saa var det en Sommer jeg laa paa Sæteren, at der var Dans i Lien. Der var jeg, og jeg kom ikke hjem til Sæteren før paa Morgenfiden. Saa kastede jeg mig ned paa Sengen og skulde hvile lidt, tænkte jeg. Men hvorledes det var eller ikke, saa forsov jeg mig, saa at Kjørene kom til at staa inde over Tiden. Da jeg vaagnede, stod Solen høit paa Himlen, og ude paa Volden sang det saa vakkert. Jeg for op og ud, og skulde til at mælke og slippe Kreaturene, men i det samme jeg kom ud af Døren, saa jeg Skimtet af Huldren nede i Skovbredden, og saa kauede hun og sang denne Lokkevisen, saa det ljomede i Aaserne:

Lok.

Fra Østerdalen.

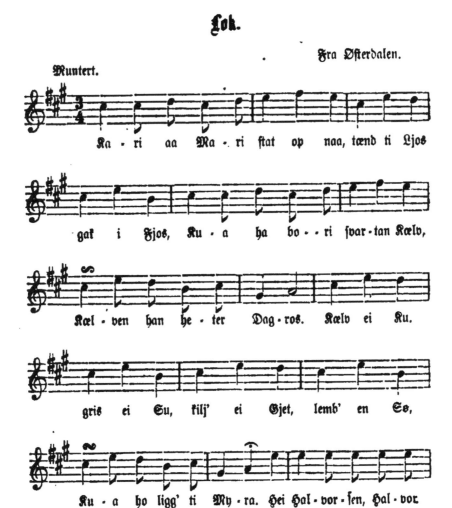

Muntert.

Ka - ri aa Ma - ri stat op naa, tænd ti Ljos gat i Fjos, Ku - a ha bo - ri svar - tan Kælv, Kæl - ven han he - ter Dag - ros. Kælv ei Ku. gris ei Su, kilj' ei Gjet, lemb' en Sø, Ku - a ho ligg' ti My - ra. Hei Hal - vor - sen, Hal - vor

Her ender Brits Fortællinger og tillige min Reisebestri=
velse."

Medens Jomfruen fortalte, havde Veiret virkelig klarnet,
uden at vi havde mærket det. Nu traadte Solen frem i al
sin Varme og Pragt, og der blev en Jubel og Travlhed uden
Grænser. „Til Sæters, til Sæters," hedte det, og den skjøn=
neste Tur endte Dagen.

Hvis den fagre Fortællerske af ovenstaaende Huldre=Even=
tyr skulde vredes over mit Forræderi, naar hun læser disse
Blade, da vil det gjøre mig inderlig ondt, men jeg kan dog
ikke angre min Brøde.

Anden Samling.

Høifjeldsbilleder.

(1848.)

I.

En Søndagskveld til Sæters.

I Følge med en Englænder, Sir John Tottenbroom, en Rens=
dyrskytte og dennes Broder, der skulde følge os paa Jagt ind
i Fjeldet mellem Sell og Østerdalen, drog jeg ud fra —gaard
en Søndagseftermiddag i August. Den unge Britte havde seet
sig om i vort Land; han forstod og kunde til Nød gjøre sig
forstaaelig i vort Sprog, men da han som de fleste engelske
Turister fornemmelig havde pleiet Omgang med Bønder, talte
han et høist besynderligt gebrokkent Bondesprog. Dog strakte
dette ikke altid til; naar Tankerne udfoldede sig livligere, hvilket
de undertiden gjorde paa en temmelig forvirret Maade, slog han
pludselig over i sit Modersmaal, eller ogsaa blev han stikkende
i et saadant Kaudervælsk, at det vilde være forgjæves at prøve
paa at gjengive det. Rensskytten Thor Ulvsvolden var en Mand
af Middelshøide med mørke Øine og et sortmusket, djærvtskaa=
ret Ansigt, hvori Klogskab og Betænksomhed laa præget. Han
var bred over Skuldrene; forøvrigt var hans Legeme meget
magert; men hans lette og sikkre Gang vidnede noksom om
kraftige Muskler. Der var en egen Ro udbredt over denne
Mands Væsen: hans Bedrift, der idelig udsatte ham for Fa=
rer og Strabadser, havde strøget af ham alt Keitet og udviklet
hans indre Natur, saa enhver af hans Yttringer uvilkaarlig fik
et Præg af Ægthed og Oprindelighed. Hans Broder Anders
var blond, lang og stærk. Han var lige saa djærv, som han

var plump, rigtig en Døl af det ægte raabarkede Slag i Tale og Lader. Uvorrent slang han afsted, og han brødde sig ikke meget om, hvor han satte sine Fødder; men derfor maatte han ogsaa ofte søge at tilvelebringe den fornødne Ligevægt med Armene, hvilket gav hans Gang nogen Lighed med en Bjørns, naar den hutser afsted paa Bagfødderne. Begge havde røde Topluer og peber= og saltfarvede Benklæder. Anders var iført en Kjole eller „Spæl," af samme Farve, og med lange Skjøder, der baskede ham om Læggene, medens Thor havde lagt sin Rensdinds Trøie i Kløvmeisen og gik i Skjortærmerne. I Haanden havde han en svær Rifle med Kistepibe. Anders bar en sin Fuglerifle.

Det var saa stille i Skoven nu; vi hørte ingen anden Lyd end Slagene af Skytternes jernbeslaaede Fjeldsto og Kløvhestens sikkre Trin, der fulgte Toget med vor Riste, vore Jagttasker og Fiskekurve i Meiserne. Det var en Helligdag i Naturen: mod Aftenen begyndte en enkelt Fugl at kvidre saa smaat i Skoven; Granen og Furen udaandede sin krybdrede Duft i Solskinnet, og over Toppene aabnede der sig af og til Udsigt til Laagen, som skummende og tindrende strømmede saa dybt under os, at dens Sus og Brus ikke naaede vort Øre. Skyggerne bleve længere; Tusmørket bredte sig over Dalen, medens Taagerne stege; men endnu spillede Solen rødligt mellem Liens Graner og lagde sin Glans om de blaanende Lesjefjelde i det Fjerne. Da vi naaede Høiden af Aasen, blev Skoven mere aaben; Furen blev lavere og sjældnere, Birken og Enerbusken hyppigere, Lyngen frodigere, Myrstrækninger med kraftig Græsvæxt almindeligere. Snart laa Høvringens tredive Sætre foran os, Vang ved Vang mellem Krat og Stene og Lyng og græsrige Bakker, og bag dem tegnede Rondkampenes høie Toppe og maleriske Linjer sig mod den østlige Himmel. Jenterne lauede og Luren klang lokkende gjennem den stille Aften, medens Kvæget stimede sammen under Brøl og Bjældeklang.

En af de første Sætre vi kom forbi, tilhørte Thor; han

bad os gaa ind og drikke Mælk; men vi hastede op til Natte-
kvarteret, og Thor lovede at komme strax efter. I Vinduet
saa jeg et vakkert Fruentimmeransigt og et Par nysgjerrige
Mandfolkfjæs. Anders sagde os, at Pigen var en Søster-
datter af Thors Kone. Den ene Mand var Skolemesteren,
som var heroppe og friede til hende, medens det var Skole-
frist; men hun vilde ikke have ham, endda han baade eiede
Gaard og var en skikkelig Mand til sin Forretning; hun likte
bedre en ung Gut, som ogsaa gik paa Frieri der.

Da vi kom til Laurgaards=Sæteren, stod Budeien paa
Trapstenen udenfor Halvdøren. Det var en høi, rank Skik-
kelse. Hvide Skjortærmer, en rød Bul og mørk Stak udhævede
fordelagtigt hendes kraftige Væxt. Hun vendte Ryggen til os,
og vi saa kun den hvide Nakke og et vel formet Hoved med
lyst Haar, hvis rødlige Skjær Aftensolen gjorde endnu stærkere
end det var; hun stod og lokkede paa en sortsidet Gjed, som
var klattret op paa det græsbegroede Tag, hvor den rev og
sled i en liden Birk, der var skudt op af Græstorven.

„Texa, Texa, Texa, Texa da, kom Gjeité, Trinselire da,
saa kom naa da — hit du leie Trølle, vil du la være Bjørkjé
aa inkje rive up Take; hit da!" raabte hun.

„God Kveld, Brit," sagde Anders.

„Gusin'de," svarede hun; og da hun havde vendt sig om
og under den hævede, mod de sidste Solstraaler skyggende Haand
havde seet os an, føiede hun dertil et venligt: „Gudesré! Dæ
æ væl fremmonde Kare e sta huse, si'n Anders æ mæ!"

„Ja," sagde Anders, „aa staute og gjemente Kare æ dæ
du sæ paa Sætern; døm æ inkje store paa dæ," lagde han
ligefrem til.

„Dæ tør være dæ æ staute Kare," sagde Brit indrøm=
mende, men kunde ikke holde sig fra et Smil, medens hun for-
skende betragtede os. Sir Johns fine Figur og lange Lokker
syntes ksær at tildrage sig hendes Opmærksomhed. „End hain,

æ hain Kar hain au da? æ tytjy hain fer likare ut te eit Kvindfolk i Karklæé," tilføiede hun polift.

„Ha du fet Kvindfolk faa langt, og Kvindfolk med Stjæg da, Jente?" spurgte Anders.

„Nei, nei, du ha Ret du, Anders," svarede hun, og lo hjerteligt. „Dæ fæ gaa ind; Fremmondfolk kain intje bli staa'nd ute; dæ æ væl ovant nok inne; men dæ æ naa nola= for Folkeftjilken her fjaa os, dæ veit dæt væl," vedblev hun og snakkede i Et væk med os og Anders paa en godslig, lidt ftjelmft, undertiden halv ironift Maade.

Inde i Sæteren, fom var en Spærreftue med en ftor Storften i det ene Hjørne, herftede den mageløfe Orden og Renlighed, der udmærker de gudbrandsdalfte Sætre, især naar man venter Fremmede. Paa Hylder høit oppe ftod Ofte i Rækker og Rader; lavere nede vare Ringer og Butjørreler op= ftillede, og alle disfe vare ligefom Bord og Bænke renfturede og ftinnende hvide. Ved det ftore Baal, fom luede under Kjeblen paa Storftenen, frembragtes en livlig Luftvexel; her var ingen indeftængt Hyttelugt, men et lifligt Arom af Gran= baret, hvormed Gulvet var ftrøet, og af den fmukke hvide Fjeld= duft, fom til Pryd var ftillet i Vinduerne paa fin brede, kjød= fulde, lysgrønne Bladkreds, hvorom igjen var lagt Kredfe og Figurer af mørkegule duftende Ringblomfter, alt i Anledning af vort Beføg.

„Men hvad vil disfe Karlene faa langt til Fjelds, de kan vift have det bedre hjemme end paa Sætrene hos Bu= deierne," fagde Brit under en Stans i Samtalen med en Smule Nysgjerrighed.

„Vi vudd' fe, hvorledes det fer ud til Fjelds, og faa vudd' vi ftuder Rein," fvarede Sir John.

„Ja, ftyde Ren du; det var Von, om du kommer til at ftyde den; jeg er ræd du gaar opgjæv, baade du og Kamme= raten din, før dæt kommer faa langt. Havde du været her i Vaar, da vi kom til Sæters, da gik der ftore Rensbukke lige ind paa Budvæggen. Her Nord i Vaagesætrene ligger en Jente, som heder Barbro; det var vel Jente, saa ung hun er: hun skjød en; den var kommen ind paa Sætervangen mellem Bustapen og gik der som et andet Kretur. Saa hang der en Dundrebøsse under Taget i Stuen, som hun havde hørt var ladet til Graaben; den tog hun og smøg bort og lagde den over Ryggen paa Studen. Saa tog hun vel Sigte da, kan du vide; men da det smald, saa stupte de alle tre, baade Jenten og Bukken og Studen, og Studen slog op et fælt Brøl attpaa, saa ræd blev den, men Bukken blev liggende, og Præsten fik Stegen."

„Vi har endnu et Ærende hid, Brit," tilføiede jeg, „vi vil gjerne høre Eventyr. Ved du nogen, som er flink til at fortælle?"

„Der er et Par Jenter her i Sætrene, og dem skal jeg stikke et Bud til med Gjæterjenten, at de skal komme hid i Kveld," svarede hun, „og jeg tror nok, de kan fortælle dok nogle Rægler, om de bare vil. Men Skolemesteren, han er slem til at fortælle Historier. Han var nede hos Marit igaar, og vi faar vist høre Gauken ved Mikkelsmes, hvis han ikke er der endnu, om ellers Hans er der."

„Ja, jeg bad Skolemesteren komme herop og Hans og Marit med," sagde Thor, som nu var traadt ind og havde sat sin Rifle fra sig; „jeg tænkte paa Eventyr, som du snakkede om, og disse kan nok nogle."

„Begynder først Skolemesteren, er der ingen Ende paa Rægler og Ramser baade af Bibelen og andet Præk," sagde Brit; „men han er vel stur nu stakkars Mand; for det maa da være tungt at brænde alene som en Feitvedstikke," tilføiede hun.

Det varede ikke længe, før Selskabet fra Thors Sæter indfandt sig. Jenten var kjærnesund og rød og hvid; hun havde et livligt Ansigt og en trivelig Figur. Ud af Guttens Aasyn lyste ogsaa friskt, ufordærvet Natur og aaben Djærvhed.

Norske Huldre-Eventyr.   10

Den tredje var Skolemesteren; skjønt han ikke var meget over de tredive, var hans Ansigt fuldt af Folder og Rynker, som fornemmelig syntes at skrive sig fra en vedvarende Bestræbelse for at give sig en værdig Mine. Hans Klædedragt syntes ogsaa beregnet paa at understøtte denne Bestræbelse eller paa at adskille ham fra de øvrige Bønder: han gik i en Kjole af brunsort Farve med uhyre lange, spidse Skjøder; om Halsen bar han hvidt Halstørklæde og store Fadermordere, og paa Randen af disse var anbragt Ægger, et Slags udsyede Spidser eller Tagger. Paa den høire Side af hans Vest stod der frem en uhyre Bule, som jeg i Begyndelsen antog hidrørte fra en Gevægt; senere erfarede jeg, at det var et stort Blækhus, han altid førte med sig. Denne Mands hele Fremtræden gjorde paa den Fremmede et meget ubehageligt Indtryk; yderst ubehagelig var især den affekterede Maade, hvorpaa han snærpede sin Mund sammen, naar han talte. Fjeldboens Videbegjærlighed og Interesse for den Fremmede, han ser for sig, hans ligefremme, naive, undertiden saare ubeleilige Spørgsmaal ere bekjendte. Men her optraadte med Skinnet af Kultur en paatrængende Nysgjerrighed og Spørgesyge, og hver Gang han spurgte, saa han sig om med et Blik, som om han stod blandt Vaages usæbede Ungdom, og paa hans Ansigt laa der en Mine, om hans sammensnærpede Mund et Smil, der spurgte de Tilstedeværende: „Er det ikke godt sagt? Jo jeg kan føle saadanne Karle paa Tænderne!"

Jeg havde hidtil saagodtsom alene underholdt Skolemesteren og dels besvaret, dels afvendt en Strøm af disse nysgjerrige Spørgsmaal, der meget gravitetisk fremsattes i den eiendommelige Skolemesterstil, en paa Stylter gaaende komisk Efterligning af et forældet Bogsprog, hvori der af og til uforvarende plumpede grove Brokker ud af den bjærve gubbrandsdalske Dialekt; men tilsidst tabte min Reisefælle, som stedse følte sig saare ubehagelig berørt ved nærgaaende Spørgsmaal, Taalmodigheden og udbrød temmelig bredt i sit Modersmaal: „Gud forbømme denne Mand og hans Øine og hans Mund og hans Uforskammenhed!"

„Aa," sagde Skolemesteren med en Mine, som om han havde faaet Bugt med et Regula=de=tri=Stykke, da han fornam disse fremmede Ord, „naa kan jeg sandelé begribe, det er reisende Mænd fra fremmede Lænder! maaske fra Engeland eller Frankrige, eller kanske vel endog fra Spanien; thi her var en Greve derfra ifjor."

„Tro bare ikke det, Skolemester," svarede jeg, „De kan nok høre, at Norsk er mit Modersmaal; men min Medreisende, Sir John Tottenbroom, er fra England."

„Ja saa nu — saa denne værdige Mand er fra det brit=tiske Rige?" sagde Skolemesteren og saa sig om for at gjøre opmærksom paa den Kundskab i Geografien, han nu agtede at lægge for Dagen. „Er han reist hertil Vandveien over det betydelige Hav, som kaldes Nordsøen, eller har han reist Land=veien gjennem Frankrig, Holland, Tydskland, Danmark og Sver=rige, og hvilke Ærender har han her i Landet med Forlov, at jeg er saa naasaavis at spørge?"

„Spørg kun Skolemester," svarede jeg opmuntrende; „De=res første Spørgsmaal kan jeg besvare; han er kommen Vand=veien over Nordsøen. Angaaende hans Ærender faar De hen=vende Dem til ham selv."

„Da blir du klog, Stulmester," sagde hans Medbeiler, den dunhagede Gut, som havde sat sig ned, og behagede sig i at røge Tobak af en liden Merskumspibe med Sølvbeslag og et Hornrør med Slange af Kobbertraad og langt Mundstykke; „han javler vel bære Englis."

„Ja, var han endda mægtig det tydske Sprog," sagde Sko=lemesteren med Overlegenhed, „saa skulde jeg nok tale ham til; thi deri er jeg noget befaren — jeg haver studeret Geddikes Læsebog og Hübners Geografi i dette Sprog."

„Tal ham kun til paa Tydsk, Skolemester," sagde jeg, „han kan nok svare for sig i dette Sprog."

10*

„Dam jou." udbrød Sir John, der uagtet sin Ærgrelse dog ikke kunde holde sig fra at le over Skolemesterens forlegne Miner. „De spørger om mit Ærende, Skolemester?" sagde han paa taalelig Tydst. „Blandt andet reiser jeg om for at studere Menneskenes Naragtigheder, og det lader til der her er god Leilighed til at gjøre Studier."

„Das ist Inglis, kan nix forstehen," sagde Skolemesteren, „aber," fortsatte han, snappende efter det første han fik fat paa i sine Kundskabers Kramkiste, „was ist Ihre Formeinung anbelangende det Faktum, som staar geschribet om det euxinste Hav, das udi Aaret 715 frøs soledes att, dass Isen var fyrti Alner tjukk, und da das Eis gesmalt, so gestand von derudaf sodan ein Hidsighed udi Luften, dass der upkom en Pestilens, von hvilken alle Mennesker bestarb udi Constantinopolis."

Den Latter, vi udbrød i over dette „Faktum" af Hübners Geografi, endte den tydske Konversation, og Skolemesteren var en Stund temmelig muggen. Han lod dog til at være af et forsonligt Gemyt, og da vi rykkede sammen om Skorstenen, nærmede han sig Kredsen. De budsendte Piger vare ankomne; nette og tækkelige vare de alle. En af dem udmærkede sig endogsaa ved en yndig Skabning og et fint Ansigt, men hun var vel blegladen til en Fjeldblomst at være.

Da Brit understøttede mine Opfordringer om at fortælle Eventyr, forsikkrede de under Latter, at de intet kunde. De vare alle undselige, og ingen vilde begynde.

„Nei Skulmester'n, Skulmester'n," raabte de alle, „han kan fortælle, han kan vist Eventyr og Rægler."

„Ja," sagde Skolemesteren, „jeg kunde nok altid fortælle noget af den bibelske Historie, eller ogsaa f. Ex. om Keiser Octavianus. Desforuden kjender jeg en meget sorgfuld Elskovshistorie om den mandhaftige Ridder Tistram og den dydefulde Prinsesse Indiana, og saa videre, et cætera."

„Nei, bedste Skolemester," afbrød jeg Manden, „de Historier De der nævner, kan jeg paa mine Fingre; hvad jeg ønſker at høre, er Fortællinger om Huldrer og Trold, Eventyr om Aſkeladden og andet ſaadant, ſom aldrig har været prentet, men ſom blot lever i Folkets Mund."

„Slige Finanſerier kan jeg ikke fortælle," ſagde Skoleme=ſteren ſtødt; „det anſtaar ikke en Ungdommens Lærere og mig, ſom er Repræſentant i Formandſkabet og har ſvoré til Con=ſtitution. Hvad ſkulde jeg ſige, om de ſpurgte, om det var ſandt, at Halſtén Røen havde ſiddet og fortalt Rægler ſom en Rørkjærring?"

„Hvad ſvarede du i Formandſkabet, da du havde fortalt Ræglerne du ved nok, og ſunget Pigernes Aftenbøn i Jule=gjæſtebudet .paa Ulvsvolden?" ſpurgte Medbeileren med et ſpodſk Grin.

„Hvad jeg ſvarede, vedkommer ikke Sagen," ſagde Skole=meſteren; „men hvad der ſømmer ſig for dig og andre læge Folk, er det ikke ſømmeligt at fortælle veifarende Mænd, der ſtu=dere paa Naturens Slag og Folkefærdens Sæder; jeg anſer det nu meget bedre at høſte Visdom ved at agte paa ſaadanne Mænds ſkarpſindige Talemaader, end at fortælle letfærdige og taabelige Bondehiſtorier; thi reiſende Mænd ere verdsligviſe, og jeg vil derfor bede nogen af disſe at belære mig ved ſine Talemaader."

Jeg ſøgte at gjøre ham begribeligt, at jeg havde ſaa me=get med Underviisningsvæſenet at beſtille i Byen, ſom jeg vel kunde ønſke, og at jeg gjerne paa en Fjeldtur vilde være fri for Lærerembedets Byrder.

„Siden ingen vil fortælle," begyndte Anders, „ſaa kan jeg fortælle en Stub om en Mand, ſom boede i Hedalens Annex. Han hedte Hogner, men ſiden kaldte de ham Hogner Troldkluvar. Han var ude og reiſte paa Sjøen i nogle Aar; men da han havde tjent Penge, ſaa han kunde løſe Gaarden efter Faderen, ſaa kom han hjem i Bygdelaget ſit igjen og begyndte at fri til en Jente fra Vaage, ſom laa til Sæters og var Budeie. En Gang han kom til Sæteren, var Budeien borte, og Gjæterjenten kom grædende hjem fra Fjeldet med Kreaturene.

„Hvad er det som feiler dig, og hvor er Budeien?" spurgte Hogner.

„Der kom tre Bergtrold og tog hende bort," sagde Gjæterjenten.

Han afsted og skulde finde Jenten igjen og faa Ret paa Troldene, og saa tog han med sig en, som hedte Haarek Langbein. De reiste baade vidt og bredt, over Skov og Fjeld og dybe Dale, men fandt hverken Bergtroldene eller Jenten. Da de kom til Stuttgaangskampen, traf de et Trold.

„Bi lidt," sagde Hogner og ristede det lidt med Sværdet sit; saa gjorde han Ring om det i Jorden og hug et Kors over Hovedet paa det i Luften, saa Troldet blev fjættret og ikke kunde røre sig af Flækken.

„Hvor er Budeien, som blev borte paa Rønnæs?" sagde Hogner. Troldet vilde ikke svare, men Hogner truede ham paa svarte Livet, og saa sagde han, at det var Flabnæsen i Stuttgaangskampen, som havde taget hende.

„I Morgen skal Brylluppet staa," sagde han, „og jeg skal gaa til Skulen og til Jutulsberget og bede Slægten hans til Bryllup," sagde han.

„Stat du der, til jeg kommer att," sagde Hogner, og hug nogle Kors over Hovedet paa ham, og Troldet siger de staar ved Stuttgaangskampen endnu, men jeg har aldrig seet det. Enten Hogner kom ind i Kampen og fik Jenten sin igjen eller ikke, det har jeg aldrig hørt, men siden kaldte de ham altid Hogner Troldknvar." —

„Dette er en umoralsk Historie fra den paviske Tid, hvilket kjendeligen betegnes ved Korsets Tegn, og saadanne høre Djævelen til," sagde Skolemesteren med Salvelse. „Formodentlig er det nogle Skovrøvere fra andre Bygdelag, som da graserede, der have bortført Budeien, som rimeligvis har været et letfærdigt Kvindfolk, saaledes som der gives mange af paa

Sætrene, og Troldene ere blevne udlagte. Jeg skal nu for=
tælle en sandfærdig Historie, hvorledes ligeledes Huldren og
Troldene fik Skylden, men som alene blev udført ved en be=
tænkt Mands skarpsindige Skalkestykker.

„I Præststulen udi Vaage Hovedsogn," begyndte han, i=
det han harkede og rømmede sig og lod Blikket langsomt van=
dre fra den ene til den anden af de Tilstedeværende, „levede
for lang Tid siden et Par Ægtefolk, Steingrim og Jøda, der
paa dette Aaslænde ernærede sig og Børn ved Krytyravl og
Vildfangst. Manden, Steingrim, bortrykkedes af Snjofrien i
Jøndalsbraatom. Deres voxne Søn Jvar blev samme Aar
udkommanderet, og Jøda blev alene Forsørger for mange Børn.
Den anden Søn Bjørn blev, skjønt endnu ung, Moderens
eneste Støtte. Han var stor af Væxt, før og vovdristig, og
udmærkede sig snart i Skiløben, Fangst og Skytteri, men især
lagde han sig efter at kjende Dyrstraakjé, det er Dyrenes Op=
holds=, Fra= og Tilflytningssteder under visse Veirkast, og for=
modentlig derved var han saa jagtviis, som man fortæller,
ligesom hans Erfaring om Rensdyrets skarpe og fine Lugt bragte
ham paa Indfaldet om Blindskytter. Som oftest var Bjørn
besængt med Eismaljot og søgte ved hver Leilighed at blive
alene paa Veidestigen, og hans Veidelykke satte Folk i største
Forundring. Somme troede, at han ved Trolddom kunde fjæt=
tre Fugle og Dyr, saasnart han fik dem under Dine, andre
at han levede i Forstaaelse med Bergtrøllom og i visse Maa=
der erholdt Hjælp og Underretning af dem om den baatandeste
Jagtleien. I denne Tro bestyrkedis Folk saa meget mere, som
de saa ham grave Rensgrave og mure sig Hytter i Bjerge
og Fjelddale, hvor den Tid andre ei kunde blive Natten over
for Bjergtroldenes Aarsags Skyld. Undertiden fortalte han
endog selv, hvor Jutulerne spøgede med ham og gjorde ham
Fortræd, men at hans Fortrolige, Jutulen i Stulen, Skul=
gubben kaldet, ved saadan Leilighed altid kom ham til Hjælp."

Det var let at indse, at Skolemesterens Fortælling vilde blive lige saa lang og kjedsommelig, som den Bedemands= stil, hvori den fortaltes, var latterlig. Det var derfor ikke uden Tilfredshed, at jeg bemærkede den Uro, som kom over ham, da han opdagede, at hans Udvalgte havde fjernet sig. Gjen= nem Vinduet saa han, at hun gik hen mod en af de nærlig= gende Sætre. Denne Uro vogte imidlertid til Aandsfraværelse, da han saa, at Medbeileren fulgte hendes Spor. Han stottede og stansede, famlende efter Udtryk.

„Nei, med Forlov, jeg kan ikke huske mig ret paa; jeg har lidt Ærend tilligemed; du Thor, du lyt fortælja Slutten; du kan det du med," sagde han og forlod Stuen med M.

Jenterne lo og beklagede den stakkels Skolemester og hans Svartsyge. Efter Opfordring tog nu Thor til Orde og for= talte:

„Nabogaarden til Præststulen er Øst=Eng; der boede en Mand, som hedte Baard. Han var ogsaa Skytter, men han var altid avindsyg paa Bjørn for hans Veidelykke. Denne Baard Øst=Eng havde en Datter, som hedte Rundborg. Til hende friede Bjørn i Smug; men da Faderen fik Nys om det, sagde han, at hvis han fik se Bjørn paa Gaarden, skulde det ikke gaa ham bedre, end om han var en Bildren, og han vilde fælde ham paa Flækken.

„Dotter mi sta intje ha nugun Skogbjøinn," lagde han til. Men nu vilde han give hende til En fra Skaarvangen. Han hedte Selvor Oppistuen og var en Tosse og en Jente= stræmsle. Rundborg bad nok hun; det hjalp ikke, men hun slap at flytte til Brudgommen før Bryluppet, som skulde staa ved Jonsoktider. Brudgommen selv red om og bad til Bry= lups, og han kom til Skogbygden ogsaa, til Brudens Slægt og Grannelag. Paa Sønste=Eng gik Manden ud efter ham og spurgte:

„Kaa Dag sta bæ væra da? du forgat dæ."

„E veit intje, anten bæ kain bli i Maargaa hel ein an

Dag i Bitun, men det fæ være føloge, saa fta os blaaſe i Lur, ner os tjem utpaa Veigen," ſvarede han.

Dette hørte Bror til Bjørn, og han ſendte ſtrax Bud til ham om det. Bjørn var ikke længe om at finde ud, hvad han ſkulde gjøre; han lod ſtrax Mor og Bror ſin paſſe paa i Skogbygden, men ſelv holdt han ſig i Skaarvangen. Førſt vilde han ſtanſe Følget paa Kirkeveien, ſaa de ikke ſkulde komme til Bruden. Om Natten gik han op i Skaarvangsgjelet og vilde rive ned Bukkebroen, ſom ligger høit oppi der; men Far til Selvor og et Par til holdt paa at gjøre den i Stand. Saa tænkte han, han ſkulde flømme bort den nedre Maale= broen, og ſaa blev gjort. Dagen efter red Selvor med Bru= defølget fra Skaarvangen imod Høgſtbags Leite; men paa Veien fik de ſpurgt, at Maalebroen var flømmet bort, og ſaa reiſte de langt op i Lien og kom aa=djærve over Sandbovadet. Da de kom i Skogbygden, red nogle af Følget op og ſkulde hente Bruden, men Reſten blev nede paa Veien; de hvilte, drak hver= andre til af Lommeflaſkerne og blæſte paa Lur, og imens laa Bror til Bjørn og lurede i et tæt, tykt Birkeſnar et Stykke fra Veien, og da de reiſte, lunkede han efter.

Men det tog Tid ud, før Gjæſterne blev færdige og kom til dem, ved det at Bryllupper ikke var dagſtødt. Tilſidſt kom Bruden og hendes Folk med Brudgommen og dem, ſom havde redet efter hende. Kirken ſtod paa ſøndre Sandbo den Tid, og da de kom did, var det langt paa Kvelden. At komme til Bryllupsgaarden om Kvelden, var ikke muligt, og derfor delte Bottolf Holen og Alf Svare Brudefølget mellem ſig. De gav dem Mad og Drikke, og det kunde de vel trøte, for de havde været ude meſt hele Dagen og ikke havt andet end en Taar paa Lommeflaſkerne. Da de havde faaet Mætten, nøtte Bot= tolf og Alf dem til at ro=e ſig en Stund. Bruden og Brud= gommen laa paa Svareloftet. Sent om Kvelden kom Bror til Bjørn og ſagde, at nu laa Bruden paa Svare.

„Jeg undres paa, om hun blir liggende der til Solegladf

Leite," sagde Bjørn. Men da det led paa Natten, og Brude-
folkene var komne vel til Ro paa Svareloftet, kom der ind
gjennem Loftsdøren en stor, svær Frigge med grøn Stak og
en lang blank Kniv i Haanden. Hun rev Bruden ud af Ar-
mene paa Brudgommen. Han greb efter hende, men i det
samme skar Huldren afhænds i Væggen med Kniven, saa Fli-
sen sprat. Siden torde Brudgommen ikke se efter dem engang,
men han for ind i Stuen, hvor alle Bryllupsfolkene laa, græd
og bar sig og sagde, at han troede Jøndalshuldren havde været
paa Loftet og taget Bruden fra ham, for hun sagde, at Rund-
borg skulde blive Sønnekone til Jøndalsfruen. Saa kytede han,
at han vilde korte sig.

„Ha' ho læ me faat liggji sjaa se, saa kanskje Trøllæ
intje ha tragta saa mykjy ette henna heil?" føiede han til.

De holdt paa at trøste ham det bedste de kunde; men da
de fik høre dette, begyndte de at storle. Nu vilde Selvor hjem
til Skaarvangen og klage for Mor sin; men da Følget kom
til Stjærvenbroen, var Spænderne hugne af, Broen havde fløm-
met bort, og de kunde ikke komme over. Paa den anden Side
stod der Folk, som var kommet fra Skaarvangen, og skreg, men
de kunde heller ikke komme over, og alt de skreg og raabte,
kunde der ikke høres et Ord, for Elven var landstegen og gik
i een Fos.

Saa sendte de Bud til Præsten. Han sagde, de skulde
tage Kirkeklokkerne fra Vaage Kirke, føre dem op i Jøndalen
og ringe i tre Døgn. Ja, de førte dem fra Vaage Kirke over
Jættefjeldet op paa en stor Kamp i Jøndalsbraatom, og siden
den Tid kaldes den Klokkekampen. De ringede i tre Døgn,
men Bruden var borte og blev borte. Saa raabede en gam-
mel Kall dem til at ringe tre Torsdagskvelder i Rad, men det
hjalp ikke mere det. Tilsidst kom Bjørn Præststulen til og
sagde, at han havde drømt, at Rundborg havde det ilde hos
Troldene. Men Stulgubben havde lovet, at han skulde hjælpe
ham at fri hende ud, for Gubben i Stulen var arg paa Jøn-

dalshulbren. Og ber var ingen anben, som kunbe fri hende
ub enb Bjørn, for hun var hoga paa ham; men fik han hende
ikke til Ægte, saa vilbe han heller ikke fri hende ub af Berget.
Da Baarb og Selvor fik høre bet, satte be paa Bjørn og
truebe ham paa svarte Livet, at han skulbe skaffe Runbborg
frem. Men ba satte Bjørn Ugg, og han kranglebe saa længe
meb bem, at han fik hende tilsibst. —

„Ja, saa var bet bet gik til,“ sagbe Brit, ba Thor havbe
enbt benne Fortælling, hvis bjærve Træk minbebe om Saga-
tiben. „Naar Skolemesteren fortæller,“ vebblev hun, „saa ramser
han op en Rægle, som ingen rigtig kan skjønne, om Præsten
og Fauten, og attpaa siger han, at bet var Bjørn Præst-
stulen, som tog Bruben af Svareloftet; men bet var bet ikke,
han friebe hende bare ub; bet var Jønbalshulbren, som tog
hende.“ —

Det falbt ingen inb at mobsige benne Paastanb af Brit;
men be mange Navne og Steber i Thors Fortælling tiltrængte
for os, ber vare ukjenbte i Egnen, en nærmere Forklaring over
Vaages geografiske Forholb. Der taltes nu langt og længe
om Dalstrøg, Elve, Fjelbe, Fiskevanb, Fiske, Fugle, Dyr og
Mennesker. Unber benne for mig saare lærerige og oplysenbe
Samtale, fremsatte Brit for os et velsmagenbe og efter Om-
stænbighederne net anrettet Maaltib af Sæterkost. Mob Enben
af bette kom Marit, Skolemesterens Tilbebte, inb og hvislebe
unber Latter og Fnisen meb be øvrige Piger. Brit beltog hjer-
telig i Lystigheben, og ba Anbers vilbe vibe, hvor Hans og
Skolemesteren vare blevne af, fortalte hun, at ben første havbe
narret Skolemesteren runbt om fra ben ene til ben anben af
be nærmeste Sætre. Selv havbe han først gaaet runbt og
sagt Jenterne, hvab be skulbe svare, naar Skolemesteren kom;
og hvor benne lettebe paa Klinken og spurgte efter Marit, sagbe
be: „Ja rigtig nu gik be ub af Døren baabe Hans og Marit,
be sagbe be vilbe til nærmeste Sælet.“ Men tilsibst havbe han
truffet nogle Karle, som havbe skjænket ham og brukket ham

til, og saa var det forbi, „for han taaler ikke mere end en Høne, den Stakkaren,“ sagde Brit medlidende.

„Ja,“ føiede Marit til, „nu er han saa smiskende blid, at Munden staar mest firkantet paa ham, men paa Hans er han arg. Jeg tror vist, han kommer hid snart; da skal døk faa høre Leik.“

Det varede ikke længe, før vi hørte Hans; han sang med klangfuld Bas til en eiendommelig Melodi en Gjætervise. Han anstrengte sig kjendeligt, blev staaende udenfor og sang med fuld Røst, som det syntes, for at blive hørt af nogle, der kom efter, følgende Vers, som i dette Tilfælde lod til at være myntede paa Skolemesterens røde Haar og Kjærlighedsforholdet:

Paal sine Høno paa Haugein utsleppte;
Hønun saa lett over Haugein sprang.
Paal paa Hønun kunde fornemme,
att Ræven va ute mæ Rompa saa lang.
Klukk, Klukk, Klukk! sa Høna paa Haugje,
Paal han flaug aa vrængte mæ Augae:
Naa tør e inkje kaamaa heim aat'n Mor!

Paal hain gjekk se lit' længer paa Haugje,
fekk hain sjaa Ræven laag paa Høna aa gnog, —
Paal hain tok se ein Stein uti Næbé,
dugle hain daa te Ræven slog.
Ræven flaug, saa Rompa has rista,
Paal han gret for Høna hain mista:
Naa tør e inkje kaamaa heim aat'n Mor!

Ha e naa Ræbb aa ha e saa Klør,
aa viste e bare, kaar Rævain laag,
skul 'e dom baade rispe aa klore
framma te Nakkjin aa bak over Laar.
Skam faa aille Rævain raue, —
Gu'gje at døm aille va daue,
saa skull' e kaamaa heim aat'n Mor!

Intje kain o værpe aa intje kain o gaalaa,
intje kain o krupe, aa intje kain o gaa.
E fæ gaa me aat Kvein aa maalaa,
aa faa att Mjøle, e forlifte i Gjaar.
Men Skjit, sa'n Paal, e æ intje bange;
Kjæften aa Mote ha hjolpe saa mange; —
naa tør e nok kaamaa heim aat'n Mor!

Da Visen var til Ende, kom han ind lidt rød i Hove-
det og satte sig rolig hen i en Krog, hvor han begyndte at
røge Tobak af sin Pibe. Det varede heller ikke længe, før
Skolemesteren indfandt sig, fulgt af en fremmed Mand. Han
havde truffet sine Fadermordere langt op og søgte at tilveie-
bringe saa megen Værdighed som muligt; men hans stive Skridt
og stirrende Blik røbede hans Tilstand, endnu før han aab-
nede Munden.

„Om Tilladelse, med Forladelse, høistærede Herrer," sagde
han med tyk Tunge og et latterligt Buk; „det var nok intje
lækkert gjort af mig, at jeg fløi paa Døren ulovendes og ær-
bødigen overlod Deres Underholdning til denne værdige Rens-
flytter, som er en læg Mand at kalde, og disse elskværdige
Hyrdepiger. Men jeg er en Ungdommens Lærer, og i Guds-
frygt og Gudagtighed er jeg ikke at spøge med, og da jeg lige-
som er en Underdel af Geistligheden at agte og holder meget
paa Tugt og det sjette Bud, saa taaler jeg ikke sligt. Nei,
det gjør jeg ikke. Og jeg maa sige det reint ut, at det er
en ustyggelig Uvane, at Gutterne løip efter Førkjom, før de have
Skjæggevæxt paa Hagen. Og da jeg nu saa denne Hans
letfærdigen strøge efter Kvindfolket . . . . . tvi! . . ." her
spyttede Skolemesteren i ædel Harme og vedblev: „for som jeg
siger, jeg er en stor Kontrapart af allskens Gjøglen, Figten,
letfærdig Skanderen og Snak, Dobbel, Drukkenskab og letsin-
dig Dans."

„Jøs kaa hal du æ i Dag da, Skulmester," sagde Marit; „e tykjy bæ æ Moro e, ner Fela tæ te aa laate! e bli mest faa gla som ei Fele fjøl."

„Det er sandt, mit Barn," sagde Skolemesteren, undvigende og med et sødt Smil, „jeg talte kun om den letsindige Dans. Ogsaa jeg tykkes det er saare fornøieligt at se Pigerne træde Dansen, at sige naar det er ved Siden af en værdig Mand, som indehaver en sømmelig Anstændighed."

Men greben af den Elskværdighedens Magt, han priste, brød han pludselig med snøvlende Tremulanter ud i følgende begeistrede Hylding af Vin og Skjønhed, der ikke syntes at staa i synderlig Samklang med de strenge Grundsætninger, han førte i Munden.

„Hvad er Alverdens Guld og Riger,
og hvad er vel Fornøielse?
Foruden Vin og smukke Piger
er Verden kun et Hændelse.
Enhver som er
paa Piger sær,
er Dosmere,
ihvor han er."

„Det var en vakker Vise det, Skolemester," sagde Hans, idet han med Piben i Munden stak Hovedet frem af sin Krog, „men nu skal jeg synge dig en Stub, som du kanske aldrig har hørt før.

„Aa stakkars de, du din gamle Taape,
du drak taa Flaskun, som sto i Skaape.
Du trudde, att dæ va Brændevin;
men alt saa va dæ naa Tærpetin,
men alt saa va dæ naa Tærpetin."

Det var paafaldende, hvor denne Vise, som jeg senere fik vide sigtede til en Begivenhed af Skolemesterens Liv, opeggede ham, og hertil kom, at han aabenbart havde staaet i den Formening, at hans Medbeiler ikke var tilstede. Han tørrede sig først om Munden med Enden af sit lange Kjoleskjød og sagde:

„Ungdommen er naasaavis i vore Dage; det kommer deraf, at den ikke faar smage Kjæppen nok. Du mundkaade Pilt! du gaber over en Tobakspibe i Munden og render paa Lørdagsfrieri, og udlader Fornærmelser mod værdige Mænd, som ere i Besiddelse af større Lærdom end du. Reis dig, siger jeg, naar jeg taler." for han op, „saaledes som det var Brug blandt Spartanerne, at Ungdommen skulde reise sig for Alderdommen og gamle Kaller. Jeg har gaat paa Skolen hos gamle Præsten Grønbech i tyve Aar jeg, maa du vide. Reis dig, siger jeg."

Men Hans blev rolig siddende paa sin Krak og viste kun et lattermildt Ansigt og to Rader skinnende hvide Tænder. Skolemesterens Rus havde kjendelig taget til, og jeg ved ikke, hvad Enden vilde blevet, havde ikke Marit lagt sig imellem. Hun rakte ham en Skaal Mælk og sagde:

„Aa, bry de intje um Jaalingen, Skulmester. Vær nu bli att, aa hugs paa at her æ langfremmont Folk i Sælé."

Da han havde drukket, vendte han sig til os igjen og syntes at ville undskylde sin nuværende Tilstand og nedslaa den ufordelagtige Dom, som efter Hans's gjentagne Hentydninger maatte paatrænge sig os, idet han udbrød:

„Den fordærvelige Alkoholen! Det er den, som er Daarskabens Moder. Men jeg er en meget nøgter Mand, om jeg ærbødigst selv skulde sige det, og i Almindelighed er jeg ikke hengiven til nogen overflødig Nydelse af den fordærvelige Drukkenskabs Last. Men jeg maa rigtig nok undskylde, mine høistærede Herrer og værdige Sognemænd, at jeg blev saa længe borte. Det er ikke benkjørt at raake att Dørholet, naar En kommer i Grannelag. Der kom nemlig nogle gode Venner og Raboer farende med Brændevinsflasker i Lommen. Og til Støls

gjør en Dram forskrækkelig godt i Legemet. Ja, det vedgaar
jeg reint ut, at jeg er i Besiddelse af den Forfængelighed, at
jeg ta'r mig en Dram, naar jeg kan faa den, men aldrig til
Overstadighed.

> Lad os drikke, lad os drikke,
> Brændevin, imens vi kan,
> mangen Stakkel har det ikke,
> men maa drikke Vand —"

vedblev han med et uvilkaarligt Udbrud.

„Nei," fortsatte han, „ikke til Overstadighed, Gud beva-
res. For jeg kommer godt i Hug baade det jeg har sagt og
gjort, og det jeg skal gjøre og sige au; men det er en for-
dærvelig Drik likevel; for den bra'r efter ligesom Juleølet hans
Botil Moen. Men det jeg skulde komme i Hug, det var om
den mærkelige Historie anbelangendes Bjørn Præststulen, som
jeg om Forladelse gik ifra midt i Legen at regne for, om den
blev rigtigt fortalt. Du sagde vel alt Ting, min værdige Ven,
Thor Ulvsgaarden, anbelangendes hvorledes Gjeistligheden kom
i Tull og den civile Domstol maatte greie Saka?"

„Nei, det var vist det jeg sagde", yttrede Brit. „Du
har slig en lang Rægle attpaa du, Skulmester, som ingen kan
stjønne. Han sagde ikke noget om det, Thor."

„Det er Mangel paa Oplysning, mit Barn, Mangel paa
Lærdom," sagde Skolemesteren vigtig; „det som er udeglemt,
er mest det mærkeligste i hele Historien; thi det er der, hvor
Klammeriet og Processen begynder, kan jeg formene. Ja, det
gik da saaledessen til, ser Dem, at den Tid at disse Karlene,
ja han Selvor Oppistuen da og han Baard Østeng, dem satte
spændt paa han Bjørn Præststulen og med Trugsmaal og Und-
sigelse vilde true ham til at udfri hende eller aabenbare, hvor-
ledes dette kunde lade sig gjøre, saa kom Bjørn i Tvil om
hvad han skulde gjøre; thi han saa Høi-Onnen for sig, og
han havde følgelig naturligvis andet at bestille end at holde

Rundborg i Skygg og Skjul i Skytterhytter og andre Huller i Fjeldet. Han sagde dem, at de forgjæves vilde anstille saadanne Forsøg hos Jutulen, og at han selv ikke vovede det, førend han havde anmodet Skulgubbin om Hjælp, hvorvel han end var underrettet derom. Men hvorpaa saa foreslog han dem, at de alle tre skulde gaae til Præsté og vælge ham som Skjelsmand imellem sig, hvilket de vedtog, og Bjørn forklarede meget vidtløftigt, hvad en Aand havde talet til ham med Aabenbarelse i Drømme, og især at han havde ærbødigst Befaling at ægte hende. Præsten forlangte Henstand for begge Parter, til Pigen selv kunde afgive Vidnesbyrd, og da Bjørn efter et Døgns Tid kom frem med hende, forklarede hun, hvad hun led hos Jutulom, og hvorledes Jønbålshuldren skyndte paa Giftermaalet med hende og sin Søn, saa at de efter denne Forbindelse vare aldeles i Besiddelse af hende, samt at Bjørn og Skulgubben befriede hende for at blive i Bjerget og blive Troldbinde. Under det at han udgranska begge Parters Bevisligheder og Paastande, kom Præsten i Tull, hvilket vil sige saa meget som at han saaledes indviklebes i denne Labyrinth, saa han ikke vidste at sno sig ud deraf. Bjørns Aabenbaring, tænkte han, var maaske den Høiestes Foranstaltning, mod hvilken Præsten ei vilde fælde Dom. Selvor og Rundborg vare viede ved Præst og Guds Ord, hvilke begge vare betydelige. Bjørn havde Rundborgs udelte Kjærlighed lige fra hendes Barneben. Selvor havde langtfra ikke hendes Kjærlighed, men Forældrenes Samtykke, som gamle og følgelig forstandige kunde bedre indse, hvad som tjente Børnene til Velfærd og Lykke end de selv. Men Forældrenes-uindskrænkede Myndigheds Udøvelse i sine Børns Giftehandler gjør dem ofte til Bøddeler o. s. v., sagde Præsten, ja ved sig selv da, at forstaa. Ved at eftertænke dette blev følgende Resultat: Jeg befatter mig ikke med denne indviklede Sag; den maa følgelig naturligvis paakjendes af de civile Domstole. Imidlertid maa Bjørn som

Norske Huldre-Eventyr. 11

hendes Befrier beholde hende. Men af den borgerlige Ret blev saaledes dømt:

„Bjørn Præststulen kan gifte sig med Rundborg Baards-datter Østeng uden nogen Tiltale, og Selvor Oppistuen og Baard Østeng maa rømme Landet for at have undsagt ham."

Men det blev ikke noget af, for Bjørn tog sin Svigerfader til Naade for saaban Forseelse, og de blev siden de bedste Venner." —

Denne Trumf satte Skolemesteren paa Sagnet om Bjørn Præststulen. Men det skrevne Ord er dødt og magtesløst. Der laa en mageløs, en ubeskrivelig komisk Virkning i hans levende Fremstilling, og fornemmelig i Betoningen, i Minespil, i Stemmens Stigen og Falden, og i den Maade hvorpaa hans Rus aabenbarede sig i Talen, thi „Ølet brog efter med ham." Englænderen laa krøget af Latter paa en Bænk over „denne Karikatur." Hele Forsamlingen brød af og til ud i Latter; selv den alvorlige Thor lo høit. Men Skolemesteren lagde ikke dette paa sit Sind; han grinte med og optog det som Bifald. Da Brit efter hans Begjæring atter havde læsket ham med Mælk, lod han Munden løbe paa ny.

„Nu," sagde han, „vil jeg fortælle en meget sandfærdig Historie fra en nyere Tid, som ogsaa derved er af Mærkelighed, forbi den indeholder Spaadomme eller Forudsigelser om tilkommende Tider og Hændelser. Paa Gaarden Flytty i Lesje Hovedsogn var en Mand ved Navn Jens Ivarssøn, hvis Forfædre fra umindelige Tider havde beboet denne Gaard. Denne Jens var en tankefuld Mand, beinksom, libet til Munds, og ingen havde noget at sige paa hans Moralitet og Vandel. En Gang vilde han til Sæters i Lordalen, og der vilde han hente Hestene sine for med dem at forrette Jordarbeide og Elvetømmerkjørsel; men han kom ikke til Sæters, og ingen spurgte om ham mere, efterdi al Eftergranskning var forgjæves. Men det ottende Aar giftede Konen sig paa ny, og medens Brude-følget var ved Kirken, kom hendes forrige Mand Jens ind i

Gaarden, uden at nogen havde seet hvor han kom fra. Han tog strax tilside ud af Gaarden igjen for at undgaa Selskab, og vilde ikke tale ved noget Menneske. Men saa blev der nu. Vigt og Vavl og Prat og Skravl, om hvem denne Mand vel kunde være. Nogle sagde at det var En, og nogle sagde at det ikke var en anden; men alle som saa ham, vare de ens i det, at han havde Bø af Jens. Men han undbrog sig deres Beskuelse og nysgjerrige Spørgsmaale, indtil Brudefølget kom hjem, og da hans ældste Søn med andre flere tog Bryllups= Hestene for at tjore dem paa en afsides Eng, saa indfandt han sig hos Sønnen, som dog ikke kjendte ham, førend Jens ved Tjoringen tiltalte ham saaledes:

„Ikke saa, min Søn! du skal altid fæste Tjoret til venstre Framfod, ellers tvinges Hesten til at gaa mod sin Natur."

Nu kjendte han att Far sin og bad ham følge hjem, hvilket denne befandtes villig til, og da Jens kom ind i Bryl= lupsstuen, blev alting tyst; thi alle gjenkjendte ham nu, og Konen brast i Graad, bad om Forladelse og vilde omfavne ham. Jens trøstede hende saa godt han kunde, og han sagde derhos, at han ikke havde nogen Erindring at gjøre mod hen= des nye Ægteskab, og derhos yttrede han paa en underfundig Maade, at han selv hverken kunde eller var duelig til Ægte= standen og at forblive her; men at hans Hensigt blot var at ordne det nødvendige for sine forsvarsløse Efterkommere. Da han havde sagt det, saa bad han Ægtefolkene at sætte sig i Høgsæte, og i hele den nysgjerrige Bryllupsskares Paahør for= talte han dem sin sidste Vilje med Hensyn til Boets Deling mellem hans Børn, forsaavidt deres Arve= og Odelsret til Gaarden var belangende, hvilket med Haand og Mund be= kræftedes. Da dette altsammen var fuldbyrdet, vilde Jens tage Afsked og bort; men de vedblev at indtrænge paa ham med nysgjerrige Spørgsmaale, paa hvilke han for det meste gav undvigende Svar. Blandt andet sagde hans Kone: „Gud

11*

ste Lov at du kom hjem, at vi kunde erfare din Vilje, og at du kan vide, at din Afkom bliver her."

"Ja," svarede Jens, "min Afkom skal blive her til Lan-sens sidste Tider, men da skal et Slag holdes paa Lillehammer, og det skal være det største, som nogensinde er skeet paa norsk Grund: Mandeblod skal flyde over Haneknæ, og Gubbrands-dølen vil afgjøre, om Norge længere skal kaldes et Kongerige. I Frankrig lagde Bondklubba sig, og der vil den ogsaa igjen reise sig først og med skjellongste Slag forandre Folkenes Kaar i Landene."

"Naar vil det store Slag her i Landet ske?" blev atter Spørgsmaalet.

"Naar brede Veie gjennem Landets Indskjæringer gjør Fiendens Indgang let," svarede Jens, "og naar Vota er Lan-dets Lov, bliver denne Krigsgnist langsomt optændt, og Norge og Sverrige skal forinden føres under eet Scepter. Før disses Forening vil Laagen bortrive det skjønne Fladsell og forenes med Skottevandet, og de norske Fjelde skal begynde at kalve, samt en Skjære bygge sit Rede i Stueovnen paa Flytty."

Efter disse og andre artige og mærkelige Spaadomme for-lod Jens Ivarssøn Folket, og ingen saa mere, hvor han tog hen."

Under den sidste Fortælling syntes Skolemesteren at komme mere og mere til Sans og Samling. Han talte især mod Slutningen mere distinkt end sædvanlig, og hans Tunge syntes fuldkommen at have gjenvundet sin Færdighed; men da han nu vilde reise sig, begyndte han til vor Forundring at rave. Han tog Afsked og trykkede os under farefulde Bukninger og Skrabud alle i Haanden og gik sin Vei, "forbi han ikke befandt sin Helbred rigtig vel," sagde han.

Da han havde fjernet sig, og hans Liv, Forhold og Be-synderligheder tilbørligen vare drøftede, opfordrede Anders den fremmede smukke, blegladne Pige til at fortælle. "Jeg ved du kan meget, Borghild, og du kan fortælle og du, naar du er hoga," sagde han, „fortæl os nu en Stub! Hvorledes var det med Datter til han Steffan Aaseng, du?"

„Det er snart fortalt," sagde hun blidt, men der for en frisk Undseelsesrødme over det fine, klare Ansigt, da hun vendte sig til os og begyndte at fortælle:

„Den Steffan var fra Rolfstad i Froen. Han blev gift med Datteren paa Aaseng i Hedalen, og med hende fik han en liden Datter; men medens de laa paa Sæteren en Sommer, blev hun indtaget i Fjeldet. Hun var ikke mere end otte Aar den Gang, og de sørgede saa for hende Forældrene, for det var saadan en vakker og ven Jentunge. Jeg er lidt i Slægt med den Rolfstadætten, og Bedstefar min var ofte derude; han fortalte altid saa meget om hende. Da hun var borte, saa gjorde de Mandgard og ringede med Kirkeklokkerne efter hende, men hun var og blev borte, og de saa hende aldrig mere. Mange Aar efter var der to Fiskere inde og fiskede i Heim= dalsfjeldet, som er to Mil fra Valdersleie. De laa i en li= den Stenhytte og havde paa Varmen om Natten. Da kom der et Kvindfolk ind, som baade var stor og ven og voxen. Hun fortalte, at hun var den Datter til Steffan Aaseng, og at det var hende, som var bleven indtagen til Bergfolkene for mange Aar siden, og i Berget havde hun været lige si= den da.

„Men i Morgen skal jeg have Bryllup med Gubben i Raanaaskampen," sagde hun, „og saa vil jeg bede jer kaste Staal over mig og fri mig ud, for blir jeg ikke udfriet da, saa maa jeg blive hos dem størt. Naar I passer paa paa Haugene ved Elven, saa faar I se os, sagde hun, for vi kommer fra Trosstemkampen og reiser til Raanaaskampen; Brud= gommen kan I strax kjende: han rider foran paa en sort Hest og har en Næse saa lang, at den naar til Sadelknappen."

De lovede, at de skulde passe paa, naar Brudefærden kom, og byde til at kaste Staal over hende. Saa gik hun. Dagen efter var de ude og laa paa en af Haugene ved Elven og passede paa. Ved Soleglads Leite kom Brudefærden. Du skulde aldrig seet saa mange greske Karle, bykklædte og gilde, og saa mange Fruer og Jomfruer med Silketøi og Sølvstads. Og alle red de paa glupe Heste, men foran red Bruden, og Brudgommen havde en Næse saa lang, at den naaede til Sadelknappen. Fisterne blev ligesom troldslagne, for slig Stads og Herlighed havde de aldrig seet. Da Færden kom saa nær, saa Bruden til Side. Nu sansede de sig, men da de skulde til at kaste over hende, havde de ikke Staal, og saa maatte hun blive med Bergfolkene til Raanaaskampen, som ligger paa Lesjeskogen, bort imod Folddalen; og der er hun vel endnu, hvis hun ikke har sørget sig ihjæl." —

„Ja," sagde Sæterjenten, som nylig var kommen til, „slig en Historie har jeg ogsaa hørt om En, som hedte Kari. Hun laa paa Gravensæteren ude i Dier og blev indtaget i Fjeldet der, men hun slap vel fra det endda. Det var en Kveld hun jagede Kreaturene hjem: ret som de kom frem mod Rækksælen, saa hun en liden Gut, som holdt paa at jage Kreaturene tilbage mod Gjæsleskogen igjen, for der er Skog paa Fjeldet derude. Hun Kari bad ham, at han skulde lade blive det, men det hjalp ikke. Saa blev hun sint, løb bort og skjældte ham ud, og tilsidst ruskede hun ham og slog ham over Ende paa en Tue; men da det bar over Ende, faldt hun ogsaa i Koll, og Tuen gav efter, saa baade Gutten og Kari for langt ned gjennem ind i Fjeldet. Tilsidst faldt de ned ved et stort Slot; og Gutten, som hun nu kunde skjønne var af Bergfolkene, endda han var stor og staut, tog hende og ledte hende gjennem mangfoldige Værelser, og de var saa gilde, at Kari aldrig havde troet, der var saa meget gildt i Verden. Der var slig Musik, at ingen kan tro, hvorledes det laat. De bad hende danse, og de bød hende baade Mad og Drikke, og Bakkelse kom de med, det saa ud som Høvelslifer hos os, men Kari vilde ikke, og de fik ikke andet Ord af hende end:

„Nei helleft mange Tak."

Den Tid Kari var bleven borte og de savnede hende paa Sæteren, gik der Bud hjem til Gaarden om det. Da Forældrene fik spurgt hun var borte, blev der Sorg paa dem, maa vide; de troede hun var gaaet vild i Fjeldet, og de ledte og gjorde Mandgard, men det kunde ikke nytte. Saa bar de til at skjønne, hvorledes det hang sammen, og saa hentede de Kirkeklokkerne fra Øier Kirke.

Da de tog til at kime med dem, saa reiste der sig en gammel Mand med et langt, langt Skjæg af en Seng borte i en Krog paa Slottet.

„Kast o ut att!" raabte han, saa det dundrede i Berget; „Bjøllkue fra Øier æ i Fjelle aa rangla, saa dæ bryt i Skailla mine."

Med det samme kastede de Kari ud af Slottet fra et høit Loft, saa hun faldt ned i en Myr.

Væk var Slottet og hele Herligheden. Saa fandt de hende igjen tæt ved Sæteren, og der gik hun paa Græsbakken og vadede ligesom i en Myr. Hun fulgte med Folkene, som var oppe og skulde lede efter hende, og fik en Hest at ride paa hjem til Graven; men ret som hun red, hoppede hun af Hesten og sang og dansede nogle underlige Danse; de laat saa vakkert, at de var mest paa Graaden, naar de hørte paa dem. Dem sagde hun hun havde lært i Huldreslottet hos Berg-folkene." —

„Naa lyt du rigtogt fortælja naagaa du, Brit," sagde Anders, der syntes at nære et levende Ønske om, at enhver skulde yde sin Skjærv til vor Underholdning. „Du kommer vist i Hug hende Mari Klemmedom, Søster til Bedstemor din; og kommer du i Hug hende, saa mindes du vist hun har for-talt om, da hun laa Budeie i Valsæteren nord i Høvringen her," tilføiede han til vor Oplysning.

„Det kommer jeg vel i Hug," svarede Brit, „da jeg og Søstene mine var smaa, fortalte hun det jævnt, og hver Gang hun talte om det, saa græd hun. Det var mens hun var ude

og tjente, saa skulde hun op til Balsæteren og være Under=
budeie, og hun reiste op med Kviendom tidlig om Vaaren.
Da hun havde været der en Stund, kom der op en Karl, som
hedte Gudbrand, og skulde hafælle paa en af de andre Sæ=
trene, men han holdt sig paa Balsæteren og laa der om Nat=
ten; og glad var hun Marit, for hun var bange, og ikke var
der Folk andensteds. Og tilsidst saa blev det nok saa, at han
fæstede hende, mener jeg. Saa var det en Morgen, hun skulde
løse Kviende; hun havde just givet Mælkekoen at drikke, forat
den skulde faa det i sig, mens hun løste Ungfæet, og da hun
havde løst dem, saa lagde hun sig sydover Bolken og skulde
til at løse Mælkekoen, som stod og slikkede Sørpebøtten. Men
med det samme blev den saa gal, at den sprat frem paa Gul=
vet, Fraaden stod af Munden paa den, og Mari kunde ikke
faa løst den. Men paa den anden Side Bolken stod der en
stor fremmed Karl, og han var saa stor og svær, sprikte med
Fingrene og truede imod hende. Hun blev ræd, kan du vide,
da hun fik se slig en Rust, satte ud og skreg paa Gudbrand,
som var nedenfor og hafælte, at han skulde komme og hjælpe
hende. Ja, han kom strax, men han kunde ikke se nogen;
men Kviigen var gal, og Fraaden stod af Munden paa den.
Endelig fik han løst den, men Marit var mest baade fra Vet
og Samling, og det kom af at hun havde snakket om det strax,
og ikke biet Natten over. Gudbrand maatte føre hende hjem,
men for hver Bæk hun skulde over, blev hun som hun var
rent tullet. Langt om længe kom hun til sig selv igjen, men
hver Gang hun talte om det siden, saa græd hun.

Saa sendte de op den rette Budeien; det var en, som
hedte Myr=Rønnaug, og saa var der en til, som hedte Gailn=
Kari. De mente, at de ikke skulde være rædde for Bergfol=
kene; de kunde gjerne komme. Ved den Tid var der kommen
Budeie i Lomsfæteren ogsaa. Disse tre Jenterne for der og
gjætede Kreaturene og var saa vilde og gale, at det ikke var
Maade med det; de fløi over alle Haugene om Sommeren

og lagde sig efter at slaa ihjæl Rypeunger, og naar de kom
til Balfjeldet, saa raabte de paa Tron i Fjeldet og sagde,
han kunde komme til dem om Lørdagskvelden, saa skulde han
faa sove paa Armene deres, og naar de kom i Kværnstudalen,
saa raabte de paa Tjøstul i Bakken, og naar de kom til den
Fjeldknatten borte ved Slethø, som hedder Eldførpungen, skreg
de paa Kristoffer Pungen og sagde det samme til ham. Naar
de havde stelt fra sig om Kvelden, satte de sig paa Vang=
gjærdet og raabte: „Tron Balfjeldet, Kristoffer Eldførpungen,
Tjøstul Aabakken, kom nu skal vi lægge os!" for disse Jen=
terne troede ikke det som Folk sagde, at der var Bergfolk til,
og at disse Karlene boede i Fjeldene her. Men de blev vare
ved det kanske. For en Torsdagskveld sent ud paa Høsten,
ja saa sent, at alle andre Folk var reist hjem af Sæterfjeldet,
saa havde Jenterne gjort fra sig Kveldstellet og sad om Aaren,
og de snakkede vel om Gutterne sine, kan jeg tænke. Ret som
det var, saa for Døren op, og saa kom der ind tre smaa Karle.
Ikke snakkede de et Ord, og ikke snakkede Jenterne heller, men
de saa vel paa dem, for Karlene gik frem og att=ende paa
Gulvet og sad paa Bænkene. De havde blaa fodside Kjoler
og store røde Øine og lange Næser. Om en Stund gik de,
men Kvelden efter kom de igjen, og da begyndte de at gjøre
mere af sig, og des ræddere blev Myr=Rønnaug og Jenten
fra Lomssæteren; de bad Gud bevare sig vel, men Gailn=Kari
var ikke ræd endda. Om Lørdagskvelden var de ude igjen og
holdt sligt Styr med Jenterne, at det ikke var nogen Maade
paa, for det var nok svære Karle, endda de var saa smaa.
Men saa kom der en Skytter der, som hedte Per Gynt. Han
skjød Aabakken og slog ihjæl Tron Balfjeldet, men Eldførpun=
gen for op igjennem Piben." —

Medens vi efter denne Fortælling talte om den øde og
forladte Tilstand, hvori Pigerne befinde sig i denne Egn, naar
de, som Skik og Brug er, fra enkelte Gaarde blive liggende
paa Sæteren med Ungfæet til ud paa Vinteren for at give op

den indsamlede Mose og Fjeldfoderet, kom et Par af Pigerne, som imidlertid havde givet sig paa Hjemveien, ind igjen og fortalte med Latter, at Skolemesteren havde gaaet sig fast i en Stenrøs nede paa Volden, saa at han hverken kunde komme op eller ned.

„E kyt væl hjaalpe'n e," sagde Hans, „men e kunn' nok haa Hog te aa følgje Kløvheste døkkun in aat Ulsøhyttun, aa sjaa um døk sæ nugun Rein imorgaa."

„Nei, nei, naa mena e dæ æ Ende paa Bælen," sagde Brit med Latter, „reise du fraa'n Marit, ner Skulmestern æ her?"

„Skulmestern tænkje intje paa aa fri korkje imorgaa 'eil iovermorgaa; hain tænkje før paa aa bræpa se, ner hain ha haft slik'n Tur som i Kveld; e kjøm nok i Hog, kaales hain ha dæ," svarede Hans.

„Ja Pikka Døb, du kain følgje Kløvhesté," sagde Anders, „saa kain e følgje Thor og Karain; dæ torde være Von e skaut ein Rein."

„Dæ va saa dæ," sagde Hans, som nu i Følge med Marit forlod Sæteren for at hjælpe Skolemesteren paa Fode.

Vi trak Bænkene frem til Storstenen, lavede os Leier af Jagttasker, Skræpper og Kapper, og laa inden kort i den tryggeste Søvn.

Høifjeldsbilleder.

II.

Rensdyrjagt ved Ronderne.

Paa Ødemark under Jøklers Mur
der styrter og stimler den sorte Ur,
der gror Guldskjægget paa Klippeblok
og Sølverlokker paa Klippetind,
der fostres de flygtige Reners Flok
og farer som Blæst over Ur og Myr,
der drømmer det alt i Jægerens Sind
og vaagner og klinger i Eventyr.

Welhaven.

Da vi i Morgenstunden forlod Sæteren for i nordøstlig Retning at vandre ind over Fjeldet, kastede Brit Limen og Skavgræs=Tuen efter os og ønskede leende, at vi maatte brække Hals og Ben og ikke træffe andet end Korp og Sjøvaak — et godt Varsel for Jagtlykke!

Himlen var overskyet, Dagen sval. Indover Fjeldet svævede endnu Taagen; kun af og til brød Solen svagt igjennem og aabnede for os i usikre, svævende Omrids anelsesfulde Fjernsyn af den øde Fjeldnatur. Vi vare snart udenfor Sæterkredsen og inde i den Region, hvor Snespurvens monotone Kvidder i Luften blander sig med Rypernes Karren mellem Dvergbirken, Enerbusken og Vidjerne. Først efter flere Timers Vandring begyndte en anden, Lavarternes: Renmosen, Guldskjægget, Graaskjægget og flere andre Arter af denne nøisomme Plantefamilie bedækkede skraanende Flader og Høider, der dannede en graagrøn Forgrund, bag hvilken mørke, triste Felter, uhyre Strækninger dækkede med islandsk Mose, bredte sig ud i det øde Fjerne. Heiloens Fløiten, Korpens Klunk og Sjøvaakens vilde Hvin blandede sig en sjælden Gang med Vindens og Snebækkenes Sus og Brus. Men efter nogen Tid aftog og forsvandt ogsaa disse Spor af Plantevært og Liv, og vi vare inde i Alperegionen, paa Høiden af Fjeldplateauet: umaadelige Masser af løse Stene, der gjennemfures af dybe Dale, som Sne-Elvene havde dannet. Her er det, at Renen i Sommertiden søger et sundt og luftigt Tilhold, et Fristed for Renfluens Forfølgelser. Den rige Flora i Smaadalene mellem disse Stenhobe, Jsranunkelen eller Renblommen, der ofte lige ved Snefonnernes Rand voxer i den Jord, som dannes af de opsmuldrede Stene, yder i Forening med Lavarterne paa Straaningerne Dyret en krybdret, duftende og rigelig Føde. Paa langt Hold øiner det paa disse Heier sin Fiende, og Vinden, som stedse stryger hen over dem, varsler det oftest gjennem Luften om en Fare, der nærmer sig, længe før dets skarpe Øie endnu kan opdage den.

Da vi vare komne ind paa Graahø, var det Middagstid. Solen havde forlængst spredt Taagerne, den fugtige Nats Levninger, og en livlig Søndenvind feiede den ene skyggende Skymasse efter den anden nordover. Her vendte vore Ledsagere det Graa ud af sine røde Huer; thi i dette Strøg skulde vi vente at faa Dyr i Sigte. Medens vi forgjæves speidede gjennem Kikkerten paa alle Høider og Straaninger indtil et Par Mils Afstand, gik Thor stille foran med ludende Hoved, stirrende ned imellem Stenene; tilsidst lagde han sig helt ned.

„Her er Slag efter et Dyr," sagde han, og viste et for mit uøvede Øie næppe synligt Jndtryk af Klover. „Og der staar en afbidt Renblomstilk; den er saa frisk, at Saften tyter af den. Her har været en Flok paa Beite, og det er ikke længe siden."

„Se Hunden," sagde Anders, som kom efter og førte en spidssnudet, stærklemmet Gaardshund med opretstaaende Øren i Koppel; „se, hvor den veirer mod Vinden; her har været Dyr; eller ogsaa er de ikke langt borte.“

„Ja, Dyr er det den veirer, og hverken Hare eller Fjeld-rakt; den løfter for meget paa Næsen til det,“ sagde Thor, idet han klappede og opmuntrede Hunden, som slog med Halen, og med et eiendommeligt Udtryk af Velbehag i korte Pust trak og udstødte Luften.

„Ja, ja, tag dem du, Bamse min. De er ikke saa nær endda; men det kan ikke vare længe, før vi faar se dem. Nu kunde det være Tid til at nøne; vi har gaaet vonoms langt i Dag, og det kan være ymse, om vi kommer til at hvile saa snart, naar vi faar se Renen. Her er Vand og her er Legosta godt nok,“ føiede han til, idet han uden at vente paa Svar lagde Ristetræppen og Bøssen fra sig. Anders bandt Hunden ved en Sten og lagde sig saa lang han var paa alle fire, for at drikke af det kolde, mellem Stenene silrende Sne-vand. Jeg kastede mig ned paa Stenene, medens Sir John, der fandt dette Ophold høist utidigt, protesterede mod Mad, mod Hvile, mod Tobak og mod alt, før han havde seet „Rein-deer.“ Først da han efter en kraftig Forestilling af Thor var bleven viis paa, at Dyrene vare flere engelske Mile fra os, og at der efter al Rimelighed vilde hengaa flere Timer, inden vi kom i Nærheden af dem, gav han sig tilfreds og tog til Takke med den Niste, Mari Laurgaard havde medgivet os, med et Bæger af Jagtflasken, med en Drik af Snevandet og med at strække sine Lemmer paa de haarde Stene.

Thor, som lige siden vi kom ind paa Fjeldet, havde været stille, ordknap og med Opmærksomhed gjennemspeidet alle Strøg fjern og nær, var en anden Mand under Hvilen. Han for-talte paa en høist anskuelig Maade i korte Træk den ene Jagt-historie efter den anden, og viste os flere, indenfor vor Syns-vidde liggende Steder, som havde været Stuepladsen for hans Bedrifter.

„Der borte ved Blekvangsætrene,“ sagde han blandt an-

bet, „var jeg i Kast med en Buk. Den kom i Hold, og jeg
skjød saa den stupte. Rium=te reis 'n up, men da jeg kom
ind paa den, sprat den i Veiret og satte afsted, og borte blev
den tilsidst. Den trak ind paa Styghø; jeg gik og ledte, til
det blev mørkt, men fandt den ikke igjen. Natten over laa
jeg i en af Blekvangsælene. Om Morgenen strøg jeg ind
paa Styghø igjen, og bedst jeg gaar, faar jeg se en Korp
høit mellem Stenene. Jeg tykte det var rart at se, hvad den
kunde slode paa. Da jeg kom ind paa den, saa jeg det var
et Horn, som rak i Veiret; der laa Bukken, og glad vardt jeg.
Men mens jeg holdt paa at flaa den, kom der strygende en
Dyrflok; det var ni vakkre Dyr, og en glup Buk med Horn
saa store, at jeg ikke har seet dem større. Jeg lagde mig ned,
men de vilde ikke komme rigtig for Skud. Paa Slutten tog
de til at rækje forbi; saa skjød jeg, og Bukken faldt. Da
jeg kom nærmere paa den, tænkte jeg: jeg faar vel byde til
at faa Tag i dig, og saa tog jeg i det ene Hornet; men da
jeg satte Kniven i Nakken paa den, sprang den op, saa vi
rullede huguskup ned gjennem Uren, Kniven paa en Kant, og
jeg og Bukken paa en anden; men jeg slap ikke Taget. Han
bød til at stange det leie Bæstet, og slog med Framføtom, men
Magten var ikke saa stor, for jeg holdt mig til Siden og havde
godt Tag ved Roden af Hornet. Takom=te saa bar det i Koll
ned gjennem Uren, og jeg fik flere end een Trykt. Saa skaa=
kede den og rægede i Koll tilsidst. Der laa den. Jeg havde
ikke anden Redskab end en Skosyl, og den kunde jeg ikke pille
Livet af den med. Jeg tænkte nok paa at drive den i Skal=
len med en Sten, men det syntes jeg ikke om; saa gik jeg
op, fandt igjen Riflen og ladede den. Da jeg kom ned, satte
jeg Piben i Nakken paa den og skjød; men endda sprat den
op og gjorde et høit Hop, før den stupte død. Saa grov jeg
dem ned i Uren begge to og lagde Sten over, at Jærven ikke
skulde æde dem, for jeg kunde ikke finde Kniven igjen og hver=
ken saa flaaet dem eller lemmet dem sund. Men min Krop

var saa mør, at den værkede over otte Dage efter den Dan=
sen." —

Sir John, der fortalte, at han oftere havde tilbragt Jagt=
tiden paa en Slægtnings Godser i Skotland og fornøiet sig
med Hjortejagt, gav nu til bedste nogle Historier, han selv
skulde have oplevet. De endte imidlertid paa en mere afgjø=
rende Maade, idet Jægeren først sendte Dyret en dræbende
Kugle, og siden til Overflod efter alle Sportskunstens Regler
stødte det Fangstkniven eller Hirschfængeren i Nakken.

„Kanske Hjorten ikke behøver saa stærkt Dødsstød," sagde
Thor; paa Renen maa der brydes Ben eller træffes Hjerte,
ellers blir den ikke liggende. Der var en Skytter i Vestfjel=
dene. Han hedte Gudbrand Glesne, og var gift med Bedste=
mor til Gutten, I saa i Sæteren i Gaarkveld, og en glup
Skytter skal han have været. En Høst var han kommen i
Hold med en svær Buk. Han skjød paa den og kunde ikke
andet vide, end at den var stokdød, saa faldt den. Saa gik
han, som En ofte pleier, og satte sig strævs over Ryggen paa
den, og skulde løse paa Kniven og byde til at stikke Nakkebenet
fra Skallen. Men bedst han havde sat sig, sprat den op,
lagde Hornene tilbage og trykte ham ned imellem dem, saa
han sad som i en Armstol, og saa gik det afsted, for Kuglen
havde bare strøget Dyret paa Skallen, saa det var svimeslaaet.
Slig Skyds har vel aldrig noget Menneske havt, som den han
Gudbrand fik. Det gik mod Veir og Vind, over de fæleste
Bræer og Styg=Urer. Saa satte den over Gjende=Eggen,
men da bad han til Vorherre, for da troede han, at han al=
drig skulde faa se Sol eller Maane mere. Men tilsidst lagde
Renen paa Vandet og svømmede tvers over med Skytteren
paa Ryggen. Imens havde han faaet Kniven løs, og i det
samme Bukken satte Foden paa Landet, stødte han den i Nak=
ken, og død var den, og Gudbrand Glesne havde vist ikke
gjort den Reisen om igjen, om han kunde have vundet al
den Rigdom, som til var."

„En saadan Story om en Krybskutter, der var bleven Hjorterutter, har jeg hørt i England," sagde Sir John med sin sædvanlige Ufans for Vokallybene.

„I Jylland fortæller Blicher en lignende," sagde jeg.

„Men hvad var det for et Egg du nævnede, Gjender-Egget, Thor?" afbrød han mig.

„Gjende-Eggen mener du?" spurgte Thor. „Det er Ryggen paa et Fjeld, som ligger mellem Gjendevandene, og den er saa fælende smal og brat, at naar En staar der og kaster en Sten ud med hver Haand, saa ruller de ned i hver sit Vand. Rensbytterne gaar over den i Godveir, ellers er det ikke fremkommeligt; men der var en uvorren Mand op i Ske-ager — han hedte Ole Storebraaten — han gik derover med en voxen Renbuk paa Nakken."

„Hvor huit er det Fjeld over Vandene?" spurgte Sir John.

„Aa, det er langt ifra saa høit som Rondene," sagde Thor; men det er da over syv hundrede Alen. Jeg var med en Kaptein, en Landmaaler, han havde maalt det. Ja, Anders der var ogsaa med."

„Det var den gjæveste Mand jeg har kjendt," sagde Anders ivrig; „han var saa gjement og uvorren og lige glad, at det ikke var Maade paa det. Om alt Ting havde han en Historie, og Viser sang han, saa jeg aldrig har hørt Magen. Men borte i Rondene var det nær gaaet galt med ham. Vi havde været oppe og sat Varde paa den vestlige Tinden, saa kom han udpaa Fonnen, og den var baade glat og brat og haal som Svull, saa det bar udover, og han ok vist et Par hundrede Alen ned, og fort gik det; men da vi traf ham igjen, gik han bare og lo, fordi han havde sturet af sig det meste af Buxerne sine, sagde han."

„Der borte kan En komme til at age, før En ved Ordet af det," sagde Thor; „for i Rondene og i Rondefonnerne er det ikke let at komme frem. Renen har let nok ved det; men

Skytteren blir efter, om det ikke gaar endda værre. Der var en Renskytter, som kom til at age der en Gang, og han kom vel fra det. Han gik og han gik efter en Dyrflok borte i en af Snefonnerne og agtede paa Sporet, men ikke paa noget andet, til han hverken kunde komme frem eller tilbage eller op eller ned; og han saa ikke andet end Døden for sig; saa tænkte han, lige saa godt først som sidst. En Hund havde han med; den skjød han først, men da han havde skudt den og bød til at lade igjen, saa gik der ud et stort Skred med ham, og han gled ned over med Sneen, til den standsede en= steds hvor han kunde komme frem, og han fik ingen Skade, men levede mange Aar efter den Tid."

„Du fortæller saa mange Sturier, Thur, ænd kan ikke lader andre Mænd kommer til at taler," sagde Sir John, som længe havde værket for at faa Knevlen løs. „Jeg har ogsaar at fortæller nogler Storier i Jngland. Det vær en gæmmel Skutter, som kommet fra Skotlænd, der fortællet mig. En Gang, sæd han, var to Krubskutter i Skoven at skuder Hjort; de havder ruder Lyer begger to, ænd begger to totter de havder en dilig Rebbeer for sig, og de krub og de krub, ænd stilleder fram, ænd so skub de po een Gang, ænd saa laa de dauer begger to."

„Hvem kunde saa vide om det?" spurgte Anders.

„Den ene livet vel saa længer, at han fik siger det til Præsten," svarede Sir John.

„Men saa var det en anden Story, som var lige saa mærkværdiger af den sammer Mænds Fortælling. Det var en Krubskutter, som var jagender en Hjort, og han fik se en old= gæmmel Stagdeer*) med sture grinede Horn, men da han budd' skuder, var den en gæmmel Mænd med ruder Lye. Han var raabet til ham, men hand svaret ikker, ænd naar 'an saa op fra Riflen, var det en oldgæmmel Raudeer med sture grinede

---

*) Hjort.

Horn; men naar han budd skuder, var det en gæmmel Mænd med en rude Lhe. Han blivet saa ræb; men han studet læl, og saa var det en olvgæmmel Hjort med sture grinede Horn, som der ikke er studer Mager til paa hundreder Aar." —

Vederkvægede reiste vi os: hvert Spor af Træthed var forsvundet, og da vi atter skred hen over den urede Høislette, følte vi ret Hvilens og den friske Fjeldlufts styrkende Kraft i spænstige Muskler og lette Trin. Vi havde næppe gaaet tusende Skridt frem paa Graahøs østlige Hælding, før Thor stansede. Stirrende ud i det Fjerne, skyggede han over Øinene med Haanden, vendte sig, langede efter min Kikkert og sagde:

„Det er ikke godt at se Graadyr mellem Graasten; — — der er en Flok; tre, fire, en glup Buk, og en til; syv, otte, ti, tolv, tretten," talte han.

„Er det tretten, maa en være feig," raabte Anders.

„Se lige over i den graa Stenuren, som Skyen skygger over; der gaar ud ligesom en Tange af Sne, den rækker de temmelig fort op ved. Der er ikke noget at æde i Uren, meta," sagde Thor, og anviste med Bøssen den Retning, vi skulde søge i, gjennem Kikkerten.

Afstanden var en tre Fjerdings Vei. Efter Thors Anvisning maatte vi gaa over en dyb Dal og norden om en lige overfor Graahø liggende Høide, hvor Flokken befandt sig, for at komme under Vinden og møde den ovenfor Snefonnen. Jeg springer over den milelange Vandring i en Halvkreds, som Urer, Snefonner og en sydlig Storm vilde gjort saare besværlig under andre Omstændigheder. Men Jagtlysten sittrede i vore Lemmer; Higen og Længsel efter at komme Dyrflokken paa Skud bevingede vore Skridt og gjorde Vandringen let. Men da vi varsomt smygende kom frem ved Randen af Snefonnen, saa vi kun Spor af, at Flokken havde været paa dette Sted.

„Nordefter igjen," sagde Thor, og vi gik hen imod en liden Rygning, hvor vi kunde vente en friere Udsigt.

„Læg det ned," sagde Thor med Et og foregik os med sit Exempel. „Jeg ser Hornene af Bukken mod Himlen ret over Ryggen paa Snefonnen; den er ikke otte hundrede Skridt borte; læg det fladt ned, saa kan den kanske komme i Hold; at krybe frem nytter ikke, her er ikke en Sten at smyge bag."

Længe saa vi ikke andet end Hornene af den store Buk. Den syntes at dreie sig i alle Retninger, som om den stod paa Vagt og speidede efter Fiender. Os mærkede den ikke; thi vi vare under Vinden. Men pludselig sprat hele Flokken ind paa den Side af Snefonnen, som hældede mod os. Jeg greb kram-agtig efter Bøssen; men Thor tog mig rolig over Armen og sagde:

„Styr de, e ska nok seia te!"

De vare der alle tretten; Kalvene og de to Bukke jagede hverandre i en liden Kreds omkring i den viltreste Leg. Snart stod de paa Toben med kneisende Horn og slog mod hverandre med Fremføbberne, snart hoppede de mandshøit med alle fire i Veiret paa een Gang, snart faldt de ned igjen og slog kaade ud med Bagføbberne, saa at Lænden stod høit op i Luften, og Is- og Sneklumper føg og fløi omkring dem.

„Det var vel Leg," sagde Anders og lo. „De leger og sprætter, saa vi ser baade Sol og Maane under Føtom paa dem."

„Det blir ildt Veir," sagde Thor. „Naar Renen leger, er det mod ildt Veir."

Legen varede ved og blev stedse vildere; Springene og Stillingerne bleve saa dristige, pudsige og sælsomme, at vi maatte le høit over de livlige Dyr. Men under denne Leg kom den ene Buk i fuldt Løb lige mod os. Flokken forfulgte den.

„Pas nu paa, holdt lige i Bringkøil'n eller Bogen," sagde Thor; men det sagte Knæk af Hanerne paa vore Rifler forkyndte ham, at den første Erindring var overflødig. Haan-den stalv, og Hjertet bankede af Forventning i dette Øieblik; inden nogle Sekunder vilde den store Buk have været paa

12*

Stub. Men da den nærmede sig Snefonnens Rand, fløi der en Sjøvaak op af Uren. Et Sekund stod Bukken og den hele Flok ubevægelig med tilbagelagt Hoved og kneisende Horn, stirrende op mod Falken, der udstødte et vildt Skrig. I det næste Dieblik kastede de om som en Vind, og for i Flok og Følge hen over Fonnen, forfulgt af en pibende Riflekugle.

„Aa, dæ va for langt; dæ va aa kaste Bly i Være,“ sagde Thor.

Min Ledsager havde valgt sig et andet Maal, idet han i afmægtig Harme rettede sit Skud mod den uskyldige Aarsag til Dyrflokkens ilsomme Flugt. Men den stolte Fugl gjorde blot et Slag med Vingerne, og seilede roligt hen over vore Hoveder.

„Dæ va Bon aa raake den,“ sagde Anders med Latter.

For at faa en friere Udsigt gik vi et lidet Stykke længer frem. Flokken kom igjen til Syne paa en anden Høide. Thor fulgte med Opmærksomhed dens Bevægelser. Da den forsvandt bag Rygningen, sagde Anders:

„Den Fuglen er altid i Veien her paa Fjeldet; havde den ikke været, var Flokken kommet lige til os.“

„Det torde vel hænde, vi træffer den endnu før Soleglads Leite,“ mente Thor.

Vi satte os alle ned for at hvile, medens Sir John brummede og yttrede sin Forundring over, at Renen kunde blive forstrækket over saa lidet.

„Saa lidet?“ sagde Thor; „den ta'r til Bens, bare der flyver en Snespurv op mellem Stenene og kvidvrer lidt, og bare der reiser sig op en Fjeldhare for dem, saa sætter de afsted, som det gjaldt Liv og Død.“

Sir John udtømte sig i haabløse Gisninger — af og til blandede med Forbittrelsens Udbrud over slige Fugle — om hvor Renen nu vel kunde være. Han underholdt sig en Stund med Thor, som for nogle Aar tilbage havde ledsaget en Slægtning af ham, en vis Bilton, Forfatter af en stor Bog om

Jagten og Fisteriet i Norge, paa nogle uheldige Rensdyrjagter
i denne Egn. Han fortalte videre om et mærkeligt Uheld, han
selv havde havt den eneste Gang han paa Bergensfjeldene
havde været i Hold med en Renflok, der efter hans og et Par
andre Englænderes Stud satte over et nylig tilfrosset Vand,
hvor de forfulgte Dyrene, til Isen braft og de med Fare for
Livet bleve trukne i Land af Skytterne, som ledsagede dem.
Medens Sir John paa sit Kaudervælst udviklede dette, og med
Salvelse udbredte sig om den katholste Kirkestemning, der kom
over ham, naar han ved Aftentide var i Fjeldet, sad jeg og
saa ud i det Fjeldpanorama, som aabnede sig for os paa dette
Sted.

Foran os laa — som det ved et i Fjeldegnene noksom
bekjendt Sansebedrag syntes — næppe en halv Mil mod Syd,
Ronbernes Alpestikkelser i en stor Halvkreds. Midt i Kredsen
viste en enlig Tinde sig som Centrum. En Sky, der stod mel-
lem os og Solen, udbredte sin Skygge over den dystre Gruppe,
hvis svimlende Toppe og Tinder skarpt tegnede sig af mod den
klare Blaahimmel, hvor Søndenvinden havde hersket. Den
indre Side af Kredsen vendte mod os. Midtronden, der laa
nærmest, hindrede Udsigten til nogle af de sydøstlige Ronder.
De østlige Kampe, vi saa, vare dybtfurede og bestod af lyse
Stenurer; de sydlige og vestlige, der laa aabent for os, bæk-
kede uhyre Snebræer fra Toppen til Foden. I Ly af disse
Bræer og Fjelde ligger der en Dal, grøn og veltilfreds. Den
vinker Botaniferen med Løfter om hundrede skjønne, duftende
Alpeplanter. Men Ronderne staa derover og løfte sine knei-
sende Tinder i Skyen og true med Stenskred og Sneskred, saa
at selv det kolde Vand bliver ilde til Mode, og fra en islagt
Sø, der ligger dybt inde i Dalen og mat kaster Lyset tilbage,
iler Aaen ud og haster stummende og tindrende bort fra det
truende Naboskab. Mod Vest og Nord udbredte sig for vore
Fødder den uendelige Fjeldslette, graagrønne, brunlige, sorg-
vækkende Strækninger. Deres Ensformighed afbrødes kun ved

Skyernes Skygger, ved Lysvirkninger af Aftensolens Straaler, eller ved Taager, der svævende steg op og betegnede Dalenes og Elvenes Løb i den uendelige Ødemark. Ved Synsranden af disse Himmelegne, over Snehættens kolossale Masse i Nord, over Brimmelen af Loms- og Vaagefjeldene i Vest, svævede en Dlrøg, og i denne varme, disige Luft syntes Snehætten og disse Fjelde med sine Kamme, Tinder og fantastiske Former at hæve sig op til en umaadelig Høide. Gjennem denne halv gjennemsigtige Luft gjød Solen sit Straalevæld ud over Vestfjeldenes Sne- og Isbræer: vinfarvede Skyer med gylden Bræm svævede over dem, og den rødlige funklende Guldglans, Fjeldene laa i, gjenstraalede høit op i Luften og gjennemtindrede hele den nordvestlige Himmel.

Men det var paa Tid at komme afsted; thi vi havde endnu en lang og besværlig Vandring til Ulvsøbehytten, en Rypeskytterhytte ved Foden af Vestronden, som skulde være vort Nattekvarter, og hvor Hans havde lovet at indtræffe med Kløvhesten. Sir John spurgte, hvor Skytterhytten laa, og Thor pegede mod den ydre Styrtning af den nærmeste Rondkamp. I den saaledes angivne Retning, der omtrent var den samme som Rensdyrflokken havde fulgt, vandrede vi henover Fjeldstraaninger og Snefonner, over Høider og Dale, ned ad den ene Ur og op ad den anden. Hunden strammede ofte i Koblet og førte fremdeles af og til Næsen veirende i Vinden, og Thor og Anders vexlede nu og da 'nogle stille Bemærkninger, der ligesom Hundens Adfærd antydede, at vi fremdeles vare Flokken paa Sporet. Det Haab, som dette vakte, oplivede vort Mord, og vi skred nu uden at besværes af nogen Træthed frem over en jævn Skraaning. Vinden havde lagt sig, og Solen kastede ufordunklet sit sidste Gyldenskjær over Stene og Snefonner. Ved en af disse, der strakte sig langt ned, ser jeg i den klare Belysning strax ovenfor os et Par Horn rage op af en Fordybning.

„Læg dokne," hviskede Thor i samme Dieblik.

Vi opgjorde i Hast en Operationsplan, ifølge hvilken jeg
skulde skyde den Buk, som stod til venstre, Sir John den til
høire. Thor fulgte os med Hunden for at kunne slippe den
strax, om et Dyr blev skadeskudt. Paa Knæer og Hænder krab=
lede vi frem mellem Stenene, indtil vi oversaa den lille For=
dybning, hvori Flokken stod. Det var de samme tretten Dyr,
vi havde seet paa Bræen. Bukken til venstre stod meget for=
delagtigt; der var to Dyr i Rad med den, et foran og et
bag; lige ovenfor stod en Kalv. Holdet var drøit, men ingen=
lunde for langt, og det havde sine Vanskeligheder at komme
længer frem uden at blive seet. Jeg varslede Sir John, lagde
for Diet og vilde trykke løs; men han for op i Heftighed og
raabte med fuld Stemme: „Skuder ikke for Gud Skulder, det
er alt for læng.“ — „Det er ikke for langt,“ hviskede Thor
utaalmodig.

Nu troede da Sir John at burde gribe Initiativet; men
i en Forvirring, som ikke gav det bedste Vidnesbyrd om hans
Bedrifter paa de stotste Hjortejagter, vilde han først springe
nogle Skridt frem, hvorunder han snublede i Hundebaandet,
styrtede over Ende og løsrev Hunden, som i fuld Løs satte
op igjennem Uren. Jeg kastede min Kugle forgjæves efter de
flygtende Dyr. Men under Mandefaldet havde Thor kastet
Riflen til Kinden. Det smald, og den ene Buk satte midt
ud af Flokken med et uhyre Spring og tumlede derpaa om
paa Sneen. Den rikede atter op paa Forbenene, men styr=
tede strax med et dybt Gisp. Anders og jeg istemte et jub=
lende Dotskrig, der blandedes med nogle engelske Ulyd, som
Ridderen af den bedrøvelige Skikkelse gav fra sig over sine
forstødte Knæer og over de „forbumte Reindeer, han aldrig
skubb’ kommer til at skuder.“

Vi ilede hen til Snefonnen, hvor Hunden stod paa Vagt
og slikkede Blodet af det stolte Dyr, som endnu laa og gispede
paa Sneen. Thor endte Dødskampen ved at støde det Kniven
i Nakken, og da vi havde betragtet det fra alle Kanter, gav

han sig til at flaa, en Forretning, der ved Anders's Bistand udførtes i kort Tid. Huden, Hornene og Laarene tog vi med; de øvrige, mindre værdifulde Dele bleve gravede ned i Uren for at afhentes næste Dag, og bevaredes ved en Borg af store Stene, som vi væltede over dem, mod Jærven.

Da vi skulde begive os paa Veien, begyndte Sir John igjen at anstille forskjellige Gisninger om hvor Reindyrene kunde være, og spurgte tilsidst Thor, hvorhen han troede de havde taget Veien, og om det ikke kunde være muligt at møde dem, thi han skulde dog have Lyst til at skyde et Dyr.

„Ja," sagde Thor alvorligt nok, „det skal jeg sige dig, det kunde vi vel; naar vi gik bortover Braakdalshø, tror jeg nok du traf dem ved Rondhalsen; paa noget andet Sted kommer de ikke ned, efter den Vei de tog; men inden vi kommer did, er det mørke Natten, og det er ikke Spøg at komme frem der i Lyset; om Natten kan du brække baade Hals og Ben."

Sir John havde Hals og Lemmer for kjære til at ville vove den farlige Vandring i Nattens Mulm. Vi tog altsaa ned paa en anden Kant af Braakdalshø, i en Dal med yppig Græsvæxt og en rig Blomsterflor, og vandrede en Tid paa fast Græsbund ved Bredden af Vesle-Ula, en af de Aaer, der komme fra Ronderne. Aftenstjernen og Tusmørket steg frem. Græsbunden veglede snart med løse Stenurer, som af og til ramlede ned under os i den lille Elv, og stundom gjorde vi selv Følge med.

Sir John ledsagede disse Udflugter i det kolde Vand med adskillige engelske Kraftudtryk, som jeg i Begyndelsen ikke kunde afholde mig fra at stemme i med paa Norsk.

„Du tykker det er slemt her nu du," sagde Anders, „men du skulde have været med os ifjor efter Mikkelsmes. Thor skjød en Buk da, og den gik vi og sumlede og ledte efter mellem Haugene, til det tog paa at sne og fyge, saa at vi ikke kunde se en Ræve for os. Tilsidst kom vi ned i Dalen ved Aaen her og dat i Koll ved andet hvert Skridt. Bedst vi gik og vadede i Sneen og Mørket, bar det ud i Elven eller over Ende i Uren, saa vi slog Bøssen i Stenene."

Sir John var meget træt og utaalmodig. Hvert Øieblik spurgte han nu, hvor langt vi havde til „den fordømte Skytterhut," og fik i Begyndelsen bestandig det samme Svar: „det var en god Fjerding." Siden afkortedes det til et lidet Stykke, som under Mørket og Trætheden aldrig syntes at ville tage Ende. Efter en liden Sving opad fra Elven, som vi atter nærmede os, fik vi Røglugt i Næsen.

Nattekvarteret var i Nærheden; dog gik vi endnu udover en Bakkehælding, langsmed en lav Bjergvæg og over en Myr, hvorfra vi kom ind paa fast Græsbund, der klang under vore Skridt.

„Her er Ulsøhytten," sagde Thor.

Jeg blev ikke var andet end nogle Stenhobe og en Fortsættelse af Bjergvæggen; men i denne blev der lavt nede aabnet en liden Dør eller Glugge, hvoraf der udstrømmede et stærkt rødligt Lys. Der kom strax Skygger for, og et Par Mennesker traadte ud.

„Der er nok flere Skyttere her," sagde Anders. „Gu Kvæld Per; naa sæ du Fremmon." „Det er en af dem, som har bygget Hytten for at ligge her og skyde Rype om Vinteren, han Per Fugleskjelle," sagde han til os. „Naa — — der er Hans og — Gu Kvæld. Kom du tilé nok me Kløvgampen?"

„Jeg kom i Lysé jeg, Kar, og jeg har pyntet Hytten og havt ny Mose i Sengen, men for en Stund siden kom han Per Fugleskjelle. Jeg tror dok har skudt en Buk, jeg synes han Thor bærer et Par Horn."

„Gud fordumme de Folk og deres Hutter," udbrød Sir John; „her er kanske Plads til tu, end nu er vi sex; jeg erindrer Bilton taler om et saadant forbumt Hul i sin Bog om Norge."

Imidlertid ydmygede jeg mig og krøb ind. Døren var visselig lav; men indenfor var det bedre end ude paa Fjeldet i Mørkets og Nattekuldens Favn. Det eneste til Søvn indbydende derude var det dumpe Brus af Elven, som fra Dybet af en Klipperevne løb op til os. Paa Skorstenen blussede en oplivende Ild, og det saa ret lunt dukkestueagtigt ud herinde.

Jeg satte mig paa Sengen. Den stod foruroligende nær ved Skorstenen, og indtog hele Længden af Væggen lige overfor Døren. Den var fyldt med tørt Lav og af vor Kløvmand Hans forsynet med et Lagen, en uhørt Luxus i Ulvsødehytten, og vore Kapper. Der er ikke meget Stokkeværk i denne Hytte: kun Dørvæggen er tømret, Resten er for en Del Naturens eget Værk; thi Hytten ligger i en Kløft af den oftere omtalte lave Bjergvæg, og dens høire Væg, hvorpaa Skorstenen staar, dannes af Klippesiden; de øvrige to ere opførte af Tagstens- eller Tavleheller, saa store at de naa fra Gulvet til Taget; af saadanne var ogsaa det lave Skraa- eller Spærretag.

Efter Vandringen gjennem Urerne under den mørke Skygge af Vestronden i den kjølige Aften var det en Vederkvægelse at finde Ly i dette lune, renlige og hyggelige Tilflugtssted. Omsider bøiede Sir John ogsaa sin Nakke under Dørbjælken; men da han var kommen indenfor, og dreiende af fra den Linje, der laa midt under Tagets Rygning, rettede sig op til sin fulde Høide af tre velmaalte Alen, stødte han Panden mod en af Spærretagets Bjælker, som efterlod svedte Spor i hans Ansigt. Han blev vred, men han burde have betænkt, at Hytten kun er beregnet paa siddende eller liggende Stillinger. For Per Fugleskjelle, Ophavsmanden til dette Fjeldpallads, er det vist høit nok under Taget; thi han er hverken nogen stor eller nogen lang Mand. Nu sidder han indeklemt i Krogen mellem

Dørvæggen og Anders og Thor, som have taget Plads paa
Langbænken, det eneste Sæde i Huset. Der er knap Plads;
thi Bænkens Længde fra Sengen til Dørvæggen er kun be-
regnet paa to, eller i Høiden paa to og en halv Person. Det
er en helstøbt Fjeldskytte denne Per. Den øvre Del af hans
Profil er ren og prægtig. Saaledes som han sidder der, med
en vid, turbanagtig mørkerød Dølehue dristigt kastet frem over
den høie, buede Pande og den rette, kjækt fremspringende Næse,
med Underdelen af Ansigtet halv skjult bag Kraven af en vid,
haaret Dyrskindstrøie, som dækker Overdelen af hans Legeme
— tager han sig ypperligt ud. Der er et eget nationalt Ud-
tryk i Per Fugleskjelles graagrønne, spillende Katteøine. Hans
hvide, stærke Tænder, svulmende Læber og kraftigt udviklede
Tyggemuskler vidne nu, da han retter sig op og viser Under-
delen af sit Ansigt, om en kraftig Madlyst, noget som hans
undersætsige Figur og det muntre Udtryk i hans Ansigt ikke
synes at modsige. Med den ene Fod støtter Per sig ved Kan-
ten af Storstenen, saaledes at Ilden belyser hans mærkelige
Fodbedækning, et Par Fjeldsko med fremspringende, over en
Tomme tykke Saaler af eet Lag Næver og to Lag Læder. Un-
dersfladen er tæt beslaaet med Søm, hvis Hoveder mindst ere
en Fjerdedels Tomme i Firkant. Paa fine korte, stærke Un-
derlemmer bærer han et Par graa Vadmelsbuxer, som paa de
for Slid mest udsatte Steder ere forsynede med Læder.

Sir John, der havde slaaet sig til Ro og strakt sig i
Sengen ved min Side i en halv siddende, halv liggende Stil-
ling, var i Færd med at tyde de Kragetæer, Bomærker og
Navne, som vare kradsede i Tavlehellen over Sengen af Heste-
hentere, Rypeskyttere, Renskyttere og andre ligesaa mærkelige
Personer, indtil han fandt „Bilton Esq.," og ved Siden af
denne Berømtheds Navn behagede med Lapidarskrift at an-
tegne sit eget.

Hans sad paa Dørtærskelen, med det ene Ben inde, det
andet udenfor Hytten, og hjalp Anders med at sætte et Stykke

Kjød af det skudte Dyr paa et Stegespid, hvortil en Bidje=
stamme for Tilfældet gjorde Tjeneste.

Medens Maaltidet blev tillavet og nydt, taltes der ikke
synderligt: Livsaanderne vare slappe og trængte til Fornyelse;
men da den oplivende Kaffe var drukket, da Tobaksskyer be=
gyndte at fylde det lille Rum, og Ilden ikke længer flammede
og blussede saa klart, kom Samtalen, efter at have dreiet sig
om alle Fjeldtraktens vingede og uvingede Dyr, efterhaanden
ind paa Troldenes og Huldrens Enemærker, rigtignok især ved
mine Bestræbelser. Jeg gjorde mit bedste for at faa dem til
at fortælle, og efter gjentagne Opfordringer begyndte Anders
saaledes:

„Der var en Mand paa Dovreskogen, som hedte Ola
Storbækkjen. Det var et Mærrebæst af en Karl, saa stærk,
drug og uvorren. Om Vinteren gjorde han ikke andet end
reise Markederne imellen og slaas og yppe Kiv; han reiste fra
Christiansmarked til Branæs og Kongsberg, og saa til Grund=
set, og hvor han var, saa sloges og droges han, og hvor han
sloges, saa vandt han. Om Sommeren for han paa Fæhan=
del i Valders og Fjordene, og da drak og sloges han baade
med Fjordfolk og med Halling og Valders paa Fjeldlegene om
Sommeren, og vandt gjorde han der ogsaa; men takomtil ri=
spede de ham lidt med Kniven de Karlene. Men saa var det
en Gang i Høionnen, han var hjemme i Bækkjen og havde
lagt sig til at sove efter Non i en Svalskygge, saa blev han
indtagen, og det gik til saaledes, at der kom en Mand med
et Par forgyldte Bukkehorn og stangede til han Ola; men
han Ola drev til ham, saa Karlen stupte Kant om Kant. Kar=
len reiste sig igjen og begyndte at stange paa nyt og tilsidst
tog han Storbækkjen som en Vaatt og slog ham under sig, og
saa bar det luft ned med dem begge to. Der de kom ind,
var det saa gildt med Sølvstads og Tøi, at Ola syntes det
kunde ikke være gildere hos Kongen; og de bød ham baade
Brændevin og Vin, og Ola Bækkjen han drak med dem som

en Karl, men Mad vilde han ikke have; han syntes den var
ofyfé. Bedst det var, kom han ind igjen han med de for-
gyldte Bukkehornene, og gav Ola en Tryk, før han vidste af
det; men Ola drev til ham som før, og saa sloges de og
broges igjennem mange Bærelser og rundt alle Bæggene. Ola
mente det havde varet hele Natten; men da havde Slagsmaa-
let staaet paa over fjorten Dage, og de havde ringet efter ham
tre Torsdagskvelder med Kirkeklokkerne. Den tredje Torsdags-
kvelden for de slemt med ham, for da holdt de paa at stange
ham ud af Hemfjeldet. Da Kirkeklokkerne holdt op at ringe,
sad han i en Ulverkløft og var ude med Hovedet; var der ikke
kommet en Mand forbi i det samme, som havde faaet se ham
der han sad, og faaet dem til at tage paa at ringe igjen, saa
havde Berget lukket sig over ham, og han havde kanske været
der endnu. Men da han Ola kom ud, var han saa forslaaet
og saa fæl, at det ikke var Maade med det; i Hovedet havde
han den ene Kul'n større end den anden, og hele Kroppen var
baade blaa og gul, og rent tullet var han, saa at riumtil
for han op, reiste afsted og vilde ind i Fjeldet og kjekes med
dem og slaas om de forgyldte Bukkehornene; for dem vilde
han bryde af Skallen paa Jutulen." —

„Far min kjendte godt denne Storbækkjen," sagde Hans,
„og han fortalte mangfoldige Historier om ham, og han sagde
han aldrig havde seet friskere Fant til at slaas; men Farbror
hans fra Hedalen var nok endda spræktere, efter hvad jeg har
hørt. Kan ikke du Anders fortælle om de Kvindfolkene, som
kom til ham i Fjeldet en Nat, da han var efter Ryper?"

„Han Ola Helle mener du?" sagde Anders. „Jo, Karl,
det skal jeg fortælle. Ola var rigtig en glup Rypeskytter. Saa
var det en Gang, han laa inde paa Hedalsfjeldet paa Rype-
veide om Vinteren. Om Natten holdt han til i en Sæter,
men endda han var en gammel Mand, syntes han mangen
Gang det var ohoglé at ligge alene den lange Vinternatten.
En Gang da han havde gjort op Ild og kveldvaret, saa lagde

han sig. Men ud paa Natten vaagnede han igjen; Ilden var slukket paa Aarén, og han kjendte grant, at der laa et Kvindfolk paa hver Side af ham i Bænken.

"Hei san!" tænkte han ved sig selv, "nu ligger jeg ikke alene; men hvad er det for Fænter dette?"

Han tog efter den ene med Haanden. Hun var lodden, og da han nappede Haanden hvast tilbage, begyndte det at knisle og le saa inderlig godt paa Hjellen. Nu tog han efter den anden, men hun var ogsaa lodden. Saa greb han Riflen, som han havde hængt over Sengen, for han skjønte godt det var Bergfolk, men den gav hverken Gnist eller Ild, og alt han klikkede, saa gik den ikke løs. Da ikke dette vilde hjælpe, gav han sig til at læse Fadervor, og da han kom til: "Men fri os fra det Onde," saa blev der slig Larm og Staak i Sæle, at han troede Taget skulde flyve af, og det valt ud fra ham paa begge Sider; den som laa inderst, syntes han ramlede ud tvers gjennem Væggen." —

Da Anders efter denne Fortælling erklærede, at der ikke faldt ham noget ind, som var værdt at tale om, opfordrede jeg Per Fugleskjelle, der før om Aftenen paa en livlig, ham temmelig eiendommelig Maade havde fortalt et Par Jagthistorier. Han talte meget hurtigt; men undertiden stottede og stammede han lidt, for atter at lade Talen flyde ud i en bredere og hurtigere Strøm. Hans Minespil var levende, og Stemmens Tonefald afpasset efter Fortællingens Indhold.

"Ja, jeg kunde nok fortælle dig nogle Historier," svarede han, idet han lagde Hovedet paa Straa og plirede lidt med Øinene; "jeg kunde fortælle Historier, som gamle Folk tror er sande, og som de siger har tildraget sig i gamle Tider; men kanske du tror det er Løgn; derfor vil jeg bare fortælle dig en Røgle, som de tror er Løgn her ogsaa.

"Der var en Skytter i Kvam i gamle Dage, og han hedte Per Gynt. Han laa stødt oppe paa Fjeldet, og der mødt han Bjørn og Elg, for den Tid var der mere Skog paa

Fjeldet, og i den holdt be til slige Oskrystjé. Saa var bet en Gang fent paa Høsten længe efter Busærdstié, at Per skulbe til Fjelds. Alle Folkene var reist hjem af Fjeldet saa nær som tre Budeier. Da han kom op imod Høvringen, for der skulde han være i en Sæter om Natten, var bet saa mørkt, at han ikke kunde se en Næve for sig, og Hundene tog til at skog=gjø, saa bet var rent spøgeligt. Ret som bet var, kom han inb paa noget, og ba han tog bort paa bet, var bet baade kolbt og sleipt og stort, og han syntes ikke han var kommen af Veien heller, saa han ikke kunde vide hvad bet var for noget; men oboglé var bet.

„Hvem er bet?“ sagbe han Per, for han kjendte bet rørte paa sig.

„Aa, bet er han Bøig,“ svarede bet. Dermed var Per Gynt lige klog; men han gik ubmed bet et Stykke, for enstebs maa jeg vel komme frem, tænkte han. Ret som bet var, kom han inbpaa noget igjen, og ba han tog bort paa bet, var bet ogsaa baade stort og kolbt og sleipt.

„Hvem er bet?“ sagbe Per Gynt. „Aa, bet er Bøjgen,“ svarede bet igjen.

„Ja, enten du er ret eller bøgié, saa faar bu slippe mig fram,“ sagbe Per, for han skjønte, at han gik i runb Ring, og at Bøjgen havbe ringet sig omkring Sæle. Dermed saa leede den libt paa sig, saa at Per kom frem til Sæle. Da han kom inb, var bet ikke lysere ber enb bet var ube, og han for og famlede omkring Væggene og skulbe sætte fra sig Bøsfen og lægge af Skræppen; men ret som han gik og treblede sig fram, kjendte han igjen bette Kolbe og Store og Sleipe.

„Hvem er bet da?“ raabte Per.

„Aa, bet er den store Bøjgen,“ svarede bet, og hvor han tog og hvor han bøb til at gaa, saa kjendte han Ringen af Bøjgen. Det er nok ikke gobt at være her, tænkte Per, sibeu benne Bøjgen er baade ube og inbe, men jeg skal vel skjepe paa denne Tverbleien. Saa tog han Bøssen og gik ud igjen og famlede sig frem, til han fandt Stallen paa den.

„Hvad er du for En?" sagde Per.

„Aa, jeg er den store Bøig Etnedalen," sagde Stor-Troldet. Saa gjorde Per Gynt Braafang og skjød tre Skud midt i Hovedet paa den.

„Skyd eet til!" sagde Bøigen. Men Per vidste bedre, for havde han skudt eet til, var det gaaet tilbage paa ham selv. Da det var gjort, saa tog baade Per og Hundene fat paa Stortroldet og drog det ud, saa de kunde komme vel ind i Sæle. Imens skrattede og lo det rundt i alle Haugene.

„Per Gynt drog mykiy, men Hondain drog meir," sagde det.

Om Morgenen skulde han ud at veide Dyr. Da han kom ind paa Fjeldet, fik han se en Førkje, som lokkede Fænein over Tverhø. Men da han kom derop, var Jenten borte og Fænein ogsaa, og han saa ikke andet end en stor Flok Bjørne.

„Nu har jeg aldrig seet Bjørn i Flok før," tænkte Per ved sig selv; men da han kom nærmere, var de borte allesammen, oframt en. Saa lauede det i en Haug bortved der:

„Agte Galtén din:
Per Gynt æ ute
mæ Svansen sin."

„Aa, bæ bli Uhæppe for 'n Per, men inkje for Galtén min, for han ha inkje tvætta i Dag," sagde det i Haugen. Per vaskede Næverne sine med det Vandet han havde, og skjød Bjørnen. Det lo og skoggrede i Haugen.

„Du kunde agte Galtén din!" raabte det.

„E kom inkje e Hog han ha Bastoppen emellom Føtom," svarede den anden.

Per flaaede Bjørnen og grov Skrotten ned i Uren, men Stallen og Skindet tog han med. Paa Hjemveien traf han en Fjeldrakke.

„Sjaa Lamme mit, kaa feitt bæ gaar," sagde det i en Haug.

„Sjaa Svansen has Per, kaa høgt 'n staar," sagde det i en anden Haug, da Per lagde Riflen til Øiet og skjød den. Den flaaede han og tog med, og da han kom til Sæteren, satte han Hovederne udenfor med gabendes Kjæft. Saa gjorde han op Varme og satte paa en Suppegryde, men det røg saa forskrækkeligt, at han næsten ikke kunde holde Øinene oppe, og derfor maatte han lukke op en Glugge, som var der. Ret som det var, kom der et Trold og stak ind igjennem Gluggen en Næse saa lang, at den naaede bort i Skorstenen.

„Her ska du sjaa for Snytehøin!" sagde det.

„Her ska du kjeinne for Supekøin!" sagde Per Gynt, og øste hele Suppegryden over Næsen. Troldet for afsted og bar sig ilde, men rundt i alle Haugene skrattede og lo det og raabte:

„Gyri Supetryne, Gyri Supetryne!"

Nu var det stilt en Stund, men det varede ikke længe, før det blev Staak og Larm udenfor igjen. Per saa ud, og der saa han der var en Vogn med Bjørne for; de vælede op Stortroldet og reiste ind i Fjeldet med det. Bedst det var, kom der en Vasbøtte ned igjennem Piben og slukkede Varmen, saa Per sad i Mørket. Da tog det til at skratte og le i alle Krogene og sagde:

„No ska bæ intkje gaa bære mæ'n Per, end mæ Vala-Budeiom."

Per gjorde op Varmen igjen, tog Hundene, læste alt Sæle og lagde nordefter til Valsæteren, hvor de tre Budeierne laa. Da han kom et Stykke nordpaa, brændte det slig der, som om Valsæteren stod i lys Lue. Med det samme traf han en Flok Ulve, og nogle af dem skjød han, og nogle slog han ihjæl. Da han kom til Valsæteren, var det kulmørkt der og ingen Ildebrand, men der var fire fremmede Karle inde, som holdt paa med Budeierne, og det var fire Haugetrold, og de

Norske Huldre-Eventyr.   13

hedte Guft i Bæré, Tron Balfjeldet, Tjøftøl Aabakken og
Rolf Eldførpungen. Guft i Bæré ftod udenfor Døren og fkulde
holde Bagt, mens de andre var hos Budeierne og friede. Per
fkjød efter ham, men traf ikke, og faa reifte Guft i Bæré. Da
han kom ind, var de flemt i Færd med Budeierne, og to af
Jenterne var rent forfærdede og bad Gud bevare fig, men den
tredje, fom hedte Gailn-Kari, var ikke ræd; hun fagde de kunde
gjerne komme, hun kunde nok have Lyft at fe, om der var
Tona i flige Karle. Men da Troldene fkjønte, at Per var
inde, begyndte de at jamre fig og fagde til Eldførpungen, at
han maatte gjøre paa Barmen. I det famme fatte Hundene
paa Tjøftøl og rev ham over Ende i Aarén, faa Afken og
Ildmørjen gjøv omkring ham.

„Saa du Slangein mine du, Per?" fagde Tron Bal-
fjelvet — faa kaldte han Ulvene.

„Naa fka du faamaa Beigen fom Slangein dine," fagde
Per og fkjød ham; faa flog han Aabakken ihjæl med Bøffe-
trumfen; men Eldførpungen var reift op igjennem Piben. Da
han havde gjort det, fulgte han Budeierne til Bygds, for de
torde ikke blive der længer.

Men da det led mod Julleite, var Per Gynt ude igjen.
Han havde hørt om en Gaard paa Dovre, hvor der kom faa
fuldt af Trold hver Julekveld, at Folkene maatte rømme ud
og reife til andre Gaarde; did havde han Lyft at gaa, for
han var hoga paa Troldene. Han klædte fig fælt ud, og faa
tog han med en tam Hvidbjørn, han havde, og en Syl og
Beg og en Buftfleiv. Da han kom did, gik han ind i Stuen
og bad om Hus.

„Gud hjælpe os," fagde Manden, „vi kan ikke laane dig
Hus, vi lyt reife ta Gaarde fjølve, for hver evige Julekveld
kommer der faa fuldt med Trold her."

Men Per Gynt han mente, han nok fkulde renfte Hufet
for Troldene, og faa fik han Lov at blive, og fik et Purke-
fkind attpaa. Saa lagde Bjørnen fig bag Storftenen, og Per

tog frem Beg og Syl og Bustleiven, og satte sig til at gjøre en stor Sko af hele Bartestindet. Han satte i et stærkt Reb til Trættebaand, saa han kunde snurpe sammen hele Skoen rundt omkring; et Par Haandspager havde han ogsaa færdige. Ret som det var, saa kom de med Fele og Spillemand, og nogle dansede og nogle aad af Julekosten, som stod paa Bordet; nogle stegte Flesk, og nogle stegte Frost og Padder og andre ofyselige Ting; den Julekosten havde de med selv. Imens fik nogle se Skoen, Per havde gjort; de syntes den var til en stor Fod, saa skulde de prøve den, og da de havde sat en Fod oppi hver af dem, saa reipte Per til og satte den ene Haandspagen i og bænnede til, saa de sad fast i Skoen alle sammen. Men saa stak Bjørnen Næsen frem og lugtede paa Stegen.

„Vil du haa Kaarg, Kvitpaus?" sagde en af Troldene, og kastede en gloftegt Myrfrost lige i Gabet paa den.

„Klor og slaa, Bamse," sagde Per Gynt. Saa blev Bjørnen saa arg og sint, at den for op og slog og klorede dem alle sammen, og Per Gynt slog i Flokken med den andre Haandspagen, som om han vilde slaa Skallen ind paa dem. Da maatte Troldene rømme, og Per blev der og levede vel af Julekosten hele Helgen, og de hørte ikke til Troldene paa mange Aar. Men Manden havde en lys-let Hoppe, og den raadede Per ham til at sætte paa Føl af, som for og kalvede sig omkring Haugene der.

Saa var det ved Juletider mange Aar efter — Manden var i Skogen og hug Ved til Helgen — der kom til ham et Trold og raabte: „Har du dein store Kvitepausen din einnaa du?"

„Ja, 'n lig heime bak Omn," sagde Manden, „aa naa ha 'n faat sjau Onge, myhty større og argare eil 'n æ sjøl."

„Saa kjøm os ailbr' meir aat de," raabte Troldet." —

„Den Per Gynt var En for sig selv," sagde Anders. „Han var rigtig en Eventyrmager og en Røglesmed, du skulde

13*

havt Moro af: han fortalte altid, han selv havde været med i alle de Historier, Folk sagde var hændt i gamle Dage."

"Det tør være sandt du siger," sagde Per Fuglekjelle, "Bedstemor min hun havde kjendt ham; hun fortalte mig efter ham mere end een Gang. Men du Thor, du ved vel at fortælle om den Storskytteren i Vaage, Jens Klomsrud. Ham har jeg hørt der skal være meget fortalt om. Han var jo lidt i Slægt med dok han."

"Ja," sagde Thor, "men Skyldskabet var ikke stort. Han var gift med Moster til Oldefar vor. Han boede paa Kloms-rud i selve Vaage og levede for vel hundrede Aar siden; han Bedstefar kom ham godt i Hog endda og sagde, at det var en brav, troværdig Mand. Den Klomsrudgaarden ligger oppe i Aaslændet, og det er ikke saa langt derfra til Vejing-Stu-lerne og Stærrings-Stulerne. Deroppe i Fjeldet laa han næ-sten hele Vinteren paa Skytteri og satte ud Rypesnarer og rensede Rensdyrgrave. En Dag havde han løbet hele Fjel-det over og ikke faaet en Rype; i Skumringen gav han sig til at vækkja Snarer og Rensgrave, og det blev Afdags-leite, før han kom ned mod Stærringen; der skulde han ligge om Natten, og da brændte det saa der, at det lyste ud igjen-nem alle Mosefarene. Jens blev nok saa glad, forbi der var kommet Folk og der var Ild vaagen. Men da han kom op-imod Sæteren, blev det mørkt med Et, og da han kom frem, var der Laas for Døren. Jens ænsede ikke dette stort, for han var vel vant ved sligt; han slog Ild og kveldstelte sig. Men ved Natmaal da han havde spist og lagt sig til Ro, kom der ind fjorten grønklædte Jomfruer; de var saa vene, at han aldrig havde seet saa vene Kvindfolk, og alle havde de gult udslagjé Haar. Den ene havde et Langespél, det tog hun til at spille paa, og de andre begyndte at danse en Langdans om Aarén, og der laa en stor Thyriod og brændte lyst, saa Jens kunde se vel alt hvad de gjorde; men alt som de danseded, greb de efter ham med Klyppen og luggede ham i de lange Haarene, han havde paa Læggene.

„Lika du Pluff, Jens Haarlæg?" sagde de.

Jens svarede ingen Ting. Han bare drog Fødderne til sig saa godt han kunde; men det hjalp ikke stort, for Jomfruerne var saa gale og kaade, at de rev og nappede i ham og kaldte ham Jens Haarlæg, Jens Dunder-i-Berg, Jens Skreill-i-Fjeld. Da blev Jens harm; han tog Riflen og tytede haardt og sagde, at reiste de ikke strax, skulde han gjøre ved dem det de mindst vilde. Jomfruerne tog til Bens, og Resten af Natten sov han i Ro.

Ved Dagsprœt lagde Jens til Fjelds, men da han kom forbi Løvaa-Berget ovenfor Stœrringen, raabte det til ham:

„Jens Haarlæg, du fæ ingor Rupé i Dag; dæ bli bære Tomskreill og Skreill-i-Fjeld."

Jens tænkte baade det ene og det andet; men han gik ligevel; og da han kom i Fjeldet, var det aavelag af Ryper; han skjød og han skjød, til han hverken havde Kugler eller Krud, men han fik ikke Fjæren, og da han gik hjem igjen, satte der sig Ryper i Skokketal lige for Fødderne paa ham. Jens havde aldrig havt slig Misjagt og Vanveide, og saa tænkte han som det var, at det var utpaagjort af Bergfolkene. Den tredje Dagen tog han Veien til Rypesnarerne og Rensgravene og vilde vœktja dem, men der fandtes hverken Rype eller Ren i dem, og de fleste af Snarerne var rykket op og revet isund, men han saa hverken Spor af Mennesker eller Dyr i dem. Der var aavelag Vildt og Fugl i Fjeldet, og han begyndte at skyde, men det var om intet. Han kom tidlig hjem til Stœrringen og tænkte at stryge til Klomsrud samme Kvelden. Men han havde meget Stavved og Trautgemner, som han vilde hugge op og drage med sig hjem paa Stikjœlten, og da han var færdig med det, var det saa sent, at han maatte blive over den Natten ogsaa. En Stund efter han havde lagt sig til at sove, vaagnede han igjen og var næsten

kvalt af Røg, for der var lagt en stor Helle over Ljorehullet.
Jens tog Bøssen med sig til Dørs og løste Hanen, men Kru-
det vilde ikke fænge, fast det gnistrede af Flinten og Staalet.
Men ret som det var, raabte det fra Løvaa-Berget: ·

„Vil du bruke Skreillpipa mot Jomfruom naa, Jens
Tomsmeill?"

„Kaa ha e gjort, sia e intje kain væra i Fré?" spurgte
Jens Klomsrud.

„Du ha løist Dundraren din over Stugutake te Kjersti
Langspel aa Sigrid Sidsærk aa de tolv Systrin deres, aa be-
Husvilde ha du truga med Skreillpipa," svarede det oppe i
Løvaa-Berget.

„Kaa ska e gjeva i Bot?" spurgte Jens, men det fik han
ikke noget Svar paa. Saa gik han op paa Taget og væltede
Hellen ned med en Haandspag, saa at Røgen gik op, og siden
sov han trygt og fornam ikke mere den Natten.

Da han havde været hjemme paa Klomsrud en liden Ri,
tog han op til Stærringen paa Skytteri igjen, og den første
Morgen traf han en stor Rensbuk i Klymphullet. Han skjøb
ti Skud paa den, men han traf den ikke. Men da hørte han
det raabte i Løvaa-Berget.

„I Morgaa kain du skjote, Jens Tomstreill; naa ha du
gjeve Bot."

Jens gik fra Bukken og tænkte ikke mere paa Skytteri den
Dag, men gik hjem paa Sæteren. Om Morgnen gik det saa
godt, at han næsten ikke orkede at bære al den Fugl han fik,
og da han var paa Hjemveien ved Ronsbel, traf han Rens-
bukken i Klymphullet igjen. Da stupte den for det første
Skud han skjøb; men der var ingen, som kunde komme i Hug,
at der var skudt saa stor en Buk i Vaage. Hornene var saa
store, at der ikke fandtes Mage til dem, og de sidder den Dag
i Dag er paa Stabur-Røstet paa Klomsrud som en stor Krone."

Det var Tid at yde Søvnen dens Ret. Sir John og
jeg delte Mosleiet i Sengen. Thor og Anders krøb under

den, Hans laa langs Gulvet, Per Fugleskjelle paa Bænken. Jeg sov trygt og roligt en Stund, men ud paa Natten kom der fire Trold fra Høvringen med en stor Rensbuk paa sine lange Næser; den satte de paa Hovedet ned i Piben i Ulvs‐behytten. Det blev saa kvælende hedt, at jeg ikke kunde holde det ud; men Storbækkjen og Per Gynt vare i Færd med Trol‐dene, og Jens Klomsrud og Sir John stod paa Taget og gav den Stud for Stud, til de brog den op efter Bagbenene; Buk‐ken sprang dog lige godt og blev borte over Rondetinden. Jeg aandede frit, berørt af en kjølende Luftstrøm, og vaagnede, idet Per Fugleskjelle, som i en yderst tvungen Stilling laa krum paa Bænken, smaaputtrede med Hans om, at det var godt at rette paa Fødderne sine, men for at faa Plads dertil havde han aabnet Døren og stukket dem ud gjennem den.

„Pine Død skulde det ikke være løiligt at koge Kaffe paa Gruten, Gut," sagde han sagte til Hans. Anders slog sig til dem, og halv vaagende, halv sovende hørte jeg dem længe pusle med Kaffekogningen og hviskende tale om Fæhandel og Slagtekvæg og Nordfjordheste og Rensbukke, indtil jeg atter slumrede for først at vaagne ved Daggry. Det havde regnet og tordnet hele Natten. Da vi kom ud, tilslørede Taage Ron‐dens Krop; men dens Tinde ragede op over Skyerne, og for‐oven var det klart. Efter et Bad i Aaen og en dygtig Fro‐kost af Ørret og Renbif, drog vi i den friske Morgen ind mellem Ronderne, medens Hans og Per Fugleskjelle tog Veien nordover for efter Thors Anvisning at hente den skudte Rens‐buk.

<hr />

Anmærkning. Om det tykke l, som er brugt i disse to Stykker, se Bemærkningen ved Slutningen af „En Halling med Kvannerod," S. 66.

Plankekjørerne.

(1848.)

Naar man om Vinteren reiser gjennem nogen af de Egne i vort
Land, der have en livlig Trælastkommers, undgaar man næppe
at gjøre Bekjendtskab med Bord- eller Plankekjørerne. Det er
ikke noget fornøieligt Bekjendtskab. De Støb de udhule, og
disse Slingring og Væltning beforbrende Render, som de grave
i Veiene ved sine tunge, uformelige Læs, ved ufornuftig og
uvorren Kjørsel, ere store Ubekvemmeligheder, men for intet at
regne mod et Møde med disse Vinterveienes Tyranner selv,
naar de mandstærke spærre Færdselen i Rækker paa tredive,
fyrretyve, halvtredsindstyve Læs.

Den Reisendes Ret og Bekvemmelighed er Bordkjøreren
lige saa uvedkommende som den Planke, der endnu ikke er skaa-
ren, som det Brændevin, der endnu ikke er brændt. Han
hviler paa Veien og spærrer den, saa længe det behager ham.
Imidlertid nødes den Reisende til at søge en Tilflugt i Sne-
fanerne udenfor Veien, hvis han ikke foretrækker at tilkjæmpe
sig en liden Mon af den ham lovligt tilkommende halve Vei.
Men byd Bordkjøreren knubbede Ord ved en saadan Leilighed.
Da er han lige saa færdig med Næven, som han er tilbøielig
til Fred og Rimelighed, naar der bydes ham en Pægl Brænde-
vin. Men mindre maa det ikke være; thi under hans for
Livets Bekvemmeligheder blottede møisomme Færd er Brænde-
vinet ham baade Mad, Drikke og Klæder. Dette Liv, denne
evindelige Brændevinsdrik fører naturligvis til Dyriskhed, og
Plankekjørerne ere ikke sjælden Udskuddet af de ved Byernes
Nærhed skjæmmede Bygdelag; de ere Landdistrikternes Pøbel.

Sin selskabelige Opdragelse faa de paa Kipper og Hvilesteder ved Omgjængelse med alskens omstreifende Fantepak og med Bærmen af Byernes Befolkning. Kallegutter og Slagterlømmer, der give Fiskavalleren paa Trinserudsalen og lignende Danseboder, ere det uopnaaelige Mønster for den yngre plankekjørende Slægt i Tale, Manerer og Levemaade. Sin litterære Føde søger Plankekjøreren i de bekjendte Toskillingsviser, der forhandles af Kurvemadamerne paa Gadehjørner og under Trapperne, og som besynge Mord og Drab, Indbrud og frygtelige Hændelser. Og dog hænder det ogsaa her, at man i den kolde, maaneklare Nat, naar Plankekjøreren drager til Byen med sine Læs, hører en ren, oprindelig Melodi, der minder om Landet og dets ramme Lugt. Naar han derimod tomrebs reiser hjem igjen, er hans Sang som Brølet af de vilde Dyr, der forlyste sig ved sine Stemmers raa Ulyd og ved den Skræk og Afsky, de indgyde. Da opfylder den lange Række Luften med Hujen og Skrigen og driver paa Hestene, som rasende fare afsted i Flok og Følge. Slæderne slingre hid og did; de hvide Mærker, Kridtstreger og Tal paa Hatte og Graatrøier udvistes ved den hyppige Vælten i Snefanerne, og hvert Øieblik sætte de tømmeløse Heste ud fra Veien for at gjøre en Sving ind til enhver Gaard eller Hytte, hvor der er Brændevin at faa; thi af lang Vane kjende de lige saa godt som sine Herrer disse Forfriskningssteder. Allerede før han kommer did, kan den Reisende mærke Nærheden af disse sjofle Kipper og Rønner paa den dybtopmuldede, pudderfukkerfarvede Sne.

Vi ville en Gang besøge et af disse Steder. Udenfor Borrebækken staar Hest ved Hest for Plankelæs eller tomme Slæder, ledige eller tyggende paa noget tørt Hø, som en Huset tilhørende Saueflok eller nogle Gjeder broderligt dele med dem. Døler eller Fjeldbønder, som hvile her med sine VarskiLæs og under fri Himmel ere i Færd med Nisten omkring en liden rød og blaamalet Kiste, bringe ved sine maleriske Dragter, eiendommelige Figurer og Ansigter en Smule Afvexling i den øvrige Ensformighed. En og anden Kjører trænger, beskjæftiget med at vande ved Bækken, frem mellem den myldrende Brimmel af Slæder og Heste, som han skjændes og bides med. Andre vise sig kun i Svalen, eller stikke Hovedet ud af Stuedøren for' at glo efter sine firbenede Kammerater. Inde myldrer det af Kjørere, ædrue og drukne; nogle af støvste Slags trænge sig omkring Stjænken, der ikke er andet end et stort Skab i det ene Hjørne af den lave Stue, hvor der staar en lang, tør Kjærring og udskjænker blaahvid, osende Finkel af en Klunkeflaske i et Halvpæglmaal, som af Ælde og flittig Brug har antaget en brunsort Farve. I det andet Hjørne af Værelset staar en kasseformet Ovn. I den blusser og flammer et Baal, ved hvis Hede der udvikler sig stinkende Dampe af befugtige Snesokker og Graakjoler, der beklæde det Selskab, som i siddende og liggende Stillinger hvile paa Ovnsbænkene. Langs Bordet, som staar i det tredje Hjørne under Stuens eneste Vindu, trives flersidig Virksomhed: nogle sidde umælende og drikke Halvpægl efter Halvpægl; andre konversere til sin Drik om Bordskrivere og Planketylfter, om Kværsil og Grosserere, om Baghun og Kværke, om Blakken og Borka; og atter andre spille Kort.

„Far min," sagde En, som var noget ude i Perialens første Stadium, det blide, meget talende og broutende, „Far min solgte Blakken til den svære Hallændingen oppe ved Bordenden, han med Kortlegen; han skulde have den for et Tjaug Daler, om han var god for at løfte den, og Fa'en salte mit Liv, satte inte Karlen Ryggen under Bommen paa 'n og løfted 'n som en Vaatt. Det gjorde 'n; for det var vel Figur til Karl, ja er det sagtens endnu, som du selv kan se. Men det var ude med Gamle-Blakken da. Gubbevares, da han var ung — slig Gamp, skjønner du vel, har aldrig gaat for Plankelas paa Strømsveien; for naar han satte Beina i Bakken, saa Fa'en salte mig, stod han ikke som han var muret. Tror du det kanske ikke, Gutten min? Du gjør som du vil,

men om Føret var saa stralt, at det skrabed nedpaa bare
Stenene, saa drog 'n frem Plankelasset. Ja, det var Fa'en
til Gjemyt i den Gampen. Men det var forbi, da Gamlen
solgte'n, for Kværsillen tog'n saa rent overstabig, saa det laat
i Bringen paa'n som i en tom Brændevinstønde, og saa havde
han Knippa, maatru: Bagbenene var saa stive paa'n som en
Stukestol."

„Ja, gjorde ikke Borka det samme, mener du?" svarede
en liden Tykkert, som ikke længer sad rigtig sikkert paa Bæn-
ken, og af og til famlede ud i Luften efter indbildte Fluer.
„Hun drog sine tre Tylfter og vel det kanske, naar det Lunet
var paa'a. Men Fa'en plukke mig, gik 'a inte som ei Brur
for Plankelasset endda. Det var vel Mær det, Gut! Du
skulde aldrig set slig Mær; hun havde mest Folkevet. Er ikke
det sandt, saa lade Herren mig aldrig drikke en Dram mere i
dette Liv. Om jeg var saa drukken som en Mær og streg og
hujede som en Graaben — for du ved da vel det, at En
maa have sig en Dram til Nødtørft — saa neigu gik ikke hun
fortere for det. Og der vi skulde hvile, der gik 'a ind, og
fik 'a inte Fo'r, saa fandt 'a det selv, der det var at finde,
Gut, om jeg saa inte havde Høstraaet. Slig Mær findes ikke
i Verdens Rige. Meyer har 'a ikke bedre selv. Neigu har
han ei da!"

Disse Mænd vedblev med saadan Iver at tale om sine
Heste, at de ved at mindes dem snart vare paa Graaden, snart,
formedelst de Udsættelser der undertiden gjordes paa deres Dyrs-
Dyder og Fortrinligheder, nær ved at komme i Haar sammen.

En permitteret Garnisonskarl, som skulde reise hjem til
Julehelgen, sad i Nærheden. Han lod til at være en Lands-
mand og god Bekjendt af de Kjæblende, og i Følge med nogle
Kjørere, som sad ved den anden Ende af Bordet og spillede
Kort. Han lod sig det være magtpaaliggende at tilveiebringe
Fred og god Forstaaelse. For mere indtrængende at virke i
denne Retning, og tillige for at stille sin egen Brændevinstørst,

kaldte han paa Datteren i Huset, der havde afløst Moderen i Skjænken, og bad hende bringe Brændevin. Men da hun var beleiret af en Flok, som stod paa Reisen og drak Afskeds- super, hørte hun ikke hans Anmodning.

„Jomfru, Jomfru," raabte han den ene Gang efter den anden, „lad os faa en Pægl Akevit."

„Slige Jomfruer gjør vi af en Toskillings Baghun," ud- brød den halvdrukne Kjører, „Borkas" ivrige Forsvarer, med Svinepoliskhed og Latter over Artilleristens Knoten.

„Jagu er hun Dukke for dig ligevel," sagde Blakkens Talsmand, idet han reiste sig og gik hen imod den Tiltalte, som endelig nærmede sig med det forlangte Brændevin. Tram- pende i Gulvet med Fødderne, sang han under nærgaaende forlibte Fagter snøvlende og med skingrende Stemme:

„Aa næste Lørdagsaften saa kommer jeg til dig,
aa da har jeg Talsmand med mig;
aa lad mig nu se, at du steller dig bra',
aa holder dig lystig og glad, sa'o."

„Lad Guddatter min være i Fred," sagde den før om- talte Hallænding mellem Kortspillerne.

„Gudbevares, Basseruden, tag ikke saa haardt paa; jeg er bare lidt spøgefuld," sagde Plankekjøreren venligtladende, og fortsatte paa en saadan Maade sin Hyldning, at den Feirede gjentagende, skjønt forgjæves, maatte frabede sig samme. Men under en Stans i Kortspillet reiste Hallændingen sig, greb ham med den ene Haand og satte ham ned paa en Stol, der brast under ham, og sagde med Eftertryk:

„Vær rolig, ellers faar du med mig at gjøre!"

„Det skulde vel røde Fanden have noget med ham at gjøre, men det er ikke for det, jeg har nok tankse lagt lige saa god Karl paa Ryggen, og vel saa det," mumlede Kjøre- ren mellem Tænderne, da Manden vendte ham Ryggen.

Denne Hallænding, der omtaltes med saa megen Respekt og optraadte med saadant Fynd, var en høi Mand med en stor Næse, et hvast Blik og et i det Hele meget bestemt Ydre. Hans Medspillere vare tre Plankekjørere med temmelig stupide, skjønt hvad man kalder bondefule Fjæs. Det var klart, at de havde lagt sig om ham, der lod til at være en Kakse i Sammenligning med det øvrige lurvede Selskab, for ret til Gavns at plukke ham i Spillet. Thi uagtet de paa almindelig Bordhørervis forsigtig holdt de tykke, smudsige, krøllede og i Hjørnerne afslidte Kortblade inde i den stærkt sammenbøiede Haand, kigede de hverandre gjensidig saa vel som Hallændingen i Kortene, gjorde Miner og traadte hverandre paa Fødderne. Her førtes ikke vidtløftig Tale, men af og til hørtes dundrende Slag i Bordet og Ord som disse:

„Du gi'r." „Labola, Beis og Spil." „Kom med Pengene!" „Sæt eller gaa af Spillet!" Nu og da forkyndte en skraldende Latter eller tordnende Eder, hvorlunde Lykken vendte sig. I Begyndelsen havde Hallændingen tabt. Men under den lille Vending, han gjorde til Undsætning for Gubbatteren, mærkede han, at Medspillerne stak Hoveberne sammen og blandede Kortene til sin Fordel, og fra nu af tog han sig bedre i Agt, uden dog at lade sig mærke med noget. Da Kortene faldt særdeles heldigt paa hans Haand, og han desuden aabenbar var dem overlegen i Spillet, vendte Lykken sig, og snart havde han renset alle tre.

„Hosdan i Helvede hænger dette ihob?" udbrød en af Medspillerne misfornøiet og med et ondt skjelende Blik til Hallændingen, da denne strøg de sidste Penge til sig. „Har jeg vundet en Kule, saa er Kortmageren en Skjelm. Jeg mener Fa'en selv staar i Kortene."

„Tror du kanske jeg ikke heller spiller realt?" spurgte Hallændingen truende, og reiste sig i hele sin mægtige Høide.

„Jeg tror ikke andet," svarede den Tiltalte. „Men er det da ikke rent forfæt! Her har jeg siddet med gode Kort

mange Kuler og inte kommet ud. Havde jeg inte' baade Beisen
og Spillet den forrige Gangen!"

"Hækken Beis?" spurgte Hallænbingen.

"Spar=Esset, ved jeg," svarede den Første.

"I Fanden havde du Sparesset!" svarede en anden Med=
spiller, der var noget drukken. Saa du ikke, at Sparesset dat
af ned paa Gulvet og blev saa rent afreld, at det ikke var
nyttendes?"

"Sludder, jeg havde Beisen," sagde Hallænbingen. "I
saa jo jeg havde halv Trumfmarias; jeg sad med Sparbam paa
Haanden, og Kongen laa paa Stokken, saa fik jeg Labola att=
paa, saa maatte vel jeg have udvundet da, skal jeg mene."

"Nei Fa'en saa klore mig, om du havde udvundet," sagde
den Første. "Du havde att tre Streger, havde du. Hosdan
kan du komme ud da?"

"Ryg til Helvede, din Hund!" udbrød Hallænbingen for=
bittret. "Havde jeg tre Streger, Christian?" spurgte han den
tredje af sine Medspillere, som under Ordvexlingen havde siddet
umælende og stirret paa de øvrige med et aandsfraværende, af
Brændevin omtaaget Blik.

"Jagu havde du," for denne op — "Ja Fa'en hugge
den, som det hugser. Men rigtignok var det besynderligt med
han Anders, som havde slig staaendes Kort — som det var
seendes til — at ikke han kom ud. Kanske du kan have spildt
Brændevin over Stregerne dine du, og du har verti af med
dem paa den Maaden?" tilføiede han lumskt. "O Brændevin,
vor Trøstermand, sa'n! Laelaelaelae! Vi bruge dig, imens vi
kan, sa'n! Laelae! Laelae!" vrælede han videre.

"Hold Kjæft, Fyldehund!" raabte Hallænbingen. "Kanske
du troede, du skulde have udvundet den sidste Kulen ogsaa?"
spurgte han foragteligt den første af Spillerne.

"Jagu tænkte-jeg paa det," svarede den Tilspurgte. "Hvem
Djævelen kunde troet, du skulde kaste Ruderesset og holde att
Sparbamme, saa meget Spar som der var udkommet?"

„Det kommer sig af det, at jeg kan spille, ser du," sagde Hallændingen med tirrende Overlegenhed.

„Jeg har Djævelen skrabe mig ogsaa spilt Kort før i Dag, skal jeg lade dig vide, din Næsegris," sagde Kjøreren arrig; „men naar Fa'en er ude, saa er han ude, anti han saa kommer fra Helvede eller Halland!"

„Fanden?" sagde Artilleristen, som havde sat sig hen til dette Selskab. „Fanden? jeg tror ikke det, at han har været ude siden i Fjor. Da hørte jeg, han var ude om Juleaftenen."

„Hvad siger du?" sagde den af Kjørerne, som sidst havde talt, aabenbart meget tilfreds ved at finde en Vending, der kunde bortlede det Uveir, som synligen drog op over Hallændingens Ansigt i Anledning af det Ulvemsord, han havde brugt om ham. „Var han ude om Juleaftenen? Hosdan bar det til det da?"

„Det bar til saa, han reiste nordefter," svarede Artilleristen.

„Men hosdan bar det til han reiste nordefter?" spurgte Plankekjøreren ivrig.

„Ja, naar jeg ikke var saa tør i Halsen," sagde Artilleristen hostende; „men jeg er saa fuld af Krim og Kulde, at jeg mest ikke kan faa op Kjæften."

„Tag dig en Dram, Gutten min! saa blir du nok bra' for Kværsil og Kværke," sagde Plankekjøreren, og skjænkede i af den Halvpot, Hallændingen havde rekvireret til Trøst og Husvalelse for sine ribbede Kortfæller, idet han med bevægelig Røst sang den uforlignelige Driks Pris i følgende Strofe:

> „O søde, klare Brændevin!
> du er min Livsens Mellemfin,
> du er mit Hjertes Fogdrial,
> mit Blæk, min Pen, min Lindrial, — al — al!"

Da han var færdig, rakte han Glasset til Artilleristen. Rørt over saa megen Opmærksomhed, vilde denne ikke være mindre høflig og forsøgte flere Gange paa at reise sig, men da han havde gaaet paa Svir den hele Dag, var Tingen ikke saa grei, og det vilde ikke lykkes, før en hjælpsom Haand kom til.

„Har du Knippa? Du er jo saa stiv i Bagbenene som et Baasnaut,“ sagde Kjøreren; „se, der har du Drammen din, og velmaalt er den; tag saa Mundbidet mellem Tænderne og lad Kjæften trave.“

„Tak som byder,“ sagde Soldaten. „Glædelig Jul lige til Paaske! Skaal!“

„Der skal meget Pepper til at fylde en Mær,“ sagde Plankekjøreren med et Grin, da han saa Artilleristen stikke Halvpæglmaalet ud til Bunds. „Men nu vil vi vide, hosdan det bar til med Fanden.“

„Ja, det skal jeg sige dig oprigtig det; det bar saaledes til, saa det var en Tollerist, som havde faaet Permission og skulde reise hjem til Julehelgen, akkurat som jeg nu, skjønner du. Om Julekveldsmorgnen lagde han afsted. Men da han kom i Lakkegaden og rigtig skulde til at tage paa Veien, saa traf han nogle af Kammeraterne sine. De kunde vide han havde Penge, fordi han skulde i Færdingsveien — og saa skulde de til at drikke Afskedsskaal, og han var ikke den, som sagde Nei til det, for han tog sig gjerne en Taar til Nødtørft. De gik ind til en Høker, og der sad de og drak hele Dagen. Han vilde afsted mange Gange, for han skulde helt til Solør, og han syntes det kunde være paa Tide, om han skulde komme hjem til tredje Dag Jul; men de slap ham ikke, før Klokken var sex, og da havde han ikke igjen flere Penge end tre Mark og nitten Skilling. Han labbede opover; men det gik smaat, for det var kubbet Føre, og han gik og stampede og stabbede i den løse Sneen. Drukken var han ogsaa, maa vide; men endda var han Karl til at holde sig paa Benene, og hosdan det var eller ikke, saa havde han faaet draget sig opover Sinsenbakken. Der kom det kjørende efter ham en svær Mand i Bredslæde med en stor, staut, svart Hest for.

„Hvor ſtal du hen?" ſagde Manden.

„Jeg? Jeg ſtal til Solør jeg, Far."

„Did ſtal jeg ogſaa, og det i Kveld," ſagde Manden.

„Skal du did i Kveld? Du kjører fort du da. Andre bruger et Par Dage, og vel ſaa det, om de har Heſt ſelv."

„Aa ja, men jeg har ſlig en aparte friſk Heſt," ſagde Manden. „Sæt dig i, ſtal du faa fri Skyds og friſt Skyds og."

Jaha, han takkede til og ſatte ſig oppi, og da føg de af Gaarde, ſaa han havde nok med at holde Øinene oppe. De gjorde ikke Veien lang de Karlene. Da det led paa Kvelden, ſaa ſagde denne Manden: „Nu er du ved Hjemmet dit," og da Tolleriſten ſik Øinene rigtig op og ſik ſeet ſig om, ſaa ſaa han det, at det var udenfor Gaarden til Far hans, og han til at takke for Skydſen det bedſte han havde lært; men da de nu ſtulde ſkilles ad, ſaa ſpurgte han:

„Hvor ſtal du hen du da?"

„Aa jeg," ſagde Manden, „jeg ſtal til Grannegaarden her og holde over Ryggen paa en Jente."

„Ja ſaa," ſagde Tolleriſten, „ſtal du det!" Men han tænkte ikke noget ved det han, for han var vel tung i Skallen baade af Fylden og efter Reiſen, men da han kom ind i Stuen, ſlog Klokken ni, og det var med det ſamme de ſkulde ſætte ſig til Bords og tage paa med Julegrøden.

Den andre Dagen fortalte han for friſt Skyds han havde faaet, og ſaa ſagde han det, ſom Manden havde ſagt, da de ſtiltes, om det at han ſkulde til Grannegaarden og holde over Ryggen paa en Jente.

De undredes paa, hvad det kunde være for en Karl, og de tænkte meſt, det kunde været en Støier af disſe Laſtehandlerfuldmagtene eller Fliſefutene, ſom farer over Bygden deroppe. Men mens de funderte paa dette, ſaa kom de i Hug, at der var en Jente, ſom var med Barn paa Grannegaarden, og med det ſamme kom der En og fortalte, at Budeien havde faaet en Unge om Natten; den havde hun aflivet med en Øx og lagt i Grisetrauget. Saa skjønte de hvad for Karl det var, som var reist nordefter. Det var Fanden selv det."

"Fy, det var fælt til Gjerning. Men inte vilde jeg kjørt med ham," sagde den af Kjørerne, som havde været saa ivrig for at faa Soldaten til at fortælle. "Men hosdan fik de Fanden ud igjen?"

"Det ved jeg Fanden ikke," svarede Soldaten. "Jeg har ikke hørt andet, end at han reiste stabent til Helvede igjen, da han var færdig."

"Ja, men han pleier være vrang at faa ud igjen. Mangen Præst raa'r mest inte med ham, naar han hugger sig rigtig fast," vedblev Plankekjøreren.

"Det tror jeg vel," sagde en anden. "Naar det er slig en Skarvepræst som oppi Bygden jeres, saa gjør nok Fanden Fanden det han vil. Nei, real Karl maa det være; han maa inte være foret med Brisk og Baghun og inte fare med Filler og Fanteri, den som skal mane Fanden. Svarteboka maa han skjønne lige saa godt som Katkisma, og vel saa det."

"Det var sandt det, Anders Smedstad-Bakken," sagde Soldaten. "Jeg har hørt om en Præst, som var Karl til det. Det var Røkenpræsten. Morbror min fortalte det, for han var derude paa Brancæs og i Røkenbygden. Det var meget til Mand den Røkenpræsten. Han havde Svarteboka, og han kunde læse i den lige saa godt fremlængs som baglængs, og han kunde løse og binde paa een Gang. Gud bevars for Mand det var baade til at lægge ud og til at mane Fanden. Det var en Gang, mens Morbror min var saaban en Fremstænging, saa var han med ham en Søndagseftermiddag nede paa Tangen hos En, som Fanden drev saadant et forskrækkeligt Spil med — det var nok en Kjøbmand, tror jeg. Der havde været mange, baade Præster og andre, som havde prøvet sig med ham det bedste de kunde, men der var ikke nogen Raad skabt, for Fanden blev værre og værre med hver Dag. Tilsidst saa sendte de Bud efter Røkenpræsten. Det var endda libt ub paa Høsten i den værste Høstbløben. Ja, han kjørte ned til Gullaug i Lier og satte over Drammensfjorden til Tangen en Søndagseftermiddag, og Morbror min var med; men aldrig før var han kommen ind der, før det tog paa at pibe og hvine i hver evige Væggesprunge. Men saa sagde Røken-præsten:

„Det hjælper ikke at du piber, du faar flytte." Han havde ikke sagt det, før Fanden for op igjennem Skorstenspiben som en svart Røg, og det var mangfoldige Mennesker, som saa ham. Saa blev det roligt da, maa vide, og Præsten satte over Vandet igjen og kjørte hjemover. Men da han var kommen et Stykke op i Gullaugkleven, saa blev det mørkt, og allerbedst som de kjørte — han Morbror gik endda udmed — saa ryger Kariolaxelen af paa to Steder, saa Hjulene trillede ned over Kleven.

„Haa, haa, er du slig Karl!" sagde Røkenpræsten, „saa skal du Pine Død ogsaa faa noget at bære paa." — „Sæt dig paa Per og hold dig vel fast," sagde han til Morbror. Da kan det vel hænde det gik. Saa fort er aldrig noget Menneske kommet fra Bakken til Grini; for det sagde Morbror, han gladelig skulde gaa til Things og dø paa, at de for mere bort igjennem Veiret som en Skjækte, end de holdt sig efter Veien. Men naar de holdt sig til Marken en liden Stub, sprutede Sølen og Gnisterne om Ørene paa dem, saa de saa ud værre end Fanden, da de kom frem til Præstegaarden.

„Nu skal du ha' Tak for Skydsen, Gutten min," sagde Røkenpræsten — En kan nok vide, hvem det var han sagde det til — „men gaa nu efter Kariolhjulene mine i Gullaug-kleven og sveis Axelen du brød i Stykker, saa kan vi være kvit for denne Gangen," sagde han, og Morbror min han havde ikke faaet op den ene Sælepinden, før Kariolaxelen var, som da de reiste af Gaarden med den; men det lugtede Svovl baade af Hesten og Kariolen vist over tre Uger efter."

„Men saa var det siden en Gang, han Morbror tjente

14*

paa Huseby i Lier, at Fanden holdt saadant Leven paa Store-
Valle hos han Aage Sandaker, at de næsten ikke kunde faa
Fred for ham hverken Dag eller Nat. For denne Aage Sand-
aker havde solgt Sjælen sin til ham, har jeg hørt; vist er det,
at der ikke fandtes en stemmere Krop paa mange Mil. De
sagde, at Fanden hjalp ham med alting, og hele Bygden laa
han i Krangel med. Men saa var det en Nat, han Morbror
kom kjørende med et Plankelas fra Svangstranden, og da han
kom forbi Store-Valle, hørte han at der var Folk derinde; de
slog i Bordet og var uens. Han holdt og lod Hestene hvile
lidt for Moro Skyld, for han tænkte det altid kunde blive
Slagsmaal; men saa med Et fik han se saa skjellig, at Fan-
den stod med Benene i Tag-Gluggen og bøiede sig ned til
Stuevinduet, og han var saa lang, at han maatte slaa Bugt
paa sig, saa han stod kroget som en Felebue. Men ret som
det var, tog han til at dundre paa Vinduesposten, saa han
Morbror blev rent fælen, for det var akkurat, som Tordenen
skulde skrælde og smælde, og saa slog han paa og kjørte alt
han kunde. Saa var det en anden Gang, de spilte Kort der
og bandte og turnerte. Det gik saa rent galt med de andre,
men Sandakeren vandt den ene Kulen efter den anden og spilte
dem mest til Fant. Ret som det var, faldt der et Kort paa
Gulvet for en af dem, og han bøiede sig ned og skulde tage
det op; men saa fik han se, at Fanden sad under Bordet og
hjalp Sandakeren, og Labben havde han slaaet om Bordfoden.
Saa sendte de Bud efter Røkenpræsten, og han kom strax, for
han var ikke længe om at komme afsted, naar han skulde mane.
Han tændte to Kirkelys og satte dem paa Bordet. Saasnart
han havde begyndt at læse op, slap Fanden Bordfoden og
kastede Kortlegen efter Præsten, saa arg var han.

„Tænker du at faa mig ud, Christian Svartsærk?" sagde
Fanden. „Du er en Tyveknægt, for du har stjaalet et Traad-
nøste og en Brødskalk!"

„Traadnøstet tog jeg for at bøde min Brok, og Brødstalken for at stille min Hunger," svarede Præsten, og manede igjen. Men Fanden vilde ikke ud. Da tog Præsten til at mane og mane, saa det begyndte at brage og knage i Fanden, for det brød ham for haardt.

„Faar jeg Lov at gaa igjennem Piben?" sagde Fanden.

„Nei," svarede Præsten, for havde han faaet Lov til det, havde han revet Taget med sig, kanske da.

„Faar jeg Lov til at gaa igjennem Nøglehullet da?" sagde Fanden igjen.

„Nei, her skal du ud, min Mand!" sagde Præsten, og borede et lidet Hul paa Vinduesblyet med en Stoppenaal. Og der maatte han ud, enten han peb eller saat, men ud maatte han.

Saa var det stilt en Stund. Men mod den Tid at han Aage skulde til at dø, begyndte Fanden at grassere igjen i Lier, og det baade paa Store=Valle og andensteds. Paa den Tid var der en Jente i en Plads under Linnæs, som havde faaet en Løsunge. En Søndagsaften som hun stod paa Vi= gerbroen og kvpte og glante ned i Vandet, kom han til hende som en stor, sort Hund og slikkede hende paa Haanden, og med det samme kastede hun Ungen til Elvs. Og paa Store=Valle blev han rent desperat, og det var nu ikke at undres over, for han gik der og ventede det ene Aaret efter det andet, paa at han Aage skulde slukne; men Aage levede lige fuldt han, og tilsidst troede Folk mest, at han havde snydt Fanden ogsaa. Ja, det var mykje til Karl den Aage, men en styggere Mand kunde ingen se. Nu ja, de vidste ingen anden Raad da end at sende Bud efter Røkenpræsten igjen. Da han vel var kom= men ind og havde sagt „God Kveld," saa skulde han sætte sig ned paa en Stol. Men i det samme kom der En og nappede Stolen undaf ham, saa hele Præsten dat i Gulvet.

„Kom med en tom Brændevinsbuttel, Mor," sagde Præ= sten — da var han bleven sindt —, og da han havde faaet den, tog han til at mane og mane, saa det ordentlig trak i alle dem, som i Stuen var. Og allerbedst som det var, kom Fanden ind igjennem Nøglehullet, og saa krøb han og peb og vispede han med Rumpen som en Hund bortover Gulvet til Røkenpræsten, og ned i Brændevinsbuttelen maatte han. Da han vel var kommen nedi der, slog Præsten en Kork i, og saa sagde han:

„Nu skal du Fanden gale mig være min Gris."

Siden den Tid fornam de ikke noget til Fanden paa Store= Valle." —

„Det var Sugg til Præst!" udbrød en af Kjørerne.

„Ja, men Akerspræsten han var bedre ligevel," sagde en anden, „for Fanden blev saa ræd, da han fik se ham, at han tog Traavet med det samme. Det var ikke langt undaf det hændte, skal jeg tro; der han holder Næven sin denne Hal= landsbonden, staar der fire Mærker i Bordskiven efter Kløerne hans."

„Hvad er det du siger?" spurgte Soldaten ivrig, og glo= ede paa Bordskiven. „Har Fanden været her? det har jeg aldrig hørt; men du faar fortælle os det, siden vi snakker om ham ligevel."

„Kan saa," sagde Kjøreren; „Husens Folk er jo gaaet ud; for En skal ikke tale om Toug og Strikke i hængt Mands Hus, siger de for et gammelt Ord. Det bar til slig da, at der sad nogle Kjørere her og spilte Kort og tog sig en Halv= pægl iblandt, naar de kunde trøte det, og vel saa det kanske. Enten Manden var med eller ikke, det ved jeg ikke; men jeg tror nok, han gik af og til mellem Brændevinsskabet og Kort= legen. Men saa kom der ind En med Lovvaatter paa; først sad han og saa paa dem, og saa saa han i Kortene. Siden slog han et Slag med dem, og drak med dem gjorde han og= saa; men hvad han tog i, eller hvad han gjorde, saa havde han Lovvaatter paa. Saa skulde Karlene have sig lidt Mad i Strotten, for det havde nu gaaet mest paa Brændevinet før.

„Men i Jesu Navn, æder du med Vaatter paa og du da?"

sagde en af dem, for de var ligesom lidt arge paa ham, fordi han havde taget dem saa slemt. I det samme hug Fanden Næven i Bordet, saa Kløerne sad tvers igjennem. Saa stjønte de, hvad det var for en Sugg de var i Lag med, og saa sendte de Bud efter Præsten i Aker; men da han kom, maatte Fanden ud, for han syntes, at Præsten var meget styggere, end han selv var."

„Flyt paa Fingrene dine du, saa vi kan faa se Mærkerne i Skiven," sagde en af de Kjørere, som havde spilt Kort med Hallændingen, og stødte ham haardt paa Armen.

Over dennes Ansigt gik en Vredessky, men han flyttede roligt Haanden.

„Ta'r du bort Mærket og?" sagde Kjøreren, da han intet kunde opdage; „han Anders sagde jo, det stod under Næven." „Haa, haa, faar jeg se paa Kloverne dine?" vedblev han med et infamt Grin og greb efter den ene af Hallændingens Hænder, medens en anden, greben af samme Tanke, tog Lyset og besigede hans Føbber under Bordet. Hallændingen reiste sig voldsomt op og slog med knyttet Næve i Bordskiven, der sprak under det kraftige Slag.

„Ja, du skal faa se Kloverne mine, og I skal faa kjende dem og, I Kjørerkoper," sagde han med hævet Røst, idet han holdt dem sine brede, knoglestærke Hænder under Dine. „Ud paa Dør, I skal ikke være i Hus med Folk, Mærreslaaere som I er!" „Ud siger jeg!" vedblev han, og lukkede Døren op paa vid Gab.

„Tror du vi er ræd dig da, Suggen?" raabte en af dem. „Nei, inte om du havde Klør som herfra til Gjelleraasen. Hei, her er Gut for dig! her er spræk Fant!" vedblev han med et Hop, og knepsede sin Modstander for Næsen.

Hallændingen svarede ikke et Ord, men tog den Næsvise i Nakken og kastede ham hovedkulds ud paa Gaarden. Artilleristen tog Parti med Plankekjørerne og sneg sig i samme Dieblik, som de øvrige faldt over Hallændingen, lumskelig bag paa denne, greb ham i Skuldrene med begge Hænder, satte ham Knæet mod Ryggen med det Forsæt at bøie ham baglænds mod Gulvet, og sagde: „Een om een og to om Fanden." Men da Hallændingen mærkede Knebet, samlede han al sin overordentlige Styrke, flyttede den høire Fod frem, gjorde Ryggen krum, greb ham bagtil fat i Benene og styrtede Artilleristen under et heftigt Ryk af Overkroppen paa Hovedet over sig ud gjennem Døren. De øvrige to greb han en med hver Haand i Struben og kastede dem baglænds ud efter deres Kammerater.

Under dette larmende Optrin aabnedes Kjøkkendøren; Konen i Huset, hendes Datter og et Par andre Fruentimmer kigede ind med frygtblandet Nysgjerrighed.

„Du rydder Stuen du," sagde den Første.

„Jeg nødes til det," svarede Hallændingen. „Naar En ikke faar være i Fred for Klæggen, saa faar En knepse den."

„Ja, jeg skal knepse dig, enten du er Fanden selv eller Mor hans," sagde en af de udkastede Kjørere, idet han fulgt af Artilleristen kom ind gjennem Døren, blodig i Ansigtet, og med en afbrudt Vændestang slog efter Hallændingen. Denne bøiede sig behændigt til Side for Slaget, slog Døren til og vristede sin Angriber hans Vaaben af Haanden.

„Du er nok en Hardhaus, men nu skal vi prøve Skallen din," sagde han, og med det samme tog han ham i Skuldrene og styrtede ham med saadan Vælde mod den tillukkede Dør, at Plankekjøreren med et Brøl for ud gjennem Dørspeilet, som splintredes i mange Stykker.

„Jagu tror jeg det er selve Fanden, for da jeg brød paa ham, var det som jeg brød paa en Badstuvæg," sagde Artilleristen, idet han flygtede ud gjennem Kjøkkenet.

En Tiurleg i Holleia.

(1848.)

Om Myren Granerne vugge
med Morgensusning den skjæggede Gren;
og blaat som fra Ljoreglugge
Dagskjæret falder paa Holmens Sten.
Der sidder Troldfuglen stram og strunk
med brusende Fjær og slaar sin Klunk —
o, løs ikke Skud; du gjør den ei Men!

Jørgen Moe.

Fra Thyristranden gik vi en af de første Dage i Mai — det var længe før Jagtloven udklækkedes — op igjennem Lien for den følgende Morgen at være paa en Tiurleg i Skjærsjøhaugen, som paa disse Kanter havde Ord for at være den sikkreste. Vi vare fire, min Ven Kapteinen, jeg, en gammel Skytter ved Navn Per Sandaker over fra Sognedalen, og en rask Gut, der førte to Kobbel Hunde; naar Legen var endt, skulde vi nemlig gaa paa Harejagt. Nede i Bygden var det fuld Vaar; men da vi kom ind paa Aasen, laa Sneen dyb i Dale og Dækker. Aftenen var endnu ret lun, og Fuglene sang sin Vaarsang i Skoven. I Nærheden af Astsæteren, hvor vi agtede at tilbringe Natten, tog vi op i den for enhver i disse Skove vankende Fugleskytter velbekjendte Skjærsjøhaug, for at høre hvor Fuglene satte sig paa Natkvisten. Da vi naaede derop og fik en fri Udsigt, stod Solen i Nedgangen og kastede sit gyldne Lys ufordunklet op i den tindrende Himmel. Men denne hvælvede sig ikke over et blidt og venligt Landskab: mørke, uendelige Skove og Aaser, kun afbrudte ved islagte Tjærn og store Myrer, strakte sig paa alle Kanter lige hen til Himmelbrynet.

Vi havde ikke været her længe efter Solens Nedgang, før vi hørte en susende Flugt og de stærke, tunge Vingeslag af en Fugl, der slog sig ind.

„Det var ikke nogen gammel Fugl," sagde Kapteinen med Kyndighedens Mine, da han ikke hørte Fuglen give Lyd, efterat den havde sat sig op.

To Fugle kom snart efter denne susende og slog sig ind uden at give Lyd. Men derpaa kom en flyvende med endnu tungere, mere susende Vingeslag, og da den havde sat sig, skar den Næb.

„Den Karlen er ikke født i Fjor. Der er Husbonden paa Legen," sagde Per Sandaker; „bare det ikke er Gamle-Storen selv; men det tror jeg mest."

Der kom endnu tre Fugle, og for hver som slog sig ind, skar den gamle med Næbbet. De to gav ikke Lyd, men den tredje svarede i samme Tone.

„Det var en fremmed Karl," udbrød Per; han kjendte ikke Gamlen; ellers havde han holdt Kjæften sin. Paa Morgenkvisten kommer han til at angre det, for tro mig, Gamlen finder ham nok, og han er ikke Bas at kjeikes med, naar det rette Lunet er paa ham. Jeg har seet, hvorledes han børstede en Kranglefant, som skar til ham paa Legen en Gang før."

Under disse Ord lagde Skyttens aabne, veirbidte Ansigt sig i høist besynderlige, polisk grinende Folder, der syntes at hentyde til en eller anden mystisk Historie. Thi efter den korte Skildring, Kapteinen havde givet mig af ham, da Per Sandaker under vor Vandring en Gang var bleven et Stykke efter, skulde han være stærk i Historier om Troldfugle, Udsendinger og Underjordiske, og gik især i den yderste Detail, naar han fortalte om en eller anden af de atten Bjørne, han i sine Dage havde fældet. Derimod taug han gjerne angaaende det lige saa store Antal, onde Tunger beskyldte ham for at have skudt bort.

„Men hvad er det for en Gammel og Gamle-Stor, du taler om?" spurgte jeg.

„Det skal jeg sige Dem," tog Kapteinen hurtig til Orde, idet vi begav os paa Veien til Sæteren. Rimeligvis frygtede han for, at dette overilede og utidige Spørgsmaal efter mit saa korte Bekjendtskab med Per skulde indgyde ham Mistro og lægge Baand paa hans Tunge. „Det skal jeg sige Dem," svarede han. „Der er en gammel Tiur paa denne Leg, som er bleven et Fabeldyr i den hele Egn. Blandt Skytterne her er den kjendt under Navnet „Brækaren;" thi istedenfor at sidde rolig paa Kvisten og knæppe, flyver den ofte om mellem Træ-toppene, brægende som en Gjed. Først naar denne Manøvre er udført, sætter den sig op for at klunke og sage. Saadant Spil er saa ufornuftigt, at ingen kan komme den paa Skud. Den bruger imidlertid endnu oftere et andet Kneb, som er me-get værre; den sidder rolig og knæpper og slaar sin Klunk, men naar den skal tage paa at sage, flytter den i et andet Træ. Kommer man ved et Slumpetræf til at skyde, bider det ikke paa den. Gamle Per der har skudt paa den baade med Salt og med Sølv, men uagtet Fjærene føg af den, tog den ikke mere Notits af hans sikkre Rifleskud end af en Salut. Næste Morgen spillede den lige raskt og lige falskt."

„En kunde lige saa godt skyde paa en Sten", sagde Per med den fuldeste Overbevisnings afgjørende Betoning. „Jeg kom indpaa ham," vedblev han, „en Gang han holdt Leg paa Flabbergene her borte ved Kloppen, rigtig midt i Veien, som gaar til Skoug; og sad der ikke saa fuldt med Røier om ham, at jeg talte syv Stykker, og flere var der i Skogen, for det snøvlede og pratede bag hver Busk. Og de som var fremme, de rendte rundt omkring ham og strakte Halsen ud, hukede paa sig og gjorde sig saa lækkre; men Fuglen sad paa Flabberget og bristede sig saa kjøn og spansk som en Greve. Ret som det var, satte han Styven op og slog Hjul, vendte paa sig og søpte Vingerne nede ved Benene og hoppede Ende-

til Veirs saa høit som saa —. Ja, jeg vidste ikke det var den
Kallen jeg, ellers havde jeg nok givet ham en Smæld strax,
tor han havde gjort sig haard tankte; men jeg syntes det var
morsomt at se paa. Som han var i den bedste Legen, saa
kom der fygendes en anden Tiur — den var ikke braadt saa
stor — og kastede sig paa Legen. Men da blev der vel Spil!
Gamlen reiste Styven til Veirs, og Skjægget stod ud paa ham
som Tinder i en Hækle, og saa star han med Næbbet, saa
det rigtig grøssede i mig, og den anden han svarede, — han
var ikke mindre Karl, maa vide. Men saa søg Gamlen paa
ham, og da de slog Næbbene og Vingerne sammen, smald det,
saa det bragede i Skogen. Bedst det var, saa hoppede de
høit imod hverandre og hug med Næbbet, og rev med Klø-
erne og slog med Vingerne; og de var saa arge, at de hver-
ken sansede eller samlede, og jeg syntes jeg kunde gjerne gaa
bort og tage dem med Hænderne begge to. Men tilsidst tog
Gamlen rigtig Tag i Luggen paa den andeu, og han slog
den og haandterte den, saa den ordentlig peb, og jeg syntes
mest Synd paa Fuglen, for han leiede den om i Toppen,
trykte den til Marken og havde den under sig, saa han or-
dentlig kom agende ud over Fladberget paa den lige ned for Be-
nene paa mig. Da lagde jeg til Øiet i en Fart. Det smald,
og Fuglen laa død paa Flækken; men Gamlen blev siddende
og lugge den endda, og han løftede ikke paa Vingerne. Ja
saa, tænkte jeg, er du saa stød i Loggen, skal du være min.
Jeg ladede igjen og skulde lægge paa ham, men da ristede
han paa sig og reiste Ende til Veirs; men var han mere end
ti Skridt fra mig, saa lad mig aldrig skyde en Fugl mere
i dette Liv. — En anden Gang var jeg ogsaa heroppe, og
hørte hvor han slog sig ind, ligesom i Kveld. Det var i en
gammel Furu han satte sig paa Kvist. Did gik jeg kvarеste
Natten, før der var Fugl vaagen i Skoven. Men da han
tog til at spille, spilte han realt den Gangen. Han spilte, saa
Furuen ristede, og der manglede hverken Klunk eller Saging,

og ikke flyttede han heller. Da han flog det fjerde Spillet, var jeg indom Hold, — han sad langt nede paa en Kvist indved Furulæggen. Nu skal du være min, tænkte jeg, for jeg havde skaaret op en Sølvtoskilling og lagt for Kuglen. Men jagu tænkte jeg ikke feil. Da det smald, fløi han lige radt, endda Fjæren føg af 'n. Der bider ikke noget paa den Karlen."

„I Morgen skal vi dog prøve at faa den, Per; nu ved vi jo, hvor den sidder?" sagde Kapteinen med halv dulgt Malice i sin Mine.

„Der maatte ikke være Fugl i Skoven, naar En skulde give sig til at gaa efter den," svarede Per, halv vred. „Ja, Gud bevares," tilføiede han med et lidet Anstrøg af Ironi, „vil Kapteinen gaa efter den, saa —, jeg spilder ikke et Korn Krud paa den. For det siger jeg," vedblev han troværdig, „at sligt Spil skal aldrig nogen have hørt. Og slig en Fugl da! Det er det underligste Dyr, En kan se. Han er ikke skabt som en anden ordentlig Tiur; han er mest en halv Gang saa stor, og vel det."

„Ja, du har Ret, det er en gammel Rad, som ikke er et Skud Krudt værd," sagde Kapteinen. „Dens Kjød er vist saa seigt og bestk som den Furukvist, den spiller paa. Imidlertid skulde jeg dog ønske at faa undlivet den for at faa en Ende paa dette Raklespil, hvorved den saa ofte har taget os ved Næsen. Jeg har flere Gange gaaet efter den uden at faa Rede paa Spillet. Jeg har ogsaa et Par Gange skudt paa den, men paa saa langt Hold, at der var liden Rimelighed for Træf. Det er rigtignok en Donalbommert at skyde to Gange paa langt Hold i Tiurskoven, det ved De nok," henvendte han sig til mig, „men den sidste Gangen var der intet andet for; thi jeg hørte den Kanalje Sara-Anders stille efter Fuglen paa samme Tid. Det er virkelig, som Per siger, en underlig Fugl denne gamle Tiur," vedblev han; „men," tilføiede han med et af mig alene bemærket Nik, der antydede hans Forsæt at faa Per Sandater til at rykke ud med flere af sine Historier, „naar vi kommer op i Sæteren, skal jeg fortælle en Tildragelse, jeg har oplevet med en Troldhare, som var endnu besynderligere end vor Tiur.“

Vi kom snart til den øde Sæterhytte, hvorhen Gutten var gaaet med Hundene, da vi tog bort i Haugen. Efter Kapteinens Ordre havde han luftet og gjort op en dygtig Ild paa Skorstenen. Da vi havde skilt os ved Bøsser og Jagttasker, og sat til Livs et godt Aftensmaaltid af Kapteinens fortrinlige Niste, begyndte denne med paatagen Alvor i Tale, Ansigt og Miner at fortælle den belovede Historie om Troldharen.

„Da jeg var Løitnant, laa jeg og exercerede paa Toten en Sommer. Jeg havde Hunde med mig for at jage. En Eftermiddag stod jeg i Kjøkkenet og skulde ud at forsøge Kveldsjagten, da en af Husmændene kom ind.

„Er der meget Hare her, du?“ spurgte jeg.

„Det er endda nok af dem,“ svarede Husmanden. „Oppaa Sukkestadsletten gaar der en gammel Sugg; der har været mange baade Bikkjer og Folk efter den, men den er ikke grei at faa, maavide.“ Og hermed rystede Husmanden betænkelig paa Hovedet.

„Er den ikke grei at faa? Hvad er det for Snak. Der findes vel ikke en ordentlig Hund her? Naar mine Bikkjer faar den paa Benene, tænker jeg nok den skal blive at faa,“ sagde jeg og klappede Hundene, som trak i Koblet og vilde ud.

„Ja saa? Jagu tør det hænde og da,“ sagde Husmanden og grinte vantro.

Jeg gik lige op paa Sukkestadsletten og havde ikke sluppet Hundene, før Haren var paa Benene, og det var Los; men der vilde ikke blive noget ordentligt af; thi den for og stak og stak; Hundene vare ikke i Stand til at faa rigtig Rede paa Foden; men hvert Øieblik var den paa Benene igjen, og saa gik det nok saa bra', til den paa ny stak ind i en Buske. Jeg løb hid og did — der var ikke ondt for Post — og jeg skjød paa den flere Gange, men det blev ikke andet end Bom i Bom. Tilsidst satte den sig for mig ved en Granbuske paa fyrretyve Skridt. Jeg skjød og gik ganske sikker hen og skulde tage den op; men da jeg kom bort til Granbusken, var ingen Hare at se; der laa kun en Stok og en Fille. Dagen efter gjorde jeg Bøssen ren, thi den var uren og fuld af Krudt= slam. Medens jeg var i Færd dermed, kom Husmanden til.

„Hvorledes gik det med Haren, Løtnan?“ spurgte han og satte et polisk Fjæs op.

Jeg fortalte ham Historien.

„Der har været mange efter den, baade Bikkjer og Folk, men den er ikke grei at faa, maavide,“ gjentog han med hem= melighedsfulde Miner. „I gjør ren Bøssen jeres; men det skal ikke hjælpe stort, skal jeg tro; Pus berger sig nok ligevel.“

„Men Guds Død, hvad er der paa Færde med den Hare, bider der ikke Krudt og Bly paa den?“ spurgte jeg.

„Det turde hænde det var saa, som I siger,“ svarede han; „jeg kan nok sige Jer det, at det er en Troldhare den Rusten; men den som var oppe igaar, det var bare Udsen= dingen hans; for selv gaar han altid realt. Men nu skal jeg lære Jer et Raad: tag en Orm — jeg skal finde jer en — og pisk den ind i Bøssepiben og skyd den ud, og prøv saa, om det bider paa med Krud og Bly.“

Dette gjorde jeg; han skaffede mig en levende Orm, som vi truede ind i Bøssepiben; jeg skjød den ud mod Ladevæggen; og mærkeligt nok, der var ikke andet at se af den end en vaad Flæk.

Nogle Dage efter gik jeg op paa Sukkestadmoen. Det var en Morgenstund. Hundene vare næppe slupne, før Ha= ren var paa Benene. Denne Gang var der ikke Støb og Glefs, men det gik i fuld Los, og Haren havde ikke gaaet en halv Time, førend den kom dansende ned over Sletten lige mod mig. Jeg lagde til Kinden og skjød. Den faldt paa Pletten, og det var en stor, gammel Ramler, fuld af Ar og Skrammer; den havde ikke mere end halvandet Øre." —

„Slig en Hare har jeg hørt om ogsaa," sagde Per, der med megen Opmærksomhed havde fulgt Kapteinens Fortælling. „Den holdt til her i Holleia, bortimod Granbu; men de sagde, den var mest kulsort. Der var mange efter den og skjød paa den, men de fik aldrig Raad med den, før denne Fandens Sara=Anders kom borti der. Han skjød den, for han er nu alle Steder, maa tænke. Det var ham, vi saa Slagene efter nedenfor Rausand=Bakken. Det er en stor Skarv, og det er ikke ondt for at se Færdene efter Truerne hans, for han kan aldrig bie som andre Folk, til Fuglen har støet ordentlig Leg."

„Det tror jeg gjerne," sagde Kapteinen og strøg sin Kne= belsbart. „Det er ikke første Gang den Karl gaar i fredlyst Mark. Men sig mig, var det ham, som skjød den Troldhare inde ved Christiania, du en Gang fortalte om?"

„Aa den, ja det er sandt. Nei, det var en Skytter der= indefra, som hedte Brandte=Lars. I kjender ham vist I, som er fra Christian?" sagde han til mig.

Nei, jeg kjendte ham ikke.

„Ja saa, kjender I ikke ham? han bor endda i en liden Hytte under Aasen strax nedenfor Greffen. Jeg traf ham paa Halland en Gang han var paa Jagt med nogle By=Kakser. Det var en rar Skrue, men Kar til at skyde. Paa Haren skjød han mest aldrig Bom, og Fuglen tog han i Flugten, ligesom Kaptein gjør. Men saa var det om den Haren, Kap= teinen mente. Det fortalte han mig og meget til.

„Jeg skulde drive Hundene for gamle Simensen paa Ves= letorvet — og skaffe noget Ferskmad," sagde han. „Det var tre Hunde; den ene hedte Rapp, og det var slig en Hund, at de Underjordiske ikke havde nogen Magt med ham, for han var rød, maavide; de andre to var ogsaa brave Hunde, ja Gud bevares vel. Saa var det en Christi Himmelfartsmorgen, sagde han, jeg var oppe ved Linderudsæter=Røa. Der tog

han Rapp ud, og han kjorte den, saa det hvinede og peb i
Aasen. Jeg tog Post paa en Kullebund der. Da han havde
gaaet en Tur, saa kom Haren lige forbi mig. Jeg skjød, men
det var Bom, og saa gik det afsted i fuld Los. Det varede
ikke længe, saa kom han igjen paa samme Stedet — han var
ganske svart efter Ryggen —, og jeg skjød Bom igjen.

„Men hvordan i Dævelen hænger dette sammen, vil ikke
de andre Hundene slaa til, tænkte jeg ved mig," sagde han,
„for det var bare Rapp som jagede, og det gik i eet Kjør.
Nei, det kan ikke være nogen rigtig Hare. Men jeg vil se
paa ham en Gang til først. Ja, saa kom han tredje Gan=
gen og, og jeg skjød Bom, og begge de andre Hundene var
med, men Hals gav de ikke. Men saa forsynede jeg Svands=
struen og Lobbet," sagde han.

„Hvorledes?" spurgte jeg.

„Du faar fortælle det, Per," sagde Kapteinen. „Ja,
han vilde ikke ud med det i Førstningen," svarede Per, „men
da jeg havde skjænket ham rigtig og givet ham en Rul Tobak,
saa sagde han det."

„Du skal tage Bark af en Flau=Rogn," sagde han, „og
forsyne Svandsstruen med, og saa skal du skrabe tre Sølvsmu=
ler af en Sølvskilling, som er arvet; men det maa være af
de gamle gode Pengene, som har været med ude i Krigen;
saa skal du skrabe tre Fliser af Beslesting=Neglen paa den ven=
stre Haanden, og saa skal du tage tre Bygkorn, men har du
ikke dem, kan du tage tre Brødsmuler, og alt det skal du lægge
for Lobbet, saa blir det Dot, om det saa var selve Fanden
du skjød paa," sagde han. „Det gjorde jeg den Gangen ved
Linderudsæteren," sagde han, „og da han kom den fjerde Gan=
gen, saa maatte han i Bakken, i det samme det smald," sagde
han. „Det var en liden, tør Hund, og han var saa gammel,
at han var mest svart. Ja, jeg tog og hængte ham op efter
Bagbenene i en Kronglebjerk og til at veie ham ud, men Her=
ren forsyne mig," sagde han, „blødede han ikke som en liden

Kvie, og Hundene flaffede og flaffede Blodet i sig nede paa
Bakken. Saa gik jeg med den da, men hvordan jeg gik, gik
jeg galt, og Blodet randt af den; jeg kom frem ved den samme
Kronglebjerken igjen to Gange. Dette var da besynderligt det,
tænkte jeg" — sagde han — "for her skulde jeg mest være
lige saa vel kjendt, som hjemme paa Stuegulvet mit. Men
naar det er galt, saa er det gjerne rent galt. Naa da, jeg
faar lade Bikkjerne finde Veien da, og det gjorde jeg; men
da jeg kom nedover forbi nogle Bergknauser der, saa var hun
Gamlemor ude. Hun stod rigtig foran noget Smaabjerk, op=
ved en liden Bergknat, med Skaut paa Hovedet og Skindtrøie
og svart Stak, og støttede sig paa en Krykkjestok og saa ud
som en Kone oppe fra Landet."

"Du Lars," sagde hun, "du har faaet mange Harer af
mig i Marken her, og jeg har undt dig godt. Derfor kunde
du gjerne ladet Sæterharen min gaa for den han var. Og
havde du ikke havt den røde Rappen din, havde du ikke faaet
den heller!"

"Jeg svarede ikke Ordet jeg," sagde Lars, "men strøg
nedover til Mærremyren og op over til Bamsebraaten. Der
flap jeg Hundene, og Los var det strax; Rapp tog ud, og
jeg stod og lyede en Stund, om de andre skulde slaa til, for
det bar bortover til Linderudsæteren igjen, saa jeg blev ganske
fælen. Jo, saa fik jeg høre Maalet paa dem alle tre, og saa
vidste jeg, det var rigtig Hare. Det var Fanden til lang Tur
han gjorde; men da han kom tilbage, trampede han i Bakken
som en Folunge, og da jeg fik se Ørene paa ham, var han
mest saa stor som en liden Gjedebuk. Den skjød jeg. Saa
gik jeg sørover ned imod Alunsjøen. Der tog de ud igjen,
og saa gik det i skurende Los opover til Linderudsæteren igjen
— for bortom der maatte de nu med ham. Langt om længe
kom de da igjen. Saa skjød jeg den. Da havde jeg tre.
Nu kan det være nok for i Dag, min kjære Lars, sagde jeg"

— sagde han — „og saa gik jeg ned og hængte dem op i Kjælderhalsen til Simen."

„Men Herren forsyne mig blødede ikke den vesle Svarte i tre Dage efter, saa at Kjælderen mest var halv med Blod" — sagde han." —

„Du talte nylig om, at der skal have været en Troldhare her i Holleia; — der gaar ogsaa Sagn om, at der er fuldt af Rigdomme af ædelt Metal i Bjergene her. Det skulde det ikke være ilde at have en Del af, ikke sandt, Per?" sagde Kapteinen, som atter begyndte at lirke for at faa en Fortælling frem.

„Aa, hvad skulde Kapteinen med det," svarede Per og rystede paa Hovedet. „Han har nok, og vel saa det. For en fattig Stakkar kunde det saa være; men tro mig, det er ikke greit at faa Klo i."

„Jeg synes dog det er besynderligt, at du ikke har lagt dig efter at faa noget af det," vedblev Kapteinen.

„Aa, hvorledes skulde det gaaet til?" spurgte Per. „At ligge og grave i Aaserne, saa som han gamle Jon Haugen gjorde al Holleia over, det synes jeg ikke noget om."

„Der gives andre Maader at komme til Rigdom paa," sagde Kapteinen hemmelighedsfuld. „Hvad siger du om at holde sig Godvenner med Bergkjærringerne? Du har min Sandten ikke været saa styg en Karl i din Ungdom du, Per Sandaker! Du kunde nok have gjort Lykke."

„Haa, haa, haa!" lo Per i Skjægget, kjendelig tilfreds med Kapteinens spøgende Yttring om hans fordelagtige Ydre. „Jeg har ikke troet paa sligt, for jeg har aldrig seet hverken Trold eller Hulder."

„Men der boede dog en Bergkjærring borti Holleia her i gamle Dage?" sagde Kapteinen.

„Aa, det er ikke andet end et gammelt Eventyr. Jeg har nok hørt sligt Prat, men jeg tror det ikke," svarede Per.

„Ja, men du ved da vist fuld Beskeb derom, du som

15 *

har færdets her i Marken saa længe? Du faar fortælle hvad
du ved; thi denne Byman er en Nar efter slige Historier."

"Kanste det? Ja, kan det da, men jeg tror ikke det er
sandt," forsikrede Per og begyndte.

"Søndenfor Hollei-Spira — ja, de kalder det nu Holleia
mellem Thyristranden her og Sognedalen" — anførte han til
min Underretning — "er der to Bergnuter, som de kalder Store-
Knuten og Vesle-Knuten; der I sidder, kan I endda se lidt
af høieste Spiraasen bent op for Skoug. Borti der er mang-
foldige gamle Skjærp, og der er saa meget Sølv og Rigdom
i Bergene, at der er ikke nogen Ende paa det, siger de da.
Men det er ikke greit at faa noget af det, for i Knuterne bor
der en gammel Bergkjærring. Hun eier det altsammen og
sidder paa det som en Drage — siger de da. Hun er meget
rigere end Kongsbergkongen, for da de havde brudt saa gruelig
meget Sølv paa Kongsberg en Gang, saa kom Kongen ud i
Gruben og sagde til Folkene:

"Nei, nu kan jeg snart ikke taale jer længer hernede, for
holder I saaledes ved, blir jeg en arm Mand. I ødelægger
mig rent. Nei, flyt til Søster min, Guri Knutan i Holleia;
hun er ti Gange rigere end jeg."

"Guri Knutan blir altsaa en Søster af Egebergkongen,"
bemærkede jeg."

"Egebergkongen? hvad er det for En? Er han fra Christ-
stian kanske?" spurgte Per.

Jeg fortalte ham Sagnet om Egebergkongen og hans
Flytning, og anførte hans Udsagn i 1814, at han vilde flytte
til sin Broder paa Kongsberg, fordi han ikke kunde udholde
den Skydning og Dommenering der var.*)

"Ja, han var saa det da, han var Bror til denne Kjær-
ringen, jeg snakker om," sagde Per trofyldig. "Jeg har og-
saa hørt om En," vedblev han, "som flyttede, fordi han ikke

*) Se ovfr. S. 17.

kunde taale Skydning og Dommenering. Men han var her
fra Marken. Enten det nu var Manden til denne Guri eller
det var en anden en, det ved jeg ikke, men det skulde være en
af dem, som bor i Bergene og eier meget. Det gik saaledes
til, at ved de Tider de tog op Gruber i Skougs-Marken, saa
var der en Kjærring, hun boede borte ved Langesjøbækken, som
gaar midt imellem Sognedalen og Thristranden. Denne Kjær-
ringen hedte Rønnau, og saa kaldte de hende Rønnau Skougen.
Tidlig en Morgen ved St. Hans Dags Tider skyllede hun
Klæder nede i Bækken, og saa fik hun se saa meget Sølvtøi,
baade Tallerkener og Fad og Skeer og Slever og alt det som
til var, og der var saa meget vakkert Kjøkkentøi, og det laa
paa Bunden af Bækken og blinkede og skinnede i Solen un-
der Vandet. Da hun fik se al denne Rigdommen, blev hun
ligesom hun var rent tullet; hun tog til Bens og løb hjem,
for hun vilde hente et Kjørrel og tage det altsammen. Men
da hun kom tilbage, var det væk hver evige Smitt og Smule.
Der var ikke saa meget igjen som en blank Sølvtokilling, og
hun saa ikke andet end klare Vandet, som blinkede og randt
over Stenene. En Stund efter var det, de begyndte at tage
op Kobbergruber i Skougsmarken, og det var slig Støi og
Skydning og Dunder stødt og stændigt, at der ikke var Fred
nogen Tid. Sent en Kveld da havde Rønnau været ved Bæk-
ken. Saa mødte hun en svær Mand paa en stor, svart Hest.
Han fulgte en hel Rad Flytningslæs og drev nogle Flokke
med Sauer og andre Kreaturer.

„God Kveld, Rønnau,“ sagde han, „jeg flytter nu jeg.“

„Ja, jeg ser det, Far, men hvorfor gjør I det da?“
spurgte hun.

„Aa, de holder jo slig Dommenering i disse Gruberne
her, at det brøder i Skallen paa mig. Det kan jeg ikke holde
ud længer, derfor flytter jeg til Bror min i Tinn i Thele-
marken. Men hør du, Rønnau,“ sagde han, „hvorfor vilde
du have hele Kjøkkenstellet mit, den Tid du saa Sølvet i Bæk-

ten? · Havde du nøiet dig med det du kunde baaret i Stakken din, skulde du faaet det."

„Siden den Tid," sagde Per, „har jeg ikke hørt, nogen har seet noget sligt paa disse Kanter, enten det nu er saa de har flyttet, eller de holder sig hjemmeligt. Sligt Fanteri har ikke Magt til at vise sig nu, fordi Folk ikke tror paa det, maavide."

„Der siger du en større Sandhed, end du selv ved, min kjære Per," udbrød Kapteinen. „Folk, der gjælde for visere end baade du og jeg, sige netop det samme. Imidlertid kan du nok endnu komme ud for Trold."

Efter Kapteinens gjentagne Opfordringer vedblev Per at korte os Tiden Natten udover ved Sagn, Eventyr og Beretninger om sine Jagtbedrifter. Af og til gav Kapteinen en Jagthistorie til bedste, der som oftest indeholdt hvasse Hentydninger til en eller anden af Pers bortskudte Bjørne, hvorover denne aldrig undlod at lægge sit besynderlige Grinebideransigt i Helligdagsfolder og klø sig bag Øret. Undertiden blinkede han derhos polisk med det ene Øie og sagde: „Det var til dig det, Per Sandaker, tag det med dig hjem!"

Ved Midnat lagde vi os til Ro foran Ilden paa et Par Bænke og hvilede ud i en kort Slummer. Da vi vaagnede, sagde Per, at det var paa Tide at gaa paa Legen. Ude var det temmelig koldt: der var frosset Skare paa Sneen, saa den knirkede under vore Fodtrin. Himmelen var dog næsten vaarlig klar og mørkeblaa, og nogle hvidlige Skyer, der sagte kom seilende fra Syd, spaaede Nattekulden en snarlig Ende. Maanen stod lavt nede ved Horizonten: istedenfor at lyse for os paa vor natlige Vandring, lagde den kun sit milde Skjær over de fjerne Aaser og Træernes Toppe, men mellem Furesøilerne lagde den denne mystiske Skumring, der forlængede Skyggerne i det Uendelige, fremgjøglede fabelagtige Skikkelser mellem Stammerne og gjorde Skoven saa hemmelig, dyb og rædsom.

Kun Rødkjælken afbrød ved sin milde Ottesang Skov-Ensomhedens Stilhed.

„Der synger den Fuglen, som er først oppe om Morgenen," sagde Per. „Nu varer det ikke længe, før der blir Liv i Skoven; vi faar vist skynde os lidt."

„Det har god Tid, min kjære Per, sagde Kapteinen; Tiuren spiller bedst paa Haugen mellem os og Løndalsmyren, og jeg tror ikke det blir noget med Spillet; det er for koldt."

„Det blir lindere paa Morgensiden," svarede Per paastaaelig; for det er Søndenbrag i Veiret, og jeg tror det blir frisk Spil, ved det det har været saa koldt de forrige Nætterne. Solspillet blir vist rent gildt. Hør bare paa Rugden, hvor frisk hun knorter og trækker. Hun venter godt Veir. Der bræger Myrbukken ogsaa. Det blir godt!" tilføiede han med Overbevisning.

Vi hørte Holtsnæppens eiendommelige Lyd, der ligner den gjentagne Kvækken af en Frø, efterfulgt af en skarp skjærende Hvislen, lig et stærkt Kvidder af Linerlen; vi saa i den ned-gauende Maanes svage Straaler den ene Skygge efter den anden af denne Fugl fare hen over Trætoppene. Vi fornam Myrbukkens eller den enkelte Bekkasins uhyggelige, brægende Lyd, snart nær, snart fjernt, snart høit oppe i Luften, snart over os, og pludselig, som det syntes, lige ved vore Øren, snart paa alle Kanter, uden at vi dog vare i Stand til at faa Øie paa Fuglen. Skræksomt overbød Heirens vilde, gjennemtrængende Skrig de øvrige Fugles, der ved dette syntes at gjennembæves af Rædsel; thi de taug pludselig, hver Gang det løb, og der indtraadte en Stilhed, som gjorde Afbrydelsen dobbelt uhyggelig. Men nu istemte Trælærken med klare, klingende Toner sin Morgensang, der gjennem Nattens Mulm og Mørke mindede om det lyse Dagskjær og dannede en op-livende Modsætning til de natlige Fugles spøgelseagtige Færd og uhyggelige Toner.

„Der ringer Tiurflokken," sagde Kapteinen; „saa kalde

Svensterne denne lille, muntre Fugl; thi naar den stemmer op, tager Tiuren Morgensalmen fat paa Natkvisten. Lad os nu stanse lidt her, vi er ikke langt fra de Fugle, som kom sidst igaar. Ved at gaa nærmere kan vi let komme til at støkke dem."

Da vi havde staaet og lyttet i nogle Minutter, hørte vi en Fugl spille i et Par hundrede Skridts Afstand.

„Jeg tror mest, det er den Karlen, som kom sidst og star Næb," sagde Per. „Jeg skal rigtig undres paa, om han ikke faar Stryg; Gamlen pleier ikke være stutthugsen."

Kapteinen lod mig Valget mellem at gaa paa den Kant, hvor vi hørte Fuglen spille, eller mere nordlig, hvor han antog Ungfuglene sad. Jeg valgte det første. Kapteinen gik nordover. Jeg og Per sneg os frem mod Fuglen og søgte med den yderste Varsomhed at undgaa Sne og bragende Kviste. Da vi hørte Fuglen skjærpe, stansede vi et Oieblik, men sprang under hver følgende Skjærpning eller Sagning, umiddelbart efterat den havde slaaet Klunken, to eller tre Skridt fremad. Under Knæpningen og Klunken stod vi naturligvis ubevægelige. Da vi paa denne Maade havde nærmet os Træet, hvori den sad, paa en Afstand af fyrretyve til femti Skridt, hørte vi en Fugl komme flyvende og med Bulder slaa sig ind i Træet. Lyden af sammenslagne Næb og Vinger forkyndte, at den Gamle havde aflagt det forudsagte Besøg hos den fremmede Medbeiler paa Morgenkvisten. Under Kampen sprang vi nogle Skridt frem, men susende Vingeslag vidnede om en letvunden Seier og den fremmede Fugls Flugt. Nu var det stille lidt; men der kaglede en Røi, og strax begyndte Fuglen at spille: den knæppede og slog Klunk; men da vi løftede Foden for at springe til, løftede den Vingerne og flyttede i et andet Træ, hvor den atter begyndte sit skuffende Spil.

„Det kunde jeg mest vide," sagde Per ærgerlig. „Nu er han ude igjen Gamlen. Det nytter aldrig i Verdens Rige at stille efter ham; En kunde lige saa godt stille efter Sty=

floken. Nei, lad os gaa lidt længer nordpaa; der sidder flere
Fugle, og der er vel kanske en af dem, som tør løfte paa Næb=
bet, endda de er rædde for dette Udæstet, gid Fanden havde
ham!"

„Ved du, hvor denne Gamle pleier spille Solspillet?"
spurgte jeg.

„Ja, det ved jeg vel," svarede Per. „Han spiller det
i en Furu paa en liden Bergknaus nedenunder her i Hytte=
tjærns=Myren; men det er ikke greit at faa Skud paa den
der, for Furuen er saa urimelig høi og lang."

„Did vil vi," sagde jeg; „men siden du tror det er bedre,
kan vi først gaa lidt nordover."

Vi gik et Stykke i den foreslaaede Retning forbi en uhyre
stor Rullesten, som Per kaldte Mjølne=Ragnhild, langs den
søndre Bred af Løndalsmyren. Men vi hørte ikke en Fugl
spille. Per Sandaker undrede sig meget over, hvor de alle
vare blevne af, og kom endelig til den Slutning, at Slags=
maalet havde jaget dem bort eller gjort dem saa rædde, „at de
ikke turde mukke." Det begyndte at lyse af Dagen, da vi hørte
et Knald langt nordpaa Sandtjærnsaasen, hvor Per fortalte
han og Kapteinen pleiede have Bjørn=Aate liggende, og hvor=
fra Manden ikke skulde have langt til sin Sæter og det Sted
i Sognedalen, hvor han boede. En Stund efter hørte vi
atter et Knald, der ligesom det forrige erklæredes for at være
af Kapteinens Bøsse. Medens vi gik ud paa Myren til den
betegnede Furu, hvorhen Per ikke fulgte med synderlig Lyst,
gav han sin Ærgrelse over vor uheldige Jagt frisk Luft, idet
han i afbrudte Sætninger smaasnakkede med sig selv: bare
Krudspilde — nei, nei — Kapteinen det er Karl til Mand
— han har een — kanske to — Sara=Anders var det inte —
den Fillebøssen da — hm, det er anden Smæld i Kaptei=
nens."

„Trøst dig, Per," sagde jeg. „Kanske vi tør faa den,
som er bedre end alle andre Fugle paa Legen."

„J maa kunne rare Kunster J da," sagde Per; „men han er for ful, og han er for haard, skal jeg sige."

Da vi over den frosne Myr vare komne ud paa Berg=knausen, tog jeg i Betragtning af det drøie Hold, hvorpaa Fuglen maatte fældes, hvis den efter vor sandsynlige For=modning slog ned i Furuens Top, Haglene ud af min Bøsse og ladede med en Haglpatron i Staaltraadvire. Per saa paa dette, rystede paa Hovedet og udtrykte sin Mistillid med et:

„Skal tro det hjælper!"

„Faar se," svarede jeg lige saa kort.

Den Knaus, vi befandt os paa, laa i den store Myr som en liden Ø. Paa dens Høide kneisede hin tidtnævnte Furu, et umaadeligt Mastetræ, fuldt af Hakkespæthuller. Mod den østlige Ende af Bergknausen stod en anden, der havde været lige saa vældig; men ludende hældede den sig ud over Myren; Stormene havde brudt dens Top, kun dens nederste, næsten nøgne Grene vare tilbage, og som muskelknubbrede Kjæm=pearme raktes de ud mod den sølvklare Morgenhimmel. Solen begyndte at hæve sig; den gyldede Aasryggene og lagde efter=haanden sin Glans ud over de mørke Granlier. Men endnu laa Stjærsjømyren, der i sydlig Retning strakte sig saa langt ud for Øiet, at det blaanede i Skoven ved dens fjerne Bred, i dyb Skygge. Rugden, Myrbukken og alle Nattens Fugle vare gaaede til Ro; men Skovens muntre Sangere fyldte den klare Morgenstund med jublende Toner: Gransangeren lod sit monotone Klapperværk gaa; Bogfinker, Fuglekonger og Gjærde=smutter trillede i høien Sky; Aarhaner skjændtes og buldrede høit; Maaltrosten udsendte af fuld Hals Spottevifer og Smæ=deord mod alle, men faldt dog undertiden over i det Følsomme og kviddrede sagte og undselig nogle kjælne Strofer. Paa den anden Side Myren spilte en Tiur paa Top. Røierne gjorde sig elskværdige, kaglede og snøvlede sine hæse Næselyd, der fra Sang=fuglenes Stade maatte tage sig ud, som naar vore Oldemødre vilde begynde at tolke os Elskov og ungdommelige Pigefølelser.

Imens stode vi skjulte i et tæt Enerkrat paa den lille Bergknaus og ventede Fuglen hvert Øieblik; men den Gamle dvælede længe i sit Harem. Endelig da Solstraalerne gyllede i Furutoppen, kom den susende paa tunge Vingeslag og kastede sig, ikke som vi havde ventet, i det høie Træ over os, men i den topløse Furu, der ludede ud over Myren. Det var i Sandhed en prægtig Fugl, en stolt Kjæmpe, saaledes som den sad der paa den nøgne Gren mod Himlen med sit skinnende, gjenstraalende, lysgrønne Bryst i Solens Glans. En Røi kom efter og kastede sig ned i Toppen over vore Hoveder. I samme Øieblik slog Fuglen til Spil, reiste Hageskjægget, slæbte Vingerne ned paa Fødderne, gjorde under bølgeformede Bevægelser med Halsen gravitetisk nogle Skridt frem paa Grenen, og begyndte at spille, hvorunder den slog Halen op som et vældigt Hjul. Jeg stod med Fingeren paa Hanen og ventede spændt det afgjørende Øieblik, da den skulde udbrede sine Vinger til Flugt, for paa den store Flade, som derved frembød sig, paa et langt Hold at kunne gjøre et saa meget sikrere Skud. Men under Røiens fortsatte Kaglen spilte den Spillet til Ende og havde alt slaaet Klunken i det andet, da en Kvist knækkedes under min Fod. Røien udstødte en skarp, varslende Lyd; dog nu var den Gamle kommen i saadan Hede, at den ikke ænsede det velmente Raad, men blev ved at skjærpe, indtil den tro Elskerinde lettede, fløi lige imod den og syntes at ville støde den ned af Grenen. Vakt ved det varslende Vingeslag, lettede den Gamle sig til Flugt. Men min Bøsse var hævet, og den mægtige Fugl styrtede hovedkulds ned paa Myren. Dødskampen var let; den flagsede kun et Par Gange med Vingerne.

Per sprang til og tog Fuglen op, og der gik en Forbauselsens Skygning over hans Ansigt, som dog snart afløstes af et fornøiet, beundrende Grin. Han rystede paa Hovedet og sagde:

„Neigu havde jeg ikke troet det, om saa Kaptein selv

havde sagt det; for dette er den rette. Jeg kjender ham paa
Næbbet: saa gult og krumt og digert et Næb har ingen an-
den Tiur i Marken. Se, hvor grøn han er i Brystet; det
skinner mest af ham. Og saa tung og svær han er!" vedblev
Per, idet han under næsten barnagtige Glædesudbrud veiede
Fuglen i Haanden. „Jeg tror ikke jeg lyver stort, naar jeg
siger han veier tredive Mærker. Det var Skud! Nei, Kap-
teinen han vil da blive glad! Ho, ho, herover!" skreg han,
saa det rungende gjentoges af Aasernes Ekko. Kapteinen viste
sig snart paa Myren, fulgt af Gutten, som var stødt til ham
med Hundene. De bar hver en Tiur. Per løftede triumfe-
rende vort Bytte i Veiret og raabte paa langt Hold:

„Det er Gamle-Suggen, Kaptein!"

„Hvad siger du, Karl?" raabte denne, og kom med ilende
Skridt. „Er det den Gamle? Det er et ordentligt Stykke
Arbeide, som fortjener en Dotsup. Vivant alle Fugle-Repu-
blikker, Pereant Suverænerne!" udraabte han, da han havde
faaet Flasken og Sølvstøbet frem af Jagttasken, og drak os til.

„Var det ikke det jeg sagde, at han blev glad Kapteinen?"
sagde Per grinende og smaaleende, idet han blinkede med Øi-
nene og tog sig en eftertrykkelig Taar af Bægeret, der raktes
ham. „Nu blir der anden Moro paa Legen, siden vi er kvit
den Helvedesbrand."

Da vi havde udvexlet Beretningerne om vore Hændelser,
bleve Hundene slupne. Jagtskriget fyldte Skoven. Der var
strax Fod, og inden kort gik det afsted i fuld, skurende Los.
Ekko gjentog Glammet mangedobbelt mellem Aaserne, og Hjertet
svulmede af Lyst ved Lyden af den klingende Jagt i den sol-
blanke Morgenstund.

En Signekjærring.

(1848.)

Et Stykke fra Bygdeveien i en af de mellemste Egne af Gud-
brandsdalen laa der for nogle Aar siden en Hytte paa en Haug.
— Kanske den ligger der endnu. Det var et mildt Aprilveir
udenfor: Sneen smeltede; Bække brusede ned igjennem alle
Lier, Marken begyndte at blive bar; Trosterne skjændtes i Sko-
ven; alle Lunde vare fulde af Fuglekvidder, kort det tegnede
til en tidlig Vaar. I den vældige Birk og de høie Rogne-
træer, der med sine nøgne Grene strittede ud over Hyttens Tag
i det tindrende Solskin, vimsede nogle travle Meiser, medens
en Bogfinke sad i Birkens Top og sang af fuldt Bryst. Inde
i den røgfulde Spærrestue var det uhyggeligt og stummelt. En
middelaldrende Bondekone af et meget almindeligt og indskrænket
Udseende var i Færd med at puste Ild i nogle Grene og raa
Træstykker, hun havde lagt under Kaffegryden paa den lave
Skorsten. Da dette omsider var lykkets, reiste hun sig, gned
Røg og Aske ud af sine angrebne Øine og tog saaledes til
Orde:

„Folk siger det nytter ikke med denne Støbningen, for Bar-
net har ikke Svek, siger de, men det er en Bytting; der var
en Skindfeldmager her om Dagen og han sagde det samme,
for da han var liden, havde han seet en Bytting ude i Rin-
gebu, og den var saa blød i Kroppen og saa ledeløs som
denne.“

Medens hun talte, havde hendes enfoldige Ansigt et Ud-
tryk af Bekymring, der vidnede om, hvilken Anklang Skind-
feldmagerens Udsagn havde fundet i hendes overtroiske Sind.

Den hun henvendte sin Tale til, var et sværlemmet Fru-
entimmer, der syntes at nærme sig de sexti. Hun var usæd-
vanlig høi af Væxt; men medens hun sad, syntes hun kun
liden, og denne Egenhed havde hun at takke for, at man til
hendes Navn, Gubjør, havde føiet Øgenavnet Langelaar. I
det Taterfølge, hun havde flakket om med, førte hun andre
Navne. Graa Haar stak frem, under Skautet, der omgav et
mørkt Ansigt med buskede Bryn og en lang ved Roden bukket
Næse. Det oprindelig Indskrænkede, som antydedes ved en
lav Pande og ved Ansigtets Bredde over Kindbenene, stod i
Modsætning til det umiskjendelige Udtryk af List i hendes smaa,
spillende Øine og til den inkarnerede Bondefulhed, der udprægede
sig i Rynker og Muskelspil. Hendes Klædning betegnede hende
som Udvandrer fra et nordligere Bygdelag; hendes Ansigt og hele
Fremtræden antydede Signekjærringen, eller i det mindste den
omstreifende, efter Omstændighederne snart frække og uforskam-
mede, snart ydmyge og smiskende Fantekjærring. Mens Hus-
manskonen talte og syslede med Kaffegrybden, holdt Gubjør en
Hængevugge, hvori der laa et Barn af sygeligt Udseende, i
Bevægelse ved af og til at give den et Stød med Haanden.
Med Ro og Overlegenhed besvarede hun Husmandskonens Ord,
endskjønt hendes funklende Øine og de dirrende Muskler om
Munden viste, at hun ingenlunde var tilfreds med Skindfeld-
magerens Forklaring. „Folk," sagde hun, „de snakker saa me-
get om det de ikke skjønner, min kjære Marit Rognehaugen,
de snakker baade i Veir og Vind; og Skindfeldmageren skjøn-
ner kan hænde vel paa Sauskind; men paa Svek og Byttin-
ger skjønner han ikke — det siger jeg, og det skal jeg staa
ved og. Jeg skal tro, jeg skjønner mig paa Byttinger, for
jeg har seet nok af dem. Den Byttingen han snakkede om,
det var vel den til hende Brit Briskebraaten paa Fron, for hun
mindes jeg havde en Bytting, og det var vel den, Skindfeld-
mageren udenfra der talte om, kan jeg tro. Hun fik den strax
hun var bleven gift, for først havde hun et lækkert Barn;

men det blev byttet om med en Troldunge saa arg og æd=
brende vild som selve Fanden. Aldrig vilde den mæle et Ord,
men bare æbe og skrige. Ikke havde hun Hjerte til at dænge
den eller fare ilde med Ungen heller; men hvordan det var
eller ikke, saa havde be lært hende til at gjøre nogle Kokkle-
menter og Kokkeras, saa de fik den til at snakke, og da stjønte
hun rigtig, hvad for Karl han var. Saa sagde hun til ham,
at Jutulen skulde flytte ham til Helvedes, kaldte ham en Hel-
vedesbrand og en Troldunge, bad ham reise did han var kom=
men fra, og til at baske ham om Ørene med Sopelimen, og
det dugeligt. Men da hun det gjorde, blev Døren slaaet op
paa vid Bæg, min Mor, og der kom En ind gjennem den —
endda hun ikke saa nogen, — nei bevares — og rev Byttingen
bort og kastede Barnet hendes eget ind paa Gulvet saa haardt,
at det tog til at græbe. — Eller kanske det var den til hende
Siri Strømhugget? Den var som en gammel, vindtør Kall;
kanske den var løs i Ledene, men den lignede ikke Barnet dit
mere end den gamle Luen min. Jeg kommer den godt i Hug;
det var den Tid jeg tjente hos Klokkeren ligesom en Dag til
Dugurds, da saa jeg den mere end een Gang, og jeg kom=
mer vel i Hug, hvorledes hun fik den, og hvorledes hun blev
kvit den ogsaa. Der var Snak nok om det den Tid; for
denne Siri var kommen her af Bygden. Da hun var ung,
tjente hun paa Kvam, og jeg hugser hende godt, da hun var
hjemme i Gaupeskjelpladsen hos Forældrene sine. Siden kom
hun ud i Strømhugget og blev gift med Ola, Sønnen der.
Da hun saa laa paa Barnseng første Gangen, kom der ind i
Stuen en Fremmedkjærring og tog Barnet — for nylig før
havde hun barslet — og lagde et andet istedenfor det. Siri
vilde op og have att Barnet sit, og hun kavede alt det hun
orkede; men hun kunde ikke komme af Flækken, for hun var
magtstjaalen. Hun vilde skrige paa Moster sin, som var uden=
for; men hun kunde ikke faa op Munden, og saa angst var
hun, hun kunde ikke været mere angst, om de havde staaet

over hende med Kniven. Ungen hun havde faaet igjen, var
en Bytting, det var greit at skjønne, for den var ikke som
andre Barn, den bare skreg og laat, som der sad en Kniv i
den, og den hvæsede og slog om sig som en Huldrekat og var
argere end Arvesynden. Aad gjorde den støbt. Moderen vidste
ikke sin arme Raad for at blive kvit den; men saa fik hun
opspurgt en Kjærring, som vidste det bedre, skal jeg tro; for
hun sagde, at hun skulde tage Ungen og lægge ham paa Søple-
dyngen og piske ham med et bugeligt Birkeris, og det skulde
hun gjøre tre Torsdagskvelder i Rad. Ja, hun gjorde saa,
og den tredje Torsdagskvelden kom der flyvende en Kjærring
over Laavetaget, og den Kjærringen kastede en Unge paa Flise-
dyngen og tog sin egen igjen. Men med det samme slog hun
Siri over Fingrene, saa hun har Mærke af det endnu, og det
Mærket har jeg seet med mine egne Øine," tilføiede Gubjør
til yderligere Bekræftelse paa sin Fortælling. „Nei, dette Bar-
net her er ikke mere en Bytting, end jeg er Bytting, og hvor-
ledes skulde det have baaret til, at de skulde faaet byttet det
om?" spurgte hun.

„Nei, det kan jeg ikke skjønne heller," sagde Husmands-
konen trostkyldig; „for jeg har jo havt Bævergjæl i Buggen,
— jeg har fyret over ham, og jeg har korset ham, og jeg
har sat en Sølje i Skjorten hans, og Kniv har der staaet
over Døren, saa jeg ved ikke, hvorledes de skulde have faaet
byttet ham om."

„Jøs, de har ingen Magt da, nei korse mig da! jeg ved
nok endda Besked om det," tog Signekjærringen til Orde igjen:
„for ude paa Bygderne ved Christiansbyen der kjendte jeg en
Kone. Hun havde et Barn, og det var hun saa syten for,
hun korsede og fyrede over det, det bedste hun havde lært,
baade med Bævergjæl og andet, for der var nok meget Trold-
skab og Fandenstøi — Gud bevare min Mund ligevel — paa
den Bygden; men saa var det en Nat, hun laa med Barnet
fremmenfor sig i Sengen, og Manden han laa ved Væggen.

Ret som de laa, saa vaagnede han, og da fik han se, at der
blev saadant et rødt Lysskin i Stuen, rigtig som naar En
sætter sig til at rage i Gløderne med Ildragen. Ja, der var
En, som ragede i Gløderne ogsaa; for da Manden i Stuen
saa did, saa sad der en gammel Mand bortved Ovnen og
ragede i Gløderne, og han var saa fæl, at det ikke var nogen
Maade paa det, og et langt Skjæg havde han. Da det var
bleven rigtigt lyst, begyndte han at række og række med Armene
efter Barnet, men han kunde ikke komme fra Krakken, der han
sad. Armene de blev saa lange, ja saa lange, at de naaede
midt ud i Stuen; men fra Ovnen kom han ikke, og Barnet
kunde han ikke naa. Saaledes sad han en lang Stund, og
Manden blev ganske fælen, der han laa, og han vidste ikke
hvad han skulde gjøre. Saa hørte han det puslede borte ved
Vinduet.

„Per, kom nu da!" sagde det.

„Aa, hold din stidne Kjæft!" sagde Manden, som sad
ved Ovnen, „der er jo tomlet for Ungen, jeg kan inte faa
den."

„Saa kan du komme att da, ved jeg!" sagde det udenfor.
Det var Kjærringen, som stod der og skulde tage imod den.

„Nei, se paa denne lækkre Beslegutten her!" sagde Signe-
kjærringen smiskende og tog det vaagnende Barn, som strittende
modsatte sig den fremmede Kones Kjærtegn og drog paa Gjeben
ad hendes søbtladende, væmmelige Miner; „han er saa hviolet
og klar som en Engel; han er lidt bløb i Ledene sine — det
er han — men naar de siger han er en Bytting, saa lyver
de paa ham, jagu gjør de det, ja! Nei Mor, det er Svek,"
sagde hun med Overbevisningens Betoning og vendte sig til
Moderen; „det er Svek!"

„Hys, hys! jeg synes det banker i Væggen. Aa, Gud
trøste mig, er han Truls kommen att!" sagde Kjærringen paa
Rognehaugen, forskrækket over at overrastes af Manden i Kaffe-
slabberas med Signekjærringen. Hun sprang hen, aabnede

Norske Huldre-Eventyr.   16

Døren og saa ud; men der var ingen anden end en bro-
get Kat, som sad paa Trappen og pudsede sine vaade Fød-
der efter en Foraarsjagt i Orekrattet. Truls var det ikke; men
udenfor i Solvæggen sad en Grønspæt og hug og bankede for
at vække de døsige Insekter af Vinterdvalen. Hvert Øieblik
dreiede den paa Hovedet, som om den saa efter nogen, men
det var ikke andet end en Aprilshur den ventede.

„Er der nogen?" spurgte Signekjærringen. „Nu ja saa,"
vedblev hun, da det benægtedes, „saa lad Døren staa, saa
faar vi lidt godt af Solen, og saa ser vi Manden, naar han
kommer, for han er vel paa denne Siden."

„Han for med Stikjælken efter et Løvlæs til Gjederne,"
svarede Husmandskonen. „Men jeg er saa ræd han skal komme
paa os. Sidst fik han spurgt du havde været her, og han
var saa gal, at det ikke var Maade paa det, og saa sagde
han, at jeg skulde faa nogle Stillinger at gaa til Dokteren
med; han vilde ikke vide af sligt Jaaleri og overnaturlig Ku-
rering, for han er saa vel lært; han tror ikke paa sligt, siden
han gik omkring paa Bygden med han Johannes Skolemester."

„Til Dokteren? Tvi!" sagde Signekjærringen og spyttede.
„Jo, det skulde vel nogen byde til at komme til den Biksen
med Armoden. Kommer En ikke med Guld og dyre Gaver,"
fortsatte hun knotende, „saa hugger og biber han, som det var
Bikkjer og ikke Folk. Hvorledes var det, da Gjertrud Koste-
bakken laa med Døden i Halsen og havde Barneondt paa det
tredje Døgnet, mener du? Neigu vilde han ikke ud til en
Fantekjærring, for han var i Julegjæstebud hos Skriveren, og
ikke reiste han heller, før de truede ham baade med Bisp og
med Amtmand. Han kunde gjerne have ladet det blive ogsaa,
for da han kom paa Traakken, var Kjærringen død. Nei,
gaa til Dokteren for sligt et Barn, som har Svek, det skulde
vel Fanden. Ja, Gud bevares, du maa gjerne gaa for mig,"
sagde hun spodsk. „Men kan han hjælpe mere end som saa
—, saa lad mig aldrig skaffe nogen til Helsen sin i dette Liv.

De kan ikke med Svek, for der staar ikke om den i Bøgerne; de ved ikke Hjælperaad for den Sygen; og det skjønner de selv ogsaa, derfor gir de hverken Pulver eller onde Drikke og sligt Fandenskab for den. Nei, der er ikke anden Raad end at støbe, men de kan ikke med det."

„Sæt saa paa Støbesteen, Mor min," begyndte hun i en anden Dur, „for det lider til Høgstdags. Har vi støbt to Gange, saa faar vi støbe den tredje med, ellers kunde det blive galt paa Færde. Barnet har Svek, men der er ni Slags Svek i Verden. Ja, ja, det har jeg sagt dig, og du saa jo det, at han havde været ude baade for Troldsvek og Vassvek; for den første Torsdagen saa blev det en Mand med to store Horn og en lang Rumpe. Det var Troldsvek. Sidst saa blev det en Havfrue. Ja, du saa den jo saa tjelligt, som den var skildret. Det var Vassveken. Men nu er det Tors-dag igjen, og nu spørges det hvad det blir, naar vi støber nu. Det er den tredje Gangen det kommer an paa, maavide. Der har du Barnet," sagde hun, og rakte det til Konen. „Lad mig nu faa i mig denne Kaffedraaben, saa skal jeg til."

Da Kaffeen var drukket, og den klinkede Spølkum bortsat med „Tak og Ære," gik hun betænksomt hen til Storstenen og tog frem et Snushorn.

„Siden sidst Torsdag," sagde hun, „har jeg været i syv Kirkesogn og skrabet Vinduesbly af Kirkevinduerne ved Natte-leite; for det blev forbi med Kirkeblyet den Gangen. Det kan lede paa baade Sjæl og Krop," mumlede hun hen for sig, medens hun af Snushornet rystede ud i Støbesteen noget af det efter Sigende saa møisomt indsamlede Bly.

„Du har vel hentet nordenrindendes Vand Høgstnattes?" spurgte hun videre.

„Ja, jeg var ved Kværnebækken i Gaarnat; det er det eneste Vand, som er nordenrindendes paa lang Lei," svarede Husmandskonen og tog frem et veltillukket Spand, hvoraf hun hældte Vandet i en Ølbolle. Over denne blev lagt en Byg=

16*

brødlev, som der med en Stoppenaal var boret Hul i. Da
Blyet var smeltet, gik Gubjør hen i Døren, saa op paa So=
len, tog derpaa Støbeskeen og hældte det smeltede Bly gjennem
Hullet langsomt ned i Vandet, medens hun mumlede nogle
Ord derover, som syntes at lyde saaledes:

„Jeg maner for Svig og jeg maner for Svek;
jeg maner den bort, og jeg maner den væk;
jeg maner den ud, og jeg maner den ind;
jeg maner i Veir og jeg maner i Vind;
jeg maner i Syd, og jeg maner i Øst;
jeg maner i Nord, og jeg maner i Vest;
jeg maner i Jord, og jeg maner i Vand;
jeg maner i Bjerg, og jeg maner i Sand;
jeg maner den ned i en Olderrod;
jeg maner den ind i en Folefod;
jeg maner den ind i Helvedes Brand;
jeg maner i nordenrindendes Vand;
der skal den æde, og der skal den tære;
til Meen for Barnet skal den inte være."

Som naturligt kunde være, sydede og sprutede det glø=
bende Bly, da det kom i Vandet.

„Hør paa Troldskaben du, nu maa den ud," sagde Signe=
kjærringen til den anden, der med frygtblandet Andagt stod
og lyttede og saa til med Barnet paa sine Arme. Da Brød=
leven blev taget bort, viste der sig i Vandet et Par Figurer;
dannede af det smeltede Bly. Signekjærringen betragtede dem
længe, grundende med Hovedet paa Skakke; derpaa gjorde hun
et Nik og sagde:

„Ligsvek, Ligsvek! — først Troldsvek, saa Vadsvek, saa
Ligsvek. En af dem kunde været nok!" lagde hun til og ry=
stede paa Hovedet. „Ja, nu ser jeg, hvorledes det er gaaet
til," vedblev hun høit og vendte sig til Konen i Huset: „Først
har I reist gjennem en Skov og forbi et Berg, mens Trol=

bene var løse; der sagde du Jesu Navn. Saa kom I over et Vand; der sagde du ogsaa Jesu Navn over Barnet; men da du kom forbi Kirkegaarden, var det før Hanegal, saa glemte du det, og der fangede Barnet Ligsvek."

I Jesu Navn, hvor kan du vide det?" udbrød Husmands‑konen med forbausede Miner. "Det er sandt hvert evige Ord du siger. Da vi reiste hjem fra Sæteren, kom vi saa sent ud, for der var kommet nogle Sauer fra os, og Mørket kom alt paa, da vi var i Hjemsæterlien, og en Gang syntes jeg, jeg saa et Lysskin borte i Skoven, og jeg hørte ligesom en Port gik op i Besætnabben — der siger de nu der skal være Bergfolk — „Jesu Navn da," sagde jeg i det samme over Barnet. Den Tid vi satte over Elven, hørte jeg et Skrig saa fælt at — „Jesu Navn da," sagde jeg over Barnet — men de andre sagde det bare var Lommen, som skreg mod ondt Veir."

„Ja, det var nok det, om det bare var Lommen," sagde Signekjærringen; „naar den baarer et Spædbarn, saa faar det Svek."

„Det har jeg ogsaa hørt; jeg troede nu, det var det som værre var, den Gang," vedblev den anden. „Men da vi kom forbi Kirkegaarden, var det over Høgstnat, der slog Studen sig rent gal for os, og Bølingen til Folkene paa Gaarden var ikke ligere, og der blev saadant Styr med Kreaturene, at jeg ikke sansede at signe Barnet."

„Der har han fanget det, Mor, for det er Ligsvek fra Kirkegaarden. Se selv i Bollen her: der staar en Ligkiste, og der staar et Kirketaarn, og i Kisten ligger der et Lig og spriker i Fingrene," sagde Signekjærringen med Salvelse, idet hun fortolkede disse mystiske, af det smeltede Bly dannede Figurer.

„Hm, hm, hm, der er een Raad!" mumlede hun igjen, dog høit nok til at det kunde høres af den anden.

„Hvad er det for en Raad?" spurgte denne glad og nys‑gjerrig tillige.

„Der er een Raad, — det leder paa, men det faar til," sagde Signekjærringen. „Jeg skal gjøre sammen et Svøbebarn, og det skal jeg grave ned paa Kirkegaarden, saa tror de Døde, de har faaet Barnet til sig, og Gud hjælpe mig om de skjønner andet! Men der spørges efter Arvesølv. Har du Arvesølv?"

„Ja, jeg har et Par gamle Sølvmarker, jeg fik i Fadbergave; jeg har ikke nænnet røre dem før, men naar det gjælder Liv, saa —" sagde Konen, og gav sig strax i Færd med at søge i Lædbikken paa en gammel Kiste.

„Ja, ja, den ene skal jeg lægge i Berg, — den anden i Vand, — den tredje skal jeg grave ned i viet Jord, der Sveken er fanget; — tre maa jeg have," sagde Kjærringen, „og saa nogle Filler til at gjøre en Rever-Unge af."

Hun fik det Forlangte. En Dukke var snart syet sammen i Form af et Svøbebarn. Signekjærringen reiste sig nu, tog Dukken og Staven og sagde:

„Nu gaar jeg paa Kirkegaarden og graver den ned. Tredje Torsdagen fra i Dag kommer jeg igjen, — saa faar vi se. Blir det Liv, saa kan du se dig i Diestenen paa Barnet, men skal det dø, før Løvet falder, saa ser du bare sort, og ikke andet end sort. Saa gaar jeg nordefter til Joramo. Der har jeg ikke været paa længe; men de har sendt Bud efter mig for en Unge, som har bare Troldsvek: da er det ingen Sag; jeg skal føre ham rangsøles under en Græstorvstrimmel, saa blir han til Folk."

„Ja saa, ja saa da!" sagde Husmandskonen beundrende. „Joramo? det er jo i Lesje? Kors bevares, saa langt borte da!"

„Ja, det er langt did; men der er jeg føb og baaren," svarede Signekjærringen. „Jeg har vanket vidt, men sanket lidt, siben jeg var der. Den Tid var det bedre Tider for Gubjør," sagde hun med et Suk og satte sig ned paa Bænken. „Men der paa Joramo var vel en Bytting," sagde hun videre, idet et Sagn fra Fortiden fremstod for Erindringen, da hun vendte

Blikket mod sin Barndom. „Oldemor til Moster min, hun
var paa Joramo i Lesje, og hun havde en Bytting. Jeg saa
den aldrig; for hun var død, og den var borte, længe før jeg
kom til; men Mor min fortalte ofte om hen. Han saa ud i
Ansigtet, som en gammel veirbarket Kall. I Øinene var han
saa rød som en Mort, og han gloede i Mørket som en Kat-
ugle. Han havde et Hoved saa langt som et Hestehoved og
saa tykt som et Kaalhoved; men Benene var som en Saulæg,
og paa Kroppen var han som fjorgammelt Spegekjød. Aldrig
gjorde han andet end ule og tude og skrige, og fik han noget
i Hænderne, saa kastede han det lukt i Synet paa Mor sin.
Stødt var han sulten som en Bygdebikkje; alt han saa, vilde
han æde, og han aad dem mest ud af Huset. Jo ældre han
blev, des argere blev han, og det var ikke nogen Maade med
Skrig og Skraal; men aldrig fik de ham til at snakke et eneste
Ord, endda han var gammel nok til det. Han var det leieste
Trold nogen havde hørt om, og de havde sligt Kjaak med ham
baade Nat og Dag, at ingen kan sige det. De søgte Hjælpe-
raad baade her og der ogsaa, og Kjærringen blev raadet baade
til det ene og til det andet. Men hun syntes ikke hun havde
Hjerte til at slaa og bænge ham heller, før hun var rigtig vis
paa det var en Bytting; men saa var det En, som lærte
hende, at hun skulde sige, at Kongen skulde komme; saa skulde
hun gjøre op en stor Varme paa Storstenen og slaa sund et
Æg. Skallet skulde hun sætte over Varmen, og Maalstangen
skulde hun sætte ned igjennem Piben. Ja, hun gjorde saa.
Da Byttingen fik se dette, reiste han sig op i Vuggen og glo-
ede paa det. Kjærringen gik ud og kigede gjennem Nøglehul-
let. Da krøb han ud af Vuggen paa Hænderne, men Be-
nene blev liggende oppi den, og han strakte sig ud, og han
blev saa lang, ja saa lang, at han naaede tvers over Stue-
gulvet og kom helt op i Storstenen.

„Nei," sagde han, „nu er jeg saa gammel som sju Vedfald paa Lesjeskogen, men aldrig har jeg seet saa stor en Tvare i saa liden en Gryde paa Joramo."

Da Kjærringen saa dette, og hørte det han sagde, saa havde hun nok. Da vidste hun, det var en Bytting, og da hun kom ind igjen, krøb han sammen bort i Vuggen som en Orm. Saa begyndte hun at blive slem mod ham, og om Torsdagskvelden tog hun ham ud og dængte ham dygtig paa Søpledyngen, og da knistrede og laat det rundt om hende. Den anden Torsdagskveld gik det lige ens; men da hun syntes han havde faaet nok, saa hørte hun, at det sagde ligesom ved Siden af hende, og det kunde hun skjønne var hendes eget Barn: —

„Hver Gang du slaar han Tjøstul Gautstigen, saa slaar de mig igjen i Berget."

Men den tredje Torsdagskvelden hyede hun Byttingen igjen. Da kom der en Kjærring flyvende med en Unge, som om hun var brændt.

„Kom igjen med han Tjøstul, der har du att Hvalpen din!" sagde hun, og kastede Barnet til hende. Kjærringen rakte ud Haanden for at tage imod det, og hun fik fat i det ene Benet paa det; det beholdt hun i Haanden. Men Resten saa hun aldrig; saa haardt havde Bergkjærringen kastet."

Under denne Fortælling viste der sig hos Husmoderen de umiskjendeligste Tegn paa Ængstelse. Mod Slutningen blev de saa paafaldende, at selv Fortællersken, der syntes at være greben af sin egen Fremstilling, blev opmærksom derpaa.

„Hvad er paa Færde?" spurgte Signekjærringen. „Aa, det er Manden, som kommer," vedblev hun med et Blik ud af Døren og tilføiede høitidelig: „det er ikke blivendes for Hun Gubjør ved Pallen din; men vær ikke bange, Mor; jeg skal gaa nedenom Kirkegaarden, saa ser han mig ikke."

En Sommernat paa Krogskoven.

(1848.)

Och skuggan faller så tjock, så tjock,
Som en fäll, öfver ensamma leden.
Det tassar, det braskar öfver sten och stock,
Ock trollena träda på heden.
Det er så mörkt långt, långt bort i skogen.

Geijer.

Som en fjorten Aars Gut kom jeg en Lørdagseftermiddag kort efter St. Hans Tid til Ovre-Lyse, den sidste Gaard i Sørkedalen. Jeg havde saa ofte kjørt og gaaet den slagne Landevei mellem Christiania og Ringerike; nu havde jeg efter et kort Besøg i mit Hjem til en Afvexling taget Veien forbi Bogstad til Lyse, for derfra at gaa Kløvveien eller Benveien over den nordlige Del af Krogskoven til Kehrraden i „Aasa." Alle Døre paa Gaarden stod aabne; men jeg søgte forgjæves i Stuen, Kjøkkenet og paa Laaven efter et Menneske, jeg kunde anmode om at skaffe mig en Læskedrik og meddele mig nogen Underretning om Veien. Der var ingen anden hjemme end en sort Kat, som veltilfreds sad og spandt i Peisen, og en skinnende hvid Hane, som troende sig spankede frem og tilbage i Svalen og gol i Et væk, som om den vilde sige: „Nu er jeg selv størst!" Svalerne, der lokkede ved Insektrigdommen i Skovens Nærhed i utallig Mængde havde fæstet Bo paa Laaven og under Tagskjægget, boltrede sig frygtløst tumlende, kredsende og kvidrende omkring i Solstraalerne.

Træt af Heden og Vandringen kastede jeg mig ned i en Skygge paa Tunets Græsvold, hvor jeg i en halv Slummer laa og hvilede, indtil jeg blev opstræmt ved en uhyggelig Kon-

cert: en ſturrende Kvindeſtemme ſøgte ved Skjænd og Kjæle-
ord at ſtagge Gaardens gryntende Griſeyngel. Ved at gaa
efter Lyden traf jeg paa en gulgraa barbenet Kjærring, ſom
i en foroverbøiet Stilling var i Færd med at forſyne Trauget,
hvorom de ſtøiende Smaadyr bedes, reves, puffedes og hylede
af Forventning og Glæde.

Paa mit Spørgsmaal om Veien ſvarede hun med et an-
det, idet hun uden at rette ſig op vendte Hovedet halvt om
fra ſine Kjæledægger, for at glo efter mig.

„Haa er han fra da?“

Da hun havde faaet tilfredsſtillende Svar paa dette, ved-
blev hun, medens hun alt imellem henvendte ſin Tale til Gris-
ungerne:

„Ja ſaa — er han i Præſtlære hos Ringerikspræſten —
Tſju Gyſſa mine da! — — Vegen til Stubdal i Aaſa? ſiger
han — — Sjaa den du, vil du lade de andre faa med dig,
Styggen! Tſju, vil du være rolig! aa Stakkar, ſpændte jeg
dig nu da — — Ja, den ſkal jeg radt ſige ham den, det er
ſtrakt Vegen Ende beint fram over Skogen lige til Kehrra-
ben det.“

Da denne Anviſning forekom mig at være affattet i alt-
for almindelige Udtryk om en Skovvei paa et Par Mil, ſaa
ſpurgte jeg, om jeg ikke for Betaling kunde faa med en Gut,
ſom var kjendt.

„Nei Kors, var det ligt ſig det,“ ſagde hun, idet hun
forlod Griſehuſet og gik ud paa Tunet. „Dem driver ſaa
med Slaatt-Onnen, at dem meſt inte faar i ſig Maden. Men
det er ſtrakt Vegen hele Skogen over, og jeg ſkal te ham den
ſaa ſkjellig, ſom han ſaa den for ſig. Førſt ſaa gaar han
op over Kleven og alle Bakkerne borte i Aaslien der, og naar
han er kommen op paa Høgden, ſaa har han ſtore, ſtærke
Vegen radt fram til Heggelien. Elven den har han paa Ven-
ſtren hele Tiden, og ſer han den inte, ſaa hører han den.
Men fremme ved Heggelien er det ligeſom lidt Bringel og

Kringelkrangel med Veien, saa den justsom blir borte stykkom=
til, og er En ikke kjendt, er det ikke saa greit at finde frem;
men han finder nok frem til Heggelien, for den ligger ved
Vandet. Siden saa gaar han bort med Heggelivandet, til
han kommer frem til Dammen; det er slig en Dam foran et
lidet Vand, og ligesom en Bro, som dem kalder det; der gaar
han paa Venstren og ta'r af paa Høgren, og saa har han
store, strake Veien Ende radt frem til Stubbal i Aasa."

Skjønt heller ikke denne Anvisning var fuldkommen til=
fredsstillende, især da det var første Gang jeg begav mig saa
langt ud fra den slagne Alfarvei, tog jeg trøstig fat paa Veien,
og alle Betænkeligheder vare snart svundne. Fra Lien aab=
nede der sig af og til mellem Graner og høie Furetræer Udsigt
til Dalen med dens Løvpartier og Enge, mellem hvilke Elven
bugtede sig som en smal Sølvstribe. Rødmalede Gaarde laa
saa smukt og norskt paa Høiderne af de grønne Bakker der=
nede, hvor Karle og Piger færdedes med Slaatt=Onnen. Fra
enkelte Piber steg Røgen op blaa og let mod en mørk Bag=
grund af granklædte Aaser. Over dette Landskab hvilede en
Ro og en Fred, der næppe levnede Rum for nogen Anelse
om Hovedstadens Nærhed. Da jeg var kommen ind paa Aa=
sen, løb Toner af Valdhorn og en klingende af Ekkoet mange=
dobbelt gjentaget Los over til mig, men den fjernede sig mere
og mere, og tilsidst var det kun Ljomen af den, der naaede
mit Øre. Nu hørte jeg ogsaa Elven; den brusede vildt fjernt
mod Venstre; men som jeg skred frem, nærmede Kløvstien sig
den efterhaanden, og Aaserne traadte paa enkelte Strækninger
sammen, saa at jeg undertiden gik i Bunden af en dyb, skum=
mel Dal, der for største Delen optoges af Elven. Men Veien
fjernede sig atter fra Elven; det var baade Bringel og Krin=
gelfrangel, thi den bugtede sig snart hid, snart did, og blev
paa enkelte Steder næppe synlig. Det gik opad, og da jeg
var gaaet over en liden Høide, saa jeg mellem Furestammerne
et Par blinkende Skovtjærn, og ved et af disse en Sæter paa

en grøn Bakke i Aftensolens Guld. I Skyggen under Bakken stod der Bunker af frodigt voxende Ormegræs; Gjederamsen kneisede yppigt mellem Stenene med sin høie, røde, pragtfulde Blomstertop; men den alvorlige Stormhat hævede Hovedet høiere, saa mørk og giftig ned paa den og nikkede Takten til Gjøgens Gal, ret som om den vilde tælle efter, hvor mange Dage den havde igjen at leve. I det grønne Bakkehæld og nede ved Vandets Bred prangede Hæg og Rogn i sommerligt Blomsterskrud. De spredte lislig, kvægende Duft vidt omkring og rystede vemodig sine hvide Blade udover Sæterbakkens Speilbillede i Vandet, der paa alle de øvrige Kanter var omringet af Graner og mosede Klipper. I Sæteren var ingen hjemme. Alle Døre vare laasede og lukkede. Jeg hamrede paa overalt, men ingensteds noget Svar, nogen Oplysning om Veien. Jeg satte mig paa en Sten og ventede en Stund, men der kom ingen. Aftenen faldt paa; jeg syntes, at jeg ikke kunde bie længer, og gik affted. Det var mørkere i Skoven, men inden kort kom jeg til en Tømmerdam eller Dæmning over en Elvestub mellem to Tjærn; jeg formodede det var her, jeg „skulde gaa paa Venstre og tage af paa Høire." Jeg gik over, men paa den Side af Dæmningen var der kun — saa forekom det mig — flade, glatte, fugtige Klipper, og ikke Spor af nogen Vei; paa den anden, den høire Side af Dammen, var der en stærkt betraadt Sti. Jeg undersøgte begge Sider gjentagne Gange, og uagtet det syntes at stride mod den Anvisning jeg havde faaet, besluttede jeg at vælge den største Vei eller Sti, der fremdeles gik paa høire Side af Vasdraget. Saalænge den fulgte det mørke Tjærn, var den god og fremkommelig, men pludselig breiede den af i en Retning, der i mine Tanker omtrent var den modsatte af den, jeg skulde gaa i, og tabte sig i et forvirret Net af Kreaturveie dybt inde i Skovens Dunkelhed. Usigelig træt af denne ængstelige, vildsomme Søgen kastede jeg mig ned i den bløde Mose for at hvile et Øieblik, men Trætheden seirede over Skovensomhedens

Ængstelser, og jeg ved ikke hvor længe jeg blundede. Ved et vildt Skrig, hvis Ekko endnu klang i mine Øren, da jeg vaagnede, sprang jeg op; men jeg følte mig endnu trøstet ved Rødkjælkens Sang; jeg syntes ikke jeg var ganske forladt, saa længe jeg hørte Maaltrostens muntre Slag. Himlen var overskyet, og den dybe Skumring tiltagen i Skoven. Der faldt et fint Støvregn, som vakte fornyet Liv i den hele Planteverden og fyldte Luften med en frisk, krydbret Duft; men det syntes ogsaa at vække til Liv alle Skovens natlige Lyd og Toner. Mellem Toppene over mig hørte jeg en hul, metallisk Klang som af Frøernes Kvækken, og en skjærende Fløiten og Piben. Rundt om mig surrede hundrede Rokke: men det Rædsomme ved alle disse Toner var, at de i eet Øieblik løbe lige ved mit Øre, i det næste fjernt borte; snart afbrødes de ved kaade, vilde Skrig under flagsende Vingeslag, snart ved fjerne Nødraab, hvorpaa der igjen indtraadte en pludselig Stilhed. Jeg blev greben af en ubeskrivelig Angst; det for isnende gjennem mig ved disse Lyd, og Rædselen forøgedes ved Skummelheden mellem Stammerne, hvori alle Gjenstande viste sig fortrukne, bevægelige, levende, udstrækkende Tusender af Hænder og Arme efter den vildsomme Vandrer. Alle mine Barndoms Eventyr fremmanedes for den opskræmte Fantasi og gjorde sig gjældende i de Former, der omgav mig; jeg saa hele Skoven opfyldt af Trolde og Alfer og gjækkende Dverge. I tankeløs og aandeløs Angst ilede jeg fremad for at undløbe Dæmonernes Skarer; men under Flugten viste sig endnu rædsommere, mere fordreiede Skikkelser, og jeg følte deres gribende Hænder. Pludselig hørte jeg tunge Skridt; der skred nogen hen over de bragende Kviste. Jeg saa eller troede at se en mørk Masse, der nærmede sig med et Par Øine, skinnende som gløbende Stjerner. Haaret reiste sig paa mit Hoved; jeg troede Faren uundgaaelig, og skreg ubevidst for at opmande mig:

„Er det Folk, saa sig mig Veien til Stubdal!"

En hul Brummen var det Svar jeg fik, og den Gaaende
fjernede sig hurtig under Knag og Brag den samme Vei han
var kommen. Jeg stod længe og lyttede efter de tunge Skridt
og mumlede ved mig selv: „Gud give det var lyst og jeg
havde en Bøsse, saa skulde du faa en Kugle, Bamse, fordi
du skræmte mig!"

I dette Ønske og denne barnagtige Trudsel svandt min
Frygt, gik al Tanke om Fare op, og jeg skred igjen med Ro-
lighed fremad i den bløde Mose. Nu var der intet Spor
hverken af Vei eller Sti; men det lysnede mellem Stammerne,
Skoven blev mere aaben, og jeg stod paa Hældingen ved Bred-
den af en stor Sø, rundt omgiven med Barskov, som ved dens
fjerne Bred forsvandt i Nattens Taageslør. Den nordvestlige
Himmels Purpurglød, som speilede sig i Vandets mørke Flade,
hvorover Flaggermus kredsede og flagrede, medens store Fugle
skjød pilsnart hen over det høiere oppe i Luften med hin kvæk-
kende Lyd og skjærende Fløiten, der før forekom mig saa ræd-
som, — viste mig, at jeg havde gaaet i nordøstlig Retning iste-
denfor mod Vest. Medens jeg grundede paa, om jeg skulde
blive her, til Solen stod op, eller forsøge paa at finde tilbage
til Dammen, opdagede jeg til min usigelige Glæde paa denne
Side af Vandet Skimtet af en Ild imellem Træerne. Jeg
ilede afsted, men erfarede snart, at den var fjernere, end den i
Begyndelsen syntes; thi efterat have gaaet en halv Fjerding-
vei, saa jeg mig skilt fra den ved en dyb Dal. Da jeg med
megen Møie havde banet mig en Vei mellem det Kaos af
Vindfald, der opfyldte dette Ulænde, og var kommen op ad
den bratte, borterste Lt, maatte jeg endnu gaa et drøit Stykke
hen igjennem en aaben, høilændt Furemo, hvor Træerne stod
i Rader som ranke Søiler, og hvor Jorden gav Klang under
mine Skridt. Ved Randen af den silrede en liden Bæk, hvor
Or og Gran igjen søgte at hævde sin Plads, og paa en liden
grøn Plet i Hældbakken paa den anden Side af denne Bæk
blussede og brændte et stort Baal, som vidt og bredt kastede

et rødt Skjær bort mellem Stammerne. Foran Ilden sad en mørk Skikkelse, som paa Grund af sin Stilling mellem mig og det flammende Baal syntes at være af en aldeles overnaturlig Størrelse. Krogskovens gamle Røverhistorier for mig pludselig igjennem Hovedet, og jeg var et Øieblik i Begreb med at løbe min Vei; men da jeg fik Øie paa Barhytten ved Ilden, de to Karle, som sad foran den, og de mange Øxer, der vare fasthuggede i Stubben ved Siden af en fældet Fure, blev det mig klart, at det var Tømmerhuggere.

Den Gamle talte: jeg saa hans mørke Skikkelse bevæge Læberne; sin korte Pibe holdt han i Haanden, kun af og til førte han den til Munden for ved nogle forstærkede Drag at holde Ilden vedlige. Da jeg nærmede mig, var enten Historien ude, eller ogsaa blev han afbrudt; thi han gjorde et Tag ned i den gløbende Aske med sin udgaaede Pibe, røgte i Et væk og syntes opmærksomt at høre hvad en fjerde Mand, der nu kom til, havde at sige. Denne Person, der ogsaa maatte høre til Selskabet, thi han kom, uden Hue og kun iført en lang islandsk Bundingstrøie, med en Bøtte Band fra Bækken, var en stor, rødhaaret Slusk. Han saa forskræmt ud. Den Gamle havde vendt sig mod ham, og da jeg var gaaet over Bækken, og nærmede mig Selskabet fra Siden, saa' jeg ham nu i det fulde Lys fra Ilden. Det var en liden Mand med en lang, krum Næse. En blaa, rødbræmmet Toplue, han havde paa, formaaede næppe at holde den stride, graasprængte Haarlug i Ave, og en kortlivet, sid Ringerikskofte af mørkegraat Vadmel med afslidte Fløielskanter gjorde Ryggens Rundhed og Krumning endnu mere iøinefaldende.

Den Ankomne lod til at tale om Bjørnen.

„Skal tro det?" sagde den Gamle. „Hvad skulde han der? Det har været en anden Brag du har hørt, for der voxer ikke noget, han kan gaa efter paa tørre Furumoen — ja Bamsen da" — føiede han til. „Jeg tror mest du ljuger jeg, Per! De siger for et gammelt Ord, at rødt Haar og Furuſkog de trives ikke paa god Jord," vedblev han halv høit. "Havde det endda været i Bjørnehullet eller i Stygdalen — Knut og jeg vi baade hørte og ſaa den der forrige Dagen — men her? — Nei, ſaa nær ind til Varmen kommer han vor Herre Død inte! Du har ſkræmt dig ſelv!"

"Nei, Dølen rende i mig, hørte ikke jeg han tuslede og bragede i Moen, min kjære Thor Lerberg," ſvarede den anden, ſtødt og vred over den Gamles Tvivl og Drilleri.

"Aa' ja, ja," fortſatte Thor i ſin forrige Tone. "Det var vel en Buſkebjørn, Gutten min."

Jeg traadte nu frem og ſagde, at det formodentlig var mig, han havde hørt, fortalte hvorledes jeg havde taget feil af Veien, hvilken Forſkrækkelſe jeg havde udſtaaet, ſpurgte om hvor jeg nu var, om en af dem vilde følge mig til Stubdal, og klagede jammerlig over Sult og Træthed.

Min Fremtræden vakte ikke liden Forundring hos Selſka- bet. Dog gav den ſig mindre tilkjende i Ord end i den Op- mærkſomhed, hvormed de betragtede mig og hørte min Beret- ning. Den Gamle, ſom jeg havde hørt nævnes Thor Lerberg, ſyntes iſær med Intereſſe at følge den, og da det lod til han havde den Vane at tænke høit, blev jeg ved enkelte Yttringer, ſom han af og til mumlede hen for ſig ſelv, delagtig i hans Betragtninger, ſaaſom:

"Nei, nei, det var gæli; der ſkulde han have taget over — ja, over Dammen da — det var Stubdalsvegen — han har traadt paa Vildgræs — — han er for ung — han er inte ſkogtam — aa, det var Rugben — det var Kveldknarren — ja, det laater rart for den, ſom aldrig har hørt det — aa ja, Lommen han ſkriger ſælt — naar det duſker da — Jagu ham var Bjørnen i Vegen for — Det var Kar til Gut!"

"Jaha," ſagde jeg kjæk og gav mit vaagnende Ungdoms- mod Luft omtrent i de ſamme Ord ſom Manden, der traf Bjørnen ſovende i Solbakken: "Havde det været lyſt, og jeg havde været Skytter, og havde jeg havt en ladet Bøſſe, og jeg havde faaet den til at gaa løs, ja min Sandten skulde ikke Bjørnen have ligget paa Flækken da!"

"Det var greit det, ha, ha, ha!" sagde Thor Lerberg med en klukkende Latter, som de øvrige istemte; "det var greit, han havde ligget paa Flækken, ha, ha, ha!"

"Men nu er han ved Storflaaten," sagde han, henvendt til mig, da jeg var kommen til Ende med min Beretning; "det er det største Vandet paa Skogen her, og naar det lider paa Dagen, saa skal der nok blive Raad til at finde frem, for vi har Baad, og naar han er kommen over, saa er det ikke saa langt, ja til Stubdal da. Nu kan han vel have Bo at tvare sig og saa i sig lidt Mad. Jeg har ikke andet end Erteleffe og traat Flesk, og det er vel uvand Kost for ham; men er han sulten, saa —. Ja, kanske han kunde have Lyst paa lidt Fisk? Jeg har nu været her paa Fisking, og grum Ørret har jeg faaet, — ja, i Vandet da." Da jeg takkede for dette Tilbud, bad han en af de yngre om at tage en "lækker Fisk" af Knippet og stege i den gloende Ildmørje.

Imidlertid udspurgte den Gamle mig, og da han var færdig dermed, og jeg med megen Appetit gav mig i Færd med mit Maaltid, viste det sig, at den Historie han fortalte ved min Ankomst, var endt; thi han opfordrede en af de yngre til nu at fortælle, det han havde sagt havde hændt hans Fader, da han laa paa Tømmerhugst.

"Ja," svarede denne, en sværlemmet Gut af et raskt, uforfærdet Udseende, der ikke var meget over de tyve, "det kan snart være fortalt. Han Far var paa Hugst hos Manden paa Ask udi Lier, og saa hug han oppe i Askmarken. Om Kvelden gik han til en Stue længer nede mod Bygden og holdt til hos Helge Myra — ja du kjendte nok han Helge du, Thor Lerberg? Men en Dag havde han hvilet for længe til Eftasverd, — der kom slig en tung Søvn over ham — og da han vaagnede, var Solen alt i Aasen. Men Favnen vilde han have fuld, før han sluttede, og han til at hugge.

En Stund gik det baade godt og vel, og han hug, saa Flisen
fløi om ham; men det blev mørkere og mørkere. Endda var
der igjen en liden Gran, han vilde have med, men aldrig før
havde han hugget det første Hugget i den, saa fløi Øxen af
Skaftet. Han til at lede efter den; tilsidst fandt han den i
et Myrhul. Men allerbedst det var, tykte han, at En raabte
Navnet hans; han kunde ikke skjønne, hvem det kunde være,
for han Helge Myra havde ikke noget i Marken at gjøre, og
andre var der ikke paa lang Lei. Han lyede og lyede, men
han hørte ikke noget, og saa tænkte han, han kunde have mis-
hørt. Saa gav han sig til at hugge igjen, men ret som det
var, saa røg Øxen af Skaftet paa ny. Langt om længe fandt
han den den Gang ogsaa; men da han skulde til at skaare
paa Nordsiden, hørte han skjellig, at det raabte borti Berg-
væggen: „Halvor, Halvor! Tidlig kom du, og seint gaar du.‟
— — — „Men da jeg det hørte, sa' han, var det mest,
som jeg gik af i begge Knæerne, og jeg fik mest ikke Øxen ud
af Granlæggen, sa' han; men da jeg kom paa Spranget, for
jeg i eet Rend lige ned til Stuen hans Helge.‟ —

„Ja, det har jeg hørt før,‟ sagde Thor Lerberg; „men
det var ikke det jeg mente, det var den Gang han var til
Bryllups i Vaarfjøset paa Kilebakken.‟

„Naa den Gang, ja det var saaledes det,‟ tog Gutten
ufortrøden til Orde. „Det var paa Vaarsiden, rigtig strax
før Paasketider i 1815, da han Far boede paa Oppen=Eie;
Sneen var ikke borte endda. Men saa skulde han til Skogs
og hugge og drage hjem noget Ved. Han gik op paa Aasen
i Hellingen, som er bortimod Aadalsveien. Der fandt han
en Tørfuru og til at hugge. Mens han hug paa den, syntes
han det var Tørfuru alt han saa. Ret som han stod og
glaamte og undredes paa dette, kom der kjørende en Færd med
elleve Heste, og alle var de musede; han syntes det saa ud
som en Brudefærd.

„Men hvad er dette for Folk, som kommer farende denne Veien ovenfra Aasen da?" siger han.

„Vi er her borte fra Østhalla fra Ulsnabben," siger en af dem, „vi skal til Veien=Gaarden i Hjemkommerøl; den som kjører foran, det er Præsten; de som kjører efter ham, er Brudefolkene, og jeg er Værfaren; du faar staa paa Meierne med mig."

Da de var komne et Stykke nedover, saa siger Værfaren: „Vil du tage imod disse to Sækkene og gaa til Veien og maale i to Tønder Poteter, til vi skal hjem igjen?" — „Kan saa det," sagde han Far. Han stod bagpaa han, til de kom til et Sted, hvor han syntes han skulde kjende sig. Det var rigtig nord for Kilebakken, der det gamle Vaarfjøset stod; Fjøset var der ikke, men en stor, gilb Bygning, og der tog de ind. Saa mødte der frem nogle ude paa Gaarden, som skulde skjænke dem, og de vilde skjænke han Far ogsaa. Men han sagde Neitak han: jeg skal ikke have nogen Skjænk, sagde han, for jeg har bare paa mig en Hverdagsbrok; jeg kan nok ikke holde Selskab med slige Folk." Saa sagde en af dem: „Lad denne Gamlen være for den han er, tag en Hest og følg ham paa Hjemveien." Ja, saa gjorde de det; de tog og satte ham i en Slæde med en muset Hest for, og en fulgte med. Da han kom et lidet Stykke frem til en liden Dal nord for Oppenhagen, — der er endda et Sandfald der — syntes han, at han sad mellem Orene paa en Bøtte. Om en Stund var den ogsaa borte, og da syntes han først, han sansede sig rigtigt. Saa skulde han se efter Øxen sin, og den sad i den samme Tørfuruen, han havde begyndt at hugge paa. Da han kom hjem, var han saa rent fortumlet, at han ikke vidste, hvor mange Dage han havde været borte; men han havde ikke været borte længer end fra om Morgenen til om Aftenen, og han var ikke rigtig lang Tid efter." —

„Det gaar meget artigt til — ja paa Skogen da —" tog Thor Lerberg til Orde, „og jeg kan ikke sige mig fri for,

jeg har seet lidt jeg og — ja Spøgeri da — og har I Lyst
til at være længer oppe — saa skal jeg fortælle det, som er
hændt mig — her paa Krokskogen da."

Jo, de havde alle Lyst til at høre; i Morgen var det
Søndagen; det var det samme, om de ikke gjorde noget da.

„Det kan vel være saa en ti, tolv Aar siden," begyndte
han, „jeg havde en Kulmile inde paa Skogen ved Kampen=
haug.

Om Vinteren laa jeg indpaa der, og havde to Heste og
kjørte Kul til Bærumsværket. En Dag saa kom jeg til at
blive lidt for længe ved Værket, for jeg traf nogle Kjenbinger
oventil Ringerike; vi havde nu lidt Snak mellem os, og lidt
drak vi ogsaa — ja Brændevin da —, og saa kom jeg ikke
tilbage til Milen, før Klokken var imod ti. Jeg fik gjort op
en Nying i Mile=Ringen, saa jeg kunde se at læsse paa, for
det var styggelig mørkt. Og læsse maatte jeg om Kvelden;
for Klokken tre om Morgenen maatte jeg afsted igjen, naar
jeg skulde række til Værket og tilbage i Lyse, samme Dagen,
ja til Milen. Da jeg havde faaet det til at frase dygtig,
gav jeg mig til at faa paa Læssene. Men i det samme jeg
vendte mig mod Nyingen igjen, og skulde til at gjøre et nyt
Tag, kommer der vor Herre Død en hel Sneflote seilende,
saa at hvert Kul og Brand frasede og sluknede, ja paa Ny=
ingen. Saa tænkte jeg ved mig selv: Jo vor Herre Død er
hun Bergmor arg nu, for jeg er kommen saa sent hjem og
uror hende i Kveld. Men jeg til at slaa Varme igjen og faa
gjort op. Men hvordan det var eller ikke, saa var det lige=
som Rokoen ikke vilde slippe Kullene ud i Kurven; over Halv=
parten for udenfor. Endelig havde jeg faaet paa Læssene og
skulde til at gjøre fast Rebene. Om Morgenen havde jeg sat
nye Vidjer paa alle Hælerhalsene; men de røg vor Herre Død
den ene efter den anden — ja Vidjerne da. Jeg til at vrie
nye Vidjer, satte Hælerne paa igjen, og endelig saa fik jeg
Læssene gjurede. Saa gav jeg Hestene til Natten, og krøb

ind i Kojen og lagde mig. Men mener Du jeg vaagnede Klokken tre? Ikke før Solen var oppe, og endda var jeg tung og ør baade i Skrotten og Hovedet. Saa skulde jeg faa no= get i Livet og give Hestene, men begge Spiltougene i Bar= skuten var tomme, og borte var Hestene. Da blev jeg sint og tog vor Herre Død til at bande lidt, og saa begyndte jeg at lede efter Sporene. Der var kommen lidt Nysne; til Bygds havde de ikke gaaet, og ikke til Bærket heller. Men jeg saa Slagfærdene efter to Heste og to brede, stutte Fodblad nord= efter. Jeg gik efter saa en halv Mil rent bort i Ubrauten; der delte Slagfærdene sig: en Hest havde gaaet i Øst og en i Best, men Sporene af Fodbladene var rent borte. Jeg maatte vasse efter den ene først en tre Fjerdingvei, saa fik jeg da endelig se ham, han stod og knæggede. Saa maatte jeg først til Kojen og saa bundet og givet den, og saa afsted efter Blakken. Da jeg kom til Milen med den, var det Høgstdags, saa slap Hestene at kjaake til Bærket den Dagen; men jeg bad vor Herre tage mig paa det, at jeg aldrig skulde uro hende Bergmor saa sent mer, ja om Kvelden da.

Men det er artigt med det En lover; om En holder det til Jul, saa er det ikke sagt En holder det til Mikkelsmes. For det andre Aaret efter, saa var det sent ud paa Høstsiden i den værste Bløden, jeg var i Christian. Det drog alt sent ud paa Eftermiddagen, før jeg kom af Byen; men jeg vilde gjerne hjem om Natten, og ridende var jeg; saa tog jeg lige over ved Bogstad, Sørkedalsvegen, og over Skogen, for det er beneste Vegen, det ved I vel — ja til Aasfjerdingen da. Det var graat og uggent Beir, og det var alt i Skumringen, da jeg kom afsted. Men som jeg kom over den vesle Broen da, strax indenfor Hæggelien, ser jeg en Mand, som kom bent imod mig; han var ikke meget høi, men forskrækkelig tyk; over Axlerne var han saa bred som en Laavedør, og hver Næve var mest en halv Alen tvers over. I den ene havde han en Skindsæk, og gik og jabbede ganske smaat; men da jeg kom

nærmere, saa gnistrede Øinene paa ham som Varmebrande, og
digre var de som Tintallerkener. Haaret det stod som Grise=
bust, og Stjægget var ikke ligere, saa jeg rigtig syntes det var
en forskrækkelig styg Fant, og gav mig til at læse det vesle
jeg kunde. Med det samme jeg kom til: „Jesu Navn, Amen,“
sank han Ende ned — ja i Jorden da.

Jeg red længer frem og smaamulrede paa en Salme;
men ret som det var, saa jabbede Karlen imod mig igjen oven=
fra Lien. Da gnistrede det baade af Haar og Stjæg og Øi=
nene med. Jeg til at bede Fadervor igjen, og da jeg kom
til: „Frels os fra det Onde,“ saa sa' jeg Amen i Jesu Navn,
og saa var han borte. Men aldrig før havde jeg redet en
Fjerdingvei, før jeg mødte Suggen paa en Klop. Da gik
der ligesom Lynild ud af Øine og Haar og Stjæg, og saa
ristede og stakede han Posen, saa der for blaa og gule og
røde Ildstunger ud af den, og det sprakede stygt. Men saa
blev jeg sint: „Aa, saa far nu Ende bent til Helvedes Pøl
og Pine, dit fordømte Bergetrold,“ sa' jeg, ja til Manden
da, og borte var han med det samme. Men eftersom jeg
red, saa drog det efter med mig, og jeg var ræd jeg skulde
møde Kallen endda en Gang. Da jeg kom til Løvlien, vidste
jeg der laa en Kjending der, som skulde hugge Tømmer. Jeg
bankede paa og bad om at faa ligge der, til det blev lyst;
men tror du jeg kom ind? Han Per sagde det, at jeg kunde
reise om Dagen som andre Folk, saa slap jeg at bede om Hus.
Den Raad ved jeg selv, min kjære Per, sa' jeg, men der
var ikke Udkomme med ham. Saa skjønte jeg, at Kallen havde
været der og forskræmt ham og sat op ham, og jeg maatte
afsted igjen. Men da sang jeg, saa det ljomede i Aaserne:
„Et lidet Barn, et lidet Barn saa lysteligt“ — og det varede
og det rak, lige til jeg kom ned til Stubdal, der fik jeg Hus,
— men det var mest forbi med Natten da.“ —

Den Maade, hvorpaa han foredrog disse Fortællinger,
var som hele hans Tale langsom og udtryksfuld. Han havde

den Vane at „snakke attpaa," det er, hyppig at gjentage enkelte Ord eller Dele af Sætningen, eller at hænge bagefter en eller anden overflødig Forklaring. I Almindelighed anbragte han disse Oplysninger for Tilhørerne efter en eller anden Bestræbelse for at vedligeholde Ilden i Piben, og de forekom mig af en saa komisk Virkning, at jeg i den lystige Stemning, hvori jeg var kommen efter min vel overstaaede natlige Vandring, ofte havde ondt ved at holde mig fra at le høit. Denne Omstændighed maa jeg vel ogsaa tilskrive, at hans Fortællinger ikke gjorde det Indtryk paa mig, som efter hvad jeg nys havde oplevet, kunde ventes.

Men under Thor Lerbergs Fortælling kom der en Person frem af Barhytten, som lod til at have ligget der og sovet. Jeg vidste ikke ret, hvad jeg skulde tro om ham; thi han kom virkelig den Forestilling, jeg havde gjort mig om Tusser og Haugebukke, nærmere end noget jeg hidtil havde seet. Det var en liden tør, mager Mand med Hovedet paa Skakke, røde Øine, og en Næse som et stort Pappegøienæb. Om Munden havde han et Træk, som om han vilde spytte Folk i Øinene. Han sad længe og skar Ansigter, gjorde Grimaser med sin stærkt fremstaaende Underlæbe, og hug eller nikkede til Siden med Hovedet, som om han misbilligende slog Takt til Thor Lerbergs Fortælling. Da han lukkede Munden op og begyndte at tale, var ogsaa Forestillingen om hans Troldnatur svunden; hvis man skulde antage ham for noget overnaturligt Væsen, maatte det være for en Nisse eller en gjækkende Skovaand; han var imidlertid kun en Karrikatur af en Bondemand. Han klæsede eller læspede lidt, og endnu ivrigere end til andres huggede han med Hovedet til sin egen Tale, hvori der herskede en saadan aandsfraværende Forverling af alle Tal-, Vægt- og Maalsangtvelser, saadan en Forbytning og Omtumling med alle Begreber, saadan en evindelig Forsnakkelse, at det, idetmindste i Førstningen, for den som ikke kjendte ham og hans Sædvane, var meget vanskeligt at fatte hans egentlige Mening.

Men dette uendelige Konfusionsmageri frembragte de latterligste Udsagn, og afgav et slaaende Bevis for, hvorledes den mest nøgterne Forstand ved Hjælp af dette kan komme til at sige Ting, der klinge endnu fabelagtigere og utroligere end selve Overtroens. Hans Foredrag var overordentlig hurtigt, men hakkende og stammende og for en stor Del saaledes bundet til Bondesprogets Egenheder, at det ved at tabe disse mister en stor Del af sin Eiendommelighed.

„Du maa vel for brændande Fanden tro vi er saa dumme, at vi skjønner dette er Løgn og Kjærringrør?" var det første Udbrud.

„Jagu tror jeg det radt," svarede Thor Lerberg med et lidet Grin til de øvrige, som om han vilde sige: Nu skal I først ret faa høre Løier og Historier.

„Jeg kan nu for Fanden ikke skjønne paa det, at du kan sidde her og ljuge og sige, at du har set sligt selv — du skal jo være en vettug Mand — men jagu traaver du fortere, end den svarte Mærren min ljuger," fortsatte Tussen ivrig.

De øvrige lo, men Thor, der lod til at være fuldkommen bekjendt med hans Egenheder, tog ikke den ringeste Notis af hans Beskyldning, men bragte ham med Et ind paa en anden Række af Forestillinger ved at spørge, om det var den samme lille gode Mærren han havde nu, som da han blev gift.

„Du kan nu vel for brændande Fanden veta det, at en tandløs Mær kan inte leve, til hun blir reint gammal. Men det var saa god Mær, som En vilde spænde for fire Sko og brage op over Bakka det, maatta."

„Da maatte hun være god," sagde Thor Lerberg under de øvriges Latter. „Det var vel med den du reiste til Branæs og hentede den store Takken paa Bærumsværket? Du faar fortælle os den Reisen," vedblev han opfordrende.

„Aa ja, vi har nu sligt at gjøre og sligt at føre her," svarede han, og begyndte, efterat have gjort et Tag i Ildmørjen for at tænde den Snabbe, han netop havde stoppet:

„I Førstningen jeg blev gift, havde jeg en liden god
Mær jeg, maatta, og den skulde jeg reise til Branæs med.
Saa havde jeg lovet hende Sisle, Kjærringa mi, at jeg skulde
kjøbe et Kjoletøy til a — — ja, du kjender vel Kjærringa mi,
hu' Sisle, du Thor? Det er svær Kjærring til at bage; hun
bagte Havren hel og holden, som den var kommen fra Bra-
næs; ja hun bagte 15 og 16 og 20 Brød paa det 7de Tju-
get om Dagen. Men da de talte efter for Veka, havde hun
bagt 15 og 16 og 20 Brød paa det 7de Tjuget paa det 4de
Hundrede for Veka — — og dette Kjoletøyet havde jeg lovet
hende radt, siden jeg tog paa at fri til hende. Saa kjøbte
jeg dette Kjoletøyet da, maatta, og saa lagde jeg endda paa
den svarte Mærra halvfemsindstyve Skippunds Thyngde, og saa
reiste jeg om Bærumsværket og kjøbte en Takke, som var fem
Fjerding paa Kant, og Tykken efter Bredden, saa som Tak-
kerne skal være da, maatta. Saa reiste jeg opover, og kjørte
op alle Jonsrudbakka, saa inte Mærra pustede en eneste Pust.
Dermed reiste jeg til han Ola i Galen, det er nu saaban
en eiende snil Mand det, og Kjærringa hans ogsaa. Jeg bandt
Mærra mi i Færdeslasset jeg, maatta, som en Færdesmand
skal gjøre. Han Ola kom ud. „Gjør inte detta," sa' han
Ola. „Sæt ind Mærra hans du," siger han til Gutten sin.
„Du faar bli' med ind du," siger han Ola til mig. Saa
kom jeg ind i Kjøkkenet jeg, og gik bort til Peisen og vilde
varme mig, som en Færdesmand pleier nu gjøre. „Nei, kom
ind i Kammerset," sa' 'n Ola til mig. Saa kom jeg ind i
Kammerset da, maatta, og satte mig bort ved Ovnen. Saa
kommer Kjærringa med to store, digre Smørrebrød paa hver
Side af en Tallerk og Brændevinsglasset midt paa Tallerken
da, maatta. Jeg tog det ene og aad op det. „Du skal ha'
det andre og," sa' Kjærringen. Saa siger 'n Ola: „du faar la'
os faa ind nokko varmt Drikke og," sa' han. Kjærringa kom-
mer drivendes ind med en Dokter saa stærk, at den gik i Kop-
pen da, maatta. Jeg vilde til at reise jeg da, jeg. „Nei,

sa 'n Ola, du faar bli' til Middags nu," sa 'n Ola. Jeg
sad nu der og undredes og undredes, hvad det skulde bli' til
Middags da, maatta. Kjærringa kommer ind drivendes med
en Grisunge paa et Brædt, som var stegt hel og holden, med
Klauver og Ty, akkurat som han skulde være ljus levandes.
Ret som det var, kom hun ind drivendes med to store Bræn=
devinsflasker og satte udmed, og saa satte hun sig bent for
mig; hun satte sig ikke bent for Manden sin heller, saa som
Kjærringa skal gjøre, maatta. Saa tog hun til at skjære og
skjære, og saa gled Kniven ind i Haanden hendes, saa hun
skar Stykket ud paa Gulvet. „Dette faar du ha' det, Ola,"
sa' Kjærringa. „Nei, dette vil jeg ha' det," sa' jeg. Jeg
maatte nu faa det, jeg som Fremmed var da, maatta. Saa
aad vi da baade Grisesteg og Ty; og mens vi sad og aad,
saa drak vi Dram om Dram, Dram om Dram. Han Ola
blev klein, jeg aad; alt han var klein, aad jeg. Jeg stod mig
bra', jeg som klein var, men daarlig gik det ham, som aad.
Saa sagde jeg Tak for mig jeg da, maatta, og saa gjorde
jeg som Fanten og reiste fra Galen og radt til Skarud i eet
Skjei, med det tunge Lasset og Skarudbakka attpaa, og Mærra
inte pusted' en eneste Pust."

Tatere.

(1848.)

> Er du da blank som Guld,
> og er jeg sort som Muld,
> een Frihed vil jeg eie,
> at vandre mine Veie;
> at gaa til hvem jeg vil,
> det selv mig hører til.
>
> Tatervise.

En Lensmandsarrest eller en Arreststue paa Landet adskiller sig, om et særskilt Lokale haves, ikke meget fra en almindelig smudsig Bonde- eller Folkestue. Undertiden er dog det lille Vindue anbragt saa høit oppe paa Væggen, at Arrestanterne derigjennem ikke kunne iagttage andet end Maane og Stjerner, Snefog og Himmelens Skyer; derhos er det forsynet med Jernsprinkler. Lignende Sikkerhedsindretninger ere undertiden ogsaa indmurede oppe i Piben; som oftest ere de dog overfløbige, da Arrestanterne gjerne frit gaa ud og ind og sættes til at arbeide i Lensmandens Gaardsbrug eller Tømmerdrift. Husgeraadet er meget tarveligt: en høit optømret, i to, tre Rum eller Senge afdelt Barakke eller Hjeld langs den ene Væg, en Træbænk, der taber sig bag Ovnen, langs den anden; undertiden kommer hertil et Bord og et Par Trækubber, der tjene som Stole.

Saaledes saa det ud i den Arreststue, vi nu ville aabne. Paa en lav Skorsten eller Klæberstenskamin af den Form, man ser i de fleste Bondestuer i Gudbrandsdalen, spragede og gnistrede Ilden i en knubbret Thyrirod og en Del raa Birkegrene. Udenfor var det et Hundeveir, med Snefog og en Storm, der peb og hvinede i hver Bæggesprunge; men her inde udbredte Ovnens ophedede Stene en lun Barme, og Ilden gjød sit rødlige Lys, der endnu kjæmpede med Februardagens sidste Skjær, over nogle menneskelige Stikkelser. I Krogens Halv= skygge paa den inderste Seng eller Baas af Barakken laa en Mand henstrakt paa en Skindfeld. Bag den lave Pande, som han støttede mod en af Muskelfylde svulmende haaret Arm, færdedes Tanker, hvis Skygger svævede over et Ansigt, lige saa mørkt som den sodede Bæg, og hvis Lyn glimtede frem i Blik saa stikkende, stirrende og stumme, at selv den sløve Bagt= karl blev uhyggelig til Mode, naar de hændelsesvis faldt paa ham. Men intet Ord røbede, hvad der væltede sig i hans Indre. Hans stride kulsorte Haar, skarpe Træk, det lange Ansigt, hvis Underdel nu var bedækket med et kort sort Skjæg, og dette egne Blik viste, at han hørte til be omvankende Ta= tere eller Langfanterne, som vor Almue i nogle Egne af Lan= det kalder dem. Hans stumme Udseende havde skaffet ham Nav= net Svarte=Bertel. Af Profession var han Hesteskjærer, men sysslede ogsaa med forskjelligt Held paa at kurere Heste.

Den anden lod til at være af en mere sorgløs Natur, og havde en lysere Hudfarve; men Taterstammens lave Pande, skarpe Ansigt, dybtliggende Dine og dette ubeskrivelige, paa en Gang udforskende, fixerende, stikkende Blik med dets uhyggelige Fosforglans, udmærkede ogsaa ham. Han var Gjørtler og Knappestøber, men havde en Liddenskab for at fange Fugle og mede i alle Aaer og Elve. Han vedkjendte sig derfor lige saa gjerne Navnet Jakob Fuglefænger, som Jakob Knappe= sant; men naar „Buroerne"*) kaldte ham Bækkespringeren — et Øgenavn, som ofte tillægges den hele Stamme, der synes at dele Interessen og Agtelsen for gamle Isak Waltons „gud= dommelige Medekunst" med de britiske Sportsmænd, — da kunde han blive rasende. Han sad paa Sengestokken og delte

*) Buro, Ikke-Tater.

sig mellem Betragtningen af den stumle Kammerat og sine med
et Par fordums himmelblaa Buxer beklædte Ben, som han lod
bingle frem og tilbage. Da han omsider vaagnede af denne
drømmende Tilstand, blev han med Et snaksom og overgiven,
tog frem en Flaske, han havde gjemt i Sengehalmen, bød
Vagtkarlen en Dram, som denne afslog, tog sig selv en og
skjænkede Kammeraten en ditto, som denne lod til at svælge
uden nogen klar Forestilling om hvad det var. Derpaa be-
gyndte han med løbende Tunge og megen Livlighed at for-
tælle Vagtkarlen, den lange Ola, en Person af et taabeligt
Udseende, Tyve- og Røverhistorier, saa at Haarene reiste sig
paa hans Hoved. Da Piben, han havde laant af ham, var
udrøget, sang han med en velklingende Stemme og et godt
naturligt Foredrag den Vise, hvoraf vi ovenfor have anført
et Vers, og som endnu bedre end hans Opførsel antydede Fri-
luftshanget, der danner et saa fremtrædende Karaktertræk hos
den vandrende Stamme, hvortil han hørte. Svarte-Bertel lod
især til at opildnes ved de Vers, der indeholdt Antydninger
af Stammens Forhold til Ikke-Taterne. Da Sangen var til
Ende, begyndte han paa en anden, der var en Blanding af
Tatersproget eller Rommani, som de selv kalde det, og et lidt
forsvensket Norsk. Den behandlede et lignende Emne, inde-
holdt Klager over den ulykkelige Tilstand at være spærret inde
i den fagre Sommer, naar Fuglen sang i Lunden, naar Fi-
sten sprang i Aaen, — og priste den frie Mands Lykke, der
selv kunde bestemme sine Veie, om han forøvrigt laa i Strid
med hele Verden. Men han var ikke kommen langt i sin Fri-
hedshymne, før han pludselig brød af og lyttede. Lidt efter
hørte ogsaa de øvrige Larm og forvirrede Stemmer. Nogle
Personer vare drukne eller anstillede sig saaledes; et Par Stem-
mer syntes at tale i Tatersproget, og alt imellem løb en Røst,
man let kjendte som Lensmandens, der kaldte disse Mennesker
til Orden, idet han i et halvt studeret Røversprog, han havde
lagt sig til under sine mislykkede Forsøg paa at tage norsk

juridisk Examen, anmodede dem om at være rolige og respek-
tere ham og hans Hus, som var en Helligdom, fordi han var
Øvrighedsperson og bar Kongens Mundering. En af de Drukne
mente høit, han fik gaa ind og trække den paa, om det skulde
have Klem.

En Kvindestemme bad med smigrende Underdanighed, at
den naadige Lensmand ikke maatte være vred, fordi „Karman-
den" tiltalte ham saa uanstændigt; han var jo drukken, det
saa Lensmanden nok. Naar han var ædru, var han den
braveste Mand til at stræve for Kone og Børn, og saa snild
og myg, at han kunde vindes om en Finger, og for at skaffe
sine Forsikkringer yderligere Indgang skjældte hun „Karmanden"
i samme Aandedræt med en fast utrolig Tungefærdighed for
en Slagsbroder og en Drukkenbolt, der ikke gad gjøre andet
end at yppe Kiv og drikke Vorherres Dage bort, og overøste
ham derhos med en saadan Strøm af Skjældsord og Be-
breidelser, fordi han paa en upassende Maade vovede at tiltale
den brave, snilde Lensmand, som nu vilde sørge for dem, give
dem Husly, Mad og alt det som godt var, saa at Manden ikke
svarede et Ord til hundrede. Han vidste vel, at det hele var
Forstillelse.

Under disse Forhandlinger blev Hængelaasen taget af,
Slaaerne skudte fra, og ind gjennem Døren tumlede Selska-
bet, tilsneet, rødøiet og blomstrende af Snefog, Nordensno,
Brændevin og Ophidselse af det Klammeri, hvorunder de vare
blevne grebne i en Bryllupsgaard i Nærheden.

Et vildt Glædesblink foer over den gamle Taters Ansigt,
da han saa Folk af sin egen Stamme, ja af sit eget Følge.
men han reiste sig ikke fra sit Leie, og gav den ikke tilkjende
ved nogen voldsom Glæde, saaledes som Fuglefængeren, der
med et Spring stod midt iblandt dem, som om han jublende
vilde hilse dem alle. Men et advarende Blik bragte ham strax
til at antage en ligegyldig Mine. En af Følget hviskede i

Forbigaaende til ham: „Stilla Møien, Raklo! vikkar dero tji 'en bængefte Muftroen?"*)

„Hvad er dette for Folk, Herre Lensmand?" spurgte han derfor fremmed og med paatagen Ydmyghed, „om jeg faar Lov at driste mig til at spørge?"

„Det er nogle stridbare Lovovertrædere, som jeg saa at sige fakkede in flaxanti, det er det samme som: mens dem flagfet i Vingerne, fkjønner du, juft som de gjorde sig skyl= dige i Benshug og Stenshug, Haargreb og Klæders Sønder= rivelfe efter 6 Bogs 7—8," svarede Lensmanden vigtig. „Og jeg er ikke langt fra Faktum, naar jeg antager, at det er disfe eller lignende Løsgjængere, som her og i andre Bygdelag i fenere Tider have forøvet abfkillige fimple og kvalificerede Ind= brud. Det gamle Kvindemennefte er af Truls Skoleholder paa Rognehaugen angiven fom overbevifendes for Kvakfalveri og Fandenskunster med fmeltet Bly, og bør for Maalen, Signen o. f. v. efter 6 Bogs 1—12 paa Tugthufet. Anbelangende en af disfe Karle, da er det min visfe Formodning, at han er den Langfant, fom i Sommer, i en Smedje ved Exerplad= fen paa Gardermoen, med en gloheb Jerntein næften bræbte eller halvftegte en Solbat, og det fom værre var, med det famme brændte op og fkamferte Kongens Mundering, fom den Menige havde paa Skrotten. — Skulde En vel have hørt Sligt! — „Men —" afbrød han fig vred, da Fuglefængeren ikke kunde afholde fig fra at le over den Salvelfe, hvormed Lensmanden omhandlede denne grove Forgribelfe paa Kongens Mundering; — „men jeg ftaar her og prater for dig, og du fpør mig, og kanfte du holder mig for Nar attpaa? Det var bedre, at jeg fpurgte dig, for du er jo Knappefant, og faa kjender du vel Folkene dine paa Knaphullerne," tilføiede han lunefuldt. „Kraake føfer Maake, figer er gammelt Ord, og jeg fynes dem javfede famme Kraakemaalet, du buldrer, naar du har faaet Brændevin."

*) Hold Mund, Gut! Ser du ikke den Fandens Lensmanden?

Derpaa trampede Lensmanden affted, flog Døren dun=
brende i Laas, og ffjød Slaaerne for. Men under hans Bort=
gang fagde Fugleføngeren med megen Ydmyghed i Stemmen,
medens Skalken lindrede i hans Dine og lurede i hver Mine:

„Naadige og vife Hr. Lensmand, De maa fandelig ifke
være vred paa mig: Bæng le bero!*) Jeg mente ifke noget
ondt med det jeg fpurgte; men jeg har aldrig feet disfe
Godtfolk før, og jeg vil gjerne vide, hvem jeg ffal dele Bord
og Seng med. Gi' bero futa i Boldron i bængefte Bau at=
med Bule til faftra Bæng!"**)

Over dette hjertelig udtalte Ønffe brød hele Følget ud i
en Latter, fom Lensmanden brummede Bas til udenfor. Da
han var borte, fik Anfigterne et andet Udtryf, og Kvinderne
nærmede fig Ilden. J den ene af dem gjenkjende vi nu, da
hun har viflet fig felv og en ffinnende Kaffekjedel ud af det
ftore Uldtørflæde, fom før indhyllede hendes Anfigt og lange
Figur, Signekjærringen Gubjør Langelaar. Det andet van=
brende Kvindemennefke, der med faa megen Ydmyghed havde
undffyldt „Karmandens" uforffammede Tiltale for Lensman=
den, var vel en tyve Aar yngre end Gubjør, nævntes Karen
eller Steffens=Karen, og udmærfede fig ved en lav, men let
og fmidig Legemsbygning, ravnfort eller rigtigere fortblaat
Haar og et ægte Taterfjæs. J den gulbrune Hud, der fad
ftramt udfpændt over hendes ffarpe Træf, fom man faa ofte
fer hos Menneffer af et heftigt og pirreligt Gemyt, havde hun
faaet forffjellige Rifter og Pletter under det Slagsmaal, hun
nylig havde været i med den faa ivrig forfvarede Karmand,
hvem hun med fine Negle og fin Foldefniv havde bibragt faa
eftertryffelige Skrammer og Saar, at hans Træf næften ifke
vare til at ffjelne for ftørfnet og halvftørfnet Blod. Jmidlertid
fyntes denne Perfon, der faldtes Jon Pottefod, ifke at være
af Taterflægt, ligefaalidt fom en anden af Følget, der havde

*) Fanden tage dig!
**) Gid du laa i en Seng nedi hede Helvede ved Bagen af felve Fanden!

et yderst slapt og sløvt Udseende, og som paa Grund af et
Yndlingsudtryk og dette Yøre, hvori hans Karakter udtalte sig,
glædede sig ved Navnet Ola Ligeglad; men umiskjendeligt var
det, at de begge vare beskjænkede. Den Femte i Følget hed
egentlig Per Svendsen, men tillagdes almindelig Kjælenavnene
Per Hesteskjærer, Heste=Per eller Svolke=Per. Hans Ansigt
var yderst frastødende, og under et Par stærkt bøiede, umaa=
delige buskede Bryn havde han et endnu mere gjennemtræn=
gende Basiliskblik end nogen af de øvrige Tatere. Hans tætte,
men ingenlunde plumpe Legemsbygning, og hans sikkre, lette
Bevægelser tydede paa en Kraft og Smidighed, der gjorde det
end farligere at ægge de voldsomme Lidenskaber og den brutale
Vildhed, hvorom denne Tyrepandes Rynker, denne Skulm over
Øinene, denne dyrisk fremstaaende Snude med dens grinende
Muskelspil vidnede. Ligegyldig, som om han var alene, kastede
han sig hen paa Bænken foran den Seng, Svarte=Bertel laa
i, tog frem en liden Snabbe, hvori han karvede Tobak, bad
Steffens=Karen tænde sig en Stikke og begyndte at røge. Imid=
lertid satte Kvinderne Kaffekjedlen over Ilden for at tilberede
Taternes næst efter Brændevinet mest yndede Drik, medens man
med Forsigtighed indledede en almindelig Samtale, hvorunder
der ved nogle i Tatersproget henkastede, for Vagtkarlen ufor=
staaelige Ord blev lagt en Plan til at gjøre ham sikker og
aflede hans Opmærksomhed fra de Forhandlinger, Følget ag=
tede at drive med Svarte=Bertel og Fuglefængeren angaaende
Udbrud af Arresten og Indbrud paa en nærliggende Bonde=
gaard. Da disse Forberedelser vare trufne, og baade Mæn=
denes og Kvindernes Piber satte i en saadan Virksomhed, at
hele Rummet fyldtes med Taage, samlede hele Selskabet, und=
tagen den saarede Jon Pottefod og de to i Krogen, sig om
Ilden.

„Du har vanket vidt du, Gubjør, hører jeg," begyndte
Fuglefængeren — der strax med Interesse var gaaet ind i den
antydede Plan —, under en Stans i den almindelige Sam=

Norske Huldre-Eventyr. 18

tale, som fornemmelig havde dreiet sig om Anledningen til Følgets Fængsling. „Jeg har hørt gjiti dine Summipaer og Ragustaer,"*) tilføiede han i Tatersproget, med et næsten umærkeligt Blik mod Svarte-Bertel, for at antyde at han var Hjemmelsmanden. „Nu faar du fortælle os noget!"

„Ja, jeg har vanket vidt og sanket lidt," svarede Gubjør, med et som det lod tilvant Yndlingsudtryk; thi det stod ikke i Overensstemmelse med hendes Antræk, da hun var klædt omtrent som en velhavende Bondekone. „Meget har jeg hørt og meget har jeg spurgt, mangen viis Gjerning har jeg været nødt til at gjøre for Bønderne; jeg maatte jo skaffe Mad og Klæber baade til mig og Mine i den Tid jeg ikke var alene, og siden ogsaa; men nu begynder jeg at blive gammel."

Derpaa fortalte hun flere af sine „vise Gjerninger," Bedragerier og listige Streger, i sit fra det foregaaende bekjendte langsomme, høitidelige Foredrag, men som her af Hensyn til Vagtkarlen med Flid blev holdt saa dunkelt og tvetydigt, at det for ham, selv om han havde været en kløgtigere Person og mere opmærksom end han var under Gubjørs Fortællinger, vilde have været umuligt at fatte den egentlige Sammenhæng. Og hvor den dunkle Fremstilling ikke var tilstrækkelig, indblandedes sparsomt enkelte Ord og Talemaader paa Rommani.**)

Glanspunkterne i disse Fortællinger var Historien om, hvorledes hun ved sin saakaldte Ragusta havde skaffet en Jomfru i Tvedestrand hendes utro Kjæreste igjen, og nogle taveste Summipaer,†) hvorved hun havde erhvervet sig Klæber, Levnetsmidler og Penge. Det var saa langt fra, at hun saaledes som hun tør syntes at antyde, angrede disse sine „vise Gjerninger," at Glæden spillede hende i Øinene, naar hun

*) Bedragerier og Trolddomme.
**) Rommani betegner i det norske Tatersprog baade Folket (Taterne) og Sproget, de tale.
†) Bedragerier ved Knuder paa en Traad.

fortalte, hvorledes hun ret til Gavns havde taget en Buro ved Næsen.

„Men hvorledes var det med Mastan?"*) spurgte Fugle= fængeren. „Jeg har hørt sige, at du har gjort det godt med den."

„Det er længe siden," svarede Gubjør, „at jeg havde nogen. Det var, da han" — med et umærkeligt Nik mod Svarte=Bertel — „var en liden Gut, og reiste med mig. Sent en Aften kom vi til en Gaard. Alle Døre var lukkede und= tagen Døren til Fæhuset — Drabb —"**) sagde hun og saa paa de øvrige, der fuldkommen forstode Meningen. „Men der havde jeg da ikke mere at gjøre. Dagen efter kom jeg til den samme Gaard. Jeg gik ind til Bonden og hilste paa ham og sagde: „God Dag." — „God Dag," sagde han igjen; arrig var han som en Bandhund. „Min kjære Bonde," sagde jeg, „du skal ikke være vred paa mig for den Ulykke du har havt." — „Hvoraf ved du, at jeg har havt nogen Ulykke?" spurgte Bonden og gjorde store Øine. — „Jeg ser det paa dit Ansigt og dine Øine," sagde jeg. „Men nu kan du være glad og takke din Gud, forbi jeg er kommen: jeg ved alle Ting, og jeg har Hjælperaad for alle Ting." — „Ja, men

---

*) Mastan, en Kat, Troldkat, et af en Træklods forfærdiget Skabilken, overtrukket med Katteskind, der indeni er forsynet med en Blære, som indeholder rødfarvet Vand, samt med en egen Mekanisme, hvorved den løber hen over Gulvet og skriger. Naar Taterne ville gjøre sine Kunster, nedgraves denne hemmelig paa et bestemt Sted i Fjøset; en eller flere Kjøer faa Sellsnæpe eller anden Gift. Senere indfinde de sig, udpege de syge Kjøer og tilbyde sig at fordrive Trolddommen. Modtages Tilbudet, angive de Stedet, hvor Troldkatten findes, og lade Bonden opgrave denne, som da ved en udenfor posteret Hjælper brin= ges til Side. For ret at forbløffe Vedkommende i det afgjørende Øieblik, viske de ham om Øinene med en Strybundt, der er indsmurt med Fosfor. Kjøerne kurere de ved en Modgift.

**) Gift.

18*

jeg skjønner ikke, hvorledes du kan vide det, som er hændt her," sagde Bonden igjen.

"Hvorledes kunde Moses vide, at Kong Farao og hans Hær skulde drukne i det røde Hav?" sagde jeg. — "Ja, det var i det gamle Testamente det," sagde Bonden; "eller er hun kanske en Profet, Mor?" — "Nei, ikke det, Far, men den store Allako har givet mig et aabent Øie i Ragusta, saa at jeg kan se det, som er hændt dig." — "Ja saa," sagde han. — "Der er to Kjør, som er sturtefærdige for dig af Finnstud, en sort og hvid, og en rød og hvid," sagde jeg. — "Hvor laa du i Nat?" sagde Bonden. "Dæ aschar jik goschvarbo Buro."*) — Men saa sagde jeg: "Skal du vide det, saa laa jeg i Nat "pre Dumon i Volvron Minschia uppri."**)

Her havde Tilhørerne vanskeligt for at tilbageholde sin Latter.

"Da Bonden fik høre dette," vedblev Gubjør, "blev han meget forundret. "Onde Naboer har udsendt en Troldoms-Maskan for at suge Marv og Blod af Kjøerne dine," sagde jeg, "det ser jeg; men faar jeg raade, skal jeg vise den frem, og jeg skal hjælpe dig, saa at den ikke faar Magt til at forderve flere."

"Kan du det, min gode Kone, skal jeg betale dig rundeligt, og Mad og Klæder skal du faa attpaa," sagde Bonden. — "Følg med i Fæhuset, saa skal jeg vise den, som suger Blod og bryder Ben," sagde jeg til Bonden; "men tag med Hakke og Spade." Han tog Hakke og Spade, og Konen til Bonden gik efter ham som en Hund. "Jeg har aldrig været her," sagde jeg; "men jeg veirer godt og kjender skjulte Ting; gaa til den sorte og hvide Koen," sagde jeg. — "Her er gravet før," sagde Bonden. — "Grav igjen!" sagde jeg; "det som er skjult, skal aabenbares." Manden grov, og bedst han

*) Det var en ful Bonde.
**) Paa Ryggen med Bagen i Sengen.

grov, sprang der frem af Baasen en Kat og bort over Gulvet
og skreg saa fælt. I det samme gnistrede det om Øinene baade
paa Bonden og paa Konen hans som Ild og Luer."

Her nikkede hun betydningsfuldt til Tilhørerne og satte
en hemmelighedsfuld Mine op.

"Manden blev saa ræd, at han rullede over Ende; Kjær-
ringen slog op en Bælg og rendte i Ring, saa hun ikke kunde
finde Døren. Imens tog jeg Katten og klemte, saa Blodet
skvat ud over Gulvet. "Nu skal jeg sende den bort og binde
den fast, saa den aldrig skal slide sig og komme hid igjen,"
sagde jeg, og til at læse en Lexe over Katten, mens jeg gik
til Døren med den.

"Vor Herre og St. Per gik Veien fram, saa mødte dem
den forfærdelige Trolddoms Maskan. "Hvor skal du hen?"
sagde vor Herre Jesus Christ. — "Jeg skal til Bondens Gaard
og bryte Bein og suge Blod." — "Vend om igjen, jeg stævner
dig, jeg binder dig i tre jordfaste Steiner:

Ikke skal du Bein bryte,

ikke skal du Blod suge;

ikke skal du bo paa Land,

der nogen bor;

ikke skal du bo paa Vand,

der nogen ror.

Du skal paa Havsens Bund

under en jordfast Stein.

"Men udenfor Fjøsdøren stod den Svarte," sagde hun,
med en Hentydning til Bertel, "og tog Katten og for til Skogs
med, og se saa den aldrig mere."

"For det fik jeg Kaffe og Tobak, Uldent og Linned, Flesk
og Spegemad, sex Sølvskeer og mange Penge."

Fuglefængeren, den anden Taterske og Ola Ligeglad, der
vare Gubjørs opmærksomme Tilhørere, ledsagede af og til hen-
des Fortællinger med en klukkende Latter og et eller andet i
Tatersproget sagte udtalt Ønske om, at Buroerne altid maatte

blive tagne faaledes ved Ræfen. Vagtkarlen, fom havde lig-
get paa Ovnsbænken og delt fig mellem at røge Tobak og
halvfovnig at glo paa Ilden, fluttede fig nu ogfaa til dem,
da Fuglefængeren begyndte:

„Nu fkal jeg ogfaa fortælle om et Finnfkud: For mange
Aar fiden var der en Finn, fom de kaldte Træfodfinnen.“

„Det var „kji Lallaro,“*) han var „jik Rommani,“ fagde
Gubjør. „Jeg kjendte ham.“

„Ja, det kan være; nok, denne Træfodfinn kom ind her
nord paa Sellsbygden,“ vedblev Fuglefængeren, „hvor Sells=
næperne vorer, paa en Gaard fom hedder Rommengaard. Kjær=
ringen der ftod og kjærnede Smør.

„Giv mig lidt Smør du,“ fagde Træfodfinnen.

„Jeg har ikke noget Smør,“ fagde Kjærringen.

„Har du ikke Smør, fkal du ikke faa Smør heller,“ fagde
Træfodfinnen, og dermed gik han.

Kjærringen kjærnede meft hele Dagen, men det vilde ikke
blive Smør, og om Natten fturtede en Ko for hende. Saa
fkjønte hun, at Finnen havde fendt ud Finnfkud, og fendte
efter ham en Mand for at faa gjort det godt igjen. Denne
Mand var Husmand under Gaarden, han hedte Knut Mo og
var raft til Bens; men Finnen naaede han ikke, før han var
tre Mil nordenfor Trondhjem, og der fik han forligt det og
gjort det godt igjen med Penge og Løfter om mere, naar
Finnen kom udefter.

„Det er bedft du er fnøgg hjem,“ fagde Træfodfinnen,
„for der ligger tre Kalvehoveder under Fæhufet: derfom de ikke
blir taget bort og brændt før Nøe, kommer der Stordaub paa
Fæet: derfor er det bedft du fnøgger dig,“ fagde Finnen.

„Ja Gu’ jeg fkal være fnøgg!“ fagde Knut Mo, „men
jeg kan ikke flyge fortere end Benene vil, jeg heller,“ fagde
han.

_____

*) Ingen Finn.

„Aa, jeg skal hjælpe dig fram," sagde Finnen; „for jeg har Veiret og Veien i Skindhiten." Og saa sagde han for ham, at han skulde fare bort igjennem Luften og komme ned paa tre Rettersteder, og det var paa Halbakken paa Dovre-skogen, paa Nilsbakken paa Rusten og paa Steilen paa Sell, tæt ovenfor Rommengaard ved Laagen.

„Fra Steilen kommer du ikke opatt," sagde Finnen, „for da har du ikke lange Veien; „men den du først møder, maa du ikke snakke til; du maa ikke se efter ham engang."

Nei, han skulde ikke snakke til nogen kristen Sjæl, han skulde ikke se paa Siden, om han saa mødte Kongen af Engeland.

Dermed tog han Farvel med Finnen og reiste afsted, og det var ikke længe, før han var over „Jemlom"*) og nede i Gudbrandsdalen paa Halbakken paa Dovreskogen, for han for som et Veir. Ret som det var, kom han ned paa Nilsbakken, og før han vidste Ordet af det, var han nede paa Steilen. Derfra skulde han til at gaa nedover til Rommengaard; men da han kom bortpaa Vaageveien til en liden Dok, som de kal-der Maurstadbokken tæt ved Laurgaard, mødte han Kjærringen sin, og hun blev staaende og glane saa stort paa ham, fordi han strøg saa stram forbi. Saa kunde han ikke længer berge sig, men maatte glo efter hende. Fra den Stund sad Hove-det paa Skakke paa Knut Mo, og den som fortalte mig det, havde seet ham og hørt det af hans egen Mund." —

„Det har været en ful Bondemand; han har drukket op Pengene hos Kræmmeren, faldt over Ende i Fylden og brikket Nakkebenet, og siden har han ljuget sammen den Historien," sagde Steffens-Karen.

Over denne Forklaring blev der megen Lystighed, og Gu-bjør gjentog, at hun havde kjendt Træfodfinnen, og at han ikke var nogen Lallaro, men hørte til Rommani, og hun vidste, at han havde været slem i Ragusta.

---

*) Dovrefjeld.

Vagtkarlen, som med megen Interesse syntes at have
hørt paa den sidste Fortælling, gjorde Indsigelse mod denne
Forklaringsmaade og fortalte til Bevis for sin Paastand om
Muligheden af saadanne hurtige Reiser gjennem Luften, det i
Gudbrandsdalen bekjendte Sagn om Jutulen og Johannes
Blessom; derpaa opfordrede han Taterne til at fortælle flere
saadanne fornøielige Historier.

„Ja vi skal nok fortælle, men nu maa du fortælle en
først," skreg Taterne over hverandre, da Svolfe=Per og Svarte=
Bertel bleve vel høirøstede henne i Krogen. „Fortæl, enten
det er Løgn eller sandt, enten det er om Trold eller Fanden,
det er det samme."

„Ja, er det det samme, saa kan jeg vel komme paa en
Stub jeg ogsaa, maa'a; men Dølen rende i mig, ved jeg
rigtig hvad jeg skal fortælle! Jo, nu kommer jeg paa en,"
udbrød han efter at have grundet en Stund.

„Der var en Gang en Gut, som skulde i Tømmerskogen.
Men som han gik, traadte han vel paa Vildgræs, og kom rent
af Leden bort i Afhullerne, saa han ikke kunde finde frem.
Han gik hele Dagen da, maa'a; men da det led paa Kvelden,
fik han se en Vogn, som kom kjørende, og den var blaa den,
maa'a. Bedst det var, saa kom der en til, og den var glo=
ende rød den, maa'a, og saa kom der saa fuldt med Vogne,
og nogle var af Guld, og nogle var af Sølv, og der var
saa urimelig mange Heste for, at han aldrig havde seet slig
Færd. Men ret som det var, blev de borte i Skogen, og
Gutten gik længer han, maa'a. Som han gik, kom han til
at spænde paa et Purkøre, som stod op af Jorden. Saa
gryntede det nedi og klang ligesom i en Pengekjedel; men i
det samme kom der lunkende En med en Skarvemær for en
Kjærre.

„Me naar dem vel att?" sagde han.

„Ja, i Morgen naar du dem att," sagde Gutten. Men
hvad Dølen var det det laat i, tænkte han ved sig selv, og

vilde til at tage i Purkøret. Da var det væk, men havde han ikke snakket, saa havde han faaet Kløerne i en af Penge= kjedlerne til Gamle=Erik da, maa'a.

„Kunde du ikke skydse mig hjem du?" sagde han til den, som sad paa Kjærren, „for jeg er kommen saa rent abrængslig langt af Veien, at jeg ikke tror jeg er Karl til at finde hjem paa een Nat," sagde han.

Jo da, han vilde skydse ham, maa'a, og de kjørte, og de kjørte temmelig fort og. Langt om længe kom de frem til en Gjæstgivergaard, og der var det saa gildt, at de kunde faa alt det de vilde. Der var saa meget Mad og Drikke, at der mest ikke var nogen Ende paa det, og ikke skulde det koste noget heller. Det var nu baade godt og vel det, maa'a. Men da de skulde til at lægge sig, spurgte Kjærringen, hvad for en Seng han vilde ligge i, enten i den røde eller i den blaa. Ja, det var vakkert altsammen, og der var store Frynser og Blommer og Ty paa Skindfelden baade i den blaa og i den røde. Men Gutten han vilde helst ligge i den blaa han, maa'a. Det skulde han faa Lov til, og han drog af sig Klæ= derne og lagde dem paa en Stol. Saa satte han sig paa Sengekanten, og med det samme han skulde vælte sig over Ende, sagde han Jesu Navn, maa'a. Men da var Sengen et blaat Vand, og Stolen var en Sten fremved Vandet, og den røde Sengen var Varme og Ildmørje, og nedi der laa der Folk, som krøb og kravlede, saa Gnisterne frasede om dem. Ja, Gutten han syntes dette var grovelig fælt han, maa'a. Men da han fik se sig rigtig om, stod Maanen over Fjeld= kammen saa stor og rød og rund, og saa var han i Fjeldet udmed et Vand, og der kjendte han sig godt igjen. Men Gjæstgivergaarden og hele det Stellet det var borte det, maa'a."

Medens disse Fortællinger tiltrak sig eller lod til at til= trække sig de Øvriges Opmærksomhed ved Ilden, samtalede Svarte= Bertel og Svolke=Per henne i Krogens Stygge. Gubjørs og Fuglefængerens Blik sneg sig en og anden Gang ubemærket derhen, og mod Slutningen af den sidste Fortælling havde Gubjør selv listet sig hen til dem. Det verlende Minespil paa Svarte=Bertels Ansigt, der i hurtige Følgerækker afspeilede lurende Opmærksomhed, Stolthed, Foragt, Hab og Harme, og Svolke=Pers heftige Fagter, antydede lige saa klart som deres Tale, at de omhandlede sine Livsbegivenheder og Forhold til Buroerne.

„Haa afchar dero i Stillepa for?"*) spurgte Svolke=Per, efter at have berettet om nogle af sine Hændelser efter den Tid de sidst saaes.

„For jik Marrapina,"**) var Svaret.

„For jik Marrapina?" spurgte Svolke=Per op igjen med Forbauselse i Miner og Stemme.

„Ja, ja, som jeg siger, for en ussel Grime af en Toug=stump og et Par Vidjer, ikke saa meget værd som en Halv=skilling," svarede Bertel med Forbittrelse. „Jeg tog den paa Gjærdet ved en Bondegaard for at binde min Hest; Buroen, som `eiede den, kom efter og greb mig og satte mig i Stillepa, fordi jeg var en Rommani og ikke nogen Buro, og Lens=manden siger jeg kommer paa „Kiev"†) for den Marrapina."

„Paa Tugthuset for en Vidjegrime!" udbrød Svolke=Per igjen, med lige saa meget paatagen som virkelig Harme. Ja, ja, Christian Kjeldsen sad jo for en Høvist, som han tog op og vilde tørre Sveden af Hesten sin med. Gamle Christian Kammager, som mest er halvblind, har de ogsaa sat did, fordi han ikke har „drabrat hos Rascho."††) Han har aldrig sovet under Sobbjælken otte Dage i Rad, og aldrig har han talt andet end Tænder i Kamme og Vævskeer; men der har de sat ham ind et helt Aar til at regne op Bogstaver og læse ABC som et Skolebarn. De fordømte Buroer! De skriver op vore

---

*) Hvorfor er du i Arrest?
**) For en Grime.
†) Tugthuset.
††) Gaaet til Præsten, staaet til Konfirmation.

Navne og Haandteringer; de holder Mandtal paa os, som vi var deres Kjør og Svin, og sætter os i Tugthus og Slaveri for ingenting, naar vi sætter os lidt op imod dem. Tilsidst vil de forbyde os at gaa paa Jorden, at vandre paa Fjeldene, at fiske i Bækkene!"

„Kjattjo, Pral!"*) sagde Svarte=Bertel, hvem lidenskabeligt Had og Harme lyste ud af Øinene under denne Tale.

„I min Ungdom var det anderledes," vedblev Svolke-Per. „Naar vi kom til Buroens Gaard og sagde: vi behøver Brændevin, Tobak, Kaffe, vi har ikke Klæder og Mad, vi skal reise langt, giv os Niste og Reisepenge —, saa gav han os det; han torde ikke andet, han vidste vi havde Magten, han saa vi kunde skade Fæet hans og Agrene og magtstjæle Hestene; da var det gode Dage for Rommani. Jeg mindes godt, at da Lange=Ola var kommen hjem fra Rusland, truede han en Gang en Lensmand til at danse Springdans med Mor mi, hende Steffens=Olea, paa hans eget Gaardstun. Men nu, nu maa vi vandre om over vide Fjeld, borte i Aasbygder og de værste Afhul og Baglier som findes, og endda tør de true os med Bygdevægter og Lensmand og Tugthus."

„Jeg har aldrig taget saa meget som for to Skilling," tog Svarte=Bertel Ordet; „jeg har næret mig „Horta pre;"**) jeg har kureret Heste, jeg har været klog og listig mod Buroerne; men jeg har hverken „spancet" eller „kjaarat"†) hos dem, og jeg har ikke slaaet dem ihjæl, og nu skal jeg sidde indestængt paa Huset for den usle Grimen. Det forbandede Buropak! jeg skulde være glad, om jeg kunde fordærve dem allesammen, baade dem og deres Fæ, og alt hvad de eier."

Denne Stemning var det Svolke=Per havde ønsket at fremkalde, og han søgte efter Evne end yderligere at gyde Olje i Ilden, idet han dvælede ved den uberettigede Kontrol man vilde

---

*) Det er sandt, Broder.
**) Paa en redelig Maade.
†) Rapset eller stjaalet ved Indbrud.

føre med deres Folk, og den Haardhed hvormed man tvang
gamle, sløve Mennesker til at læse og lære Kristendom. Ende-
lig omhandlede og udmalede han, hvad hans eget Følge havde
lidt under disse Forfølgelser, især efter de Indbrud Lensman-
den omtalte. Derfor havde de flere Gange i den strengeste
Vintertid maattet tage til Fjelds, hvor de havde udstaaet Utro-
ligt. De havde ikke turdet lade sig finde i de Bygdelag, hvor
de vare kjendte, thi de vilde ikke for nogen Pris paa „Kjat-
kipa;“*) „Randrebraskroerne“**) vare listige, og det var let at
forsnakke sig; det kunde jo kanske oplyses, at han „havde brændt
Soldaten for Knippe,“ sagde han med et Hestedoktorudtryk, „og
saa var det en Gang en Mjøltraaver†) — den Karlen var
ikke saa meget værd —, men kom det for Dagen, at det var
en af Rommani, som havde gjort det, saa —,“ her gjorde han
en betegnende Haandbevægelse over Struben. — Han havde
hverken Lyst til „at lade Knappen springe,“ eller til at kjeræs
Pagen;“††) derfor vilde han reise til Sverige, hvor det skulde
være fredeligere end i dette Land. Men gode Reisepenge vilde
han gjerne have, og han vilde nødig reise fra sit Følge og
sine Skyldfolk, derfor vilde han have Svarte-Bertel og Fugle-

---

*) Kjatkipa, Forhør.

**) Randrebraskro, en Skriver, Sorenskriver.

†) Meltraverne ere en fra Taterne eller Rommani forskjellig Stamme,
der lever i et bestandigt Fiendskab med disse; naar de mødes, kommer
det ikke sjælden til blodige Slagsmaal, der undertiden ende med Drab.
Medens Taterne streife om overalt, færdes Meltraverne især i de vest-
lige og sydlige Egne af Landet, og synes saavel i Sprog, som i Le-
vemaade og Udseende at have meget tilfælles med de Rotvælske eller
jydske Natmandsfolk, ligesom de i det hele ere mere blandede med de
Indfødte. De synes ikke som Taterne at drive eller angive at drive
Haandværk eller bestemte Forretninger. Heller ikke skulle de saaledes
som disse befatte sig med Sunnnipaer og Ragustaer. De holde ikke
Heste, men fare enten om til Baads i større Selskaber, eller trave
om med en Mel- eller Tiggerpose paa Ryggen.

††) Dømmes til Slaveriet.

fængeren med. Og vilde de saa sandt, skulde der blive Raad baade til at komme bort og til Reisepenge i Overflod. I disse Bygdelag troede de næppe nogen af dem var kjendt uden Gubjør, som de efter mange Aars Fraværelse havde truffet her; og af hende havde de faaet spurgt, at Svarte=Bertel og Fuglefængeren sad hos Lensmanden. En eller et Par af Følget havde tænkt at besøge dem i Arresten for at gjøre Aftale med dem, men underveis „kom Pottefoden og Kvindfolket hans i Haarene paa hverandre," forbi han havde klappet en Bondejente i en Bryllupsgaard, hvor de var inde; nogle drukne Bønder lagde sig imellem og vilde stille dem ad; disse blev mørbankede af Følget; men da det var tæt ved Gaarden, faldt alle Bryllupsgjæsterne over dem, og der blev et saadant Slagsmaal og Spektakel, at det ikke havde taget nogen god Ende, hvis ikke Lensmanden var kommen til. Nu da de vare komne sammen i Arresten, havde det ingen Fare, Vagtkarlen skulde de drikke fuld; de havde Brændevin med sig, og hjalp ikke det, havde Gubjør gode Draaber, som bragte søb Søvn; Brækjern og Tænger vare de forsynede med, — han havde alt skjult dem i Sengehalmen. Men de maatte bryde ud af Arresten samme Nat; Lensmanden havde kanske kjendt dem eller gjættet hvem de var, og desuden maatte det Indbrud, han havde omtalt, ogsaa gjøres samme Nat; Folkene fra den Gaard vare borte i et Bryllup.

„Hvoraf ved du at der er Penge?" spurgte Svarte=Bertel, som med stigende Interesse havde hørt paa hans Beretning.

„Gubjør har været der," svarede han med et Nik til hende. „Hun har spurgt, at Manden er en Valders, som er flyttet hid. Han var nylig kommen hjem fra Christians= og Brancæs=Marked, og der har han været paa Smørhandel og Slagtekrav; hun saa han talte mange Penge paa Staburet."

„Ja," sagde Gubjør, som under den sidste Del af denne

Samtale havde nærmet sig dem, „jeg kom der sidst Lørdag og vilde kjøbe et Spegelaar af Valderskjærringen — for Dølerne holder paa sit Spegekjød, som om det var dyrere end Sølv, og hun tog mig med paa Staburet, og fuldt var der af al Slags Stabursmad. Det var en snild Kjærring; — saa skulde hun til at vise mig Valdersstabsen paa Loftet. Der stod Manden og talte Penge i en rødmalet Kiste, baade Gule og Grønne, og Hvide og Blaa. Han smældte Kisten igjen; men jeg saa baade Sølvet og Pengene i den, og fuldt var der af Penge og alting.“

„Jeg er saa nødig om en Tobaksrul eller to,“ sagde jeg; „du har vel ikke ondt for dem du, som kommer lige af Markedet,“ sagde jeg.

„Aa, reis du til Helvede og tig Tobak af Fanden,“ sagde Valdersslasken.

„Naa, naa,“ sagde jeg, „den er vel at faa kjøbt for Penge og gode Ord; jeg har ikke tænkt at tigge dig om den,“ sagde jeg, „men jeg synes jeg ser paa dine Øine, at der skal hændes dig noget ondt.“ Da jeg gik, hidsede han Hunden efter mig, men da jeg kom bag Husene, kastede jeg Drabb for den, og jeg saa, den aad det — —“

„Der er Reisepengene, vi behøver bare at tage dem,“ afbrød Svolke-Per hende. „Gaarden ligger lidt oppi en Dal østpaa; derfra er ikke mange Mil over Fjeldet til Østerdalen; saa har vi ikke langt til Sverige, og gir Tugthuset og Lensmanden Fanden.“

„Ja,“ sagde den anden og slog i Skindfelden, „jeg er med, Bror! Jeg skal tage hans Sølv og Penge! Har jeg ikke gjort noget før, saa skal jeg nu gjøre saa meget, at jeg fortjener baade Krave og Hosebaand.“

„Det var ret, Bror!“ sagde Svolke-Per med en fornøiet Mine og et uhyggeligt Grin, idet han tog og rystede hans fremrakte Haand. Nu vinkede han ad Fuglefængeren; ham gjorde han færre Omstændigheder med; thi da denne hørte

hvad det gjaldt, sagde han med et Ordsprog, hentet fra sin
Yndlingsbeskjæftigelse: „den Fugl er let at lokke, som efter vil
hoppe,“ og var strax rede baade til Ud= og Indbrud.

Da det led mod Slutningen af Vagtkarlens Fortælling,
hørte de Larm udenfor Arresten og antog, som rimeligt kunde
være, at det var Lensmanden, som kom for at visitere. De
nærmede sig nu samtlige Ilden og ledsagede Fortællingen med
saadant et Spektakel og en saa støiende Latter, at han maatte
tro de aldrig havde tænkt paa andet end at korte sig Tiden
og gjøre Løier.

„Her er baade Varme og Moro og Tobak her,“ sagde
Lensmanden hostende og smattende paa sin sølvbeslagne Mer=
skumspibe. „Ude fyger det, saa En mest ikke kan gabe, og
Tobakken brænder som Braatekvas. Men det er da Fanden
til Støi I holder; En skulde mest tro, I vil sætte Hytten
paa Taget.“

„Lensmanden maa rigtig være saa inderlig god,“ svarede
Steffens=Karen med sin løbende Tunge og krybende Underda=
nighed, „ikke at blive vred, fordi vi staar paa Hovedet og
holder Helg, men Tiden blir saa lei og lang, naar En ikke
tar sig noget til, — og saa begyndte Jakob Knappemager
og denne snilde Bondemanden at fortælle gamle Eventyr og
Historier. Men Gud bevares, befaler Lensmanden, skal vi
gjerne sidde saa stø som Katter paa en Peispall.“

„Aa, sid I og le og ljug ihop saa meget I vil for mig,“
sagde Lensmanden naadig, „men styr ikke, som I vilde rive
ned Væggene. En skulde mest tro, I var til Bryllups eller
Gjæstebuds, og ikke at I sad i Arrest. — — Men, men,“
vedblev Lensmanden snøftende, „her lugter Stærkt. I har vel
ikke Brændevin?“

„Lensmanden maa være saa naadig ikke at fortryde paa
det,“ sagde Steffens=Karen igjen, om muligt endnu mere hunde=
ydmyg end før; „men jeg fik rigtig med mig en liden Taar
til at slaa paa Skraberne til Karmanden —“

„Som du selv har kloret, kan jeg tænke," afbrød Lens-
manden hende. „Jo, du er en snild Kjærring; først slaar du,
og siden klapper du! Jeg har hørt det! Men," henvendte
han sig til Vagtkarlen, „har du ikke seet, om de har slaaet
Brændevinet i sig?"

„Aa, dem tog sig nok en Dram, maa'a," svarede Vagt-
karlen.

„Du tog dig vel en nu og da, maa'a?" vrængede Lens-
manden vredt efter ham.

„Nei, Lensmand, jeg drikker inte Brændevin; jeg er nu
i Nygterheden, for jeg har forskrevet mig jeg, maa'a," svarede
han paa sin flegmatiske Vis.

„Nei, nei, det er sandt, du er jo Medlem af Nygter-
hedsforeningen, min kjære Ole," sagde Lensmanden formildet.

„Men," sagde han truende til Taterne, „det er ulovligt
at drikke Brændevin i Arresten. Hid med Buttelen! Aa, den
Taaren slaar ingen Mand af Krakken," vedblev han, efter at
have rystet Flasken mod Ilden. „Har I ikke mere?"

Dette benægtedes af samtlige, og Vagtkarlen erklærede, at
han heller ikke havde seet flere Flasker, og ved den derpaa af
Lensmanden anstillede Undersøgelse kom heller ingen for Da-
gen. De vare altfor vel forvarede hos Gubjør. Lige saa lidt
opdagedes de i Halmen skjulte Redskaber. Imidlertid holdt
han en skarp, med adskillige Lovsteder siret Tale mod Svir og
Støi i Arresten.

Taterne svarede med Ydmyghed, at de ikke vel kunde svire,
da de, som Lensmanden havde seet, ikke havde Brændevin, og
lovede med søde Ord, at de skulde være rolige.

„Men, gode Lensmand, jeg tør vel ikke være saa dristig
at spørge, om De ikke skulde have en gammel Kortleg at sælge
eller laane os; det var nok det samme, om den var aldrig
saa brugt," sagde Steffens-Karen. „Der falder nu ikke saa
meget Styr med det, og saa var det en Moro at have til
Ombytte."

„Aa, jeg synes ikke det lod til, at Tiden faldt saa lang, da jeg kom hid,“ sagde Lensmanden. „Det er ikke for bare Moro Skyld I er her heller. Men kan I ikke holde ud, saa faar I til at ljuge ihop nogle Rægler igjen. Jeg har ingen Kortleg at laane bort.“

„Du kan vide det, at han sliber Kortlegen selv, til der ikke er Fillen igjen af den,“ hviskede Ole Ligeglad, idet Lens= manden gik ud gjennem Døren.

„Den Karlen maa nok holdes nær ind til Varmen, om Fedtet skal dryppe af ham,“ sagde Svolke=Per.

„Ja, vi lyt vel fortælle igjen, siden Lensmanden siger det, maa'a,“ sagde Vagtkarlen. „Jeg tykte du sagde, du vilde fortælle om en Præst paa Lesje,“ henvendte han sig til Ole Ligeglad.

„Ja,“ svarede denne, „det er ikke noget Eventyr heller, men det er hændt for hundrede Aar siden. Der var en Præst paa Lesje, hvad han hed, ved Fanden og ikke jeg. Hvad var det, Gubjør?“

„Jeg mindes det ikke,“ svarede Gubjør.

„Ja, jeg er lige glad hvad han hed,“ tog Ole Ligeglad til Orde; „men han kjørte sydover til Thinget, og det skulde være paa Bottum. Strax Præsten kom udpaa Isen, for Les= jevandet laa — det var om Vinteren dette —, saa traf han en Mand, som gik for sig selv med en liden Kagge under Armen. Manden han tog til Luen, og Præsten nikkede paa Hovedet og hilste til ham.

„God Dag, min Mand,“ sagde Præsten, og stansede He= sten lidt. „Vil du ikke staa paa Meierne med mig og lægge Koppen din i Slæden; det er saadan kold Sno i Dag.“

„Tak Far,“ sa' Manden; han var lige glad han; men han slængte sig bagpaa.

„Hvor er du fra og hvad hedder du?“ spurgte Præsten.

„Jeg er fra Lordalen og heder Thorberg Flyvang,“ sagde Manden.

Norske Huldre-Eventyr.   19

„Hvor vil du hen, og hvad er det for Ærend du gaar i?" spurgte Præsten.

„Jeg vil til Bottumsbergsmanden og betale Skatten, men den blir ikke stor i Aar," sagde Manden.

„Er du den eneste Skatteyder i Lordalen?" spurgte Præsten.

„Ei da! der findes flere Skatteydere i Lordalen end i Lesje Gjæld," sagde Manden; „men jeg skal møde frem og gjøre Regnskab og Rigtighed for hele Skattelaget."

„Hvorfor er Skatten saa liden, naar der er saa mange Skatteydere?" spurgte Præsten, for Præsterne de har saa meget at spørge om, maavide.

„Vi har havt Misvært," svarede Manden, „for der kom Frost og Vindvædsting paa Grøden, og Skatten lignes først, naar den er indbjerget."

Dette syntes Præsten var rart Snak, og han var ikke god for at blive klog paa, om det var en Underjordisk eller en anden Storthingsmand. Men han var lige glad, han vilde prøve det, og da de skulde skilles udenfor Bottum, tog han Penneknipen sin og kastede over Koppen. Men da blev Manden harm og sagde til Præsten:

„Jeg var en Jaaling og en Godfjotting, som sa' dig sligt, Søren Svartskærk. Nu har du skilt mig ved hele Skatten, og kanske jeg mister Æren attpaa. Men jeg er lige glad; du skal faa betale Skatten til den sidste Skillingen, og det med Renter og Rentes Renter du, Ringstuden du er."

Præsten han gren bare paa Næsen af dette Snakket, og reiste sin Vei; men hvordan det var eller ikke, saa blev det mere og mere Fant med Præsten. Penge kunde ikke stanse hos ham. Hver evige Skilling gik sin Vei, endda han lagde dem ned i Jernskrin med dirkefrie Laaser og satte dem under Sengen og bar Nøglerne om Halsen paa sig. Paa den Tiden havde Præsten i Grytten Ufred med Bønderne. Saa byttede Lesjepræsten sig did, men det blev ikke bedre. Dragedukken fandt Veien baade til Pengeskrinet og til Romsdalen. Men det ellevte Aaret var det forbi; da havde Dragedukken hans Thorberg Flyvang draget ind Skatten baade med Renter og Rentes Renter." —

„Aa, det var en Skarvepræst!" sagde Svolke-Per. „Nei, nu skal jeg fortælle om en Præst; han snød Fanden for den sidste Firskillingen, han eiede. Det var anden Karl. — Der var en Fut nord i Dalen, han var saa grovt ugudelig, at han ikke vørde hvad han gjorde; men han fik en urolig Død. Naar der ikke var Folk i Ligstuen, laa han stille; men naar der kom Folk ind, stod den døde Manden op og tog dem i Haanden og · takkede for sidst. Da han skulde begraves, satte de ham i Ligkjælderen under Kirkegulvet. Nu var han rolig en Stund, men ret som det var, tog han til at spøge hver evige Nat. En Dag kom der en Skomager til en af Gaar- dene ved Kirken; han troede ikke paa Spøgeriet, men væddede han skulde sidde paa Kirkegulvet ved Siden af Ligkisten en hel Nat og sy et Par Sko. De satte imod paa det. Kisten tog de op af Kjælderen, og Skomageren satte sig paa Gulvet; men først kridtede han en Ring om sig. Da det led ud paa Natten, kom selve Fanden flygende, rev Laaget af Kisten, slog Hovedet af Futen og flaaede Skindet af ham. Det drev han paa med saa hardt, at han ikke sansede Skomageren, som drog Huden ind i Ringen, eftersom Fanden fik den af Futen, og da det sidste Holdet slap, drog han den til sig hel og holden. Da Fanden skulde tage den, kunde han ikke for Ringen. Da blev han saa arg og sindt, som om han vilde værpe baade Mord og Brand, og han skreg og bandte, han vilde have igjen Futeskindet.

„Du faar det ikke," sagde Skomageren.

„Men hvad Fanden vil du med Skarvehuden?" spurgte Fanden.

„Jeg vil barke den og gjøre Sko af," sagde Skomageren.

„Dem kan du ikke nytte," sagde Fanden.

19*

„Jo, jeg vil ha' dem til at gaa att i," sagde Skoma=
geren. „For det er dem som banber paa, at Futen gaar att;
men naar jeg faar gjort Sko af Skindet hans, tænker jeg nok
han·skal lade være at gaa att; er det nogen som gaar att da,
saa er det mig, som har Futeskindet paa Benene."

Men Fanden vilde betale den baade dyrt og vel.

„Hvad vil du gi' da?" sagde Skomageren.

„Jeg vil gi' dig Skarvehuden fuld med Skillinger," sagde
Fanden.

„Det er et Ord," sagde Skomageren; „du skal faa den
igjen, naar du har fyldt den med Penge; men jeg vil hænge
den der jeg vil."

Ja, det skulde han faa Lov til. Men Skomageren var
ræd for at have mere med Fanden at gjøre, og saa solgte
han Huden til en Præst, og sagde ham det de var forligte
om. Præsten gav ham mange hundrede for Futehuden, og
lovede Skomageren skulde faa den igjen, naar han havde brugt
den. Saa skar Præsten Hul paa Laavetaget sit, snurpede Hu=
den sammen til en Sæk, som der ingen Bund var i, og hængte
den under Hullet. Fanden fløi frem og tilbage mellem Hel=
vede og Præstelaaven og bar og drog Sække og Kister fulde
af Penge hver evige Dag, saa han mest slæbte Helsen af sig.
Tilsidst havde han ikke Skillingen igjen, og saa sagde han til
Præsten, at han var raget Fant:

„Du faar lede i Tølerne dine, saa finder du nok fler,"
sagde Præsten; „det jeg har faaet, er ikke stort, og jeg har
hørt at du kan mynte saa mange du vil."

Fanden stod og tænkte sig om en Stund.

„Haa, haa, nu kommer jeg i Hug, jeg har en Fireskil=
ling staaende i en Væggesprunge," sagde Fanden, og reiste
efter den. Men det monnede ikke stort; Sækken var lige tom.

„Nu ser jeg det er sandt, de siger for et gammelt Ord,
at Præstsækken aldrig blir fuld," sagde Fanden, og saa reiste
han did, hvor han var fra. Men Præsten levede vel for

Pengene, og Skarvehuden gav han Skomageren. Han bar-
kede den og gjorde Sko af, og har han ikke slidt dem ud, saa
gaar han med dem endnu." —

Med saadanne og lignende Fortællinger blev de ved hele
Aftenen og ud paa Natten, ret som om ikke nogen anden Tanke
havde Rum hos dem end at korte Tiden den lange, stormfulde
Kveld. Ved en Stans i Fortællingen sagde Gubjør, „hun
var laak i Magen" og maatte have noget Bittert; hun havde
noget der var godt til Helsebod, som hun havde kjøbt af Apo-
thekeren paa Lillehammer. Ondet syntes smitsomt; thi me-
dens hun ragede om i en Tine efter Helsedriken, erklærede
Ole Ligeglad, — der just skulde til at fortælle, — at Koliken
drog ham, saa han maatte krøke sig som en Foldekniv. Han
havde jo rigtignok skrevet sig ind i Rygterhedsforeningen han
ogsaa, sagde han siffig; men naar han var syg, havde han
jo Lov at bruge Brændevin til Doktering. Da Vagtkarlen
hørte det, var han ogsaa „laak;" han vidste ikke rigtig hvor-
dan det var, sagde han, men siden han fik en Honningkage-
snab af Ole Ligeglad, var han saa underlig i Maven.

„Drik en bitter Dram, Gut! Gubjør brygger dig en
Skorstensfeier, som renser Kraaen," sagde Ole Ligeglad, idet
han lagde sig bagover og styrtede ned i sit vide Gab den hun
havde lavet til ham.

Rygterhedsmandens Betænkelighed veg snart for Fristel-
sen og Taternes overbevisende Grunde. Han fik den tredje
Dram, hvortil den af Lensmanden foragtede Taar udbragtes.
— Fortællingerne fortsattes; men Tilhørernes Interesse syntes
kjølnet, og det begyndte flere Gange at gaa i Staa. Inden
en Time var forløben, følte Vagtkarlen sig betagen af en uimod-
staaelig Tyngde og Døsighed. Ilden blev svagere og svagere;
tilsidst glødede den kun i Levningerne af den store Thyrirod,
hvis harpixagtige Dele undertiden udsendte en opblussende
Flamme, som for et Øieblik kastede et mørkerødt Lys over
Taternes lurende Ansigter. Endelig forkyndte Vagtkarlens tunge

Aandedrag og dybe Snorken, at han ikke kunde lægge nogen Hindring i Veien for deres Flugt. De holdt sig rolige endnu en Stund, og undersøgte derpaa Døren og Vinduet. Begge Dele befandtes saa stærke og solide, at de ansaa'det for umuligt at bryde dem op, uden at vække Gaardens hele Besætning ved Støien. Piben kunde de til Nød komme op igjennem — der var ingen Stænger eller Sprinkler i den —, men det var ikke nogen Vei for den Saarede og Kvinderne. Her var gode Raad dyre. — Men Arreststuen var et lidet enkeltstaaende Hus med et Aas- eller Straatag, der blot ved sin Tyngde var befæstet til og hvilede paa Tømmervæggene. Da Svolke-Per havde undersøgt dette, gav han de øvrige et Vink. De tog en af de lange Bænke, bragte dens ene Ende ind i Sammenføiningen, og brød og lettede Taget op fra Væggen ved at bænde denne mægtige Vægtstangs anden Ende ned. Tværs over denne samme Ende eller Kraftens Arm af Vægtstangen lagde de, for lettere at holde den i dens Stilling og saaledes hindre Taget fra at falde til igjen, den anden Langbænk, hvis ene Fod de stak ind under Barakken eller Hjelden, hvorimod dens anden Fod fastsurredes til Skorstensstøtten ved en Rebstump. Ved denne dobbelte Vægtstang holdtes Taget med Lethed i den forønskede Stilling, og det syntes næsten en overflødig Gjerning, at Ole Ligeglad anbragte sit Legemes Tyngde paa Enden af den, medens Taterne hjalp hverandre ud. Den ene efter den anden sprang ned i Sneen udenfor. Svolke-Per og Ole vare de sidste. Efterat de havde undersøgt, om Taget beholdt sin Stilling uden den sidstes Tyngde, hjalp Svolke-Per ham ud; men da denne nu ingen Hjælp havde, maatte han, for at naa Aabningen, entre op efter Bænken. Formedelst denne Rystelse og et heftigt Vindstød, der lettede Taget en Smule, vaklede Bænkene, Rebet gled eller reves løs, og idet Taget faldt til, vippedes Per op mellem dette og Bænken, og sad der som en Rotte i en Fælde. Under det skrækkelige Rabalder, dette afstedkom, vaagnede Vagtkarlen med et Forfærdelsesskrig, der bragte Taterne udenfor til at skjælve for, at Folket skulde vaagne og Udbrubbet opdages. Fuglefængeren og Svarte=Bertel saa blot paa hverandre; i det næste Øieblik vare de, indhyllede i Snefog, oppe paa Taget og forsvandt ned gjennem Piben. Vagtkarlen, der for= tumlet laa og grov i Asken efter Ild, fik en ny Skræk i Livet, da de for ned over ham i en tvælende Sodsky; men før han kunde komme til at vræle for Sod og Aske eller besinde sig paa, om det var Spøgeri eller Taterne, havde de bagbundet ham og dæmpet hans Skrig med en Skindfeld, som de viklede ham om Hovedet. Derpaa trak de Svolke=Per slemt forslaaet ud af Klemmen og begav sig tilligemed ham bort ad den samme Vei, ad hvilken de saa pludselig havde indfundet sig.

„Jeg troede ikke, jeg skulde truffet dig mer i denne Ver= dens Rige, den Tid Taget faldt," sagde Steffens=Karen, idet Svolke=Per sprang ned i Sneen ved Siden af hende.

„Hvor skulde vi træffes da?" spurgte denne bistert; „i Helvede steges hver i sin egen Grybe."

Da Folk kom hjem fra Brylluppet, savnedes der paa Valdersens Stabur nogle hundrede Daler i rede Penge, Sølv, Klæder, Madvarer, samt flere Par Ski og Truer, der stod i Sta= bursvalen. — Taterfølget var hverken hørt eller spurgt, det var som sunket ned i Jorden; og de som ikke troede, at det havde gjort sig usynligt med Fandenskunster, antog at det var strøget til Fjelds, havde forvildet sig i de vidtløftige Fjeldvidder og var omkommet i Uveiret, der rasede i flere Dage. — Først længere Tid efter denne Begivenhed er det lykkets at faa ind= samlet nogen Efterretning om enkelte af dette Taterfølges Med= lemmer.

Svolke=Per skal være dræbt vester paa Landet i et Slags= maal med hans Arvefiender Mjøltraaverne. Svarte=Bertel sid= der i Slaveri for Indbrud og attenteret Mord, og Fuglefæn=

geren har et Par Gange gjort sig en Fornøielse af at reise Landet rundt paa offentlig Bekostning, idet han transporteredes Lensmand imellem, og angav at han havde hjemme snart her, snart der. Om de øvrige tier Historien. — — Dog er der et Spor af Signekjærringen Gubjør Langelaar. Forrige Høst fandt en Renskytte, der forfulgte et skadeskudt Dyr i en afsides Bott oppe i Ilmandshøen, hvorfra man ser nord over til Rondernes vilde Toppe, Levninger af et menneskeligt Skelet, som Jærv og Fjeldrakt havde søndergnavet. Mellem Stenene laa et Kobbersnushorn, fyldt med smaastaaret Bly. Desuden fandtes der et sammenrullet Tandgjærde af en Rokke, nogle Skaller af en Venus og forskjellige andre Søbyr — Ragerier, som ingen i Dalen havde seet eller kjendte Hensigten og Brugen af, men som Taterne anvende i sin Ragusta, — samt nogle smaa Flasker, hvoraf en indeholdt en brunlig eller guldrød Vædske, der efter Distriktslægens Sigende var Opium.

En Aften i Nabogaarden.

(1853.)

Naar man iagttager det Liv og den Travlhed, som nu rører sig i vore Gader her i Christiania, skulde man næppe tro, at der saa nær ved ligger en Tid, da det midt paa Dagen ofte var saa stille paa Gaderne som i en Kirke. I den livligste Markedstid saa man i hine Dage — for en tredive, fyrretyve Aar siden — sjælden en saadan Vrimmel, som den der nu ofte daglig udfolder sig paa Torvet eller i andre af vor Bys livligste Strøg.

I den Gade, hvor jeg tumlede mig som Barn, groede Græsset frisk og grønt mellem Stenene; Hønsene brystede sig og pillede uforstyrret derude; Klokkeren stod den halve Dag og glottede paa Vinduet for at spørge Tjenestepigerne om deres Herskabers Befindende, eller for at høre hvad de havde spist til Middag; og det var en Sjældenhed, at disse Samtaler og Stilheden afbrødes ved en Vogns Rumlen. Ænderne plaskede, uden Anelse om Vægtere og Raadstuarrest, i Rendestenen midt i Gaden, og Høgen gjorde lige saa uforstyrret Jagt paa deres Yngel; ja det gik, efter et Sagn der nød Tiltro, endog saa vidt, at den en Gang, Gud ved formedelst hvilken latterlig Feiltagelse, forgreb sig paa den høiærværdige Geistlighed og slog ned i Parykken paa gamle Stiftsprovsten, der iført en bredskjødet, perlegraa Kjole med Staalknapper, sorte Knæbuxer og sølvspændte Sko, uden Hat og med Hænderne sammenlagte paa Ryggen, tog sin sædvanlige Eftermiddagsvandring. „Ei se mig til den Røver!" raabte han med sin stærke jydske Røst, da han stod igjen i sin Nøgenhed og løftede Haanden truende

efter Fuglen, der steg til Veirs med sit puddrede, vel friserede
Bytte, som Eieren vel mindst havde drømt om skulde komme
til at klæde et Høgerede. Børnene i Gaden, for hvem han
var en Skræmsel, havde formodentlig ventet, at han skulde
raabe efter den: „Du skal wahrhaftig paa Tugthuset!" — et
Mundheld han brugte til sine Konfirmander, og til de Folk
han fandt trættende og i uforligeligt Samliv, naar han under
sine Aftenvandringer iagttog Godtfolk ved at titte ind gjennem
deres Vinduer. Hvorledes Børnene tumlede sig, skreg, støiede
og saa at sige tog Gaden i Enebesiddelse under sine Lege, der-
om faar man nu selv i Voldgaderne og de affvesliggende For-
stæder næppe nogen Forestilling. Yndlingspladsene for mig og
mit Nabolag var Engen, hvor Børsen nu staar, og Kirkegaar-
den, hvorom Slagterboderne ere opførte. Mellem Gravene,
Gravstenene og under de gamle Kastanjetræer, der forlængst ere
jævnede med Jorden, omhuggede og bortførte, gik Legen med
Fryd og Gammen i de svale Sommeraftener; jeg glemmer
vist aldrig den med Rædsel blandede Stemning det satte os i,
naar vi i Mørkningen stirrede ind gjennem Kirkens Glugger
paa de gamle mægtige Kister i Ligkjælderen, indtil vi syntes
de aabnede sig og Døpningerne traadte ud, og vi med Gru
flygtede hjem for en anden Aften at forsøge det samme. Om
Høsten thede vi mere ind i Gaardene, der den Gang ikke paa
langt nær husede saa mange Beboere som nu; det hørte vist-
nok til Undtagelserne, at der var flere end een, eller i Høiden
et Par Familier i en Gaard.

Vor Nabogaard var en af de mest yndede Lege- og Sam-
lingspladse i hele Gaden;*) det var en gammel Rønne med
et stort og rummeligt Gaardsrum, som paa alle Kanter var
omgivet med Pakboder, Lofter og mørke, hemmelighedsfulde
Gange og Skur. Over alt dette hævede sig høie, nøgne Mure
af Naboernes tilstødende Baggaarde og Sidebygninger, hvilket

*) Det hele Strøg nedbrændte i 1858.

end mere forøgede Skummelheden og det Forladte i den gamle
Bygning. Alle Gaardens brugelige og beboede Værelser vendte
ud til Gaden, og det var saaledes kun gjennem et Par lave
Kjøkkenvinduer med smaa grønne, i Bly indfattede Ruder, og
fra de lange, sjælden betraadte Svalgange, at man kunde iagt=
tage hvad der foregik i Gaarden. Hele Nabolagets Barneflok
havde saaledes her en af sine frieste Tumlepladse i Høsttiden;
thi Larmen af de muntre Lege forstyrrede sjælden nogen af de
faa Beboere, og Skjænd vankede her aldrig, uden naar Gaar-
dens Eier, en ældrende Kjøbmand, undertiden skulde ud i sine
Pakboder. Alle disse Rum og Lofter og Boder og Gange
frembød de ypperligste Skjulesteder og Gjemsler, og vare os
næsten lige saa mange fremmede Steder og Lande, som vi
dristigen befor; dog nærmede vi os sjælden uden en vis Frygt
Høloftet og den lange mørke Gang, som forbi dette førte hen
til de store Overværelser, hvor der den Gang logerede en Løit=
nant, og hvor Barnekammeret og Madamens Sovekammer var.
Det var dog ingenlunde Frygt for disse Personer, der holdt
os borte fra Loftet og Gangen; thi skjønt Løitnanten, naar
han var hjemme, ikke vilde vide af os inden sine Enemærker,
var han dog en ret venlig Mand, og hans Sabler, Pistoler
og Geværer vare for flere af os lige saa tiltrækkende som de
Hyrdestykker og Jagtscener med allehaande underlige Dyr, der
prydede hans „Sal," Husets Pragtværelse. Madamen var
ung, blid, lattermild og skjændte sjælden over vor Støi, uden
naar Løitnanten havde været i Gilde og ved en dygtig Mid-
dagssøvn skulde styrke sig efter Nattesviren. Hun var desuden
meget ude i Besøg og ofte paa Komedie i Grænsehaven. Men
der herskede altid, naar Solen ikke skinnede, om Høsten en dyb
Skumring paa denne Gang og paa det tilstødende Loft, og vi
vidste, at Nissen havde sit Tilhold der. Ole Gaardsgut havde
fortalt os, og Kari Gusdal havde bekræftet det, at Gudbrand
Gaardsgut, som tjente i Gaarden, da „Bedstefar" levede, havde
taget Ryggetag med Nissen paa Høloftet. Gudbrand var saa

stærk, at han kunde løfte en Hest og bære fire Tønder Rug,
men Nissen var stærkere; thi han fortalte, at han var at bryde
paa som en Badstuvæg, og alt hvad han brød, saa kunde
han ikke flytte ham af Flækken. Men da Nissen blev kjed af
det, tog han Gudbrand som en Hødot og slængte ham ned i
Stalden gjennem den aabne Lem, og siden den Tid havde
Gudbrand ikke en Helsedag, men var stak og halt hele sit Liv,
saaledes som vi alle havde seet ham.

Hvor muntert Legen end gik, og hvor lystigt Barnestøien
løb i denne Gaard ved det klare Dagslys, saa stille var det
paa Grund af Nissefrygten om Aftenen, og jeg tror ikke der
var nogen af den hele støiende Flok, som skulde haft Mod til
at sætte en Fod ud i Gaarden uden i Følgeskab, efterat det
var begyndt at skumre. Hændte det en sjælden Gang, naar
Madamen var ude om Aftenen, at vi fik Lov at komme oven-
paa for at høre Eventyr af Barnepigen, foregik Udvandringen
altid i Flok og Følge. Men Kakkelovnskrogen i Dagligstuen
var gjerne det Omraade, der indrømmedes en mindre Kreds,
naar Mørket faldt paa, og Husfaderen var i godt Humør.
Ja, det var ret en Dagligstue og en Kakkelovnskrog, som man
nu har ondt ved at finde Mage til: Stuen indtog Huset i
dets hele Dybde og Længde paa eet Fag nær, og var ved en
Bordvæg afdelt i en Alkove og et lidet saakaldet Kontor, hvor
der stod et Skrivebord og nogle Regnskabsbøger, og hvor Hus-
faderen om Aftnerne sad med en grøn Dienskjærm for Panden
og læste i Wolffs Journal, Riises Archiv eller Elmqvists Læ-
sefrugter, smattende dertil paa sin sortrøgede Merskumspibe.
Men Bordvæggen delte ikke Stuen tværs af; den gik kun til
to Tredjedele af dens Dybde; der bøiede den af under en ret
Vinkel og levnede Plads for en stor rødmalet Slagbænk, og
ligeoverfor den stod Kakkelovnen, en tre Etagers Kakkelovn med
to store Døre paa Bredsiden. I den flammede et Baal, som
kunde forslaa, og medens der stegtes Osteskorper og Potetes i
Asken og Ildmørjen, legede vi stille og snakkede smaat, for ikke

at forstyrre „Far." Undertiden. fik vi Gaardsgutten til at for=
tælle Eventyr, og da stod det herligt til; undertiden slog Hus=
faderen sig ogsaa til vort Selskab og fortalte os Historier om
Huldrer og Nisser, og om Trold, med Næser saa lange, at
de naaede til Sabelknappen eller at der maatte slaaes Knude
paa dem; eller han fortalte om Troldkjærringernes Færd, saa
Haarene reiste sig paa vore Hoveder. Men da maatte han
være blid og i sit gode Lune, og det var han altid, naar han
havde gjort et vist Antal Reiser til Hjørneskabet, hvor der
hørtes en hemmelighedsfuld klukkende Lyd og Klang som af
Glas. Hvad han egentlig bestilte der, havde ingen af os
været i Stand til at udforske, men det var en Erfaring, at
han blev rødere og mere blid efter hvert Besøg, og da hændte
det vel undertiden, at en eller anden af os nappede ham i
Kjoleskjødet for at faa en liden Jagt i Stand, hvorunder han
med Latter forfulgte os og ofte gjorde ubegribelige Trin og
Volter med sine blanktbestøvlede Ben. Kom han sent hjem
fra Byen, var han ofte sur og tvær, skjændte over den mindste
Støi og jagede os ud i Kjøkkenet. Saaledes var det netop
gaaet til en Høstaften, som jeg ret godt mindes. Men denne
Aften var Kjøkkenet ikke noget slemt Forvisningssted. Gamle
Kari Gusdal var der for at bage Lefser og Fladbrød, hvilket
i hine. Dage var Skik i de fleste Huse, hvor som her, Hus=
bonden eller Madmoderen var fra Bygderne; og hun var rig
paa Sagn og Eventyr gamle Kari, fortalte godt, var sjælden
uvillig, naar vi bad hende, og altid rede til at give os en
Lefse paa Kjøbet. Paa Skorstenen flammede et Baal, hvis
Skin oplyste det hele Rum, der om Dagen var mørkt og stum=
melt. Pigerne gik omkring og snakkede og stellede med sin
Gjerning, og Ole Gaardsgut, der ligesom Husbonden var en
Solung, sad ved Enden af Skorstenen med en sortrøget Snadde
i den ene Mundvig og gav af og til Baalet ny Næring. Hans
friske Udseende og kraftige Bygning dannede en paafaldende
Modsætning til Kari Gusdals lange alvorlige Ansigt, der, uag=

tet hendes barnevenlige Sind, i det røde Lysskjær fra Gløderne under Bagstehellen fik et spøgelseagtigt Udtryk, som ikke tabte sig ved Synet af hendes høie, mørke, bøiede Skikkelse. Men medens hun sad saaledes ved Bagstefjælen og kjævlede Emnerne, svingede Lefferne, bredte dem ud og vendte dem paa Takken med Bagstesløien, var hun gjerne mest oplagt og villig til at fortælle sine Eventyr, og hun lod sig heller ikke nøde længe denne Aften, men begyndte paa vor Opfordring at fortælle. Hun fortalte langsomt, betænksomt og med urokkeligt Alvor. Hendes Foredrag var saa anskueligt, at vi syntes vi saa Eventyrets Scene og handlende Personer, dets Helte, Trolde, Drager og Prinser for vore Øine, kort hun fængslede vor hele Sjæl, saa at vi glemte alt — uden Lefferne, som hun maatte yde os i Pauserne mellem de forskjellige Eventyr. Jeg vil ikke her forsøge at gjengive nogen af disse Fortællinger; de fleste af dem eller lignende og tilsvarende findes nu paa Prent og ere tilgjængelige for alle, mange af dem har jeg glemt og aldrig fundet igjen, og en af. disse, Hans Chinafarer, svæver i utydelige, taagede Træk for min Sjæl som et af de herligste og mest fantasirige Eventyr, jeg nogensinde har hørt; men det er forgjæves, at jeg søger at fremmane det i dets Helhed. Maaske har det ogsaa laant en Del af den Storhed, hvori det bølger for min Erindring, fra Uklarheden i den . barnlige Opfatning.

Men hvorom alting er, Kari fortalte Eventyr efter Eventyr i et Par Timers Tid. Da hun til Afvexling tog fat paa Nissehistorierne, kom „Husbond" ud og spurgte en af Pigerne efter sine Smørrebrød. Nu var det Solskin og gode Tider; hans Kinder lyste, han plirede venligt med de fugtige Øine, og uagtet Pigen svarede, at Madamen maatte have glemt at lægge ud Spiskammernøglen, før hun gik i Grænsehaven, vankede der dog ingen Skrub; han bad Kari Gusdal nok saa gemytlig at lade ham faa et Par Lefser til Aftensmad.

„Ja, det skal Husbond saa vist faa," svarede gamle Kari;

„men skal jeg sidde her og stappe alle disse velsignede Unger baade med Eventyr og Lekser, blir jeg ikke færdig med Bag= sten hverken i Dag eller i Morgen," vedblev hun, idet hun gav sig til at kjævle et nyt Emne. „Vil ikke Husbond lade dem faa Lov at komme ind i Stuen, saa jeg kan faa frie Hænder? Ole kan jo ogsaa fortælle."

„Kom Ole og hjælp mig, saa skal vi jage dem ind, disse Lekseædere og Eventyrimpler," udbrød Husbonden og begyndte at jage og kyse os, som man jager Faar og Høns. Vi vare slet ikke bange længer; thi nu var der aldeles ingen Uveirs= tegn i hans Ansigt, og under Støi og Latter flygtede vi derfor gjerne til en Afvexling ind til Ovnskrogen i Dagligstuen. Da vi vare komne til Rolighed her, begyndte Ole Gaardsgut, som havde sat sig paa Kanten af Vedkassen, at fortælle alskens Sagn og Historier fra sin Hjembygd, om Elvefolket, der dan= sede om Bruvarmen, om Daanaasmanden og Daanaaskjærrin= gen, om Garvorren, som slog Huldren ihjæl, om Berghunden, som altid siger „Vov, vov, vov!" om hvorledes Margret Elset slap fra Troldet o. m. fl. Det var øiensynligt, at han mo= rede sig selv og sin Husbond ligesaa meget som os ved disse Fortællinger, der for dem begge fremtryllede Ungdoms Billeder og Erindringer. Det var mere en Samtale mellem disse to, end Fortælling for os; thi undertiden tog ogsaa Husbonden Ordet og berigtigede det Fortalte eller gav Sidestykker dertil. Men han forsømte derfor ikke af og til at besøge sine Lekser i Hjørneskabet, og hver Gang han kom tilbage derfra, smat= tede han, viskede sig med Bagen af Haanden om Munden, og plirede blidere med sine fugtige Øine.

Efter en Indvending mod Troværdigheden af Historien om Margret Elset, der var sluppen ud af Bjerget uden at rammes af de gloende Jernstænger, Troldet skjød efter hende, sagde Gaardsgutten: „Ja, jeg har ikke været med hende, det er greit det, men hun har mangfoldige Gange fortalt det til Mor min, og af hende har jeg hørt det. Husbond faar sige hvad han vil om det; men Simen Stræddergut, han var blandt Bergfolk, det ved jeg, for jeg har hørt det af hans egen Mund. Husbond har vel ikke kjendt ham kanske, for han var vel alt herinde, før Gutten blev født, men denne Simen, det var Søsterssønnen til gamle Rasmus Strædder, som for Gaard imellem og stræddrede som en Mester med et helt Følge."

Ja, ham havde han kjendt.

„Nu ja, denne Rasmus og hele Stræddersølget," fortsatte Gaardsgutten, „de sad paa Kaaten, som Husbond ved ligger en halv Mil nordenfor Vaaler Kirke. De stræddrede til Jul, de ranglede med Sagerne, de sang Viser, de syede saa Busten søg af dem, og snakkede om Naal og Traad og Persejern, og Rasmus undredes iblandt paa, hvor det kunde blive af Simen, som han havde sendt bort en Mils Vei eller saa efter noget Stræddersstel. Langt om længe kom han, men ingen Ting havde han med sig, og han var saa hvid i Ansigtet som en kalket Væg.

„Nu, du skal faa gaa igjennem baade for Sæk og Reb!" sagde Rasmus; „har du hentet Døbevand og stoet alle de jordløse Stene, siden du blir borte hele Dagen? Du maa have trøket som en Flue i en Mælkekolle! Hvor har du Greierne og Sysagerne? — Har du ikke noget, siger du? — Nu skal da" — — „Gud velsigne Morbror, maa inte skjænde," sagde han Simen, „for jeg har nok været blandt Bergfolk." Men Rasmus Strædder troede ikke noget videre paa sligt, og saa sagde han: „Nei, nu maa jeg le, sagde Manden, da de skrev Datter hans til Soldat," og det gjorde han; han lo, saa han mest blev mere kroget end han var; men da Simen fortalte, hvorledes det var tilgaaet, saa maatte han tro det, det var greit det. Ret som han gik efter Kongeveien, sagde han, og troede at han var meget over halvveis, saa var det ligesom alting var forgjort med Et, „og jeg syntes, at jeg stod udenfor Døren her i Kaaten igjen," sagde han; „men hvorledes det gik til, det kunde jeg ikke skjønne. Artigt var det, og det

var vel for det, jeg var fælen for at gaa ind; men saa hørte
jeg, at det stræbbrede indenfor og ranglede med Saxerne og
sang Viserne, som vi pleier synge, og saa troede jeg, at jeg
var kommen paa Vildgræs, og at det var udenfor Kaaten jeg
var igjen. Da jeg kom ind, sagde han, saa jeg ingen Haand-
værksfolk; men Kaatenkjærringen kom imod mig med et Sølv-
krus og bød mig en Øldrik. Dette syntes han var rart, det
var greit det, for han havde saa stinbarlig hørt, at det rang-
lede med Saxerne udenfor; saa kunde han skjønne det var galt,
og saa slog han Ølet bag for sig og gav Kjærringen Kruset
igjen. Strax efter gik der En i Kaavedøren, saa han fik glytte
derind; der sad det en hel Hob Kvindfolk rundt om et Bord,
og alle havde de lange, stygge Rorumper, som stod frem under
Stakken paa dem, og en af dem havde en Unge paa Armen.
„Da jeg fik se kvt paa dem," sagde han, „saa jeg det var
hende Anne Pers-Braaten, som blev bortbyttet ved Mikkels-
mes, og hun som før saa ud som Kaatenkjærringen, hun havde
ogsaa faaet en lang Rumpe. Nu syntes jeg det var bedst at
gaa jeg," sagde han, „og saa tog jeg i Døren og sagde Tak
for mig. „Ja, Gutten min," sagde hun, som bød mig Sølv-
kruset med Øldrikken, „du skulde nok ikke kommet saa let herfra
du, havde du ikke haft den paa Fingeren," og dermed pegte
hun paa Sølvringen, som jeg fik efter Bedstemor. Det var
greit det." —

„Jøsses ja, kunde jeg mindes ret al den Fabel, jeg har
hørt om Byttinger og Bergtagne og Huldrer og Trold og
Troldkjærringer og Fanden og hans Oldemor," sagde Husbon-
den, „blev vi ikke færdige i Nat; og vilde jeg fortælle det jeg
endnu ved, kom alt dette Smaatteri til at blive saa rædde, at
de ikke torde gaa hjem i Kveld," vedblev han og smattede paa
Tobakspiben.

Men der var ingen, som var ræd, det erklærede vi høit;
vi torde nok høre Historierne, om det saa var om Trold med
ni Hoveder, thi vi vare mandstærke, og Ilden brændte saa klart

Norske Huldre-Eventyr.   20

i Ovnen, at det ikke var mørkt i nogen Krog af Stuen. Ja, naar saa var, saa vilde han fortælle. Da han havde rømmet sig og taget nogle dybe Drag af Tobakspiben, begyndte han i et noget samlende og usikkert Foredrag, under smaa Afbry= delser dels for at holde Piben i Gang, dels for at gjøre et Besøg i Hjørneskabet, at fortælle om de Underjordiske.

„Enstedsi Solør var det, ja det var et Bryllup. De spiste der og de drak — de drikker altid i Bryllupperne —, og mens de drak og spiste, saa hørte de en Lyd fra en Krog i Stuen. Naturligvis, ja, det var som en Latter, en hæs Lat= ter af flere Mennesker —, men da de ikke saa nogen, og den kom fra en Krog, hvor de kunde se, saa var Meningen den, at der var kommen ubudne Gjæster i Laget. Naturligvis var det de Underjordiske, for naar der i gamle Dage var noget paa Færde, som de ikke kunde forstaa, saa var det altid de Underjordiske, som var ude og havde gjort det, og det var ikke længe mellem hver Gang de saa dem, hvorledes de reiste og for omkring med Næser saa lange og røde, at de naaede til Sadelknappen."

Derpaa drak han et Glas Øl og fortsatte: „Naturligvis bekræftede det sig ogsaa nu, at det havde været de Underjor= diske, som lo saa hæst i Krogen; for det hændte siden, at en Kone, som havde Forbindelse med disse Underjordiske, kom til at tale med en Huldrekulle, som naturligvis boede i en Haug tæt ved, og som undertiden laante Smør og Mælk og an= det saadant og altid betalte ordentlig igjen — naar Kvind= folkene slipper Slarven løs, saa ved vi, hvorledes det gaar — naturligvis, der gaar ikke noget Korn ukaglendes gjennem Høn= sekraaen — noksagt, de kom ogsaa paa Tale om Brylluppet.

„Ja, det var tør Traktering der," sagde Huldrekullen, alting var saa forkorset og kriflet paa, at vi ikke fik smage paa noget af det, for de fattige Suppedraaberne, vi fangede mellem Fadet og Munden, var ikke en Mundsmag engang. Og vi var komne sultne fra Bryllupsgaarden, havde ikke Hans

Bergerſen — det var Kjøgemeſteren — ſluppet et Stykke Kjød ned paa Gulvet, ſom vi baade ſloges og droges om; Gamle= Far var ſaa forbidſig paa det, og rev og ſled i det, ſaa han faldt paa Ryggen og vendte Benene i Veiret. Det var det, ſom vi lo af."

Vi Tilhørere lo ogſaa af dette og forlangte mere. Ole ſagde, at han havde hørt Hiſtorien og vidſte endog at nævne Brud, Brudgom og deres Slægt, og Konen og flere af Gjæ= ſterne, men disſe Navne mindes jeg ikke mere.

Husbonden begyndte igjen, og ſagde: „Pas nu paa, for nu kommer der Troldkjærringhiſtorier — Bu!"

„Det var i gamle Dage naturligvis, men det var længe efter de Tider, da der var bygget Fjeldſtuer for de Reiſende, ſom for over Dovrefjeld; for det var En, ſom ſkulde fare over Fjeldet ved Juletider og reiſe ſørover til Chriſtiania. Der ſkulde han naturligvis drikke Jul, og det var dumt af ham, for naturligvis drikker de baade mere og bedre alle Aarſens Tider i Trondhjem end i Chriſtiania. Men hvad var det jeg ſkulde have ſagt? Jo, det var det, at da han kom til en af Fjeldſtuerne — jeg tror nok det var Kongsvold —, ſaa ſkulde han hvile Natten over der, og det var Julenatten. Han kom ind, og naturligvis det brændte paa Varmen og var lunt og godt og varmt, ſaaledes ſom en Reiſende kan behøve det; men paa en Krak foran Gruen ſad der en ſtor ſvart Katte og gloede paa ham. Han havde aldrig ſeet ſlig en Katte, den var ſaa ſtor og ſvart og blank, at det ſkinnede i den, og Øinene paa den lyſte ſom Gløder, og naar han ſaa fra den og ſaa paa den igjen, var de naturligvis ſaa ſtore ſom Tintallerkener. Men Folk var der ikke hverken at ſe eller høre, for det var Jule= tvelden. Ja, han ſatte ſig ned og tænkte baade mangt og meget. Men ret ſom han ſad, kom den ene Katte farende ind igjennem Døren efter den anden. Dette ſyntes han var leit og uhyggeligt, og han tog ſig for at jage dem ud; men for hver Katte, ſom han jagede ud, kom der naturligvis to, tre

ind igjen. Det kunde ikke nytte til andet end til at faa Stuen
fuld, og saa lod han det være og satte sig ned for at vente
paa Skydsgutten, som var gaaet til en anden Stue for at
finde Folk. Ja, han havde fundet Folk, og det første han
sagde, da han kom ind, det var naturligvis det:

„Nu skal I høre Nyt, Far, igaarmorges faldt Præstekjær=
ringen i Lesje paa Staburstrappen og brød af sig Laarbenet,
og de sagde, hun kunde ikke leve Natten over.“ — „Hvad
for noget?“ sagde den store Katten, som sad paa Peiskrakken;
„er store Pus død, saa hører Regimentet naturligvis mig til.“

Da kunde han forstaa, at det var Troldkjærringer han
var iblandt, for paa Dovrefjeld har der naturligvis alle Dage
været lige saa gode Troldkjærringmøder som paa Bloksbjerg.“

Dette var ret en uhyggelig Historie, som bragte os Børn
til at rykke nærmere sammen, ja flere trak vel endog Benene
til sig og udstødte et uvilkaarligt „Uf, jeg blir bange!“ At
det var udbrændt i Ovnen, saa at der kun faldt et svagt rød=
ligt Skjær fra Gløderne ud i den store skumle Stue, gav den
barnlige Indbildning frit Spillerum og gjorde det endnu værre;
thi hint Lysglimt fra Kontordøren udbredte kun en svag Dæm=
ring i den anden Ende af Værelset.

Det var ellers mærkeligt, hvorledes Fortælleren kom sig
under Fortællingen; hans Foredrag blev sikkrere, hans Ord og
Udtryk mere betegnende, kun kom et og andet undertiden en
Smule bagvendt; men paa samme Tid blev hans Gang og
Bevægelser mere og mere uskø og famlende, og mod Slutnin=
gen maatte han sætte sig ned. Han tog atter til Orde: „I
maa ikke være bange. Hvad er det for Narrestreger? Det er
jo ikke andet end Snak og Fabel, det ved I vel? Nu skal I
bare høre en, som er meget værre.“

Her hjalp ingen Indvendinger, intet Hu! eller Uf! Han
gav os Valget mellem intet at høre, eller at høre de Historier
han vilde fortælle, og vi foretrak at høre det Frygteligste for
den endnu frygteligere Taushed og Stilhed i det uhyggelige

Mørke, der rugede over os. Han begyndte altsaa en ny Hi=
storie:

„Der var en Præst og en Præstekone, som var komne
herop fra Dannemark, og der kom der mange fra i gamle
Dage. Men disse Præstefolk, som jeg taler om, de var na=
turligvis saaledes plagede med Rotter, at de laa paa Rot=
ter og traadte paa Rotter, og hvor de tog hen, saa tog de i
Rotter.“

Nu syntes flere af os, at det begyndte at krybe og kravle
rundt om; ængstelige Udraab og undertrykt Latter afbrød For=
tællingen.

„Rotterne lagde sig oppi alting, rakkede til og trak bort
Maden og gjorde ikke andet end Ustel; men en Søndagsfor=
middag blev det værre end nogen kan tro, for de lagde sig
naturligvis op i Gryden, som stod og kogte paa Skorstenen,
og vilde til at trække Ryggebuggene ud af den. Men nu
syntes Kokken det blev for galt, og saa tog hun naturligvis
Skumsleven fuld af kogende Fedt og øste over Ryggen paa
dem og drev til dem. Strax efter kom en af Naboerne og bad
Præsten, om han kunde faa noget, som var godt for Brændt,
for hans Kone havde brændt fordærvet Ryggen sin, og natur=
ligvis, det varede ikke længe, før der kom en til, som skulde
have Raad for brændt Ryg og brændte Laar og brændte Alle=
steder, og saaledes gik det hele Eftermiddagen, den ene Na=
boen kom efter den anden. Da kunde de skjønne det var Trold=
kjærringer — —“

Før han endnu havde talt Ordet ud, blev der en for=
færdelig Larm ovenpaa; det lød, som et Bord med Glasse,
Tallerkener og andet deslige blev revet omkuld oppe paa Løit=
nantens Bærelse. Men nu havde vi alle hørt, at han ikke
var hjemme, ja flere af os havde endog seet ham gaa ud, og
der blev derfor en endnu skrækkeligere Støi i Dagligstuen; thi
opskræmte som vi var, skreg vi alle i Munden paa hverandre:
„Der er de, der er de!“

„Ja, de ta'r Løitnanten og dra'r af med ham; lad dem
ta' ham og ha' ham!" sagde Husbonden og brød ud i en
kluffende Latter, der ikke syntes at ville tage nogen Ende. Da
vi Børn imidlertid ikke lod os berolige ved dette, blev der
tændt Lys, og en af Pigerne blev kaldt ind og spurgt, hvad
det var for Støi ovenpaa. Hun sagde, at det maatte være
Barnepigen, som havde revet Ildtøiet omkuld med et Vedfange,
for Løitnanten var gaaet ud.

Ole tilbød sig nu at fortælle et lidet Eventyr om Bamse
Bravkarl, som tog Skyds, og dette Tilbud blev med Glæde
modtaget ovenpaa al denne Forstrækkelse.

„Der var en Bonde, som reiste langt op til Fjelds ef-
ter et Løvlæs til Kreaturene sine om Vinteren. Da han kom
til Løvhæsjen, ryggede han Slæden med Hesten tæt indtil,
og gik op i Hæsjen og begyndte at vælte Løv paa Slæden.
Men der var en Bjørn i Hæsjen, som havde lagt sig i Hi
der, og da den kjendte at Manden begyndte at rumstere, saa
sprang den ud, lige ned paa Slæden. Da Hesten fik Veiret
af Bamsen, blev den ræd' og satte afsted, som om den havde
stjaalet baade Bjørnen og Slæden — det var greit det —,
og det gik mange Gange fortere samme Veien ned, end den
havde kommet op. Bamse har Ord for, at han ikke skal være
fælen; men han var ikke vel fornøiet med Skydsen denne Gan-
gen, der han sad; han holdt sig fast det bedste han orkede, og
glante stygt til imse Kanter, om han skulde kunne kaste sig af;
men han var nok ikke vant ved at age, og saa syntes han,
at der ikke var nogen Von.

Da han havde aget et langt Stykke, mødte han en
Kræmmer.

„Hvor i Guds Navn skal Far hen i Dag?" sagde Kræm-
meren; „han har vist knap Tid og lang Vei, siden han ager
saa fort?"

Men Bjørnen svarede ikke et Ord, det var greit det, for
han havde nok med at holde sig fast. Om en Stund saa

møbte han en Fattigkjærring. Hun hilste og nikkede med Ho-
vedet, og bad om en Stilling i Guds Navn. Bjørnen sagde
ingen Ting, men holdt sig fast og agede udover det forteste
han vandt. Da han kom et Stykke længer ned, møbte han
Mikkel Ræv. „Hei, hei, er du ude og ager?" streg Mikkel.
„Bi lidt, lad mig saa sidde bagpaa og være Skydsgut!" Bamse
sagde ikke et Ord, men holdt sig vel fast, og agede saa fort
som Hesten vilde rende. „Ja, vil du ikke tage mig med, saa
skal jeg spaa dig det, at om du kjører som en Finmutkar i
Dag, hænger du i Morgen med Ryggen bar," streg Ræven
efter ham. Bjørnen hørte ikke et Ord af det, som Mikkel sagde;
han kjørte lige fort. Men da Hesten kom paa Gaarden, satte
den ind igjennem Stalddøren i fuldt Firsprang, saa den klædde
af sig baade Sæle og Slæbe, og Bjørnen slog Skallen i Dør-
stolpen, saa han laa død paa Flækken.

Bonden han lad i Hæsjen og væltede og væltede Løv-
kjærv, til han troede han havde Læs paa Slæden; men da
han skulde til at gjøre Læsset, havde han hverken Hest eller
Slæbe, det var greit det. Saa maatte han traske efter for at
finde Hesten sin igjen. Om en Stund møbte han Kræmmeren.
„Har du mødt nogen Hest og Slæbe?" sagde han til Kræm-
meren. „Nei," sagde Kræmmeren, „men jeg møbte Futen
nedpaa her; han for saa fort, han skulde vist bort og slaa
nogen." Om en Stund saa møbte han Fattigkjærringen. „Har
du mødt nogen Hest og Slæbe?" sagde han til Fattigkjærrin-
gen. „Nei," sagde Kjærringen; „men jeg møbte Præsten ned-
paa her; han skulde vist i Sognebud, for han for saa fort,
og Bondeskyds havde han." En Stund efter møbte Bonden
Ræven. „Har du mødt nogen Hest og Slæbe?" sagde Bon-
den. „Ja," svarede Mikkel; „men Bamse Bra'kar sad paa
og kjørte, som om han havde stjaalet baade Hest og Slæbe." —
„Fanden fare i ham; han kjører vel ihjæl Hesten min," sagde Bon-
den. — „Saa træk af ham Pelsen og steg ham paa Gloen,"
sagde Mikkel. „Men skulde du faa igjen Hesten din, saa kunde

du ſkydſe mig over Fjeldet, for jeg kan fare lækkert," ſagde
Ræven, „og jeg ſkulde ogſaa have Lyſt til at prøve, hvorle-
des det er at have fire Ben foran ſig." — „Hvad gi'r du
for Skydſen?" ſagde Bonden. — „Du kan faa Baadt og
Tørt, hvad du lyſter," ſagde Ræven; altid faar du lige ſaa
meget af mig ſom af Bamſe Bra'kar, for han pleier være grov
til at betale, naar han tar Skyds og hænger ſig paa Heſte-
ryggen." — „Ja, du ſkal faa Skyds over Fjeldet," ſagde
Bonden, „naar du vil møde mig her i Morgen dette Leite."
Han ſkjønte, at Mikkel gjorde Nar af ham og var ude med
Stregerne ſine, — det var greit det. Saa tog han med en
ladet Bøſſe paa Slæden, og da Mikkel kom og tænkte han
ſkulde faa fri Skyds, fik han en Haglladning i Skrotten, og
og ſaa trak Bonden Bælgen af ham, ſaa havde han baade
Bjørnehud og Ræveſkind." —

Dette var en Fortælling, ſom havde vort udelte Bifald.
Vi ſyntes jo nok at det var Synd, at Bamſe Bravkarl ſkulde
lade Livet og Pelſen, forbi han uforſkyldt kom til at kjøre;
men ſaa havde Mikkel Ræv ſaa mange Gange fortjent Tugt
for ſine Streger, at hans Død var os den ſtørſte Trøſt.

Medens der taltes frem og tilbage om diſſe tvende Dyre-
fabelens Helte, ſagde Husbonden, at han ogſaa ſkulde fortælle
os om En, ſom var ude at kjøre paa Juleføre, og det var
Troldet med Trillebroken.

„Moſter min," ſagde han, „var fra Stadsbygden i Trond-
hjem, og der var naturligvis en Annexkirke, ſom kaldes Klo-
ſteret. I denne Kirke var der en Pokal, og den er der vel
endnu, for hun havde ſelv ſeet den og drukket Vinen af den,
og den var meget tung og prægtig forgyldt baade indvendig
og udvendig; den var offret der en Juledag i gamle Tider,
og ſaaledes gik det naturligvis til, at der var en Mand, ſom
ſkulde reiſe did til Otteſang om Julenatten. Han for paa
Ski, ſaa ſom alle gjør i Fjeldbygderne ved de Tider om Vin-
teren. Og da han rendte forbi et Berg, gik der naturligvis

op en Dør, og ber kom ud et Trold, med en Næse saa lang som et Riveskaft, og med en stor Pokal i Næven, og bad ham drikke af den. Han turde ikke andet end tage imod den, men han vidste, at den som drak saadan Trolddrik, han var Dødsens, forbi den var stærkere end den stærkeste Spiritus.; men han vidste Raad, han slog Drikken bagover sig, og da fik han se hvor stærk den var, for en Draabe, som skvat paa den ene Ski, svidde naturligvis Hul i den. Da han havde gjort det, satte han afsted og rendte af med Pokalen.

„Ja bi, til jeg faar paa mig Trillebroka mi, saa skal jeg not tage dig!" skreg Troldet. Men Manden rendte alt hvad han kunde, og lovede det, at kunde han frelse sig og Pokalen for Troldet, skulde han offre den paa Alteret om Juledagen. Det gik saa fort med ham ned igjennem Lierne, at han syntes, han ikke var nær ved Jorden lange Stykker; men Troldet det trillede efter, og det trillede saa fort med Broken sin, at det tilsidst naturligvis sad paa Ryggen af ham. Manden bad til Gud, at han maatte komme vel frem, og da han var et Stykke fra Kirken, sprat Dagen. „Nei, se den røde Guldhesten paa Aasen!" sagde Manden. Saa slap Troldet, og med det samme sprak det naturligvis. Men vær ikke sikker — for Troldet gaar igjen. Der er det! der er det! og der er det!" raabte han og kildede og stødte til dem af os, han i en Hast fik fat paa. Hele Flokken for skrigende, leende og støiende op, og gjorde redeligt Gjengjæld ved at trække ham i Kjoleskjøderne og hænge sig i Benene paa ham, da han med ikke altfor sikkre Skridt vaklede ud paa Gulvet. Følgen var, at han tumlede omkuld midt i Flokken, idet Piben for til en Kant og Parykken til en anden. Faldet forøgede Latteren og Støien, der vorte endnu mere, da en af de mindste af Selskabet begyndte at skrige, „forbi Far havde slaaet Haaret af sig."

Den Gamle begyndte imidlertid at klage over, at han havde stødt sig, og bad Ole skaffe sig Støien af Halsen og faa os op paa Barnekammeret, da det vel var for tidligt at stikke os hjem.

„Ja, gaa nu ovenpaa til Anne;" sage Ole, „saa skal jeg strax komme efter og fortælle jer om Prinsesserne, som tjente Kongen østenfor Sol og vestenfor Maane paa en Exerplads bag Babylons Taarn."

Vi begav os modige paa Veien, thi vi vare mange; men Lys sik vi ikke, fordi vi skulde forbi Høloftet, og da vi kom paa Høloftsgangen, svigtede Mandhaftigheden. Der var En, som syntes han saa to gloende Øine derinde, og hele Flokken styrtede som i Vildelse mod Løitnantens Dør, der var nærmere end Barnekammerdøren. Den var formodentlig ikke ordentlig laaset, thi den gav efter, og flere af os tumlede ind paa Gulvet.

Det brændte og spragede i Ovnen derinde, og en Lysstrime faldt fra Ovnshullet ud i Værelset hen paa en, som det syntes os, underlig formummet Skikkelse, der bøiede sig ned under Divanbordet — for at komme frem paa den anden Side og styrte over os —, troede vi. Men dette var ikke det værste. Fra Sofaen løv det med forfærdelig Røst: „Jeg skal bætter Dø' karnøfle jer!"

Skjønt der ikke var sex Stridt til Barnekammerdøren, styrtede vi alle som een hen over Høloftsgangen, ned over Trappen igjen, og hørte med Forfærdelse, at Døren til Løitnantens Værelse med et Skrald blev slaaet igjen. Intet i Verden kunde den Aften bevæge os til atter at gaa ovenpaa. Det var med Nød og Næppe vi torde gaa hjem til Vort.

Da Klokkeren den næste Eftermiddag stak sit røde Ansigt med de tre vel pudbrede Haarbukler bag hvert Øre udigjennem Vinduesgløtten, vinkede han mig til sig, og da han havde søgt og faaet fuldstændig Underretning om den foregaaende Aftens Tildragelser, spurgte han: „Sig mig nu, min Søn, lagde du ogsaa Mærke til, hvad det egentlig var for Slags Spøgelse?"

Fra Sognefjorden.

(1855.)

Den friske Bris, som tidligere paa Dagen havde blæst ind over Sognefjorden og bragt Kjøling og Svalhed fra Havet, tog mere og mere af, og Varmen og Lummerheden blev næsten utaalelig for mine Folk, som fra den tidlige Morgenstund med Kraft havde ført Aaren og færdets med mig paa Fjorden. Nu led det mod Aften; jeg vidste, at jeg først paa Morgensiden kunde naa mit Bestemmelsessted, og besluttede derfor at tage i Land forat holde Kveldsverd og hvile paa den første Odde, vi naaede, indtil Svalhed kom med Aftenen eller Natten. Aaretagene faldt nu længere og kraftigere, og Baaden skjød hurtigt hen over Fjordens blanke, grønlige Flade mod det nærmeste Næs; men uagtet det ikke syntes at være langt borte, tog det Tid ud, før vi naaede frem; thi Luftklarheden, Fjeldenes Høide og Omgivelsernes uvante Storhed havde endnu mere end sædvanligt skuffet os med Hensyn til Afstanden. Endelig vare vi der. Det er friskt og grønt paa dette Næs med dets rige Mos- og Græstæppe, saa bløbt og indbydende som Silke og Fløiel. Ned imod Stranden i Bugten staar der en ældgammel Eg; den udbreder sine knudrede Grenes mægtige Løvhvælv over det mosdækte Tag paa et faldefærdigt Røst og over et gammelt oplagt Jægtestrog, som halvskjult titter frem mellem en Skov af Hassel- og Rosenbuske.

Skarpt tegner den mørke vældige Egekrone sig af mod det finere og lysere Løvværk paa Hængebirkene, der i Forening med vilde Æbletræer og anden Løvskov dække de bratte Lier og omkranse en Ublade, som ligger paa en skinnende grøn Plet un-

der den udoverhængende Bergvæg. Der gaar en sagte Sus-
ning gjennem Skoven og Haslekrattet; derinde ringe vist Smaa-
vætter til Aftensang med Rævebjælderne; thi Pragtblomsternes
purpurfarvede Klokkerader svinge og svaie hid og did, uagtet
der ikke synes at røre sig et Vinpust. Medens et Par af
Folkene bragte i Land hvad vi behøvede fra Baaden, og en
af dem gav sig i Færd med at gjøre op et lidet Baal mellem
en Hob store Stene for at koge den Kaffe, de med Forud-
nydelsens Længsel ofte havde omtalt, tændte jeg mig en Cigar
og strakte mig, træt af den lange Sidden i Baaden, med Vel-
behag ud i Græsset paa en gammel Dragonkappe. Røgen
fra Baalet steg tung op i Veiret, men hvirvledes snart for det
svage Drag, der endnu var i Luften, hen over Baaden med
dens eventyrlige Ladning af alle de Greier, som høre til at
fange og optage Dybets Dyr, og ind over Fjordens blanke
Speil.

I flere Dage havde det været Solgangsveir med vexlende
Landvind, Stille, Havvind og klar Luft, som kun af og til
svagt fordunkledes ved lette Sommerskyer eller tættere Skyban-
ker, der trak op med Havgulen om Eftermiddagen, og under
dette herlige Augustveir viste Fjordlandskaberne sig ret i sin
Glans. De bag hverandre fremspringende Fjelde og Fjeld-
raders mægtige Former, hvis bøiede, brudte og styrtende Linjer
ofte virkede harmonisk sammen, laa der i lige saa samstemmende
og tiltalende Farveovergange fra det dybeste Blaa og Blaa-
sort til Horisontens luftige Himmelfarve, som i Solnedgangen
gik over til klart Violet eller gyllede i et mildt Rosenskjær over
Snefonnerne; og saa langt vi øinede hen i dette blaanende
Fjerne, var Fjorden i Aftningen som et Speil og gyngede
i sin blanke Flade de mægtige Fjeldes Omrids og Farve og
Himlens og Solnedgangens Pragt. Elvene og Bækkene, der
skummede ned fra de høie Kamme og Toppe, hævede sine Rø-
ster og susede høiere i Aftenstilheden, og brummede vildere
om Bræerne og Isklerne og de øde Høifjeldsvidder, be kom

fra. — Her saa jeg ret for mine Øine, hvorledes de tale
som den Blinde om Farverne, disse superkloge Fremmede og
disse indfødte Stuesiddere, som uden at kjende Høifjeldets og
og Fjordenes Natur, jævnlig komme og fortælle os, at kun
Syden har en saadan Luft, Klarhed og Farverigdom som den,
hvormed Malerne gjengive vore nordiske Landskaber, med an=
dre Ord, at det kun er Omridsene de fremstille med Sandhed,
men for Resten iføre Landskaberne en Fantasidragt, at Fjel=
denes blaanende, violette Duft kun er en konventionel Tone,
der hører Skolen eller Maleren til, men som intet har med
den norske Natur at bestille. Men lad dem med opladte Øine
færdes i Høifjeldet, eller lad dem vugges paa Fjordene, til
Naturen viser sig for dem i sit Høitidsskrud, og de skulle se
en Herlighed, som de aldrig have anet, og erkjende at Virke=
ligheden i gribende Storhed og Pragt staar der uopnaaet og
uopnaaelig.

Denne Klarhed i Luften, som ogsaa tidlig i Morges havde
hersket, som havde ladet os se selv de fjerneste Gjenstande i
skarpe Omrids og fremkaldt alle disse fine, blaanende Over=
gange, der ere eiendommelige under den friske Kuling og den
sollyse Dag, veg nu mere og mere for en Disighed, der gjorde
Farverne mattere og tungere, og lod Fjeldenes Former synes
endnu vældigere, endnu mere storartede og truende. Mørke
Skybanker med gulagtige og kobberglinsende, sammenbrebne Mel-
lempartier, opfangede Aftensolens Straaler og gjød dem atter
brudte, gløbende og gyllende ud over Fjeldtinder og Sne=
bræer i Høiden; gjennem en Skyrift falder en tindrende Straa=
leflod ind i de grønne Løvpartier oppe i Lien, og den staar
lige saa grelt og skrigende mod Landskabets mørke Skygger og
dybe Farver, som Glammet af Hundene op gjennem Bratterne
efter en Smaleflok med ranglende Bjælder lyder forstyrrende i
Aftenstilheden.

Solen sank snart bag Fjeldkammens Snerand og efterlod
kun et Skjær af sin Glans i Skyerne og sin Rødme paa Bræ=

erne; Hundeglammet tabte sig oppe i Høiden, kun Ljomen deraf løb ned til os sammen med den stærkere, dybere Susen af alle Elve. Men dette Elvesus, Lummerheden, den disige Luft, de optrækkende Skymasser, alt varslede om Uveir.

Mine Folk havde kogt den „brune Nektar“ og kastet dyg- tigt paa Baalet, som om Luften ikke var dem varm nok; nu laa de og strakte sig om Ilden, kun Formanden for Laget stod opreist og talte med mig om Veiret, som han næppe troede vilde bryde løst før Midnat. Saaledes som „Baard i Slug- gen“ (det var hans Navn) stod der foran Ilden, saa han endnu mere kjæmpemæssig ud, end han var af Naturen, og passede derfor saa meget bedre ind i de storartede Omgivelser. Han var en høi, stærkbygget Mand med Sømandens noget overveiende Udvikling af Overkroppen; men den livsvarige Fær- den paa Fjordene og Havet havde dog hos ham ikke aldeles udelukket Bondens Bedrift og Færd i Fjeldene, og hans Fod var derfor lige saa stærk og sikker som hans Haand og Arm. Der var saaledes ikke noget paafaldende Misforhold i dette Legeme, lige saa meget hærdet ved Kampen mod Storm og Bølger som ved den trættende Jagt efter Bjørnen i Lien og Renen paa Fjeldet. Hans Ansigt var godt skaaret og havde kjække, dristige Træk; de store buskede Bryn, sammenvoxne over en krum, stærkt fremtrædende Næse, og det rige, i disse Egne usædvanlige, røde Skjæg gjørde næsten Udtrykket vildt; og naar det randt i ham, og han heftig med den mægtige Ølbas, som han undertiden lod høre, gav de øvrige en Anvisning eller Paamindelse, fik hans hele Optræden noget saa Forvovent og Udforbrende, at han paa en transatlantisk Kyst, i Marokko eller paa de græske Øer, kun havde behøvet et andet Klædnings- udstyr for at gaa og gjælde for en Sørøver. Baard var dog ikke saa farlig, som han i saadanne Øieblik saa ud til, thi han lod aldrig Sol gaa ned over sin Vrede; naar han havde vendt sig omkring, spillede Munterhed og Lune igjen i hans klare, mørkeblaa Øine; og en bøielig Stemme, ofte med en mild og venlig Klang, understøttede hans livlige Foredrag baade i Samtaler og i de utallige Fortællinger, som i det fyldige, klingende Sognemaal ustanselig fløb af hans Mund. Han var kjendt af alle og kjendte alle; i de otte Dage vi færdedes sammen, havde vi ikke været i Land noget Sted, uden at han var kjendt der, og vi havde næppe truffet nogen Baad eller Jægt, uden at han kjendte en eller flere, undertiden samtlige i Laget, og med alle havde vexlet Ord, fulde af lystige og skjæmtende Hentydninger, selv naar de ikke dreiede sig om andet end Veiret. Det var imidlertid ikke altid for Spøgens Skyld han indlod sig med Reisende fra andre Steder; der var eet Emne han overalt søgte Oplysning om, og det var Ølet; at indhente Underretning om hvor man nylig havde brygget, eller hvor der var Overflod af denne Drik, lod til at ligge ham saare paa Hjertet, og hvor Leilighed tilbød sig, blev altid Dunken eller den lille Kagge forsynet med friskt Forraad af det maltrige, humlestærke, hjemmebryggede „Drikke.“ Sit udbredte Kjendskab til Godtfolk fra de forskjellige Landsegne sagde han han havde erhvervet under sin Færd paa alle Fifkerier og som Kjendtmand, Jægteskipper osv., i hvilke Egenskaber han tidligere havde faret i mange Aar, og som han selv sagde „været inde i hvert Hul fra Varanger til Arendal.“ Det lod ogsaa til, at han havde lært Lykkens Omskiftelser at kjende; thi medens han i en tidligere Tid af sit Liv havde eiet Gaard og Jægt, var han nu indskrænket til en liden Plads og laa i Skyds og paa Dagarbeide med leiet Baad. Men enten denne forandrede Stilling hidrørte fra Uheld eller fra Ølet, som han yndede saa meget, eller fra hans lette, ustabige Sind, der lod hver Dag have sin Plage, eller fra en Samvirken af alt dette, derom fik jeg ingen Oplysning.

Fra en Samtale med de øvrige Folk om det sidste Vaarsildfiske, hvori han havde deltaget, kom han ind paa et af sine Yndlingsemner, Strilerne, og deres eiendommelige skibbenfærdige Levemaade og Husholdning, som han skildrede i løier-

lige, tildels overdrevne Træk; og nu gik han gjennem Mod-
sætningen over til at fortælle om den beundringsværdige Kraft
og Udholdenhed, som mange af dette Folkefærd lagde for Da-
gen i hin Rædselens Tid, da Kolera udbrød under Sildefisket
i 1849. At gjengive disse Fortællinger saaledes som de blev
fortalte, vilde være en vanskelig Opgave: man fulgte dem un-
der deres angstfulde Hjemreise, man hørte Samtalerne mellem
de Syge og Døende og deres trofaste Kammerater, der sled sig
op til sidste Stund for at bringe dem hjem eller berede dem
en roligere og mildere Død under Baadhvælvet end under den
ublide Vinterhimmel; og i disse Samtaler malede der sig en
Fortvivlelsens Høitidelighed og Dødsforagtens Humor, der stod
i den skarpeste Modsætning til al den overdrevne latterlige Frygt
og de urimelige Paafund hos Hjemfolket paa de Steder, hvor
de søgte Tilflugt og Hjælp.

Fra saadanne Fortællinger om Skræk og Død var Over-
gangen til det Overnaturlige let; vi vare snart inde i alskens
Historier om Gjengangere eller „Dauinger," saa meget for-
nøieligere at lytte til, som Baard var en Mester i at fortælle,
og hans Skildringer ved det kjærnefulde Sognemaal fik et Fynd
og et Præg, som vort Skriftsprog med al sin Bøielighed har
vanskeligt ved at gjengive.

Under en Stans i Baards egen Fortællingsstrøm kom en
anden af Laget til Orde. Medens denne talte, larvede han
Tobaksblade, stoppede sin lille Metalpibe og tændte den ved
Baalet, som nu blussede friskt, og stærkere end det sidste Dag-
skjær kastede sit Lys over Egen og Røstet og Rævebjælderne.
Da Kammeraten var til Ende med sin Fortælling, begyndte
Baard paa en ny:

„Ja, dette var jo et svare Spøk'ri," sagde han; „men
den værste Dauing, jeg har hørt der er gaaet Ord om, det
var gamle Lensmanden paa Dalsøren, og det var ikke under-
ligt; for mens han levede, var han en styggelig fæl Mand
med en stor Bjørnskindshue paa, og han havde gjort alt det

Onde, som nogen kan gjøre; han havde suget den Fattiges
Sved og Blod, han havde flaaet Armoden og flyttet Mærke-
stene; men han fik ogsaa en brat og ufjælg Ende, for han
stupte død i Vega-Veiten, før han kunde nævne Jesu Navn.
Aldrig har nogen hørt om slig Staak og Styr ved noget Lig,
som det var ved hans, ja det var „ei Makaløysa te Spøk'ri!"
Da han laa paa Ligstraa og de vaagede og brændte over ham,
blev Lysene slukkede, og da de kom igjen med dem, sad der en
stor svart Katte ved „Hovve" paa Liget, og den var det ingen
som var Mand til at flytte. Det torde ikke blive der flere
end to „hjærta og hærdige" Karle; de laa i en Sengekarm,
men hele Natten kjendte de Fjælene bugtede sig under dem,
som om de laa paa Baarer. Da Kisten skulde slaaes igjen,
blev der et Haglveir, som varede saa længe Gravølet stod paa,
og Klokkerne kunde de ikke faa til at ringe, før Dave Ringer
i Bergs-Bøen gik op i Taarnet og løste dem; da for der saa
fuldt ned igjennem med Troldskab og Djævelskab, at han kunde
mest ikke berge sig, men han var af dem, som kunde mangt
og meget. Lensmanden var en stor, svær Mand i levende
Live, men Kisten var ikke tungere, end om han havde havt en
Haneskrot, og der var dem som baade mente og sagde, at den
svarte Katten var reist af med ham, før han kom i den. Da
han kom under Torven, blev Veiret lige saa fint og yndeligt,
som det havde været ufjælgt og meinsligt under Gravølet, men
paa Gravstedet voxte der op alle Slags Ris med Naale paa,
som ingen havde seet før. Siden den Tid farer han med i
Juleskreien, og der er han blandt de høieste. Han farer nær-
mest efter Nykken, som holder Foremarsen paa en svart Øik,
og derfor maa ingen i Følget sige: „Nyk paa Beitsle."

    „Det var fint Følge, den Karlen var kommen i," yttrede
Aadne Utigarden, idet han tørrede sig om Munden efter Øl-
driften, han havde taget, og langede Dunken over til For-
tælleren; „jeg har hørt gjite den Skreien i Nordfjord, og der
siger de, der ikke er andre i den end Skjelflyttere og Ildgjer-

ningsmænd og Kvindfolk og Styghed, men hvor den kommer fra, eller hvor den har Optalet sit, det har jeg aldrig hørt gjite."

"Ja, det skal jeg sige dig plent," svarede Baard, som altid vidste nøie Besked eller under enhver Omstændighed havde et tillidvækkende Udsagn paa rede Haand. "Inde i Lyster var der to Tøser, som var usams om en Dreng, de likte vel begge to, men Drengen likte bare den ene, og hun blev fremmelig. Da de skulde til Stølen disse Tøserne og de red forbi Kringle= vatnet ude paa Stupet, saa vilde den ene skuve den anden udi, men det gik ikke bedre til, end at de valt ned i Vandet begge to. Naar Streien kommer der, saa kommer ogsaa Tøserne ri= dende op fra Vandet, og Gamle=Lensmanden kommer til ved en stor Osp paa Ødegaards=Bøen, for der har han været med og flyttet Skjellet; og hver Gang han kommer, saa brænder det i Ospen, som om den stod i Lue, men Ilden er ikke som vor, det er ikke en lys Ild, men den er mørkerød, mørkere end Gløder og Vindskyer om Morgenen. Der var elleve Karle, som saa det paa een Gang. De andre, som følger Streien, kommer til hver i sin Fjerding, somme paa Heste og somme paa Sadler, somme paa Tønder og somme paa Kjørrer, og de farer med stor Døn og Dur som af en hel Hestedrift ned igjennem Dalsdalen forbi Ødegaarden og gjennem Skaare= gaardene til Dalsøren; der holder de Dans. Ved Maltbækken er de ogsaa vant til at stanse. Der traf Halvar Bringe dem en Gang paa Haalken, og ræd blev han, for det var fælt Følge at møde der, det var baade haalt og brat; ja, han blev saa ræd, at han lovede en Mæle Korn til de Fattige, om han slap fra dem, og der skulde vist noget til, naar han Halvar Bringe skulde tage saaledes i, har jeg hørt sige. Svarte Ragnhild mødte dem paa en Klop ved Morsmyren; der maatte hun ud i Myren, og hun satte igjen baade Skoene og Sok= kene, og Mælken hun skulde have til Julegrøden, skvat ud af

Rollen for hende, da hun fik se, at der var En i Skreien, som red med Hovedet under Armen." —

Der udspandt sig nu en Samtale om Julestreien, hvori jeg, for om muligt at fremkalde andre Erindringer og Fortæl= linger, fortalte en Del af de thelemarkske, sætersdalske og val= derske Sagn om Aasgaardsreien og Julestreien[1]). Dette lyk= kedes imidlertid ikke. En af dem havde en dunkel Erindring om, at Skreien i Urland for om før Jul og var inde i alle Kjældere for at smage paa „Juledrikket,"[2]) en Omstændighed, som naturligvis i høi Grad vandt Baards Deltagelse for Fær= den og bragte ham til at erklære, at han ikke kunde være uvil= lig til at fare med til Jul, om han bare havde Strube til at rumme Ølet og en Hest, der kunde holde Skridt med Skreien. Heller ikke kjendte de Sagnet fra Nordhordland, ifølge hvilket den farer omkring ved Juletider med tvende Hunde og som den tyske „Frau Holle" eller „Bertha" giver Løn og gode Ga= ver til dem, der hjælpe den. Det eneste de vidste var, at den i gamle Dage havde færdets mere end nu, fordi man nu var ude af Troen, og til Bevis herpaa anførtes, at det i Juste= dalen i gamle Dage havde været Skik at have Staal paa Laaven, i Fjøset og i Bækken, for at Skreien ikke skulde stjæle og trolde i dem, samt at man havde brugt at fri sig fra dens Besøg ved at sætte Tjærekors paa Døre og Fæhuse, og saa= danne Kors var at se den Dag i Dag, men nu sagde Folket som oftest, at de var ude af Troen. Da der ikke var mere at indvinde i denne Retning, begyndte Baard, efter en kort Indledning om det Kjendskabs= og Slægtskabsforhold, hvori Svartesmeden havde staaet til hans Oldefædre, at fortælle en gammel Historie:

„Svartesmeden boede paa Bjedla i Sogndal; han var en stor, svær Karl, som aldrig var fælen hverken for Ølkrus eller Slagsmaal, eller for Trold eller Dauinger. Men han havde ikke Bo at være det heller, for stærk var han som en Bjørn, og han havde et lidet Troldsværd, som kaldtes Flusi,

21*

og det bar han stødt paa sig. Saa var det en Gang en
Torsdagskveld sent om Høsten, at Svartesmeden havde været
til Søs. Ret som han kom op paa Lundemyren, midtveis
imellem Fjorden og Bjedla, fik han se Lundemyrstroldet. Det
laa fladt paa Myren og lod Maanen skinne paa sig; det var
mest saa langt som Myren var bred, og Øine havde det saa
store som Bagsteheller. Han Svartesmeden blev hverken ræd
eller fælen, han sprang hent til og stak Flusi i Hjertet paa
det. Da Troldet skjønte, hvad Slags Staal det var det havde
faaet i sig, og det kjendte at det vilde „te aa sælast,“ havde
det Lyst til at faa Tag i Smeden, men saa længe Flusi sad
i det, kunde det ikke røre sig. „Stik og drag!“ sagde Troldet. —
„Lad staa, som staar, til Mandags,“ sagde Svartesmeden —
han vidste bedre end at drage Sværdet ud af Saaret —, og
dermed blev Troldet liggende. Da det havde mistet Aanden,
og Livet vel var af det, saa Smeden, at der lukkede sig op
syv gloende Jernporte i Fjeldet hortenfor Fjorden, og ud af
dem krøbe der saamange Smaatrold, at der kom væltende en
Stim som en Lørdagsmorgen paa Triangelen i Bergen, og
alle bar de sig ilde og skreg: „No er han Bedstefar dau, no
er han Bedstefar dau!“ og saa tog de ham imellem sig, og
bar ham ind igjennem den største af Portene. Siden var der
som hørte noget til Lundemyrstroldet.“

De øvrige Folk af Baadlaget havde ingen af de Eien=
dommeligheder, der udmærkede Baard i Skuggen; de vare al=
mindelige Fjordbønder, og med Undtagelse af een, temmelig
træge og enfoldige. Uagtet Baards ironiske Tone havde de
saaledes antaget, at han i et og alt troede paa de Fortællinger,
han havde givet til bedste, og modsagde derfor med Ivrighed
den sidste Fortællings Paalidelighed, idet de paastod, at det
kun var Eventyr og Fabel. Den ene af dem, Tron Pladsen,
en gammelagtig, bredskuldret Mand med kort Hals, et kantet
Hoved, som sad ham nede mellem Skuldrene, et Par Øine
som blaasur Mælk, og en usædvanlig lys, næsten hvid Haar=

lug, var især ivrig. Han var ilter til Sinds og fremfu-
sende i sin Tale, hvilket i Forbindelse med en løierlig Stam-
men bevirkede, at Ordene ofte faldt ham lidt bagvendt af
Munden, saa han gjorde sig skyldig i alskens Forsnakkelser og
kom til at fremsætte de aller urimeligste og fabelagtigste Paa-
stande. Dette forseilede næsten aldrig sin Virkning paa Kam-
meraternes Lattermuskler; han blev da gjerne endda hidsigere og
ørskede endda værre.

„Vettuge Folk, som er split galne,“ udbrød han hidsig,
„kan ikke tro sligt, som han Baard fortæller, at Flusi kjørte
Smeden i Troldet.“ — „Dokker kan høre, jeg er sandspaadd:
Raaveiret er ikke langt unda, for Tron i Pladsen tager til at
snakke bagvendt,“ afbrød Baard ham leende. De øvrige stemte
i, og han fortsatte endnu hidsigere: „Nu har jeg gaaet i Barn-
dommen i femti Aar — ja, jeg vil sige det, at nu er det
femti Aar, siden jeg var saa meget Barn, at jeg var saa
fabelagtig, at jeg kunde tro den Historien, som Flusi fortæl-
ler om, at Svartsmeden kjørte Baard ind i Lundemyrstroldet!
— ja, I skjønner det sjøl, hvad jeg mener,“ rettede han sig,
da han af de andres Miner mærkede, han igjen var paa den
gale Vei og havde forfuset sig. „Men det var nu det, jeg
vilde sagt — jeg skal fortælle dokker en Historie, som jeg ved
er sand, fordi jeg ved det. Det var En, som hedte Bratten,
og han var en god Ven til Svartsmeden. Disse to de var
de bedste Skiløbere i mange Sogn, og de var saa svære til at
rende paa Ski, at der ikke var nogen, som fik saa meget Fisk
som Bratten; for hver Gang han hængte Skien i Vandet,
saa bed Bratten paa Krogen, saa rent overhændig var han.
En Gang gik han i Fjeldet, saa kom han til et lidet rundt
Tjærn, som laa udi en Fjeldmyr. Han havde aldrig hørt,
at nogen havde faaet Fisk der, — men ikke før havde han
kastet ud, før han fik en Aure —, ja den var sikkert mest saa
stor som en liden Kvie, og saa fed, at den var aldeles som
Flesk —, saadan en Kult havde han aldrig seet. Han spyttede

i Guds Navn og sagde „Tvi dig!" i Halsen paa den, for det gjorde han altid med den første Fisken. Han havde ikke før bidt, før han ægnede paa og kastede ud, og saa drev det hele Kvelden, han ægnede paa og bed, og Fisken drog op det forteste han vandt — ja dokker skjønner det sjøl —, saa han fik en stor Kjipe fuld med Fisk. Saa gav han sig paa Hjem= veien da, men jo nærmere han kom Kjipen, des lettere vardt Stova hans". . . . .

Dette var altfor galt og tog sig især i hans stammende Foredrag saa løierligt ud, at der paakom os alle en uimod= staaelig Lyst til at le, der ikke blev mindre, da Baard udbrød: „Mere Raaveir!" Men nu blev Tron i Pladsen fornærmet og sagde, at hvem som vilde kunde fortælle Resten, han sagde ikke et Muk mere; at Hvalperne flirede og gliste som nogle Tøser, det kunde saa være, men Baard var jo ikke et Haar bedre, han skoggrede værre end en Gast.

„Vær nu bare ikke idle, Bedstefar, saa skal jeg fortælle Resten," sagde Aadne Utigarden, en af de yngste, kjælende for ham; „jeg har hørt det saa ofte baade af dig og Gommor, at jeg nok tænker jeg mindes det. „Da Bratten kjendte, at Kjipen blev lettere og lettere," begyndte han og fortsatte paa den jævne og simple Maade, hvorpaa saadanne Fortællinger almindelig gives, „tykte han, at dette var underligt, for Kjipen var ny og der fandtes ikke Hul i den; men han blev reint forbina, da han satte den fra sig og fik se, at der ikke fandtes mere end en eneste Fisk i den. Han sagde ikke noget til Kjær= ringen sin, men da det led over Non den andre Dagen, kunde han ikke holde sig, han maatte paa Fiske igjen, og Fisken bed lige saa friskt som forrige Dagen. Eftersom han fik dem af Vandet, trædde han dem op paa en Vidjebank, for han vilde se hvorledes det gik til, at han mistede dem; men da han kom paa Hjemveien blev den ene Auren vække, efter den andre, og han kunde ikke se, hvor det blev af dem. Han skjønte vel det, at det var de Underjordiske, som ikke undte ham Fisken, og han skjønte det og, at de var med og tog den fra ham; men han var harm, fordi han ikke kunde se, hvorledes de tog den. Saa reiste han til Stedje Kirke med Kjipen og fyldte den med viet Muld, og strøg til Tjærnet igjen i eet Gaaende. Da han kom frem, strøbde han en Ring med Kirkemuld rundt hele Bredden og reiste saa hjem. Om Jonsokskvelden strøg han til Fjelds igjen; da vilde han se, hvorledes det nu var laget. Som han kom til Tjærnet, hørte han det gret og let saa ilde. Det var de Underjordiske, og da de fik se ham, tog de af sig Hatten, saa de blev synlige, og raabte og skreg: „Ilde gjorde du, Kristmand, du stængte Tjærnet for os!" — „Værre gjorde I; I tog Fisken fra mig, som jeg havde fisket," svarede Bratten. „Tjærnet er vort, og Fisken var vor, saa nær som den første; den spyttede du i Halsen paa og sagde Kristmands Ord til, men vil du ætle os bare et lidet Led paa Muldringen, saa skal du faa fiske alt med du vil." Bratten gjorde som de bad ham, og skrabede Kirkemulden bort paa et Sted, saa de kunde komme igjennem som i Ledet paa en Stigard, men først maatte de Underjordiske love, at de ikke skulde forgjøre Fisken, saa den blev traabiten og utidig, og at de ikke skulde gjøre ham anden Slags Meinspik. Siden den Tid var han Godvenner med de Underjordiske, og fiskede saa meget som han vilde alle sine Levedage."

Ilden ulmede kun i Brandene og Aften, Stjerne vare trukne mere og mere sammen fra Havkanten, og da vi begyndte at gjøre os færdige til at drage afsted, skumrede det stærkere end sædvanligt paa denne Tid af Aftenen mellem de høie Fjelde; men den nordiske Sommerkveld var endnu lys nok til, at vi kunde se et Par stærkt bemandede Baade, der stævnede indad Fjorden mod Næsset, vi stod paa. Snart kjendte Baard ogsaa en Del af Mandskabet; dog lod det til, at han tog Øret lige saa meget til Hjælp som Øiet, hvilket just ikke faldt vanskeligt; thi de Kommende vare meget høirøstede, og et umærkeligt Drag, som stod ind fra Havet, bar næsten hvert Ord, der taltes paa

Baadene, til vore Øren. Deres pyntede Udseende, Snakken og Støien viste os snart, at de vare paa Hjemreisen fra et Bryllup. Der var ogsaa Kvinder i Følget. Baard regnede snart op en Remse med Navnene paa hvem der var paa den første og hvem paa den anden Baad. Der var han Ola i Hagen og Hans i Hammaren, han Haldor paa Haugen og Per i Vallen, han Aamund paa Øyren og Knut i Viken, foruden mange andre; men hvorledes Fleske-Hans, Mjøltraaver= Ola og Madpræsten Læser=Per vare komne i dette forresten, efter Sogningsvis, ret hæderlige Følge, det var noget som hverken Baard eller de øvrige kunde forklare; men af disses Nærværelse spaaedes der Slagsmaal og braadne Pander, in= den Færden kom hjem; thi det var et Ord, som var paa hver Mands Tunge, at Mjøltraaveren og Madpræsten før havde hjulpet Hans at stjæle Staburskost, og det var ikke at vente, at de øvrige i sin opspilte og øllede Tilstand ved en Leilighed som denne skulde lade være at tærge dem for dette. Nu blev der imidlertid Sang og Klang istedenfor Slagsmaal; thi til Melodien af „Stusle Søndagskvelden ein Gaang for me va," som Spillemændene strøg paa Felen, begyndte de paa den ene Baad at synge en Vise, som Baard erklærede for at være „Purkevisao," og netop at indeholde Spiren til Uenighed, da de rimeligvis sang den alene for at tirre de ovennævnte El= skere af Stabursmaden. I den stille Aftenluft løb Sangen klart ind til os:

Tre aav bedste Bøndo her uti vaor Bygd
skulde sta aa henta Purkao.
Dao dei kom paa Vegen, møtte dei no ein,
so dei gjedna vilde møta.
Atle-Snaueskable han va fyste Mann,
Einar Tambaskjelvar han bar Purkao fram,
Purke-Snakupp mæ;
dei va adle tre.
Drengen ette kom mæ Hovve.

Trur du, slike Folk kan ha sit rette Vet?
Hovve da va laange speke?
Denna stolna Purkao drepi va pao Fet
ho va gjødd i tvo tre Veke.
Snakupp kom aa la' seg ne paa sine Kne,
snydde, svor aa bante, Purkao skulde te.
Purkao ho bortfor,
ho kom paa hafs Bor,
Kjæringi slapp te aa æta.

D' æ' kje vandt aa vera gjilde Bønde no,
gaa kring Garadne aa skrota,
naor dei kann bekoma Svinaslagte so,
hengja Lengjidna i Rote.
Da va da so gjore Kjæringi so stolt,
ho sekk utor Purkao hv' eit Hal'pund Smolt.
Kaa kan da forslao,
naor dei ska ut aa gao?
Da staor inkj' i aotta Daga.

Vi havde stødt fra Land, og da Visen var til Ende, be-
fandt vi os i Nærheden af de tvende Baade, mellem hvis
Mandskaber og mine Folk der nu udvexledes en Del af disse
Talemaader, som ere gjængse og gjæve mellem Bønderne ved
slige Møder, om godt Veir, om Gjensynets Fornøielighed, om
hvad Slags Skyds de for i, hvad jeg var for en Karl, om
Traktementet, Skaalgaverne, Dansen, og især om Ølet i Bryl-
luppet. Dette sidste rostes som udmærket, og da Baard be-
klagede, at han ikke havde noget af det gode Drikke paa sin
Dunk, der nu kun indeholdt en Slutsup af det han for gam-
melt Kjendskab og gode Ord havde faaet overladt af Aamund
i Reine, — nikkede Kjøgemesteren smilende, huldsaligt og med
et straalende Aasyn, der vidnede om Ølets Fortrinlighed, til
ham og rakte ham et mægtigt Krus med Frohat paa, friskt
tappet af en „nysprættet Hjemfærdsdunk.“

Medens Kruset gik rundt, Ølet prisedes efter Fortjeneste,
og hver snakkede sit Snak, begyndte Læser-Per, let kjendelig

paa Hængehovedernes almindelige Bæsen og Fagter, med en Stammen og Hikken, der ligesom hans stive Blik og usikkre Sæbe tydelig viste, at han havde taget vel saa meget til sig af Mosten som nogen, i en sangrende og suttrende Præketone at udbrede sig om Driktens og Brændevinets Fordærvelighed og Forkængelighed; og tilsidst henvendte han sig ligefrem med formanende Ord og Trudsler om Svovlpølen og Helvedes Ild til Baard, som han nok syntes havde taget for meget til sig af Ølet. Den Tiltalte var ikke den Mand, der blev nogen Svar skyldig, men maalte ham under de Øvriges Latter og høirøstede Bifald, som man siger, Skjæppen fuld. „Kanske," sagde han, idet han med „Tak og Ære" rakte Ølkruset tilbage, „kanske jeg ikke burde svare dig, min kjære Per; det er jo et gammelt Ord, at det er Skam at snakke til Præsten paa Prækestolen; men det var det jeg vilde sige dig, at om du nogen Tid skulde blive indsat af St. Per til at gjæte for Porten til den hellige Staden, saa skal jeg stryge paa Seglet og løfte paa Hatten for dig, men til jeg faar Himmelbrev paa det, skal Seglet staa og Hatten sidde; og saa var det det, at Brændevinet, som du snakker saa meget om, det har jeg brugt til Helsebod paa Fiske, og naar jeg kunde faa det, hvor det røynte paa; men forresten skal ingen kunne sige," tilføiede han med særligt Eftertryk, „at Baard i Skuggen er kommen hjem fra Byreisen med en tom Brændevinskagge og fuld Skolt. — Siden jeg har hørt dine Gaver og din Udlæggelse af Skriften, kan jeg vel begribe, at du kan behøve at gaa i Skabet og tage dig en liden Taar til Styrkelse, om det saa er midt i Præken, ellers kunde det blive for tørt og tomt i Bringen baade paa dig og paa dem, som skulde lye paa dig. Men det du sagde om Ølet, det holder jeg ikke med dig i, og det holder ikke de rette Nygterhedskarlene med dig i heller. Det er bedre Folk, end du er og blir; de har sagt et Ord, som er mere værdt end syv af dine Præker, ja det Ordet er, som jeg skulde have sagt det selv. Ved du hvad det er? Nei, det ved du

ikke; derfor faar du læse bedre over, naar du vil stinge Næsen
i Nøgterheden. Har du ikke," fortsatte han i en halv spøge-
fuld, halv foragtelig Tone, idet han atter tog det fyldte Øl-
krus, som raktes ham, efterat det havde gaaet rundt i Baaden,
og igjen drak lige saa hjertelig til Ølets Pris, som han talte,
— „har du ikke seet den store Plakaten til disse Nøgterheds-
karlene? — — Den er mest saa stor som et Færingsseil. Den
er grei nok at læse og tyde, skal jeg tro. En behøver hver-
ken at være brevsynt eller bibellært til det, for Bogstaverne
er mest saa lange og greie som Siderevene i en svolten Gris.
Har du ikke seet den?" — —

„De siger saa," vedblev han, idet han med sin dybe Stem-
mes høitideligste Tone begyndte at foredrage den omhandlede
„Plakat," langsomt læsende og i Skriftsproget, en Foredrags-
maade, han snart faldt ud af for at optage sin egen mere
livfulde Fremstilling: „Vore Forfædre vare store — og stærke
— og kjække, — og de undertvang den halve Verden; thi be-
berusede sig ikke i Vin eller Brændevin eller i nogen med Bræn-
devin tillavet Drik. — — Men hvad drak be, mener du? —
be drak Øl, staar der; — hjemmebrygget Sogneøl drak be,
Far min; — — det var det, som gav dem Marg i Benene.
— Det siger Plakaten, og be som har gjort den, be Nøgter-
hedskarlene — det er mine Folk. — — Ølet er det, — det
er det som styrker. Drik Øl, skal du kjende, hvor rak du blir
i Ryggen, og hvor kjæk du blir; da behøver du ikke at „hænge
Hovve og rængja Augune, naar du skal se paa ein bra Kar."
— — Tror du, at jeg var bleven Mand for at tage en Silde-
tønde paa Nakken lige saa let som han Ola slænger Skarve-
Mjølposen sin paa Ryggen, eller du eller han Hans renber
afsted med en Flesteskinke, naar jeg ikke havde drukket Øl? —
Ølet — det er Basen!"

Den rungende Latter, ber overdøvede be Rammedes Knur-
ren, viste at Baard havde truffet Hovedet paa Sømmet, godt-
gjorde hans Talent som Folketaler og afværgede tillige det

Vredesudbrud, som man kunde vente sig af de saa haardt For=
nærmedes Miner og udfordrende Øiekast. Kvindernes Instinkt
skyndte sig at give Tanker og Stemning en anden Retning,
idet de begyndte paa en Vise, som Spillemanden ogsaa strax
var færdig at spille op til paa Hardangerfelen. Dens snurrige
Text og kvikke Melodi lokkede ogsaa snart en Del af Mændene
til at stemme i, og under Sang og Klang skjød Baadene atter
for raske Aaretag hen over det mørke Fjordspeil.

Svarterabben.

Svar - te - rab - ben skul - de sta aa kjys - ra Ve,

Kje - rin - gi skul - de tru - fta; ræt so han kom mæ

Las - se i Le, sun - de so gjik hass Buk - sa.

Man - nen aa Mær - ri valt i ei Veit,

dar laag no dei aa rop - te aa skreik,

rop · · · · te paa Knut aa Bri - ta, aa

Kje - rin - gi mæ te - li - ka.

Knut aa ho Brita, Gjenta aa Dreng
haurde døe tok te strika,
spraang dei paa Dyri adle som ein,
Hunden mæ dei telika;
summe mæ Staang aa summe mæ Staur
krybde kring Mærri nett likso Maur;
adle mæ Mærri bala,
slæpa aa sleit aa hala.

Hundra aa nitti Bindespel,
nye so sku' dei vera,
laga dei te aa smurde dei vel,
laut so aot Veiti bera.
Adle Bindespel i Stykkje dei brast,
dar stod dei adle endao lika fast,
alt te dar kom ei Kjempa
aa bar paa ei Byr mæ Lenkje.

Kjæmpao ho kasta Byri si ne,
so da i Marki glumde,
treiv so i Mærri nett so i eit Kje,
Mærri ho laog aa stunde;
treiv han i Mærri, gjore so eit Kast,
kasta ho uppao Marki mæ Hast;
dar laog ho spent' aa sparka,
rudla seg aa grov upp Marki.

Svarterabben sku' gje Kjempao Brø,
hundra aa nitti Leiva,
sjau Smalafall aa sjau Baoge Smør
aa Skinn utaov sekstan Reina,
tolv Tønne Rjomme, tolv Tønne Øl,
tolv Tønne Styr aa tolv Tønne Mjøl,
Slire mæ Kniv aa Belte,
fyre da han Mærri hjelte.

Baard og mine Folk brummede ogsaa i Begyndelsen med, men de lod ikke til at kjende Texten og forstummede derfor snart; thi da der i Bryllupsbaadene var et talrigt Mandskab ved Aarerne, bleve vi snart tilagters og hørte inden kort kun Melodien klinge hen til os.

I den Skumring, som nu har udbredt sig, stige Fjeldene jættehøie op over vore Hoveder; enkelte af dem tabe sig i Skyerne, og synes derved at blive end høiere. Fjorden ligger i et Halvmørke, der forbybes ved de tætte Skylag og Styggerne af de himmelstræbende Fjelde, som sorte og truende synes at stige nærmere sammen for at nedtræde den Forvovne, der brister sig til at færdes indunder dem; men hist oppe i et Skar se vi gjennem en aaben Rift i de lavere liggende Skyer, at der høit over de øvrige hæver sig et endnu høiere Fjeld; mørkt blaanende svæver dets mægtige Krop over de tunge, uveirsvangre Skylag, og den snedække Top er hyllet i en mat Glans fra Nathimlen, der skinnende hvælver sig over det.

Fra de dybe Kløfter og Dale, der som sorte Skygger kaste sig ind mellem Fjeldraberne, udgaar der en Gufs, som pludselig rifler Fjordfladen, lig det blanke Staal, naar det dugges og mørknes af den menneskelige Aande. I dette Øieblik er der ingen anden Forstyrrelse i den natlige Fred end disse Naturens Aandepust, som vi ogsaa synes at fornemme gjennem Bækkenes og Elvenes stærkere Susen og i den krydbrede Duft, der fra Træer og Urter bæres udover Fjorden og kvæger og styrker de i Lummerheden slappede Nerver. Men Freden er ikke at tro; disse pludselige Vindstød ere Uveirets nærmeste Forbud. I disse Fjorde er et Tordenveir en stor Sjældenhed, thi de spidse Fjeldtinder, der rage op i de høiere Luftstrøg, hæve gjerne den elektriske Spænding og tilveiebringe ved stille Udladninger efterhaanden Ligevægten mellem Skyerne. Med Et glimter nu Lynet over Fjelde og Bræer, og Skyernes eventyrlige Hærskarer træde, belivede gjennem de tidligere For-

tællingers Billeder, frem i Lynslangernes flygtige Glans, for
i det paafølgende dybe Mørke at staa endnu eventyrligere for
Indbildningen. Lyn følger paa Lyn, Skrald paa Skrald, der
rullende og dundrende gjentages af Dvergemaalet. Det lyder
ret som om Tordenens gamle Herre i Spidsen for Asgaards-
reiens vilde Skarer er ude at age.

Uveiret nærmede sig med næsten overnaturlig Hastighed,
og mine Folk, som nu først lod til at have fattet Veirets rette
Art, halede ud af alle Livsens Kræfter for at naa det eneste
Landingssted, der sandtes paa lang Led under de steile Fjeld-
vægge.

„Det blir et Troldeveir,“ sagde Baard, da Baaden var
halet paa Land, og det første voldsomme Vindstød kom ned,
„Vinden kommer Posevis; Gud hjælpe dem, som er paa Fjor-
den i Nat!“

Inden kort styrtede Stormen ned fra Bræerne og piskede,
hvinende og brusende som et Fossefald, Fjordens Vande, saa
de stod i et rygende Skum; det peb og ulede ud fra alle
Kløfter, som om alle Troldene vare slupne løs og overbød
hverandre i Hyl og Hujen; og midt imellem disse vilde
Toner syntes vi pludselig et Øieblik at fornemme Lyden af
menneskelige Stemmer, men vilde og oprørte, næsten som Na-
turens egne Ulyd. Baard troede han ved Lynblinket fjernt
ude havde seet den ene af hine tvende Baade med Hvælvet
i Veiret, og tæt ved Mændene i den anden mod hverandre
i Slagsmaal. Jeg saa intet andet end Glimt og Mørke,
men saa meget er vist, at vi hørte et Hvin eller et Skrig,
et haabløst, jamrende Skrig, ude fra Fjorden. De Øvrige
hviskede om Draug og Nøk; men Baard bød dem gjøre Baa-
den klar og kaste alt ud af den; thi saa snart som Veiret
gav sig den mindste Mon, skulde de paa Fjorden, „og da,“
sagde han, „da spørges det, om vi har Marg i Benene og
det rette Hjertelag.“ Derpaa rakte han dem Øldunken, idet

han sagde: „J skal se det kommer til at røyne paa, tag
jer derfor først den sidste Taar Drikke af Brygget til han Aa-
mund i Reine."

Side 323. 1. Jvfr. Illustreret Nyhedsblad for 1852. Asgaards-
reien af P. C. Asbjørnsen. No. 44 og 46.

Side 323. 2. Se Sagnet i sin Helhed hos J. Aasen: Prøver af
Landsmaalet i Norge. S. 27 fg. Christiania 1853, og efter hans Med-
delelse i Illustreret Nyhedsblad 1852 No. 56.

Til Havs.

I.

Skarvene fra Udrøst.

(1849.)

Til Havs, i Vest for Helgelands Skjær,
der svømmer en Ø paa de skinnende Bøver;
men kommer en Gang en Seiler den nær,
da sænke sig Skyer derover;
og skjult er da den vinkende Strand,
og ingen kan Den bestige.
Med Tanken kun tør Kystboen hige
mod Vest til det deilige Alfeland.

Welhaven.

Ved Hjemkomsten hænder det ikke sjælden de nordlandske Fiskere, at de finde Kornstraa fæstede til Styret eller Bygkorn i Fiskens Mave. Da heder det, de have seilet over Udrøst eller et andet af de Huldrelande, hvorom Sagn gaa i Nordlandene. De vise sig kun for fromme eller fremsynte Mennesker, som ere i Livsfare paa Havet, og dukke op hvor ellers intet Land findes. De Underjordiske, som bo her, have Agerbrug og Fæavl, Fiskeri og Jægtebrug som andre Folk; men her skinner Solen over grønnere Græsgange og rigere Agre end noget andet Sted i Nordlandene, og lykkelig er den, som kommer til eller kan faa se en af disse solbelyste Øer; „han er bjerget," siger Nordlænningen. En gammel Vise i Peder Dass's Maner indeholder en fuldstændig Skildring af en Ø udenfor Trænen i Helgeland, Sandflæsen kaldet, med fiskerige Kyster og Overflod paa alle Slags Vildt. Saaledes skal der ogsaa midt i Vestfjorden undertiden vise sig et stort, fladt Agerland, som kun dukker op saa høit, at Axene staa tørre; og udenfor

Røst, paa Lofotens Sydspidse, fortælles om et lignende Huldre-
land med grønne Bakker og gule Bygagre; det heder Udrøst.
Bonden i Udrøst har sin Jægt. ligesom andre Nordlandsbøn-
der; undertiden kommer den Fiskerne eller Jægtestipperne i Møde
for fulde Seil, og i samme Øieblik som de tro at de støde
sammen med den, er den forsvunden.

———

Paa Værø, tæt ved Røst, boede en Gang en fattig Fisker,
som hedte Isak; han eiede ikke andet end en Baad og et Par
Gjeder, som Kjærringen holdt Livet i ved Fiskeaffald og de
Græsstraa, de kunde sanke omkring paa Fjeldene, men hele
Hytten havde han fuld af sultne Børn. Alligevel var han al-
tid fornøiet med, hvorledes Vorherre lagede det for ham. Det
eneste han ankede over var det, at han aldrig rigtig kunde have
Fred for Naboen sin; det var en rig Mand, som syntes han
skulde have alting bedre end slig en Larv som Isak, og saa
vilde han have Isak væk, for at han kunde faa den Havnen,
han havde udenfor Hytten sin.

En Dag Isak var ude at fiske et Par Mil til Havs, kom
der Mørkskodde paa ham, og ret som det var, røg det op med
en Storm saa overhængig, at han maatte kaste al Fisken over
Bord for at lette Baaden og bjerge Livet. Endda var det
ikke greit at holde den paa Flot; men han snoede Farkosten
nok saa vakkert baade mellem og over Styrtsøerne, som var
færdige at suge ham ned hvert Øieblik. Da han havde seilet
med slig Fart en fem sex Timer, tænkte han han snart maatte
træffe Land ensteds. Men det led med det stred, og Stormen
og Mørkskodden blev værre og værre. Saa begyndte det at bæres
for ham, at han styrede til Havs, eller at Vinden havde vendt
sig, og tilsidst kunde han skjønne det maatte være saa, for han
seilede og seilede, men han naaede ikke Land. Ret som det
var, hørte han et sælt Skrig foran Stavnen, og han troede

ikke andet, end det var Draugen, som sang Ligsalmen hans. Han bad til Vorherre for Kone og Børn, for nu skjønte han hans sidste Time var kommen; bedst han sad og bad, fik han se Skimtet af noget Sort, men da han kom nærmere, var det bare tre Skarver, som sad paa en Rækvedstok, og vips! var han forbi dem. Saaledes gik det baade langt og længe, og han blev saa tørst og saa sulten og træt, at han ikke vidste sin arme Raad, og sad næsten og sov med Styrstangen i Haanden; men ret som det var, skurede Baaden mod Stranden og stødte. Da fik han Isak kanske Øinene op. Solen brød gjennem Skobben og lyste over et deiligt Land; Bakkerne og Bjergene vare grønne lige op til Toppen, Ager og Eng straa= nede op imod dem, og han syntes han kjendte en Lugt af Blommer og af Græs, saa sød som han aldrig havde kjendt før.

„Gud ske Lov, nu er jeg bjerget; dette er Udrøst," sagde Isak ved sig selv. Ret for ham laa en Bygager med Ax saa store og fulde, at han aldrig havde seet Magen, og gjennem den Bygageren gik der en smal Sti op til en grøn, torvsat Jord= gamme, som laa ovenfor Ageren, og paa Toppen af Gammen beitede en hvid Gjed med forgyldte Horn, og Yver havde den saa stort som paa den største Ko; udenfor sad der en liden blaaklædt Mand paa en Krak og smattede paa en Snabbe; han havde et Skjæg saa stort og langt, at det naaede langt ned paa Brystet.

„Velkommen til Udrøst, Isak," sagde Kallen.

„Velsigne Mødet, Far," svarede Isak. „Kjender I mig da?"

„Det kan nok være," sagde Kallen; „du vil vel have Hus her i Nat?"

„Var det saa vel, var det bedste godt nok, Far," sagde Isak.

„Det er slemt med Sønnerne mine, de taaler ikke kristen Mandlugt," sagde Kallen. „Har du ikke mødt dem."

22*

„Nei, jeg har ikke mødt andet end tre Starver, som sad og streg paa en Rækvedstok," svarede Isak.

„Ja, det var Sønnerne mine det," sagde Kallen, og saa bankede han ud af Piben og sagde til Isak: „du faar gaa ind saa længe; du kan være baade sulten og tørst, kan jeg tænke."

„Tak som byder, Far," sagde Isak.

Men da Manden lukkede op Døren, var det saa gildt derinde, at Isak blev rent forglant. Sligt havde han aldrig seet før. Bordet var dækket med de prægtigste Retter, Rømmekoller og Uer og Dyresteg og Levermølje med Sirup og Ost paa, hele Hobe med Bergenskringler, Brændevin og Øl og Mjød, og alt det som godt var. Isak han aad og drak alt det han orkede, og endda blev Tallerkenen aldrig tom, og alt det han drak, var Glasset lige fuldt. Kallen han spiste ikke stort, og ikke sagde han stort heller; men ret som de sad, hørte de et Skrig og en Rammel udenfor, da gik han ud. Om en Stund kom han ind igjen med de tre Sønnerne sine; det kvak lidt i Isak i det samme de kom igjennem Døren; men Kallen havde vel faaet stagget dem, før de vare nok saa blide og godkyndte, og saa sagde de det, at han maatte da holde Bordskik og blive siddende og drikke med dem, før Isak reiste sig og vilde gaa fra Bordet; han var mæt han, sagde han. Men han føiede dem i det, og saa drak de Dram om Dram, og imellem tog de sig en Taar af Ølet og af Mjøden; Venner blev de og vel forligte, og saa sagde de, at han skulde gjøre et Par Sjøvær med dem, for at han kunde have lidt med hjem, naar han reiste.

Det første Sjøværet de gjorde, var i en overhændig Storm. En af Sønnerne sad ved Styret, den anden sad ved Halsen, den tredje var Mellemrumsmand, og Isak maatte bruge Stor-Øsekaret, saa Sveden haglede af ham. De seilede, som de var rasgalne; aldrig duvede de Seilet, og naar Baaden gik fuld af Vand, skar de op paa Baarerne og seilede den læns igjen.

faa Bandet stod ud af Bagskotten som en Fos. Om en Stund
lagde Beiret sig, og de tog til at fiske. Det var saa tykt af
Fisk, at de ikke kunde faa Jernstenen i Bunden for Fiskebjer=
gene, som stod under dem. Sønnerne fra Udrøst trak i Et
væk; Isak kjendte ogsaa gode Nap, men han havde taget sin
egen Fiskegreie, og hver Gang han fik en Fisk til Ripen, slap
den igjen, og han fik ikke Benet. Da Baaden var fuld, for
de hjem til Udrøst, og Sønnerne gjorde til Fisken og hængte
den paa Hjeld, men Isak klagede for Kallen over det, at det
var gaaet saa ilde med hans Fiske. Kallen lovede det skulde nok
gaa bedre næste Gang, og gav ham et Par Angler, og i det
næste Sjøværet trak Isak lige saa fort som de andre, og da
de var komne hjem, fik han tre Hjelde fulde af Fisk paa sin
Lod.

Saa blev han hjemsyg, og da han skulde reise, forærede
Kallen ham en ny Ottring, fuld af Mel og Klæverdug og
andre nyttige Ting. Han Isak sagde baade Tak og Ære for
sig, og saa sagde Kallen, at han skulde komme igjen til Jægt=
udsætningen; han vilde til Bergen med Føring i andet Stevne,
og da kunde Isak blive med og selv sælge Fisken sin. Ja,
det vilde Isak gjerne, og saa spurgte han hvad for en Kaas
han skulde holde, naar han skulde komme til Udrøst igjen.
„Bent efter Skarven, naar den flyver til Havs, saa holder
du ret Kaas," sagde Kallen. „Lykke paa Reisen!"

Men da Isak havde sat fra og vilde se sig om, saa han
ikke mere til Udrøst; han saa ikke andet end Havet baade vidt
og bredt.

Da Tiden kom, mødte han Isak frem til Jægtudsætnin=
gen. Men slig Jægt havde han aldrig seet før; den var to
Raab lang, saa at naar Styrmanden, som stod og holdt Ud=
kik paa Styrmandsfjælen i Forstavnen, skulde raabe til Ror=
karlen, saa kunde denne ikke høre det, og derfor havde de sat
endnu en Mand midt i Fartøiet, lige ved Masten, som raabte
Styrmandens Raab til Rorskarlen, og endda maatte han skrige

alt det han orkede.. Ifaks Part lagde de forud i Jægten; selv tog han Fisken af Hjeldene, men han kunde ikke skjønne hvorledes det gik til. bestandig kom der ny Fisk paa Hjeldene istedenfor den han tog bort, og da han reiste, var de lige saa fulde som da han kom. Da han kom til Bergen, solgte han Fisken sin, og han fik saa mange Penge for den, at han kjøbte sig en ny Jægt i fuld Stand med Ladning og alt det som til hørte, for det raadede Kallen ham til; og sent om Kvelden før han skulde reise hjem, kom Kallen om Bord til ham og bad ham, at han ikke skulde glemme dem, som levede efter Ra= ben hans, for selv var han bleven, sagde han, og saa spaaede han Isak baade Held og Lykke med Jægten. „Alt er godt, og alting holder, som i Veiret staar," sagde han, og dermed mente han, at der var En om Bord, som ingen saa, men som støttede Masten med Ryggen sin, naar det kneb. Isak havde altid Lykken med sig siden den Tid. Han skjønte vel, hvor det kom fra, og han glemte aldrig at æsle lidt godt til den som holdt Vintervagt, naar han satte op Jægten om Høsten, og hver Julekveld lyste det, saa det skinnede ud af Jægten, og de hørte Feler og Musik og Latter og Støi, og der var Dans i Jægtevængen.

Til Havs.

II.

Tuftefolket paa Sandflæsen.

(1851.)

Langt til Havs ret ud for Trænen paa Helgeland ligger der
en liden Banke, som kaldes Sandflæsen; det er en udmærket
Fiskeplads, men vanskelig at finde, fordi den flytter sig fra et
Sted til et andet. Men den som er saa heldig at træffe paa
den, er sikker paa at gjøre et godt Fiske, og luder han sig ud
over Baadripen, ser han i klart og stille Veir en smal Ind-
sænkning paa Bunden, lig Kjølsporet efter en stor Nordlands-
jægt, samt en svær Fjeldknat, der har Stikkelse som et Røst.
Denne Banke har ikke altid ligget paa Havets Bund. I gamle
Dage var den en Ø og tilhørte en rig Helgelandsbonde, som
til Ly ved paakommende Uveir under Sommerfisket paa Havet
havde opført en Rorbod der, og den var større og bedre end
saadanne almindelig pleier være. Der findes dem, som tror,
at denne Banke endnu undertiden hæver sig op over Havet
som en deilig Ø. Dette skal jeg lade være usagt, men i hin
Tid gik det ikke rigtigt til paa den øde Holme. Fiskerfolk og
Reisende sagde for vist, at de havde hørt Latter og Støi, Spil
og Dans, Hamring og Dundring samt anden Rumstering og
Opsang ligesom til Jægtopsætning, naar de for der forbi.
Derfor satte de gjerne Kaasen et Stykke udenom; men der var
ingen som kunde fortælle, at han havde seet en levende Sjæl
paa Sandflæsen.

Denne rige Bonde, jeg talte om, havde to Sønner, som

hedte Hans Nikolai og Lyk=Anders. Den ældste var en, som
det ikke var godt at blive klog paa: han var en slem Karl at
komme til Rettes med, og havde endda mere Næringsvet end
Nordlændingerne pleier have, stjønt de sjælden har for lidet
af denne Guds Gave. Den anden, Lyk=Anders, var vild og
overgiven, men stedse i godt Lune, og han sagde altid, om
det gik aldrig saa galt, at han havde Lykken med sig. Om
Ørnen for at forsvare sit Rede slog ham i Hoved eller Ansigt,
saa Blodet randt, sagde han det samme, naar han bare kom
hjem med en Ørneunge; kolseilede han, som ikke sjælden hændte,
og de fandt ham paa Hvælvet, forkommen af Væde og Kulde,
svarede han, naar nogen spurgte om hvorledes han havde det:
„Aa, paaselig vel; jeg er frelst; Lykken er jo med mig."

Ved den Tid Faderen døde, var de voxne, og nogen Tid
efter skulde de begge ud til Sandskæsen for at hente en Del
Fiskeredskaber, som var sat igjen der efter Sommerfisket. Lyk=
Anders havde med sig sin Bøsse, som altid fulgte ham, hvor
han færdedes. Det var sent paa Høsten, efter den Tid Fi=
skerne pleier reise paa Udror. Hans Nikolai talte ikke meget
paa denne Reise, men han tænkte nok paa mangt og meget.
De blev ikke færdige til Hjemreisen, før det led mod Aftenen.

„Hør, ved du hvad, Lyk=Anders, det blir Sta'veir i
Nat," sagde Hans Nikolai og stirrede ud over Havet; jeg me=
ner det er bedst, vi blir over her til i Morgen."

„Sta'veir blir det ikke," svarede Anders, „for de syv
Søstrene har ikke faaet paa Skoddehætten. Lad det sture."

Men saa klagede den anden over at han var træt, og
tilsidst blev de enige om at være Natten over der. Da An=
ders vaagnede, var han alene; han saa hverken Broderen eller
Baaden, før han kom op paa Toppen af Holmen; da øinede
han den langt borte som en Maage, som fløi mod Land. Lyk=
Anders kunde ikke skjønne Meningen med dette. En Niste=
bomme laa igjen der, et Anker med Syre, Bøssen og ad=
skilligt andet. Anders tænkte ikke længe paa nogen Ting. „Han

tommer vel igjen til Kvelds," sagde han, og gav sig i Færd
med Risten; „en Starv den som blir modløs, før han er
madløs." Men der kom ingen Bror til Kvelden, og Lyk=An=
ders ventede Dag efter Dag, og Uge efter Uge; saa kunde han
stjønne, at han havde sat ham igjen paa den øde Holmen,
for at han selv skulde blive ved Arven udelt, og det var den
rette Tanke; for da Hans Nikolai var kommen under Land
paa Hjemreisen, kullseilede han Baaden og sagde, at Lyk=
Anders var bleven.

Men Lyk=Anders lod ikke Modet synke; han samlede Ræk=
ved i Fjæren, skjød Søfugle, samlede Skjæl og Søte; han
gjorde sig en Flaade af Hjeldved og fiskede med en Seitroe,
som var lagt efter der. En Dag da han var i Færd med
dette, faar han Øie paa en Fordybning eller Indsænkning i
Sanden, lig Kjølsporet efter en stor Nordlandsjægt, og han
kunde tydeligt se Mærker efter Brjtningerne i Tougene lige
fra Søen og op til Fjeldknatten. Saa tænkte han ved sig
selv, at det ikke havde nogen Fare med ham; for han saa det
var sandt, hvad han ofte havde hørt, at Tuftefolk havde sit
Tilhold og drev et stort Jægtebrug der.

„Gud ske Lov for godt Selskab! Det er just Godtfolk.
Ja, det er som jeg siger, at Lykken er med mig," tænkte Lyk=
Anders ved sig selv, kanske han ogsaa sagde det; for han
kunde nok behøve at snakke lidt iblandt. Saaledes levede han
ud over Høsten; en Gang saa han en Baad; han satte et
Plag paa en Stang og viftede med, men i det samme faldt
Seilet, Folkene satte sig til Aarerne og roede bort igjen i Huj
og Hast; de troede det var Tuftefolket, som flaggede og vinkede.

Om Julekvelden fik han høre Fioliner og Musik langt
ude fra Havet; da han gik ud, saa han en Lysning, den kom
fra en stor Nordlandsjægt, som gled ind imod Land. Men
slig en Jægt havde ingen seet før. Den havde et urimelig
stort Raaseil, som han syntes var af Silke, det smækkreste Toug=
værk, ikke tykkere end om det kunde være af Staaltraad, og alt

som hørte til, var i Forhold til dette, saa gildt og gruft som en Nordlænding kan ønske sig det. Hele Jægten var fuld af blaaklædte Smaafolk, men hun som stod ved Roret, var pyntet som Brud og saa prægtig som en Dronning; for hun havde Krone og kostelige Klæder paa. Men det kunde han se, at hun var et Menneske; for hun var stor af Væxt og smukkere end alle Luftefolkene; ja Lyk-Anders syntes hun var saa vakker, at han aldrig havde seet nogen Jente saa vakker. Jægten styrede mod Land der, hvor Lyk-Anders stod; men snartænkt som han var, skyndte han sig ind i Rorboden, rev Geværet fra Væggen og krøb op paa den store Hjelden, som var der, og skjulte sig saaledes, at han ligevel kunde se, hvad der gik for sig i Boden. Han saa snart, at det krøbbe inde i Stuen; den blev ganske fuldpakket, og der kom flere og flere. Det begyndte at knage i Væggene, og Stuen videde sig ud til alle Kanter, og det blev saa prægtigt og udstafferet der, at det ikke kunde være prægtigere hos den rigeste Handelsmand; det var næsten som paa Kongens Slot. Der blev dækket Borde med de kosteligste Retter, og Tallerkener og Fade og alle Kjørrel var af Sølv og Guld. Da de havde spist, begyndte de at danse. Under Dansestøien krøb Lyk-Anders ud gjennem Ljoren, som sad paa den ene Side af Taget, og klattrede ned. Derpaa sprang han ned til Jægten, kastede Fyrstaalet sit over den og skar for større Sikkerheds Skyld et Kors i den med Tælgekniven. Da han kom op igjen, var Dansen i fuld Gang: Bordene dansede, og Bænke og Stole og alt i Stuen var, dansede med. Den eneste, som ikke dansede, var Bruden; hun sad bare og saa paa, og naar Brudgommen vilde have hende op, skjød hun ham fra sig. Men for Resten var der ingen Stans: Spillemanden pustede ikke og stillede ikke eller rørte paa Knappen, men han spillede fort væk med Kjeiven og traadte Takten, til Sveden haglede af ham, og han ikke kunde se Felen for Støv og Røg. Da Anders kjendte, at han ogsaa begyndte at lette paa Føbberne der hvor han stod, sagde han ved sig selv: „Nu er det nok bedst jeg gir en Smæld, ellers spiller han mig fra Gaard og Grund." Saa vendte han Geværet om, og stak det ind igjennem Vinduesgluggen og skjød det af over Hovedet paa Bruden, men forkjert, ellers havde Kuglen truffet ham selv. I det samme Dieblik som Skuddet gik, styrtede alt Tuftefolket over hverandre ud gjennem Døren, men da de saa, at Jægten var bunden, jamrede de sig og krøb ind i et Hul i Fjeldet. Men alt Sølv= og Guld= tøiet var igjen, og Bruden sad der ogsaa; det var som hun var kommen til sig selv igjen. Hun fortalte Lyk=Anders, at hun var bleven bergtagen, da hun var et lidet Barn. Da Mor hendes en Gang var ved Grindene for at mælke, havde hun hende med, men saa fik hun et Ærende hjem, og lod hende sidde igjen i Lyngen under en Enerbust, og sagde hun kunde gjerne spise Bær, naar hun bare tre Gange sagde:

„Jeg spiser af Enebær blaa
    med Jesu Kors oppaa;
jeg spiser Tyttebær rød'
    med Jesu Pine og Død."

Men da Moderen var borte, fandt hun saa mange Bær, at hun glemte at læse, og saa blev hun tagen i Berg. Hun havde ikke faaet nogen anden Lyde der end den, at hun havde mistet den sidste Leden af den venstre Besletingeren, og hun havde haft det godt og vel hos Tuftefolket, sagde hun; men hun syntes ikke det havde sit rette Lag; det var ligesom noget grov hende, og hun havde været slemt plaget og lidt meget ved Overhæng af den Tuftekallen, som de vilde have hende til at tage. Da Anders hørte, hvem hendes Moder var og hvor hun var fra, vidste han, at hun var af Slægten hans, og de blev, som man siger, snart Venner og vel forligte. Da sagde Lyk=Anders med Skjel, at Lykken var med ham. Saa reiste de hjem og tog med sig Jægten og alt det Guld og Sølv og alle de Kostbarheder, som var igjen i Norboden, saa at Anders blev mange Gange rigere end Broderen; men denne, som havde en Tro om, hvem al denne Rigdommen var kommen fra, vilde ikke være mindre rig han. Han vidste, at Trold og Tuftefolk pleier være ude at færdes om Julekvelden, og saa reiste han til Sandflæsen ved de Tider. Om Julekvelden fik han ogsaa se Ild og Lys, men det var som Morild, som gnistrede. Da det kom nærmere, hørte han Plask, forfærdelige Hyl og kolde, skjælvende Skrig, og han fornam en fæl Fjærelugt. I Forskrækkelsen løb han op i Norboden, hvor han saa Draugene komme i Land. De vare korte og tykke som Høsaater, havde fuld Skindhyre paa, Skindstak og Søstøvler og store Bauter, som næsten hang ned til Jorden. Istedenfor Hoved og Haar havde de en Tangvase. Da de kravlede op i Stranden, lyste det efter dem som af en Næverlue, og naar de ristede sig, sprudede Gnisterne om dem. Da de kom opover, krøb Hans Nikolai op paa Hjelden, som Broder hans havde gjort. Draugene bar en stor Sten op i Boden og begyndte at banke Søvanterne sine tørre, og iblandt skreg de, saa det isnede i Hans Nikolai paa Hjelden. Siden nøste en af dem i Ildmørjen for at faa Varme paa Gruen, mens de andre bar ind Lyng og Rækved saa raa og tung som Bly. Røgen og Heden var nær ved at kvæle ham, som var paa Hjelden, og for at komme til at puste og faa frisk Luft, prøvede han at krybe ud igjennem Ljoren, men han var mere grovlemmet end Broderen, og saa blev han siddende fast og kunde hverken komme ud eller ind. Nu blev han ræd og gav sig til at skrige, men Draugene skreg endda værre, og de skreg og hylede og tumlede og bankede baade ude og inde. Men da Hanen gol, blev de borte, og da slap Hans Nikolai løs, han og. Da han kom hjem fra Reisen, var han tullet, og siden den Tid hørte de ofte paa Lofter og i Udhuse, hvor han var, de samme mørke, kolde Skrig, som i Nordlandene tillægges Draugen. Før sin Død kom han dog til sin Forstand igjen, og han fik kristen Jord, som man siger. Men siden den Tid har intet Menneske sat sin Fod paa Sandflæsen. Den sank, og Tuftefolket troede de flyttede til Lekangholmene. Men Lyk=Anders gik det stedse godt: ingen Jægt gjorde heldigere Reiser end hans, men hver Gang han kom til Lekangholmen, blev det stilt; Tuftefolket gik om Bord eller i Land med Varerne sine; men om en Stund fik han Bør, enten han reiste til Bergen eller hjem igjen. Han fik mange Børn, og alle vare de raske, men alle manglede den sidste Led paa den venstre Veslefingeren.

Til Havs.

III.

Makreldorging.

(1851.)

— — „Ved Havet er jeg opvoxet, der færdedes jeg mellem Skjær og Bølger fra min tidlige Barndom. Der er dygtige Sømænd i min Fødeegn, men det er intet Under, thi de begynde tidlig: naar Børnene have lært at gaa, er deres første Morgenvandring den, at de i bare Skjorte jabbe op paa den nærmeste Sten eller Knat for at se efter Veiret og Havet; og er det stille, putte de Fingeren i Munden og stikke den i Veiret for at kjende, hvor Luftdraget kommer fra. Saa snart de kunne løfte en Aare, ere de i Baad, og nu varer det ikke længe, inden de lege med Havets Farer mellem Bølgerne. Med en Lods fra de Kanter, som var en af de raskeste Sømænd jeg har kjendt, færdedes jeg ofte paa Havet i min Opvæxt. De Tider jeg tilbragte med ham, høre til de kjæreste i mine Erindringer. Fri og glad som en Fugl fløi jeg ud paa Bølgerne; i den lette Skj∂tte for vi paa Skytteri efter Ænder, Ærfugl og Kobbe mellem Skjærene; paa Dæksbaaden færdedes vi langt til Havs paa Makrelborg, og naar han fik et Skib at lodse ind, seilede jeg vel undertiden Baaden hjem alene eller i Følge med Lodsgutten. Siden denne Tid har jeg altid havt en stærk Længsel efter Søen og det salte Hav. Men istedenfor at tabe mig i Udraab om Sølivets Herlighed, vil jeg nu fortælle om en Tur vi gjorde sammen, da jeg for nogle Aar siden var i Besøg hjemme, og paa den var det netop, at min gamle Ven fortalte den Historie, jeg nu vil meddele:

Vi tilbragte altsaa nogle Dage ude ved de yderste Havskjær. Vi seilede paa Dæksbaaden, en stor Hvalserbaad. Besætningen var Rasmus Olsen (saa hed min omtalte Ven) Lodsgutten og jeg. En Morgenstund i Graalysingen stod vi ud til Havs for at dorge Makrel. Det var en svag Fralandsbris, der næppe formaaede at lette den tunge Taage, som rugede over Skjærene og de nøgne Klipper, hvorfra Maagerne opstræmte flagrede omkring os med sine hæse Skrig; Tærnerne udstødte sit stingrende „Tri Æg!“ og Tjælden det spottende „Klik Klik!“ der har bragt saa mangen feilende Skytte til at smile. Over det blygraa Hav, hvis Flade kun sjælden oplivedes ved en Alke, en Teiste, en Ærfuglflok eller en stønnende Ise, hang Luften disig og tæt. Rasmus sad selv i Agterlugen ved Roret, medens Gutten efter Omstændighederne snart var forud, snart agter. Rasmus var en høi, svær Mand med et af Veiret brunet og medtaget Ansigt, hvis Udtryk var godmodigt. I Dybet af hans graa, kloge Øine laa dog et Alvor og et vist forskende Blik, som vidnede om, at han var vant ved at gaa Faren under Øine og se dybere i Tingene, end Smilet om Munden og de spøgende Ord, han ofte førte paa Tungen, syntes at antyde. Som han sad der, med en Sydvest ned over Ørene, i en sid, gulgraa Kalmuks Kufte, fik hans Figur i den tætte Morgenluft en næsten overnaturlig Størrelse, og man kunde gjerne faldt paa den Tanke, at man havde for sig en Gjenganger fra Vikingtiden — dog i Vikingtiden brugte man ikke Tobak, men det gjorde Rasmus Olsen, og det til Gavns.

„Han har ikke saa meget Vind, at han kan blæse en Barkeskude over Ende i en Rendebæt,“ sagde Rasmus og byttede Straaen om med en liden fortrøget Kridtpibe, idet han kigede ud paa alle Kanter. „Igaarkveld ved Solnedgang stod han fuld af de greieste*) Vindskyer, men nu har han ikke en Hatfuld."

Lodsgutten, som holdt Udkik forud og arbeidede med Styrbords Aare for at støtte for Affald, da Strømmen gik vester i, svarede at han syntes det letnede forud.

„Fanden heller, det er ikke Solgangsveir," svarede Rasmus; „han kommer ikke, før det lider paa Dagen; men da tør vi saa mere, end vi vil have for Makrellens Skyld."

Der kom imidlertid snart et friskere Drag i Luften, saa at vi uden Aarernes Hjælp kunde holde Kaas, og nu gled vi rask ud imod Havet. Taagen svandt efterhaanden og lod os se den blaa Kystlinje og dens yderste nøgne Holmer; men foran os laa Havet i sin uendelige Udstrækning rødmende for Morgensolen. Landvinden havde vel endnu sin Magt, men jo høiere Solen steg, des friskere blæste det op fra Havet; de stigende Taager lagde sig som et Teppe ind over Landet; nu var det en stiv Makrelkuling. Vi vare snart inde i Makrelstimen; Snørerne kommanderedes ud, og den ene Fisk bed efter den anden, saa det dirrede i det hele Snøre; under voldsomme Spræl og Ryk bragtes disse sølvblanke Havets Børn op. Men Glæden var som sædvanlig ikke af nogen særdeles lang Varighed. Ud paa Dagen tiltog Kulingen alt mere og mere i Styrke; Havet satte ind, Søgangen vokste; tilsidst stod Snørerne lige ud, og Fiskestenene hoppede hen over Bølgetoppene, medens Braadsøer, uagtet Lodsens levende Haand søgte at afværge dem, brød over vor lille Nøddeskal og sendte Skum og Sprøit høit over Seil og Mast. Snørerne gaves op. Lodsgutten sad i Storlugen, dinglede med Benene og kigede af gammel Vane ud snart hid, snart did. Undertiden var han nede i Rummet og saa paa sit Uhr, som laa i en stor rødmalet Skibskiste.

„Ja, den Kisten og den Klokken," sagde Rasmus med

_____

*) Prægtigste.

et Smil og et Nik; „dem holder holder han af, og det gjør
han Ret i, for havde ikke de været, saa laa han nu og grov
Smaasten paa Havsens Bund."

Jeg bad om nærmere Forklaring, og han fortalte: „Det
var ifjor i Oktober Maaned; han stod ind med svært Veir;
det var med Nød jeg kunde holde Søen, men jeg blev ude,
og han var med. Tilsidst prajede jeg en Hollender og kom
om Bord i ham, men jeg tænkte begge om Baaden og Gutten;
mine Tanker var ikke der de skulde være, for hvert Øieblik kil-
kede jeg efter Baaden og Gutten, og tilsidst saa jeg han fik
en Braadsø agter, saa han lettedes op og gik forover og under
— borte var han. Vi kunde ikke hjælpe, om Skipperen og-
saa havde villet; det var for langt borte. Jeg bad for mig
selv, og tænkte jeg aldrig skulde se ham mere. Men den første
jeg mødte, da jeg kom hjem, det var Gutten; han var kom-
men hjem længe før han, end jeg. Han tog op Klokken sin
og viste mig den og sagde: „Jeg har bjerget Klokken, Far,
og den gaar endnu." Nu Gudskelov, tænkte jeg, at du er
frelst; en Baad blir det vel Raad til igjen, endda den havde
kostet mig halvtredje hundrede Daler; og splinternye Seil var
det paa den. — Hvordan han blev frelst? — Jo, det gik
saaledes til — ja ja, du lille," sagde han til Gutten, som
lo til ham og dinglede stærkere med Benene, „den drukner ikke,
som hænges skal, — der kom en Brig, som havde hjemme
strax nordenfor her. Med Et hører de et Skrig; der løb En
forud, men der var ingen Ting paa Færde, for de tænkte mindst
paa, at det var udenbords; men bedst det var, hørte de Skriget
ret under Bougen, og da Kapteinen selv kom forud og saa ud
over, sad Gutten paa Stibskisten og holdt Klokken sin i den
ene Haand høit op over Bølgerne. Det var saavidt, at Kap-
teinen fik givet et Vink til Manden til Rors, saa de ikke sei-
lede om Bord i ham, og de fik lagt bi og stukket ud en Ende
og halet ham op."

Da det led ud paa Dagen, løiede Vinden af, og vi fiskede

Norske Huldre-Eventyr.   23

igjen enkelte Fiske, under mangehaande Fortællinger. „Ja, ja,“ sagde han og rystede lidt paa Hovedet, idet han atter gav sig til at slaa Ild paa sin Pibe. „Det brygger til noget der sydpaa. Den Gufs vi fik, var bare en Morgendram. Han skal se vi faar Traktement; selv Fisken ved om det; den napper ikke mere, og Fuglene er bange: — hør, hvor de hvæser og skriger og søger ind under Land. Det blir rigtigt Troldkjærringveir til Kvelds. Nei, se paa den! tumler hun ikke saa nær at — Gud hjælpe mig kunde jeg ikke gjerne“ — spytte paa den, vilde han have sagt, men i det samme knaldede min Bøsse, som jeg havde kastet til Øiet og trykket af paa en Ise, der væltede sig op mellem Bølgerne tæt ved os. Rammet slog den saa heftigt med Halen, at Vand og Skum piskedes op i en liden Fos, saa høit som Masten i vor Baad, og oversprøitede og gjennemvædede os alle.

„Den Troldkjærring tror jeg ikke skal sende os noget Veir,“ sagde jeg, da jeg saa, at Vandet var farvet rødt af dens Blod. Strax efter kom den op stærkt stønnende og vendte Bugen i Veiret. Rasmus var ikke sen til at hugge Baadshagen i, og halede den ved min Bistand ind i Baaden. Han var meget fornøiet for den Tran han skulde faa, vendte det tunge Dyr fra den ene Side til den anden, kjælede for det som for et Svøbebarn og forsikkrede, at det var et smækfedt Vastrold, som skulde være velkommen til Støvlesmørelse og Lampelys.

Under dette Fjas om Trolde og uveirvækkende Troldkjærringer kom en besynderlig Troldkjærringhistorie, jeg troede at have hørt af Rasmus i min Barndom, frem for min Erindring, men i saa dunkle Træk, at jeg ikke engang vidste, om det var noget jeg havde hørt eller drømt. Jeg spurgte Rasmus, om han ikke havde fortalt mig en saadan Historie om tre Troldkjærringer.

„Aa den,“ svarede han og lo; det er af det Slag, som kaldes Skipperløgne nu til Dags, men i gamle Dage troede de det som Fadervor. Gamle Bedstefar fortalte mig den, da

jeg var Smaagut, men om det var hans Bedstefar eller Ol-
defar, som var Kahytjongen, det kan jeg ikke erindre. Nok er
det, det gik saaledes til:

Han havde faret med en Stipper som Jongmand hele
Sommeren, men da de skulde ud paa Høstreis, fik han en Ank
paa sig og vilde ikke være med. Skipperen syntes godt om
ham, for endda han var en Framslænging, havde han god
Forstand paa alle Ting om Bord; han var en stor og stærk
Gut og ikke ræd for at hænge i, naar der skulde tages et Tag;
han gjorde næsten Tjeneste for en Helbefaren, og gild*) var
han jævnt, saa han holdt Liv i de andre; derfor vilde Skip-
peren nødig være af med ham. Men Gutten havde slet in-
gen Lyst til at ride paa Blaamyren om Høstkvelden; men han
skulde blive om Bord, til de havde ladet og var seilklare.
En Søndag som Mandskabet havde Landdag, og Skipperen
var oppe hos en Skovbonde for at handle Smaalast og Split-
ved til lidt Dækslast — det var vel paa egen Negosje, kan
jeg tænke --, skulde Gutten passe Skuden. Men det maa
jeg ikke glemme, denne Gutten var født paa en Søndag og
havde fundet et Firkløverblad; derfor var han synen, han kunde
se de Usynlige, men de kunde ikke se ham."

„Ja ja, det blir stygt Veir," afbrød Fortælleren sig selv,
idet han reiste sig op og med Haanden skyggede over Øinene,
for uhindret af det Solglimt, der nu faldt paa de lange, blanke
Bølger, at kunne stirre sydover. „Se, hvor han trækker op;
han kommer med Torden og Lynild. Bedst at vende i Tide;
nu har vi ikke et Blaf igjen. Vi ligger her i Døvandet og
driver som en Høsæk; men reve maa vi, før han kommer paa
os. Kom Jon!"

Medens Revingen stod paa, tog jeg Roret og saa ud
efter Veiret. Det var blankt og næsten stille; Vinden havde
lagt sig, men vor Baad duvede paa Underdønningerne. Fjernt-

---

*) Morsom.

i Syd stod der over Havet en skarp afskaaret, mørk Banke; først havde vi seet den som en smal Rand, der smeltede sammen med Himmel og Hav, men efterhaanden hævede den sig som en Væg eller et Teppe, der oventil snart fik en Bord af tunge, straagule, vredne og sammenrullede Tordenskyer. I enkelte Dieblikke blev Skyteppet lysere eller gjennemsigtigere; det saa ud, som man gik med Lys der bag. Noget Glimt saaes ikke, men vi hørte en fjern, svag Rullen, som jeg i Begyndelsen troede kom fra Bølgerne.

"Nu," sagde Rasmus, da han havde slaaet Ild paa sin Pibe og taget Roret igjen, "Gutten var altsaa synen, og ret som han støder forud i Folkelugaret, hører han det snakker indi Rummet. Han kikker gjennem en Sprække, og saa ser han, at der sidder tre kulsorte Ravne paa Tyskendæksbjælkerne derinde, og de snakkede om Mændene sine. Alle var de kjede af dem, og Livet vilde de tage af dem. Det var greit at skjønne, at det var Troldkjærringer, som havde skabt sig om.

"Men er det sikkert, at her ikke er nogen som hører os?" sagde den ene af disse Ravne. Gutten kunde høre paa Maalet, at det var Skipperens Kone.

"Nei, du ser jo det," sagde de andre to, som var Konerne til første og anden Styrmand; "her er ikke en Mors Sjæl om Bord."

"Ja, saa vil jeg sige det; jeg ved et godt Raad til at blive af med dem," tog Skipperkjærringen til Ords igjen og hoppede nærmere bort til de andre to; vi kan gjøre os til tre Braadsjøer, og slaa dem over Bord og sænke Skuden med Mand og Mus."

Ja ja, det syntes de andre var et godt Raad; de sad længe og snakkede om Dagen og Farvandet. "Men der er vel ingen, som hører os?" sagde Skipperkonen igjen.

"Du ved jo det," svarede begge de andre.

"Ja, for der gives et Raad imod det, og blev det brugt,

blev det dyrt for os; det kom ikke til at koste os mindre end Liv og Blod."

„Hvad er det for et Raad, Søster?" spurgte den ene Styrmandskonen.

„Ja, men er I vis paa, at ingen hører os? jeg syntes det røg i Folkelugaret."

„Du ved det, vi har kikket i hver Krog. De har glemt at kare Ilden ned paa Kabyssen; derfor ryger det," sagde Styrmandskonerne. „Sig det kuns."

„Hvis de kjøber tre Favne Birkeved," sagde Troldkjær= ringen, „men de maa være fuldmaalte og uprutede — og ka= ster den ene Favn ud Træ for Træ, naar den første Sjøen kommer, og den anden Favn Træ for Træ, naar den anden. kommer, og den tredje Favn Træ for Træ, naar den tredje kommer, saa er det ude med os."

„Ja, det er sandt, Søster, da er det ude med os! da er det ude med os!" sagde Styrmandskonerne; „men det er der ingen som ved," raabte de og lo høit, og da de havde gjort det, fløi de op igjennem Storlugen og streg og klunkede som tre Ravne.

Da de skulde seile, vilde Gutten for Liv og Død ikke være med; alt det Skipperen talte for ham og lovede ham, saa hjalp det ikke; han vilde ikke være med paa nogen Maade. Tilsidst spurgte de, om han var ræd, siden det led paa Høsten, og heller vilde sidde i Kakkelovnskrogen bag Skjørtene til Mor. Nei, sagde Gutten, det var han ikke, og han troede aldrig de havde seet slige Landkrabbestreger af ham; det skulde han vise dem ogsaa, for nu vilde han gaa med, men det vilde han betinge sig, at der blev kjøbt tre fuldmaalte Favne Birkeved, og at han fik kommandere, som om han selv var Skipper, paa en vis bestemt Dag. Skipperen spurgte, hvad det skulde være for Nareri, og om han havde hørt, at en Jongmand nogen= sinde havde været betroet at kommandere et Skib. Men Gut= ten svarede, det kunde være ham det samme; vilde de ikke kjøbe

tre Favne Birkeved og lystre ham, som om han var Kaptei=
nen, en eneste Dag — Dagen skulde baade Skipperen og
Mandskabet saa vide i Forveien —, saa satte han ikke sin
Fod om Bord i Skuden mere; endnu mindre skulde hans Næ=
ver lugte Beg og Tjære der. Skipperen syntes, at dette var
besynderligt, og at det var en rar Gut, men han gav efter
tilsidst, fordi han nu endelig vilde have ham med, og han
tænkte vel ogsaa, at han nok skulde klare Klatten, naar de kom
til Søs. Styrmanden mente det samme, han. „Aa, lad
ham saa Kommandoen! Bær det for langt i Læ, faar vi gi'
ham en Haandsrækning, sagde han. Nu, Birkeveden blev
kjøbt, velmaalt og uprutet, og de seilede.

Da Dagen kom, som Jongmanden skulde være Skipper,
var det stilt, vakkert Veir; men han purrede alle Mand ud
til at reve og beslaa, saa de ikke laa for andet end Stum=
perne. Og det var just som Hundevagten var forbi, og Dag=
vagten skulde sættes. Baade Skipperen og Mandskabet lo og
sagde: „Nu kan vi mærke hvem som har Kommandoen; skal
vi ikke beslaa Stumperne ogsaa?“

„Ikke endda,“ sagde Jongmanden, „men om et lidet
Bil.“

Ret som det var, kom der over dem en Byge saa heftig,
at de troede de skulde kantre, og havde de ikke beslaaet og revet,
havde det ikke været at spørge om, at de havde gaaet under,
da den første Braadsøen styrtede over Skibet. Gutten kom=
manderte dem til at kaste ud den første Favn af Birkeveden,
men Træ for Træ, eet om Gangen, aldrig to, og ikke maatte
de røre de andre to Favne. Nu var de flinke til at lystre
hans Kommando, og de lo ikke længer ad ham, men kastede
Birkeveden ud Træ for Træ. Da det sidste gik, hørte de
et Støn som af En, som ligger og drages med Døden, og
med det samme var Bygen forbi.

„Gud ske Lov!“ sagde Mandskabet. — „Det skal jeg

sige og staa ved for Rhederiet, at du har frelst Skib og Lad=
ning," sagde Skipperen.

„Ja, det er bra' nok, men vi er ikke færdig endnu," sagde
Gutten,, „han kommer snart værre," og kommanderte dem til
at beslaa hver Klud, saa nær som Stumpen af store Mærs=
seil. Den anden Byge kom endda haardere end den første,
og den blev saa stærk og haard, at hele Mandskabet blev rent
forstrækket. Da den var paa det haardeste, sagde Gutten, at
de skulde kaste den anden Vedfavn over Bord, og det gjorde
de; de kastede den Træ for Træ og agtede sig for at tage
noget af den tredje. Da det sidste Træ gik, hørte de et dybt
Støn igjen, og saa stilnede det af. „Nu har vi en Dyst
igjen, og den blir den værste," sagde Gutten og kommanderte
hver Mand paa sin Post, og Skuden gik bare for Takkel og
Toug. Den sidste Byge kom værre end begge de foregaaende:
Skuden krængede, saa de troede den ikke skulde reise sig mere,
og Søerne brød over Dæk og Skans. Men Gutten komman=
derte dem til at kaste ud den sidste Vedfavnen, Træ for Træ,
og ikke to om Gangen. Da det sidste Træet gik, hørte de et
dybt Støn som af En, som dør en tung Død, og da det stil=
nede af, var Søen farvet med Blod saa langt de kunde se.

Da de kom over, talte Skipperen og Styrmanden om,
at de vilde skrive til Konerne sine. „Det kan I gjerne lade
være," sagde Gutten, „for I har ingen Koner mere."

„Hvad er det for Snak, Hvalp! har vi ingen Koner?"
sagde Skipperen. — „Har du kanske gjort Ende paa dem?"
sagde Styrmanden.

„Aa nei, vi har været lige gode om det alle sammen,"
svarede Gutten, og saa fortalte han, hvad han havde hørt og
seet den Søndag han passede Skuden, da Mandskabet havde
Landdag og Skipperen handlede Smaalast hos Stovbonden.

Da de kom hjem, fik de høre, at Konerne deres var blevne
borte Dagen før Uveiret, og siden havde ingen hverken hørt
eller spurgt dem."

Under denne og andre Fortællinger, som Rasmus gav til bedste, led det mod Aften. Uveiret nærmede sig langsomt og steg høiere paa Himlen som et mørkt Forhæng; Lynene glimtede snart ned mod Havet, snart bugtede de sig som horisontale Slanger og dannede Flammefrynser om Forhængets rige Foldekast af Skyer og Veir; snart gjorde de det 'Hele gjennemsigtigt som Flor og Musselin. Endnu var Uveiret fjernt; Tordenen slog svagt, og Havet rullede, saa langt vi kunde øine, kun lange, blanke Bølger, men det var farvet som Blod og Vin; thi Solen gik ned i røde Stormskyer, hvis Farver opfangedes i Havspeilet. Men det var tydeligt nok, at vi ikke skulde undgaa det; Bølgerne voxte, Strømmen drev os mod Land, og der kom kun af og til et Vindpust, som fyldte vort Seil. Ved det sidste Dagslys saa vi fjernt ved Himmelranden en sort Stribe; alt som den kom nærmere, gik der en hvid Rand af pisket Skum foran den, og Stormen og Natten var over os. Som en Pil for Baaden afsted, og det varede ikke længe, før vi vare ved de yderste Skjær, hvor Søfuglene, opskræmmede af de hyppige Lynglimt og Tordenskrald, hvæsede og skreg og flagrede om i Mængde som hvide Skyer. Men deres Skrig lød hæst og svagt gjennem Brændingerne. Holmerne og Skjærene tog vel lidt af for den heftige Søgang, men længere inde mod Land, hvor hele Havet stod paa, voxte den atter, og i Lynenes Glimt saa vi langs hele Kysten høit skummende Brændinger, hvis Drøn lød tordnende i vore Øren. Rasmus holdt skarpt Udkig i dette Mørke, som forekom mig uigjennemtrængeligt; jeg kunde ikke skimte andet end det brede, hvide Skumbaand, som vi nærmede os med truende Hastighed. Omsider opdagede jeg et lidet mørkt Punkt, som vi stævnede imod, og inden faa Minutter for vi mellem Brott og Brand ind igjennem det smale Sund under Ullerhovedet, og naaede lykkelig ind i den trygge Havn, hvor Pynter og høie Klipper lunede mod Vind og Bølger." — —

Til Havs.

IV.

Paa Høiden af Alexandria.

(1852.)

Fra Korvetten Ørnen saa jeg ud over det bevægede Hav, som vidt og bredt rullede sine Bølger i vexlende Lys og Skygger: i det Fjerne var Havet blaalig violet, skygget med Sortblaat, her tindrede det lysegrønt og klart i Solglimtene, naar der fløi en Rift i de ilende Skyer. Men hist nede under Havet og Bølgerne ligger Ægypten; hvert Øieblik kunde vi vente at se Vidunderlandet stige op i Synskredsen. — Medens jeg stod og stirrede ud over Bølgetoppene efter det forventede Land, brummede Baadsmanden til den Klynge af Skibsfolk, som stod ved Siden af mig, at nu var han snart kjed af disse „Tyrke-huller." „Hvad skal vi i Alexandrien?" sagde han; „der er sligt et Drikkevand, at der yngler Firfisler i Maven paa En, om det ikke blir silet gjennem Kammerdug eller halvblandet med Rom." — Ja," vedblev han at brumme, da de andre lo ad dette Baadsmandens Kraftudtryk, „hvorledes gik det ikke Nils Klub? han var skrøbelig siden han var her sidst, og blev ikke frisk før et Aar efter, da han havde givet fra sig en halv Vas-bøtte med Firfisler. Det er da Vand at byde Folk; tordne mig, maa ikke det mindst halvblandes med Rom!"

„Det var ingen daarlig Drik; En skal ikke faa Utøi i Maven af den, Baadsmand," faldt en af Klyngen ind; er der nok af den at faa, er det ikke saa ilde endda at være i Tyr-kebyerne."

„Aa ja, men hvad rart er det for Resten? ikke ved jeg det," brummede Baadsmanden.

„Skulde jeg regne op det, blev vi ikke færdige paa een Vagt," svarede den anden; men det rareste jeg saa, da jeg var der sidst, det var at Tryntyrken ikke havde Tryne, og at Hundene gjøede paa Norsk."

„Aa, Mers og Bæv!" sagde Baadsmanden. „Jeg har ligget her og gnudd med disse Studerne, saa jeg er lige saa godt kjendt i Middelhavet som i Fantefjerdingen hjemme, men — bandte han — er der mere end een real By i hele Middelhavet, og det er Gibraltar. I disse Tyrkehullerne er det fuldt af Snydere og Skøiere, og det eneste rare der det er, at de gaar Julebuk hele Aaret. Jeg var lige glad med hele Ægypten," lagde han til, „om jeg fik ture Julen hjemme, saa som jeg gjorde i gamle Dage."

Denne Baadsmandens Længsel efter Hjemmet førte og-saa mig pludselig i Tankerne hjem til Sne og Is under Nordens Vinterhimmel, og min Hu dvælede ved Slædefart og Bjældeklang, ved Julefærd og Ovnspraget hos Venner i Nord. Det syntes mig vanskeligt at blive fortrolig med Tanken om, at det var Vinter og at Julen stod for Døren, uden nogen af en nordisk Vinters Mærker. Og dog var det saa, at det led til Jul; thi det var den 20de December, men Vinteren kom ikke til Ægyptens Land, den dvælede i Norden. Vi syntes rigtig nok, at vi øinede et Spor af den, da vi for en Stund siden seilede forbi Naxos og andre af de græske Øer, hvis Landskaber erklæredes for at have et aldeles finmarkst Fysiognomi, men tabte det igjen, da vi kort efter vandrede paa skinnende Græstepper, i Citronskove fulde af gyldne Frugter, paa Kos; og da vi for et Par Dage siden seilede forbi Rhodus, var Veiret saa lunt og mildt som paa en varm Sommerdag i Norden, medens Havet var saa blankt som et Speil og blaat som den klare Himmel. Ogsaa her, hvor vi nu krydse, er det lunt, naar man er i Læ for Vinden og Solen kommer frem,

men Veiret er stormende og ustadigt, og Søen gaar høit. Ha-
vet, der før var saa smukt og skinnende blaat, har tabt sin
deilige Farve; det er smudsigt og graagrønt, og man siger, at
denne Farve skriver sig fra Nilens muddrede Strøm.

Se nu, fjernt nede dukker en lav Kyst op i Synskredsen:
Palmekroner hænge svævende over den oppe i Luften — thi i
denne Afstand ser man ikke deres Stammer —; længer mod
Vest hæver sig en Høide med et Palads.   Det er Alexandria,
det er Ægypten, som vi kun ere fjernede nogle Mil fra.   Men
vi ere for langt mod Øst til at naa Havnen i Dag; Vinden
er gaaet om til Sydvest, og der maa vendes.   Skibet staar
igjen til Søs; Ægypten forsvinder atter under Bølgerne, og
Veirets og Vindenes Herre maa raade for, om vi skulle ture
Julen under Palmerne ved ægyptiske Kjødgryder, eller paa den
huskende Planke over salte Vover.

Mod Natten havde Skibet fjernet sig en fjorten til sexten
Mil fra Land; det blæste stærkt fra samme Kant, og af og
til kom en Byge, som piskede Havet, peb i Tougværket og
hyllede Himlen i mørke Skyer, for atter at lade der flyve Rif-
ter i dem, hvorigjennem Stjernerne skinnede med et blankere og
mere stille Lys end i Norden.   Skibet arbeidede mod Bølgerne,
det hævede og sænkede sig, men vuggede os ikke paa nogen
lempelig Maade; undertiden brød en Braadsø over Bougen,
sendte Tusender af lysende Funker igjennem Luften, og stæn-
kede Vandet og Morildens glimrende Smaastjerner langt ind
paa Dækket; Bølgekammene glimtede i hvidligt Lys, Kjøl-
vandet skinnede som glødende Malm, og en Flok Delfiner, der
fulgte vort Skib, for som brede Lysstriber eller uhyre blaalige
Raketter hen under Havet.   Af og til kom de op for at drage
Luft, og da løb det som dybe Suk og Støn.   Under Havets
Larm og Brøl, gjennem Vindens Hyl og Hvin, var der noget
spøgelseagtigt, noget næsten overnaturligt i disse Støn, der
strax gjorde det forklarligt, hvorfor Folkene, som havde samlet
sig i Hobe mellem Kanonerne, i Læ af Storbaaden, nu vare

inde i Snak og Fortællinger om Troldkjærringer, Nisser o.
a. desl. En af dem lod netop til at have endt en lignende
Historie, som den foregaaende om tre Troldkjærringer og en
Jongmand, da en anden begyndte følgende Fortælling om Præ-
stefruen, som entrede til Himmels:

"Der var en Præstegaard i en Bygd ved Christianssand,
hvor de ikke kunde beholde Tjenestefolk. Om de fik aldrig saa
stærke og friske Folk, saa blev de snart magtstjaalne og skrø-
belige, naar de havde været der en Stund; de fik baade Mosot
og andet, og trivedes ikke ved Maden heller. Men saa kom
der en Gut did; ham gik det bedre med, for Mor hans boede
et lidet Stykke derfra, og der var han og fik sig lidt fremmed
Mad iblandt. Men om Julenatten kjendte han det rykkede og
rev saa underlig i Kroppen og Hovedet paa ham, og da han
vaagnede om Morgenen, randt Sveden af ham, og han var
saa træt og mat, som om han skulde have gjort et tungt Ar-
beide. Gutten var meget hjemme hos Mor sin det Aaret;
han syntes Maden smagte meget bedre der, og han holdt nok
saa godt ud. Da det led til Jul, saa foresatte han sig det,
at han ikke skulde sove om Julenatten, men han var ikke god
for at staa imod; om Natten kjendte han den samme Ryk-
kingen og Rivingen i Kroppen og Hovedet som sidst, og da
han vaagnede, var han saa mat og træt, at Sveden randt
af ham. Det gik et Aar til, og han holdt sig nok saa brav;
men da Julenatten kom, satte han sig ved Bordet i Drenge-
stuen med noget Brændevin for sig — for der var nok af det
Slaget i Præstegaarden til Julen —, og han vilde ikke sove
paa nogen Vis; men alt han stred imod, saa søvnede han,
da det led mod Midnat, og han kjendte den samme Rykkingen
og Slidingen i Kroppen igjen. Han vilde saa gjerne blive
vaagen, men han kunde ikke, alt det han stred og syntes han
skulde staa imod; jo, tilsidst saa vaagnede han, og da stod han
i Sneen udenfor en Kirke. Ved Fødderne af ham laa der en
Grime, og rundt omkring ham stod mangfoldige opsadlede He-

fter. Han undredes paa dette, og da han fik se der var Lys i
Kirken, og hørte der var Folk derinde, saa kløv han op og stot-
tede gjennem det ene Vindue. Men der kan det vel hænde det
var Hustestue; det var saa fuldt af Troldkjærringer, at det
det krybde, og de som var de første og fornemste i Mødet, det
var Præstefruen og en Skarvekjærring, som boede ved en Bæk
ikke langt fra Præstegaarden.

„Haa, haa, er det saaledes fat!" tænkte Gutten, kløv
forsigtig ned og stillede sig paa Pladsen sin igjen, og da Fruen
kom ud, smøg han Grimen over Hovedet paa hende, og med
det samme blev hun til en sort Hoppe. Han var ikke længe
om at komme paa Ryggen af hende; det gik afsted, og han
sparede hverken Grimen eller Hælen. Da han kom hjem, satte
han Hoppen ind paa Stalden og bandt hende vel, men han
agtede sig nok for at tage af Grimen, og saa gik han ind
og lagde sig til at sove.

I Otten om Morgenen reiste Præsten til Kirken og skulde
holde Fropræken, og sansede ikke at Fruen var borte; men da
hun ikke var kommen igjen, til han kom hjem fra Kirken, saa
blev der Spurlag efter hende i Nabogaardene, men der var
ingen, som havde seet Præstefruen, og der gik Spurlag over
hele Bygden; men nei, der var ingen, som havde seet hende
eller vidste om hende, og Gutten sagde: „Giv Taal, saa kom-
mer hun nok!" — Naar han kom i Stalden, stod Hoppen
og sled i Grimen, stampede i Spiltouget og slog i Bolken med
Bagbenene, som hun vilde rive ned hele Stalden. Men Gut-
ten agtede ikke mere paa det, end paa det han aldrig saa.

Præsten var i Færd med ham mange Gange og vilde
vide, hvor Fruen var. Men han blev ved sit, og sagde, at
hun kom tidsnok igjen.

„Du maa vide noget om hende, eller hvor hun er,"
sagde Præsten, „siden du saa vist kan sige, at hun kommer
igjen, og nu vil jeg, at du skal sige mig det, enten det er saa
eller saa."

„Ja, siden I vil have det, saa faar jeg sige det, Far," sagde Gutten. „Det er en net Kjærring I har; nu skal I faa se, hvorledes hun er skabt." Saa tog han Præsten med til Stalden.

„Hvad er det du siger? Er Mor i Stalden?" sagde Præsten:

„Der staar hun," sagde Gutten. Præsten undredes over dette, for denne Hoppen havde han aldrig seet før, og den stod der og slog i Spiltouget, saa Fliserne fløi, og var saa gal, at den tyggede Skum.

„I faar gaa op i Spiltouget og tage af hende Grimen," sagde Gutten. Præsten gjorde saa, og da Grimen var af, stod Præstefruen der saa flyvende gal, at hun vilde lige i Luggen paa Gutten. „Nei, stop min Kone," sagde Præsten, „nu blir det nok en anden Dans!"

Gutten fortalte alting, men Præstefruen nægtede og sagde, at det var Løgn hvert eviga Ord. Saa fik de fat paa Skarvekjærringen ved Bækken og lovede, at hun skulde slippe med Livet, om hun vilde angre og tilstaa hvad det var for Troldkjærringer i Bygden. Da hun hørte det, betænkte hun sig paa det en Stund; men saa navngav hun otte til, foruden sig selv, og fortalte hvad for Kunster de havde gjort, og sagde at Gamle-Erik og Præstefruen havde danset foran baade i Kirken og paa St. Hansbakken. Da det var kommet for en Dag, blev de satte til Lensmanden og forklagede til Øvrigheden, og siden blev de dømte til at brændes alle otte. De byggede op en firkantet Mur, som de stablede fuld med Ved og tændte Ild paa. Kjærringerne satte de op paa Muren og skjød dem op i Ilden, den ene efter den anden. Da Præstefruen skulde i Veien, var hun saa arg og gal, at hun mest vilde flyve i Flint, fordi hun ikke havde faaet Tag i Gutten. Men der var ingen Pardon, hun maatte paa Gloen.

„Ja, det hjælper ikke, Mor," sagde Præsten, „Retten maa have sin Gang: nu faar du til du ogsaa, for du har været den værste af dem alle." De fik hende op paa Muren; men da sagde hun, at havde hun tænkt det skulde blive slig en Ende paa Dansen, saa skulde hun nok have stelt det saa, at Fanden skulde have faaet en Klo i Præsten. „Men det kan nu være det samme," sagde hun, „jeg blæser baade i jer og i denne Pindevarmen jeres," og dermed tog hun op et graat Uldgarnsnøste, kastede det Ende til Himmels og entrede op efter Traaben som en Katte. Siden den Tid saa de aldrig mere til hende." —

„Du er grei Kar du," sagde Skibsfjersanten til Fortælleren; „du lyver da, saa En baade kan tage og kjende paa, at det er Løgn du farer med; for alt sligt Væv om Troldkjærringer og Nisser og Spøgeri, det er — klinke mig — Løgn, ser du!" — „Ja, men jeg har hørt det af Stener Sundet," indvendte Fortælleren, „og Bedstemor hans havde været der og seet Stedet, hvor de blev brændt." — „Jeg blæser i hans Bedstemor, den Pulverhex — hun burde vist have været brændt hun ogsaa —, men Løgn er det, det er vist; for der gives ikke Troldkjærringer og sligt Spøgeri."

„Du siger det, min kjære Sjersant," udbrød en Kvartermester, „at der ikke gives Spøgeri og sligt; men sligt maa du ikke komme med til mig, for det var Bror min, som Nissen skrede ned om Bord i Gamle=Ørnen. Det var ingen andre om Bord end Søren og en Indrulleret; Køierne laa i Finkenettet, og Dagen efter skulde Kommandoen heises. Nu, forud under Bakken havde de strakt et Par Køier, og der laa de; men bedst som Søren ligger lysvaagen, blev Køien firet ned, saa han stod med Hovedet i Dækket og Benene til Veirs. Han for bort og kjendte paa Kammeraten, for han troede det var ham, som havde gjort det, men han sov som en Sæl, og da han vækkede ham, vidste han ikke af nogen Ting. Han spurgte bare, hvor langt det led paa Natten, og lagde sig til at sove igjen. Men Søren tænkte som saa, at kan jeg ikke faa Lov til at ligge, uden at jeg skal staa paa Hovedet, saa kan jeg

blive paa Benene, og dermed surrede han Køien, lagde den i
Finkenettet og gav sig til at drive paa Dækket. Men det
varede ikke længe, skulde jeg tro, før den anden ogsaa blev
firet ned, og det, saa det sakk i Dækket. Hvem var det vel
som gjorde det, mener I, hvem anden var det vel end Nis=
sen?"

„Tordne mig, holder ikke jeg med Sjersanten," bandte
Baadsmanden; „det er Løgn er det, det maa vel jeg vide,
som har været der om Bord saa længe; jeg hørte ingen Ting
og saa ikke heller paa hele Brasilieturen, og ikke i Middelhavet
heller ikke. Jeg har nok hørt snakke om dette; men Søren
var en Fyldebøt —"

„Ja, men gamle Tiks da, men gamle Ole Tiks!" afbrød
en anden Stemme Baadsmanden. Baadsmanden blev ved at
brumme, at Ole Tiks rigtig nok skulde være den rette, han;
om Vinteren var han Drankekjører, og Syttende Mai og St.
Hans Aften var han Næstkommanderende paa Røstbjerget. Men
uden at ænse disse Udfald vedblev den, som havde beraabt sig
paa denne Hjemmelsmand: „Ole Tiks var om Bord i Gamle-
Ørnen og En til med ham — hvem det var, mindes jeg ikke.
Det var ogsaa, før den skulde ud paa et Togt, for Komman=
doen skulde heises den andre Dagen, saa som Ulrik der for-
talte. Men de var agter i Hytten disse to, og der var ikke
flere om Bord. Da det led paa Natten, vaagnede de og hørte
en Dur forud; det slog og hamrede i Forlugar=Skudderne, ka-
stede med Kasser og Jern og ramlede i Kjættingen, som hele
Tampen af den skulde rause ud. Da det var forbi, begyndte
det at tromme paa Messebordet i Forlugaren, og dundre med
Trommestokker over hele Banjerdækket. Vel, de gik forud begge
to og saa ned igjennem Forlugen. Tiks syntes han saa en
rød Lue og ingen anden Ting, og den anden han saa slet
-ingen Ting. Men Nissen var det, det var greit at skjønne."

„Ja, det er greit at skjønne, at det var Nissen," gjen-
tog en pibende Stemme, der tilhørte en Baadsmandsmat, som

ſad nede under Storbaaden. „Det er noget vi ved det, at
Nisſen har rød Lue, og at Nisſen er til, det er viſt, for jeg
har hørt det af Far min, og han løi aldrig. Han havde ikke
ſeet ham, men han havde været et Sted opi Landet, hvor Nis=
ſen havde været. Men der til den Gaarden kom der en Gang
reiſendes en Studentermeſterſvend, en ſlig en ſom havde ſtaaet
ud Præſtelæren og ikke havde været hjemme paa mange Aar.
Han maatte tage ind der, fordi der kom ſligt et overhændigt
Veir paa ham med Regn og Storm. Men han ſtundede hjem,
og bad de ſkulde lade Heſten ſtaa i Stalden med Sælen paa.
„Bare vi tør for Vesletuss,“ ſagde Manden paa Gaarden.
Studenten agtede ikke paa dette, men gik ind og ud og ſaa,
om ikke Veiret ſkulde bedage ſig, for han vilde ud og paa
Hjemveien, ſaa ſnart det letnede. Men Manden ſagde, det
ſatte i med Regn, det var ikke at ſpørge om, og det var bedſt
de ſælede af Heſten, og at han fik en Køi der Natten over.
Studenten vilde ikke høre noget om det, og ſpurgte Bonden,
hvorledes han kunde være ſaa ſikker paa, at det ſkulde ſætte i
med Regn. „Hm, hm,“ ſagde Manden ſaa ſmaat, „jeg har
mine Mærker for mig ſelv, paa Laaven,“ men anden Klaring
fik han ikke paa det. Som han gik da og gloede paa Veiret,
fik han ſe der kom en liden Tusſe med en Høbørd ſaa ſtor
og diger ſom et Heſtelæs, og kaſtede ind paa Laaven. Han
undredes paa, hvad dette kunde være for en, og da han gik
afſted efter en ny Høbørd, gik Studenten ind paa Laaven og
kjendte paa Høet; det var ſaa knuſpende tørt, ſom om der
aldrig var kommet andet end Godveir og Solſkin paa det. Ret
ſom det var, kom Tusſen med en til, ſom var endda ſtørre,
men ikke ſnakkede Studenten til ham, og ikke han til Studen=
ten heller. Da Tusſen lagde afſted igjen, gik han bort og
kjendte paa den Høbørden ogſaa, og der var ikke et Straa,
ſom var vaadt i den heller, endda det drev paa at regne, ſaa
det øſte ned. Han undredes paa dette, men han ſnakkede ikke
om det da.

Norſke Huldre-Eventyr.　　　　　　　　24

Om Kvelden lagede de til Bordet med Mad og Stel, men omfram riggede de til et lidet Bord i en Krog med Flødegrød. Studenten undredes paa, om det skulde være til ham, og liste ikke dette, for han vilde ikke æde for sig selv, han vilde helst holde Lag med de andre; men Kjærringen sagde, det var til Gaardsgutten.

„Det er nok en ferm Gaardskarl I har," sagde Studenten.

„Aa ja, er det det," sagde Manden.

„Hvor længe har I haft ham?" spurgte Studenten.

„Jeg ved ikke saa rigtig," sagde Manden. „Han har været her længe før min Tid."

„Hvorledes skal jeg skjønne det?" spurgte Studenten. Jo, saa kom det for Dagen, hvem det var de havde til Gaardskarl; det var Nissen det. Da Studenten hørte det, prækede han baade vidt og bredt, om hvor ugudeligt det var at dyrke slige Afguder, og saa lagde han ud baade af Bibelen og sit eget Vet, om hvor syndigt de bar sig ad, at de gav Mad til slige og jagede Fattigfolk fra Dørene, som kunde leve baade godt og vel af det de kastede bort i Ugudelighed, og prækede som en Præst; for Nissen æder ikke Maden, som de gir ham, han kan ikke spise. Da han havde gjort det, tog han fat paa Nissen og læste Pauli Ord for ham, saa han maatte vise dem Maden, han havde faaet i alle de Aar han havde været der; han havde lagt den bort i en Bergkløft. Saa spurgte han Nissen, hvor længe han havde været ved Gaarden.

„I tre Mandsaldre," svarede han.

„Hvor mange Sjæle har du faaet her?" spurgte Studenten.

„Jeg har faaet sju," sagde Nissen, „og jeg faar vel snart to til."

Det mente Studenten ikke skulde blive noget af, og saa spurgte han ham, hvor langt det led med de Folkene, som nu boede der.

„Aa," sagde Nissen, „Mandens Stol er mest færdig, men paa Kjærringens mangler det ene Benet endnu," — dermed mente Nissen, at Manden var feig, og at Kjærringen heller ikke havde længe igjen.

Da Studenten havde hørt dette, manede han Nissen bort, og blev der og prækede Gudsord for Folkene, til han troede de var sikkre for Fanden og hans Udsendinger." —

De samme Indvendinger reistes mod denne som mod de foregaaende Fortællinger, men mangfoldige Stemmer lod sig høre imod dem til Fordel for Nissen; det var, sagde man, ingen Tvivl om at Nissen var til, skjønt han maaske ikke lod sig se saa ofte nu som i gamle Dage, da Folk var stærkere i Troen, ja det turde hænde, at han var nærmere end nogen troede, hvis han ikke var gaaet over Bord; for nu havde det jo været stilt en Stund, men der havde undertiden om Natten været en underlig Larm i Forlasten og i Kjættingkjælderne. Dette lod til at bringe Tvivlerne paa andre Tanker eller til Taushed; men hvad der aldeles slog dem af Marken var, at Fortælleren erklærede, at hans Oldefar var bleven konfirmeret af hin Student, som havde talt med Nissen og manet ham bort.

Da Underholdningen nu var paa Veie til at gaa i Staa, spurgte en af Matroserne, som det lod paa Støi, en Kammerat: „Hvorledes var det med dig, Nils Strand, var det ikke Far din, som laa og lodsede paa Mers og Fyld i Fjorden, saa han blev spleiset til Nøkkens Datter?"

Kammeraterne knisede, men den Tiltalte, som var en hidsig Krop, forklarede Spottefuglen paa en eftertrykkelig Maade, at hans Fader havde været en saa ordentlig Mand, at han ikke vidste, han havde seet ham drukken uden i Julen, og noget Slægtskab med Nøkken vidste han ikke om. Hans Morfar havde en Gang fortalt, at han havde været i Følge med Nøkken og kaproet med ham ind over Fjorden. Det maatte vel være det han mente, for noget overnaturligt Slægtskab kjendte han ikke

24*

til; for Resten var det en Historie, som var saa gammel, at der alt i mange Aar var groet Mose over den. Men da de andre bad ham fortælle, begyndte han:

"Da jeg var yngre, var jeg ofte med Morfar og flere Fiskere inde fra Fjorden paa Vinterfiske ud over i Onsø og ved Hvaløerne. En Nat laa vi ved Raus=Kalven og havde gjort op Varme i en af Hullerne i Uren der. Tiden faldt lang, saa som den ofte gjør for Fiskeren; vi røgte Tobak, kogte Kaffe og snakkede gammelt Snak, og Morfar fortalte om gamle Dage da han var ung. Han fortalte da, at den Gang han boede i Gamlebyen og var Reservelods, havde han lodset ud et Skib en Gang og var paa Hjemveien; paa det samme Sted vi laa ved Kalven, der var han indpaa og hvilte en Stund, men da han lagde ud igjen, kom der roende en Mand i en halv Baad, rigtig lige ud af Uren mellem de store Ste= nene. Dette syntes han var leit, og han blev fælen, for han havde ikke seet ham før, hverken mens han lagde ind, eller mens han laa der, og han vidste jo nok det de sagde, at Nøk= ken skulde fare slig. Han troede ikke, at det var Nøkken, men han kunde ikke vide hvem det var; for der er saa mange Hul= ler og Gange i Uren og mellem Stenene paa Raus=Kalven, at der gjerne kunde ligge mange tusend Mand der, og ingen kunde se dem, og i de Dage var det saa fuldt af Fugl, af Alker og Ær, som klækkede der, at en Mand gjerne kunde raske i Hob en Tønde Æg om Dagen. Nu ja, fælen blev han, og han begyndte at drage paa Aarerne det bedste han orkede; men det hjalp ikke stort, skal jeg tro, for da den anden saa, at han tog til at hælde paa, roede han rundt om ham, saa tidt han vilde, og Morfar kunde ikke se, at han tog i mere for det. Nu ja, han halte ud det meste han kunde, og da han kom op til Laurkullen, lagde han i Land og fik sig en Dram eller to, for han syntes ilde om Følget han havde faaet, og tænkte kanske han skulde blive kvit det, mens han stoppede og hvilte en Stund. Ja, det skal jeg tro! Da han kom ned

til Baaden, saa han ingen, men da han kom ud paa Fjorden,
kom han frem bagom Kollen denne, som var i den halve Baa-
den, og var i Følge med ham og roede rundt ham, saa tidt
han vilde. Jo længer det led, des mere sælen blev han Mor-
far, og han maatte ind baade paa Ræv8næs og paa Bævøen
og faa sig en Styrkedraabe, og hver Gang tænkte han, at naar
han kom til Folk, blev han vel kvit ham. Aa ja, det skal jeg
vel tro! Naar han kom i Baaden, saa han ham ikke, men
han var aldrig før lidt ud paa Fjorden, før han i den halve
Baaden var der igjen. Morfar roede, saa Sveden silede af
ham, men det mønnede ikke mere, end om han skulde have
stødt og kavet med et Økekar; den anden roede rundt ham
Gang efter Gang. Ja vel, Gamlen maatte stoppe op i Fil-
tvedt og faa sig en Taar, og i Drøbak maatte han ogsaa ind,
men han blev ikke kvit ham for det, og da han kom til Sand-
bugten, syntes Morfar han ikke orkede at løfte Aarerne. Han
gik ind og hvilte en Stund og fik en Taar Brændevin, — det
var ikke ondt for det den Tid, skal jeg tro, naar En havde
Skillinger i Lommen. Ja vel, da han syntes han var hjertet
til at tage paa igjen, betalte han for sig og skulde ned over
til Baaden; men paa Stranden mødte han en gammel Mand,
som han syntes han skulde kjende, og den Manden spurgte
ham, om han ikke vilde sætte ham over til Haaøen, han skulde
did i Bryllup, sagde han, og han skulde forskylde ham vel
for det, saa han vist ikke skulde angre paa Umagen; en Halv-
skjæppe Penge kom det ikke nøie an paa for ham, sagde han.
Morfar syntes nok, at dette var underligt Snak, men han lo-
vede han skulde sætte ham over, og Betalingen var det ikke
om at gjøre, for han roede samme Veien. „Men er ikke du fra
Strandgaden?" sagde Manden. — „Jo vist er jeg det," sva-
rede Morfar; „jeg synes ogsaa, jeg skulde kjende jer, men jeg
ved ikke rigtig, hvor jeg skal tage jer igjen." — „Aa, det er
ikke saa greit at tage mig igjen," sagde Manden, „men ellers
saa er vi Naboer paa en Maade, for jeg er Egebergkongen,

og i Nat skal jeg holde Bryllup med Stebdatteren til Kongen i Haas-Kollen. Det ta'r til at lide udi Aarene med mig," sagde han, "for nu er jeg saa gammel som sju Stovfald paa Ræsodden, og saa syntes jeg det kan være paa Tide at gifte sig." — "Dit gamle, stygge Trold!" tænkte Morfar, og havde han været fælen før, saa blev han det endda mere nu. Galt var det før, da jeg roede omkap med Nøkken, tænkte han, men værre er det nu; jeg tror mest jeg har faaet Fanden paa Baaden; men saa skjød han Hjertet op i Livet og tænkte, at den som havde taget Fanden paa Nakken, maatte bære ham frem, som de siger for et gammelt Ord, og saa spyttede han i Næverne og trak paa Aarerne. Ret som det var, var han ude han i den halve Baaden igjen, men han gjorde ingen Kroger paa Veien nu, han roede bent frem imod Haasen, saa Fossen stod foran Baaden, og for forbi dem som en Vind. Da Egebergkongen fik se ham, blev han rent ud af sig, hujede og skreg: "Ro, ro, ro alt du kan, en hel Skjæppe Penge, om du først er i Land!"

Morfar han brumlede for sig selv, at kapflyve med Kalve og kapro med Skyfloken var mest ikke galere end dette, og slig bort over Dækket; men han trak paa Aarene det han orkede, for han saa, at Pengesækken alt laa i Baaden. Men alt det han roede, saa monnede det ikke; de var ikke gode for at hale ind paa Nøkken. Da de kom nærmere op under Kollen, saa Morfar, at der laa et gildt Slot der, som han aldrig havde seet; det skinnede ud af alle Vinduerne, og der var saa mange Tyrilyser udenfor, og det var saa lyst som den klareste Dag. Spillemænd og Musik og Lystighed var der, saa de hørte det langt ud paa Fjorden, og da de kom nærmere, var der et stort Følge med Trold der, baade store og smaa: nogle sad paa Hestene med Næser saa lange, at de naaede til Sadelknappen, og nogle holdt paa at stige op; der var Kjøgemester og Spillemænd, akkurat som det er Skik i store Bryllupper paa Landet, og Bruden havde Krone paa, saaledes som de brugte i

gamle Dage; hun var pyntet i Silke og Sølvstas og Guld=
stas, saa det lavede af hende, hun var saa vakker og deilig,
at det ikke var Maade med det, og Morfar blev baade avind=
syg og harm, at en saadan tør, vissen Troldmand, som var
saa gammel som sju Bedfald, skulde faa slig ung, vakker Jente.
Hun stod ogsaa og magede sig og skulde stige op paa en Hest,
men hun baade græd og bad, saa ilde var hun ved, og hun
var ræd for at ride ogsaa. Men saa kom der en graa Hest
med forgyldt Sadel og Bidsel op fra Stranden og lagde sig
ned for Benene hendes som en Hund, og da satte hun sig
paa den; men den Hesten det var Nøkken, som havde skabt sig
om, og ingen anden.

Da Egebergkongen saa dette, blev han rent gal; han
baade skreg og hujede paa Morfar, at han skulde ro paa svarte
Livet. Men ind fra Kollen raabte En, som var saa grov i
Maalet:

„Sætter Du Kongen i Land,
skal Du drukne ved Strand.“

Da Troldmanden hørte det, hoppede han fra Baaden langt
op i Land med et Hop. Men med det samme for Nøkken
afsted med Bruden paa Ryggen, saa Gnisterne sprudede under
Hestebenene; det gik op efter den grønne Dalen, som deler
Haaøen paa det smaleste, og Følget efter med Fakler og Tyri=
lyser. Nogle skjævede hid og did paa Hestene, og nogle red
nok saa strunke; men Egebergkongen kastede sig paa en Hest og
for efter, som han var baade fuld og gal.

Morfar stod og saa paa alt dette, og kunde ikke andet end
le over Tullemutten og de syndige Troldene, som Kongen red
over Ende, saa de rullede ud over Bakken, mens Ilden og
Gnisterne frasede om Ørene paa dem; saa maatte de hinke
hesteløse efter. Men Gamlen havde en ladet Sælbøsse i Baa=
den, og en Sølvknap havde han faaet tygget sammen og puttet
nedi, og den skjød han over Brudefølget, da Egebergkongen

var paa Laaringen af Nøkken og Bruden. I det samme det
smald, blev det saa kullende mørkt, at han ikke saa, hvor han
var henne en Gang. Pengesækken havde han igjen, den laa
i Baaden; men da han kjendte paa det, som var i den, var
det ikke andet end Næper, slige Braatenæper. Da blev han
saa harm, at han tog Sækken i begge Snuderne og rystede
dem til Fjords, men da han styrtede dem ud, klang det som
Sølvpenge, og han syntes nogle trillede ind i Baaden ogsaa.
Om Morgenen da det blev lyst, og han blev rigtig vaagen,
fandt han et Par store, gammeldags Sølvdalere i Baaden, som
ingen skjønte sig paa; men da var det for sent at syte for dem
han havde kastet til Fjords."

"Men Jenten, men Bruden, hvor blev det af hende?"
spurgte flere af Tilhørerne.

"Ja, det fik jeg aldrig Greie paa; naar nogen spurgte
Morfar, hvor det blev af hende, saa sagde han, det vidste han
ikke, men hun var vel hos Troldene i Haas=Kollen endda,
dersom hun ikke var kommen ud igjen, sagde han."

Der blev kommanderet: "Klar til at vende!" Mandska=
bet ilede paa sine Poster for at udføre de forskjellige Befalin=
ger, som nu fulgte. Da Vendingen var fuldført, slog det
otte Glas, det vil sige, det var Midnat. Baadsmandspiberne
peb og hvinede for at kalde Kongens Kvarter, den anden Halv=
del af Mandskabet, op til Hundevagten, medens de forkyndte
Hviletid for Dronningens, hvis Fortællinger saaledes for denne
Gang bleve afbrudte.

Ordforklaringer.

Ordforklaringer*).

Aa-djærv, djærv til at vade over Aa og Elv.

Aare, Arne, Ildsted, fornemmelig af raa Stene nede paa Gulvet i en Røgstue, Ildsted uden Skorsten.

Aavelag (aaverlag), Adv., over al Maade.

Abefant (Apefant), En der holder andre for Nar ved at efterabe og karrikere deres Lader og Tale.

Abrængslig (abængslig og arængslig), urimelig, forkjert, overordentlig forkjert eller vrangt.

Afdagsleite, mod Nat, den Tid, da det sidste Dagslys forsvinder.

Affor (attfor), Præp., for, foran.

Afhænds, Adv., fra sig, med Haanden udadvendt. S. 154: skar afhænds i Væggen med Kniven, d. e. med udadvendt Knivsblad.

Afreid, tilrakket, tilsmurt.

Aftenkvisten, egentl. den Kvist, hvorpaa Fuglen sætter sig om Aftenen; Aftentid. Smlgn. Morgenkvisten, Natkvisten.

Anse, bry sig om, bekymre sig om.

Ansam, travl, meget beskjæftiget.

Anti, enten

Att-ende, Adv., tilbage; fram og att-ende, frem og tilbage.

Attpaa, ovenikjøbet.

Att, Adv., igjen, tilbage.

Au, Konj., og.

Aure, Ørret, Forelle.

Baare, Bølge.

Baas, Rum til et Nød.

Baasnaut, Hornkvæg, et Høved.

Baatand, fordelagtig, Superl. baatandest.

Baghun, den yderste Fjæl af en Stok.

Bagstefjæl, et Bord til at bage eller kjævle ud Fladbrød og Lefseløver paa.

Bagstefløi, en flad, sværddannet Pinde til at vende Leven med.

Bagstehelle, Helle eller Takke til at bage Fladbrød og Lefser paa.

Bamse, Bjørn; ogsaa som Hundenavn.

Bar-Stut, en Hytte af Bar og Stænger, hvis Tag kun har Hælding til een Side.

Bas (Basen), Formanden; den Fornemste, Første; det Første.

Baskerud, Gaard paa Hadeland; Baskeruden, Manden paa denne Gaard

Beinksom, god at komme til rette med.

Beite, Havning, Græsgang.

Bel (Bil), en Stund.

Benkjort (beinkjort), lige til.

Bikse, Storkarl, s. Kakse.

Bil, se Bel.

Birkesnar, et tæt Krat af Ungbirk.

Bjøilku, Bjældeko.

Blindskytter, Klæder og Pelse gjennemtrukne med menneskelige Ud-

---

dunstninger, der stilles i Vinden for Renen, for at drive eller gjenne den tilbage.

Bo, Behov; have Bo, behøve.

Bogje, bøiet, krum.

Bolk, Mellemvæg, som skiller f. Ex. mellem Spiltoug og Baaser i Stald og Fjøs.

Bomærke, Bogstaver og Figurer, der bruges istedenfor Navn.

Bott, 1) en Bund; 2) en Dal, Fjelddal, som kun har een Udgang.

Braafang, Hastværksarbeide; et raskt og dygtigt Foretagende.

Braate, et aabent Sted i Skoven, hvor Træerne ere nedhuggede (brudte op). — Braatekvas, Kviste og Grene, som ligge igjen paa et saadant Sted.

Brisk, Ener, Brake, en Busk (Juniperus communis).

Brok (oo), Buxe, Benklæder.

Bringe, Bringkoll, Bryst, Bringekjøl, Brystkjøl, det stærkest fremragende Parti af Brystet hos Pattedyr.

Brubarmen, en Ild, som siges af og til at bryde frem af Jorden i Solør.

Bu, 1) en Bod, Sæterbolig; 2) Kvæg, Fæ; det til en Gaard hørende Fæ. — Budeie, Sæterjente, Sæterpige. — Bufargraut, Rømme- eller Flødegrød, der koges, naar man skal drage hjem fra Sæteren om Høsten. — Buføre, drage fra eller til Sæteren med Buskapen, Samlingen af de til en Gaard hørende Kreaturer. — Bufærd, et Tog af disse Kreaturer. — Buhund, en Fæhund. — Bukjørrel, Sæterkar, Ringer, Botter, Koller, Saaer, Spand osv.

Buskebjørn, Ekorn, Egern, i spøgende Tale.

Bustleiv el. Bustfleiv, en Stump beget Traad med en Svineborste i Enden.

Bygdebikkje, herreløs Hund.

Bykatse, se Katse.

Bytting, Skifting, ombyttet Barn; Særling.

Bælg, Skrig.

Bænde (bæune), bøie, krumme; stramme ved Hjælp af en Kjæp eller Stang.

Bændestang, en Stang, ved Hjælp af hvilken Surringsrebet strammes fastere om Læsjet.

Bære til, hænde, træffe.

Bævergjæl (ll), Universalmiddel mod al Slags Troldskab.

Bø, Lighed, især i Ansigtstræk.

Bøling, Kvæget paa en Gaard.

Bøssetrump eller Bøssetrumf, Bøssekolbe.

Dagspræt, Daggry.

Dagstødt, egentlig: det som sker hver Dag; men ogsaa: til en vis fastsat Dag.

Dagværd (Dugur, Dugul), Davre, Frokost (omtr. Kl. 10).

Dat, Impf. af dette, falde.

Dauing, Gjenganger.

Dokk (Fl. Dækker), Hulning, Fordybning (mellem jævnt opstigende Bakker).

Dokter, Pron. I.

Dokter (Doktor), Thevandsknægt, The (eller Kaffe) med Brændevin i.

Domsten, kun i Flt. Domstene, Thingkreds, Thingstene.

Dot (oo), Jagtskrig, naar Haren eller Dyret er fældet, tyst todt.

Dovning, Domning, Sammenkomst af Naboer og Bygdefolk, som foranstaltes til et Arbeides Udførelse, samt Gildet, der holdes bagefter (af duge, i Betydn. hjælpe).

Draug, Havtrold.

Drug, drøi.

Dugle, dygtigt (af duge, due).

Dugur, s. Dagværd, en Dag til Dugurs, en meget kort Tid (eg. Dagen kun indtil Kl. 10).

Duske, ruske, smaaregne.

Duve, reve Seil.

Dækker (udt. Dækk'r), se Dokk.

Dok (kt), Pron. I. –

Dølen, Djævelen.

Eftasværd, Mellemmad (mellem Middag og Aften).

Ehog (e Hog), i Hu.

Eikerværing, Bonde fra Eker ved Drammen.

Eismal, alene; Eismalsott eller Eismaunsott, Hang til at være alene, Menneskekyhed, Tungsind.

Enkort, einkort, Pronom. noget.

Fann, s. Fonn.

Fant, en Fremmed; Fænte, fremmed Fruentimmer, mest om byklædte Fremmede.

Fanteri, alt hvad der er slet og daarligt, ofte Troldskab

Feitved, Tyri, fed Fureved; Feitvedstikke, Tyristikke.

Fet, et Gaardsnavn (i Purkevisen).

Finanserier, Narrestreger.

Finmut (tt), egentl. Pels af Rensdyrskind, som bruges af Finnerne; enhver Pels, hvor Haarene vende udad.

Fiskesnit (ii), en Fiskekasse eller Kurv af tynde Brætter, smlg. Fiskekjip.

Fjeldduft, Saxifraga Cotyledon, en smuk Alpeplante med hvid Blomsterduft og tykke, kjødfulde Blade, som danne en Skive nede ved Roden, hvorpaa den kan stilles.

Fjeldleg, Sammenkomst i Sæterfjeldene af Folk fra forskjellige Bygdelag; Stedet hvor disse Sammenkomster holdes.

Fjeldrakk (Fjeldrakke), Fjeldræv, Blaaræv, Canis lagopus.

Fjordene, Sønd- og Nordfjord.

Fjordfolk, Folk fra Nordfjord og Søndfjord.

Fjære, den Del af Stranden, som i Flodtiden overskylles af Havet.

Fjættret, forgjort, fortroldet, fasttryllet.

Flaat, Flot (tt), Flyden, det som flyder ovenpaa. At fiske paa Flaat ɔ: med en Klase Medemark, som trækkes henover Vandet.

Fladsell, den lavere liggende flade Del af Selsbygden i Gudbrandsdalen.

Flaurogn, Snylterogn. Rogn (Sorbus aucuparia), hvis Frø ved Fugle eller paa anden Maade er bragt hen paa andre Træer, i hvis Bark den har slaaet Rødder og har skudt op.

Flisefut (uu), Opsynsmand ved Tømmerdrift eller Tømmerflødning (spøgende Udtryk); af Flis, Splint, Spaan.

Flo, et Lag, et Læg, især om flere over hverandre liggende Lag.

Flømme, flyde over; faa til! at flyde bort.

Folkevet, Folkevid, sund Menneskeforstand.

Fonn, sammendrevet Sne.

Forbina, forbauset.

Forgat, Impf. af Verb. forgjætte, glemme.

Forglaamt, forglant, forundret, forbauset; egentl. stirrende, spærrende Øinene op af Forbauselse.

Forsyne (forsyne Svansskruen), lægge en Amulet (f. Ex. et Stykke Flaurogn) under eller mellem Skjæftet og Svansskruen.

Forsæt (tt), slemt, vanskeligt, urimeligt.

Framslænge og Framslænging, en næsten voxen Pige eller Gut.

Frase (fræse), sprage, sprude.

Fremmelig, frugtsommelig.

Frigge, et stort, svært Fruentimmer.

Frohat, Skumhat paa Øl eller lignende.

Fut (Faut), Foged; Opsynsmand.

Fælen, forskrækket, ræd.

Fælog (med tykt l), færdig.

Fænein, Smaakreaturerne. (Fænar, Smaafæ, Faar og Gjeder.)

Færd, Spor, Fodspor (ogsaa Slagfærd, Slag).

Færdingsmand og Færdesmand, en Mand, som færdes, er paa Reiser, oftest om Folk, der fragte Varer.

Førkje, et Fruentimmer.

Gailn, gal, galen.

Garvor, Garvorre, Nisse eller Vætte, som har fast Tilhold paa Gaarden.

Gast, overnaturligt Væsen, som viser sig i forskjellige Skikkelser, oftest som en stor Fugl, og hærmer eller frembringer alle Slags uartikulerede Lyd. Bruges ogsaa om vilde, ustyrlige Personer, samt om Sømænd.

Gank, Gjøg.

Gild, prægtig; morsom (i det Vestenfjeldske).

Give op, f. Ex. give Fodret op, fodre op, opbruge Fodret.

Gjement, simpel, ligefrem.

Gjederams, flere Arter af Planteslægten Epilobium, men oftest Epil. angustifolium, en pragtfuld rødblomstret Plante.

Gjel (ee), Bjergkløft, Kløft ned igjennem en Li; Rende efter et Skred.

Gjende-Eggen, d. s. s. Bes-(Bæss-)Eggen, en høi Fjeldkam mellem Besvandet i Nord og Gjendin i Syd i Høifjeldet vest for Gudbrandsdalen.

Gjiti, omtalt (af gjete, nævne, omtale).

Gjure, gjorde, surre.

Glaame, glo, glane, spærre Øinene op, stirre paa.

Glefs, Grams med Munden, Forsøg paa at bide; ogsaa om en kort, afbrudt Gjøen.

Glise, 1) lyse igjennem, være utæt; 2) le haanligt, fnise — (Dansk: grine.)

Glup (uu), prægtig, herlig.

Glymja (Impf. glumde), drøne.

Godfjotting, godmodigt og enfoldigt Menneske.

Godkynt, godmodig.

Gomor (Gommor), Bedstemoder (eg. Godmoder).

Granlægg, se Lægg.

Greie, rede, udrede.

Gresk, prægtig, ypperlig.

Grindene (den bestemte Flertalsform af Grind), en Kve, indbegnet Plads, hvorpaa Kvæget mælkes og hviler om Natten.

Grue, Skorsten, Ildsted.

Grum (mm), herlig, prægtig.

Grusk, gruft, herlig, dygtig, staut.

Grut (uu), Grugg, Grums, Bærme.

Gudefré, Gudsfred, en Hilsen.

Gufs, Pust, Blæst.

Guldhake, en Hagefisk, Hanfisk eller Mælkefisk af Fjeldørreten; efter dens guldglinsende Farve og Underkjævens hageformede Forlængelse.

Gusinde, en Hilsen, egentlig: Gud signe dig (de).

Grænsehaven, den mellem Akersgaden og Grubbegaden liggende Grund, som tidligere var en Eng eller Have.

Haal, glat.

Haalke, glat Is.

Hafælle, at gjærde (gjøre et nyt eller istandsætte et gammelt Gjærde).

Hagefisk, se Guldhake.

Hain, Pron. han.

Hall, Hælding, Bakkehæld, jævn Skraaning af en Høide i en Aas eller Fjeldmark.

Hallænding, en Bonde fra Hadeland.

Handspik, Haandsvig, Haandspag, Kjæp eller Vægtstang, hvormed tunge Sager løftes, flyttes eller sættes i Bevægelse.

Hardhaus, egentl. Haardpande, en haardfør Person.

Havgule, Vind fra Havet, som blæser op regelmæssigt om Eftermiddagen i stærk Varme.

Heggelien, en Sæter paa Krogskoven mellem Sørkedalen og Ringerike.

Heilo, Fjeldplistre, Fjeldhjerpe, Brok-fugl, Charadrius apricarius.

Hekk, Impf. af Verb. hænge.

Helle, tynd Stenplade.

Helleft, ellers.

Hjaa, Præp. hos.

Hjeld (Hjell), 1) en Hylde paa en Væg eller under Loftet; 2) en smal Flade eller Tversti i et Bjerg; 3) et Loft eller Stængsel i Lader og Fæhuse; 4) et Stillads af Stænger til at tørre Fisk paa, Fiskehjell.

Hjelte, for hjelpte, hjalp.

Hjemkommerøl, Gilde ved Bru-dens Hjemkomst eller Indflytning i Brudgommens Hus.

Hjerta, behjertet.

Hoga, lysten, tilbøielig til.

Hondain, Hundene.

Hosdan, hvorledes.

Hughcil, tryg, sikker.

Huguftup (uu), hovedkuls, med Ho-vedet foran.

Huke, bøie sig ned, sætte sig paa Huk.

Hulle, tralle, smaasynge.

Huldrin, tosset, forhexet, siges om den, der har seet Huldrer eller Underjordiske, eller været indtaget af dem i Fjeld. Synes at svare til den oprindelige Betydning af de Danskes „ellevild."

Hvidlet, hvid af Farve. (Let. Farve, Lod.)

Hye, piske, slaa paa den bare Hud (egentl. hyde, af Hud).

Hæler (Heller, Helder), en Træ-bøile eller Vidjeløkke, som fæstes i Enden af et Surringsreb.

Hælerhals, den Del af Hæleren, hvor dens Ender krydse hverandre og ere sammenbundne med en finere Vidje.

Hækken, hvilken, hvad for en.

Hærde paa, hæle (med tykt l) paa, drive paa, holde paa med.

Høi-Onn, Slaatt-Onn, Høslæt.

Høgstdag, Høgstdags-Leite, Middagsstund.

Høgstnattes, ved Midnatstid.

Høvringen, en Sæterkreds øst i Sellsfjeldene i Gudbrandsdalen.

Ildmørje, Emmer, glødende Aske.

Ill (ild), idle, vred; ond (ildt Veir, ondt Veir).

Isranunkel, Renblom, Ranunculus glacialis.

Imist, uvist, usikkert, ogsaa: for-gjæves (eg. i Mist).

Imse, se ymse.

Ingor, ingen.

Jaaling, Taabe, Tosse.

Jabbe, gaa smaat.

Jable, pludre.

Jernsten, Synkelod paa Fiskesnøre.

Jul-Leite, Juletid.

Joramo, en Gaard eller Plads af dette Navn i Joradalen i Lesje.

Jærv, Fjeldfras, „Fillefraus", Gulo borealis, et Rovdyr.

Jonsoktider, St. Hans Tid.

Kaa (kva, kvat) hvad; kaa Dag, hvilken Dag.

Kaales, hvorledes.

Kaalne, kjølne, blive kold.

Kagge, Dunk.

Kakse, mægtig Mand; Storbonde.

Kall, 1) en gammel Mand; 2) Stammen af et gammelt Træ. Kværnkall, den lodrette Stok i Kværnen eller Møllen af den simpleste Indretning.

Kamp, en bred ell. afrundet Fjeldtop.

Karklæe, Mandfolke-Klæder.

Kart, umoden Frugt.

Kave, fægte med Armene, stræve for at faa fat paa.

Kaue, huje; især om Budeiernes Lokken paa Kjørene.

Kistepibe, en Bøsse- eller Rifle-pibe, som er firkantet i Godset.

Kjaak, Slæb, Moie.

Kjaake, slide, slæbe.

Kjeikes, drages med, binde an med.

Kjip (ii), Fiskesnik, Fiskekurv, Fiske-skræppe af Vidjer eller Røver.

Kjone, Kjølle, Badstue, Tørkehus.

Kjøte, 1) lade Ord falde, ymte om; 2) skryde; 3) kjøte paa, skjænde paa.

Kjævle, Bagstekjævle, en Valse til at kjævle eller valse ud Deig-Emnerne til Fladbrød eller Leffe.

Kjø'n, strunk.

Kjørerkop (oo), Kjørerklods (se kope).

Kjørrel, Kar, Kop (især af Træ).

Klauver (Flert. af Klaub, Klov): med Klauver og Ty, med fuldt Tilbehør.

Kleiv, Klev, brat Bakke.

Klop (pp), Bro af en enkelt eller et Par Stokker.

Klunke, 1) give en klingende Lyd, om Ravnens Skrig og en egen Lyd i Tiurens Spil; 2) klunke paa eller om, lade sig forlyde med.

Klunkeflaske, en Brændevinsflaske, der er indkneben paa Midten, saa den danner to Afdelinger, for-bundne ved en smal Hals, i hvilken det klunker og klukker under Skjænk-ningen.

Klype, Fingrene (især Tommel- og Pegefingeren) knebne sammen til en Klemme eller Tang; ogsaa: saa meget som man kan holde mellem Fingrene.

Klæg (gg), Brems; fig. om en paa-trængende Person.

Klovhest, en Pakhest, som bærer Kløven o: tvende Kurve, der hæn-ges over Hestens Ryg, fastgjorte ved en til dette Brug indrettet Sadel, Klovsadlen.

Klovmeis, et af Vidjer forfærdiget Redskab, der anvendes til Trans-port paa Hesteryggen, Klovkurv.

Klovvei, en Vei, der kun kan befares med Klovhest.

Knap, Skrue paa Violin.

Knaus, Bergknaus, nogent Fjeld, som stikker op i Dagen, Bjergknold.

Knippe, en Hestesygdom.

Kniske, knise, smaale.

Knistre, gnistre, klynke, hvine.

Knorte, give en hul, knurrende Lyd.

Knægge, vrinske.

Knæppe, give en kort, smækkende Lyd (om Tiuren, naar den spil-ler).

Koje, Hytte. Barhytte, som bruges af Fugleskytter, Tømmerhuggere og Kulbrændere i Skoven.

Kokklementer, Koglekunster; Kok-klementer og Kokkeras, Koglen og Signen ved Kogning.

Kope, maabe, glo dumt.

Korg (eller Kurv), Pølse.

Korkje, Konj. hverken.

Korp, Ravn.

Kortleg, et Spil Kort.

Kove, Aflukke, lidet Kammer.

Krak, Impf. af kræke, krybe.

Krikle, at korse, gjøre Korsets eller Hammerens Tegn over. Synes kun at forekomme i de Underjordiskes Sprog.

Krim (ii), Snue, Forkjølelse.

Krytyr, Kvæg.

Krøke sig, gjøre sig kroget, krum-me sig.

Kubbe, Klods, kort Stump af en Træstamme.

Kulp, Fordybning i Elvebunden.

Kult, en tyk og rund Tingest, om Mennesker og Dyr; en svær Per-son eller Ting; en dygtig Karl.

Kvar, rolig, stille; kvareste Natten, Midnatstiden, naar alt er roligt.

Kvare sig, begive sig til Ro.

Kve, indhegnet Plads for Kvæget.

Kveinn, en Kværn, Mølle.

Kveldknarr, Natteravn. Capri-mulgus europæus.

Kveldvart, hvor ingen Støi taa-les af de Underjordiske.

Kvie (Kviend, Kvigend), en Ungko.

Kværke, en Hestesyge, Krop.

Kværnkall, se Kall.

Kværsill, d. s. s. Kværke (Kværk-svull).

Laak, 1) slet, usfel; 2) daarlig, skrøbelig; 3) svag, sygelig.

Laate, give Lyd, klinge; Impf. laat, let.

Laave, 1) Lade; 2) Lo, Ladegulv.

Langspel, Langeleg, et musikalsk Instrument, der nu sjælden forekommer, et Slags Cithar med Understrenge.

Lave, hænge ved, dingle, dryse.

Lede paa (leite paa), tage haardt paa, angribe.

Le·e, Impf. le·ede, røre eller bevæge Lemmerne.

Lefse, svagstegt og mygt Fladbrød, der lægges sammen, ofte oversmurt med Smør, Mysost, Sirup eller Sukker, og bruges da som Gjæstebudsmad og hedder Lefseklining eller Lefsekling.

Leg (om Fuglene), Fuglenes Spil og Leg, naar de samle sig til Parring.

Leik, Leg, Spil, Løier.

Leite, Stund, Tid; ved Soleglads Leite, ved Solnedgangs Tid.

Lengje, Fleskestrimmel.

Li, skraanende Bjergside.

Ljom (oo), stærk Lyd, Gjenlyd fra en Aas eller et Fjeld. Ljome, klinge stærkt, gjenlyde.

Ljore, i Røgstuer et Hul i Tagaasen, hvorigjennem Røgen trækker ud og Lyset falder ind.

Logg, se ndfr. under Ordet sto.

Los (oo), Hundens Halsen (Gjøen), naar den forfølger Dyrets Spor.

Lov-Baat (tt), Vante, som kun har Tommel og eet Rum for de fire øvrige Fingre.

Lue, Hue.

Lundetull, Lundedaarskab, af Gaardsnavnet Lunde og Substantivet Tull, Fanteri.

Lur (uu), et langstrakt Blæseinstrument af Træ og Birkebark.

Lye, lytte (egentl. lyde); lyde, føie.

Lyslet, af lys Farve.

Lyu, Lade, Udlade (Lade i en Udmark).

Lyt (hh), maa.

Lægg, Stammen af et Træ.

Læse, laase.

Læt (ææ) op, luk op.

Løse, indløse, kjøbe.

Løvkjærv, Løvknippe.

Løvlien, en Sæter paa Krogskoven.

Maale, at maale, om den Fremgangsmaade, Signekjærringer bruge for at helbrede for Mosott, og som bestaar i, at den Syge efter visse Regler maales med en Traad.

Maalstang. Stang, som holder et Maal af 6 Alen. (8 saadanne Stænger i Længde og Bredde udgjør et Maal Jord; for hver Stang lægges et „Rævetag" eller en Haandbred til.)

Ma, maa'a, maatta, meta, for maa veta, maa vide.

Mandgar (Mandgard), Gjennemsøgning ved en Række eller Gar (Gjærde) af Mennesker.

Me, vi; mig.

Mei (Meid), dansk Form Mede, de krummede Træer, som Slæden glider paa.

Meinspikk, skadeligt Puds eller Streg, se Spikk.

Meinsleg. skadelig, menlig.

Meis, Bærekurv, se Klovmeis

Mers: Mers og Væv, paa Mers og Fyld ɔ: Kommers.

Meta, maa vide.

Meyer, i sin Tid en bekjendt rig Trælasthandler og Hestelibhaber i Christiania

Mjøl, Mel.

Morild, Havild, Havets Lysen.

Mo, tør, sandig Flade (Sandmo); skovbevoxet Flade (Furemo)

Mosefar, i Tømmerhuse Stokkenes Sammenføininger, der gjerne fares efter eller dyttes, tættes med Mose.

Mosott, en Sygdom, der yttrer sig ved Afkræftelse og Mathed.

Mosyst, Moster.

Mukker, Mukkel, især om forraadnede Træemner, Fliser, Spaaner; Sagmugg Sagnukkel

Myrbuk, en Fugl, Scolopax Gallinago; kaldes ogsaa Horsegjøg, Raagjed.

Mur, Ildsted, Storsten.

Muset, af musgraa Farve, om Heste; Musen, den musede Hest.

Mæle, et Maal, som udgjør en vis Del af en Tønde, i forskjellige Egne høist forskjelligt, fra $\frac{1}{16}$ til $\frac{1}{4}$ Td

Mæling, Maal Jord = 2500 □ Alen = $\frac{1}{4}$ Tønde Land.

Mærrebæst, 1) et Hestekreatur; 2) et stærkt og uvorrent Menneske.

Mørkskodde, tyk og tæt Havtaage.

Nabb, 1) en liden Forhøining; 2) Toppen af et Bjerg; 3) en Trænagle til at staa for en Dør og laase den, eller en Nagle til at hænge Klæder paa.

Natværd, Kveldsværd (udtales alm. Kveldsvol, med tykt l), Aftensmad. Jfr. Dagværd, Eftasværd.

Navngjeten, navnspurgt, bekjendt, navnkundig.

Riftebomme, Madskrin.

Ner, naar.

Non, Nun, Mellemmadstid eller Middagstid, den tredje Hvile- og Spisetid om Dagen, i sydligere Egne mellem Kl. 2 og 3, i nordligere mellem Kl. 4 og 5.

Nonsbel, Middagstid.

None eller nøne, holde dette Maaltid, spise Non.

Nut, Bergnut (uu), Bjergtop, spids Klippe.

Nying, Ild, som gjøres op i Skov og Mark

Nyt, Imper. af nytte, rytte; „nyt paa Beitsle," ryk paa Bidslet, maa ikke siges i Asgaardsreien, fordi Nykken eller Nøkken rider i Spidsen, og hans Navn maa ikke nævnes.

Næver, Birkebark.

Næverlue (Næverloge), Morild.

Næsegris, Skjældsord om et Menneske med fremstaaende Ansigt eller (lang) Næse.

Oframt, omframt, 1) saa nær som, uberegnet; 2) paa Kjøbet, oven i Kjøbet.

Ofryskje, Udyr.

Ofyse, uappetitligt, modbydeligt.

Ok, Impf. af Verb. ake, age, kjøre.

Older, Ulder, Or, Alnus Glutinosa (dansk: Elle).

Onn (Aann), Markarbeide.

Opgjæv, opgiven, træt, mat.

Osp, Asp.

Ottring, en stor Fiskerbaad (som roes med fire Par Aarer).

Pall, Bænk; Peispall, Ovnsbænk.

Peis, Ildsted i en Stue.

Plent, Adv., nøiagtigt, aldeles nøiagtigt; ogsaa: sikkert, vist.

Prillahodn (Prillarhorn), Bukkehorn, som Gjæterne blæse paa.

Raake, træffe.

Raklespil, ustødt, uregelmæssigt Spil.

Radt, hurtigt, rafkt; radt fram til, lige frem til.

Rangsølis (vrangsølis), mod Solens Gang.

Raute, brøle, om Kjøer.

Ræge, rave, svaie; ræge ikoll, falde langsomt omkuld.

Rever-Unge, et Svøbebarn. (Reiv, Rev, en Svøbedug.)

Ri, Rid, Tid; Ryk, Iling; Raptus, gjentagne Sygdomsanfald. Ri-um-te (riumtil), un og da.

Ringblomst, forskjellige Hierasiumarter, H. alpin. og auranciacum.

Rip (ii), Baadrip, Æfing, Rand paa Baaden.

Rise, reise sig i Veiret, staa op paa Bagbenene.

Ro-e sig, begive sig til Ro.

Roko, Stuffe, Spade.

Rot (oo), Tag, den indvendige Del af Taget paa et Hus. Undertiden ogsaa Kjød eller deslige, som er ophængt under Taget, Kjøtrot, Flestrot.

Rugde, Holtsnæppe, Scolopax rusticola.

Ruff, et Udtryk, hvormed betegnes noget Svært og Anseligt; alm. om Mennesker, en stor, svær Karl.

Ryge af, gaa af, slides af.

Ryggebug, Rygstykker, hvorfra Ribbenene ere huggede væk.

Rype, en Fugl, Lagopus alpina.

Rægle, en ubetydelig Historie.

Rækje (rækkje), gaa i jævn Gang, alm. om Dyr, Heste, Kjøer.

Rækved, Drivtømmer (ræke, drive).

Rængje, vrænge.

Rævebjælde, Digitalis purpurea, en af vore skjønneste Pragtblomster, der er meget almindelig paa Vestlandet. Dens store purpurfarvede Klokker tjene efter andre Landes Traditioner Alferne til Huer.

Roi. Hunnen til Tiuren, Tetrao urogallus femina.

Rør, Brøl, Tøv; røre, snakke Tøv.

Rørkjærring, Brølekvinde; En, der sidder og fortæller tossede Historier og Eventyr.

Røyne, prøve; røyne paa, tage haardt paa; fulgu. lede (leite) paa.

Sage, se Skjærpe.

Sandbo-Badet, Badet eller Badestedet over Ottaelven ved Gaarden Sandbo i Vaage.

Segl, Seil.

Seitroe (Seitrode), en Fiskestang til at fiske Sei med.

Sell, Annex til Vaage Præstegjæld i Gudbrandsdalen.

Siderev, Ribben.

Sigle, gaa sagte frem og tilbage.

Sjaa, Præp. hos (Biform til hjaa).

Sjaake, rave, vakle.

Sjau, sju, syv.

Sjovaak, Sjovaak, Snjovaak, Snevaage, Graafalk, Falco lagopus.

Sjoveir, Sjøvær, Udreise til Fiskeri.

Skaalgave, Gaver, som Bryllupsgjæsterne give Brudeparret (fordi de lægges i en Skaal eller Tallerken, som gaar rundt).

Skaare, gjøre Skaar i, hugge.

Skalle (Skaille), Pande, Forhoved.

Skarv, en stor Søfugl, Dalekrage, Phalacrocorax Carbo, Pelecanus Carbo.

Skarve-, daarlig, ussel, f. Ex. Skarvejente, Skarvehud, Skarvemær.

Skaut, en Hovedbedækning for Fruentimmer, dannet af sammenfoldet Linned.

Skaveir, Veir, der gjør Skade, fornemmelig paa Havet.

Skavgræstue, en liden Tue eller Bundt af Skavgræs, der bruges til at skure Mælkeringer og andre Trækar med.

Skikjælke, en Kjælke eller Slæde med brede Meier, som bruges hvor Sneen er dyb.

Skjei (Skeid), Løb, Rend.

Skjelflytter, som flytter Mærkeskjel, Mærkestene.

Skjellig, tydelig.

Skjellongsk, afgjørende.

Skjelsmand, Opmand, Voldgiftsmand.

Skjepe, rette, ordne paa.

Skjærpe, give en skjæbende, skurrende Lyd fra sig (om Tiuren), d. s. s. sage eller slibe.

Skogbjønn, en Skovbjørn, Udyr.

Skog-gjø, gjø vildt og rasende.

Skogtam, skovvant.

Skolt, Hjerneskal, Pande.

Streillpipa, Strældpibe, om Bøssen.

Skrott, Krop.

Skru (eg. Skrud), et Slags Hovedpynt eller Hue.

Skrub (bb), Ulv.

Skakestol, Skakestol, en Skage-stol, Fjæl med to Ben under, der bruges til Linstagning.

Skulen, et høit Fjeld ved Jondals-veien mellem Vaage og Lesje.

Skure, lade skure, lade staa til.

Skuve, skyde, trykke paa.

Skyflote en liden enkelt drivende Sky; ogsaa om en Klynge med Smaasker.

Skyldfolk, Slægtninge.

Skyldskab, Slægtskab.

Skyr, tyk Mælk, Surmælk.

Slagfærd, se Færd.

Slamp, Slask, s. Sluff.

Sleip, glat, slibrig.

Slind, en Bjælke eller Tverbjælke; ogsaa Træspildrer til at hænge op Klæder o. l. paa

Slodde, en liden af Brædder sammenslaaet Kjælke eller Slæde.

Sluff, Slamp, Slask, en uordentlig og skjødesløs Person.

Sløke, Angelikarod.

Smalefall, Faarekrot, af Smale, Faar.

Smitt og Smule, hvert Gran, alt tilhobe.

Snabb, et lidet Stykke; Honning-kagesnabb.

Snadde, en liden, kort Pibe

Sneflote, Sneflage, sammenblæst eller samm.nhobet Snemasse, saaledes som den ophobes paa Træer og andre Gjenstande.

Snjoskrei, Sjoskrei, Sneskred.

Sno, koldt Drag eller Træk i Luften, især langs Elve.

Snyde, Impf. snydde, snøfte, fnyse

Snytehøin, Snydehorn, Snyde-skaft, stor Næse.

Snøgg, hurtig, rask; snøgge sig, skynde sig.

Sod (Sodd), Suppe.

Sognebud, Besøg af Præsten hos Syge eller Døende.

Soleglad, Solnedgang; Soleglads Leite, Solnedgangs Tid.

Solspil, Fuglens Spil i Solren-dingen.

Sope, feie, slæbe.

Spikk, Puds, Skalkestreg.

Spille, lege, om Aarfuglen og Tiuren i Parringstiden.

Spiltoug, Afdeling eller Rum for hver Hest i Stalden.

Sprite, sprudle, strømme fint.

Spræk (ææ), springsk, overgiven; kjæk, dygtig

Spurlag, Spurnad, Tidende, Rygte.

Spænder, Stiver paa en Bro.

Spærrestue, en Stue uden Loft, ofte tillige med Røghul eller Ljore i Tagaasen.

Spøgelig, farlig, fæl, frygtelig

Staak, Støi, Larm, Besvær.

Staake, gjøre noget med Anstren-gelse.

Stagge, berolige, stille tilfreds.

Stabent, lige til, direkte.

Stabur, Stolpebod, Madbod.

Stakk, Skjørt, med tilhørende Sæler, ogsaa alm. Skjørt.

Staldgulv, Staldlaave, Underlaave ved Siden af Stalden.

Staldtrev, Høloft over Stalden.

Stargræs, Storgræs, Storgræs, anvendes i Flæng om alle grovere Græsarter, som voxe paa sumpige. Steder; ikke udelukkende om Planter af Slægten Carex.

Staut, dygtig, brav.

Stavved, kløvet Ved, Tøndestav.

Stelle, ordne, opstille, gjøre istand.

Stille, stille efter en Fugl, o: søge at komme paa Hold, nærme sig Skridt for Skridt, for hver Gang Fuglen slaar Klunk eller knepper.

Stille: Spillemanden stillede ikke, d. e. stemte ikke Strengene ved at dreie paa Skruerne ("Knappen").

Storløken, af Løk, en større, stille Udvidelse af en Elv, oftest med flade eller grunde Bredder; Kulp er derimod en mindre og dybere Løk eller Høl.

Stormhat (Turhjelm), en Giftplante, Aconitum septentrionale.

Strak, strag, lige, rank; strake Vegen, den lige Vei.

Stup (uu), Styrtning.

Stusle (stusleg), trist, stille og øde; stusle Søndagskvelden ein Gaang for me va, d. e. trist var en Gang Søndagskvelden for mig.

Stutt, kort.

Stutthugsen, glemsom.

Styr, Støi, Larm.

Styv (Stuv), Stjert, Hale (paa Fugle).

Stø (stød), fast, som ikke vakler; alvorlig; stø i Loggen, tæt i Loggen, eg. om Kar, hvis Staver slutte tæt i Sammenføiningen med Bunden; deraf sikker, paalidelig. (Logg, Indsnittet i Staverne, hvori Bunden indfældes.)

Støb (øø), Hulning i Veien paa Sne- og Vinterføre.

Stødt (støtt), stadigt, stedse; stødt og stændigt, stedse og altid.

Stø·e, bringe til Støhed eller Stadighed; støe Legen, o: sætte Legen, spille stadig (om Tiurens og Aarfuglens Spil).

Støkke, opskræmme, opjage.

Støl (øø), Sæter; Langstøl, Fjeldsæter; Heimstøl, Hjemsæter.

Størhus, Bryggerhus, Ildhus.

Subbet, subbet Føre, løst og tungt Slædeføre (modsat fast og frossent Føre).

Sugg, noget Svært eller Uformeligt; en stor Sugg, Sugg til Karl, en stor, svær Karl; Sugg til Fisk, en stor og anselig Fisk; ofte med Bibegreb af Dygtighed: det var vel Sugg til Præst, dygtig Præstemand.

Sumle, udføre noget sendrægtigt og famlende

Supekøin, Suppekorn, Suppegryn.

Svareloftet, Staburs loftet paa Gaarden Svare. Paa Staburs loftet opbevares Husets Kostbarheder og Forraad.

Svartsyge, Jalusi.

Svek, engelsk Syge, antages altid fremkommen ved Hexeri eller fiendtlige Naturkræfter.

Svimeslaaet, slaaet i Svime, til Bevidstløshed.

Svull, Is paa Marken, opfrossent Vand.

Synen, som kan se, om dem der have Evne til at se de Underjordiske.

Syre, Balle, Myse.

Syte, sutre og sørge; syten, ængstelig, omhyggelig.

Sæl, Sæterstue. Sæteren deles i Gudbrandsdalen i Sælet, Stuen og Boden, hvori Mælken opbevares. Paa Vestlandet kaldes Mælkeboden Sæl og Ildhuset Skut (uu).

Solje, Brystspænde.

Solvkaupe, en liden Sølvkop eller Kop.

Søpledynge, en Hob Feieskarn (af søpe).

Sørpe, Blandingsdrikke til Kreaturer.

Takke, en rund Malmskive til at stege Fladbrød og Lefse paa.

Takom·te (takomtil), d. s. s. rium·te, tagvis, nu og da.

Talsmand, En, som følger med en Frier og fremfører hans Ærende.

Tass, Ulv.

Te, vise, fremvise.

Texa, Ord, hvormed man lokker paa Gjederne.

Tine, Æske af tyndt Træ med Hank paa Laaget.

Tiur, en Storfugl, Tetrao urogallus.

Tiurleg, s. Leg.

Tjaug (Tjug), et Snes, tyve.

Tjeld (Kjeld), en Søfugl, Hæmantopus ostralegus.

Tjore, binde Heste eller Fæ i Toug ude paa Marken (dansk: tøire).

Tjor, Rebet, hvormed Hesten bindes.

Tollerist, Artillerist.

Tomlet, synes at være det samme som trikklet, se dette Ord.

Tomrebs, egentl. med tomt Reb ɔ: med tom Slæde, uden Læs paa Slæden.

Tona (Tonad), To, Stof; ogsaa Sind, Gemyt.

Traa, Intetkj. traat, harsk.

Traabiten, uvillig til at bide (af traa', tvær, trodsig).

Traak (kk), Pladsen foran Døren, Gaardsplads.

Trast, strax.

Triangelen, Fiskebryggen i Bergen.

Trinselire, et Gj'denavn.

Trinserudsalen, en fordums simpel Dansesal i Lakkegaden i Christiania.

Troldkjærringstim, Troldkjærringforsamling med Dans og Støi.

Troldkjærringspy, det Skum, hvormed en Græshoppe omgiver sig (Cicada spumaria, Skumcikaden); 2) et Slags rød Sop paa fugtigt Træ.

True (Truge, Tryge), et Slags Saaler eller Rammer af Træ eller Vidje, som bindes paa Fødderne til at gaa paa i dyb Sne, Snesko.

Tryte, mangle, behøve.

Tusse, Rakkedust, Hueslöife.

Tuftekall, Tunkall, Gaardvætte, Nisse.

Tull, Forvikling, Vildrede; Fjanteri.

Tullet, fjantet, forstyrret.

Tullemut, Mudder, almindelig Forstyrrelse (eg. Tumult).

Tun (uu), Gaardsplads.

Tusle, rusle, gaa sagte.

Tuste, Impf. af tossa (tyssja), tusle, fare sagte frem.

Tvare (Tvore), et Redskab, hvormed Mad røres sammen og Grød stampes.

Tverblei, Kile, hvormed man sprænger Stokke og vredne Rødder; 2) fig. et vrangt Menneske, Tværdriver.

Tykke, Tykkelse. S. 265: Tykken efter Bredden ɔ: i Forhold til Bredden.

Ty, se Tøi.

Tyle, dumt, tosset, naragtigt, underligt. Tylevarden, se Lundetull.

Tyskendæk, Mellemdæk.

Tyte, pible ud (om Vædsker, der langsomt trænge frem.)

Tøi (Ty), Sager, Tilbehør (tysk Zeug).

Tøler, Tøi, Sager, Smaasager.

Ubraut, ufremkommelig, uveisom Egn.

Udmed, ved Siden af.

Udror, Udreise til Fiskeri paa Havet, eller Fiskeri paa de yderste Grunde.

Uer, Rødfisk, Sebastes norvegicus.

Ufjelg, ubehagelig, uhyggelig.

Ugg, Børster, Manke af stive Haar; at sætte Ugg, reise Børster eller Haarene (eg. om Dyr), sætte sig i en truende Stilling.

Uggent, ubehageligt, raat og koldt.

Uhæppe, Uheld, Ulykke.

Ule, hyle, tude.

Ulænde, uveisom Egn.

Ulderkluft, Huldrekløft.

Uraa, Uraad, ikke Leilighed til.

Utidig, døsig, dorsk, uvillig.

Utpaagjort, troldet paa, hexet paa.

Uvand, simpel, usmagelig; det Modsatte af vand, lækker, kræsen.

Vaag, Materie, som ligger i Bylder og Saar, eller i Øinene efter Søvn.

Vaatt, en Vante.

Vasse, vade.

Valdersleid(-leid), det Fjeldstrøg, hvor Valdersen har sine Sætre.

Vanveide, mislykket Jagt.

Varski-Læs, Læs sammenbundet med Varski, en Ramme af smale Fjæle, som bindes til paa Siderne af Læsset.

Vagere, drive om (vagari).

Vegaveit, Grøft ved Siden af Veien.

Veide, fange eller fælde Vildt; Jagt og Jagtbytte.

Veidestig, Jægersti, Jagttraft.

Veire, tage Veiret af, spore.

Vesle, liden, lille.

Vesletuss, liden Tusse, Nissen.

Vet (tt), Forstand, Vid.

Vigt og Vavl, Snak, Vaas og Sludder.

Vitu, lige.

Vildgræs, Vildstraa. Efter Folketroen forvilder man sig altid efter at have traadt paa en vis Græsart; deraf: træde paa Vildgræs.

Vindfald, Vindfæld, Træer som ere nedbrudte af Stormen.

Vindvædsking, Frost ved Vind og Væde.

Von, 1) Haab, Forventning; ironisk: det var Von, om du kommer til, o: det vil nok være langt fra, det kan du skyde en hvid Pind efter; 2) Slump, Træf: paa ei Von

Vonums, i Forbindelse med et Adjektiv, f. Ex vonums større, temmelig stort; vonums meir, ikke saa lidet endda; vonums langt, temmelig langt.

Væggesprunge, Sprække i Væggen.

Vækkje; vækkje Garn, Snarer, o: tilse Snarerne og udtage de fangne Dyr.

Væle op, skjære op, lemme op.

Værfar, Svigerfader.

Vørdte, ænsede, Impf. af vøre (vyrde), agte, ænse.

Vorte (vorte), bleven (Partic. af verta, blive, vart, bleb).

Ymse (imse), uvist, usikkert.

Ægne, sætte Agn paa.

Ætle (æsle), bestemme, agte at gjøre noget; 2) tiltænke En noget; 3) dele, uddele, levne.

Ølrøg (Ølrøif), Solrøg, Varmerøg (Øl eller Øl, Varme, varm Luft), Dunster og Disighed i Luften ved Aftentid om Sommeren.

Ørske, Svimmelhed, Forvirring; at ørske, tale forvirret.

Lightning Source UK Ltd.
Milton Keynes UK
UKHW051121231121
394456UK00008B/744